# ऑपरेशन महिषासुर

(उपन्यास)

# ऑपरेशन महिषासुर

राकेश कुमार सिंह

वाणी प्रकाशन ग्रुप

भारतीय ज्ञानपीठ

वाणी प्रकाशन : भारतीय ज्ञानपीठ की पुस्तकों के एकमात्र प्रकाशक एवं वितरक

लोकोदय ग्रन्थमाला : ग्रन्थांक 1381

[illegible] स्करण : 2019
दूसरा संस्करण : 2025

वाणी प्रकाशन : भारतीय ज्ञानपीठ की पुस्तकों के एकमात्र प्रकाशक एवं वितरक

**वाणी प्रकाशन**

4695, 21-ए, दरियागंज, नयी दिल्ली-110 002
दूरभाष : 011-23273167, 23275710
ईमेल : sales@vaniprakashan.in
www.vaniprakashan.com

**ISBN : 978-93-7112-986-2**

**मूल्य : ₹ 650**

**ऑपरेशन महिषासुर**
*(उपन्यास)*
**राकेश कुमार सिंह**



OPERATION MAHISHASUR
*(Novel)*
by Rakesh Kumar Singh

आवरण-चित्र : लीलाधर मंडलोई
मुद्रक : आर. टेक ऑफ़सेट प्रिंटर्स, दिल्ली-110 032

गुरुजी स्वर्गीय रामदास तिवारी
बाबा स्वर्गीय धनपत सिंह
और
अग्रज मिथिलेश्वर
के लिए

# ऑपरेशन महिषासुर

# शुरू करने से पहले

*किताबों में लिखे जाते हैं दुनिया भर के अफसाने*
*मगर जिनमें हकीकत है, किताबों में नहीं रहते*

***—अमजद इस्लाम "अमज़द"***

शुरू करने से पहले कुछ पंक्तियाँ उनके बारे में जिन्हें यह पुस्तक समर्पित है और जिनके बारे में अन्यत्र विस्तारपूर्वक लिखा जा चुका है। यहाँ मात्र इतना कि ये तीन न होते तो यह पुस्तक भी न होती। मैं भी भले कुछ और होता, यह कतई न होता कि इस पुस्तक को सम्भव कर पाता।

मेरे विद्यालय ''हार्वे सोन घाटी उच्चांगल विद्यालय-जपला'' के मेरे हिन्दी शिक्षक श्रद्धेय (स्वर्गीय श्री रामदास तिवारी माट्साब वे व्यवित रहे जिन्होंने साहित्य के प्रति उसर और निरपेक्ष मेरे मानस की जुताई-गुड़ाई कर मेरे भीतर कहानी की जमीन तैयार की! तिवारी माट्साब अपने सहकर्मियों के लिए चाहे जैसे भी रहे हों, मेरे लिए आज भी दुनिया के सर्वश्रेष्ठ शिक्षक हैं (थे)। हिन्दी भाषा-साहित्य के जादूगर! मेरा रचनाकार हमेशा उनका आशीर्वाद और ऋण अपने ऊपर अनुभव करता रहा है, करता रहेगा।

दूसरे व्यवित जिनका मेरा लेखक कर्जाई है वे मेरे गाँव गुरहा (पलामू/झारखंड) के पूज्य बाबा (स्वर्गीय) धनपत सिंह रहे। गाँव-गोतिया के नाते मेरे दादा धनपत सिंह गजब के किस्सा-गो थे। खेत-खलिहान, जाड़ों में अलाव तापते हुए या गर्मियों की साँझ को नदी के तीर पर सस्वर गा-गाकर कथा बांचने वाले मेरे उस पुरखे ने मेरे भीतर तैयार कथा-भूमि पर किस्से कहानियों के बीज बोए।

तीसरे व्यवित हैं वरिष्ठ साहित्यकार श्री मिथिलेश्वर जिन्होंने मेरी पहली अनगढ़ लिखाई को सर्वप्रथम कहानी का मान दिया और मुझे कहानीकार की मान्यता देकर मेरे लिए साहित्य की दुनिया के दरवाजे खोल दिये।

और अब प्रस्तुत उपन्यास....

अंग्रेजी की कहावत है : ''द वेल्थ ऑफ प्लेन्स डिपेन्डस ऑन दे हेल्थ आफ फारेस्ट एण्ड माउंटेन्स,''...मैदानों की समृद्धि जंगल-पहाड़ों की सेहत पर निर्भर करती है।

वन-संरक्षण के ''पर्यावरण विकास कार्यक्रमों'' (इको डेवलपमेंट प्रोग्राम) जैसे पाखंड ने कई गैर-सरकारी स्वयंसेवी संस्थाओं (एन०जी०ओ०), चन्द उच्चाधिकारियों और कुछ राजनेताओं को करोड़पति बना दिया है।'' संयुक्त राष्ट्र संघ'' ने दिसम्बर 1994 से दिसम्बर 2004 तक ''आदिवासी दशक'' मनाने का

कर्मकांड सम्पन्न कर "नौ अगस्त" को "अन्तर्राष्ट्रीय आदिवासी दिवस" घोषित भी कर दिया है। वन्य प्राणियों-वनस्पतियों को संरक्षित करने के आडम्बर भी चल रहे हैं, साथ ही विकास-विकास गूँजते नक्कारखानों में उस जनजातीय चीख और मरणांतक पीड़ा को घोंट-घोंटकर मारा भी जा रहा है जो आदिवासी समाज के जीवन में व्याप्त है। ऐसी ही चीखों और पर्वत होती पीर के पिघलने पर जन्म लेता है कोई महेश असुर....!

महेश असुर जैसे दोपाए प्राणी "इंडिया" (दिल्ली-मुम्बई-चेन्नई-बंगलुरू जैसे महानगरों) में नहीं पाये जाते। महेश असुर हर बार मध्य-पूर्व भारत (ओड़िसा-पश्चिम बंगाल-झारखंड-छत्तीसगढ़) में ही जन्म लेते हैं।

महेश असुर का जन्म कभी दांतेवाड़ा (छत्तीसगढ़) के गर्भ से होता है, कभी सिंगुर (पश्चिम बंगाल) की कोख से। कभी महेश असुर लातेहार-पलामू (झारखंड) के किसी अंधेरे बीहड़ में जन्म लेता है तो कभी कोकराझाड़ (असम) के उपेक्षित अँधेरे कोने में...!

दोपाया हो। चौपाया हो या फिर सरीसृप...., लम्बी असुरक्षा प्राणी को अन्ततः अक्रामकता और हिंसा की ओर धकेलती है। कहीं से न्याय न मिलने और अन्याय का सिलसिला रुकने की कोई संभावना तक न दिखने पर हताश मनुष्य या आत्महत्या कर लेता है या फिर हत्या कर देता है।

लोकप्रियता भुनाने की आकांक्षी सत्ता आदिवासियों से उनके पारंपरिक वनाधिकार छीनकर जंगल-देहात में खिचड़ी, साइकिलें, बस्ते, वजीफे, बेरोजगारी भत्ते जैसे सस्ते झुनझुने-पिपहरियां बाँट कर जनहित के प्रहसन रच रही हैं। जो समाज इन सरकारी खैरातों के भुलावे में नहीं आता उसके लिए फिर लाठी है, बन्दूक है, गैरजमानती वारंट है और....राष्ट्रद्रोह के आरोप में आजीवन कारावास है।

प्राकृतिक संसाधनों पर प्रभुत्व के पूंजीवादी अभियान, अस्तित्व के लिए संघर्ष और अस्मिता के संकट को जातीय-उग्रवादी-साम्प्रदायिक हिंसा का जामा पहनाने का दृष्टिहीन सरलीकरण त्यागकर जब तक विकास के मानव-विरोधी इतर-प्रभावों (साइड इफेक्ट) के मानवीय हल नहीं ढूँढे जाते, जब तक जनजातियों के प्रति चला आ रहा सामाजिक-राजनैतिक उपेक्षा भाव नष्ट नहीं किया जाता..., महेश असुर जन्म लेते रहेंगे और व्यवस्था उन्हें उग्रवादी घोषित कर मारती रहेगी परन्तु रक्तबीज के इन वंशाधरों को समाप्त नहीं किया जा सकेगा। मारने और पुनः-पुनः जन्म का अन्तहीन सिलसिला चलता रहेगा।

प्रस्तुत उपन्यास का महेश मुकरुआर उर्फ महेश असुर इसी अन्तहीन श्रृंखला की एक कड़ी है।

बार-बार मारा जाता है महेश असुर और फिर-फिर जी उठता है। अपनी ही

राख के ढेर से पुनः पुनः उठ खड़े होने वाले अग्निपाखी फिनिवस की प्रजाति वाले महेश असुर का अन्त तब तक असम्भव है जब तक पीढ़ियों से अरण्य में बसी जनजातियों के खेत–घर–सपने–सुख–समाज–संस्कृति–भाषा आदि–आदि पर बाहरी आक्रमण होते रहेंगे।....जब तक जनजातियों के परम्परागत संसाधनों में लुटेरी घुसपैठ होती रहेगी।....जब तक जंगल के आदि निवासियों के वनाधिकारों की अवैध लूट चलती रहेगी और जबतक जनजातियों के भीतर घर कर चुका असुरक्षा बोध समाप्त नहीं किया जाता, महेश असुर मर नहीं सकता।

प्रस्तुत कथानक की प्रस्तुति हेतु मुझे अपने पूर्व उपन्यास "पठार पर कोहरा" (2003) की कथा–भूमि पर लौटना पड़ा है और सोलह वर्ष पूर्व प्रकाशित उस उपन्यास के कुछ चरित्रों से पुनः मिलना पड़ा है। विवशता थी।

असन्तुलित विकास के दुष्परिणामों, अंधे विस्थापन के नतीजों और वन्य–संसाधनों की लूट–कब्जे का कुचक्र दर्ज करने हेतु मुझे जो घटनाचक्र उपस्थित करना था वह न्यूनतम पृष्ठों में संभव हो सके इसके लिए एक लम्बे कालखंड को किसी नई कथाभूमि पर रचने वाली पृथुलता की बजाय गजलीठोरी गाँव वापस लौटना मुझे अधिक युक्तियुक्त लगा। मेरे जो पाठक "पठार का कोहरा" से गुजर चुके हैं वे प्रस्तुत उपन्यास के साथ चलते हुए अवश्य मुझसे सहमत हो सकेंगे कि यह "वापस लौटना" निरुदेश्य और अनावश्यक नहीं है।

प्रस्तुत उपन्यास के आखरी वाक्य के बाद निर्णय सुधी पाठकों को करना है कि इस कथा का केन्द्रीय चरित्र महेश असुर एक मनुष्य मात्र है या जीने के बुनियादी अधिकार और न्याग हेतु भटकती कोई अतृप्त आत्मा! क्या है यह महेश..., एक अभिशप्त व्यक्ति या अशरीरी प्रवृत्ति? कौन है यह महेश असुर...कोई एक या शोषित वंचित अनेक?

मेरे विगत चार वर्षों के श्रम का प्राप्य अब आपके हाथों में है। सुधी पाठकों, विद्वान आलोचकों और जनजातीय समाज के अधिकारों के प्रति प्रतिबद्ध लोगों की राय मेरे लिए अर्थवान होगी। अन्ततः यह पुस्तक भी शत–प्रतिशत मेरी नहीं है। जनजातीय समाज के अनुभव, कई साहित्यकारों–समाजशास्त्रियों ने, सृजन तथा अनेक सामाजिक कार्यकर्ताओं और पत्रकारों के श्रम–कर्म से मैंने सूत्र, सन्दर्भ और सूचनाओं का उधार लिया है। सभी के प्रति हार्दिक आभार!

राकेश कुमार सिंह

# भूमिका

*है मंजर खूंचुका क्यूं आज इतना*
*ये किसका लहू है, कौन मरा?*
*जमील अख्तर "मुहिब्बी"*

हजारों बल्बों की रोशनियों की कौंध...! ताड़-वृक्ष की फुनगी से कुचकुच काले आकाश तक दामिनी दमकी। क्षण भर को प्रकाश से नहा गया वन-प्रान्तर...!

रौद्र घनगर्जन....! ताड़-वृक्ष पर बिजली गिरी। घनगरज देर तक गूँजती रही। सिहरती रही प्रकृति....!

तूफानी मौसम से निरपेक्ष तारकनाथ मेहता के दाँतों में दबे जलते सिगार का धुआँ उनकी आँखों में जज्ब होता रहा पर धुएँ की कसैली जलन पर हावी थी अखबार की वह सुर्खी जिस पर यकीन करना मुश्किल था...." महिषासुर का अन्त???

—"इम्पासिबल....!" बुदबुदा उठे थे तारकनाथ मेहता।

डाकबंगले का पीर-बावर्ची-भिश्ती-खर चिराग अली अखबार की दो प्रतियाँ, जो इस बेहूदे मौसम में पता नहीं किस माध्यम से शाम को यहाँ पहुंची थीं, दे गया था। अखबार की सुर्खी के साथ खड़े तीन प्रश्नचिह्न मानों तारकनाथ मेहता का उपहास कर रहे थे..."महिषासुर का अन्त"???

तारकनाथ मेहता यों तो उत्तर प्रदेश के थे पर नौकरी की थी बिहार में। कभी झारखंड में भी पदस्थापित रहे थे। तब महेश असुर—जिसे समाचार माध्यमों ने "महिषासुर" प्रचारित कर रखा था—नामक इश्तिहारी उग्रवादी का महीनों पीछा किया था। पलामू जिले के महुआटांड, हुटाप, बरवाडीह, कटिया, गारू, पांकी विश्रामपुर आदि अरण्यक्षेत्रों में दबिश, छापे और घेराबन्दी....। हर बार हाथ आती-आती मछली की भाँति फिसलता रहा था महेश असुर! अन्ततः गारू-पांकी के जंगलों में वह लम्बी मुठभेड़ हुई थी जो लगभग पूरी रात चली थी।

उस मुठभेड़ में महेश असुर अपने सत्ताइस साथियों सहित मार गिराया गया था।

जो महेश असुर लगभग दस वर्षों पूर्व पुलिस की गोलियों से क्षत-विक्षत मृत बरामद हुआ था और खाट से बँधी टँगी जिसकी लाश कई घंटों तक हजारों लोगों के द्वारा देखी गयी थी, वही महेश असुर आज किसी मुठभेड़ में फिर कैसे...?

अविश्वसनीय थी आज की ताजा खबर! बुदबुदा उठे थे तारकनाथ मेहता, —"इम्पॉसिबल....!

असम्भव...!

दुविधाग्रस्त दीपांकर की आँखें अखबार की सुर्खी के नीचे गाढ़े-टेढ़े अक्षरों में छपी तिरछी लिखाई पर दौड़ती रही थी...." मनोविज्ञान प्रतिष्ठा का स्वर्णपदक विजेता विद्यार्थी, विधि स्नातक महेश मुकरूआर उर्फ "झारखंड बंधु" नामक स्वयंसेवी

संस्था का विधि सलाहकार महेश असुर उर्फ "झारखंड बंधु प्रतिरोध संगठन"—झाबरा—का संस्थापक महिषासुर बीतीर रात चली मुठभेड़ में मारा गया। ओरमांझी घाटी के घने जंगल में केन्द्रीय सुरक्षा बल की कोबरा टुकड़ी, विशेष कार्यबल के कमांडो दस्ते और स्थानीय जिला पुलिस की संयुक्त कार्रवाई में घंटों चली मुठभेड़ के बाद कुख्यात उग्रवादी महिषासुर आखिरकार मार गिराया गया। सनद रहे कि पहले भी दो बार पुलिस ने महिषासुर के अन्त के दावे किये थे परन्तु...."

एक ही व्यक्ति दोबारा कैसे मारा जा सकता था, हतप्रभ था दीपांकर चक्रवर्ती, —"असम्भव!"

आन्दोलित दीपांकर अविश्वास से भरा पूरी खबर को दो बार पढ़ चुका था। यदि यह खबर सिक्केबन्द थी और महेश असुर सचमुच बीती रात ही मारा गया तो जिसकी लाश "मॉरिस टाउन" थाने में महेश की लाश के रूप में पहचानी गयी थी वह अभागा कौन था?...और जिसे तारकनाथ मेहता मुठभेड़ में वर्षों पूर्व मार गिराने का दावा कर रहे थे वह मृतक दरअसल कौन था...?

भिन्ना उठा था दीपांकर चक्रवर्ती!

बेहद बेहूदा मौसम था!

सिंचाई विभाग का वह डाकबंगला छोटे-मोटे टापू में तब्दील हुआ पड़ा था। जहाँ तक नजर जाती थी,....पानी और पानी! झाड़ियों-झुरमुटों की मात्र फुनगियाँ दिख रही थीं। वृक्षों के तने तक पानी में डूबे खड़े थे। टखनों-घुटनों तक हर ओर पानी ही पानी....!

—"महेश की लाश मॉरिस टाउन में रहस्यमय परिस्थितियों में पाई गयी थी।"

—"हुम्म!"

"टाउनशिप से बाहर, एक उपेक्षित गहरी खदान में जमे कीचड़-पानी में कुछ बच्चे मछलियाँ पकड़ने उतरे थे और लाश बरामद हो गयी थी....संयोगवश।"

—"बन्द खदान की तलहटी से?"

—"जी हाँ।"

—"शिनाख्त? लाश की शिनाख्त कैसे हुई थी तब?....तारक ने पूछा।

—"शिनाख्त महेश के लंगोटिया यार सोनारा मुंडा ने की थी जो"—दीपांकर ने बताया—"एक शिक्षित व्यक्ति था। शिक्षक था। लाश की शिनाख्त के महत्त्व और स्थिति की गंभीरता को समझ सकता था।"

—"और तुम मॉरिस टाउन में क्या कर रहे थे?

—"मैं तो पहले ही से झारखंड में था, राँची में। झारखंड राज्य का निर्माण

बस हुआ ही था। मेरी न्यूज एजेंसी ने मुझे बिहार विभाजन के बाद की हलचलों की रिपोर्टिंग के लिए रांची भेजा था।''

—''कैसी हलचलें?'' बुझ चुके सिगार को तर्जनी-माध्यम-अंगूठे के बीच नचाते तारक ने पूछा।

—''यह एक नये राज्य का जन्म था''—दीपांकर ने बताया— झारखंड की जनता की उम्मीदों का सूर्योदय...! आदिवासी समाज के प्रतिनिधित्व की वर्षों पुरानी माँग की पूर्णता...! राजनीतिज्ञों के सत्ता-सुख के सपने का सच होना था यह। बिहार विभाजन की परिघटना को कोई कोणों से देखना-लिखना था मुझे!''

बारिश की झड़ी फिर शुरू हो गयी थी। सुरमई अँधेरे में सामने वाले जोहड़ के तल पर जल की सतह और कुमुदनी के पत्ते झिरझिराती बूँदों की खदबदाहट से भर उठे।

—''रांची से मॉरिस टाउन कैसे पहुँच गये थे तुम?'' सीली तीली से बुझे सिगार को सुलगाने का विफल प्रयास करते तारक को कुछ क्षणों तक मौन ताकता रहा दीपांकर मानो बीते समय के बिखरे मनके समेट रहा हो।

—''दिसम्बर था...या शायद जनवरी की शुरुआत! बिहार विभाजन के बाद की पहली सर्दियाँ थीं। मॉरिस टाउन में बहुत बड़ा बखेड़ा खड़ा हो गया था।''

—''बखेड़ा...?''

—''हाँ! श्रमिक आन्दोलन अतीत के दानों को सूत्र में पिरोने लगा दीपांकर—'' टारमो स्टील फैक्ट्री के मजदूरों ने अपनी माँगों के लिए आन्दोलन छेड़ दिया था। कारखाने के स्थायी कर्मचारी भी धरने-प्रदर्शन का समर्थन करने लगे थे....''

—''डिटेल्स रहने दो! कम टू द प्वायंट[1]।'' उतावले तारक!

—''बिहार विभाजन के बाद झारखंड में यह पहला बड़ा श्रमिक आन्दोलन था, हिंसक भी...यह एक बड़ी खबर थी। मुझे फौरन मॉरिस टाउन पहुँचने का हुक्म मिला था।''

—''आगे...?'' तारक तीलियाँ बर्बाद करते रहे।

—''झारखंड बन्द का आयोजन था। रेलें स्थगित हो रही थीं, सड़कें सुस्त थीं। कोयला, अभ्रक, जिप्सम, बाक्साइट....खनिज अयस्कों का झारखंड से निर्यात ठप्प हो गया था। कोयले की किल्लत ऐसी थी कि टारमो इस्पात कारखाने का बिजलीघर बन्द होने के कगार पर था। पावर हाउस बन्द होते ही इस्पात का उत्पादन ठप्प हो जाता। मशीनें, ठप्प! करोड़ों-अरबों का कच्चा या तैयार माल दाँव पर...! यह न्यूजवर्दी घटना थी या नहीं...?''

—''थी। बेशक...पर इसमें महेश असुर कहाँ है?'' सिगार सुलगा चुके तारक ने हवा में धुएँ के छल्ले उगले।

—''था न! उस आन्दोलन का नेतृत्व वही तो कर रहा था। उसने वहाँ के मजदूरों को ऐसा गोलबन्द कर रखा था कि बस हाहाकार मच गया था। कड़े पानी वाला आदमी था जनाब, यह महेश असुर। उस अकेले ने मॉरिस टाउन की जमीं-जमाई व्यवस्था को खुली चुनौती दी थी।''

—''...और सरकारी मशीनरी खामोश बैठी थी...रबिश!'' तारक ने दीपांकर के दावे को मानो धुएँ में उड़ाया।

—''चुप नहीं बैठी थी, पुलिस की टुकड़ियाँ मॉरिस टाउन में गश्त लगा रही थी। केन्द्रीय सुरक्षा बल की टुकड़ियाँ भी पहुँची थी वहाँ लेकिन तब तक सिी कार्रवाई की जरूरत नहीं रह गयी थी।''

—''सो क्यों?''

—''महेश असुर भूमिगत हो गया था...अंडरग्राउंड कहना भी गलत ही है''—दीपांकर ने बताया—''वह मर चुका था।''

—''कैसे?'' तारक का भावहीन स्वर।

—''हत्या।''

—''ओह!''

—''परन्तु महेश की मौत से व्यवस्था ने राहत की साँस ली थी। टारमो इस्पात को तो मानो नया जीवन ही मिल गया था। आन्दोलन के चरम पर नेता खत्म और महेश के मरते ही आन्दोलन भी मर गया था।''

—''तुमने महेश असुर की लाश देखी थी?''

—''हाँ।''

—''अपनी आँखों से देखी थी?''

—''यकीनन।''

—''आगे?''

—''आगे कुछ नहीं। मेरा काम वहाँ खत्म था। राँची और मॉरिस टाउन की रिपोर्ट दाखिल दफ्तर करते ही मेरी न्यूज एजेंसी ने मुझे दूसरे असाइनमेंट पर भेज दिया था...अफगानिस्तान। अमरीकी सेना की वापसी कवर करने को।''

—''झारखंड से निकले तो सीधा अफगानिस्तान?'' घूरने लगे तारक।

—''वह इसलिए जनाब कि मैं हूँ ही फॉरेन कॉरेस्पाडेंट। तब खाली था इसलिए झारखंड के लिए लाद दिया गया था। भूमंडलीकृत व्यवस्था आपके वेतन की पाई-पाई वसूल करती है।''

—''अभी भी खाली हो?'' तारक ने पूछा।

—''फिलहाल छुट्टियों पर हूँ। यहाँ से लगभग सौ किलोमीटर दूर हुसैनीबाद मेरा पैतृक कस्बा है। चूँकि मैं न्यूज हाउंड हूँ और खबरों का पीछा करना मेरा पेशा

भी है और व्यसन भी...जमा, किसी मुख्यमंत्री की घोटाले के आरोप में संभावित गिरफ्तारी न्यूज मैटेरियल है सो राँची में था।''

—''यू आर राइट''—तारक सहमत हुए—'' याने तुमने मॉरिस टाउन में महेश की लाश देखी। रपट लिखी और विदेश उड़ ज़िये। उस घटना के बाद की फालो अप स्टोरी....खबरें तुम्हें नहीं मिल सकीं?''

''मुझे जानने की जरूरत भी नहीं थी। फॉलोअप स्टोरी कवर करना स्थानीय पत्रकारों का काम है। मैं तो असाइनमेंट निपटाते ही झारखंड से कूच कर गया था।''

—''इसीलिए बाद के घटनाक्रम से अनजान रहे तुम! फॉर योर इन्फार्मेशन, तुमने मॉरिस टाउन में जो लाश देखी वह''—तारक ने रहस्योद्घाटन किया—''वह महेश असुर की नहीं हो सकती थी...नहीं थी।''

—''नामुमकिन!''—दीपांकर ने दा त्रा किया—''लाश की पक्की शिनाख्त हुई थी जनाब। पंचनामें के समय भी मैं थाने में मौजूद था।''

—''फिर तो बरखुर्दार मुर्दा जी उठा। फिर तो रक्तबीज हुआ यह महेश असुर जो अगले पाँच-सात वर्ष बाद...''

—''फिनिक्स...!'' दीपांकर ने बात काटी।

—''क्या फिनिक्स?''

—''मिसाल। महेश के लिए मिसाल गलत दी आपने। रक्तबीज। रक्तबज एक राक्षस था। जबकि फिनिक्स एक शुभ पक्षी।''

—''देवता पक्षी...जैसे महिषासुर...महेश असुर??'' बुरा-सा मुँह बनाये तारक सुलगते सिगार के जलते सिरे को घूरने लगे मानो सिगार में तम्बाकू की जगह लीद भरी हो।

डाक बंगले की छत पक्के सीमेंट की थी परन्तु बरामदे का सायबून एसबेस्टस की चादरों का था। लहरदार छप्पर से नीचे टपकती बूँदें जमीन पर फैली जल की सतह पर टिप्प-टप्प-गड़प्प की आवाज़ें करती रही।

थोड़े मौन के बाद दीपांकर ने दबी आवाज़ में स्वीकार किया।

—''देवता तो नहीं...लेकिन वह एक अच्छा आदमी था। मुझे तो बुद्धिजीवी लगा था और....

—''लगा था। लगा था न?...लगने और होने में फर्क होता है बरखुरर्दार''—तारक मानो बच्चा पढ़ाने लगे—''वही फर्क जो अभिनय और यथार्थ में होता है। जो सच और भ्रम में होता है। खैर, बात को भटकाओ मत। मैं कहाँ था?

—''मुर्दा जी उठा...।'' दीपांकर ने सिरा थमाया।

—''हाँ। क्योंकि पाँच-सात वर्ष बाद वही महेश असुर कुख्यात उग्रवादी के रूप में उभरा था। झारखंड में...खासकर पलामू में तो पट्ठे ने तबाही मचा कर रख

दी थी। लैंडमाइन ब्लास्ट, पुलिस पिकेट्स पर धावे, सरकारी इमारतों में विस्फोट, पूरी की पूरी भरी ट्रेन का अपहरण...आखिरकार वह हमारी स्पेशल टास्क फोर्स की टीम का शिकार हुआ था।''

—''महेश असुर मार गिराया गया?''

—''बिल्कुल..., और उसकी लाश की पहचान खुद उसकी बीवी ने की थी। हमारे सामने उसकी बीवी ने अपने खाविंद की लाश पर अपनी चूड़ियाँ तोड़ी थीं।'' तारक मेहता ने मानो किसी नाटक का अन्तिम दृश्य बयान किया।

—''शिनाख्त में चूक नहीं हो सकती?'' दीपांकर ने दबी आवाज में तर्क किया।

—''क्या बकवास है, मॉरिस टाउन पुलिस से चूक हो सकती है, मुझसे कतई नहीं।''

विजेता की मुस्कान के साथ दीपांकर को ताकने लगे तारक। दुविधाग्रस्त दीपांकर...! हावी होते तारक!

—''कबूल करो कि यही सच है।''

—''संभव है। मॉरिस टाउन में बरामद वह लाश एक सिर कटा मुर्दा था तो जरूर''—दीपांकर ने हथियार डाल दिये—''सम्भव है महेश असुर आप लोगों का ही शिकार हुआ हो...फिर आज यह कौन मरा या...मारा गया?''

—''हाँ, यह सवाल तो नहीं मर सकता बरखुरदार कि दो-दो दफा''—तारक का स्वर गंभीर हो उठा—''दो-दो दफा शिनाख्त में चूक...! इट्स इम्पासिबल! पता नहीं क्या रहस्य है।''

—''मुझे एक संभावना नजर आ रही है।''

—''बताओ।''

—''शायद शिनाख्त में चूक की हमारी थ्योरी ही सिर के बल खड़ी की जा रही है। उल्टी ओर से देखें तो एक थ्योरी यह भी बनती है कि शायद जान-बूझकर शिनाख्त ही गलत की गयी हो...झूठी शिनाख्त!''

उलझ गये तारक मेहता! सिगार बुझ चुका था। बुझे सिगार का कश लेने लगे तारक मेहता। दीपांकर के तर्क को खारिज करने लायक दलील ढूँढ़ने लगे तारक मेहता।

तूफानी हवाओं ने थोड़ी देर के लिए बादलों को झीना जरूर कर दिया था परन्तु आकाश का पल-पल बदलता भूगोल चुगली कर रहा था कि आसार अच्छे नहीं थे। मौसम जल्दी सुधरने वाला नहीं था।

अचानक कहीं बाहर गया डाकबंगले का इकलौता कर्मचारी चिराग अली प्लास्टिक की चादर को बरसाती की भाँति ओढ़े-लपेटे बरामदे पर बरामद हो गया।

पानी से भरे प्लास्टिक के जूते फच्च-फच्च करते चिराग अली के कदमों की धमक से बरामदे पर उछलते नन्हें-नन्हें बच्चे-मेंढ़क घबरा कर बरामदे के नीचे पानी में कूदने लगे।

—"क्यों मियाँ, तूफान में सैर करने निकले थे?" तारक ने मुख्य बहस को मुल्तवी कर दिया।

—सैर कहाँ हजोर? नाम का ही चिराग हूँ, रौशनी के लिए किरासन की लालटेन ही जलाना पड़ती है। डाकबंगले में बिजली नहीं है।"

—"लाहौल विला कूव्वत...!"

अब कहीं ख्याल आया कि अँधेरा होने लगा था और रोशनी का कोई इन्तजाम नहीं था। अलबत्ता दीवारों पर स्विचबोर्ड और सजावटी बल्ब बाकायदा दिख रहे थे।

मुस्कुराता चिराग अली हाथ में झोले झुलाता भीतर के कमरे में दाखिल हो गया जो कि ड्राइंगरूम था।

महेश असुर की गलत या भ्रामक पहचान की बहस को स्थगित रखते हुए तारक ने पोर्टिको का मुआयना किया।

पोर्टिको में खड़ी टैक्सी कार के पहिये पूरी ऊँचाई तक पानी में डूबे हुए थे। डाकबंगले की सीढ़ियों पर पानी चढ़ आया था। बरामदे से सौ कदम परे सामने कुमुदनी और जलकुम्भियों के हरेपन के बीच सफेद फूलों-कलियों से भरे जोहड़ में डब-डब करता पानी बरसाती बयार से थरथरा रहा था।

टैक्सीकार का चालक पिस्तौल केरकेट्टा कार का बोनट खोले, जाने कब से सिर भीतर डाले ईंजन के कील-काँटों में उलझा हुआ था।

—"क्या हुआ है पिस्तौल?" तारक ने पूछा।

—"आदत है साहेब। गाड़ी खड़ी करते हैं तो देखभाल कर लेते हैं।" पिस्तौल ने बोनट से बाहर सिर निकाला।

—"सब दुरुस्त तो है?"

—"नहीं साहेब। लगता है कहीं से तेल रिस रहा है। पानी पर तेल तैरता दिख रहा है। अब तेल यहाँ पहले से गिरा-फैला था कि हमारी ही पेट्रोल-टंकी में ढेला-पत्थर छिटककर लग गया....पता नहीं।" पिस्तौल ने कार का बोनट बन्द किया।

—"फिर कैसे बीतेगी भाई?"

—"गाड़ी पानी में न डूबी होती तो साबुन-उबुन से छेद बन्द कर देते। पानी घटेगा तो नीचे घुसकर देखना होगा।"

पिस्तौल केरकेट्टा बरामदे पर आ चढ़ा। जाँघों तक मुड़े-चढ़े पैंट के पाँयचे

खोलने हेतु झुका तो दीपांकर ने गौर किया। सुरमई अंधेरे में भी पिस्तौल के सिर पर बँधी मोटी पट्टी के ऊपर उगा गाढ़ा गुलाबीपन झलक गया। दीपांकर ने पूछा,

—"तुम्हारे सिर में....चोट ज्यादा है?"

—"कौनो खास नहीं है साहेब।"

—"लगी कैसे?"

—"कल गाड़ी चला रहे थे। अचानक बगल की गली से साइकिल चलाता लड़का सड़क पर निकल आया, एकदम से। एकदम-से ब्रेक मारे तो कपार डैशबोर्ड से भिड़ गया। मामूली चोट है साहेब। पट्टी करा लिये काहे की बरसात है न...? भीग जाने पर घाव पक जाता है।" पिस्तौल ने लम्बा स्पष्टीकरण दे डाला।

तारक के देखते-देखते खूब मोटा एक पनियल साँप पानी पर लहराता पोर्टिको के एक सिरे से दूसरी ओर तैरता निकल गया। तारक ने चेतावनी दी,

—अब साँप-बिच्छू निकलने लगे हैं तो रात-अँधेरे में गाड़ी की फिक्र छोड़ो। तुम तो आराम करो यार।"

—"जी साहेब।"

बरामदे के एक सिरे पर बने छोटे कमरे में पिस्तौल के लिए व्यवस्था की गयी थी। पिस्तौल अपने कमरे में प्रविष्ट हो गया।

—"अरे मियाँ चीरागली...!" तारक ने आवाज लगा।

—"आया हजोर...।" छोटे तौलिए से हाथ पोंछता चिराग बाहर निकला— "हुकुम हजोर।"

—"सर्दी लग रही है मियाँ। थोड़ी आग मिल जाती तो....और चाय फिर मिल सकती है क्या?"

—"चाय तो हजोर अभी तैयार हो जाय पर दूध तो"—चिराग के चेहरे पर विवश मुस्कान उभरी—"कोई साहब दौरे पर आते हैं तभी राशन मँगवाया जाता है। डिब्बे वाला पुराना बचा स्टाक था, सो खत्म हो गया हजोर।"

—"याने खाने-पीने की मुश्किल होगी?" दीपांकर ने पूछा।

—"मैं आपको इतना गावदी दिखता हूँ?"

—"नहीं....दिखते तो नहीं हो।" तारक ने कहा।

—"मैं इतना बड़ा अहमक नहीं हूँ हजोर।"

—"गोया बहस सिर्फ साईज पर है..." तारक ने ठहाका लगाया।

—"क्या हजोर...आप भी...."

—"नहीं। मतलब इतनी भी मुश्किल नहीं होगी।"

—"बिल्कुल नहीं हजोर। अपने लिए चावल तो रखता ही हूँ। थोड़ा मोटा है, पर है। दाल-सब्जी नहीं थी तो अभी किरासन लेने गया था तो एक मुर्गी ले

आया हूँ...खाते हैं न?''

—''जीते रहो मियाँ''—तारक ने फिर ठहाका लगाया—''नाम के फकत चिराग हो पर काम अलादीन के जिन्न वाला करते हो।''

—''जर्रानवाजी का शुक्रिया''—चिराग अली ने एक नुमायशी फर्शी सलाम बजाया—'' वैसे चायपत्ती है। काली मिर्च-अदरक वाली काली चाय पेश करता हूँ। नोश फरमाइए। अच्छी लगेगी।''

—''बना डालो मियाँ और हाँ, सारे खर्चे मेरे खाते में डाले जायेंगे। सुबह चुकता करेंगे जाने से पहले।'' तारक ने राहत की साँस ली।

—''खर्चे की कोई बात नहीं हजोर। आप हैं तो क्या फिकर? मुदा, एक बात है।''

—''फरमाइए।''

—''आप मुझे सिर्फ अली पुकार लें तो बेहतर। पूरा नाम बुलाते हैं तो लगता है किसी जर्राह के घर का पता बोल रहे हैं...चीरा गली।''

—''ओऽऽ हो: हो: हो:''—तारक का ठहाका। सकुचा गया चिराग अली—''ठीक है मियाँ। या चिराग सही या अली दुरुस्त। अब चीरा गली कतई नहीं....हो: हो: हो:।''

चिराग अली बरामदे और बैठकखाने को जोड़ने वाले बरामदे पर खुलते गलियारे से होता पिछवाड़े स्थित किचन की ओर बढ़ गया। चेहरे पर धूर्त मुस्कान के साथ तारक ने दीपांकर को तिर्यक ताकते हुए पूछा,

—''अभी चाय आती है। चाय में तड़का लगाना पसन्द करोगे?''

—''तड़का? चाय में तड़का?''

—''ठंड बढ़ रही है भई। थोड़ी ब्रांडी का तड़का लगाकर चाय लो। क्यों भाई पिस्तौल, थोड़ी चलेगी?'' तारक ने ऊँची आवाज में पूछा।

—''ना साहेब—'' कमरे से पिस्तौल की आवाज आई—''आप भी तड़का-फड़का मत लगाईए चाय जहर हो जाएगी।''

—''हम तो जनक के विषयायी ठहरे। जहर को जहर काटता है इसलिए तुमसे पूछा। चोट-दर्द में तड़के वाली काकटेल भी मुफीद रहेगी।'' तारक ने पिस्तौल की चेतावनी को परे सरका दिया।

—नहीं साहेब। हम निसा-पानी करते ही नहीं हैं।'' सिर की पट्टी व्यवस्थित करते पिस्तौल ने बाहर झाँकते हुए मना किया।

—''फिर तो ''सूर्य अस्त: झारखंड मस्त'' की कहावत ही झूठी कर दी यार। तुम नशा नहीं करते, फिर गाड़ी कैसे चलाते हो...खैर।'' तारक ने नाटकीय अफसोस प्रकट किया।

चिराग अली ने टिन के आतिशदान में लकड़ियाँ चुनकर आग सुलगाई और किचन में चाय बनाने चला गया।

तारक मेहता अपने कमरे से उम्दा कोनियाक ब्रांडी की बोतल लिये बरामदे पर निकले ही थे कि पिस्तौल धीमी आवाज में बातें करने लगा। टूटे-फूटे वाक्य तारक सुन सकते थे। दीपांकर भी...,

—''के... ? माय ? गाड़ी ले के डल्टेनगंज आईल हियो। थोड़ा आगे..काजरी! सवेरे। ठीक हो। नाय, कोई दिक्कत नांय। साहेब लोग बहुत अच्छा आदमी हथुन। थोड़ा बोखार हय। राइत भर में मर थोड़े जाबई ? तू फिकिर नांय कर। काइल सवेरे मिलबे ने। हाँ-हाँ वोही...कजली नांय रे, कजरी..क-ज-री!''

वर्तालाप समाप्त हुआ ही था कि चिराग अली चाय के साथ बरामदे पर हाजिर...! अपने कमरे में फोल्डिंग खाट बिछाते पिस्तौल ने चिराग अली से आग्रह किया,

—''हरारत लग रहा है अली भईया, हम थोड़ा लेट रहे हैं। नींद लग जाय तो जगाना मत! हमारा खाना यहीं रखकर ढाँक देना। भूख लगी तो खा लेंगे।''

—''ठीक है बिरादर।''

—''पानी जरूर रख देना। प्यास लगी तो रात-बिरात तुम्हें जगाना पड़ेगा।''

—''पानी तो जरूर रख दूँगा मियाँ''—चिराग अली हँसा—''क्या पता रात में उठो और तकल्लुफ में पड़कर मुझे न जगाओ तो अँधेरे में हाथ-पैर भी तुड़ा बैठो।''

अलाव धधक उठी थी। बरामदे पर थरथराती रौशनी नाचने लगी। रौशनी से आकृष्ट होने लगे बरसाती गुबरैले। झिंगुर, गंधी कीड़े, रामजी के घोड़े...मौसमी कीट-फतिंगे। बरामदे पर भुनते दानों की भाँति उछलते, मध्यम आकार के मेढ़कों का झुंड शिकार करने लगा।

कुहरीला अँधेरा तो साँझ ढलते ही उतरने लगा था। अब अक्तूबर की अँधेरी बारिश में कनकनी घुलने लगी। उँगलियों के पोरों को सुन्न कर देनेवाली कनकनी।

तूफानी हवा के झक्कड़ धीमे जरूर हुए थे परन्तु तेज पुरवा हवा के साथ हल्की एकरस फुहारें बदस्तूर जारी थीं। कभी-कभार आभासित होनेवाला मटियाला चाँद अब कहीं नहीं था। आकाश में संघनित हो चुके थे मोटे-गहरे बादल!

एक किलोमीटर दूर दुर्गावती नदी की भीषण बाढ़ का हाहाकार और पहाड़ी नदी के चट्टानी किनारों पर पछाड़ें खाती लहरों का शोर डाकबंगले तक सुनाई दे रहा था, मानो कहीं निकट ही खूब ऊँचाई से कोई प्रपात गिर रहा हो।

लम्बे समय तक एकरस होते इस शोर से एकात्म हो चुके थे डाकबंगले के अतिथि। बरामदे का फर्श मौसमी कीड़ों-भुनगों से भरने लगा था। तारक और दीपांकर

ने अपने पाँव मेज पर रख लिये थे। पंखदार हरे कीड़े कभी सिर के बालों में सुरसुराने लगते, कभी कपड़ों के भीतर तक रेंग जाते।

—''खाना तैयार है हजोर''—चिराग अली घोषणा कर चुका था—''जब हुक्म होगा, लगा दूँगा।''

—''यह बारिश तो थमती नहीं दिखती मियाँ।'' तारक ने कहा।

—''रुके न रुके, सुबह आप लोगों के निकलने का इन्तजाम हो जायेगा। हजोर''—आतिशदान कुरेदते चिराग ने बताया—''वैसे रात भर के लिए भी बारिश रुक जाय तो सुबह सड़क खुल सकती है।''

—''कैसे....? पुल खुल जायेगा?'' दीपांकर ने पूछा।

—''ना! सड़क की मरम्मत इतनी जल्दी कैसे मुमकिन है लेकिन दुर्गावती ठहरी पहाड़ी नदी। बाढ़ उतरने लगती है तो चार-छः घंटों में रेत निकल आती है। फिर गीली रेत पर बाँस की चटाइयाँ बिछाकर छोटी गाड़ियाँ नदी पार करने लगती हैं। झारखंड बन्द न होता तो पैसेंजर ट्रेन रात में भी मिल सकती थी।''

झारखंड बन्द के कारण गोमो-बरवाडीह-मुगलसराय रेलखंड की तमाम पैसेंजर ट्रेनें रद्द कर दी गयी थीं। लम्बी दूरी की द्रुतगामी रेलगाड़ियाँ झारखंड के सीमांत स्टेशनों पर आंशिक समापन या फिर मार्ग बदलकर चलाई जा रही थीं।

—''ट्रेन होती भी तो इस तूफानी रात में हम यहाँ से हिलने की हिम्मत नहीं कर सकते।'' हथेलियाँ रगड़कर गर्म करते दीपांकर ने झुरझुरी ली।

—''सुबह बंदी खत्म हो जायेगी हजोर। आठ बजे डालटनगंज के लिए पहली पैसेंजर ट्रेन मिलेगी। पास ही है कजरी...छोटा स्टेशन है। मोटर तो स्टेशन तक नहीं जाती। मैं छोटे रास्ते से आपको जल्दी पहुँचा दूँगा।''

बुझते अलाव में फूँक मारता चिराग अली आग की लपट उठाने के विफल प्रयास करता राख उड़ाने लगा।

तारक ने ठंडी हो चुकी चाय का आखिरी घूँट भरा जिसमें चाय कम थी, मदिरा ज्यादा। जीभ तालू से टकराकर चटखारा लगाते तारक ने पीठ ठोंकी।

—''चाय वाकई उम्दा बनी थी चीरागली।''

—''क्या हजोर''—कुढ़ उठा चिराग—''फिर वही...?''

तारक ने गगनभेदी अट्ठहास किया। मुस्कुराता चिराग अली फिर अलाव से जूझने लगा। आग मर रही थी।

—अब रहने भी दो मियाँ। कीड़े ज्यादा ही परेशान करने लगे हैं। बैठना मुहाल है। कहीं कपड़ों के भीतर कोई जहरीला कीड़ा पिस-मसल गया तो नाहक फोड़े-फुन्सियाँ...''

—''हाँ, खाना खा ही डाला जाय।'' दीपांकर ने भी सहमति दी।

—"बजा फरमाते हैं हजोर। जलाने को अब लकड़ियाँ भी नहीं है और किरासन भी थोड़ा ही मिला।"

—"चलो फिर मियाँ....दस्तरखान सजाओ।" तारक ने कहा।

छत्तीस घंटों के झारखंड बन्द का समापन होने में अभी पूरी एक रात बाकी थी।

सेवानिवृत्त आरक्षी उपाधीक्षक तारकनाथ मेहता और अन्तर्राष्ट्रीय समाचार संस्था "यूनिवर्सल इन्वेस्टिगेशन्स" के विदेश प्रतिनिधि दीपांकर चक्रवर्ती के बीच संयोगवश ही परिचय स्थापित हो गया था।

रांची के होटल "शालीमार" की तीसरी मंजिल पर उनके कमरे आजू-बाजू थे। दुआ-सलाम डिनर हॉल में हुई थी और बार-रूम में वे बेतकल्लुफ हो लिये थे। औपचारिकता खत्म हुई तो दीपांकर का अधिक समय तारक के कमरे में ही बीतने लगा था।

दोनों ही जने "झारखंड बन्द" से उबे हुए थे। तारक को डालटनगंज होते हुए "त्रिवेणी एक्सप्रेस" से लखनऊ जाना था और दीपांकर को अपने गृहनगर हुसैनीबाद! तारक शीघ्रातिशीघ्र रांची से निकल जाने की युक्ति सोच रहे थे।

कभी स्वतन्त्र पत्रकार-छायाकार था दीपांकर चक्रवर्ती जिसे शुरू से रुटीनी, सस्ती और जुगुप्सापूर्ण सनसनी से भरी पत्रकारिता से अरुचि थी। अखबारी कतरनों विदेशी पत्र-पत्रिकाओं से साभार उठायी गयी खबरों और भ्रामक सरकारी आँकड़ों पर आधारित रपटों के सतही कोलाज प्रस्तुत करने से उसे परहेज रहा था। दीपांकर को खोजी पत्रकारिता का नशा था। अपने मौलिक सर्वेक्षणों, साक्षात्कारों और यात्रा-दौरे आदि से हासिल ठोंके-बजाए निष्कषों पर आधारित काम करने का जुनून था।

पिछले भारत-पाक युद्ध के दौरान स्वतन्त्र पत्रकार दीपांकर जान हथेली पर लिये कारगिल तक जा पहुँचा था। युद्ध के "आँखों देखा हाल" की उसकी रपटें प्रतिष्ठित दैनिक-साप्ताहिक पत्र-पत्रिकाओं में प्रकाशित हुई थीं। उसके कई "एक्सक्लूसिव फोटोग्राफ" भी बढ़िया कीमत पर बिके थे। उसके काम पर सूचना-समाचार माध्यम के दिग्गजों की नजरें टिक गयी थी।

"यूनिवर्सल इन्वेस्टीगेशंस" नामक अन्तर्राष्ट्रीय समाचार संस्था ने दीपांकर के समक्ष आकर्षक वेतन-सुविधाओं का प्रस्ताव रखा था जिसे दीपांकर ने फौरन स्वीकार कर लिया था। एक वर्ष पूरा होते-होते वह "यूनिवर्सल इन्वेस्टिगेशन्स" का फॉरेन कारेस्पाडेंट था और प्राय: भारत के बाहर कार्यरत रहने लगा था। उसकी शुरुआती जांमारी, सफलताओं, और खोजी पत्रकारिता के जुनून ने उसे अच्छा सिला दिया था।

एक पखवारे की छुट्टी में दीपांकर अपने गृहनगर हुसैनीबाद आया तो लम्बी तानकर सोने की मन:स्थिति में था पर तभी स्वतन्त्र झारखंड का महाघोटाला सामने आया था जिसमें कई विधायकों समेत मुख्यमंत्री तक आरोपी ठहराए जा रहे थे। यह चार हजार करोड़ रुपये की काली कमाई का मामला था।

जाहिर था कि छुट्टियाँ रद्द होनी थी। हुईं भी। दीपांकर को इसका कतई मलाल नहीं हुआ था।

घोटाले के आरोपों में कितना भ्रष्टाचार था और कितनी राजनीति... ? जिस महाघोटाले की जड़ें विदेशों तक फैली बताई जा रही थी उसमें कितना भूसा था और कितना दाना? दीपांकर के भीतर का खोजी पत्रकार नथुने फड़काने लगा था। सूँघ लगाने रांची चला आया था दीपांकर।

अपनी विस्तृत खोज रपट को दाखिल दफ्तर करने के बाद वह देउड़ी मन्दिर और झारखंड के प्रपातों की सैर कर रहा था तभी झारखंड के कई भूमिगत संगठनों ने संयुक्त रूप से झारखंड बन्द का आह्वान कर दिया था। समूचे झारखंड में मानो अघोषित आपातकाल लागू हो गया था।

तारकनाथ मेहता का कुछ बकाया धन और दफ्तरी मसले झारखंड में अटके पड़े थे सो वे भी हफ्तेभर से ''होटल शालीमार'' में डेरा डाले पड़े थे। रांची में पदस्थापित उनके पुराने मित्रों और पूर्व परिचित अधिकारियों ने तारक को लखनऊ लौट जाने के परामर्श के साथ आश्वस्त किया था कि अगले डेढ़-एक महीने में तारक के ''एरियर्स'' समेत अन्य मसले सुलझा दिये जाएँगे।

घुटे पुलिसिए तारकनाथ मेहता ऐसे अनेक ''झारखंड बन्द'' अपने कार्यकाल में भुगत चुके थे। जानते थे कि नीजी टैक्सी चालक ऐसे बन्द में चाँदी कूटने का लोभ संवरण नहीं कर पाते। यदि अल्लसुबह किसी टैक्सी की व्यवस्था हो सके तो शाम तक तारक मुगलसराय तक निकल सकते थे। फिर तो वहाँ से लखनऊ पहुँचना महज वक्त की बात भी।

होटल की विशाल खिड़की से सटे खड़े तारक शान्त शहर की ओर सिगार के धुएँ के छल्ले उछाल रहे थे।

सुबह से बेतहाशा उमस थी जो चुगली कर रही थी कि पठार पर कम दबाब का क्षेत्र सक्रिय हो रहा था। घुटन बढ़ती जा रही थी सो तारक ने पूरी खिड़कियाँ खोल रखी थी। आकाश का रंग बता रहा था कि बारिश की संभावना बन रही थी। बे-मौसम की बारिश! झारखंड के पर्यावरण के साथ हो रहे विकास के खिलवाड़ों ने पठार का ऋतुचक्र ही गड़बड़ा दिया है।

—''बन्द कमरे की घुटन झेलना मेरे बस का नहीं। मैं अब एक दिन भी इस दड़बे में ठहरने को राजी नहीं'' तारक ने कुढ़कर कहा था।

—"यहाँ से फिलहाल तो निकलना मुश्किल है सर।" दीपांकर की विवश आवाज।

—"कैसे आकाश में सुराख नहीं हो सकता, एक पत्थर तो तबीयत से उछालो यारो।"

—"मतलब?"

—"मेरा नहीं, यह दुष्यन्त का कहना है, बड़े शायर का। मतलब यह कि तुम भी यहाँ से निकलना चाहोगे?"

—"जंगली रास्ते वैसे ही खतरनाक...उग्रवादियों से भरे जंगल को पार किये बिना पलामू के रास्ते बाहर नहीं निकला जा सकता।"

—"डरते हो?" मुस्कराये थे तारक।

—यूनिवर्सल के लिए अफगानिस्तान में महीनों काम किया है जनाब। कारगिल वार में मौके पर पहुँचकर रिपोर्टिंग कर चुका हूँ।" तिलमिला गया था दीपांकर।

—"गुड...वैरी गुड।" तारक सोफे में आ धँसे थे।

—"क्या गुड?"

—"जहाँ तक मेरी बात है तो बरखुरदार, झारखंड-छत्तीसगढ़ कैडर में दस साल पुलिस की नौकरी करने के बाद वन पीस जिन्दा रिटायर होनेवाले के भीतर से डर नाम की चीज हमेशा के लिए फना हो जाती है। जान लो कि पलामू में दो ही खतरे हैं,....माओवादी और मलेरिया! मैं दोनों को भुगत चुका हूँ,....भुगताया भी है; इसलिए मैं जब चाहूँ झारखंड से निकल सकता हूँ। काश कि एक टैक्सी मिल जाती।"

—"कोशिश कर देखें?" दीपांकर ने भी हौसला दिखाया था।

—"जरूर! अपना आइडेंटिटी कार्ड ऊपर की जेब में रखो....दिखाई दे और अपना लैपटॉप बैग में छुपाओ।"

—"सो क्यों?"

—"मैं होटल के मैनेजर को यहाँ बुलाने वाला हूँ। चारा डालूँगा"—तारक ने बताया था—"मछली चारा निगल गयी तो कल हम इस कबूतरखाने से निकल पड़ेंगे। फिर रास्ते में किसी पुलिसिए को कौन रोकेगा-टोकेगा?"

—"आप रिटायर हो चुके हैं सर।"

—"बको मत"—भिन्ना गये थे तारक—" यह मेरे माथे पर नहीं गुदा। हमारी रिटायरमेंट की न्यूज अखबारों में नहीं छपती।"

—"सोच लिजिए।"

—"सोचो तुम और पुलिसिया पैतरों की तेल देखो, तेल की धार देखो।"

तारक ने होटल मैनेजर को अपने कमरे में बुला ही लिया था।

होटल का मैनेजर कमरे में प्रविष्ट हुआ ही था कि तारक ने नुमाइशी अन्दाज में अपना बटुआ खोला था। खूब शाइस्तगी से बटुए में से छाँटकर पाँच सौ रुपये का एक करारा नोट बरामद किया था। नोट को सेंटर टेबिल पर रखकर एश-ट्रे से दबाते हुए कहा था।

—"यह सरकारी सर्टिफिकेट है मैनेजर साहब, खास आपके लिए। उठा लीजिए।"

—मैं? मेरी....किसलिए सर?" चौंका था मैनेजर।

—आपकी बेहतरीन सेवाओं से खुश होकर रिजर्व बैंक के गर्वनर के दस्तखत वाला यह सर्टिफिकेट हम आपको दे रहे हैं। न...न, तकल्लुफ...एकदम नहीं जनाब। बस उठाइए और जेब में रखिए।

—"ऐसी टिप तो सर"—सकपकाया था मैनेजर—"रूम सर्विस वाले ब्वाय को दी जाती है।"

—"अच्छा मजाक कर लेते हैं आप भी"—हँसे थे तारक—" वेटर-ब्वाय की जेब में समाएगा इतना बड़ा सर्टिफिकेट? इससे भी बड़ा, लाल वाला एक और सर्टिफिकेट आपको कल मिल सकता है। यदि आप हमारी थोड़ी सेवा और कर सकें।"

मैनेजर अनुभवी था। बात के मर्म को भेद गया था। ताड़ गया था कि उसके ग्राहक संभवत: विदेशी मदिरा और यौन-सुख के तमन्नाई थे।

उसने मेज पर रखा नोट उठाकर जेब के हवाले किया था। पूछा था,

—"हुक्म कीजिए साहब, क्या सेवा करनी होगी।"

—"आपको कल सुबह हमारे रांची से निकलने का इन्तजाम करना होगा।"

—"इस बन्दी में?" मैनेजर चौंका था।

—"आपको ज्यादा कुछ नहीं करना"—मुस्कराए थे तारक—" हमारे लिए एक टैक्सी का इन्तजाम कर दें...बस।"

—"टैक्सी...?" मैनेजर हिचकिचा रहा था।

—"एम्बेस्डर कार ही होनी चाहिए....सरकारी गाड़ी जैसी। सौ-दो सौ किलोमीटर ले जा सके ऐसा ड्राइवर हो। अधेड़ या बूढ़ा नहीं। जवान....शोफर लगे।...इतना कर सकें तो गारंटी के साथ बड़ा वाला लाल गांधी आपका।" तारक ने चारा डाल दिया था।

—"मैं कोशिश करूँगा साहब।" मुस्कुराती मछली चारे में मुँह मार रही थी।

—"सिर्फ कोशिश के लिए बड़े सर्टिफिकेट नहीं मिलते हजरत। नतीजा दीजिए, सर्टिफिकेट पक्का!"

—"हो जायेगा साहब।" कुछ देर सोचने के बाद मैनेजर ने विश्वासपूर्वक

कहा था।

—"गुड! तो कल सुबह!"

—"सुबह से पहले ही कुछ मैनेज कर सका तो भोर में ही खबर करूँ साहब?"

—"वाह! चुपड़ी और दो-दो-? क्यों नहीं? हम तो समझिए कूच को तैयार बैठे हैं।"

—"ठीक है, चलता हूँ साहब!"

—"तखलिया!"

अपार व्यस्तता का प्रदर्शन करता मैनेजर कमरे से विदा हो गया था।

तारकनाथ मेहता की आँखों में विजेता मछेरे जैसी चमक थी। होंठों पर धूर्त मुस्कान। मछली चारा निगल जो गयी थी। प्रसन्न तारक ने बोतल खोल ली थी और शिवाज रीगाल का लुत्फ लेने लगे थे।

हल्के बादल तो शाम से ही तैरते दिख रहे थे। बन्द कमरे में पता ही नहीं चला कि आधी रात के बाद कब बादल संघनित हो गये थे। भोर तक बूँदा-बाँदी शुरू हो गयी थी।

प्रातः पाँच बजने से कुछ पहले ही होटल का मैनेजर एक युवक ड्राइवर के साथ कमरे में उपस्थित हो गया था। सफेद एम्बेसडर ढूँढ़ निकालने की प्रसन्नता और उसके नतीजे, बड़ा वाला सर्टिफिकेट की गारंटी उसके चेहरे से टपक रही थी।

—"यह तो बन्द में गाड़ी निकालने को तैयार ही नहीं था साहब! मैंने डबल किराया के साथ अच्छी बख्शीश का फायदा किया तो भी तैयार नहीं था।" मैंने इसे आपके आइडेंटिटी कार्ड की फोटो कॉपी दिखाई कि साहब पुलिस के बड़े अफसर हैं, गाड़ी सेफ रहेगी तब कहीं जाकर यह राजी हुआ है।"

तारक ने टैक्सी ड्राइवर का नख-शिख निरीक्षण किया था। दरमियाने कद का युवक था। ताम्बई रंग, फ्रेंच कट दाढ़ी-मूँछ, दाईं आँख के नीचे छोटे और ललाट पर गहरे घाव का पुराना निशान...! ड्राइवर होटल की सफेद वर्दी में था। सिर पर बाकायदा पीक-कैप भी थी।

—"कितने दिनों से गाड़ी चला रहे हो?" दीपांकर ने पूछा था।

—"याद नहीं साहेब...बहुत दिन से।"

—"एक्सीडेंट कितने किये?

"''एक्को नहीं।" ड्राइवर ने विनीत भाव से बताया था।

—"झूठ बोलते हो तुम। चेहरे पर घाव के निशान हैं और कहते हो...

—"छोड़ो भी यार। यह आदमी नहीं। मुकम्मल बयान है"—तारक के हस्तक्षेप किया था—"माथे पर इसके चोट का निशान है...हाः हाः हाः..."

दुष्यन्त की पंक्तियों के साथ तारक का ठहाका...! ड्राइवर सकुचा गया। बोला,

"हम आदिवासी हैं साहेब! जंगल में गिरते-पड़ते रहते हैं। बचपन में एक बेर भालू लड़ गया था। उसी ने पटककर नोंच-चोंथ दिया था।"

—"ड्राइविंग बढ़िया करता है साहब"—मैनेजर ने अपना सर्टिफिकेट बचाने के प्रयास किया था—"भला आदमी है।"

—"यूनिफार्म में जँच भी खूब रहा है।"

—"मैंने ही पहना दी साहब। आपने कहा था न कि ड्राइवर शोफर जैसा..."

—"बिल्कुल ठीक किया आपने। आदमी आप काफी समझदार हैं मैनेजर साहब। टंच इन्तजाम करते हैं। जब सरकार ही सवारी है तो ड्राइवर भी सरकारी दिखना चाहिए...क्यों दीपांकर?"

—"बिल्कुल।"

—"इसका नाम पिस्तौल है सर"—मैंनेजर ने बताया था—"पिस्तौल केरकेट्टा।"

—"कमाल है! पिस्तौल? नाम?"—मुसकाये थे तारक—"पिस्तौल केरकेट्टा।...वल्द? बन्दूक केरकेट्टा?

—"अब क्या कहें साहेब"—उत्तर पिस्तौल ने दिया था—" सुनकर अजब लगेगा लेकिन...बाप का नाम तो यही था। बन्दूक।"

दीपांकर की हँसी रोके न रुकी।

उसने पूछ ही लिया था।

—"याने तुम्हारे पिता का नाम सचमुच बन्दूक?"

—"जी सरजी।" लजाया लग रहा था पिस्तौल।

"फिर तो यार तुम्हारे दादा का नाम जरूर तोप केर-के-ट-ट्-टा हा...हा....हा..."

तारक का छतफाड़ ठहाका मैनेजर भी हँसी के संक्रमण से बचा नहीं रह सका था। खिलखिला रहा था दीपांकर।

—"नहीं साहेब"—सकुचा गया था पिस्तौल—"इतना ऊँचा खानदान नहीं है हमारा।"

"सॉरी! सॉरी यार पिस्तौल! नामों को ऐसी जुगलबन्दी मैंने पहली दफा-बर्दाश्त नहीं कर सका। माफ करना यार।" तारक ने हँसी को नियन्त्रित किया था।

—"कोई भी सुन कर हँसेगा साहब।" पिस्तौल उदारतापूर्वक मुस्कुराया था।

—"तो मैं आप लोगों का बिल तैयार करूँ साहब?"

मैनेजर उतावला था। बड़े वाले सर्टिफिकेट पर काबिज होने की बेचैनी थी।

—"जरूर।"—तारक ने कमरे में नजर दौड़ाई थी। कुछ भी छूट नहीं रहा था। पूछा, "दीपांकर तैयार?"

सामान भी क्या था। तारक के पास मात्र एक ब्रीफकेस था और दीपांकर के पास बीसियों चेन-जिप-जेबों वाला सफारी पिट्ठू-थैला था। पिस्तौल ने दोनों नग उठा लिए थे। कमरे को ताला लगाकर वे जीने से नीचे उतर पड़े थे।

सिर मुंडाते ही ओले पड़ने का रिवाज है सो इस दफा भी ओले पड़े ही पड़े।

राँची से पच्चीस-तीस किलोमीटर आगे निकलते-निकलते सहसा बादल फट पड़े थे। चहुँ दिशाएँ हल्की नीली फुहारों से नहाने लगी थीं और फिर भीषण बारिश...! आकाश ने हठात हजारों-हजार गैलन पानी धरती पर उलीचना शुरू कर दिया था।

तूफानी हवाओं के झक्कड़ टैक्सी-कार को भी प्रभावित करने लगे तो पिस्तौल ने गाड़ी की गति धीमी कर ली थी। वाकई दक्ष चालक था पिस्तौल!

कहने को तो वे राष्ट्रीय राजमार्ग संख्या पिचहत्तर पर यात्रा कर रहे थे पर सड़क की हालत खस्ता थी। अज्ञात गहराई वाले पानी भरे गड्ढों से बचते-बचाते तेज सफ्तार निकालना खतरनाक था। पहिए रपटने का अन्देशा था। हवा की शैतानी रफ्तार के कारण पहिए रपटते ही अनियन्त्रित टैक्सी का घाटी में गोता लगा जाने का खतरा था।

अपनी टैक्सी पर पिस्तौल का गजब का नियन्त्रण था बावजूद इसके ऐसे मौसम में होटल छोड़कर लम्बी यात्रा पर निकल पड़ना बड़ी भूल लगने लगी थी। अब वापस लौटना तो उससे भी बड़ी मूर्खता होती।

रास्ते में दो जगह आंशिक अवरोधों पर थोड़ी देर रुकना पड़ा था।

राँची से बाहर निकलते ही ''रातू'' चेक-नाका मिला था। हल्की बारिश में एक बन्द दुकान के सायबान के नीचे छाताधारी सिपाहियों को देख पिस्तौल ने स्वविवेक से गाड़ी धीमी कर ली थी। तारक ने अपना पुराना परिचय पत्र खोलकर टैक्सी की बन्द खिड़की के शीशे से चिपका दिया था।

सिपाहियों के लिए परिचय पत्र पर उभरा सुनहरे अशोक-स्तंभ का मोनोग्राम ही पर्याप्त था। बाँस के लट्ठे वाले चेक-नाके का रस्सा फौरन ढीला हो गया था। टैक्सी अवरोधक के पार निकल गयी थी।

लगभग तीन घंटे तक बे रोक-टोक निर्विघ्न यात्रा के बाद जब वे लातेहार की सीमा में प्रवेश कर चुके थे, पुलिस की बख्तरबन्द वैन द्वारा ओवरटेक कर रुकने का संकेत किया गया था। पिस्तौल ने टैक्सी सड़क के किनारे खड़ी कर दी थी।

बारिश की फूहियाँ बदस्तूर झिरझिरा रही थी। तारक ने अपनी ओर की खिड़की का शीशा नीचे कर लिया था।

बरसाती ओवरकोट पहने एक इन्सपेक्टर ओहदे वाला युवक टैक्सी की खुली खिड़की तक लपका आया था। तनिक झुका था। टैक्सी के भीतर झाँकते ही एकदम सीधा तनते हुए उसने तपाक से सैल्यूट किया था।

—"सर आप...? इधर?"

—"जरूरी था खान मियाँ"—मुस्काए थे तारक—"रिलैक्स...रिलैक्स!"

—"आपने मुझे पहचान लिया सर?" विस्मित था कथित खानमियाँ!

"तुम सबको कैसे भूल सकता हूँ मैं? तुम लोग ही तो आपरेशन महिषासुर में मेरी ताकत थे खान...कैसे भूल सकता हूँ?"

"सर...!" खान के चेहरे पर अभिमान छलक आया था। अभी भी सावधान की मुद्रा में खड़ा खान और तन गया था।

"रिलैक्स यंग मैन! अभी कहाँ हो?"

"यहीं हूँ सर। लातेहार में। प्रोमोशन भी मिल गया था सर।"

"गुड...गुड!"

"कोई सेवा सर?" वह खिड़की के पास झुक आया था।

"फिलहाल नहीं। सफर इन्हाई जरूरी न होता तो ऐसे मौसम में मैं कतई न निकलता।"

"झारखंड बन्द भी तो है सर।"

"वो वजह हमें नहीं रोक पाती। इंसपेक्टर अब्दुल मन्नान खान, हम पुलिस वाले ही ऐसे बन्द-बहिष्कार की धमकियों से डरे-दुबके बैठ रहें तो जनता को सुरक्षा का भरोसा कैसे दे पाएगी पुलिस...नो?"

"यस...! यस सर! लेकिन सर...."

"डोंट वरी आफिसर"—तारक ने खान को आगे बोलने से रोका था—"बन्द का असर रिहायशी इलाकों में ज्यादा होता है। इधर जंगल-बारिश में कौन बन्द समर्थक सड़क रोके बैठा है? जो है, आप हैं।"

"सो तो है सर।"

"दैन...?"

"ओ.के. सर! आगे कोई दिक्कत हो तो डालटनगंज कोतवाली में मणि है सर। आपके एक फोन पर जहाँ बुलाएँगे, पहुँच जायेगा।"

"आई नो...! खान, मुझे तुम सब पर गर्व है"—जेब से ताजा सिगार बरामद करते तारक ने पूछा था—"...और प्रभाकर? कहाँ है आजकल?"

"विश्रामपुर में थानेदार है सर।"

"गुड! और सब इधर ठीक-ठाक न?"

"इधर तो सब ठीक है सर! अभी तक किसी अशान्ति की कोई खबर नहीं है। हाँ, उधर ओरमांझी के जंगल में एनकाउंटर की खबर है। रात से ही चल रहा है"—खान ने बताया था—"अभी डिटेल नहीं मिली है।"

"चलो फिर! हमें रुखसत करो और अपनी बाकी ड्यूटी भुगताओ। हैव अ

गुड डे।''

"सैम टू यू सर''—खान ने एड़ियाँ जोड़कर पंजे उचकाये थे। करारा सैल्यूट..." जै हिन्द सर!

"जय हिन्द मियाँ। चलो भई पिस्तौल।'' तारक सिगार का कोना दाँतों से कुतरने लगे थे।

एक्सीलेटर पर पाँव दबाते ही टैक्सी सड़क पर निकल पड़ी थी। पीछे गद्गद् अब्दुल मन्नान खान और उसके चकित मातहत! "...गजब का साहब था! इत्ते बरस बाद भी अपने मातहत को नाम और चेहरे के साथ याद रखने वाले ऑफिसर अब हैं ही कितने विभाग में...?

डालटनगंज पहुँचने तक बारिश बदस्तूर जारी थी। पहाड़ों वाला रौद्र नहीं, रिमझिम-रुमझुम....लगातार बरसती। झालर वाली बूँदों की बारिश।

डालटनगंज शहर में बिना प्रविष्ट हुए वे बाइपास सड़क पर बढ़ते गये थे। पलामू जिले का जिला मुख्यालय डालटनगंज अब मेदिनीनगर के नाम से भी जाना जाने लगा था। और तेजी से फैल रहा था। नई बसती आबादी से बाहर निकलने पर फिर वही तेज हवा!

दीपांकर पूरे रास्ते जगता-उँघता आया था। दुर्गावती नदी तक पहुँचने पर यात्रा में अटलनीय विघ्न पड़ा तभी सजग हुआ था दीपांकर!

दुर्गावती भयावह उफान पर थी। नदी के दोनों किनारों के ऊपर तक बाढ़ का फेनिल लाल-पीला पानी हाहाकार कर रहा था। पथरीले तट थे अतः भू-कटाव तो नहीं था पर उन्हीं चट्टानी किनारों पर पछाड़ें खाती धारा का आवेग कुछ और भयावह हो रहा था।

नदी पर बने पुल के दोनों छोरों पर बाढ़ का भीषण दबाव पड़ा था। एक छोर की सड़क कटकर ढह-बह चुकी थी और अब पुल और मुख्य सड़क को काटती एक और पतली पर तीव्रगामी धारा स्थापित हो चुकी थी।

पुल के निकट एक झोंपड़ेनुमा ढाबे के निकट दो ट्रक खड़े थे। ढाबे में ट्रक के चालक-खलासी किंकर्तव्यविमूढ़ बैठे थे। लदे हुए भारी वाहन बारिश में पीछे मोड़ने पर पहिए रपटने का खतरा था।''

"अब....?'' दीपांकर की ऊँघ-उबासी हवा हो चुकी थी। दीपांकर के प्रश्न का उत्तर प्रकृति ने दिया था।

अचानक बादल कड़के थे। रिमझिम अचानक मूसलधार में बदल गयी थी। इतनी मोटी-मोटी बूँदें कि आकाश से पानी झरने की भाँति गिरने लगा था। बिगड़ते मौसम की गवाही देने लगा था आकाश...दिशाएँ! काले आसमान की पृष्ठभूमि में, हवा के तेज झक्कड़ों में बूँदों की चादर-सी लहराती दिखने लगी थी।

''घबराओ मत बरखुरदार, यहाँ से एकाध किलोमीटर पर ''पी०डब्ल्यू०डी०'' का ''आई०बी०'' है। फिलहाल वहीं चलते हैं। आगे की फिर सोच लेंगे।...चलो भई पिस्तौल, गाड़ी घुमाओ।

झारखंड पुलिस की अफसरी से सेवानिवृत्त हुए तारकनाथ मेहता का ऐसी विषम परिस्थितियों से बार-बार सामना होता रहा था। दीपांकर चिंतित था पर तारक तो मानो पिकनिक पर निकले थे।

बारिश के रूप में मानो कयामत बरपा...चोटिल कर देनेवाली बूँदें! लगातार वाइपर चलने के बावजूद कार की विडंस्क्रीन से पाँच कदम दूर की सड़क देख पाना असम्भव!

अधटूटी सड़क पर पिस्तौल ने दक्षतापूर्वक ''यू-टर्न'' लिया था। वे निर्विघ्न ''लोक निर्माण विभाग'' के ''निरीक्षण बंगले'' तक पहुँच गये थे।

मुख्य सड़क से एक पतली सड़क निकल रही थी जिस पर आधा किलोमीटर चलकर एक बागीचा जैसा था। बागीचे के छोर पर थी वह कॉटिजनुमा इमारत जिसकी खिड़कियों के छज्जों पर तीन-चार फीट ऊँची घास का जंगल हिलोरें ले रहा था। मुख्य इमारत के कोने की दीवार में उगे बरगद की शाखें छत के ऊपर शेषनाग के विशाल फन की भाँति तनी लहरा रही थी।

डाकबंगले की इमारत की ओर पहुँचती एम्बेसडर कार देख डाकबंगले का इकलौता कर्मचारी चिराग अली उनकी आगवानी हेतु लपका आया था। फटी-पुरानी बरसाती के ऊपर प्लास्टिक की चादर ओढ़े वह अधेड़ व्यक्ति था जो बुढ़ापे की दहलीज पर खड़ा था।

''असलाम वालेकुम हजोर! सरकार की सवारी कहाँ से तशरीफ ला रही है?''

''कमरा मिलेगा?'' खिड़की का शीशा हटाते ही तारक का चेहरा भींग गया था।

''मिलेगा क्यों नहीं हजोर! बेशक मिलेगा। वैसे हजोर किस महकमे से ताल्लुक रखते हैं?''

''पुलिस।''

''यह भी खूब रही। तशरीफ लाइए हजोर।''

वे डाकबंगले के पोर्टिको तक पहुँचे थे। वे डाकबंगले के बरामदे पर पहुँचे थे।

कई जोड़ी पाँव बरामदे पर पड़े तो किलो-दो किलो वजन वाले मेढ़क-दादुर बरामदे से नीचे कूदने लगे। भचाक्! भच्चाक!! बड़े-बड़े मेंढ़क थे या इंटें?

''जनाब की तारीफ?'' तारक ने पूछा था लखनबी जुबान...! चिराग अली ने तारक को गौर से निहारा था। आँखों में आश्वस्ति का भाव उभरा था।

''मेरी क्या तारीफ हजोर! तारीफ तो उस खुदा मियाँ की जिन्होंने यह कायनात बनाई। वैसे बंदे को चिराग अली कहते हैं।''

''मियाँ, हम हैं लखनऊ के और झारखंड के तो तुम भी नहीं लगते।''

''बजा फरमाया हजोर! हमें ताड़ ही लिया। मुदा, कमाल की नजर पाई है आपने''—कुंडे-कमरे खोलता चिराग अली बोले जा रहा था—'' मैं भी हजोर उधर का ही हूँ। खास आजमगढ़ का। शबाना बीबी के पड़ोस में ही अपना पुश्तैनी गरीबखाना है। अब बीवी तो माशाअल्ला फिलिम वाली हुईं....बाम्बे में कयाम करती है और बंदा यहाँ झारखंडी रोटियाँ तोड़ रहा है।''

चार कमरे थे। साफ-सुथरे दो बाथरूम थे। दीवारों में कहीं-कहीं नोनी लग रही थी पर राहत की बात थी कि भीतर से कमरे दूर से दिखती इमारत की तरह एकदम खस्ताहाल नहीं थे।

कमरे व्यवस्थित किये जा चुके थे। पिस्तौल गाड़ी से सामान निकाल लाया था। तौलिए से सिर रगड़ते दीपांकर ने कहा था, ''एक प्याली धधकती चाय मिल जाती तो...''

''बेशक मिलेगी हजोर''—चिराग ने बात लोक ली थी—''मैं बरामदे पर कुर्सियाँ डाल देता हूँ। तशरीफ रखिए आप लोग। चाय अभी हाजिर होती है।''

तारक इतने इतमिनान और सहज लग रहे थे मानो अपने घर के बरामदे पर बैठे बारिश में चाय का लुत्फ ले रहे थे। सिगार का आनन्द ले रहे थे। दीपांकर सहज नहीं हो पा रहा था।

दीपांकर के पत्रकार को अखबार की सुर्खी-खबर के बाद ''फालो-अप स्टोरी'' की तलब लग रही थी जो अगली सुबह के पहले पूरी होने वाली नहीं थी।

बरामदे से परे हरी-काई रंग की वनस्पतियाँ कालेपन में डूब चुकी थीं। झाड़ियों में हजारो-हजार जुगनू जगमगा रहे थे। वृक्षों पर बसेरा किये क्वेंक-क्वेंक कर उठते बगुले रुई के गोलों जैसे दिख रहे थे।

चिराग अली किचन में बर्तनों की खटर-पटर में मगन था। पिस्तौल गहरी नींद के हवाले हो चुका था। बरामदे पर चहलकदमी करते दीपांकर को तारक ने टोका।

''किस गुनताड़े में पड़े हो बरखुरदार?''

''कुछ नहीं सर, बस यूँ ही।'' अन्यमनस्क-सा बोला दीपांकर पर यह सच नहीं था।

दीपांकर उन दिनों की स्मृतियों को कुरेदने लगा था जब वह यूनिवर्सल इन्वेस्टिगेशन्स की असाइनमेंट के सिलसिले में पिछली बार झारखंड आया था और...

जोहड़ के पानी पर कोहरा तैरने लगा था। दीपांकर कोहरे को घूरने लगा था।

मानो जुगनूओं की टिमटिम–जगमग रौशनी में वह उस रहस्य को भेदना चाह रहा था जो कोहरे के पार छुपा हुआ था।

दीपांकर के मानस में मानो कोई फिल्म चलने लगी थी। घिसी–पुरानी, धूसर और श्वेत–श्याम फिल्म! उन दिनों की पुरानी रील जब वह पहली दफा मॉरिस–टाउन पहुँचा था।

दीपांकर को याद आ रहा था संजीवनगर का वह कमरा जिसकी दीवार पर लगे चित्र के नीचे लिखा था...''तुम्हारा जन्म नहीं, मृत्यु नहीं, नाश नहीं, विनाश नहीं। तुम तो अमृत की सन्तान हो। तुम्हें किसका डर...?''

कैसे भूल सकता था दीपांकर महेश असुर के साथ का वह लम्बा साक्षात्कार? उसके सामने ही तो बैठा था महेश मुकरुआर उर्फ महेश असुर....। कैसे भूल सकता था दीपांकर सोनारा मुंडा का वह पथराया भावहीन चेहरा, उसकी डबडबाई रक्तिम आँखें...? चाह कर भी भूल सकता था दीपांकर चक्रवर्ती नीलमनी एक्का का वह हृदयविदारक क्रन्दन? उस लड़की की खून जमा देनेवाली चीखें जिसके कलेजे से मानो रक्त की आखिरी बूँद तक निचुड़ी जा रही थी।

# महेश असुर

*मत कहो आकाश में कुहरा घना है,*
*यह किसी का व्यक्तिगत आलोचना है,*

**—दुष्यन्त**

तुपकाडीह जंक्शन...!

जंक्शन...??

विस्मित महेश ने ट्रेन के गतिशून्य होने से बहुत पहले ही अपना पर्वतारोहियों जैसा भरा-ठूँसा पिट्ठू झोला पीठ पर टांग कर व्यवस्थित कर लिया था और बोगी के दरवाजे पर आ खड़ा हुआ था।

वर्षों पूर्व छुटपन में एक बार महेश अपने साथियों के साथ तुपकाडीह स्टेशन आया था...रेलगाड़ी देखने। चुपके से। घर के बड़ों को बिना बताए आये थे बच्चे। सोनारा, चुंटवा, मटवा, टेंगरा,....बाकियों की याद अब नहीं रही थी।

तपते रेतीले मैदानों में, लहलह तप्त उर्ध्वगामी हवा के पार खड़ा ताड़ का वृक्ष ज्यों बल खाता दिखता है; महेश मुकरुआर की स्मृतियों के किसी कोष में लहराती आकृति जैसा पच्चीस-छब्बीस वर्षों पुराना तुपकाडीह रेलवे स्टेशन आज पुनः प्रत्यक्ष था परन्तु कितना बदला हुआ? एकदम अपरिचित!

चुंटवा बताता था, बहुत बड़े अजगर जैसी होती है रेलगाड़ी। लोहे की। लोह-अजगर के पैर भी लोहे के। पैर की जगह चक्के लगे होते हैं। अरना भैंसे जैसे सिर वाला अजगर फोंफकारता है तो उसके माथे से काला धुआँ निकलता है। अजगर की नाक माथे पर होती है। अजगर कोयला खाता है, खूब सारा पानी पीता है और बोलता है भौं...भौं ओं ओं ओंऽऽऽ!

"अचम्भों का बच्चा" थी रेलगाड़ी! इन पटरियों के बिछने से पूर्व तुपकाडीह या गजलीठोरी तक के किसी आदि निवासी ने रेलगाड़ी नहीं देखी थी। इन पटरियों के बिछने से पहले पलामू में आवागमन के साधन आदिम ही थे। निम्नवर्ग के लिए पाँव-पैदल, मध्यवर्ग हेतु बैलगाड़ियाँ और प्रभूवर्ग के लिए हाथी-घोड़े-पालकी! अंग्रेजी राज ने "भारतीय दंड संहिता", "पुलिस मैन्युअल", "न्याय-व्यवस्था", "डाक प्रणाली", "संसद भवन" आदि-आदि की जो विरासत छोड़ी थी; उन्ही में से एक था यह रेलगमार्ग और काले ईंजन वाली कोयला-पानी चालित रेलगाड़ी।

रेलगाड़ी के उस पहले साक्षात्कार की वह धूसर-धुँधली स्मृति अर्धनिद्रा के कच्चे सपने की भाँति महेश मुकरुआर के मस्तिष्क के किसी कोने में रंगहीन सपने की भाँति घर किये थी।

प्लेटफार्म पर उतरा था महेश मुकरुआर। जितनी दूर तक देख सकता था, देखा। अधिकतम कोण तक गर्दन घुमा कर! यह उसकी यादों में बसा तुपकाडीह स्टेशन हर्गिज नहीं था। यह तो...

प्लेटफार्म पर खड़े विशाल सायबान, पत्थर की कुर्सियाँ, पानी की टूँटियाँ...! महेश ने बनारस के गंगाघाट जैसी सीढ़ियों के शीर्ष पर स्थित स्टेशन की मुख्य इमारत पर नजर फिराई। स्टेशन तो सही, तुपकाडीह ही था अलबत्ता अब मात्र तुपकाडीह नहीं; अब था जंक्शन तुपकाडीह!

तब तुपकाडीह में मात्र दो रेल-पटरियाँ होती थीं; अब शैतान की आँतों की भाँति एक दूजे से उलझती-सुलझती पटरियों का जाल स्टेशन के दोनों सिरों पर दिख रहा था।

तब स्टेशन का दफ्तर लाल ईंटों वाली एक बहुत पुरानी दिखती इमारत में स्थापित था जिसके ऊपर लाल टीन की छत थी। अब वहाँ कई दरवाजों-खिड़कियों वाला भव्य भवन था जिसके ललाट पर नियॉन अक्षरों में चमक रहा था, तुपकाडीह जंक्शन...!

तुपकाडीह के कायापलट से चकित था महेश मुकरुआर! बिहार विभाजन होते ही झारखंड विकास के रास्ते पर दौड़ने लगा था?

तब गाड़ियों की प्रतीक्षा में यात्री प्लेटफार्म पर खड़े पीपल-नीम-गुलमुहर वृक्षों की छाया तले उबासियाँ लेते ट्रेन के आगमन की सूचना देनेवाली धातुई घंटी की बाट जोहते रहते थे। अब कई सायबान, कुर्सियाँ, ओवरब्रिज। ट्रेनों के आवागमन की यांत्रिक उद्घोषणाएँ...!

उन दिनों इस रेलमार्ग पर मात्र सवारी गाड़ियाँ ही चलती थीं। ट्रेन के स्टेशन पर पहुँचते ही बाल्टी में पानी-मग लिये रेल विभाग के ''पानी पांड़े'' खिड़कियों पर पानी पूछते यात्रियों को पेयजल उपलब्ध कराते थे। अब प्लेटफार्म पर ''भारतीय रेल खान-पान एवं पर्यटन निगम'' के चमकदार स्टॉल दिख रहे थे। जहाँ रंग-बिरंगी बोतलों में ठंडे पेय, फलों के रस, लस्सी और चाय-कॉफी उपलब्ध थी।

उदारीकृत भारत की यह नई व्यवस्था पर्यटन और यात्री सुविधाओं की ओट में चने-मूँगफलियाँ बेच कर अपना परिवार पालने वाले कितने ही लोगों की रोजी-रोटी छीनकर मुट्ठीभर ठेकेदारों के लिए व्यवसाय उपलब्ध कराने की व्यवस्था बन चुकी है।

ओवरब्रिज पर से गुजरकर महेश स्टेशन के बाहरी परिसर में निकल आया था।

सामने था फूलों-झाड़ियों से हरा-भरा बागीचा। चमकीली इस्पाती सलाखों से घिरे छोटे बागीचे के बीच मिट्टी का कृत्रिम टीला निर्मित था। टीले पर ऊँचे खंभे पर सूचनापट्ट लगा था जिस पर भारतीय रेल के अधिकृत काले-पीले अक्षरों में दर्ज था, ''...तारानगर में आपका स्वागत है।''

पुराना तुपकाडीह गाँव अब तारानगर में बदल चुका था....? स्टेशन परिसर से

बाहर निकल पड़ा था महेश मुकरुआर।

स्टेशन के निकट वाली वह छोटी पहाड़ी जिसके पाँव तले कभी बेहया का जंगल था, पुटुए की घनी झाड़ियों की बहार होती थी; वह सारा झाड़-झंखाड़ अब साफ किया जा चुका था। चौड़ी सड़क बन चुकी थी।

कभी यहीं पुटुस के खट्टे पत्तों और लाल-पीले-सफेद फूलों की खटमिट्ठी गंध के साथ वन-तुलसी की महक तैरती होती थी,...अब पेट्रोल-डीजल की गंध से तर धुआँ तैर रहा था। नंगी पहाड़ी के शीर्ष पर संचार-क्रान्ति का प्रतीक मोबाइल-टावर खड़ा किया जा चुका था। टावर की छाया तले एक नवनिर्मित मंदिर चमक रहा था।

शान्त ताल में पत्थर फिंकने के बाद सतह पर झिलमिलाते लहरदार प्रतिबिम्बों की भाँति महेश के मस्तिष्क में लहराने लगीं थी पंसारी की खपरैल वाली पुरानी दुकान। चाय-दालमोंठ की वह झोंपड़ी और पनवाड़ी के उस जर्जर खोखे की झिलमिल! रेजगारी न रहने पर शीशे के मर्तबान से सन्तरे की फांकों के आकार के लेमनचूस निकालकर देता था वह बूढ़ा पनवाड़ी....चवन्नी में पाँच लेमनचूस! अब न वह खोखा था, न पनवाड़ी। अब चवन्नियाँ भी कहाँ चल रही थीं?

अब वहाँ वैसा और वह कुछ भी नहीं था। झिलमिल करती अतीत की परछाईयाँ तक मिटाई जा चुकी थी।

अब वहाँ खूब खुला फैला चौराहा था। चौराहे के केन्द्र में गर्दन तक ऊँचा उठता वृताकार चबूतरा था। खूब बड़े व्यास वाले उस चबूतरे पर भव्य दिखती कंक्रीट निर्मित दराँतीदार मशीनी पहिए की कलाकृति थी। पहिए के व्यास के भीतर एक आदमकद इस्पाती हथौड़ा टेढ़ा अड़ा खड़ा था।

चौड़े पहिए के ऊपरवाले अर्धचन्द्राकार हिस्से पर इस्पाती अक्षर चमक रहे थे...'' टारमो इस्पात-मॉरिस टाउन''! नीचे वाले ऊर्ध्वाकार अर्धचन्द्र पर हरे अक्षरों में निमन्त्रण था...'' मॉरिस टाउन में आपका स्वागत है।''

मोटे कोलतार की चमकती सड़कों वाला प्रशस्त राजपथ चारों दिशाओं में बाँहें फैलाएँ आगंतुकों का स्वागत कर रहा था।

कभी समय था जब तुपकाडीह स्टेशन पर गठरी-मोटरी वाले श्रमिक और ग्रामीण यात्री ही दिखते थे जो रोजी-रोजगार की खोज में शहर जाने वाले होते थे। अब ट्रेन से उतरती थी महँगे सूटकेस, सफारी बैग और कीमती स्ट्राली वाली सवारियाँ। इक्का-दुक्का उतरने वाली सवारियों वाले तुपकाडीह स्टेशन पर अब उतरने वालों की भीड़ थी।

तुपकाडीह बस्ती विलुप्त हो चुकी थी। अब यह जगह ''मॉरिस टाउन औद्योगिक क्षेत्र'' था। एक बस्ती को उसके रूप-रंग-भूगोल के साथ संपूर्णतः निगल

गया था विकास का दानव।

चौराहे के पार एक दो-मंजिला होटल खड़ा था..."होटल गगन!"

होटल के बाजू में चमचम करती वातानुकूलित बहुरंगी बसें पंक्तिबद्ध खड़ी थी। मॉरिस टाउन से पटना, राँची, रायपुर, कोलकाता आदि-आदि स्थानों के लिए खुलने वाली रात्रि-सेवा की वोल्वो बसों के पहलू पर बिरसा मुंडा मुस्कुरा रहे थे।

महेश मुकरुआर पहली बार दुबले-गाँठदार देहयष्टि वाले झारखंड के प्रतीक पुरुष की विचारमग्न मुखमुद्रा के विपरीत भगवान बिरसा को मुस्कुराता देख रहा था..."मॉरिस टाउन" में।

जेबरा-क्रॉसिंग पार कर महेश होटल के सामने सड़क पर पहुँचा था। जहाँ तिपहिया ऑटोरिक्शा का धुआँ उगलता शोर था। यात्रियों को आकृष्ट-निमंत्रित करती हाँक थी..." आइए भईया....गजली मोड़,....बनासकांठा,....तिलका गेट,...बिरसा गेट,....चलबेहीं गोमके? शापिंग सेंटर,...सोसाईटी...? बस एक सवारी कम है। जल्दी करो मालिक, चर्च रोड....टाउनशिप....गाड़ी बस खोल दिये सरकार....!"

महेश चर्च रोड जाने वाले ऑटोरिक्शा में जा बैठा था। पिट्ठू झोला गोद में व्यवस्थित करते रिक्शा चालक को अपना गन्तव्य बताया था...चर्च रोड!

आटो रिक्शा चिकनी सड़क पर भागने लगा था। सड़क के दोनों किनारों पर खड़े चाय-नाश्ते के रेस्तरां, सस्ते भोजनालय, डाकघर, केमिस्ट की दुकान, रिहायशी लॉज....सब पीछे भागने लगे थे।

बनासकांठा चर्च के नाम पर महेश की यादों में बस एक पहाड़ी थी और चर्च की चोटी पर लगा चमकता क्रॉस! चर्च के तत्कालीन फादर ब्रूनो की कद-काठी विस्मृत हो चुकी थी। याद थी तो बस छाती तक लहराती फादर ब्रूनो की धवल दाढ़ी...कंधों पर फैली झूलती श्वेत केश-राशि...!

....याद थी फादर ब्रूनो की वह स्नेहिल मुस्कान जो बचपन में रोज देखा करता था महेश मुकरुआर। बहुत स्पष्ट नहीं, कुछ धुँधली-धुँधली-सी याद थी, मानो झीने बादलों के पार से पृथ्वी की ओर झाँकता; आकाश में टंगा कोई आवक्ष तैलचित्र हो...फादर ब्रूनो!

दिन एकदम साफ और चमकदार था। चटख धूप में खूब तपन थी। महेश मुकरुआर का मन अतीत के उबड़-खाबड़ गलियारों में भटकने लगा था। वे गलियाँ जो नीम अँधेरी थी। वे राहदारियाँ जिनमें साफ-स्पष्ट कुछ नहीं दिख रहा था। बस हल्के छायाभास थे। कुछ गड्डमड्ड परछाइयाँ थीं जिनके चेहरे पकड़ में नहीं आ रहे थे।

चिथड़े-चिथड़े बिखरी टुकड़े-टुकड़े स्मृतियाँ थीं। कभी बनासकांठा चर्च के गुबंद पर लगे क्रॉस की चमक कौंध जा रही थी, कभी धू-धू कर उठती लपटों की

दहक! कभी फादर ब्रूनों का चेहरा....कभी बालसखा सोनारा की चमकती आँखें!

फादर एन्थनी ब्रूनो की याद महेश मुकरुआर के मस्तिष्क में पिन की नोंक मात्र भर जगह घेरे थी। बस इत्ती सी जगह पर वही पिन भर याद पिन की नोंक जैसी तीखी चुभन भी दे जाती थी।

बनासकांठा चर्च की आग क्यों और कैसे महेश की स्मृतियों का हिस्सा थी, यह कभी नहीं जान पाता महेश मुकरुआर यदि उसकी माँ ने उसे बताया न होता।

जब किशोर हुआ था महेश तब माँ जमुना कुजूर के बताए जाना था कि बनासकांठा चर्च और चर्च करे कर्मचारियों के आवास एक साथ अचानक आधी रात को धू-धू कर जल उठे थे। पता नहीं कैसे....।

आग की तपन से जमुना कुजूर की नींद खुल गयी थी। खिड़कियों के शीशे के पार भयावह अग्निकांड...! जमुना क्वार्टर से बाहर निकलने को हुई थी पर क्वार्टर का दरवाजा तो बाहर से बन्द था। कैसे.....? किसने....?

जमुना ने खिड़की के शीशे तोड़ डाले थे। गोद में अपने बच्चे महेश को टाँगे जलते घर से बाहर कूद पड़ी थी जमुना।

बाहर धू-धू कर रही थी अग्निशिखाएँ। हर क्वार्टर जल रहा था। चिट्-चिट् कर दहक रहा था पुरानी लकड़ियों से निर्मित चर्च का मुख्य भवन। हर इमारत आग के हवाले थी। कहीं कोई नहीं दिख रहा था। फादर ब्रूनो के कॉटेज की छत देखते-देखते अर्रा कर ढह पड़ी थी। सबकुछ तेजी से खाक होता जा रहा था।

जमुना जाग गई थी सो बच गयी थी पर गहरी नींद में सोए कितने ही लोग आग में जल मरे थे। फादर ब्रूनो भी।

"उधर कोई है रे!" कोई चीखा था।

"किधर...? कौन है....पकड़....मार....!"

आतंकित जमुना कुजूर! बदहवास जमुना कुजूर! भागने के सिवा कुछ और नहीं सूझा था महेश को बकरी के छौने की भाँति टाँगती-घसीटती जमुना अग्निस्नान करती पहाड़ी से नीचे उतरने लगी थी। पीछे बचाने-बचने को कुछ बचा नहीं दिख रहा था।

तब महेश अबोध शिशु नहीं था। खेलने-कूदने की उम्र थी पर कच्ची नींद से उठा आतंकित बच्चा माँ की गति के साथ भाग नहीं पा रहा था।

जमुना ने महेश को पीठ पर लाद लिया था और जलती पहाड़ी से दूर भागने लगी थी। गाँव के सीमान्त पर किसी की ललकार सुनाई पड़ी थी।

"उधर कोई भागा है रे...पकड़ो...!"

कुछ जोड़ी पैरों की धमक ने भागते माँ-बेटे का कुछ दूर तक पीछा किया था। जब आतंक पीछा कर रहा होता है तब जीजिविषा की गति आतंक से दुगनी-तिगुनी हो जाती है तिस पर जंगल था! रात थी।

शिकारी के बूटों की आहट पाते ही ज्यों तीर होती है आतंकित हिरणी...महेश को पीठ पर लादे भागती गई थी जमुना कुजूर!

मुख्य पथ-पगडंडियों से बचती जमुना कुजूर अँधेरे में बदहवास दौड़ती रही थी। बहुत पीछे छूट गये पीछा करने वाले निराश होकर पीछा छोड़ चुके थे। दाँत भींचे जमुना कुजूर जलते चर्च से दूर...बनासकांठा से दूर भागती गयी थी।

महेश को बताती थी माँ, जमुना कुजूर! नंगे पैर लहुलुहान हो गये थे। नाखून उखड़ गये थे। पता नहीं कितने समय तक कंटीली झाड़ियों से उलझती दौड़ती रही थी जमुना कुजूर।

भोर का उजास फूटने तक श्लथ हो चुकी थी जमुना पर रुकी नहीं थी! चलती रही थी और जा पहुँची थी गोमो स्टेशन। आज का "नेताजी सुभाष चन्द्र बोस-गोमो" रेलवे स्टेशन तब मात्र "गोमो जंक्शन" कहलाता था।

बिना टिकट रेलगाड़ी पर सवार मां-बेटे निर्विघ्न राँची पहुँच गये थे। रंग-बिरंगे शीशे की खिड़कियों वाले बहुत पुराने "चर्च ऑफ सन्त माइकेल" तक पहुँच गयी थी जमुना कुजूर। गोद में था भूखा, प्यासा, उनींदा, भयभीत महेश!

चर्च के पादरी थे फादर रेवरेंड डॉक्टर जोसेफ कॉटन! सहृदय फादर कॉटन की अपार करुणा और खुली बाहों ने माँ-बेटे को समेट लिया था। जमुना को सही जगह तक सकुशल पहुँच जाने की आश्वस्ति प्रदान की थी।

जमुना को "चर्च ऑफ सन्त माइकल" में परिचारिका की जिम्मेवारी मिल गयी थी जो कि जमुना के लिए कोई नया काम नहीं था। चर्च में ही महेश मुकरुआर का बाकायदा बपतिस्मा हुआ था। मिशन के स्कूल में महेश को दाखिला भी दिला दिया गया था। बनासकांठा से विस्थापित माँ-बेटे के जीवन में ठहराव आ गया था। एक नई शुरुआत हो गयी थी।

कभी खाली उदास शामों में या शाम की प्रार्थना से पहले के ठहरे समय में जमुना कुजूर को बनासकांठा की याद आने लगती, पुराने चर्च या फादर ब्रूनों की याद आने लगती, पुराने चर्च या फादर ब्रूनो की स्मृतियाँ जागने लगती...मन का कोई फोड़ा फूट पड़ता था। रुलाई आने लगती थी! निःशब्द रोती माँ को टुक-टुक ताकने लगता था बच्चा, महेश मुकरुआर!

माँ की हर उदासी...हर रुलाई के साथ महेश की जानकारी में कुछ नया जुड़ जाता था। बनासकांठा का जीवन, वहाँ के चर्च के साथ उनका रिश्ता ...फादर ब्रूनो, अग्निकांड की डरावनी रात और विस्थापन की पीड़ा...! महेश को अपना अतीत

उन्हीं उदास -रोते समय में टुकड़ों-टुक़ड़ों में ज्ञात होता गया था। बताती थी माँ जमुना कुजूर...

उन दिनों गजलीठोरी गाँव में कोई नया शिक्षक आया था...संजीव सान्याल! वह शिक्षक कभी-कभार फादर ब्रूनो से मिलने बनासकांठा चर्च भी आया करता था। फादर के साथ घंटों बातें करता था। गजलीठोरा के मुंडा लोगों की बातें, स्कूल की बातें...कुछ भावी योजनाएँ! मुंडा लोगों को स्वावलम्बी, निडर और शिक्षिथ बनाने की धुन में रहता था वह युवक शिक्षक!

संजीव पर विश्वास करने लगे थे फादर ब्रूनो। उस शिक्षक के लिए चिन्ता करते थे फादर ब्रूनो क्योंकि गजलीठोरी के मुंडा उसे कम्युनिस्ट मास्टर कहा करते थे। एक खतरनाक और बुरा आदमी समझते थे।

कुछ और लोग भी थे जो संजीव को पसन्द नहीं करते थे। कोई एक या कई छुपे चेहरे या फिर कोई भूमिगत संगठन! संजीव की गाँव में उपस्थिति से और कितने लोग असहज थे, जमुना को पता नहीं था।

चूँकि बनासकांठा चर्च और फादर ब्रूनो उस शिक्षक, संजीव के प्रति सहृदय और सहयोगी थे अतः संजीव के विरोधी फादर ब्रूनो के प्रति भी असहिष्णु हो उठे थे। विशेष कर गजलीठोरी गाँव के धनी भूमिपति बेचू तिवारी और पंसारी गगन बिहारी साहू!

ईश्वर ही जानें तो जानें कि बनासकांठा चर्च में आग स्वयं भड़की थी या किसी षडयन्त्र के तहत आग लगाई गई थी, पर जो हुआ सो भयावह था।

खर्च होते गये थे दिन! बीतते गये थे महीने! गुजरते रहे थे वर्ष....मौसम!

जले काठ के चर्च की इमारत में खाक होती लकड़ियों के साथ राख हुए फादर ब्रूनो...बनासकांठा की स्मृतियाँ...अपना बचपन....गुजरा हुआ जमाना, सबकुछ अब महेश को नानी की कहानियों के पात्र-स्थान सरीखे लगने लगे थे। कहानियाँ, जो बच्चों को लोरी की भाँति सुनाई जाती हैं और जो अपने आधे-अधूरे अन्त के साथ बच्चों को नींद में समो देती है। ऐसी कहानियों के स्थान-पात्र-घटनाएँ बच्चों के अवचेतन का हिस्सा बन जाती हैं।

....आज अवचेतन के उन्हीं अंशों से साक्षात्कार करने बनासकांठा पहुँच रहा था महेश मुकरुआर। वर्षों पूर्व छूटी उस जमीन पर पुनः आया था युवा महेश। जानता था महेश कि इतने समय में बनासकांठा बदल चुका होगा पर जो बदलाव महेश ने तुपकाडीह में देखा था, वह अकल्पनीय था।

मिशन के विद्यालय के बाद "सन्त जेवियर्स महाविद्यालय, राँची....!" महेश ने इंटरमीडिएट की शिक्षा पूरी कर स्नातक की कक्षा में दाखिला लिया था। मनोविज्ञान में प्रतिष्ठा के साथ उसने इतिहास, अर्थशास्त्र और अंग्रेजी के सहायक विषय चुने थे।

बेटे का प्रथम श्रेणी में स्नातक की परीक्षा उत्तीर्ण होना माँ जमुना कुजूर के लिए निहाल हो जाने वाली घटना थी पर तब तक जमुना कुजूर जीवन की ढलान पर नीचे लुढ़कने लगी थी। अनेक रोगों से ग्रस्त रहने लगी थी जमुना कुजूर! संधिवात, रक्तल्पता, थायराइड, साइटिका और स्पांडिलाइटिस जैसी स्थायी व्याधियों का डेरा बनती गयी थी जमुना कुजूर! तेजी से बूढ़ी होती गयी थी दवाइयों का कूड़ेदान बनी जमुना कुजूर...! फादर काटन ने स्नातक के बाद महेश को कानून की पढ़ाई में लगा दिया था।

अब महेश मुकरुआर एक युवक था जिसका सोच निरन्तर फैलते अन्तरिक्ष की भाँति गहरा हो रहा था। फैलती जा रही थी जिज्ञासाओं की बाहें। घुँघराले केश, ताम्बई रंगत और आकर्षक देहयष्टि वाले जिज्ञासु युवा महेश मुकरुआर के भीतर प्रश्नों के ज्वार उठने लगे थे।

महेश मुकरुआर था। एक असुर जिसका गोत्र-चिह्न था मुकरुआर...मकड़ी! कुजूर एक वनस्पति/घास तो उरांव लोगों का टोटम था। किसी मुकरुआर की माँ उरांव कैसे हो सकती थी? अपनी बूढ़ी, बीमार और दुःखी माँ से यह पूछने का साहस नहीं जुटा सका था महेश मुकरुआर कि ऐसा क्यों था।

इतिहास के अध्ययन ने महेश को यह दृष्टि दी थी कि वह अपने आदिवासी समाज के दुःख-दैन्य, अतीत और वर्तमान को समझ सकता था। आदिवासी जन की त्रासदियों को समझ सकता था। क्या पता, कहीं जमुना के अतीत में भी किसी प्रेम में छल, दैहिक शोषण या कुँवारी माँ की कोई दारुण कथा दफन हो...! माँ के हाथों ही अतीत के गलित मुर्दे को उखड़वाने का साहस नहीं जुटा सका था महेश मुकरुआर!

छुटपन से महेश ज्ञान, विज्ञान या प्रकृति से जुड़ी अपनी जिज्ञासाएँ फादर कॉटन के समक्ष ही रखता आया था। फादर कॉटन बड़ी सहजता से महेश की हर जिज्ञासा को समाधान से तृप्त करते रहे थे। माँ-बेटे के गोत्र भिन्न होने का कारण भी महेश को फादर कॉटन ने ही बताया था। कहा था—"इट्स रियली अ केटासस्ट्रोफ टू स्विर्म फ्रॉम द स्टैंडर्ड, वन हैज सेट फार वनसेल्फ! आई हैव बिन योर मेंटर। आई कैन वेल एप्रिशिएट योर डिडक्टिव माईंड बट शी इज आफ्टर ऑल योर मदर...नथिंग बट योर मदर।" अपने ही द्वारा स्थापित ऊँचाइयों से गिरना अत्यन्त त्रासद होता है। मैं तुम्हारा गुरू रहा हूँ। तुम्हारे तार्किक मन को समझ सकता हूँ परन्तु वह सिर्फ एक माँ है...तुम्हारी माँ।

—"आई कैन अंडरस्टैंड फादर।" सवुचा गया था महेश मुकरुआर।

—"वह माँ मरियम की भाँति पवित्र और निरुपाय है पर तुम्हारा ऐसा प्रश्न...तुम्हारा प्रश्न उसे किसी उँचाई से गिरा तो कतई नहीं सकता, सो जानता हूँ

लेकिन बेटे, ऐसे सावल मन पर खरोंच जरूर लगा देते हैं। इसलिए माही, अपनी दुखी माँ पर कभी संदेह मत करता।''

फादर कॉटन ने बताया था कि जमुना कुजूर ने बपतिस्मा लिया था और अब वह ईसाई थी। ईसाई समाज में आदिवासी समाज की ही भाँति बल्कि आदिवासी समाज से कहों अधिक खुलापन था। जमुना ने चर्च के आशीर्वाद से प्रेम-विवाह किया था अतः महेश को उसके पिता का गोत्र-नाम मिल गया था...मुकरुआर!

अपराधिबोध से भर उठा थआ महेश का मन। कुछ प्रतिप्रश्न पास थे परन्तु और कुछ पूछने का साहस नहीं जुटा सका था महेश मुकरुआर।

वह मनोविज्ञान का छात्र रहा था फादर कॉटन के चेहरे पर उगते-डूबते द्वंद्व और दुविधा को पढ़ सकता था। फादर ने उसके नाम-गोत्र का जो कारण बताया था उससे पूर्ण आश्वस्त क्यों नहीं हो पा रहा था महेश का तार्किक विद्यार्थी?

प्रभू ईसा मसीह के दस आदेशों पर शोधग्रंथ प्रस्तुत कर फादर कॉटन ने बाकायदा डाक्टरेट की सनद प्राप्त की थी। खूब पढ़ते रहते थे। फादर ने ही कभी बताया था।

—''आदिवासी समाज में भी जातियाँ उपजातियों में विभाजित होती है, जैसे तुम्हारी जाति असुर की तीन उपजातियाँ हैं,....अगरिया, बिरजिया और बीर असुर! हर गोत्र के अपने चिह्न होते हैं....टोटेम! हर व्यक्ति के मूल नाम के साथ उसके गोत्र-चिह्न का नाम जुड़ा होता है, जैसे तुम्हारा है...मुकरुआर!''

महेश ने फिर कभी अपने जन्म या गोत्र के बारे में कोई सन्देह-सवाल नहीं किया था...माँ के देहान्त तक!

महेश के मन को सिर्फ दिनेश ही समझ सकता था। महेश का एकमात्र मित्र दिनेश....! हालाँकि महेश और दिनेश की कई चीजें भिन्न थीं।

महेश आदिवासी ईसाई था तो दिनेश सादान हिन्दू राजपूत था। महेश पितृहीन बच्चा था और दिनेश धनवान परिवार का ज्येष्ठ पुत्र! महेश मनोविज्ञान का छात्र था तो दिनेश इतिहास का विद्यार्थी था। महेश सन्तजेवियर कॉलेज में पढ़ता था तो दिनेश राँची महाविद्यालय का छात्र था। बावजूद इन भिन्नताओं के वे गहरे मित्र थे।

महेश और दिनेश को जो इकलौती चीज गहरे तक जोड़ती थी वह था खेल! क्रिकेट का खेल!

दोनों मित्रों में परिचय तब हुआ था तब भिन्न महाविद्यालयों में होते हुए वे राँची एकादश की टीम में चुने गये थे। नियमित साथ खेलना हुआ तो आपस में छनने लगी थी। महेश अतीत के भारतीय विकेटकीपर सैयद मुस्तफा किरमानी को अपना आदर्श मानता था। दिनेश गेंदबाज कपिलदेव निखंज का भक्त था।

स्नातक की पढ़ाई पूरी कर महेश ने कानून की पढ़ाई में दाखिला लिया था। दिनेश अपने पैतृक व्यवसाय से जुड़कर रुपये से रुपया कमाने में पिल पड़ा था।

संवाद के अवसर कम हो गये थे। लम्बी मुलाकात के अन्तराल लम्बे होते गये थे। बावजूद इसके उनकी मैत्री अक्षुण्ण रही थी। कभी मिलने पर दिनेश का आग्रह होता।

—''तू जल्दी पढ़ाई पूरी कर और मेरे साथ चिपक जा। मेरे बिजिनेस में काफी रुपया वकीलों-अदालतों में खर्च हो जाता है। धंधे के हजार झमेले....तू मेरी ''डी.एस. इन्डस्ट्रीयल कारपोरेशन'' के लीगल एडवाइज़र की जिम्मेवारी सँभाल ले तो मैं निश्चिन्त रहूँगा।''

जब माँ नहीं रही और फादर कॉटन भी प्राय: अस्वस्थ रहने लगे तो महेश को चर्च की छोटी-मोटी जिम्मेवारियाँ भी निभानी पड़ने लगीं। फादर कॉटन महेश को चर्च के प्रबन्धन के गुर जानकारियाँ-बारीकियाँ बताने-समझाने लगे थे।

हद दर्जे के आत्मतुष्ट व्यक्ति थे फादर कॉटन। वे चाहते थे तो आर्कबिशप (लाट पादरी) तक बन सकते थे परन्तु पद-प्रतिष्ठा की लिप्सा उनमें रंचमात्र भी नहीं थी। उनकी मात्र एक अन्तिम इच्छा यही थी कि जब वे अपना शरीर त्यागें तो वे उसी कब्रिस्तान में अन्तिम निद्रा में सो सकें जहाँ उनके पूर्वज सो रहे थे। फादर अपनी इस इच्छा का आग्रह करते हुए स्वदेश लौटने हेतु आवेदन भी भेज चुके थे।

''मेरे बाद माही, जब तक मेरी जगह कोई आ नहीं जाता, चर्च का प्रबन्ध तुम्हें ही सँभालना होगा।''

''मैं....? मैं कैसे फादर?''

''तुम्हें इसके लिए धर्मशिक्षा का अध्ययन करना होगा। मैं तुम्हें सबकुछ बता जाऊँगा।''

''जी!'' महेश ने फादर कॉटन की इच्छा को आदेश की भाँति शिरोधार्य किया था।

और वह दिन भी आ गया था जब फादर कॉटन का स्वदेश वापसी का आवेदन स्वीकृत हो गया था। जिस दिन वह पत्र मिला था उसी शाम फादर कॉटन ने महेश के जीवन का वह रहस्य अनावृत कर दिया था जिसे महेश न ही जानता तो अच्छा होता। कुछ भेद होते हैं जो खुलते ही यंत्रणाप्रद हो उठते हैं।

चर्च के लम्बे हॉल में दोनों ओर कतार में लगी काठ की बेंच के मुहाने पर खड़ा था महेश,

''आपने मुझे याद किया फादर?''

''हाँ! माही, मुझे आज कन्फेस (अपराधस्वीकृत) करना है।''

डायस पर चढ़े फादर कॉटन प्रभु यीशू के समक्ष मोमबत्तियाँ जला रहे थे। प्रभु और फादर कॉटन के बीच झीना प्रकाश झिलमिला रहा था। फादर के पीछे अँधेरे में खड़ा था महेश। अपने कानों पर सन्देह हुआ था, ''आपने कुछ कहा फादर?''

"हाँ! कन्फेस करना है मुझे। एक झूठ जो मैं बरसों से ढो रहा हूँ, आज मैं इस झूठ के बोझ से मुक्त होना चाहता हूँ। तुम्हें मेरी सहायता करनी है माही।"

"झूठ?...फादर...!" महेश दुविधा में...!

"झूठ यह कि....बेटे....सच यह है कि जमुना तुम्हारी माँ नहीं थी।"

"जी...?"

"यही सच है माही।"

"आपने मुझे अपनी सन्तान जैसा स्नेह दिया है"—महेश परेशान हो उठा था—"कभी मुझसे मजाक नहीं....फिर आज....फादर"

"तुम जमुना के बेटे हो परन्तु उसने तुम्हें जन्म नहीं दिया माही।"

"मैं कैसे विश्वास...?"

"विश्वास करो, यही सच है।"

मोमबत्तियों की लौ ऊँची हो गयी थी परन्तु हॉल में निपट अँधेरा-सा व्याप गया था। मात्र दो वाक्य और महेश उस अँधेरे में धकेल दिया गया था....अकेला!

फादर कॉटन पीछे मुड़े थे। डायस के किनारे उपदेश देनेवाले "टेंपर डेस्क" पर खड़े फादर कह रहे थे।"

"यही वह झूठ है माही जिसे मैं कल तक ढोता रहा हूँ। आज मुझे उसी पाप का प्रायश्चित करना है। मुझे कन्फेस करना है।"

मस्तिष्क सुन्न....! काया जड़...! सन्नाटे में खड़ा महेश फादर कॉटन के शब्दों के हलाहल को आत्मसात करने के प्रयास करता रहा था।

स्वयं को किसी अज्ञात पिता की सन्तान स्वीकार कर सकता था महेश मुकरुआर! यह भी सहज स्वीकार्य था कि जमुना कुजूर ने किसी छल या बलात्कार का शिकार होकर उसे जन्म दिया हो परन्तु जमुना कुजूर महेश की माँ थी ही नहीं, यह कभी सपने में भी नहीं सोच सकता था महेश मुकरुआर!

फादर कॉटन डायस से नीचे उतरे थे। फादर कॉटन आगे बढ़े थे। फादर कॉटन ने महेश के कन्धे पर अपनी हथेली रोप दी थी।

"जमुना तुम्हें यह नहीं बता सकती थी। फादर ब्रूनो जैसे संरक्षक को खो चुकने के बाद उसका एकमात्र सुख, जिन्दगी का हासिल तुम थे। जीने का बहाना कहो, बुढ़ापे की लाठी कह लो या जीवन के सहारे का स्वार्थ...माही, तुम्हारे सिवा उसका कोई नहीं था।"

"माँ ने कभी....उसने कभी मुझसे...." महेश का गला रुंध गया था। आँखें भर आई थीं। कलेजा भारी-भारी लगने लगा था।

"जमुना ने तुम्हें यही बताया होगा कि तुम्हारे पिता तुम्हारे जन्म के तुरन्त बाद किसी खान दुर्घटना में मारे गये थे...."

बोल न फूटे थे। स्वीकृति में मात्र सिर हिला सका था महेश।

''....लेकिन यह सच नहीं था माही।'' फादर की आँखों में भी गीलापन चमकने लगा था।

''फिर मैं कौन हूँ फादर?''

''यह तो शायद टाना असुर ही बता सकता था। शायद टाना असुर ही तुम्हारा पिता था।''

''टाना....असुर.... ?''

''बनासकांठा के आस-पास किसी असुर बस्ती में रहता था टाना असुर। वही तुम्हें बनासकांठा के चर्च में छोड़ गया था...ज्यादा कुछ नहीं जानता मैं। बताने वाले अब हमारे साथ नहीं रहे....फादर ब्रूनो या फिर जमुना!'' फादर ने गहरी साँस ली थी।

''यह कब...?''

''तुम बहुत बच्चे थे तब। कुछ ही दिनों या शायद कुछ घंटों थे तुम। मैंने जमुना को कभी इस बाबत कभी कुरेदा भी नहीं। वह दुःखी होती थी।''

महेश की डबडबाई आँखें छलक उठी थीं। निःशब्द। फादर काटन ने उसे रोने से रोका नहीं था। बताते रहे थे कॉटन।''

''बचपन से ही अनाथ जमुना चर्च के संरक्षण में थी। फादर ब्रूनो ने ही उसे पाला था। वह अविवाहित थी जब तुम...माही, उसने तुम्हें जन्म भले न दिया हो पर तुम्हें गोद में उठाने के बाद उसे न विवाह की आवश्यकता हुई, न अपने भविष्य की चिन्ता।''

जिसने कभी भान तक नहीं होने दिया कि वह स्वयं अनाथ थी पर एक अनाथ की माँ का दायित्व स्वेच्छा से स्वीकार किया था महेश को वह माँ बहुत याद आने लगी थी।....महेश के होंठ भिंच गये थे।

''नशेड़ी था टाना असुर। पक्का शराबी''—फादर काटन बता रहे थे—''बच्चे के पालन-पोषण की जिम्मेवारी उठाने योग्य कतई नहीं था...और तब तुम्हें बहुत सुरक्षा की जरूरत थी और थोड़े से दूध की...''

महेश काठ बना सुनता रहा था। चहलकदमी करते फादर कहते रहे थे,

''फादर ब्रूनो ने जिस नवजात को जमुना की गोद में डाल दिया था, जमुना फिर उसे कभी अपने से अलग नहीं कर सकी।''

मानो सन्नाटे भरे अन्तरिक्ष में तैर रहा था। महेश मुकरुआर का मन फादर कॉटन की आवाज़ किसी गहन अन्तरिक्ष से आ रही थी।

''मैं तुमसे झूठ कहता रहा माही क्योंकि यहीं, इसी जगह खड़ी जमुना ने प्रभु यीशु के समक्ष मुझसे वचन लिया था...तुम्हारे जन्म का रहस्य छुपाये रखने का

वचन!...अब वह नहीं है और मैं किसी झूठ के साथ परमपिता के समक्ष उपस्थित हो सकूँ...माही, मेरे बच्चे, मुझमें इतना साहस नहीं है।''

''मैं यह सब न ही जानता तो ठीक होता।'' महेश ने भरे गले से कहा था।

''शायद... !''

''मेरे लिए यह बहुत बुरी शाम है फादर! काश फादर ब्रूनो ने मेरे जन्मदाताओं का पता लगाया होता...तो...तो...''

''मैंने फादर ब्रूनो के साथ कुछ समय बिताया है। वे गैरजिम्मेदार व्यक्ति हर्गिज नहीं थे। मैं व्यक्तिगत तौर पर विश्वास करता हूँ कि उन्होंने कोई कोशिश उठा नहीं रखी होगी।''

मोमबत्तियों की लौ पूरी आभा के साथ झिलमिलाने लगी थी। फादर कॉटन की ओर मर्मवेधी आँखों से ताकते महेश ने कहा था,

''सच कह कर आप तो अपने अपराधबोध से मुक्त हो गये फादर लेकिन अब मेरा क्या? कहाँ जाऊँ मैं? मेरा कौन है अब... ?

''क्यों... ? मैं हूँ। यह चर्च है। पूरी दुनिया है। ईश्वर तुम्हारे साथ है मेरे बच्चे। मेरा कर्तव्य है अपनी कम्युनिटी के लोगों की समस्याओं को गोपनीय ढंग से सुनना। उनके प्रति सहानुभूति रखना...परामर्श देना मेरा धर्म है। लोगों की पापपूर्ण आत्मस्वीकृतियाँ सुनकर परमेश्वर से उनके लिए क्षमायाचना करना, कन्फेशन के बाद लोगों को पश्चाताप के लिए प्रेरित करना मेरा कर्म है।....आज स्वयं मैं कन्फेशन बाक्स में हूँ। मेरे झूठ के लिए मुझे क्षमा कर सकोगे न माही?''

''प्लीज फादर...प्लीज... !'' हड़बड़ा गया था महेश!

फादर कॉटन ने महेश की हथेलियों को अपनी बूढ़ी मुट्ठियों में जकड़ लिया था। गिड़गिड़ा उठे थे फादर कॉटन,

''माही मेरे बच्चे, कहो, तुमने मुझे क्षमा किया।''

फादर कॉटन की लथपथ होती आँखों से झिलमिलाती बूँदें उछली थी और उनकी श्वेत दाढ़ी में जज्ब हो गयी थीं।

''बोलो माही....मुझे क्षमा...''

''हाँ फादर हाँ।'' बोल पड़ा था महेश।

''थैंक्स! थैंक्स माई सन!''

''परन्तु आज मुझे, फादर....आज आपने मुझे पराया कर दिया फादर। बनासकांठा से विस्थापित हम माँ-बेटे आपके पास...मैं आज फिर से विस्थापित...'' महेश के रुंधे गले से रुंधते शब्द निकले थे।

''नियति मेरे बच्चे, नियति! आदिकाल से विस्थापन ही तो तुम असुर लोगों की नियति रही है। कभी देवताओं के द्वारा, कभी राजाओं के द्वारा, कभी धर्मांध

लोगों के हाथों और कभी मुझ जैसे गुनाहगारों के द्वारा...गॉड ब्लेस यू माई सन...गॉड ब्लेस यू...!''

फादर कॉटन महेश को माँ मरियम और उसके बेटे प्रभू ईसा मसीह के साथ अकेला छोड़कर चर्च से बाहर निकल गये थे।

देर तक माँ मरियम की ओर ताकता रहा था महेश! उस माँ में अपनी माँ की छवि ढूँढ़ता रहा था महेश। अपने ही कंधों पर ढोए गये क्रूस पर टँगे प्रभू यीशू को निहारता रहा था महेश मुकरुआर!

अपने आपसे लड़ता-लड़ता थक गया था महेश। अपने कमरे में आ लेटा था। न कमरे की बत्ती जलाई थी और न ही रात के भोजन की आवश्यकता अनुभव हुई थी। नींद भी कहाँ आनी थी?

अँधेरे कमरे में लेटे महेश की आँखों के समक्ष पूरी रात उपस्थित रही थी जमुना कुजूर की छवि। माँ को याद कर देर रात तक रोता रहा था महेश। भोर होने तक मन को एक निर्णय पर पहुँचा अनुभव करने लगा था महेश।

नित्य की भाँति फादर कॉटन चर्च के पिछवाड़े लॉन में प्रातः भ्रमण हेतु प्रकट हुए तो महेश उनके साथ हो लिया था।

—''गुड मार्निंग फादर।''

''मार्निंग सन! रात नींद नहीं आई न?'' महेश की सूजती पलकों तले आँखों में रक्तिम डोरे देख चुके थे फादर।

''कल शाम अचानक अनाथ हो गया था न फादर तो नींद क्या आनी थी——'' महेश सामान्य होने के हरसंभव प्रयास कर रहा था—''जागता रहा।''

फादर कॉटन समझ सकते थे महेश की पीड़ा। सायास उस प्रसंग से कतराते फादर कॉटन कमजोर पड़ते क्षणों को परे धकेलने लगे थे।

''मैंने चर्च की प्रबंध समिति के सदस्यों से बात कर ली है। चेयरमैन भी सहमत हैं''—फादर ने प्रस्ताव रखा था—''मैं अगली बैठक में ही अनुमोदन के लिए तुम्हारा नाम प्रस्तावित करने वाला हूँ। फिर तुम चर्च की प्रबन्ध समिति के सर्वमान्य सदस्य हो जाओगे।''

''इसकी जरूरत थी फादर?''

''हाँ। है। मैं तुममें चर्चा का अगला मुहाफिज देखता हूँ। मैं तो माही, तुम्हें अपनी जगह देखना चाहता हूँ...काश ऐसा होता।'' फादर ने स्नेह से महेश को निहारा था।

''यह आपका मेरे प्रति प्रेम है फादर, लेकिन—महेश ने बेझिझक कहा था—''लेकिन अभी नहीं।''

''समय आ चुका है बेटे।''

"मुझे थोड़ा समय दीजिए फादर। बस एक सप्ताह। मैं एक बार बनासकांठा जाना चाहता हूँ।"

"वहाँ क्या है?" फादर मुस्कुराए थे।

"टाना असुर! मेरा संभावित पिता।" महेश की आवाज में दृढ़ निश्चय था। फादर महेश की मुखमुद्रा देख गंभीर हो गये थे।

"अब वहाँ क्या मिलेगा तुम्हें? कितना तो समय बीत चुका है। जो बीत चुका माही, उसे अनहुआ नहीं किया जा सकता।"

"यदि मेरे पिता जीवित हैं तो मुझे एक मौका तो मिलना चाहिए न फादर ताकि मैं उन्हें ढूँढ़ सकूँ...देख तो सकूँ।"

"और यदि न हुए तो?"

"तो भी मुझे वहाँ जाना ही है। जहाँ मेरा जन्म हुआ, मैं उस जगह को एक बार देखना चाहता हूँ। यदि मेरे पिता का कोई सुराग मिल जाय तो शायद मुझे जन्म देने वाली माँ का भी नाम मिल सकेगा। मुझे यह जानने का अधिकार है न फादर?" महेश के होंठों पर विषण्ण मुस्कान थी, आवाज गंभीर।

"निश्चय ही अधिकार है तुम्हें पर तुम कुछ ज्यादा ही आशावादी नहीं हो रहे?" फादर हँसे थे।

"जानता हूँ फादर कि अर्सा पहले कट चुकी जड़ों से पत्ते उगने की उम्मीद एक बचकानी आशा है फिर भी एक बार उस जगह को देखने की इच्छा को मार पाना मेरे लिए संभव नहीं।'

"याने नहीं मानोगे?"

"आपको याद है, एक बार अच्छी तैयारी न होने के कारण मैं अपना पेपर ड्राप कर रहा था तो आपने सीख दी थी कि विफलताओं के भय से प्रयास स्थगित नहीं किये जाने चाहिए?"

"अब...याद तो नहीं....शायद कहा हो।"

"कहा था आपने और यह भी कहा था कि यदि प्रयास स्थगित किये जाते रहते तो दुनिया ज्ञान-विज्ञान से अनजान, अन्धकार युग में ही रही होती"—महेश ने जिद्द की थी—"असफलताएँ मनुष्य के सामर्थ्य और सीमा का पता देती हैं ताकि अगले प्रयास में आप उन्हें अतिक्रमित कर सकें।"

—"ऐसा मैने कहा था?"

"जी! आपने ही मुझे यह ज्ञान दिया है फिर आप मुझे किसी प्रयास से कैसे रोक सकते हैं?

"मैं हारा"—हँस पड़े थे फादर कॉटन! खुलकर जानता हूँ, तुम मानने वाले नहीं हो।"

"सॉरी फादर...सॉरी फॉर दैट लेकिन प्लीज, आप मुझे रोकिए मत!"

"कतई नहीं। चाहकर भी तुम्हें नहीं रोक सकूँगा प्रमथ्यू के वंशज।" हँसने लगे थे फादर कॉटन।

यूनानी पुराकथाओं का हठी नायक प्रमथ्यू देवता के पद पर होते हुए मनुष्यों के हित के लिए ओलिम्पस पर्वत से आग चुराकर लाया था, मानव समाज को कला-संस्कृति-कृषि-गृह निर्माण की कला सिखाई थी और देवताओं का कोपभाजन बना था। दण्डस्वरूप पर्वत पर जंजीरों से बाँधकर प्रमथ्यू को गरुड़ों का आहार बन समाप्त होने को छोड़ दिया गया था।

फादर की उन्मुक्त हँसी देख महेश भी मुस्कराने लगा था। बोला था,

"लेकिन मैं तो कुछ चुराने नहीं जा रहा न फादर। मैं तो कुछ ढूँढ़ने जा रहा हूँ।"

"वर्षों पूर्व गुम हुई अपनी पहचान! तुम तो बेटे स्वयं को ही ढूँढ़ने जा रहे हो। मैं बनासकांठा चर्च के फादर डिमेलो को फोन कर दूँगा। वे मेरी तरह बूढ़े नहीं हैं सो तुम्हारी हर संभव सहायता कर सकेंगे।"

"थैंक्स फादर।"

"प्रभु तुम्हारी राहें आसान करें....गॉड ब्लेस यू।"

थके-थके कदमों से चलते फादर कॉटन चैपल की ओर बढ़ गये थे। पीछे खड़ा महेश सोच रहा था, क्या फादर भी बीती रात चैन से सो सके होंगे?

एक ही रात में फादर कॉटन कुछ और ज्यादा बूढ़े लगने लगे थे। बीमार-बीमार दिखने लगे थे।

चैपल का गुंबद अबाबीलों के कलरव से गूँज रहा था। महेश वहीं खड़ा फादर कॉटन को चैपल के भीतर प्रविष्ट होता देखता रहा था।

हरेक के जीवन में एक समय ऐसा आता है जब कैशोर्य और यौवन की विभाजन रेखा पर खड़ा व्यक्ति मन के भेद, कुछ निजी रहस्य या अपनी गोपन ग्रंथियाँ अपने अभिभावकों के साथ भी नहीं बाँट पाता। घनिष्ठ मित्र के साथ अधिक खुलता और सहज अनुभव करता है।

महेश ने भी अपने जीवन का नया और दुःखद रहस्योद्घाटन दिनेश के साथ बाँटा था। अपने मन का सन्ताप, अपने भीतर के घाव और पीड़ा को मात्र दिनेश के समक्ष ही अनावृत करता रहा था महेश।

"लौटेगा कब?" सबकुछ जानने-सुनने के बाद दिनेश ने पूछा था।

"जल्दी ही।"

"उधर खेलने तो नहीं जा रहा? तेरे जोड़ का कोई बॉलर है उधर? मैं भी चलूँ तेरे साथ?" दिनेश ने हँसी की थी।

''कोई खेल-वेल नहीं है उधर। होगा भी तो उधर एक बॉलर है शायद।''

''कौन?''

''उसका नाम सोनारा है। वह मिल गया तो मेरी जीत पक्की...!''

''वह न मिले तो याद करना। मैं हूँ न इधर।''

''तुझे नहीं तो और किसे पुकारूँगा दीनू? तेरे बाद और है कोई मेरा इस दुनिया में?

''बस...बस! रहने दे यार! तू तो ऐसे ही भावुक होने लगता है....खाहमखाह...सैंटी-सैंटी धत् स्साले!''

एक झटके के साथ महेश मानो राँची से बनासकांठा आ पहुँचा था। झटके के साथ आटो-रिक्शा रोकते चालक ने पूछा था,

''कहाँ उतरेंगे भईया? आ तो गया चर्च रोड।''

''बस...यहीं।''

आटो से उतरकर महेश ने भाड़ा चुकाया था। आटोरिक्शा आगे बढ़ गया और महेश अपने आस-पास के भूगोल को परखने लगा था।

जहाँ महेश खड़ा था, पीठ की ओर एक क्लिनिक था। क्लिनिक की ललाट पर चिकित्सक का नाम लिखा था, डॉक्टर प्रदीप कुमार अग्रवाल, फिजिशियन एवं सर्जन!

भूख महसूस हो रही थी। पीछे रास्ते में कई ढाबे दिखे भी थे परन्तु ढाबों के सामने ट्रकों के काफिले और ड्राइवर-क्लीनरों की भीड़-किचकिच थी और महेश शीघ्रातिशीघ्र चर्च पहुँच लेने को उतावला था।

वह जहाँ खड़ा था, सड़क पार करते ही वह पहाड़ी थी जिसकी जड़ से शीर्ष तक सर्पिलाकार सीढ़ियाँ दिख रही थीं। कभी आजाद रहने वाली पहाड़ी आज सात-आठ फीट ऊँची चहारदीवारी में कैद थी। सीढ़ियों की शुरुआत पर लोहे के जंगले वाला छोटा फाटक था। ऊपर, जहाँ सीढ़ियाँ समाप्त हो रही थी; वहाँ नया चर्च खड़ा था जिसकी चोटी पर लगा क्रॉस तेज धूप में चमक रहा था।

महेश मुकरुआर की स्मृतियों के पर्दे हटाकर झाँकने लगी थी कुछ पुरानी परछाइयाँ। बहुत पहले बीत चुके मुहुर्तों के छायाभास...!

महेश ने व्यस्त सड़क को पार किया था। चर्च के छोटे फाटक को खोलकर भीतर प्रविष्ट हुआ था। फाटक के निकट नल की टूँटी दिख गयी थी। भूखे महेश ने नलके से भरपेट पानी पिया था। धुँआँती आंतों में हचहचाता पानी पहुँचने से उत्पन्न हल्की मरोड़ की उपेक्षा करता महेश सीढ़ियाँ चढ़ने लगा था।

सीढ़ियाँ समाप्त होते ही ऊपर की जमीन एकदम समतल थी। मुलायम घास वाला लॉन...! चर्च को चारों ओर से घेरे हुए महेंदी की झाड़ियाँ थी। घुटनों-घुटनों ऊँची मेहंदी की बाड़ की छाया में फूलों की क्यारियाँ लहरा रही थी। डान्थस, पिटूनियाँ, चमेली, गुलाब, हॉलिहॉक, क्रिश्चेनथेमम...!

चर्च की मुख्य इमारत का विशाल फाटक पूरा खुला हुआ था। भीतर कतारबद्ध बेंच दिख रही थीं। डायस पर प्रकाशित मोमबत्तियों की झिलमिल रोशनी में दिख रहे थे क्रूस पर टंगे प्रभू यीशू...दाईं ओर खड़ी माँ मरियम...

''यस...?''

महेश आवाज की दिशा में पीछे मुड़ा। देखा। हाथ में पवित्र पुस्तकें थामे एक व्यक्ति...पादरी! सफेद वस्त्र, साफ शेव, फ्रेंच कट दाढ़ी-मूँछ, सलीके से कटे-सँवरे केश...!

''फादर डिमेलो...?'' महेश ने पूछा था।

''हाँ वही।''

''मैं महेश हूँ, राँची से। गुड मार्निंग फादर!''

''यस! द मार्निंग इस रियली वैरी गुड सेम टू यू!..वेलकम माई फ्रेंड, आई वाज जस्ट वेटिंग फॉर यू (सचमुच आज की सुबह बहुत अच्छी है। स्वागत है मित्र, मैं बस तुम्हारी ही प्रतीक्षा कर रहा था।)'' उल्लसित फादर डिमेलो।

''थैंक्स फादर! बट हाऊ कैन आई बी अ फ्रैंड ऑफ योर्स? आयम अ फोस्टर चाइल्ड ऑफ योर्स!(धन्यवाद! परन्तु मैं आपका मित्र कैसे हो सकता हूँ, बल्कि मैं तो आपका पुत्र हूँ।)...मुझमें आपका मित्र होने की योग्यता नहीं है फादर।'' महेश मुस्कुराया था।

''मैंने कहीं नहीं पढ़ा कि एक अच्छा बच्चा अपने पितृवत् व्यक्ति का मित्र नहीं हो सकता यदि उम्र का बहुत बड़ा अन्तर न हो। तुमने कहीं पढ़ा है क्या?'' हँसे थे डिमेलो।

''नहीं।''

''सो, देयर यू आर।''

''व्हेयर आय एम?''

''हम मित्र हो सकते हैं...जाओ।''

महेश की आगवानी करते डिमेलो चर्च के पिछवाड़े की ओर बढ़े थे।

चर्च के पीछे पादरी का आवास था। कर्मचारियों के क्वार्टर थे। अतिथिशाला और कई छोटे-बड़े कॉटेज थे। भोजनालय, पुस्तकालय और पालतू पशुओं के आवास...

महेश को लगा था मानो उसने यह जगह कभी देखी हो...सपने में। सबकुछ पुराने रंग-ढंग से पुर्ननिर्मित करने का प्रयास किया गया था। वैसा, जैसाकि वहाँ

कभी हुआ करता था...अग्निकांड से पहले।

"यात्रा में कोई परेशानी भी हुई?"

"नहीं।"

"स्टेशन से यहाँ तक पहुँचने में कोई समस्या?"

"बिलकुल नहीं। अब तो सड़क भी अच्छी है और तुपकाडीह से यहाँ के लिए साधन भी हैं।"

"टोनी...रोज...सूसन"—फादर डिमेलो अपेक्षाकृत ऊँची आवाज में पुकारने लगे थे—" पीटर....अलबर्ट...देखो कौन आया है...अपना महेश...!"

"अपना महेश...!" महेश मुकुरुआर का मन फादर कॉटन के प्रति कृतज्ञता से भर उठा था। महेश के बारे में क्या और कितना बता चुके थे फादर कॉटन...?

सुबह सवेरे का समय था। काम की व्यस्तता के घंटे थे। सारे लोग अपनी स्थापित दिनचर्या में लगे थे पर देखते-देखते चर्च का लगभग पूरा परिवार महेश के स्वागत-अभिवादन हेतु उपस्थित हो गया था। यह महेश के लिए था या फादर कॉटन के प्रति आदर और सम्मान का प्रमाण था। महेश फादर कॉटन का प्रतिनिधि स्वरूप जो था।

"महेश का कॉटेज...?" फादर डिमेलो ने पूछा था।

"रात को ही तैयार कर दिया था फादर।" टोनी ने बताया था।

"गुड! अलबर्ट, महेश को उसका कमरा दिखाओ प्लीज"—फादर डिमेलो ने कहा था—"तुम नहा धोकर ताजा हो लो। थोड़ा आराम करो। मुझे मॉरिटाउन में थोड़ा काम है। प्रबन्ध समिति की बैठक है। मैं आधे दिन की अनुमति चाहूँगा।"

"मुझसे औपचारिकता फादर?"

"चलो ठीक है"—हँसे थे डिमेलो—शाम को चैन से बातें करते हैं।"

"जी।"

फादर डिमेलो अपने आवास की ओर बढ़ गये थे। अलबर्ट और टोनी के साथ महेश अपने लिए नियत कॉटेज की ओर चल पड़ा था। टोनी बता रहा था।

"आपके बारे में फादर ने हमें बताया है। सब जानते हैं कि आपका बचपन यहीं चर्च में....

वे भी क्या दिन थे...!

इसी पहाड़ी पर कितनी सुन्दर साँझ हुआ करती थी उन दिनों! महेश को याद आने लगी थी बचपन की शामें।

वह ढलती पीतवर्णी धूप। सांझ का सिन्दूरवर्णी आकाश। आसमान में कुलांचे

भरते शंखवर्णी मेघ। नानावर्णी नभ की पृष्ठभूमि में चमकता चर्च का क्रॉस! गोधूली की वेला में, जब सूरज बस डूबने-डूबने को होता था; नीले-सुथरे आकाश में कैसे उग आता था साँझ का तारा....!

अब वह आकाश नहीं था। न ही आसमान में रंगों का वह इन्द्रधनुषी मेला!

जून उतार पर था। आषाढ़ की आहट सुनाई देने लगी थी। पठार को पहली बारिश की प्रतीक्षा थी।

दिन भर चिलचिलाती धूप में तपती रही थी जमीन। पत्थर और चट्टानें। शाम को उमस थी। आद्रता से चिपचिपाहट भी...।

महेश फादर डिमेलो के साथ चर्च के बाहर लॉन में चहलकदमी कर रहा था। पहाड़ी के नीचे, पहाड़ी की परिक्रमा करती सड़क पर आवागमन कम होने लगा था।

उत्तर दिशा में स्थित इस्पात कारखाने "टारमो स्टील" के बिजलीघर की चिमनियों से निकलते गाढ़े काले धुएँ की मोटी धारा अस्ताचलगामी सूर्य को बीच से दो-फाड़ चीरती, आकाश में जहर घोलती; पर्वत शिखरों के ऊपर रेंगते खूब मोटे-लम्बे अजगर की भाँति अन्तत की ओर बही जा रही थी।

"कभी यहाँ का मौसम बेहद सुहावना हुआ करता था। जाड़ों में भयानक ठंड और बारिश में हफ्तों तक सूरज देखने को तरस जाता था आदमी।"

"गर्मियाँ भी उतनी ही भयानक?" महेश ने पूछा था।

"नहीं। गर्मियों में दिन तपते जरूर थे और सूर्यास्त के समय उमस भी होती थी पर चारों ओर जंगल ही जंगल था...तो सूर्यास्त के बाद जब चट्टानें ठंडी होने लगतीं तो हवा शीतल होने लगती थी। आधी रात के बाद तो मई-जून में भी चादर ओढ़नी पड़ती थी"—डिमेलो ने गहरी साँस ली थी—" इन्डस्ट्री खुलने के बाद इधर का मौसम तेजी से बदलता गया। धुआँ, शोर, खानों की खुदाई...जंगल नष्ट हो रहे हैं वर्ना अब तक तो बारिश शुरू हो चुकी होती।

फूलों की क्यारियों में पानी दिया जा रहा था। क्यारियों में भरे पानी में कौवे, गौरैया और जंगली मैनाएँ पंख छपछपाते हुए नहा रही थी। जगह-जगह पक्षियों के पीने हेतु पानी के बर्तन रखे थे। इन बर्तनों में अधडूबी गौरैया पंख फटफटाती पानी के छींटे उड़ाती चिंचिया रही थी।

"अब तो कभी क्षीण वर्षा और कभी सूखा ही पठार का वर्तमान है। किसी वर्ष तो सिर्फ एक बारिश की कमी से तैयार खड़ी फसल मर जाती है और किसान हैं कि हर वर्ष खेती का जुआ खेलते ही हैं।"

सचमुच इधर का भूगोल एकदम से बदल गया है"—महेश ने कहा था—'मैं सोचता था मेरा काम बहुत मुश्किल नहीं होना चाहिए लेकिन...यहाँ पहुँचा तो एकदम

अनजान लगा सबकुछ। मैं तो यहाँ की झोंपड़पट्टियों और सोसायटियों के बीच ही हफ्तों भटकता रहता।''

''बहुत बदल गयी है यह जगह। नाम-धाम सब। इसलिए तुम्हारा काम थोड़ा कठिन जरूर होगा।''

''कुछ पता चल सका या...'' महेश ने ससंकोच पूछा था।

''आधा-अधूरा कुछ पता चला है''—फादर डिमेलो ने बताया था—'' हुआ यह कि अर्सा पहले जब यहाँ ''टारमो स्टील'' के लिए भूमि अधिग्रहण हुआ तो असुरों के कई टीले उजाड़ डाले गये. टाना असुर का तो कुछ अता-पता नहीं मिला, यह जरूर मालूम हुआ कि यहाँ से उत्तर में हड्डी नदी के किनारे अभी भी कुछ असुर हैं। शायद वहाँ से कुछ पता चल सके।''

''मतलब, हम कोशिश कर सकते हैं?''

''फिलहाल। आगे कुछ और सूत्र मिलने की उम्मीद तो है यदि असुर अभी भी वहाँ हों—'' फादर डिमेलो ने कहा था—बहुत तेजी से खत्म हो रहे हैं असुर! पता है, भारत में सिर्फ नौ-दस हजार बच रहे हैं शायद।

''मैं उन तक पहुँचना चाहूँगा फादर...जितनी जल्दी हो सके।''

''जरूर! हालाँकि कुछ मिल सकेगा इसकी संभावना...'' फादर कहते-कहते रुक गये थे।

''बहुत उम्मीद मुझे भी नहीं है पर जिज्ञासा बहुत है फादर। जानना चाहता हूँ कि दरअसल मैं हूँ कौन।''

''तुम फादर कॉटन के वारिस हो। राँची चर्च के संभावित भावी पादरी हो जिससे फादर कॉटन की बहुत आशाएँ हैं।''

''इसलिए तो डरता हूँ फादर! फादर कॉटन की उम्मीदों पर खरा उतर भी सकूँगा मैं?....डर लगता है।''

''डरो मत महेश। फादर कॉटन तुम्हें अपनी इच्छाओं के साँचे में अवश्य ढाल लेंगे। मुझे विश्वास है। वे महान हैं।'' फादर डिमेलो ने महेश का कंधा थपथपाया था।

''वे राँची में मेरी प्रतीक्षा कर रहे हैं। सोनारा का पता चल जाए तो मैं...मुझे जल्दी लौटना होगा फादर।''

''ओह-हाँ! सोनारा के बारे में कुछ सूचना तो मिली है।''

''पक्की?''

''शक है?'' फादर डिमेलो का प्रतिप्रश्न!

''न...नहीं। मेरा मतलब यह नहीं था।'' हड़बड़ाए महेश ने सफाई दी थी।

''हमारी क्रियिश्चियन कम्यूनिटि में आदिवासी समाज के भी सदस्य हैं। कई

लोग। पुराने लोगों से मैंने चर्चा की तो...तुमने स्टेशन से आते हुए वह नदी देखी... ?'' फादर डिमेलो ने पूछा था।

''सियरभोंकी नदी।''

''वही। नदी के पुल के निकट लकड़ियों की एक दुकान है....नागा टिम्बर स्टोर।'' फादर डिमेलो ने बताया था।

''मैंने गौर नहीं किया।''

''अब गौर करना। कोई-नागेन्द्र झा है बिहार का, उसी का है यह स्टोर, खैर...उस टिम्बर स्टोर के पीछे से एक ढालवाँ पगडंडी है। उसी राह से नीचे उतर जाना। नीचे हमारे मिशन का स्कूल है, एस.एस. मेमोरियल कैथलिक मिडल स्कूल।''

''चर्च के संरक्षण में?'' महेश ने पूछा था।

''था कभी। अब अल्पसंख्यक सरकारी स्कूल है। चर्च नियमित कुछ डोनेशन देता है इसलिए चर्च से अभी भी जुड़ाव बना हुआ है। उस स्कूल की हेड मिस्ट्रेस मिसेज सिल्विया नोरिस चर्च की मैनेजिंग कमिटी के चेयरमैन मिस्टर विलियम नोरिस की पत्नी हैं। उनसे मिलो।''

''हेड मिस्ट्रेस से... ? क्यों?''

''भई, वहीं तो शिक्षक है तुम्हारा यह....सोनारा मुंडा। मैंने मिसेज नोरिस को तुम्हारे बारे में फोन पर बता दिया है। वहीं सोनारा गणित और विज्ञान पढ़ाता है। तो हेड मिस्ट्रेस ही तो मिलवाएँगी तुम्हें सोनारा से।''

''सोनारा! शिक्षक है?'' महेश को जानकर सुखद अनुभूति हुई।

''स्कूल की स्थापना के समय से ही सोनारा वहाँ शिक्षक है। गवर्नमेंट ने स्कूल को टेक-ओवर किया तो अनिवार्यता के कारण सोनारा टीचर्स-ट्रेनिंग के लिए छः महीने के लिए बाहर गया था। अब लौट आया है, मैंने सब पता कर रखा है।''

''मैं आभारी हूँ फादर। कृतज्ञ हुआ मैं। आपने मेरे अतीत की सबसे महत्त्वपूर्ण कड़ी ढूँढ निकाली...मैं...मैं...'' उतावला महेश।

''बस...बस...रिलेक्स।''—हँसे थे फादर डिमेलो—''कुछ कठिन नहीं था यह! काश मैं इससे भी कुछ बेहतर कर पाता। वैसे पहचान तो लोगे न सोनारा को?''

''पता नहीं। बचपन की धुँधली याद के सहारे शायद उसे न ही पहचान सकूँ। पता नहीं अब वह कैसा दिखता है।''

''तभी तो कहा, पहले मिसेज नोरिस से ही मिलना।....सुना है सोनारा ने कोई समाजसेवी संगठन भी बना रखा है। दूर-दूर तक की आदिवासी बस्तियों तक उसके सम्पर्क हैं। आदिवासी समाज में सोना का सम्मान है। शायद सोनारा से ही आगे का कोई रास्ता निकल सके।'' फादर डिमेलो ने सम्भावना की राह सुझाई थी।

''शायद!...पर सोनारा इतना होशियार तो नहीं था बचपन में कि....एन.जी.ओ.

चलाता है?''—महेश चकित था—''सोनारा और एन.जी.ओ.?''

''एन.जी.ओ. नहीं है पर उसके संगठन को समाजसेवी संस्था ही समझो। लोग शार्ट में जेबी कहते हैं।''

''मतलब पॉकेट संस्था?''

''अरे नहीं,—'' हँसे थे डिमेलो—''जे.बी. मतलब झारखंड बंधु! यह संस्था उनके लिए काम करती है जो विस्थापित हैं या जिन पर विस्थापन का खतरा मंडरा रहा है। ऐसे लोगों के अधिकारों के लिए आवाज उठाती है यह जे.बी.।''

शाम ढल रही थी। एक-एक दो-दो की संख्या में लोग सीढ़ियों से ऊपर आ रहे थे। फादर डिमेलो का अभिवादन करते लोग चर्च के भीतर प्रविष्ट हो रहे थे। सायंकालीन प्रार्थना का समय निकट था।

''चर्च आता है सोनारा?'' महेश ने पूछा था।

''नहीं।''

''क्यों?''

''क्योंकि वह ईसाई नहीं है। बल्कि वह तो शायद किसी धर्म में ही विश्वास नहीं रखता। जानकारी है कि वह अपने आदिवासी ''सरना धर्म'' को भी नहीं मानता। स्वयं को ह्यूमनिस्ट कहता है।''

''ह्यूमनिस्ट?''

''मानवतावादी। धर्म से परे, मनुष्य मात्र के लिए काम करता है। जो भी हो, काम तो अच्छा ही कर रहा है ना?''

''जी, बिल्कुल!'' महेश ने स्वीकार किया था।

''वह तुम्हें पहचान ले, तुम्हारे साथ सहयोग करे तो तुम्हारी मुश्किल आसान हो सकती है।''

''उसे मुझे पहचानना ही होगा फादर! वही तो मेरी इकलौती उम्मीद है।'' महेश ने दृढ़तापूर्वक कहा था—''मैं कल ही मिलता हूँ उससे। कल ही पहुँचता हूँ उसके स्कूल।''

''गुड!...और अब हमारी प्रार्थना का समय हो रहा है। अनुमति दो।''

''मैं भी साथ चल सकता हूँ फादर?''

''नेकी और पूछ-पूछ...? आओ।''

वृक्षों पर पक्षियों का कलरव सघन होने लगा था। सूरज ''टारमो इस्पात'' के दमघोंटू धुएँ से परेशान-हलकान पता नहीं कब पहाड़ों के पीछे जा छुपा था।

वे चर्च के भीतर प्रविष्ट हुए थे। वार्तालाप में मग्न महेश को पता ही नहीं चला था कि कब इतने लोग....चर्च के भीतर कई बेंचें भर गयी थी। महेश भी एक खाली बेंच पर जा बैठा था।

फादर डिमेलो अपनी नियत टेंपर डेस्क (उपदेश देने हेतु नियत मंच) पर जा खड़े हुए थे। पहले धर्मोपदेश फिर खड़े होकर सामूहिक प्रार्थना प्रारम्भ हुई। वद्ययंत्रों संग समूह गान के स्वर में स्वर मिलाने लगा था महेश।

*धन्य ओ माँ मरियम*
*धन्य हो तुम और धन्य*
*पुत्र तुम्हारा ईसा मसीह*
*करुणामयी माँ दया करो...*

मोमबत्तियों का प्रकाश डायस को आलोकित कर रहा था। दीवारों पर मद्धिम बल्ब जल रहे थे। चर्च के ऊँचे गुम्बद और रोशनदानों में बसेरा किये सोए अबाबीलों के शावक कभी-कभी नींद में चिंचिंया उठते थे।

*दया करो माँ हम पापियों पर*
*आज और उस दिन भी*
*जब मृत्यु की कराल छाया*
*हम पर छा जायेगी...*
*आमीन... !*

# दो

ताख पर रखी तस्वीर के चेहरे पर स्निग्ध मुस्कान थी। तस्वीर के नीचे टंके थे विवेकानन्द के प्रेरक शब्द...'' तुम्हारा जन्म नहीं, मृत्यु नहीं। नाश नहीं विनाश नहीं। तुम तो अमृत की सन्तान हो। तुम्हें किसका डर... ?

बनासकांठा स्कूल के शिक्षक संजीव सान्याल की पहली बरसी पर यह तस्वीर तत्कालीन प्रखंड सहकारिता प्रसार पदाधिकारी अनन्त चौहान के सौजन्य से स्कूल को भेंट की गयी थी।

संजीव की याद आते ही सोनारा मुंडा का कलेजा धुआँ-धुआँ होने लगता था। दावानल का भयावना गहराता धुआँ सोनारा के भीतर भर उठता था। संघनित होता धुआँ कभी दबाव से द्रवित होकर आँखों के रास्ते टपकने लगता था। साथ ही स्मृतियों के अरण्य से बह-बह कर बाहर आने लगता था टुकड़ा-टुकड़ा अतीत! जैसे बाढ़ से उफनती नदी में डूबते-उतराते दिखते हैं लकड़ियों के लट्ठे....मरे-फूले ढोर! सोनारा के घर के सामने निर्मित विद्यालय जब सियरभोंकी नदी के किनारे स्थानान्तरित किया जाने लगा था तब पीछे छूटी उपेक्षित एक तस्वीर को सोनारा की माँ उठा लाई थी। यह संजीव सान्याल की यही तस्वीर थी जो अब सोनारा के घर में ताख पर रखी थी।

बचपन से ही माँ को तस्वीर के समक्ष नित्य अगरबत्तियाँ जलाते देखा किया था सोनारा। ताजा फूलों की माला चढ़ाती थी माँ....अपने अन्तिम दिनों तक। अपनी माँ से पूछता था सोनारा।

''संजीदा के कौन मोराय देलई माई (संजीव दादा को किसने मार डाला माँ) ?''

''वह मरा नहीं रे। आएगा तेरा संजीदा।''

''कब माई ?''

उत्तर सोनारा की माँ रंगेनी के पास नहीं था। वह तो बच्चे को बहला रही थी। जानती थी जाने वाले कभी नहीं आते। फिर रंगेनी भी महायात्रा पर निकल पड़ी थी। कभी वापस नहीं आने के लिए।

अनुत्तरित प्रश्न के साथ बड़ा होता गया था सोनारा। समझने लगा था संजीव

सान्याल की तस्वीर का निहितार्थ। तस्वीर पर चढ़ाई जाने वाली फूल–मालाओं का सच। अब कभी वापस नहीं आनेवाला था उसका संजीदा!

समय भले बहुत बह चुका था परन्तु संजीव की यादें सोनारा के पक चुके ठोस मन पर अमिट थीं। अनछुई भूमि की गीली पांक पर बने–सूखे पदचिन्हों की भाँति सुरक्षित रह गयी थीं संजीव की स्मृतियाँ।

कभी झारखंड के इस पठारी अंचल पर छाए काले कोहरे में जलती मशाल की भाँति आया था संजीव सान्याल! वह एक आदर्शवादी शिक्षक था जो आदिवासी समाज के भीतर बरसों से व्याप्त अज्ञान–अशिक्षा के तमस को हटाना चाहता था। जो गाँव के मुंडा समाज को अंधविश्वास शोषण और कर्ज के भंवर से बाहर निकालना चाहता था।

भ्रष्टाचार और उग्रवाद के चक्रव्यूह में फँसा संजीव सान्याल लगभग अकेली लड़ाई लड़ता मार डाला गया था। भ्रष्ट ठेकेदारों के विरुद्ध खर्च हो गये अभियन्ता सत्येन्द्र दूबे की भाँति, पेट्रोल–मिलावट के खिलाफ लड़ मरे मंजूनाथ की तरह, बिल्डर माफिया के मुकाबिल बीत गये सतीश शेट्टी की तरह, कैमूर पर्वतमाला के वनवासियों के वनाधिकार के लिए शहीद हो जाने वाले वनाधिकारी संजय सिंह की तरह...जबकि संजीव न सामाजिक कार्यकर्ता था, न सरकारी अधिकारी। वह एक आम आदमी था। वह मात्र एक शिक्षक था।

बनासकांठा का चर्च–दहन और संजीव की हत्या, दोनों का लगभग साथ–साथ घटित होना कोई षडयन्त्र था या मात्र संयोग, नहीं जानता था सोनारा। उस भयावह अग्निकांड में चर्च का सबकुछ जलकर भस्म हो गया था। लकड़ियों से निर्मित पुराना चर्च, पुस्तकालय, दस्तावेज, कर्मचारी, स्वयं पादरी ब्रूनो...। सबकुछ खाक! उसी आग में गुम हो गया था सोना का लंगोटिया यार! बिन बाप के बच्चे सोनारा मुंडा का अन्तरंग, महेश मुकुरुआर!

जब तक बनासकांठा के लोग जागकर पानी की व्यवस्था करते, पहाड़ी के ऊपर जली आग की लपटें आकाश छूने लगी थीं। पहाड़ी के नीचे स्थित कुएँ से पानी भर–भर कर पहाड़ी की चोटी पर धधकती लपटों को नियन्त्रित करना सम्भव नहीं रह गया था। निरुपाय लोग ताकते रह गये थे। चिट्–चिट् कर चिटखता रहा था काठ का चर्च।

अगली भोर संजीव के साथ गजलीठोरी के लोग बनासकांठा पहुँचे थे। पहाड़ी पर भांय–भांय सन्नाटा था। परिन्दे–चरिन्दे तक भाग गये थे। चर्च के पवित्र परिसर में अधजले काठ–राख से उठती धुएँ की लकीरों में चिरायंध शमशानी गन्ध थी।

पहाड़ी के नीचे, गाँव में अपनी विवशता पर रोते युवक थे। छाती पीटते बूढ़े थे। कलपती स्त्रियाँ थी। आतंकित बच्चे थे।

सबकुछ जलाकर भस्म कर चुकने के बाद राख की ढेरियों के भीतर बैठी हत्यारी आग से अधजले काठ की कोई गांठ चिटखती तो सिहर उठते थे रोएँ। हर व्यक्ति के भीतर चिटख उठता था कुछ-कुछ!

नन्हा सोनारा बीती रात के अग्निकांड का दर्शक मात्र नहीं था, चर्च-दहन के भयावह का भोक्ता भी था। सोनारा का परम मित्र महेश भी तो उसी आग में जल मरा था।

अभी एक चोट से उबरा भी नहीं था सोनारा का शिशु-मन कि दूसरी मर्मांतक चोट पड़ी थी। कितनी भयानक थी वह भोर? कितनी रक्तरंजित?

कोयल-धनकाई नदियों के संगम पर स्थित उस प्राकृतिक जोहड़ की ओर भागा जा रहा था सोनारा जो "कोल्ह" कहलाता था। काई-शैवाल-जलकुम्भियों से भरी उस अगम गहराई में छलाँग लगा गया था नन्हा सोनारा! कोलह में उसके संजीदा की गर्दन रेती लाश तैर रही थी।

मुँह में आँचल ठूँसे बिलखती सोनारा की माँ कोल्ह की ओर भागी आ रही थी। रंगेनी के पीछे-पीछे दौड़े आ रहे थे हरमू, सुगना, पहान, बहिरू, भड़ीमन, धानुक, मोतिया, मलतिया, देवंती, झालो, सुगनी, चुंटवा, पुलका, गोलवा, पुटका, मंटवा, रेंघटा, टहरिया, सोहराई...रंगेनी के पीछे था पूरा गजलीठोरी गाँव...! भोंकार पारती मुलकी बुढ़िया छाती पीटती चीख रही थी..." गजली उजर गयो रे मइयोऽऽऽ, उड़ गयो सुगना रे मइयोऽऽऽ(देखें : उपन्यास "पठार पर कोहरा" (2003), भारतीय ज्ञानपीठ प्रकाशन, नई दिल्ली).."

संजीदा की तस्वीर को क्यों पूजती थी माँ? क्या रिश्ता था माँ का संजीदा के साथ? यह पहेली कभी बूझ सकेगा सोनारा मुंडा?

सोनारा ने अगरबत्तियाँ जलाई थीं।

संजीव की तस्वीर के समक्ष स्टैंड में अगरबत्तियों को व्यवस्थित किया था। तस्वीर पर पड़ी मुरझाए फूलों की पुरानी माला उतार कर ताजा हार पहनाया था।

अगरबत्तियों से उमगती धुएँ की डोरियाँ संजीव की तस्वीर से लिपटने लगी थी। सोनारा की चेतना से चिपटने लगी थी संजीव की स्मृतियाँ। संजीव की वह सीख..."कुछ न कहने से भी छिन जाता है एजाज-ए-सुखन, जुल्म सहने से भी जालिम की मदद होती है।"

सोनारा की हथेलियाँ स्वयंमेव जुड़ गयी थी। प्रार्थना, अभिवादन, अपराधबोध या क्षमायाचना?

"...पुलिस तुम्हारे हत्यारों को नहीं ढूँढ सकी संजीदा। कोई नहीं जान सका कि किसने तुम्हारी जान ली। वे, जो बनासकांठा में चर्च के पीछे घाटी में पेट्रोमैक्स जलाए, रात भर लाठियाँ भाँजते और धर्मांतरण के मुद्दे पर फादर ब्रूनो को बनासकांठा

न छोड़ने पर परिणाम भुगतने की धमकियाँ देते थे; या वे, जो हर सरकारी ठेके में लेवी (सुरक्षा-शुल्क/रंगदारी टैक्स) वसूलते थे और तुमसे भी लेवी माँगते थे और जिन्हें तुम भटकी भूमिगत क्रान्ति के भ्रमित राजनैतिक युवा मानते थे; या फिर वे जो नहीं चाहते थे कि हम आदिवासी कर्ज के साहूकारी पाश और गुलामी के जीवन से मुक्ति पाकर अधिकार सजग हों और मानवीय जीवन जी सकें...?'' तुम मरे नहीं, मारे गये पर तुम्हारी मृत्यु का रहस्य तुपकाडीह थाने में अनसुलझे मामलों की फाइल बनाकर दफना दी गयी संजीदा...!''

मुस्कुराती रही थी संजीव की मौन तस्वीर! मानो चुपचाप उलाहना दे रहें हों संजीव, ''...हाड़-मांस का आदमी ही रहने देते मुझे तुम! तुमने तो मुझे देवता बनाकर ताख पर कील दिया बंधु!''

प्राय: इसी भाँति संजीव की तस्वीर के साथ मौन वार्तालाप करने लगता था सोनारा मुंडा। सोनारा के होंठ बुदबुदा उठे थे।

''तुम्हें कोई कील सकता है संजीदा? तुम दिखते भले ताख पर हो पर हो तुम मेरे भीतर! मेरे साथ! चलते-फिरते-बोलते-लड़ते! तुम रहोगे संजीदा, जब तक मैं हूँ।''

साइकल की घंटी बजी थी। तीखी ट्रिन-ट्रिन लगातार...! सोनारा मानो किसी सम्मोहन से मुक्त हुआ था। कलाई पर बंधी घड़ी देखी थी...साढ़े नौ!

खुली खिड़की के निकट पहुँचा था सोनारा, बाहर सड़क पर थी नीलमनी। बाएँ पैर के सहारे सड़क पर खड़ी साईकिल के दाहिने पैडल पर तलवे टिकाए भागने को उतावली थी नीलमनी एक्का!

''चलो दाया (भईया/मूल मुंडारी शब्द ''ददाया'') वर्ना देर हो जायेगी।''

''जरा ठहर!''

अपनी साइकिल लुढ़काता सोनारा घर से बाहर निकला था। साइकिल को स्टैंड पर टिकाते हुए बोला था।

''जे.बी. के दफ्तर निकल रहा हूँ। अचानक एक बैठक बुलानी पड़ी है। स्कूल नहीं जा सकूँगा। आज! मेरी छुट्टी की अर्जी लेती जा। याद से जमा कर देना...भूलना नहीं।''

''क्या दाया, मैं इत्ती भुलक्कड़ थोड़े हूँ।'' नीलमनी ने नाटकीय ढंग से त्योरियाँ चढ़ाई थीं!

''इत्ती नहीं, थोड़ी कम है; सो जानता हूँ''—हँसा था सोनारा—''पर नोरिस मैम को प्रेयर तक छुट्टी की दरख्वास्त न मिले तो हाजिरी बही पर लाल निशान लगाए बिना नहीं मानेगी, सो तो तुझे...''

''पता है...पता है!! मैं ध्यान रखूँगी।''

सोना ने जेब से छुट्टी का आवेदन-पत्र निकाला था नीलमनी को कागज थमाया था और अपनी साइकिल पर कपड़ा फिराने लगा था।

"अब निकल ले वर्ना तुझे देरी..."

सुना किसने था? ढलान पर नीलमनी की साईकिल हवा से बातें कर रही थी। आगे अपनी साईकल पर जाती दिख गयी थी स्कूल की मित्र शिक्षिका मिस पुटुस! नीलमनी अपने और पुटुस के बीच के फासले को खत्म करने की जी-तोड़ कोशिश करती अँधाधुँध पैडल मारे जा रही थी।

बिल्लौरी चमक वाला दिन था।

सियरभोंकी नदी के पुल पर खड़ा। महेश मुकरुआर। नीचे, सियरभोंकी नदी तिल-तिल कर मरती दिख रही थी।

वह लघु सरिता जिसकी पनियल नीली धारा में तैरती मछलियाँ कभी पुल के ऊपर से ही देखी जा सकती थी, वहाँ अब छोटी नदी नहीं; कचरे का चौड़ा परनाला बह रहा था।

बाढ़ आती तो कूल-किनारे अतिक्रमित करती सियरभोंकी खेतों में ढेरों मछलियाँ भी उड़ेल देती थी। खेतों के छप-छप पानी में खूब मछलियाँ पकड़ते थे बच्चे। अब सियरभोंकी में कोई जलचर जीवित भी बचा होगा...?

नदी के दोनों किनारों तक पसरी हुई थी जंगआलूदा चाँदी जैसी सांवली गाद।" टारमो इस्पात" कारखाने के बिजलीघर की राख, जला हुआ डीजल-पेट्रोल, उत्सर्जित रासायनिक अपशिष्ट।...। मानो छीजे अल्यूमीनियम की रंगत वाला कोई विशाल अजगर नामालूम रफ्तार से धीमे-धीमे सरक रहा था।

"नागा टिम्बर स्टोर" के बाहर बाँस की ऊँची टाल थी। पटरों की शक्ल में चिरी लकड़ियों का ढेर था। कटी लकड़ियों के लट्ठे-पटरों से वनस्पतियों की बासी गन्ध आ रही थी। प्रत्यक्ष था कि हरे वृक्ष ही काटे गये थे।

महेश ढालवां पगडंडी पर सावधानीपूर्वक नीचे उतरने लगा था। ढलान से सटे दाईं ओर एक वर्कशॉप था। लोहे के नट-बोल्ट बनाने वाली उस लघु ईकाई में चलती मशीनों के शोर से वर्कशॉप की टीन की चमकती छत थरथरा रही थी।

ढलान से कुछ हटकर दिख रहा था महेश का गन्तव्य! घरौंदे जैसा दिख रहा था वह विद्यालय जो प्रांगण में पंक्तिबद्ध खड़े बच्चों के कारण दूर से ही विद्यालय पहचाना जा सकता था। पंक्तिबद्ध खड़े बच्चों के सामने सीमेंट का बड़ा-ऊँचा चबूतरा था जिस पर शिक्षक भी पंक्तिबद्ध खड़े थे। शिक्षकों की ओर पीठ किये दो बच्चियाँ खड़ी थीं जो बच्चों की ओर मुँह किये, हाथ जोड़े प्रार्थना गीत गा रही थी।

पुल पर से गुजरने वाले भारी वाहनों का शोर ऊपर छूटा तो प्रार्थना-गीत की

आवाजें धीमी-धीमी सुनाई देने लगी थी,

*जेहल में जो थूका मैंने*
*लहू नहीं, वे अगिन-फूल थे*
*देह मरी थी मेरी लेकिन*
*नहीं मरे थे बीज-मूल रे...*

ढलान से उतरकर महेश उस कच्चे रास्ते पर आगे बढ़ने लगा था जो थोड़ा घूमकर विद्यालय के मुख्य द्वार पर पहुँच रहा था।

विद्यालय के पीछे, पूरब में रेल की पटरी थी जो तुपकाडीह जंक्शन को "टारमो इस्पात" कारखाने से जोड़ती थी। खिलौना रेलगाड़ी जैसी दिखती कोयले से लदी एक रैक सियरभोंकी के ऊपर बने रेल-पुल को पार करती "टारमो-इस्पात" की ओर जा रही थी।

मालगाड़ी की गड़गड़ाहट में प्रार्थना-गीत की आवाजें डूब गयी थीं। मालगाड़ी की रैक गुजर चुकी तो गीत पुनः सुनाई देने लगा था,

मैं बिरसा, जंगल का बेटा
मैं जंगल का दावेदार...

विद्यालय का आदमकद लौह-द्वार पूरा खुला हुआ था। प्रवेश द्वार की दाईं ओर भीतर एक ऊँचे मंच पर माँ मरियम की लगभग ढाई-तीन फीट ऊँची प्रतिमा स्थापित थी जिसके पाँव तले मौसमी फूलों की क्यारी लहरा रही थी।

राष्ट्रगान प्रारम्भ हो गया था। मुख्य द्वार पर ठिठक गया था महेश। राष्ट्रगान के सम्मान में सावधान की मुद्रा में खड़ा महेश राष्ट्रगान समाप्त होने की प्रतीक्षा करता रहा था।

मुख्य द्वार के ऊपर अर्धगोलाकार चौड़े धातु के सफेद नामपट्ट पर नीले अक्षरों में विद्यालय का नाम अंकित था..." संजीव सान्याल स्मृति माध्यमिक कैथलिक विद्यालय, गजलीठोरी।"

राष्ट्रगान समाप्त हुआ था। बच्चों की पंक्तियाँ बिखर गयी थी। वनपाखियों की भाँति चहचहाते बच्चे अपनी-अपनी कक्षाओं की ओर भाग चले थे। महेश भी आगे बढ़ा था।

स्कूल का भूगोल लगभग चौकोर था। दो बाजुओं की ओर बरामदों पर निर्मित कमरों में कक्षाएँ थी। तीसरी दिशा में पुस्तकालय, भंडारकक्ष और प्रयोगशाला। चौथे बाजू, एकदम सामने विद्यालय का दफ्तर, शिक्षकों का कक्ष और प्रधानाध्यापक का दफ्तर दिख रहा था।

महेश ने आगे बढ़ते एक अधेड़ को देख आवाज दी थी।

''एक्सक्यूज मी सर!''

—''यस!'' वह थमक गया था।

''नमस्कार! मैं राँची से आया हूँ। यहाँ एक शिक्षक हैं सोनारा मुंडा, कहाँ मिल सकते हैं?''

प्रधानाध्यापक कक्ष से बाहर निकलती नीलमनी के कानों में वार्तालाप के शब्द गिरे थे। वह बरामदे पर ही ठिठक गयी थी। देखा था...नीली जिंस पैंट, सफेद टी-शर्ट और स्पोर्ट्स-शू पहने, घुँघराले केश और ताम्बई रंगत वाला एक युवक...! वह आगे बढ़ी थी।

''क्यों मिलना है उनसे?''

''मैं सोनारा का मित्र हूँ, महेश! महेश मुकरुआर।''

''मैं सोना दाया के इस नाम के किसी मित्र को नहीं जानती।''

''मैंने बताया तो, मैं यहाँ का नहीं, राँची से आया हूँ।''

''क्या काम है दाया से?'' नीलमनी ने रूखे स्वर में पूछा था।

''यह आप नहीं समझ सकेंगी।'' महेश ने शिष्ट भाव से कहा था।

''सब समझती हूँ मैं। कहीं जमीन खरीद ली होगी, उसका कब्जा नहीं मिल रहा होगा। कोई जमीन बेची होगी, ग्राहक एकमुश्त न देकर किस्तों में कीमत दे रहा होगा। कोई घर से निकाल रहा होगा...ऐसे ही कामों के लिए तो दाया को परेशान करने आते हैं आप लोग...!''

अधेड़ शिक्षक अपनी राह लग लिया था। महेश ने गहरे महरून रंग की किनारी वाली प्याजी-रंग साड़ी बाँधे लगातार बोलती जाने वाली उस लड़की को गौर से देखा था।

राँची में भी नौकरीपेशा लड़कियाँ दिखती थी जो आधुनिकता के नाम पर कभी-कभी तो लगभग अधनंगी फिरती थीं। स्त्री-देह के जो हिस्से देहाती समाज के पति भी दिन के उजाले में आजीवन नहीं देख पाते, वह सब उत्तर आधुनिक लड़कियाँ उठते-बैठते राह चलते उन्मुक्त भाव से दिखाती फिरती थी और यहाँ...? नौकरीपेशा लड़की अभी तक साड़ी बाँध रही थी और साड़ी में भी कितनी कशिश थी। कितनी शाइरतगी और मारक आकर्षण...!

''ओ मिस्टर...सुनते हैं या...'' नीलमनी ने अपने कान के पास चुटकी बजाई थी।

''मेरे कानों में कोई समस्या नहीं है मैडम!''

''मिस...।''

''क्या मिस?''

''मैं! मैडम नहीं, मिस हूँ।''

"तो फिर?"

"तो फिर क्या? आप बताईए क्या फिर!"

"मैं सोनारा के बचपन का दोस्त हूँ। बहुत दिनों बाद इधर आया हूँ। उससे मिलना चाहता हूँ। बस इतना ही...फिर।"

"होंगे आप बचपन के दोस्त पर दाया आज छुट्टी पर हैं। स्कूल नहीं आएँगे। आप उनसे उनके घर पर मिलिएगा।"

"मैं उसके घर का पता नहीं जानता। और यहाँ बहुत बदलाव आ चुके हैं मिस।" महेश ने विवशता जताई थी।

"...तो उनके दफ्तर में मिल लीजिए...फैक्ट्री के गेट पर! विस्थापित चौक पर जे.बी. का दफ्तर कोई बता देगा।" नीलमनी ने परामर्श दिया था।

"अब तो यही करूँगा मिस..."—महेश ने गाढ़ी साँस ली थी—"वैसे, आपकी तारीफ?"

मैं सोना दाया की बहन...नीलमनी एक्का और प्लीज, आप सोना दाया का नाम आदर से लीजिए। "उसका"..."उसके"...यह क्या है? ऐं?"

"क्षमा कर दीजिए देवी जी"—महेश ने हाथ जोड़ दिये थे—" मैं श्री सोनारा मुंडा जी से तो मिलूँगा ही। आपको एक मुफ्त मशविरा दे रहा हूँ, आगे काम आएगा।...किसी से मीठा-मीठा बोलने में जेब से पैसे नहीं खर्च होते इसलिए जरा प्रेम से बातें करें तो..."

"मिस्टर...!"—फुंफकारी थी नीलमनी—"मिस्टर, बिहेव योरसेल्फ!" तमीज से बात करें महाशय!

"...और नीलमनी एक्का जी"—महेश ने चेतावनी को अनसुना कर दिया था—"कभी मूड अच्छा हो तो जरा सोचिएगा कि जब एक आदिवासी ही दूसरे अतिथि आदिवासी के साथ ऐसा रुखा व्यवहार करेगा तो गैर-आदिवासियों से अपने लिए सद्भाव, सहयोग या सम्मान की अपेक्षा कैसे कर सकते हैं हम?...और अब फिलहाल नमस्ते जी!"

ताली बजाने के अन्दाज में सस्वर जुड़ी थीं महेश की हथेलियाँ...फटाक्! नीलमनी भौंचक्की! नीलमनी निरुत्तर! आँखें फाड़े महेश को ताकने लगी थी नीलमनी एक्का!

"थैंक्स फॉर नथिंग, मिस नीलमनी एक्का...जी।"

तांबई मुस्कान बिखेरते प्राधानाध्यापिका के कक्ष की ओर बढ़ गये उस युवक महेश को ताकती रह गयी थी नीलमनी! ठगी-सी खड़ी रह गयी नीलमनी एक्का!

चकित-स्तंम्भित नीलमनी स्वयं को किंचित लज्जित भी अनुभव करने लगी थी। कहीं वह अनावश्यक रूप से अक्रामक व्यवहार तो नहीं कर चुकी थी?

महेश मिसेज नोरिस, प्रधानाध्यापक के कक्ष के खुले दरवाजे के सामने जा खड़ा हुआ था।

प्रधानाध्यापिका के दफ्तर के दरवाजे पर खड़े महेश ने अनुमति माँगी थी।

"मैं अन्दर आ सकता हूँ?"

"ओऽयस! आप....? मिस्टर महेश?"

"मैं अन्दर आ सकता हूँ? गुड मार्निंग मैम।"

"फादर डिमेलो ने...भीतर आइए न प्लीज। हमें आपके बारे में सूचना है, बट सॉरी, सोनारा अचानक आज छुट्टी पर चले गये हैं। मुलाकात तो आज नहीं करा सकती।"

महेश भीतर प्रविष्ट हो चुका था। महेश को अपने सामने वाली खाली कुर्सी पर बैठने का संकेत करती मिसेज नोरिस ने विवशता बताई थी। महेश ने शिष्टतापूर्वक कहा था।

"कोई बात नहीं मैम, बाद में सही। आप मेरे यहाँ आने की सूचना सोनारा तक पहुँचवा सकें तो मुझे सुविधा होगी।"

"आज ही भिजवा दूँगी खबर! बैठिए मिस्टर महेश, या मुझे खड़ा होना होगा?" हँस पड़ी थी मिसेज नोरिस!

"नहीं। प्लीज। आप बैठी रहें। आपका समय मूल्यवान है। चूँकि मेरे बैठने का हासिल आज छुट्टी पर चला गया है तो मुझे भी इजाजत दें।" महेश ने विदा हेतु अभिवादन में हथेलियाँ जोड़ी थीं।

"ऐसा कैसे? आए हैं तो बैठिए भी। कुछ चाय-काफी..."

मिसेज नोरिस ने मेज पर रखी "पुश-बेल" बजाई थी। महेश ने विनम्रतापूर्वक मना किया था।

"शुक्रिया मैम, आज नहीं, फिर कभी कष्ट देने आया तो चाय भी होगी और कॉफी भी।"

"कष्ट की कोई बात ही नहीं है। आपका सदैव स्वागत है। मिस्टर महेश मुरकु...मुक्रू.....मुकर...

"...लेट इट गो एट दैट मैम"—महेश ने मुसीबत से निकाला था—"जाने भी दीजिए। मेरा नाम ही अटपटा है। बेहतर हो कि आप मुझे महेश असुर के नाम से पुकार लें।

"क्षमा करना नौजवान, मेरा उच्चारण...मेरा मतलब है...।"

"कोई बात नहीं मैडम। कृपा कर सोनारा तक मेरा संदेश जरूर पहुँचवाने की

तकलीफ करें कि माही उससे मिलना चाहता है। बनासकांठा चर्च वाला माही।''

''माही...! यह बेहतर नाम है।'' मिसेज नोरिस से मानो राहत की साँस ली थी।

''यह मेरे बचपन का नाम है। माँ मुझे इसी नाम से पुकारती थी।''

''अच्छा नाम है...सुन्दर।''

''तो मैं चलूँ मैम। धन्यवाद आपके सहयोग के लिए....नमस्कार।''

मिसेज नोरिस से औपचारिक विदा-अभिवादन के बाद महेश उनके कक्ष से बाहर निकल पड़ा था। विद्यालय के मुख्य द्वार की ओर बढ़ते हुए महेश प्रार्थना मंच के निकट ठिठक गया था।

उस बड़े चबूतरे पर पीछे, एक आवक्ष प्रतिमा स्थापित थी जिस पर अभी तक उसकी नजर नहीं पड़ी थी। महेश ने प्रतिमा के आधार-स्तम्भ पर उकेरा नाम पढ़ा था—''संजीव सान्याल।''

...तो यह था वह संजीव सान्याल? वह युवा शिक्षक जिसके बारे में महेश की माँ बताया करती थी...कम्युनिस्ट शिक्षक! एक कैथोलिक विद्यालय के प्रांगण में किसी कम्युनिस्ट की प्रतिमा को स्थापना... ? वह भी इतने महत्त्वपूर्ण स्थान पर! प्रार्थना मंच के निकट!

चकित महेश आगे बढ़ गया था। मुख्य फाटक को पार कर बाहर सड़क पर निकल पड़ा था। विद्यालय अपने नियमित क्रिया-कलाप में व्यस्त हो चुका था।

शिक्षक-कक्ष की खुली खिड़की पर खड़ी थी नीलमनी एक्का...उत्सुक! जिज्ञासा से भरी नीलमनी उस आगन्तुक को पैंट की जेबों में हाथ डाले सिर झुकाये सड़क पर जाता देख रही थी।

नीलमनी के पीछे चुपचाप आ खड़ी हुई थी पुटुस! नीलमनी की अन्तरंग सहेली पुटुस जो विद्यालय में संस्कृत और धर्मशिक्षा की शिक्षिका थी।

नीलमनी की भाव-भंगिमा को निहारती पुटुस ने दबी आवाज में पूछ ही लिया था, ''आदमी अच्छा है...नहीं?''

''वाट अ मैन पुटुस''—नीलमनी के होंठों से अनायास झड़े थे शब्द! ''क्या आदमी है!

''थैंक्स गाड। कोई तो पसन्द आया तुझे।''

''तुम्हारा मतलब?''

हँस पड़ी थी पुटुस! धूर्त हँसी। नीलमनी के होंठों पर भी सकुचाई सलज्ज मुस्कान थी।

शाम ज्यादा दूर नहीं थी।

तिरछे झुके सूर्य तले परछाईयाँ जितनी लम्बी होती जा रही थीं, उतनी ही भारी होती जा रही थी प्रतिक्षा की घड़ियाँ।

चर्च के लॉन पर बेचैन चहलकदमी करता महेश मुकरुआर थोड़ी-थोड़ी देर बाद लपक कर, सीढ़ियों के दहाने तक पहुँचकर नीचे सीढ़ियों पर झाँकने लगता था। हालाँकि फादर डिमेलो ने महेश को आश्वस्त कर रखा था कि मिसेज नोरिस ने हर हाल में उसका संदेश सोनारा मुंडा तक अवश्य ही पहुँचा दिया होगा।

अन्ततः प्रतीक्षा का अन्त हुआ था। जब सूरज की किनारी पश्चिमी पहाड़ों को छूने लगी थी तभी....

चर्च के नीचे वाले लोहे के गेट के भीतर दो साइकिलें प्रविष्ट हुई थीं। एक पुरुष और एक जिन्स-कुर्ताधारी युवती...!

युवती वही थी। नीलमनी एक्का। बदली पोशाक-भूषा में और पुरुष...? सोनारा...?

काली पतलून और झोल-झाल मुचड़ा कुर्ता पहने वह युवक नीलमनी को अपने पीछे छोड़ लगभग भागता हुआ सीढ़ियाँ चढ़ने लगा था। महेश भी जब्त नहीं कर सका था। वह सीढ़ियाँ उतरने लगा था...दो-दो सीढ़ियाँ।

"माही...?" पुकार...! वह सोनारा ही था।

फिर न महेश कुछ कह सका, न सोनारा के बोल फूटे थे। दोनों एक सीढ़ी पर जा मिले तब तक बरसों से दोनों के भीतर जमी बर्फ पिघल उठी थी। आँखें सजल थी, कंठ रुँधे। देह में कंपन...!

जनम-जनम के बिछड़े एक दूसरे से यूँ चिपटे मानो एक दूसरे में समा जाना चाहते हो। नदी की उस बेगवती धारा की भाँति जो समुद्र में मिलती हैं तो समुद्र से एकमेक होने से पूर्व अस्सी मील तक समुद्र के भीतर बहती-उतरती चली जाती है।

भावुकता से भरे क्षण गुजर चुके थे। एक दूसरे के वर्तमान से मोटे तौर पर परिचय भी हो चुका। वे महेश के कमरे में बैठे थे। सोनारा ने नीलमनी का औपचारिक परिचय कराया था।

"यह बिल्ली है...।"

"क्या दाया"—तुनक उठी थी नीलमनी—"हर जगह मेरा नाम बिगाड़ते रहते हो।"

"सॉरी..."—हँसने लगा था सोनारा—" सॉरी। माही, यह नीली है। मेरी माँ, मेरी बहन या मेरी दादी अम्मा ही समझ इसे। माँ के बाद, इसी ने मुझे सँभाला-

पाला है। थौड़ी तुनकमिजाज है, थोड़ी नकचढ़ी भी पर एक यही मेरा परिवार है।''

''मैं मिल चुका हूँ इनसे और...इनके तेवर से भी।'' महेश मुस्कुराया था।

''आम सॉरी।'' सकुचाई थी नीलमनी।

''योर अपोलॉजी एसेप्टेड।''

''याने इसने तुझे भी नहीं बख्शा?'' सोनारा ने नीलमनी को कृत्रिम आश्चर्य से ताका था।

''इन्होंने भी मुझे कहाँ छोड़ दिया? मीठा-मीठा बोलने का सबक पढ़ाया था मुझे...दोनों हाथ जोड़कर...सो?'' मुँह बिचकाकर बोली थी नीलमनी।

''चलो हिसाब बराबर हो गया। अब नीली, कल सुबह कुछ जल्दी आ जाना। माही अब हमारे साथ रहेगा, तो ऊपर वाला कमरा इसके लिए ठीक-ठाक करना होगा। थोड़ी साफ-सफाई....व्यवस्था...''

''मुझे यहीं रहने दे न सोना।...महेश ने मना किया था।''

''नहीं बंधु। खोने के बाद तुझे पाया है मैंने। अब मैं तुझे छोड़नेवाला नहीं। तू यहाँ, मैं वहाँ....नहीं चलेगा। कितनी बातें तुझे बतानी है। कितना कुछ तुझसे सुनना है।'' सोनारा ने फैसला सुना दिया था।

''तुझे असुविधा होगी।''

''सुना बिल्ली, मुझे असुविधा होगी, सुना तूने?''

''इन्हें कहने दो न दाया। मैं आती हूँ न कल सुबह-सबेरे।''

कमरे के दरवाजे पर फादर डिमेलो प्रकट हुए थे। अभिवादनों का आदान-प्रदान हुआ था।''

''मैं बयान नहीं कर सकता कि तुम दोनों को एक साथ देखकर मैं कितना प्रसन्न हूँ। आप बातें करें, मैं इधर से गुजर रहा था बस.... !'' डिमेलो वहाँ रुके नहीं थे।

शाम का झुटपुटा गहराने लगा था। चर्च के परिसर में इक्का-दुक्का बत्तियाँ जल उठी थीं। सोनारा ने नीलमनी को चेताया था,

''अब तू निकल पड़ बिल्ली वर्ना तुझे देर हो जाएगी। कल शाम-शाम तक तेरा यह नाना पाटेकर संजीव नगर में शिफ्ट हो जाना चाहिए....तेरी जिम्मेदारी।''

''कोई और आ रहा है मेरे साथ रहने?'' महेश ने पूछा था।

''नहीं। बस तू...और कौन... ?''

''नाना पाटेकर?''

''ओ...हो...हो...''—ठठाकर हँसा था सोनारा—इस बिल्ली ने ही बताया था कि नाना पाटेकर जैसा एक युवक मुझसे मिलने स्कूल में आया था। नाना पाटेकर याने तू...।''

"मैं.... !—"ना-ना"—महेश की भी हँसी फूट पड़ी थी—"पाटे-कर..मैं? अबकी दफा शेव करूँगा तो गौर से आईने में झाकूँगा...मैं...नाना... !

"मैं दाया"—हड़बड़ा उठी थी नीलमनी—" मैं तो...मैं निकलती हूँ।"

"तू अपना मोबाइल फोन का नम्बर हमें दे दे।" सोनारा ने कहा था।

"मैं मोबाइल फोन नहीं रखता।" महेश का अविश्वसनीय उत्तर... !

"मज़ाक करता है?"

"नहीं सोना, सच! चर्च की कृपा पर जीने वाले के लिए मोबाइल फोन विलासिता है यार! घोड़ा खरीद भी लूँ तो घोड़े के लिए दाना-चारा जुटाते रहना मेरे लिए सम्भव नहीं।"

"सॉरी माही।" सोनारा महेश को ताकता रह गया था। विस्मित!

"नहीं। सॉरी की कोई आवश्यकता नहीं। तेरी माँग गलत नहीं थी। सेलफोन तो आजकल कमीज के बटन जैसा अनिवार्य हो गया है। अब इसका तू क्या करे भाई, कि मैं कमीज पहनता ही नहीं"...महेश जोर से हँसा था।

सोनारा भी फिक्क-से हँस पड़ा था। महेश को किसी अजूबे की भाँति ताकती नीलमनी कमरे से बाहर निकल पड़ी थी।

"सच कहूँ सोना तो इतने बरसों बाद यहाँ आने का खयाल मुझे सपने में भी नहीं आता अगर फादर कॉटन ने यह न बताया होता कि मेरी माँ दरअसल मेरी माँ ही नहीं थी।"

"अभी रहने दे बंधु, यह लम्बी कहानी इतमिनान से सुनूँगा"—सोनारा ने अप्रिय प्रसंग टालना चाहा था।

"समझ में नहीं आता, कहाँ से बताना शुरू करूँ यह सब।" गंभीर था महेश।

"कहा न, बाद में। कल से हम साथ-साथ हैं न? अभी तो बस एक प्याली चाय और पिलवा दे फिर मैं भी निकलूँगा।"

मॉरिस टाउन पीछे छूट चुका था।

"टारमो इस्पात" कारखाने की खूब ऊँची चहारदीवारी के साथ चलती कंक्रीट की सड़क समाप्त हो चुकी थी। कच्चे रास्ते पर बढ़ती मोटरसाइकिल शराब के उस ठेके से आगे निकल चुकी थी जो दिन भर ऊँघता रहा था और सूर्यास्त के बाद गुलजार होता था।

कारखाने के कबाड़ का स्क्रेप डंपिग यार्ड भी पीछे छूट चुका था। अब कच्चे रास्ते के दोनों तरफ गहरी खाईयाँ थीं। लोहे-बाक्साइट के अयस्कों की खुदाई के बाद खनन बन्द किया जा चुका था पर खाईयाँ खुली ही छोड़ दी गयी थीं। गहरी

खाइयों जैसी दिखती उपेक्षित खदानों के कंकाल बरसात के मौसम में जानलेवा जोहड़ में बदल जाते थे। अथाह पानी से डब डब करते मौत के दानवाकार कुएँ जिनमें गिरा जीव-जानवर जीवित बाहर नहीं निकल पाता।

दूर...आगे छोटी-बड़ी पहाड़ियों की अनन्त दिखती शृंखला थी। बहुत दूर खड़े बड़े पहाड़ों की बेटियाँ...! पर्वत श्रेणियों के पेट में बने प्राकृतिक गलियारों में मानव निर्मित पगडंडियाँ थी या ढोरों के खुर से बने पुराने गंवई रास्ते...! मोटर साईकिल नंगी पहाड़ियों और ललछौंह टीलों-ढालानों के बीच स्वनिर्मित घुमावदार कच्चे रास्ते पर बढ़ी जा रही थी। यह ''खरहा पाट'' का इलाका था।

''जंगल में आमतौर पर भूरे या प्याजी रंग के खरगोश मिलते हैं पर इस (पहाड़ों की ऊँचाइयों पर स्थित प्राकृतिक रूप से समतल भू-खंड) की खूबी थे एकदम झक्क सफेद और एकदम काले खरगोश! अब खरगोश खत्म...'' मोटर साइकल की चालक सीट पर सोनारा था।

सोनारा के पास स्वाभाविक ही आस-पास के इतिहास भूगोल की विपुल जानकारियाँ थीं। सोनारा ने ही अविलम्ब असुर टोले तक पहुँचने की योजना बनाई थी।

कभी इस खरहापाट पर असुरों के टोले बसे थे। इस्पात कंपनी ''टारमो इस्पात'' ने जब कारखाना स्थापित करने हेतु बड़े पैमाने पर भूमि अधिग्रहण किया तो पहाड़ियों और पाट-क्षेत्र पर कम्पनी को कब्जे का अधिकार नहीं मिला था। कम्पनी ने स्थानीय सरकारी अधिकारियों के साथ मिली-भगत कर डंडे के जोर पर असुरों को पाट-क्षेत्र से खदेड़ दिया था क्योंकि कारखाने के निर्माण हेतु कम्पनी को गिट्टी-छर्री की जरूरत थी और पहाड़ स्टोन-चिप्स की खान थे।

खरहापाट से खदेड़े गये असुर हिरनापाट की पहाड़ियों से भी आगे निकल गये थे। हिरनापाट के पार था गाँव बनकट! गाँव के बाहर एक पहाड़ी नदी, हड़ही के किनारे जाकर टिके थे खरहापाट के विस्थापित असुर।

लौह तत्वों से भरपूर लाल-पीली धूल उड़ाती मोटर साइकिल भागी जा रही थी। धूल में चम-चम करते दिख रहे थे अभ्रक के अंश! मोटर साइकिल पर पीछे बैठे महेश के सिर, कपड़ों और साँसों में जज्ब हो रही थी खूब महीन धूल!

यह वह धूल-मिट्टी थी जिसे वर्षों पूर्व पीछे छोड़कर गया था महेश मुकरुआर। यह वह दुनिया थी, सालों पहले जिससे विस्थापित हुए थे महेश और जमुना कुजूर। अब तो महेश की स्मृतियों से भी अदृश्य हो चुके थे खरहापाट के वे खरगोश जिनके पीछे कभी वह भी दिनभर भागा करता था।

''इधर के सबसे बड़े जमींदार थे बेचू तिवारी। अपनी सारी जमीन टारमो स्टील के हाथों बेचकर राँची जा बसे।'' सोनारा ने बताया था।

''कितनी जमीन?''

"नामी-बेनामी बहुत जमीन। देखते नहीं फैक्ट्री का रकबा? कानून को ठेंगे पर रखने वाले बेचू तिवारी ने अशिक्षित आदिवासियों से नब्बे वर्षों की जरपेशगी लिखवा ली थी। इसी अवधि में सर्वे हुआ तो जिसके कब्जे में तब जमीन थी, वही जमीन का मालिक बन गया।"

"बेचू तिवारी?"

"हाँ।"

"इतनी जमीन एक ही आदमी के पास?...और सीलिंग एक्ट का क्या हुआ?" महेश ने पूछा था।

"...छोटानागपुर काश्तकारी अधिनियम 1908" किसी गैर आदिवासी को आदिवासियों को जमीन खरीदने से रोकने को बना था", सोनारा बता रहा था— "गैरकानूनी हस्तान्तरण को कानूनी बनाती थी "भुगुत बंधक" की प्रथा। सात वर्षों के लिए जमीन बंधक रखी जा सकती थी। पाँच साल के लिए जरपेशगी भी होती थी। मियाद समाप्त होने पर जमीन पुनः आदिवासी की...यही कानून है।"

"...फिर बिहार अनुसूचित क्षेत्र अधिनियम 1969" और "छोटानागपुर टेनेन्सी (संशोधन) अधिनियम 1969" और "छोटानागपुर टेनेन्सी (सम्बोधन) अधिनियम 1969 के अधीन भूमि-वापसी का प्रावधान किया गया तो आदिवासी से उसके आदिवासी होने का प्रमाणपत्र माँगा जाने लगा। जमीन कैसे हस्तान्तरित हुई, जमीन की किस्म, बिक्री-पत्र (रजिस्टर्ड डीड), बन्धक, लीज, ठेका आदि का विवरण... हजार झमेले थे। इधर के आदिवासी कचहरी-प्रखंड कार्यालय तक दौड़ते भी रहे पर नियम यह भी तो था कि यह दौड़ अनन्त काल तक नहीं चल सकती थी। तीस वर्षों तक यदि जमीन हस्तान्तरित रह जाय तो उसकी वापसी भी आदिवासी रैयत को वापस नहीं मिल सकती थी। सैकड़ों एकड़ जमीन हड़प गये थे बेचू तिवारी। अब इस जमीन पर खड़ा है टारमो-स्टील...।"

"बाकी जमीन की कसर गजलीठोरी के बनिये गगन बिहारी साहू ने पूरी की थी।"—सोनारा ने बताया था—"बेचू तिवारी का ही प्यादा था गगन बिहारी। गाँव वालों को अनाज, कपड़े और शराब से लुभा-ललचा कर औने-पौने भाव में कागज पर अँगूठे लगवा लेता था गगन बिहारी। सारी जमीनें निगलता गया यह टारमो स्टील...।"

समझ सकता था महेश। भारत की अखंडता-प्रभूसत्ता का हलफ उठाने वाले कुछ सैकड़ा राजनेताओं के पास प्राकृतिक संसाधनों का प्रसाद बाँटने की शक्ति है, वे नदियों की रेत, पहाड़ों से गिट्टी-छर्री, जंगल का तेंदू-पत्ता, कोयले की खानें, धातुई अयस्कों की खदानों के ठेके-पट्टे बाँटते हैं और अपनी ताकत की कीमतें वसूल करते हैं। बेचू तिवारी और गगन बिहारी साहू ने भी महाजनों के पंथ का

अनुगमन किया था। क्या गलत किया था?

"अब क्या करते हैं यह बेचू तिवारी?" महेश ने पूछा था।

"नेतागिरी का शौक था, विधायक बन लिए। सरकार चाहे किसी पार्टी की बने, तिवारी बाबा उसे समर्थन देंगे बशर्ते मलाईदार विभाग मिले...तिवारी जमीनें नहीं बेचते तो "मिट्जी" यहाँ कभी स्थापित नहीं हो पाता।" सोनारा ने कहा था।

"मिट्जी?"

"बहुराष्ट्रीय कम्पनी है मिट्जी। "टारमो-इस्पात" में बड़े हिस्से को मालिक कम्पनी।"

"...और बाकी का हिस्सा?"

"तागिल" का। "तारा ग्रुप ऑफ इन्डस्ट्रीज लिमिटेड" का।

"यह नाम तो हिन्दुस्तानी लगता है।" महेश ने कहा था।

"लगता क्या, है ही। शुद्ध भारतीय कम्पनी है। कागज, सिमेंट, वनस्पति घी, तेलशोधन...मकड़ी की टाँगों की भाँति कई राज्यों में फैली है यह "तागिल" कम्पनी। अलबत्ता है यह झारखंड की।"

"झारखंड में इतनी बड़ी कम्पनी भी है?"

"और क्या। झारखंड के ही तो है तारकेश्वर सिंह शाहदेव उर्फ तारा बाबू! उन्हीं की तो है यह कम्पनी "तागिल"! देहात में बाबू साहब, मालिक, या भईया साहेब भी कहे जाते हैं यह तारा बाबू।

महेश इस नाम से परिचित था। मनोनीत विधान पार्षद तारा बाबू आए दिन किसी न किसी शिलान्यास-उद्घाटन के समाचारों में स्थान पाते रहते थे। ब्रिटिशकालीन जमींदार प्रभूदयाल शाहदेव के परपोते, आजाद भारत के कांग्रेसी रघुवरदयाल शाहदेव के पुत्र श्री तारकेश्वर सिंह शाहदेव स्थानीय राजनीति में बेपेंदी का लोटा कहे जाते थे। जिधर पलड़ा झुकता देखा, उधर लुढ़क लिए।

"मिट्जी" का नाम पहले कभी नहीं सुना या मैंने।" महेश बोला था।

"कितने ही सुने-अनसुने नामोंवाली हजारो बहुराष्ट्रीय कम्पनियाँ भारत में हैं या आ रही हैं। जैसे कभी भारत को लूटने आए थे फ्रांसीसी, अंग्रेज, डच या पुर्तगाली।...कितनों के नाम जाने कोई?"

उबड़-खाबड़ पठारी पगडंडियाँ थी। कहीं तीखी ढलान, कभी लम्बी चढ़ाई। हर एक-दो किलोमीटर के बाद बदल जाने वाला भूगोल झारखंड का...। अब दूर-दूर तक बजरी के छोटे-बड़े ढूह और टीले दिख रहे थे।

"कहाँ की है यह मिट्जी कम्पनी?" महेश ने पूछा था।

"बहुराष्ट्रीय कम्पनियाँ वैश्विक होती हैं न बंधु। नया अर्थशास्त्र यही तो समझाता है हमें कि सबै भूमि गोपाल की। अलबत्ता कम्पनी किसकी है, सो बता सकता हूँ।"

"किसकी?"

"कोई था, सर ग्रेगरी डिगोरी। उसके तीन बेटे हुए। मॉरिस, इयान और ट्रेवर डिगोरी।...तो इन चारों नामों के पहले अक्षर जोड़ कर बनता है, "मिट्-जी"। तारा बाबू के साथ मिलकर मॉरिस डिगोरी ने स्थापित किया है यह "टारमो-स्टील" जो इधर के छ: गाँव निगल गया।

कच्चे रास्ते की मोटी धूल में मोटर साइकिल के पहिए कभी-कभी ऐसे फँसते-रपटते थे मानो रेत में चल रहे हों। पूरी ताकत से हैंडल थामे रहना पड़ता था। सोनारा ऐसी राहों का दक्ष चालक था।

"गगन बिहारी जैसे मामूली पंसारी की किस्मत बदल डाली इस "मिट्-जी" ने। जमीन की दलाली में साहू ने जमकर रुपया पीटा सो पीटा। ऊपर से श्रेष्ठ उद्यमी होने का सरकारी इनाम भी पा चुका है यह साहू गगन बिहारी।"

"कमाल है।" महेश दंग था।

"यह कमाल स्टेशन के पास ही है। वहाँ एक होटल देखा होगा...होटल गगन। मात्र सौ रुपये सालाना की दर से निन्यानबे वर्षों की लीज पर यह जमीन हथियाई है साहू ने। यह सरकारी ईनाम कमाल ही तो है।"

"सो तो है।"

"कल का पंसारी अब बड़ा ट्रांसपोर्टर है। उसके बेड़े में दर्जनों वातानुकूलित बसें हैं। बीसियों ट्रक चलते हैं। कारखाने में कई तरह के ठेके उठाता है साहू"—सोनारा ने बताया था—"राँची के अशोकनगर में साहू ने कोठी खड़ी कर ली है। वहीं से सारा कारोबार ऑपरेट करता है।"

गजलीठोरी के परिवर्तनों से चकित था महेश। प्राकृतिक संसाधनों के वितरण के अधिकार की कीमत वसूलने वाले नेताओं और उनकी चहेती कम्पनियों के बीच गठजोड़ नई आर्थिकी का नया सूत्र है। नई अर्थव्यवस्था में "रेंट सीकिंग" और (क्रोनी कैपटलिज्म) "साँठ-गाँठ वाला पूँजीवाद" का एक नमूना था गजलीठोरी क्षेत्र।

चटियल चढ़ाई के बाद मोटरसाइकिल ढाल पर लुढ़कने लगी थी तो सोनारा ने ईंजन बन्द कर दिया था। मोटरसाइकिल स्वयंमेव ढाल पर उतरती जा रही थी। पेट्रोल की बचत...।

जहाँ ढलान खत्म हो रही थी वहाँ आम के पेड़ थे। पेड़ की छाया में और छाया से बाहर भी, कुछ लोग खड़े दिख रहे थे...हथियारबन्द! दिन-दहाड़े अग्नेयास्त्रों का प्रदर्शन करते लोग!

महेश देहात में चल रही गर्म हवाओं से अनभिज्ञ तो नहीं था अलबत्ता प्रत्यक्ष दर्शन आज ही हो रहा था।

"वे चाहे कुछ भी कहें, तू चुप रहेगा। बस उन्हें सुन लेना"—महेश ने कहा

था—"डरने वाली कोई बात नहीं है,...पहचाने लोग हैं।"

"सब ठीक तो है?" सशंकित महेश।

"एकदम ठीक है। तू नार्मल रह। बेफिक्र रह।"

वे हथियारबन्द लोगों के निकट पहुँचे थे। मोटरसाइकिल की आवाज से आम की शाखों पर पके-गले लटकते आमों के लिए चिंचियाते-खोंखियाते बन्दर और लंगूर ऊँची शाखों पर छलांगें लगाने लगे थे।

"जोहार सोना भईया...।"

"भईया जोहार..."—सोनारा ने मोटरसाइकिल रोकी थी—कैसा है फौजी?"

"कैसा रहेंगे भईया, दिन काट रहे हैं और का? तुम कहो, आज इधर कैसे?"

"वनकट जा रहे है भाई।"

"साथ में ई कौन...? नया आदमी लगता है"—कथित फौजी महेश को भेद भरी आँखों से ताक रहा था।

"भाई है अपना। राँची में रहता है। घर में अकेला बोर होता तो साथ ले आया, थोड़ा देहात भी घुम-फिर लेगा।"

"घुमाने लाए हो, इधर (पथरीला उसर पठारी भू-खंड) पर?" साथ खड़े दूसरे युवक ने मुँह बिचकाया था।

"ऐ...चुप रे"—फौजी ने युवक को झिड़क दिया था—"बताओ भईया, हमारी बात पर विचार किए?"

"इसमें विचार क्या करना फौजी। तेरा झंडा लाल है, मेरा सफेद तो तू ही बता बंधु, तालमेल कैसे होगा—"मुस्कराया था सोनारा—" तू मेरा छोटा भाई है, हमेशा रहेगा हमारा यह रिश्ता! भाईचारा बना रहने दे फौजी, झंडे मत लड़ा।

"तुम तो एकदम गाँधी बाबा हो सोना भईया। खांटी अहिंसावादी...! पर अब धरना-अनशन बेकार है भईया। कम्पनी ऐसे तो तुम्हारी बात कभी नहीं सुनेगी। अब सरकार तक बन्दूक की भाषा ही बूझती है। हमें 'जेबी' की ओट दे दो, फिर देखो कैसे हम इस टारमो के स्टील को मोम बना देते हैं।"

"बम पटकोगे?" हँसा था सोनारा।

"एक-दो ऑफिसरों के हाथ-गोड़ भी तोड़ेंगे"—फुंफकारा था फौजी—"एक बार कारखाने में कोयला आना बन्द हुआ कि कारखाना ठप्प होने लगेगा। कम्पनी खुद तुम्हें समझौते का न्योता भेजेगी।"

"और तब भी कम्पनी न्योता न दे तो?"

"तो...तो लंकादहन! हमारी जमीन से हट जाय "टागिल"! कम्पनी समेटकर यहाँ से भागे "मिट्-जी।"

"...और विकास का काम ठप्प हो जाए, यही न? तू तो हुल-गदर मचा

कर जंगल-पाट में छुप जाएगा।''—सोनारा ने कहा था—''पुलिस गाँव के आदिवासियों का जीना हराम कर देगी। तारा बाबू का कारखाना है फौजी और तारा बाबू ही सरकार हैं।''

''कोई सरकार हो। जिनकी जमीन ली है उन्हें कारखाने में स्थायी नौकरी दे कम्पनी, यह क्या नाजायज माँग है? इसमें क्या गलत है सो तुम्हीं समझाओ हमें।''

''रोजी-रोजगार का ठिकाना हो तो हम लोग आज ही बन्दूक छोड़ने को तैयार हैं न भईया।'' तीसरे युवक ने कहा था।

महेश की काली जिन्स पैंट और नीली टी-शर्ट को घूर रहा था एक चौथा युवक जिसकी रक्तिम आँखों के कोरों से कीचड़युक्त पानी चू रहा था। बोला था,

''कहते हो सोना भईया कि यह तुम्हारा भाई है, राँची से आया है। कोई भेदिया तो साथ नहीं ले आए हो भइया? इसके गले में तो क्रूस दिख रहा है।''

''ए रंगी, होश में तो है?''—सोनारा की त्योरी चढ़ गयी थी—''भाई पर शक करता है? मुझ पर भरोसा नहीं?''

''धत्त साले नशेड़ी,''—फौजी ने रंगी की पीठ पर धौल जमाया था—''सोना भइया पर सन्देह करता है रे? तुझे आज चढ़ गयी है।''

''माफी भईया...!'' रंगी ने दाँतों में जीभ दबाई थी। दोनों कान पकड़े थे।

''यह सचमुच मेरा भाई है रंगी। माही नाम है। राँची में रहता है। कानून पढ़ा आदमी है। यह मेरा ही नहीं, तेरा भी भाई है। भाई पर शक करेगा तो धोखा खाएगा।'' सोनारा ने समझाया था।

''सबेरे-सबेरे खाली पेट पी लिए हैं भईया। चढ़ गयी है। गलती माफी''—रंगी का रंग बदल गया था।—''माही भईया कानूनची हैं तो हम कभी पकड़े गये तो हमारी पैरवी के लिए घर में ही वकील है।...है न माही भईया?

''सो तो है पर तुम पकड़े ही क्यों जाओगे? किया क्या है तुमने?'' महेश जबरन मुस्काया था।

''सो तो तुमको सोना भईया बतावेंगे। अभी तो हमको माफी दे दो बस! बोलो माफ किया।''

''हाँ भाई...किया।'' रंगी के बासी मुँह से आती शराबी बास...! महेश को लगा, मितली आ जायेगी।

रंगी की देह से बास मारती चिलम की गन्ध चुगली कर रही थी कि उसने ताजा-ताजा गाँजा भी पिया था। सोनारा ने दुःखी स्वर में कहा था।

''तुम्हें इस हाल में देखकर दुःख होता है देबू'दा। अच्छा हुआ जो विमान'दा मर गये। जीते तो तुम्हें इस हाल में देखकर उन्हें बहुत कष्ट होता।''

कुछ परे वह युवक खड़ा था...देबू! कई दिनों पुरानी शेव, बढ़कर जट्ट उलझे

केश पपड़ियाए होंठ, फटकर लटकी झूलती जेब वाली हरी वर्दी.... ! कंधे पर कारबाईन लटकी थी।

"तू जो कहे सोना, पर तकलीफ बाबा को तब भी थी जब एम.बी.ए. करने के बाद मैं बेकार रह गया था"—देबू ने कहा था—"कष्ट उन्हें तब भी हुआ था जब "टारमो स्टील" ने मुझे इंटरव्यू में चुन लेने के बाद मेरा अपाइंटमेंट लेटर सिर्फ इसलिए रद्द कर दिया था क्योंकि मैं देवेन्द्रो मजूमदार, फैक्ट्री के नाइटवाचमैन विमान बिहारी मजूमदार का बेटा था जो अफसर लोगों के साथ उठने-बैठने योग्य नहीं था।"

"एक यही कम्पनी नहीं है देश में"—सोनारा ने कहा था—"अब इसी को देखो, भाई है मेरा। कानून पढ़ा है। कहीं नौकरी नहीं मिलेगी तो मैं इसे बन्दूक उठा लेने की सलाह थोड़े दूँगा।"

"कल क्या होगा सोना, कौन जानता है। आज तो मैं फौजी के साथ ही ठीक हूँ।"

"नहीं हो ठीक। ऊँची शिक्षा लेकर बन्दूक ढोना शिक्षा का अपमान है देबू'दा।'

"बड़ी से बड़ी डिग्री जब तक रुपये में तब्दील नहीं होती, रद्दी कागज का टुकड़ा है सोना। मूल चीज है रुपया। किसी तरह रुपया कमा लेना ही आज के समय में सफल होना है।" देबू का चेहरा विकृत हो उठा था।

"मैं तुमसे बहस में नहीं जीत सकता दादा। तुम शायद इतने आगे बढ़ चुके हो कि तुम्हें कुछ समझाना मेरे बस का... चलता हूँ फौजी वर्ना लौटने में देरी हो जायेगी।"

"हाँ भईया, निकलो तुम! तुम ठहरे गुरुजी और हम हैं आवारा सियार-हुंड़ार लेकिन तुम भी मानोगे कि हम जैसे आवारा लोग न होते तो दिल्ली और राँची सरकार को निजी कम्पनियों से पूरा झारखंड खोदकर ढो ले जाने का करार करने में चौबीस घंटे भी नहीं लगते।"

"धत्त बौराहा,....ऐसा कहीं होता है।"

सोनारा ने मोटरसाइकिल को एंड़ लगाई थी। दस मिनट और की यात्रा...। सोनारा ने तर्जनी से इंगित किया था।

"वह रहा बनकट! बस पहुँच गये समझो। पास ही है हड़ही नदी। वहीं है असुर लोगों का टोला।"

वे निकट और निकट होते गये थे। धुंधला दिखता गाँव स्पष्ट होता जा रहा था।

एक समय था जब असुर समाज भी समतल-मैदानों में ही बसता था। झारखंड के खूंटी जिला मुख्यालय के निकट सारिदकेल गाँव के पड़ोस में बहती "तजना" नदी के किनारे, मैदानों में बिखरे पड़े हैं असुर इतिहास के अवशेष! असुरों के नायक दितिया राजा के पराभव और उसके ध्वस्त दुर्ग के भग्नावशेष। कई एकड़ भूमि में दबा पड़ा है असुर सभ्यता का इतिहास!

खेतिहर संतालों और अपेक्षाकृत शिक्षित:सभ्य मुंडा लोगों ने अल्पसंख्यक असुर लोगों पर दबाव बनाया तो रोज–रोज की चखचख से उबे हुए असुर पाट पर जा बसे। झारखंड में गुमला, लातेहार, बालूमाथ महुआडांड़ आदि क्षेत्रों में सखुआपाट, जोभीपाट, लोधापाट आदि–आदि स्थान असुरों के स्थायी ठिकाने बनते गये।

सरकारी दस्तावेजों के अनुसार मात्र आठ हजार आठ सौ बासठ असुर बच रहे हैं भारत में (स्त्रोत : जनगणना 1991, विलोपन के कगार पर धकेली जा चुकी है मनुष्य की एक पूरी प्रजाति और अब इस समाज का अतीत भी मिथक बनने की ओर अग्रसर है। कारण... ? विस्थापन, विस्थापन...और विस्थापन!

आदिवासी एक बार उजड़ता है तो उजड़ता ही जाता है। पहले जंगलों की कटाई फिर विकास का हृदयहीन पहिया और अब तो प्रदूषण भी... ? विश्वास करना कठिन है कि ईसापूर्व 1200 ईस्वी तक जिस प्रजाति का उल्लेख इतिहास में दर्ज है, वे असुर कभी पाट–क्षेत्र के राजा भी रहे थे।

बनकट गाँव के असुरों के निकट ही था खैरापाट। असुरों के पैरों के नीचे था लौह अयस्क का भंडार! ‘‘टारमो इस्पात’’ ने अयस्क के खनन का पट्टा कब्जा लिया तो असुरों को उनके पारम्परिक ठिकानों से खदेड़ भगाया था। कभी के किलेदार अब चौपायों के कब्रिस्तान में बंजारों का जीवन जी रहे थे। सो भी कब तक... ?

मित्तल, टाटा, बिड़ला, एस्सार...इनके पक्ष में झारखंड सरकार, धड़ाधड़ करारनामों पर दस्तख्त किये जा रही थी। लगभग एक लाख एकड़ जमीन के समझौते किये जा चुके थे। कहाँ से ली जानेवाली थी इतनी जमीन... ? शिक्षित और जागरुक झारखंड के गैर–आदिवासी या मूल निवासी की जमीनें नहीं छीन सकी तो फिर बचा कौन? आदिवासी! आदिवासी ही वह फालतू खर–पतवार हैं जिसे उखाड़–उजाड़ कर नष्ट किया जाने वाला था और फिर साफ–सुथरी जमीनें उद्योगपतियों को भेंट की जानेवाली थी।

मोटरसाइकिल नदी तट पर पहुँच रही थी।

नीचे वनस्पतिविहीन ललछौंह चिलचिलाती धरती तपने लगी थी। ऊपर निरभ्र नीला आकाश चमक रहा था। दोनों के बीच एकदम ठहरी हवा में उमस भरी शांति... ! कभी–कभार खूब ऊँचाई पर तैरती चीलों की चीख...क्विल र र र...। क्विह्ल र र र... !

हड़ही नदी के किनारे बनी एक झोंपड़ी के निकट पहुँचकर सोनारा ने मोटरसाइकिल रोक दी थी। झोंपड़ी के बाहर लोहसारी गाड़े बैठे युवक ने सोनारा को तुरन्त पहचाना था।

‘‘जोहार दाया... !’’

‘‘जोहार भाई। कैसा है मटरु ?’’

‘‘जी रहे हैं दाया, और का!’’

"बैलगाड़ी के पहिए जैसी दिखती काठ की चक्राकार आकृति पर लोहे की हाल चढ़ाते मटरु ने होठों में दबी बीड़ी बुझा कर कान पर टिका ली थी। झोपड़ी के भीतर से एक झिलंगी खटिया घसीट लाया था, "बैठो दाया। कहो कैसे निकले इधर?"

दो-चार हथौड़े पहिए पर मार-ठोंककर सन्तुष्ट मटरु ने पहिए को सीधा खड़ा किया था। पहिए को लुढ़काता आगे बढ़ा था और पहिए को कीकर के वृक्ष से टिका कर खड़ा कर दिया था।

"अब देसी तमंचा तो नहीं बनाता न रे?" खाट पर बैठ गया था सोनारा। महेश भी।

"कट्टा गढ़ता तो आज घर में चार पईला (माप की इकाई पात्र। मापक कटोरा) चावल न होता दाया? परसों सांसी-कुतासी है। बपई टोले का मुखिया है और हमारे घर में न बलि का मुर्गा है, न भोज के लिए चावल! एही तो जिनगी है दाया।" मटरु विवश खाली हथेलियाँ हिलाने लगा था।

"ले...रख! पर्व-त्यौहार में खाली हाथ वाला मुखिया शोभा नहीं देता।...रख इसे।"

सोनारा ने कुर्ते की जेब से कुछ तुड़े-मुड़े नोट निकाले थे और बिना देखे-गिने मटरु की ओर बढ़ा दिये थे.

मटरु ने निःसंकोच रुपये ले लिये थे। कई तहों में रुपये की पुड़िया मोड़कर लुंगी के फेंट में खोंस लिया था और कीकर वृक्ष के सामने नये बने दिखते मिट्टी के चबूतरे पर जा चढ़ा था।

"तुम बात कहो दाया। काम तो हाथ से करना है हमें। कान खाली हैं।"

घुटनों तक ऊँचे चबूतरे के बीच बड़े भगोने जैसे गढ़े में कोयली की पतली परत बिछाने के बाद मटरु लाल-पीली रेत की परत बिछाने लगा था। महेश मनोयोग से जुटे मटरु को देखता हुआ सोनारा को सुन रहा था।

"यह असुर लोगों का पारम्परिक ब्लास्ट-फर्नेस है...लोहा गलाने की भट्ठी! नीचे, सखुए या इमली के कोयले की परत बिछाई गयी है और अब लौह-अयस्क का बुरादा..." सोनारा बता रहा था।

"लोहा निकालने की पुरानी तकनीक?" महेश देखता रहा था।

"यह पारम्परिक कला सिर्फ असुरों के पास है। मटरु चुटकी से मसल कर बता सकता है कि लौह अयस्क में कितना प्रतिशत शुद्ध लोहा उपस्थित है।"

"चुटकी में मसलकर? असम्भव!" विस्मित था महेश—"कैसे?"

"सच माही, यदि इन मटरुओं को थोड़ा प्रशिक्षण दिया जाय तो लेहे के ये किमियागर कुशल श्रमिक हो सकते हैं। आजकल के माइनिंग इंजीनियरों को ट्यूशन पढ़ा सकते हैं। अभियन्ता लोगों के लिए जो लौह-अयस्क मैगनेटाइट, हैमेटाइट या

सिंडेराइट है, असुरों के लिए वही पोला, विची और गोटा है।''

कीकर की ऊँची शाख पर एक बया मनोयोग से अपना घोंसला बुन रही थी। महेश की नजर कभी मटरु पर टिकती थी, कभी भटककर बया पर...! किसका परिश्रम सघन था? किसके काम की बारीकी महीन थी? किसकी लगन को श्रेय दे महेश, मटरु की या उस पक्षी बया की?

''यही प्रक्रिया सांसी-कुतासी कहलाती है?'' महेश ने पूछा था।

''नहीं। सांसी-कुतासी एक कर्मकांड है।''

''पूजा-पाठ?''

''यही समझ लो। आदिवासियों के खेत छिन रहे हैं। खेती भले न हो पर बरसात से पहले, खेती के औजार बनाने-संवारने की आदिम परम्परा अभी भी जंगल में मरी नहीं है। हल-फाल, हँसिये-दरांतिया का खुरपी-कुदाल के लि लोहा चाहिए।...तो लोहा गलाने से पहले देवता की पूजा-बलि का नियम है ताकि भट्ठी से लोहा भरपूर मिले। यही बलि-पूजा कहलाती है सांसी-कुतासी।''

''याने पूजा जरूरी है?''

''अनिवार्य है। संभव है मटरु के परिश्रम का नतीजा विफलता हो तब... ? भट्ठी में लगातार बारह-पन्द्रह सौ डिग्री तक का तापमान बनाए रखना साधारण बात है? देवता की कृपा तो चाहिए ही वर्ना एक बूँद लोहा नहीं निकलेगा। मेहनत बेकार... ।''

जंगल की विचित्र मान्यता... ! चमत्कृत महेश! कितने भेद हैं जंगल के? कितने कितने रहस्य आदिवासी समाज के? औद्योगिकरण को पागल हो रहा समय समाज इस पारम्परिक उद्योग का लाभ क्यों नहीं उठाता?

उस चबूतरे की दीवार में बाँस की दो नलकियाँ लगी हुई थीं। एक नलकी मटरु की चमड़े की धौंकनी से जुड़ी हुई थी। दूसरी नलकी के नीचे बाल्टी के आकार का गढ़ा..., सोनारा बता रहा था।

''इसी गढ़े में बूँद-बूँद टपकेगा भट्ठी के भीतर पिघलकर रिसता लोहा। कभी इसी लोहे से दमिश्क की तलवारें ढलती थीं। मौर्य और मगध साम्राज्य की सीमाएँ फैलाती थीं इसी लोहे की तलवारें।''

मटरु का काम पूरा हो चुका था। उसने भट्ठी को मिट्टी की बड़ी हांडी से ढंका और झोंपड़ी के भीतर प्रविष्ट होता बोला था।

''तुमने बताया नहीं दाया, काहे को आये इधर।''

''एक आदमी का पता लगाना है मटरु। तेरी मदद चाहिए।''

एक थाली में माँस के टुकड़े लिए मटरु बाहर आया था। दो-टूक केले के आकार में कटे गुलाबी रंग के टुकड़े थे थाली में जिन पर चींटियाँ पिली पड़ी थीं।

''कौन आदमीन? खाट के निकट आ बैठा था मटरु!''

"टाना असुर। इस नाम का कोई आदमी है इधर?" सोनारा ने पूछा था।

"है न दाया! टाना बूढ़ा।"

"है.... ? कहाँ है?" महेश बोल पड़ा था।

"पक्का दारुबाज है टाना बूढ़ा! एकदम खोंखड़ पेड़ समझो! इतना दारु ढारता है दाया कि सिगबोंगा की दया बूझो कि अभी जी रहा है। कौनो दिन गिर पड़ा तो ढह मरेगा। बुढ़वा।" जमीन पर पटक-झटकर माँस के टुकड़ों से चिपकी चींटियाँ झाड़ने लगा था मटरु।

"कहाँ मिलेगा टाना?" सोनारा संयत था।

"कहीं गया नहीं होगा तो जरूर हड्डी के टीले पर होगा।" मटरु ने बताया था।

"टीले पर घर है उसका?"

"घर नहीं। टीले पर दारू बिकती है। अब इधर पूजा-परब में ही चावल की मदिरा पोचई पीते हैं लोग। रोजाना पीने के लिए तो पोलिथिन वाला ही इधर चलता है अब।"

महेश केले के टुकड़ों जैसे कटे मांस को गौर से देख रहा था। सोनारा ने महेश को दृष्टि का अनुसरण किया था पूछा था, "किस चीज का मांस है, पता है?"

"किस का?"

"साँप का।"

"नहीं.... !" सिहर गया था महेश।

माँस के टुकड़ों को थाली में रखकर पानी से धोता मटरु खिलखिलाकर हँसने लगा था। मानो महेश की स्थिति का मजा लेने हेतु ही बोला था, "अभी मूस भी है...देखाते हैं।"

मटरु ने कोने में स्थित एक चबूतरे पर ढँकी टाट हटाई थी। चबूतरा नहीं, यह लोहे के तारों का बना बक्सा था। बन्द बक्से में शान्त पड़े चूहे रोशनी पाते ही सक्रिय हो उठे थे, दाँत किटकिटाते, चिंचियाते दर्जनों चूहे। सबसे छोटा चूहा पाव किलो से कम का नहीं दिख रहा था।

"इसे भी खा जाओगे?" महेश बोल पड़ा था।

"और का! सोना दाया के दिए रुपये से बलि का मुर्गा खरीदेंगे। परसों पूजा के बाद भोज में पुजारी और बपई तो मुर्गा-भात खाएँगे। बचा रस्सा चाटने को मिला तो मिला नहीं तो पूजा-परब के दिन छूंछे (मात्र) पानी-भात थोड़े खाएँगे? हम भी भूस-भात खाएँगे।" प्रसन्न वदन मटरु हँसता रहा था।

कहाँ थी भारत सरकार की नई आर्थिक नीति...ट्रिकल डाउन थ्योरी, आर्थिक विकास से अमीरों की आय बढ़ेगी तो उस आमदनी की बूँद-बूँद का रिसाव गरीबों के आँगन में भी टपकेगा। इस भ्रामक सिद्धान्त के थोथेपन की खिल्ली उड़ा रहे थे

मटरु...साँप का माँस चिंचियाते चूहे, आदिवासी हँसी...!

''टारमो-इस्पात'' के छायाक्षेत्र में मटरु साँप-चूहे खाकर जीने पर विवश था। यह था झारखंड में विकास का एक चेहरा। उद्विग्न हो उठा था महेश मुकरुआर का अर्थशास्त्री।

''तू ब्याह क्यों नहीं कर लेता मटरु। बुढ़ापे में औरत लाएगा क्या रे?''—सोनारा चुहल करने लगा था—''आज जो घर में औरत होती तो तेरे लिए चूल्हा-भात करती। तू पीटता रहता लोहा।''

''ब्याह का ढोल तो मैं आज ही बजवा लूँ दाया। दूसरे गोत्र की एक छौंड़ी तैयार भी है....किन्तु पहले बपई अपना ब्याह करे तब तो हम करें।''

महेश को लगा था, उससे सुनने में चूक हुई है। मटरु के पिता का विवाह...! पिता की शादी नहीं हुई तो बेटा मटरु जवान कैसे हो गया? उसने सोनारा से पूछा था, ''अभी क्या बोला यह...मटरु?''

''फिर चौंके न?''—ठठा कर हँसा था सोनारा—''अभी जंगल को जानने में समय लगेगा बंधु। यह जानकर तो अपनी उँगलियाँ चबा डालोगे कि शहरी समाज में ''लिव-इन रिलेशनशिप'' की जो नई हवा चली है, असुर समाज में यह परम्परा सदियों से चली आ रही है। सहजीवन यहाँ ''इदी-में'' कहलाता है।

''इदीमें...? क्या बात करते हो!''

''सच बात करता हूँ। यहाँ मनपसन्द अविवाहित जोड़े बच्चे भी पैदा कर सकते हैं। जायज और सामाजिक स्वीकृति प्राप्त बच्चे। समस्या तब होती है जब बच्चे विवाह करना चाहते हैं। अविवाहित जोड़ों के बच्चों का ब्याह तब तक प्रतिबंधित होता है जब तक उनके जन्मदाता विधिपूर्वक अपना विवाह न कर लें।''

''कमाल है...!'' महेश दंग था।

''है तो पर यही सच है। कमाल यह भी होता है कि एक ही विवाह मंडप में, एक ही वेदी पर पहले माँ-बाप का और बाद में सन्तान का ब्याह हो लेता है। एक ही भोज-न्योते में दो पीढ़ियों की शादी और खर्चे निपट जाते हैं।''

सोनारा की बातों पर महेश का विस्मय देख मटरु लगातार हिट्ट-हिट्ट हँसे जा रहा था। शहराती महेश का चौंकना मटरु को मजेदार लग रहा था...कितने अज्ञानी हैं ये शहराती लोग! कैसा आदिवासी है महेश दाया जो जंगल के रीत-रिवाज नहीं जानता! हँसता जा रहा था मटरु!

हँसी-ठट्ठे का पटाक्षेप करता महेश खाट छोड़कर उठ खड़ा हुआ था, ''हम यहाँ किसलिए आये हैं?''

''भूला नहीं मैं। याद है''—सोनारा ने कहा था—''पर इधर के लोगों से घुलना-मिलना भी उसी काम का हिस्सा है वर्ना ये लोग सहयोग करने से इन्कार कर दें तो

काम बिगड़ सकता है।''

''क्यों सहयोग नहीं करेंगे?''

''दुआ करो कि ऐसा मौका न ही आए वर्ना देख लोगे कि कैसे हमसे छूत के रोगी की भाँति कतराने लगेंगे लोग।''

सोनारा भी खाट छोड़कर उठ खड़ा हुआ था। मटरु से आग्रह किया था, ''हम हड़ही टीले पर जा रहे हैं, टाना से भेंट कर आते हैं। तब तक हमारी फटफटिया यहीं रहे तो कोई दिक्कत मटरु?''

''दिक्कत काहे को? हम हैं न यहाँ। अभी तो भट्ठी को लीपना है, लेवारना है...।''

कहने को ही नदी थी हड़ही। सूखी, रक्त-माँस हीन, कंकाल जैसी बंजर उस नदी में रेत तनिक भी नहीं थी। पहाड़ी-पथरीली नदियों में रेत ही रेत होती है पर हड़ही....? आसपास की ढलानों और मील भर आगे एक दूसरे की पीठ पर लदी खैरापाट की पहाड़ियों से बह निकलने वाले बरसाती पानी के कटान से निर्मित प्राकृतिक नाला था। एक मौसमी ढोंढ़ा जो अपने चौड़े पाट के कारण नदी कहलाने लगा था। हड़ही नदी!

वे सूखी नदी पार करने लगे थे। साल के आठ महीने यों ही सूखी-उदास पड़ी रहती थी हड़ही।

पुराने दिनों में आसपास के गाँवों के मरे ढोर-डांगर हड़ही के तट पर फेंक दिये जाते थे। मृत पशु का चमड़ा उतार लेने के बाद महाभोज जीमते थे मांसाहारी चौपाए और पखेरु। नदी तट पर बि खरी पड़ी अस्थियों ने नदी को नाम दे दिया था। हाड़ वाली नदी...हड़ही।

अब इस क्षेत्र की कृषि प्राय: मर चुकी थी। मवेशी खत्म थे। कृषक विस्थापित हो चुके थे। हड्डियों के टुकड़े खोद-खंखोर कर बेचे जा चुके थे। अब हड़ही के आस-पास हड्डियाँ नहीं दिखती थी पर नदी का नाम तो नाम था। हड़ही।

वे नदी पार कर उस ऊँचे टीले की ओर बढ़े थे जिस टीले पर नाटे खजूरों के झाड़-झुरमुटों के ऊपर सिर उठाए करौंदे का एक वृक्ष खड़ा था जिस पर हरियल पीलापन लिये अमरलता की लत्तरों का जाला-सा दिख रहा था।

वे टीले की ओर बढ़ते देख लिये गये थे। महेश की पोशाक-भूषा उस क्षेत्र के लिए कुछ हट कर थी। अजनबी आगंतुक कहीं खुफिया पुलिस का आदमी तो नहीं...? माँद से निकलते सियारों की भाँति कुछ मद्यप्रेमी जन खजूरों के उस कुंज से निकलकर ढलान की परली दिशा में भागने लगे थे।

महेश और सोनारा जब सिर झुकाते खजूर के झुरमुट के भीतर प्रविष्ट हुए थे तो वहाँ मात्र एक अधेड़ बैठा था। सामने बाँस के टोकरे में देसी शराब की छोटी-

बड़ी पारदर्शी कई थैलियाँ थीं।

न गिलास का झंझट था, न चिखौना की व्यवस्था। बस थैली का कोना दाँत से नोंचा और चूस-चूसकर पा लिया। बैठे-बैठे मदिरा चुसकते रहे या फिर कंठ में सीधी धार....कलेजा फुँकने तक!

''क्यों रे, नाजायज दारू बेचता है?'' सोनारा ने घुड़की दी थी।

''नाजायज काहे बेचेंगे? ठेका से उठाते हैं।''

''तू ही है टाना?''

''नांय। टाना तो ओने है।'' अधेड़ ने तर्जनी से इंगित किया था।

करौंदे की जड़ से पीठ लगाये, टाँगें सामने छितराए एक जीर्ण-शीर्ष बूढ़ा अधलेटा ऊँघ रहा था। निद्रामग्न या तरंगायित...?

''तू निकल यहाँ से।'' सोनारा ने शराब बेचते अधेड़ को रौब से हुक्म दिया था।

शराब की फेरी लगाने वाला वह अधेड़ खुदरा व्यापारी, सिर पर टोकरी उठाये झुका-झुका कूँखता-काँखता खजूर के कुंज से बाहर निकल गया था।

सोनारा ने कथित टाना असुर का कंधा पकड़कर हिलाते हुए ऊँची आवाज में पुकारा था।

''टाना...! टाना हो। एई टाऽऽनाऽऽ!''

''गौन है रे?''

शराब का भभूका-सा फूटा था। बूढ़े के मुँह में कोई इकलौता दाँत नहीं था। खोपड़ी निपट खल्वाट थी। भौंहे-बरौनियाँ रुई की भाँति सफेद...!

चीकट-फटी लुंगी देह पर ढंग से लिपटी नहीं थी, बस टिकी हुई थी। ऊपर की देह एकदम नंगी...पसलियाँ स्पष्ट गिनी जा सकती थीं।

महेश के जबड़े भिंच उठे थे। यही था उसका पिता...टाना असुर! महेश मुकरुआर का जन्मदाता टाना मुकरुआर?

''टाना...! टाना, सुनते हो?'' सोनारा बूढ़े को झिंझोड़ता पुकार रहा था।

''बहिरा नहीं हैं रे! तू गौन है?'' टाना की आँखें अभी भी बन्द थीं।

''बनासकांठा से आया हूँ। तुमसे भेंट करने।''

''तो कर भेंट। हो गया न भेंट? काहे को भेंट...बोल न रे।''

''तुमसे कुछ बतियाना है। आँखें तो खोलो। तुम्हीं हो न टाना असुर? तुम्हारे लिए कुछ रुपये लाया हूँ।'' सोनारा ने प्रलोभन दिया था।

''रुपईया...!''

टाना की पलकें मिचमिचाने लगी थीं। आँखें खोलने में शायद परिश्रम करना पड़ रहा था। उम्र ने शरीर के तंतु-मांसपेशियाँ ढीली कर दी थीं। बहुत प्रयास के

बाद टाना की बोझिल पलकों के बीच पतली झिर्री बनी थी।

"ओहो...गुरुआ है रे?" उसने सोनारा को पहचाना था।

"चीन्ह गये?"

"हाँ! तु गुरुआ है।"

"तुमसे कुछ बतियाना है टाना।" सोनारा ने कहा था।

"तो बतिया न रे।"

"कुछ पूछना है।"

"रुपईया है...? रुपईया?" बूढ़े को याद था, सोनारा ने अभी-अभी रुपयों की बात की थी।

"रुपया काहे को?" सोनारा ने पूछा था।

"तू जो पूछेगा, हम बतावेंगे। बताने का दाम लगेगा गुरुआ...दाम! रुपईया लाया है? दारू पिलाएगा?" टाना के पोपले मुँह से बह निकली अनियन्त्रित लार की धार उसकी छाती पर गिरती लकीर-सी बनाती बहने लगी थी। महेश को वितृष्णा होने लगी थी, यही था उसका जन्मदाता...! सचमुच?

"चल न टाना, कहीं चैन से बैठकर बतियाते हैं।" सोनारा ने कहा था।

"का बतियाना है?"

"एक बात पूछना है।"

"कौन बात?"

"पुरानी बात! बहुत पुरानी बात है। चल यहाँ से। उठ न टाना।"

उठने का कोई उपक्रम करता नहीं दिखता टाना अपने दर से हिला तक नहीं था। रुपये की टेक अलापने लगा था, "रुपईया देगा न रे...रुपईया?"

"दूँगा। जरूर दूँगा पर तू उठ। यहाँ से निकल।" ठंडे दिमाग वाला सोनारा झुँझला उठा था।

"निकाल...रुपईया निकाल पहले। रुपईया...!"

"देता हूँ न। यहाँ से मेरे साथ बाहर निकल। जो पूछता हूँ, बता दे और ले ले रुपया।"

"यहीं पूछ ले न रे। जल्दी पूछ"—बूढ़े की देह ने फुरफुरी ली थी,—" रुपईया देगा तभी तो और पिऊँगा रे।"

"जितना मन करे पीना,...मरने तक पर बिना बात पूछे चवन्नी नहीं मिलेगी सो बूझ लो।"

"धेत्त साला गुरुआ रे"—फूफ-फूफ कर पोपली हँसी हँसा था टाना—"सब निसा तूने उतार दिया। चल, कहाँ चलना है। चल गुरुआ चल।"

कई प्रयासों के बाद भी टाना स्वयं खड़ा नहीं हो पाया। सोनारा ने लड़खड़ाते

टाना की बगलों में हाथ डालकर जैसे-तैसे टाना को खड़ा किया था। वे खजूर के झुरमुटों से बाहर निकले थे।

''मुझे चीन्हते हो टाना'' सोनारा ने फिर पूछा था।

''बोला तो, चिन्हता हूँ। तू झूठा है....लबार कहीं का। कहता है बनासकांठा से आया है...झूट्ठा! तू तो गजली का है रे। तेरे बाप को भी चीन्हता हूँ। हाथी हाँकता था तेरा बाप...होकाना! तेरे बाप को हाथी ने चाँप दिया था, सो भी जानता हूँ। हमें सब...ओक्...पता, तेरी माई...ओक्....भगतिन ओक्....ओक्... ओऽऽऽक्....!''

हचाक-हचाक उल्टियाँ करने लगा था टाना असुर। निरा तरल! पेट में ठोस का कण नहीं था। पनियल पीले रंग के तरल से लुंगी भींग गयी थी।

खंखारता, खाँसता, नाक सिनकता, थूकता, उल्टी हथेली से होंठ पोंछता टाना असुर परम घृणा की मूरत लगने लगा था।

''मेरी माई के बारे में क्या बोले तुम?'' उत्सुक या सोनारा।

''भगतिन थी। बहुत गुनी औरत थी। सब जानता हूँ। रुपईया निकाल न रे गुरुआ...रुपईया।''

''इसे चीन्हते हो? मेरा भाई है, महेश।'' सोनारा ने महेश की ओर इशारा किया था।

''फिर झूठ रे? तू तो एक ही था माई का पूत। तेरा भाई कहाँ जन्मा रे लबार!— पोपली हँसी हँसा था टाना—''तेरी माई ने दूसरा मरद कहाँ किया जो भाई...फूफ-फूफ...फूफ-फूफ...। खी-खी-खी-खी...!''

''यह गाँव-घर का भाई है टाना! यह तेरा बेटा है।''

''हमारा बेटा? कौन बेट्टा रे? कंठ सूख रहा है गुरुआ! दू घोंट दारू पिया दे रे....रुपईया निकाल रुपईया।''

घृणा! वितृष्णा!! कुंठित हो रहा था महेश। चढ़ते-उतरते नशे की तरंग से कृषकाय टाना थरथरा रहा था। आँधी में खड़े खोखले ताड़ की भाँति....!

''मोरा सोना गुरुआ, मोरा बेटा रे गुरुआ...तनिक दारु पिया दे न रे।''

''गुरुआ बोला तू''—महेश को अग्नेय नेत्रों से घूरता टाना बोला था—''तू हमार बेटा है। तू कुलबोरन बेटा है। लायक बेटा होता तो बाप के लिए दारू न लाता? दारू ले आ बेट्टा।''

''अभी एक्को बूँद नहीं।'' बोला था सोनारा।

''रुपया नहीं मेरे पास।'' यह महेश था।

''चोप, बतफरोस! दारू नहीं पियाएगा तो ऐसे ही हमार बेटा कहाएगा रे?''

''टाना, इसे छोड़ो। मेरी बात सुनो।''...सोनारा ने टाना को थामा था।

"काहे सुनें? तू कौन है? तू मुखिया है का? तू हमार बैगा है का...झूट्ठा गुरुआ है तू। अब कौनो बात नहीं। बिन दारू एक बात नहीं। दारु...रुपईया तब बात! रु-प-ई-या ा ा ा"

अंधड़ की डाल-सा लहराया था टाना। डगमगाया था। लड़खड़ाया था। सोनारा की पकड़ से फिसल कर पीछे की ओर एकदम उलट गया था। कटे ताड़ सा ढहा टाना ढलान पर लुढ़क गया था।

"चलो सोना, मुझे यह सब बहुत भयानक लग रहा है।" हताश था महेश।

"हौसला रख...हौसला।"

उम्मीद के विरुद्ध भी उम्मीद पालने वाला आदमी था सोनारा। प्रयासों से जोंक की भाँति चिपटा रहता था सोनारा। घोर निराशा के क्षणों में भी उम्मीद संजोना सिखाता है जंगल।

लुढ़क कर ढाल पर निढाल औंधे स्थिर टाना को सोनारा ने सीधा किया था। टाना टुन्न हो चुका था।

टाना की लुंज-पुंज होती देह को भारहीन वस्तु की भाँति उठाकर सोनारा ने कंधे पर लाद लिया था। रुई की बोरी थी टाना की देह!

वे वापस मटरु के झोंपड़े तक पहुँचे थे। टाना अचेतन में लगातार कुछ-कुछ बड़बड़ाता रहा था। अनर्गल प्रलाप करते टाना को सोनारा ने झिलंगी खाट पर डाल दिया था।

"ई मरी बिस्तुईया को काहे को ढो रहे हो दाया?" मटरु ने पूछा था।

"बात पूछनी है मटरु। इधर-उधर गिर-पड़ के कहीं मर-मरा गया तो हमें बताएगा कौन। इसे जिंदा रखना है।"

अचेत टाना के होंठों के कोरों से लार बह रही थी। होंठों पर मक्खियाँ भिनकने लगी थी। आँखों के कोरों से कीचड़ मिला द्रव रिस रहा था। निराश-हताश महेश मरे बन्दर की भाँति गुड़ी-मुड़ी पड़े टाना को विवश ताके जा रहा था।

टोले का बैगा लोधवा असुर और मुखिया झिंगुरी असुर खैनी टुंगते वहीं आ पहुँचे थे।

"गुरुआ...? इधर...!"—बैगा ने पूछा था—"का बात है?"

"ई कौन है साथ में?" मुखिया बोला था।

"बैगा जोहार...जोहार मुखिया।"

सोनारा ने तनिक झुकते हुए अभिवादन किया था।

चार अच्छर सीखकर गुरु जरूर बन गया था सोनारा मुंडा परन्तु गजलीठोरी के छोकरे के बीरसाइत संस्कार नहीं बिगड़े थे। शिष्टाचार नहीं भूला था। शहरातियों की भाँति सनक नहीं गया था।

सोनारा के सविनय सिर नवाने से प्रसन्न हुआ था बैगा। गद्‌गद हुआ था मुखिया।

"टनवाँ को लादे काहे फिरता है गुरुआ?"

"इससे कुछ पूछना-जानना है मुखिया पर यह तो एकदम नशे में टुन्न है। गाँव का बूढ़-बुजुर्ग है तो इसके साथ जबरई भी तो नहीं कर सकते।"

"कौन दिन तुतिया पीकर मरेगा"—बैगा ने घृणा से कहा था—"भोरे-भोरे उठकर दारू से ही पारण करता है। देखते नहीं इसका हाथ-गोड़ सुढकी (संटी) पेट वदकोला (वांद)।"

"यह महेश है मुखिया...! ऐ माही, हाथ जोड़। प्रणाम कर"—सोनारा ने बात बढ़ाई थी—"नाते में मेरा भाई है। तुम्हारे ही समाज का है..., महेश मुकरुआर। इसी के लिए इधर आना पड़ा है। इसे आशीष दो बैगा।"

"ई असुर तेरा भाई कैसे रे?" बैगा की भृकुटी करबद्ध महेश की ओट टेढ़ी हुई थी।

"जंगल के नाते बैगा। जंगल में सब आदिवासी भाई—भाई...नहीं तो दीकू हम पर चढ़ न बैठेंगे?"

"सो तो तू ठीक बोला गुरुआ।"

"यह तो जाट असुर है रे"—महेश के गले में लटके क्रॉस की चमक मुखिया की आँखों में कौंध गयी थी।—"हम अगरिया इसे काहे आशीष देवें?"

अपनी सामाजिक-सांस्कृतिक श्रेष्ठता पर गर्व करने वाला असुर समाज धर्मांतरित असुर को अपने समाज से निम्न पांत का मानता है।

"...जाट असुर?"

सोनारा ने अर्थपूर्ण दृष्टि से महेश को देखा था मानो याद दिला रहा हो कि "तुम कहते थे न कि क्यों असहयोग करेंगे असुर? अब देख लो।" प्रत्यक्षतः सोनारा ने बात को सँवारने का यत्न किया था।

"यह छुटपन से शहर में रहा है न मुखिया तो जैसा समाज मिला वैसा ही बनना पड़ा टाबर (शिशु) को। समझो धूप में छाता लगाना पड़ा लेकिन है तो यह तुम्हारा ही डाल-पात!"

"हूँ...!"

हथेली पर खैनी-चूना मसलता मुखिया मानो अंगूठे तले मसलने लगा था संशय। मसलने लगा था विरोध की मानसिकता। खैनी फटकता मुखिया मानो अपने अधिकार और कर्तव्य को फटकने-फटकारने लगा था।

"इसकी मदद तुम्हीं कर सकते हो मुखिया।" सोनारा ने आग्रह किया था।

"कौन मदत?"

"जब यह दूधपीवा टाबर था तब टाना ने इसे चर्च में छोड़ दिया था। फिर

कभी देखने तक नहीं गया। पूछो टाना से, अपने टाबर को चर्च में छोड़ कर क्यों भाग गया था। अब बेटा सयाना होकर बाप से अपना हक माँगने आया है तो तुम्हीं कहो बैगा, इसमें कुछ गलत बात है?''

''टाना कौन राजा दितिया है जो अपना राज-पाट लेने आया है ई छौंड़ा?'' हँसने लगा था बैगा।

''टाना मानता है कि इसका बाप है?'' महेश को नख-शिख निरख रहा था मुखिया।

''पूछने का मौका मिलता तब तो। यह तो एकदम माताल है।'' सोनारा ने विवशता जताई थी।

पूजा के चबूतरे की परिक्रमा करता बैगा पता नहीं चबूतरे में क्या ढूँढ़ रहा था। उसने मटरु से पूछा था।

''का रे, पुजाई का सामान जुटा लिया?''

''रुपया नहीं था बैगा। अभी सोना दाया ने कुछ हथपैंच (उधार) दिया है। काल्हे बिहाने तक हो जायेगा सब इंतजाम।''

''आच्छा! गुरुआ ने पुजाई के लिए रुपया दिया, धरम का काम किया। धरम निभाया बाकी पुआल की आग और कर्जे की रोटी देर तक नहीं टिकती बाबू!''

''बैगा, हमारा काम करा दो। हमें खुशी-खुशी यहाँ से भेजो तो हम भी वचन देते हैं कि मुखिया को खुश कर देंगे। सोनारा ने चारा फेंका था।''

''कैसे करेगा खुश? दारु देगा? अनाज देगा? रुपया चमकाएगा?'' बैगा ने आँखें तरेरकर पूछा था।

''ना...ना, अरे बाप! यह सब नहीं''—सोनारा ने अपने कान पकड़े थे—''हम तो धरम की बात सोच रहे थे। मटरु के ब्याह की बात...।''

''पहले हमारा बियाह तो होवे।'' मुखिया ने कहा था।

''वह भी होगा न। एक ही मंड़वा-छोपड़ी में दोनों ब्याह! एक ही खर्च में दो कारज। सारा खर्चा भी हम उठा लेंगे...बस हमारी सहायता कर दो।''

''ठीक है। तेरा काम करा देंगे।''—मुखिया सहमत हुआ था—''जानते हैं, तू जबान से नहीं फिरेगा लेकिन बेटा, टाना सच-सच नहीं बोला तो?''

''बोलेगा कैसे नहीं? जितना जानता होगा, सब सच-सच बताएगा टाना''—बैगा गरजा था—''सांसी-कुतासी में झूठ बोलेगा तो सियार जैसा फेंकर-फेंकर कर मरेगा टाना।''

''सोना दाया का काम करवा दो बैगा।'' मटरु ने बैगा के पैर पकड़ लिये थे—''बहुत अच्छा आदमीन है सोना दाया। इसका मन छोटा मत करो बैगा...मान जाओ बैगा।''

''गोड़ छोड़'' बैगा ने पैर झटका था—''छोड़ गोड़! कहा तो, सांसी-कुतासी के बाद। गोड़ छोड़ खच्चड़ के पूत, जोंक साला...छोड़।''

''पहली लगन में यही मंड़वा छवा दूँगा मुखिया, सिंगबोगा की कसम उठाता हूँ।'' सोनारा ने वचन दिया था।

महेश पूरे प्रकरण का मौन दर्शक बना रहा था। द्वंद्वग्रस्त!....जाट असुर की पहचान होते ही वह अपने असुर समाज में अछूत हो गया था? जनजातियों के समाज में भी जातिभेद और छुआ-छूत...!

क्यों न होता? युगों से सुर-असुर का भेद रहा है। सदियों से काले-गोरे का फर्क रहा है। स्वयं को धर्मनिरपेक्ष घोषित करने वाली भारत सरकार तक जाति-धर्म को मान्यता देती है। समान अधिकार का दावा करने वाला, भारतीय संविधान भी जाति के आधार पर समाज का विभाजन करता है। अनुसूचित जातियों के लिए शिक्षा-रोजगार-राजनीति में आरक्षण का प्रावधान है पर ज्योंही अनुसूचित जाति का व्यक्ति इस्लाम या ईसाइयत अपनाता है...आरक्षण की सुविधा समाप्त...! ईसाई आदिवासी महेश असुर को कहाँ मिला था कोई आरक्षण या वजीफा!

बैगा-मुखिया भी अपने समाज के सरकार ही तो थे। अपने संविधान और संहिता के नियंता...।

''ठीक है गुरुआ। परसों, सांसी-कुतासी के बाद—मुखिया ने आश्वस्त किया था—'' पंचायत बैठाएँगे तेरे लिए। तू पूजा के पहले ही यहाँ पहुँच जाना!

''जोहार मुखिया! दयालु बैगा को भी जोहार! माही...'' सोनारा ने टहोका था—''जोहार कर!''

महेश ने भी हाथ जोड़कर अभिवादन किया था। प्रसन्न हुए थे बैगा और मुखिया। हर्षित हुआ था मटरु। आशान्वित सोनारा...।

जहाँ कभी गजलीठोरी गाँव बसता था, अब वहाँ कोई रिहायशी घर नहीं था। वह स्थान अब ''गजलीमोड़'' कहा जा रहा था। जिस जगह पर कभी गगन बिहारी साहू की पंसारी की दुकान हुआ करती थी, वहाँ अब ''छपरा वाइन हाउस'', ''अमरीक सिंह दा ढाबा'', ''सुलतान मोटर पार्टस'', और ''नागा मोटर गैराज''...चार दुकानें स्थापित थीं।

गजली मोड़ से निकलती पतली सड़क धनकाई नदी का पुल पार करती ''संजीव नगर'' तक जाती थी। सड़क के किनारे, संजीव नगर का दूसरा ही मकान सोनारा का घर था।

गजली मोड़ अब एक व्यस्त तिराहा था। तिराहे के एक कोने पर खड़ा था ''वस्तुमित्र डेवलपर्स'' का विशाल होर्डिंग। ''एक विश्वसनीय टाउनशिप'' का यह विज्ञापन ''आपका सपना : आपकी जमीन : आपका घर'' की दावत दे रहा था। न्यू गजलीठोरी में अपने घर का नोयता।

संजीव नगर अभी भी विस्थापित आदिवासियों की झोंपड़पट्टी जैसा था। दो-चार ईमारतें ही पक्के सीमेंट की थीं। शेष खपरैल के छप्परवाले मिट्टी के घर थे या फिर झोंपड़ियाँ थीं।

सोनारा ने दो कमरों वाला दो-मंजिला घर खड़ा कर लिया था। ईंटों का। नीचले तल्ले पर एक बड़ा हॉल, रसोई और शौचालय था। हॉल का दरवाजा सीधा सड़क पर ही खुलता था। ऊपर मात्र एक कमरा था और खुली छत थी। महेश को ऊपर वाले कमरे में व्यवस्थित कर दिया गया था।

आज हड़बड़ी में सोनारा मांड़-भात-आचार का कलेवा खाकर घर से निकल गया था। अब घर में मात्र दो प्राणी थे।

हॉल में एक डबल-बेड जैसी चौकी पर बिस्तर बिछा था। महेश चौकी पर अधलेटा-सा था। रसोई में भोजन पकाती नीलमनी वहीं से ऊँची आवाज में बातें कर रही थी।

''दाया से मैंने आपके बारे में सबकुछ जान लिया है।''

''क्या कुछ?'' महेश ने पूछा था।

''सबकुछ।''

''याने मेरी बदकिस्मती की पूरी कथा बाँच दी सोना ने?''

''ऐसा क्यों सोचते हैं आप?'' दाल चूल्हे पर पकने को चढ़ाकर बाहर निकल आई थी नीलमनी।

''गलत सचता हूँ? सच नीली, हफ्ते भर पहले मेरे पास माँ थी। सोई पिता भी है...शायद। चर्च की कृपा से ही सही, कहने को मेरे पास एक घर भी था। और आज... ? मेरे पास कुछ नहीं है।'' महेश की आवाज में ठंडी उदासी थी।

''सोना दाया भी अपना नहीं? दाया से ऐसा बोलिएगा भी नहीं, उसे बुरा लगेगा।''

''पर सच तो यही है न?''

''कोरा झूठ है यह''—नीलमनी कुर्सी पर बैठ गयी थी—''आपके पास दाया जैसा भाई है। यह घर है और...''

''और?''

''मैं भी तो हूँ।''

"तुम...!"

"हाँ। फिलहाल तो आपकी दोस्त। पहली नजर की दोस्ती। आगे कुछ और भी हो सकती हूँ। हो सकती हूँ न?"—आँखें नचाती नीलमनी ने पूछा था—"यदि आपने चाहा तो?"

"मैं क्यों नहीं चाहूँगा?" अन्यमनस्क था महेश।

"गुड! मैं तो खाहमखाह डर रही थी कि कहीं मेरी चाहत एकतरफा तो नहीं।"

"मतलब...?"

"मतलब क्या? साफ-साफ तो बोली मैं। एक्चुअली आप मुझे अपने लगने लगे हैं। दो ही मुलाकातों में....कमाल है न?"

"तुम सोनारा की बहन हो..."

"....आपकी नहीं, हो भी नहीं सकती। आपकी तो दोस्त हूँ।"

सन्न रह गया था महेश।

मौन! भौंचक्का!! नीलमनी को एकटक ताकता महेश तय नहीं कर पा रहा था कि नीलमनी निपट भोली थी या एकदम मुँहफट। बिन तोले कुछ भी बोल रही थी? कुल जमा चंद घंटों का परिचय और ऐसी निर्द्वंद अभिव्यक्ति...! ऐसी बचकानी स्वीकारोपित...! कितने तेज बहाव वाली धारा है यह नई पीढ़ी? कितनी हड़बड़ी भरी? मानो दिनों में वर्ष और सालों में सदियाँ जी डालने का बेचैन उतावलापन है। कोई कुंठा नहीं, कोई झिझक नहीं। इतनी जल्दी तो कोई महानगरीय लड़की भी नहीं खुल पाती।

प्रेशर कूकर की सीटी बजी। नीलमनी रसोई में भागी और तुरन्त वापस...। तब तक महेश अकस्मात के झटके से उबर चुका था।"

"जो तुमने कहा नीली, मैंने सुना! एक मशवरा है, यह गलती मत करना।"

"गलती तो अब हो चुकी माही!...और यह आपकी मर्जी पर निर्भर नहीं थी।" नीलमनी ने तो औपचारिक संबोधन की बाधा भी फलांग ही डाली थी। माही...!

"मैं एक असुर हूँ नीली या...पता नहीं वह भी हूँ या नहीं।"

"तो इससे क्या...ऐं? मेरी माँ मुंडा महिला हैं और पिता उरांव...मालूम? आपके पास तो फिर भी असुर होने का सामाजिक उपनाम है...मुकरुआर। मेरे पास क्या है? क्या कहेंगे मुझे दोगली? जारज सन्तान...?" खिलखिला पड़ी थी नीलमनी।

"शटअप...जस्ट शट्ट-आप"—झुँझला उठा था महेश—" जो मुँह में आया बोलती जाती है। कितनी देर की पहचान है मुझसे? जानती ही क्या हो तुम मेरे बारे

में?

"लो! अपना सच बताया तो शट्टअप! रही बात जानने की तो दाया आपको जितना जानता है वह सब मैं भी जानती हूँ। फिर भी दाया आप पर स्नेह रखता है तो मैं भी आपसे प्यार कर सकती हूँ।"

"तुम बेवकूफ हो।"

"येऽऽऽह तो सच कहा आपने। दाया भी यही कहता है। खैर, आपका खाना परोसती हूँ फिर मुझे स्कूल जाना होगा। च्छुट्टी आधे दिन की ही मिली है।"

थाली में कत्थई धारियों वाले बिनौले के दानों के आकार के चावल थे। कुल्थी की, काली कही जाने से बाल-बाल बची दाल थी। बाँस के मुलायम कोंपलों का आचार था।

"यही चावल खाते हो तुम लोग?"

"देखने में थोड़े भद्दे जरूर लगते हैं ये चावल पर कौर तो उठाईए श्रीमान! स्वाद गजब का है। रही दाल। तो थोड़ी काली सही पर यह दाल पेट के कंकड़-पत्थर तक पचा देती है।"

"क्या बात है...।" महेश शुरू हो गया था।

"इधर पठार के चावल में इतने कंकड़ होते हैं कि इधर का हर आदमी पथरी का रोगी हो जाता...यदि यह कुल्थी न होती।"

"सचमुच....?"

"सच-मुच! अब आप जीमिए।....और घर की चाबी फिलहाल एक ही है। कहीं बाहर जाना चाहें तो ताला लगाइए और चाबी बाहर चिड़ियों के लिए पानी की कड़ाही टंगी है; उसी में डाल दीजिएगा। शायद दाया को आने में देर हो...अब मैं चली। हाँ, कहीं न जाना हो तो जम कर नींद लीजिए...शाम को मिलते हैं।

सोनारा उम्मीद से पहले वापस लौटा था। स्कूल से आधे दिन की च्छुट्टी लेकर घर आ गया था।

सोनारा के साथ महेश मॉरिस टाउन घुमने निकल पड़ा था। गजली मोड़ से चर्च रोड होते हुए वे कुछ देर शापिंग सेंटर में टहलते फिरे थे फिर विस्थापित चौक...!" "टारमो इस्पात" के प्रशासनिक भवन से बाहर सड़क पर निकलने वाले "बिरसा गेट" के ऐन सामने, सड़क के पार था "झारखंड बंधु" उर्फ जे.बी. का दफ्तर! सोनारा का सेवक संगठन जे.बी.!

अनगढ़ पत्थर की दीवारों, मिट्टी के पलस्तर और टीन की छत वाला कमरा

था जे.बी. का कार्यालय। दफ्तर के बाजू में घसियल जमीन का छोटा-सा टुकड़ा था जहाँ कुछ देर बैठा जा सकता था।

''झारखंड बंधु'' कोई पंजीकृत श्रमिक संगठन नहीं था। न कोई पंजीकृत स्वयंसेवी संस्था ही था। सोनारा कोई मजदूर नेता भी नहीं था। एक सामाजिक कार्यकर्ता की भाँति सोनारा श्रमिकों के अधिकारों के लिए सक्रिय अवश्य रहता था। एक पंजीकृत श्रमिक संगठन की स्थापना हेतु प्रयासरत था। रोज शाम, स्कूल से छूटने के बाद सोनारा घंटे-दो घंटे अपने इस कार्यालय में अवश्य बैठता था। यह दफ्तर श्रमिकों-कर्मचारियों के लिए बतरस का अड्डा था। शाम को जुटने वाले कुछ अपनी कहते थे, कुछ औरों की सुनते थे।

पत्नी की बीमारी, पारिवारिक झमेले, बेटी का ब्याह, कर्ज का ब्याज, महँगाई की मार, बेटे की नशाखोरी, कारखाना प्रबंधन की सख्तियाँ, ठेकेदार की प्रताड़ना...सोनारा सबकी सुनता था। यथासंभव सुझाव और सहायता देता था। स्थानीय श्रमिकों और आदिवासी समाज में सोनारा का खूब मान था।

''नौ घंटे की पाली में पाँच-पाँच मिनट के दो बिरेक मिलते हैं। इसी में कमर सीधी कर लो, पानी पी लो या झाड़ा-पेशाब कर लो। छठा मिनट हुआ नहीं कि मेठ पैसे काटने लगता है।''

घास, पर बैठे-लेटे-अधलेटे चलती बतरस....। डूमू मुंडा अपनी व्यथा कह रहा था।

''यह ज्यादती नहीं है माही?'' सोनारा ने पूछा था।

''है तो सही।''

''काम करते कहीं चोट-चपेट लग जाय तो कंपनी मलहम-पट्टी करा के घर भेज देती है। दवा-बीरो का खरचा हमारे माथे और काम मिलना भी बन्द। मर गये तो कोई देखनहार भी नहीं।'' जोबा टोप्पो ने बताया था।

''यह तो अमानवीय है। काम के दौरान हुए हादसे की पूरी जिम्मेवारी कम्पनी को लेनी चाहिए। यही लेबर-लॉ है।'' महेश बोल पड़ा था।

''लगभग ढाई हजार श्रमिक इस ''टारमो स्टील'' में काम करते हैं जिसमें से दो हजार लोग ठेके पर ही रखे गये हैं। मात्र पाँच हजार रुपया दरमाहा मजदूरी तिस पर लगातार एक सौ अस्सी कार्यदिवस पूरे होने से पहले श्रमिक को हटा दिया जाता है। दो-चार दिन के लिए बैठा दिया जाता है।'' सोनारा ने बताया था।

''ऐसा क्यों?'' यह महेश था।

''क्योंकि एक सौ इक्यासी दिन होते ही नियमतः श्रमिक का स्थायीकरण जो करना पड़ेगा।''

''यह धोखा है।''

''है तो है। इसे शोषण कहता हूँ मैं। सेवा-शर्तों और वेतन के मामले में श्रम-कानूनों की धज्जियाँ उड़ा रहा है यह ''टारमो-इस्पात''। तभी तो मैं चाहता हूँ कि यहाँ मजदूरों का एक मजबूत संगठन हो और कम्पनी अपना एक ''शिकायत निवारण सेल'' गठित करे।''

''संगठन तो होना ही चाहिए था।'' महेश बोला था।

''तुम सहायता करो तो जल्दी हो जायेगा।''

''मैं... ? मेरा इसमें क्या काम?''

''ऐसा है माही कि संगठन के पदाधिकारी तो कारखाने के श्रमिक या कर्मचारी ही हो सकते हैं। रही बात इसे चलाने की तो मैं यूनियन के संरक्षक की जिम्मेवारी उठाने को तैयार हूँ ही। बचे तुम।''

''मैं यहाँ नहीं फँसनेवाला।''

''मत फँसो यहाँ। राँची में ही रहो। कोर्ट-कचहरी राँची में ही तो है। वहीं रहकर तुम हमारे संगठन के कानूनी सलाहकार का दायित्व सँभाल सको तो यहाँ के लोगों का बहुत भला कर सकते हो।'' सोनारा ने प्रस्ताव रखा था।

महेश तत्काल कोई निर्णय नहीं कर पा रहा था। कुछ कहता, इसके पूर्व मंसूर बोल पड़ा था,

''माही भईया कानून पढ़े हैं का?''

''हाँ मियाँ। कानून भी और वह भी जिसकी भाषा आजकल नेता और कारखानेदार खूब बोलने लगे हैं। निजीकरण, भूमंडलीकरण, उदारीकरण, सुधारीकरण...अलांकरण-फलाँकरण...

''यह सब औल-फौल हमारी समझ में तो एकदम नहीं आता—'' हँसता मंसूर बोला था—''पढ़ जरूर लेते हैं अखबार में।

''समझना है तो थोड़ा ठहरो।'' सोनारा भी हँसा था।''

''टारमो इस्पात'' की सुबह वाली शिफ्ट अभी-अभी टूटी थी। छोटे-छोटे समूह में श्रमिक ''तिलका गेट'' से बाहर आ रहे थे। सोनारा के मित्र-परिचित श्रमिक जे.बी. के दफ्तर की ओर बढ़े आ रहे थे। अगली शिफ्ट शुरू होने में किंचित विलम्ब था। इस शिफ्ट के कुछ लोग पहले से सोनारा के साथ बैठे थे।

''शुरू हो जाओ माही।'' सोनारा ने कहा था।

''क्या शुरू?''

''सहज भाषा में हमारे मजदूर साथियों को बताओ। समझ लो ग्लोबलाइजेशन, प्राइवेटाइजेशन और लिबरेलाइजेशन पर ट्यूशन दे रहे हो।''

''मुझे फँसाओ मत।''

''ना माही भईया, आज तो हमें बुझवा ही दो ई बुझौव्वल।'' बेरना मरांडी ने हठ किया था।

''हाँ दाया....हाँ भइया...बताओ-बताओ...''

बंधु मांझी, दुलाल सोरेन, दशरथ सोय, बाबूलाल तिर्की, लाहुराम गगराई, कारिया, सुरमई, कांडे मुंडा, लखी राम गोप....श्रमिकों से घिर गया था महेश। लगा था, अर्थशास्त्र के सबसे कठिन विषय सांख्यिकी के इम्तहान में पर्चा हल करने आ बैठा हो और कठिन प्रश्न का सरलतम हल बताने की चुनौती प्रस्तुत थी।

सोनारा ने महेश के पढ़ाकू-ज्ञानी होने की इतनी लम्बी फूँक उड़ा दी थी कि अब स्वयं को साबित करने के प्रयास में स्वयं को तमाशाईयों से घिरे बाजीगर की स्थिति में पा रहा था महेश।

''अब तो मेरी भी नाक का सवाल है। शुरू हो जा बंधु वर्ना अगली शिफ्ट का सायरन बजा कि भीड़ आधी रह जायेगी।''

विवश महेश! गला साफ किया था और मानो कक्षा में बैठे अर्थशास्त्र के नये छात्रों से संबोधित हुआ था।

''पहले मोटी बात यह जानो कि भूमंडलीकरण है पित्त, उदारीकरण है बाई और नवीनीकरण है बलगम। देहाती मतलब है पित्त-वात-बलगम।''

''ई तीनों तो रोग है।''....कारिया उत्सुक था।

अपनी दी सफल प्रस्तावना पर आत्ममुग्ध महेश मुस्कुरा उठा था।

''ठीक कहा। देश-समाज के तीन रग जिनके मेल से पैदा होता है महारोग।''

''महारोग क्या...?'' बाबू लाल का मुँह खुला का खुला रह गया था।

''सो बाद में बताता हूँ। पहले तो जानो कि यह धरती गोल है।...तो खूब बड़ी गेंद जैसे इस भू-मंडल के एकदम ऊपर बैठी है कोई कम्पनी। मान लो यही...मिट्-जी!''

''अपनी कम्पनी?''

''हाँ!...तो फुनगी से नीचे ताकती है कम्पनी। खोजती है कोई ऐसी जगह जहाँ जमीन सस्ती मिले। कोयला, पानी, खान, खनिज और रास्ते मजदूर इफरात में मिल सके।''

''जैसे अपनी गजली...?''

''वाह बंधु! तुम तो बात का मर्म पकड़ने भी लगे।''

महेश ने प्रशंसा की तो बाबूलाल थोड़ा तनकर बैठ गया था। महेश ने बात बढ़ाई थी।

"...तो ऐसी जगह दिखी नहीं कि कंपनी वहाँ पहुँचकर अपना कारखाना गाड़ देती है। जैसे "मिट्-जी" ने यहाँ गाड़ा है?"

"कुछ समझे मियाँ मंसूर?" सोनारा ने पूछा था

"सब समझ में आ रहा है भईया।"

"तो मंसूर मियाँ, कंपनी के लिए पूरी दुनिया एक गाँव है। गाँव के किसी कोने में अपना घर-कारखाना खड़ा कर सकती है कंपनी। यही है भूमंडलीकरण।"

"इतनी सी बात.... !"

महेश को श्रोता अच्छे मिले थे। श्रमिकों से संवाद करने में महेश को मजा आने लगा था।

"तूने तो चार पंक्तियों में बड़ी बात कह दी बंधु।" सोनारा भी प्रसन्न दिख रहा था।

"अब कारखाना गाड़ने वाली कंपनी देश की सरकार से कहती है कि"— महेश मजे-मजे से कहने लगा था—"कि सरकार दयालु बने। उदार बने। खान-खदान के पट्टे कंपनी को सस्ते में दे दे। टैक्स में रियायतें दे। सस्ती जमीन दे....मुफ्त में दे डाले तो और बढ़िया।"

"जमीन सरकार की थोड़े है। जमीन तो हम लोग की है।" दुलाल ने हस्तक्षेप किया था।

"जमीन तभी तक तुम्हारी है जब तक सरकार की मर्जी है। जन-कल्याण के लिए सरकार चाहे तो तुम्हारी जमीन ले भी सकती है।"

"हम न दें तो?"

"तो जमीन मालिकों पर लाठी-गोली भी चलवा सकती है सरकार! जनता के लिए कठोर बनेगी तभी तो कम्पनी के लिए उदार बनेगी सरकार? यही नहीं, सुधार के नाम पर मजदूरी कानून भी ढीले करती है सरकार। जनता की जमीन छीनकर, जनता को अधमरा कर गिद्ध कम्पनी के आगे फेंक भी सकती है सरकार। कंपनी के हित में सरकार की उदारता...यही है उदारीकरण।"

आँखें फाड़े श्रमिक भूल गये थे कि वे कारखाने में आठ घंटे देह तोड़कर घर के लिए निकले थे। बिसर गये थे मजदूर कि अभी-अभी दूसरी पाली का हूटर बजते ही उन्हें काम पर जाना था। समय मानो ठहर-सा गया था। महेश बता रहा था निजीकरण.... !

"अब कंपनी अपने हित में कानून बदलने वालों को करोड़ों रुपया घूस दे यह कंपनी का नीजी मामला, कंपनी मजदूर का हक मारे, मजदूर को बैल की तरह जोते या यहाँ कमाया रुपया देश के बाहर ले जाये...सब कंपनी का नीजी मामला।

सरकारी कानून का कोई दखल नहीं...''

''हो गये तीन रोग। अब जल्दी से महारोग भी बताओ...टाइम नहीं है...!''

''महारोग यह मित्रों कि जब धरती से लोहा, कोयला, बाक्साइट सब खत्म हो जाय तो खोखली खदानें छोड़कर, अपना टीन-टप्पर पीछे छोड़ कर रुपयों की बोरियाँ उठाये चुपचाप इधर से निकल लेगी कंपनी। किसी नई जगह कारखाना गाड़ देगी। यहाँ रह जायेगी बंजर जमीन, जहरीला पानी, जहरीली हवा, गंदी नदियाँ, रोग-बीमारी, कर्ज-बेरोजगारी, गरीबी और भूख....!''

''अड़ी बाप...!''

''मिट्जी भी एही करेगा का?'' प्रश्न और भी थे।

''अभी नहीं करेगा बंधु लेकिन तुम्हारे नाती-पोतों के सयाने होने तक यह महारोग उन्हें जरूर तंग करेगा।'' महेश ने आगत की चेतावनी दी थी।

''महारोग की दवाई भी तो होगी?'' मंसूर ने पूछा था।

''है। बिल्कुल है। खेती वाली जमीन किसी कंपनी को हर्गिज न बेचो। बंजर जमीन बेचो और जमीन के बदले दाम के साथ एक आदमी की पक्की नौकरी माँगो। पीने को साफ पानी, अस्पताल और बच्चों के लिए स्कूल माँगो। यह शर्तें मानो कंपनी तभी जमीन रजिस्ट्री करो। सरकार जबर्दस्ती करे तो एकजुट होकर जल-जंगल-जमीन लूटने वालों का विरोध करो...''

तभी...अचानक फैक्ट्री के सायरन की तीखी आवाज गूँज उठी थी। अगले छठे मिनट तक दूसरी पाली के श्रमिकों को अपनी उपस्थिति का ''बायोमेट्रिक टिकट'' पंच कर अपने कार्यस्थल पर उपस्थित हो लेना था।

खलबली मच गयी थी। मानो कोई सम्मोहन टूटा था। लोग तितर-बितर होकर ''तिलका गेट'' की ओर भागे थे।

''तू बढ़िया नेता बन सकता है माही।'' सोनारा ने महेश की पीठ ठोंकी थी।

''गाली मत दे।'' गुर्राया था महेश।

''सच कहता हूँ बंधु, तेरी आवाज में कुछ है। तेरे कहन में बात है। तू लोगों को प्रेरित कर सकता है। मैं लोगों को बाँध जरूर सकता हूँ, माही, तू बाँधकर खींच भी सकता है।''

''बात खत्म कर यार! जो हुआ से हुआ। आज तो तूने मुझे घेर लिया, अब फिर कभी नहीं।''

''मैं कोई झूठी प्रशंसा नहीं कर रहा रे।''

''ना सोना! मैं तेरे चढ़ाए किसी झाड़ पर नहीं चढ़नेवाला।'' महेश ने अपने कान पकड़ लिये थे।

“तू पहचाना जा चुका है बंधु।” हँस पड़ा था सोनारा।

“तो?”

“ये लोग तुझे फिर-फिर पकड़ लेंगे।”

“मुझे काँटों में क्यों घसीटता है सोना? प्लीज, मैं यहाँ कोई नेतागिरी करने नहीं आया। कल हम बनकट चल रहे हैं। फिर मैं राँची...यहाँ का खेल खत्म और बस...!”

“टारमो-इस्पात” के आफिसर्स क्लब की साँझ...!

दिन भर तौर-तरीके-तहजीब के प्रोटोकॉली लबादों से लदे दिन कटा था, अब हर नकाब उतारकर अधिकारी उन्मुक्त हँस-बोल रहे थे। क्लब के सेन्ट्रल हॉल में ठहाके गूँज रहे थे।

खनन अभियन्ता प्रेम मोहन चंद्रा, रसायन अभियन्ता श्रीप्रकाश अग्निहोत्री और यांत्रिक अभियन्ता अतुल भटनागर एक कोने में अड्डा जमाए पाँच रुपये प्वाइंट पर रमी खेल रहे थे। उन तीनों की पत्नियाँ क्लब की मुख्य इमारत के बाहर लॉन में, लाइम-जिन चुसकती “किटी-पार्टी” में मग्न थीं।

क्लब के बेयरे भोला, सूरज, बिंदेश्वरी और छुट्टन मियाँ ट्रे में स्नैक्स और शराब के दौर मेहमानों को परोसते फिर रहे थे।

“टारमो इस्पात” का चीफ इंजीनियर हरिश्चन्द्र कोड़ा अपने मातहत—सहायक अभियंता लखनपाल तिर्की—के साथ कानाफूसी में व्यस्त था। क्लब के “वी.आई.पी. कार्नर” में “टारमो इस्पात” का महाप्रबंधक कंदुकूरि महालिंगम अपने विश्वस्त उच्चाधिकारियों के साथ सिर जोड़े मंत्रणा में लीन था।

महालिंगम की पेशानी पर बल पड़े हुए थे। “टारमो इस्पात” के सुरक्षा पदाधिकारी रुपनारायण बेदिया ने आज शाम “झारखंड बंधु” के दफ्तर पर हुई संक्षिप्त सभा का ब्योरा प्रस्तुत किया था। शान्त तालाब में फिंका कोई कंकड़ भी व्यवस्था को स्वीकार नहीं था। सभा में जिस तरह की बातें हुई थीं, महालिंगम की फिक्र का बायस थीं। नशा खराब कर रही थीं।

“उस मुंडा टीचर के प्रेशर में हम पहले ही फैक्ट्री में लेबर यूनियन बनाने की अनुमति दे चुके हैं। यूनियन को मान्यता देने पर सहमत भी हो चुके हैं। यही क्या कम था जो यहाँ एक और नेता पैदा हो गया?”

“कौन है यह नया आदमी?” मुख्य कार्यकारी अधिकारी विजय मोहन कुँवर की जिज्ञासा थी।

''अभी पूरी जानकारी तो नहीं है सर''—बेदिया ने बताया था—''वैसे है यह भी जंगली...सम असुर! कनवर्टेड क्रिश्चियन हो सकता है।''

''इसके पीछे आदमी लगाओ।'' कुँवर ने आदेश दिया था।

''टोनी और पीटर को लगा दिया है सर।'' बेदिया का तत्पर उत्तर।

''गुड...! वैरी गुड''—खुश हुआ था कुँवर—''तुमने सही आदमी चुने हैं।''

टोनी फ्रांकोजा ''टारमो-इस्पात'' में ''लोडर'' था। तैयार इस्पात को अरसाल करने हेतु लदान करने वाले श्रमिकों का सुपरवाइजर था। पीटर डिसूजा बिजली विभाग में ''फीटर'' के रूप में कार्यरत था। दोनों बेदिया के विश्वस्त खबरी थे। ''टारमो इस्पात'' के भेदिए, जो श्रमिकों के बीच घुले-मिले रहते थे। हर अच्छी-बुरी सूचनाएँ बेदिया तक पहुँचाते रहते थे।

''जैसा तुमने बताया, बेदिया, यह नया असुर पढ़ा-लिखा आदमी लगता है। मजदूरों के बीच ऐसे आदमी का अधिक बोलना हमारे लिए खतरनाक बात है।'' महालिंगम की दूरदृष्टि समयसिद्ध थी।

''मुझे भी यही लगता है सर''—यह चार्टर्ड अकाउंटेंट तिलकराज नागरवाला था—''वह तो ऐसा करेला है जो नीम चढ़ गया तो हमारा खाना-खराब कर सकता है।''

''शटअप! मुहावरों के मायने भी जानते हो? खाना खराब कर देगा...क्या मतलब है इसका?''

''बेदिया की बात पर गौर कीजिए सर तो मतलब भी समझ लेंगे आप। वह असुर लॉ-ग्रेजुएट है। मतलब ''लेबर-लॉ'', ''फैक्ट्री-लॉ'', ''ह्यूमन राइट्स'' वगैरह के दिस-दैट भी तो जानता होगा।''

''फिक्र मत करो तिलक''—हँसा था विजय मोहन कुँवर—''एक तो जंगली लोग वैसे ही बंदर ठहरे। ऊपर से हाथ में कानून का उस्तरा। वह अपनी गर्दन खुद काट लेगा।''

''न काटा तो?''

''तो अपना बेदिया है न!

''बेदिया, तुमने सुना? नागरवाला ने बेदिया को सचेत किया था।''

''बिल्कुल सुना सर। कुँवर साहब बजा फरमाते हैं।''

''टारमो इस्पात'' के उच्च पदों पर बैठे अधिकांश अधिकारी झारखंड से बाहर के लोग थे। नीजी क्षेत्र के संस्थानों की यही नीति थी झारखंड में कि स्थानीय अधिकारी स्थानीय समस्याओं से निपटते हुए कमजोर पड़ जाते हैं। स्थानीय लोगों के प्रति स्वाभाविक सहानुभूति का शिकार हो सकते हैं अतः कठोर कदम नहीं उठा पाते।

अपने लोगों की पीड़ा-संघर्ष से संवेदित होकर कंपनी के व्यावसायिक हितों की अनदेखी भी कर सकते हैं अतः उच्चाधिकारी राज्य के बाहर के लोग ही थे।

नीचे के ओहदों; श्रमिक, कामगार, लिपिक या ठेका मजदूरी के लिए ही स्थानीय लोगों को कंपनियाँ उपयोगी मानती हैं। ''टारमो इस्पात'' भी अपवाद नहीं था।

रूपनारायण बेदिया ने क्लब के मुख्य द्वार पर खड़े अपने अधीनस्थ सुरक्षा अधिकारी छोटेलाल बरई को इशारे से अपने निकट बुलाया था। स्वयं भी कुछ कदम आगे बढ़ा था।

निकट पहुँचकर बेदिया ने बरई के कान में नए मामले की कुछ जानकारियाँ डाली थीं।

''जरूरत हो तो जनक को भी लगाना। दो दिनों में मुझे उस नये असुर की पूरी जन्मकुंडली चाहिए। दो दिन...बस! मुझे पटवर्धन साहब को जवाब देना है।''

''हो जायेगा सर! मॉरिस टाउन कोई महानगर थोड़े है। कल ही हो जायेगा काम।''

''गुड! नाओ, गेट अलांग।''

दोपहर हो चुकी थी।

वे मटरु के झोंपड़े के बाहर खाट पर बैठे थे। जल्द ही साँसी-कुतासी की पूजा प्रारम्भ होने वाली थी। पुजारी की प्रतीक्षा थी।

परसों जो निर्माणाधीन थी, वह भट्ठी अब तैयार हो चुकी थी। चबूतरे पर अब कोई गढ़ा नहीं, एक कूबड़ जैसा दिख रहा था। गोबर-मिट्टी पानी से लिपा-पुता सुघड़ टीला...!

पूजा के चबूतरे पर थाली में मुट्ठी भर चावल, कुछ अनदेखे किस्म के फूल, कच्चे गोबर का एक पिंड, दो साबुत अंडे, कुछ दूब, आम के पत्ते, सिंदूर...और भी कुछ-कुछ रखे हुए थे। पास ही एक पानी भरा लोटा और एक ढक्कन लगी मिट्टी की हांड़ी रखी थी।

पूजन-सामग्री की दूसरी ओर रखे थे कृषि और लौह-कर्म के कुछ औजार...छेनी हथौड़ी, निहाई, संड़सी, कुल्हाड़ी, हंसिया, कुदाल, तीर के फल...छोटे-बड़े लोहे के टुकड़ों का अल्लम-गल्लम ढेर!

पूजा की बलि के लिए मटरु ने दो मुर्गे खरीदे थे। एक लाल, दूसरा सफेद! पक्षियों के पैरों में मजबूत सुतली बँधी हुई थी जिसका दूसरा सिरा कीकर वृक्ष की जड़ से बँधा हुआ था।

कीकर की जड़ में दीमकों की बाबियाँ थीं। मटरु थोड़ी-थोड़ी देर रुककर बाबियों पर गर्म पानी डाल रहा था। बाबियों से बिलबिला कर निकलती दीमक के थक्के चुगते जा रहे थे बलि के कुक्कट!

महेश के लिए यह भी जिज्ञासा का विषय था कि इस क्षेत्र में आने के बाद अभी तक उसने एक भी चौपाया मवेशी नहीं देखा था। कहाँ से लाया होगा मटरु पूजा के लिए गोबर?

पर्व-त्यौहार पर स्नान करने और नये कपड़े पहनने का रिवाज है परन्तु जब पेट पालना ही बड़ी लड़ाई जीतना हो तो खुली देह की फिक्र विलासिता है। फटे-पुराने मैले कपड़ों में अधनंगी देह वाले अबाल-वृद्ध मटरु के झोंपड़े के सामने जुटते गये थे। पूजा में पूरा टोला उपस्थित हो रहा था।

असुर टोले की सच्ची-साफ तस्वीरें जो गुजरे परसों पूरी नहीं दिखी थी, आज सामने थीं। दो-चार जन ही ऐसे थे जो स्वस्थ दिखते कहे जा सकते थे।

कुपोषण की सीढ़ी के निम्नतम पायदान पर खड़े कांगो-अंगोला-कैमरून आदि के साथ हाजिरी भरते भारत के राष्ट्रीय शर्म के प्रतीक, सूखी टहनियों जैसे हाथ-पाँव व हांड़ी जैसे पेट वाले कुपोषित बच्चे,....रक्ताल्पता और बहुप्रसव से खंडहर दिखती महिलाएँ, खाँसते अस्थिपंजर जैसे बूढ़े और जवानी में ही अधेड़ दिखते युवक...असुर टोले की तस्वीरें भयावह थीं।

घंटे भर की और प्रतीक्षा के बाद पूजा-स्थल पर उपस्थित हुआ था गाँव का बैगा, लोधा असुर। मटरु का पिता, मुखिया झिंगुरी असुर साथ था।

ढोल बज उठे थे। एक युवक रह-रहकर हाथी की सूँड़ जैसा खूब बड़ा नरसिंहा (तूर्य) आकाश की ओर उठाए तूर्यनाद करने लगा था। एक दूसरा युवक चबूतरे के नीचे सटा बैठा भेंदूर सीधे आकार का (तूर्य) बजाने लगा था।

चबूतरे के कार्य व्यापार और पूजा-विधान से निरपेक्ष महेश गाँव-समाज को पढ़ रहा था। गाँवों के जर्जर स्वास्थ्य और आर्थिकी की दरिद्रता देख रहा था। सोनारा अवश्य पूजा में रुचि ले रहा था।

औपचारिक रूप से पूजा शुरू हुई थी। पैर में सुतली बंधा कुक्कुट जोड़ा पूजा की थाली के निकट लाया गया था। कुछ देर तक शान्त रहने के बाद पक्षी थाली के चावल में चोंच मारने लगे थे। दर्शक समूह हर्ष से किलकारी भर उठा था। शुभ-शकुन जो था। बलि-पक्षियों ने दाना चुगा अर्थात् देवता बलि स्वीकार करने हेतु सहमत थे।

..."आगी बाम्हूँ...पानी बान्हूँ और बान्हूँ आकाशं....हवा बान्हूँ (आग बाँधता हूँ, बारिश बाँधता हूँ और आकाश बाँधता हूँ....हवा बाँधता हूँ...) और फिर कुछ अबूझ (मंत्र?) लगातार बुदबुदाता बैगा मिट्टी की हांड़ी में भरे दुधिया घोल में आम

के पत्तों का गुच्छा डुबो-डुबोकर बलि पक्षियों पर छिड़कने लगा था।

बैगा का मंत्रोचार पूरा हुआ था। शान्ति...! महेश का ध्यान भी चबूतरे पर केन्द्रित हुआ था। अब तेज-तेज ढोल बजने लगे थे। तूर्यनाद प्रखर हो उठा था। अब बलि...? कैसे...??

बैगा ने सफेद मुर्गे की गर्दन को संड़सी के शिकंजे में जकड़ लिया था। मुखिया ने फड़फड़ाते मुर्ग के पंजे-डैनों को मुट्ठियों में भींच लिया था। मुर्ग का सिर बलि-वेदी पर रखे लोहे की निहाई पर टिका दिया गया था।

अब आगे...? महेश कोई उत्तर सोच पाता कि....तड़ाक्!

बैगा ने हथौड़े का भरपूर प्रहार किया था। तड़ाक्! निहाई पर मुर्गे के सिर की चटनी बन गयी थी पर मुर्ग था कि मुक्ति हेतु मरणांतक प्रयास कर रहा था। बलि-वेदी पर गर्म रक्त बिखरने तक मुर्गे की देह आखरी झटके लेने लगी थी। लहू की पतली धार पीने लगी थी धरती।

दूसरे मुर्गे के साथ भी बलि की यही प्रक्रिया दुहराने के बाद बैगा ने निहाई पर दोनों अंडे तोड़े थे और अंडे के भीतर का सबकुछ पी गया था।

आमपत्तों के गुच्छे को हांड़ी में डुबो-डुबोकर बैगा हांड़ी का पवित्र द्रव हर दिशा में छिड़कने लगा था। दसों दिशाओं में द्रव उछालने के बाद, पूजा में उपस्थित लोगों के सिर पर द्रव छिड़कने के बाद उसने हांड़ी एक युवक को थमाकर आदेश दिया था।

"सब घर में, गाँव के सिवानों पर, खेत में, गोहाल में और सब औरतों पर छिड़क देना।"

बलि के रक्त में सने चावल चुटकी में भर-भरकर चारों दिशाओं में उछालने लगा था बैगा। धरती पर...आकाश की ओर...पूजित अक्षत....! बलि स्वीकार करो देवताओं! पूजा लो, ओ पुरखों...पितरों!

चबूतरे से परे कुछ युवक नाचते हुए मांदल बजाने लगे थे। टोले की युवतियाँ गोल बाँधकर नाचने लगी थीं। शराब के घड़े ढरकने लगे थे। उत्सव प्रारम्भ हो चुका था। स्त्री कंठों से गीत की स्वर लहरी फूटी थी,

*डुगुर-डुगुर जाबई रे,*
*जाबई पलामू देस...!*

मांदल बजाते-नाचते लड़कों के झुंड की ओर से प्रश्न पूछा गया था,

*का मैना, खइबे का?*
*का मैना, पीयवे का?*
*कहाँ मैना करबे रे वास?*

बैगा और मुखिया के समक्ष पलाश-पत्तों के दोने में शराब परोसी गयी थी।

दोनों ने मना कर दिया था,...''अभी नहीं।''

''पहिले टाना को यहाँ लाओ। उसे प्रसाद देना है।'' बैगा ने कहा था।

*दिया-घूरा खाबई रे*
*झारा पानी पिबई रे*
*नदी घाटे करबई रे बास।*
*डुगुर-डुगुर रे मैना*
*जाबई पलामू देस...!*

नाचते-गाते युवक-युवतियों और किशोर असुरों का समूह पवित्र द्रव छिड़कने वाले के पीछे-पीछे गाँव की परिक्रमा करने निकल पड़ा था।

टाना असुर को ढूँढकर चबूतरे पर लाया गया था। हाथ में मदिरा का रिक्त दोना थामे सशंकित टाना...! वेदी के निकट, चबूतरे के नीचे बैठ गया था। टाना के होंठ फड़क रहे थे। जीभ होठों पर फिर रही थी। तरंग में था टाना।

''बैठ टाना...बैठ! अभी प्रसाद मिलेगा।''

सखुआ के भीगे-मुलायम पत्ते में तम्बाकू लपेट कर तैयार बीड़ी-पिक्का-सुलगाते बैगा ने बलि की संड़सी टाना की ओर बढ़ाई थी।

''ले...पकड़।''

क्षणिक हिचकिचाहट के बाद टाना ने संड़सी को थाम लिया था। मुखिया ने टाना के दूसरे हाथ में बलि का रक्तरंजित हथौड़ा थमा दिया था। टाना ने थरथराती आवाज में पूछा था।

''कौनो बात है का मुखिया?''

''बैगा बतावेगा न।'' मुखिया ने कहा था।

''तूने हाथ में बलि का लोहा उठाया है टाना, जो पूछेंगे। सच-सच बताना''—बैगा ने चेतावनी दी थी—''झूठ बोला तो लोहा लहकने लगेगा। तू सिंगबोंगा का कोप भोगेगा। तेरी देह में फोड़े जैसा चेचक निकलेगा। तू मरेगा नहीं, जिनगी भर पिल्लू पड़े कुक्कुर जैसा जियेगा...?''

फँस गया था टाना। टाना के चेहरे पर डर नाचने लगा था। टाना की जलती आँखें दूर, खाट पर बैठे सोनारा की ओर उठी थीं।

''उधर नहीं टाना, इधर देख...इधर।'' बैगा ने घुड़की दी थी।

''सच-सच बोलना रे।'' मुखिया गुर्राया था।

''हं:....हं....हं...!''

''बहुत बरिस पहिले की बात है, तूने एक टाबर बनासकांठा के फादरिया (पादरी) को दिया था। याद है न रे?''

"ऐं...। कौन टाबर?"

"रोज-रोज एक टाबर फदरिया को देता था का रे? एक्के बार तो दिया था और पूछता है कौन टाबर! ढेर चाल्हांकी करेगा तो देह पर भूत बोझ देंगे।"

"खूनपीवा!" गरजा था बैगा।

"भूत नहीं....भूत ना"— टाना आतंकित हो उठा था—"याद है। बैगा भूत नहीं...याद है।"

"तो बोल उ टाबर तेरा खून था?"

"ना।"

"भक्कू झूठा। तेरा ही टाबर था।"

"ना।"

"हमें बुड़बक बूझता है रे?"

"सच बात। हमारा बूँद नहीं था।"

"झूठ...झूठ।"

दोहाई मुखिया! दारू के लिए झूठ-सच बोलते हैं हम बाकी परब-पूजा के रोज हाथ में लोहा लेकर झूठ नहीं मुखिया—हाँफने लगा था टाना—"बैगा से कहो मान जाय। तब का टाबर आज पोसा-सयाना मिल जाय तो हमें घाटा थोड़े है जो झूठ बोलेंगे, तुम्हीं कहो मुखिया।"

"माने सच बोला?" बैगा सहज हुआ था।

"सोरहो आना सच बैगा। किरिया खाते हैं कि हमारे देह से एक ही टावर जिया-बचा है। सो भी खचड़ा चायबगान कमाने आसाम भाग गया।"

"तो फिर किसका टाबर चोरा कर तू फदरिया को दे आया था?"

"चोरी नहीं बैगा, जंगल में मिला था।"

"भक्कू लबार"—मुखिया ने डाँटा था—"रुख-बिरिख से आदमीन का टाबर टपकता है रे?"

पंचायत में जुटे गाँव के लोगों में हँसी की लहर-सी उठी थी। बच्चे कहीं वृक्ष पर फलते हैं....?

"सच बोलते हैं बैगा! जंगल में मिला था टाबर। झांपी में बन्द था। रोता नहीं तो पुटुस के झाड़-झंखाड़ में काहे को झाँकने जाते हम। काहे को जंजाल ओढ़ते हम?"

"किसने फेंका, तूने देखा नहीं?"

"ना बैगा। किसू को नहीं देखे हम। झूठ काहे बोलें? का पता कौन...हम नेह-छोह में पड़ के टाबर को उठा लाये। जीव का जंजाल कमा लिया बैगा।

"अनबोलता जीव को बचाया सो ठीक किया था रे। अपने पास काहे नहीं

रखा? फदरिया के पास काहे फेंक आया?''

''भूखा टाबर केहां-केहां कर रहा था बैगा। हमरे घर में औरत कहाँ थी जो...गाँव में कोई लरकोरी (सद्य:प्रसूता) भी नहीं जो दू चूंची दूध पिया देती। मर जाने देते टाबर को? दे आये फदरिया को।''

''फिर कभी देखने गया कि टाबर जी रहा है कि मर गया?''

''काहे को जाते? हमारे बूँद का जन्मा थोड़े ही था जो जाते देखने! आज वोही टाबर हमें बे-पयी (अपमानित) करने आया है इधर...हरामी।'' आवेश से टाना की देह काँपने लगी थी। अग्नेय नेत्रों से महेश को ताकने लगा था टाना असुर!

सिहर उठा था महेश...हरामी! अपने अस्तित्व के लिए ऐसा अपमानजनक शब्द भी सुनना होगा, कभी सोचा न था।

सोनारा ने महेश की तमतमाई मुट्ठी को अपनी हथेली में बन्द कर भींच लिया था। पलकों से चेतावनी दी थी। शान्त....शान्त! स्वयं पर नियन्त्रण रखो। बस देखो। बस सुनो। चुपचाप!

''माने तू फिर कभी फदरिया के पास झाँकी मारने भी नहीं गया?'' मुखिया पूछ रहा था।

''गये थे। लोभ में गए थे एक दफा। झूठ काहे बोलें? गये थे कि टाबर मिल जाये तो घर में कमाने को चार हाथ हो जाय। बाकी फदरिया ने डाँटकर भगा दिया। कहने लगा, हमें थाना में दे देगा। जेहल में भरवा देगा।''

''डर कर भाग आया! फिर कभी नहीं गया?''

''ना। वहाँ अगलगी (अग्निकांड) हो गया था। फदरिया जर-मर गया। टाबर भी जर-मर गया।''

''नहीं मरा। अपना बाप खोजने आया है वही टाबर। गुरुआ के साथ...!''

''सब खेला पता है हमें।''

हतप्रभ नहीं हुआ था टाना! समझ चुका था, तो इसीलिए परसों से ही पीछे पड़ा था सोनारा। जलती आँखों से महेश को ताके जा रहा था टाना असुर।

स्नातक की प्रायोगिक कक्षा में मनोविज्ञान के छात्र के लिए सामने बैठा व्यक्ति मात्र एक विषय होता था...सब्जेक्ट! सब्जेक्ट के हाथ में ताश का पत्ता होता था। विद्यार्थी अपने सब्जेक्ट से कुछ प्रश्न पूछता था। उलझाने वाले पैंतरेबाज प्रश्न...! सब्जेक्ट के उत्तरों का विश्लेषण कर छात्र को ताश के पत्ते का रंग ज्ञात करना होता था!

महेश ने अनेकों बार ऐसे सफल-विफल प्रयोग किये थे। टाना असुर की देह-भंगिमा, टाना असुर के उत्तर, उसके चेहरे के भाव महेश को आश्वस्त कर रहे थे कि टाना झूठ नहीं बोल रहा था।

मुखिया का अपना स्वार्थ था। दो-दो शादियों की व्यवस्था सुनिश्चित करने का हरसंभव प्रयास करता मुखिया टाना को बार-बार घेर रहा था।

"फिर सोच ले टाना, झूठ कहा होगा तो तू गल कर मरेगा।"

"अब इसे छोड़ दो मुखिया जी। यह सच बता चुका है। यह आदमी मेरा पिता नहीं है..." महेश ने निश्चयपूर्वक कहा था।

मुखिया मौन हो गया था। बैगा भी अब कुछ पूछता नहीं दिख रहा था। अन्ततः बैगा बोला था, "जा...भाग! रख दे लोहा।"

जान सांसत से छूटी थी। संड़सी-हथौड़ा बैगा के सामने फेंका था। मानो टाना के हाथों में लोहे के औजार नहीं। विषधर नाग थमे थे।

"बोले थे हम। परो दिन भी बोले थे कि नहीं चीन्हते इसको। अब करेजा ठंडा हो गया न रे हरामी...!" रो पड़ा था टाना असुर।

फिर हरामी...! महेश का चेहरा तमतमा उठा था। कान की लवें दहक उठी थीं। झटके से उठ खड़ा हुआ था महेश।"

"शान्त रह।"—सोनारा ने महेश को वापस खाट पर खींच बिठाया था। "वह नशेड़ी है। किसी अशिक्षित नशेड़ी की बात मन में मत लगा। बैठा रह चुपचाप!"

"अरे...तू अभी भागा नहीं रे?" बैगा बुझा पीका फेंककर चबूतरे से नीचे उतरा था। टाना असुर फिर वहाँ नहीं रुका था। मुखिया पलाश-पत्तों के दोने में अपने और बैगा के लिए प्रसाद की मदिरा ढालने लगा था। बैगा महेश के निकट आ खड़ा हुआ था।

"तू असुर है बेटा तो असुर लोगों की रीत भी जान। शहर में होते होंगे हरामी। असुर समाज में कोई हरामी नहीं होता। मुखिया का अभी तक ब्याह नहीं हुआ तो क्या? मटरुआ हरामी थोड़े कहलाता है। असुर है, मुखिया का बेटा है।...जब से हमारे जंगल में शहर घुस गया, शहराती हवा भी घुस गयी। शहरी कपड़े, शहरी दारू, शहरी गाली...!"

"यह शहर में रहा-पला है न बैगा सो इधर के रीत-रिवाज नहीं जानता।" सोनारा ने कहा था।

"यह असुर है न गुरुआ, तो हमारा जजमान है। हमारा काम है इसको बताना। इसका बाप होता, माई होती तो उन दोनों का ब्याह करा देते हम। फिर तो शहराती चलन से भी सब ठीक हो जाता न?"

"तुमने जितना किया वही बड़ा कर्ज है बैगा। अभी मुखिया को कुछ रुपये दे जाता हूँ। ब्याह में जो खर्च होगा, बाकी रुपये भी दूँगा। बात दी है तो कौल से नहीं फिरूँगा।" सोनारा ने आश्वस्त किया था।

"तू पढ़ा-लिखा टाबर है बेटा। ज्ञानी है। फिर कहते हैं"—बैगा ने महेश के

कंधे पर हाथ रखा था—"टाना की गारी-बात करेजे में मत पोसना। हमारे समाज में कोई असुर टाबर हरामी-फरामी नहीं होता बेटा।"

सोनारा ने कुछ रुपये मुखिया की ओर बढ़ाए थे। मुखिया ने रुपये ले लिए थे...निःसंकोच! बैगा ने तिरछी नजर मुखिया पर डाली थी।

"रुपये की बात तू जान गुरुआ और मुखिया जाने! हमने जो किया समाज के लिए किया। न्याव-बात के लिए। तेरे लिए। इस असुर टाबर के लिए...।"

लाठी ठकठकाता बूढ़ा बैगा वहाँ से विदा हो गया था। पीछे मुखिया के साथ था सोनारा। सोनारा के साथ था मुखिया। महेश अकेला....तीन के बीच निपट एकाकी।

शाम का झुटपुटा होने लगा था। वे वापसी के लिए निकल पड़े थे। लौटते हुए महेश मोटरसाईकिल की चालक सीट पर था। सोनारा पीछे बैठा था।

खरहापाट पहुँचते-पहुँचते अंधेरा हो गया था। मोटर साइकिल की हेडलाइट में कच्चे रास्ते पर बढ़े जा रहे थे मौन सवार।

सोनारा की समझ से बाहर था कि वह महेश को सांन्त्वना दे तो कैसे? महेश के पास कहने को क्या था? उसके सवाल खत्म थे। राँची से मॉरिसटाउन तक की यात्रा का नतीजा निकल चुका था...सिफर!

मोटरसाईकिल से फूटते झागदार प्रकाश में नहाती कच्ची सड़क पर कभी किसी ओर की झाड़ी से कोई खरगोश-नेवला कूद निकलता था। कभी सड़क के किनारे झुरमुटों में सियार-लकड़बग्घे की जलती आँखें चमक उठती थीं। निकट पहुँचते-पहुँचते एक छलाँग और जीव-जानवर झाड़ियों में डूब जाता था। वे बढ़े जा रहे थे, अपने अपने एकान्त में...मौन!

मॉरिस टाउन के चमकदार विकासशील "इंडिया" की जगमग रोशनियाँ दूर से निकट आती गयी थीं। बहुत पीछे छूट चुका था दीन-हीन "भारत"!

कच्चा रास्ता समाप्त होते ही "टारमो इस्पात" का क्षेत्र प्रारम्भ हुआ था। कारखाने की चहारदीवारी के साथ चलती कंक्रीट की सड़क पर पहुँच महेश ने मोटरसाइकिल की गति बढ़ाने को गियर बदला ही था कि कजा आ गयी थी।

पिट्ट...पिट्ट...पिट्ट....! पुटुस की घनी झाड़ियों के भीतर से तीन शोले...! मोटरसाइकिल डगमगा गयी थी। महेश को लगा था, मानो उसके कंधे में दहकती तप्त सलाख आ धंसी हो।

मोटरसाईकिल अनियंत्रित होकर पक्की सड़क पर गिरी और कुछ दूर तक छोटी-छोटी चिंगारियाँ उड़ाती। घिसटती चली गयी थी। चीखा था सोनारा...किसी अंधे कुएं में गिरा महेश गिरता गया था अतल में। पारदर्शी आकाश पर तैरता सप्तमी का चन्द्रमा आँका-बाँका थरथराता नाचने लगा था।

## तीन

अन्यमनस्क महेश तकिए से पीठ लगाए दीवार से लगा अधलेटा पड़ा था। आँखें बन्द किये अपने विगत-वर्तमान पर मनन कर रहा था महेश मुकरुआर।

अवसाद भरा सूर्यास्त था। हर ओर समय की चिंदियाँ मानो बिखरी हुई थीं। भोर, सुबह दोपहर, शाम और रात...महेश के पास कितना तो समय था। समेटे नहीं सिमटने वाला समय।

बिस्तर से बँध गया था महेश। घर के बाहर की दुनिया से महेश का सम्पर्क मात्र आयताकार खिड़की भर रह गया था या फिर सोनारा-नीलमनी के माध्यम से!

सोनारा ने महेश का बिस्तर भी अपने साथ हॉल में ही लगा दिया था। अपने निकट, ताकि रात-बिरात प्यास-हाजत महसूस हो तो महेश आवाज देकर उसे जगा सके।

धीमे से लेटने या शान्त बैठने में अब कोई दिक्कत नहीं थी। कंधों में झटका लगता था तो हल्का दर्द अभी भी अनुभव होता था। हालाँकि कंधे का घाव सूख गया था। पर भीतर की मासपेशियों में अभी भी थोड़ी चिलकन होती थी।

उस शाम बनकट गाँव से वापसी के दौरान जो घटित हुआ था, महेश को किसी सपने जैसा ही लगता अब, यदि कंधे में हल्की पीड़ा की यह कसक न होती।

उस शाम उन पर तीन गोलियाँ चलाई गयी थी। निशाने पर मात्र एक लगी थी पर जो लगी थी वह पर्याप्त घातक थी। महेश के ''कालर-बोन'' में गोली फँस गयी थी।

माँस में धंसी-फँसी गोली तो जंगल का मामूली जर्राह भी गर्म चाकू से निकाल सकता था पर हड्डियों में फँसी गोली के लिए फादर डिमेलो किसी नीम-हकीम जर्राह पर भरोसा नहीं कर सकते थे।

फादर डिमेलो साधन-सम्पन्न चर्च के पादरी थे। टैक्सी लेकर स्वयं बरवाडीह गये थे। बरवाडीह के मिशन हास्पिटल के सर्जन डाक्टर जॉन दयाल को साथ लेकर लौटे थे। साथ ही आया था बरवाडीह रेलवे अस्पताल का एनिस्थिसिस्ट। दूरदर्शी जान दयाल ने सर्जरी हेतु जरूरी उपकरण भी साथ ले लिए थे क्योंकि मॉरिस टाउन

में गंभीर मामलों की सर्जरी मुश्किल थी।

स्थानीय डाक्टर प्रदीप कुमार अग्रवाल के क्लिनिक में महेश का सफल ऑपरेशन हुआ था। ऑपरेशन के बाद डाक्टर दयाल ने डाक्टर अग्रवाल को आवश्यक निर्देश दिये थे और वापस बरवाडीह लौट गये थे। महेश को दो दिनों के बाद होश आया था। तीसरी सुबह डाक्टर अग्रवाल ने महेश को अपने क्लिनिक से सोनारा के घर स्थानान्तरित करा दिया था।

मौन लेटा महेश अपने मानस में उस शाम की दुर्घटना को बार-बार पुर्नसृजित करने लगता था जिसने उससे उसके जीवन के दो दिन छीन लिये थे।

उस गहराती साँझ, उस तीखे मोड़ पर मोटरसाइकिल का प्रकाश झाड़ियों-झुरमुटों पर अर्धवृत्त बनाता घूमा था कि तभी झाड़ियों में हलचल-सी हुई थी। महेश कुछ सोच-समझ पाता इसके पूर्व ही उसके बाएँ कंधे में मानो दहकती सलाख की नोकें धँसी जा रही थी।

कैसे लहराने लगी थी मोटरसाइकिल, कब महेश के नियन्त्रण से बाहर हो गया था गाड़ी का हैंडल, कब वे सड़क पर गिरकर मोटरसाइकिल में फँसे सड़क पर रपटते चले गये थे,....महेश को कुछ भी याद नहीं था। मानो निमिष मात्र में घट चुका था सबकुछ! हल्की याद थी तो धूल में रगड़ खाते पहिये की भर्राहट। ईंजन की असंभव सी आवाज। सोनारा की चीख...''मरद है तो रुक...छाती पर गोली मार....कौन है रे...रुक!''

मॉरिस टाउन की चमकती रोशनियाँ गड्ड-मड्ड होने लगी थीं। आकाश में नाच रहा था चाँद। फिर चाँद गुल! प्रकाश का हर कतरा गुल। परिस्थिति का संज्ञान खत्म। दुनिया ही खत्म थी।

....साईकिल की घंटी बजी तो महेश मानो किसी दु:स्वप्न से जागा था। नीलमनी एक समवय लड़की के साथ घर में प्रविष्ट हुई थी।

''हलो! कैसे हैं?'' नीलमनी चहकी थी।

''ठीक ही हूँ।'' महेश ने कहा था।

''सॉरी...थोड़ी देर हो गयी। अभी गर्मा-गर्म चाय पिलाती हूँ। पुटुस, तू यहीं बैठ...बातें कर।''

''सोना को भी आने देती। साथ ही चाय पीते।'' महेश आगंतुक युवती...पुटुस को ताक रहा था।

''दाया को आने में देर होगी। रात पड़ गयी तो हो सकता है रात को उधर ही ठहर जायें और कल सीधा स्कूल ही पहुँचे...अरे हाँ। मैं परिचय कराना भूल गयी''—नीलमनी हँस पड़ी थी—''यह पुटुस है, मेरी दोस्त। मेरे साथ स्कूल में

पढ़ाती है और तू तो माही को जानती ही है...माई फ्रेंड, फिलास्फर एंड गाइड...मिस्टर महेश मुकरुआर।''

औपचारिक अभिवादनों का आदान-प्रदान हुआ था। महेश अपने प्रश्न पर लौटा था।

''गया कहाँ है सोना?''

''तुपकाडीह! थाने से बुलावा आया था।''

''थाने से? अब किसलिए?''

''उसी एक्सीडेंट के बारे में कुछ पूछताछ और क्या!''

''पूछताछ तो हो चुकी। हमारे बयान भी दर्ज कर चुकी पुलिस, फिर...?''

''वह इन्क्वायरी मॉरिसटाउन पुलिस की थी—रसोईघर की ओर बढ़ती नीलमनी ने बताया था—''अब यहाँ का थाना कहता है कि दुर्घटना स्थल उसके कार्यक्षेत्र में नहीं आता। यह केस तुपकाडीह थाने का है।

''ओह...! सोना ने मुझे बताया नहीं?''

''दोपहर में आप सोए पड़े थे...दवाइयों में सिडेटिव हैं न, तो दाया ने आपको कच्ची नींद से नहीं जगाया...सिंपल!''

चूल्हे पर चाय चढ़ाने के बाद नीलमनी हॉल में लौटी थी। बताया था,

''दाया मुझे चेतावनी देकर गया है कि यदि वह शाम ढलने तक न लौटे तो रात में आपको अकेला हर्गिज न छोड़ा जाए।''

''रात को यहीं रहोगी तुम?''

''यस! मैं! रात को। यहीं''—चाय लाने रसोई की ओर बढ़ती नीलमनी की आवाज ऊँची होती गयी थी—'' आपके साथ खाना, पीना और सोना...भी। आपको बस इतना यकीन मुझे दिलाना होगा कि मुझे आपसे कोई खतरा नहीं!''

बातूनी नीलमनी की शोखी खिलती जा रही थी। खुलती जा रही थी। पुटुस को लगने लगा था, पता नहीं नीलमनी कब क्या बोलने लगे।

चाय जल्दी-जल्दी खत्म कर उठ खड़ी हुई थी पुटुस।

''मैं निकलती हूँ।''

''थोड़ी देर और रुकती।''

''फिर कभी।''

कंधे पर उल्टा-सीधा झोला लटकाती मुख्यद्वार की ओर लपकी थी।

''पुटुस...सुन तो।''

''कल मिलते हैं।'' हड़बड़ाई पुटुस ने पीछे मुड़कर देखा तक नहीं था।

नीलमनी पुटुस के पीछे लपकी पर पुटुस अपनी साइकिल पर सवार यह

जा...वह जा...! नीलमनी वापस लौटी तो महेश उसे कुपित नजरों से ताक रहा था। व्यंग्य से पूछा था,

"पता है, वह अचानक यूँ क्यों भागी?"

"नहीं। भूत देखा उसने?"—दाएँ-बाएँ ताकने के बाद नीलमनी ने भोलेपन से पूछा था—"आप कोई भूत हैं?"

"अरी मूर्खा, वह तेरी उल्टी-सीधी बातों से परेशान हो गयी थी। उसमें शर्म थी...निकल भागी।"

"और मैं बेशर्म हूँ? ऐसा क्या कहा मैंने?"

"नीली...?"

"यस!"

"यू आर सिल्ली।"

"कैसे?" नीली ने पलकें फड़फड़ाई थीं।

"अभी तू मुझसे कैसे खतरे का डर बता रही थी?"

"यही कि आप पुरुष हैं। मैं लड़की हूँ। मतलब वही है। फूस..., आग..., इतने पास-पास! रात में। आप समझ रहे हैं न, मैं क्या कहना चाहती हूँ?"

"ना! एकदम नहीं। मैं अभी इतना समझदार कहाँ हुआ जो...और पुटुस तो बच्ची है वह भी कहाँ समझ सकी होगी तेरी यह गूढ़ ज्ञान की बातें?" महेश ने चिढ़े स्वर में कहा था।

"हाँ, यह बात तो है"—महेश के पैताने आ बैठी नीलमनी ने गंभीरतापूर्वक कहा था, "पुटुस है तो जरूर थोड़ी अक्ल की पैदल पर आप भी नहीं समझे मर्द-औरत का मामला?...जा रे मेरी किस्मत कि ऐसे घामड़ से पाला पड़ा।"

"घामड़?"

"चुगद।"

"कौन...मैं?" महेश चिढ़ा हुआ था।

"नहीं हैं? फिर क्या हैं आप? नपुंसक हैं? गे हैं?"

"शटाप!" महेश चीख उठा था। कंधे में चिलकन हुई थी। होंठ भिंच उठे थे।

"धीरे! दर्द बढ़ जायेगा"—नीलमनी एकदम संयत रही थी—"अभी आई।"

नीलमनी रसोई में गई थी और चाय की दो भरी प्यालियों के साथ वापस लौटी थी।

"गर्म सिंकाई से चोट-चपेट में आराम मिलता है। चाय मुफीद रहेगी।"

"गर्म चाय से चोट सेंकेगी?"

''गला! गुस्सा सेंकिए। एक प्याला और लीजिए।''

महेश की हँसी छूट गयी थी। चाय की प्याली थामता बोला था।

''क्या समझूँ मैं तुझे? वज्रमूर्ख या शैतान की नानी?''

''यह अधिकार तो आपको मैंने कब का दे रखा है।''

''अधिकार?''

''नानी बनाने। दादी बनाने का,....जो भी आप चाहें।'' सिर स्थिर ताने नीलमनी ने आशीर्वाद की मुद्रा बना ली थी। नाटकीय राजसी भंगिमा। बेसाख्ता हँसने लगा था महेश। नीलमनी ने चाय का घूँट लेकर चटखारा लगाया था।

''वाह आज! मजा आ गया।''

''मुझे वहीं चर्च में ही रहना चाहिए था। यहाँ आकर मैंने तुम लोगों को परेशानी में डाल दिया।''

''दाया का मुझे पता नहीं, परेशान हैं या नहीं। मुऽऽऽझे आपसे कोई परेशानी कैसे हो सकती है? मैं तो आपसे प्यार करती हूँ।''

महेश का हाथ काँप-सा गया था। चाय की बूँदें छलक गयी थीं। नीलमनी ने महेश के कंधे पर हाथ रख दिया था।

''सँभल के डियर।''

''डियर...! क्या मतलब?''

''हिन्दी कम समझते हैं? मैं पहले भी कह नहीं चुकी कि...ठीक है, अंग्रेजी में भी कह देती हूँ, आई लव यू एंड आई मीन इट।''

''नीली, तुम...''

''क्या? क्या मैं? मुझे बहुत अच्छी साहित्यिक भाषा बोलनी नहीं आती। वह जरूरी भी नहीं हैं।''—नीलमनी ने चाय खत्म की थी—''है जरूरी? माही, मैंने सीधे-सीधे अपने मन की बात कह दी है...बस!''

''नीली....!'' महेश अजनबी आँखों से नीलमनी को ताकता रह गया था।

पहले ही एकान्त में महेश को इतनी अनौपचारिकता असहज लग रही थी। कृत्रिम और नाटकीय...पर नीलमनी तो नीलमनी ही थी,

''अब आप भी कुछ कहेंगे? बोलिए, यस नीली आई लव यू टू!''

''नहीं कह सकता।''

''क्यों?''

''मैं बाढ़ भरी नदी के कछार पर खड़ा दरख्त हूँ। ऐसे पेड़ पर पक्षी घोंसला नहीं बनाते।'' महेश गम्भीर था।

''याने साहित्यिक भाषा में इन्कार?''—नीलमनी की हल्की मुस्कान फिर

गंभीर आवाज—"घोंसला तो मैंने बना डाला है माही। जैसे आपकी शेव की, आपको स्पंज दिया या आपके कपड़े बदले। पता नहीं यह सब करते कैसे घोंसला भी...

"...मेरे कपड़े तुमने बदले?" महेश ने बात काटी थी।

"खातिर जमा रखिए श्रीमान—नीलमनी फिर अपने स्वाभाविक रंग में थी—"आपका कौमार्य अक्षत है।"

"शिट...!" कुढ़ गया था महेश।

शरारत भरी आँखों से महेश को अपलक ताकती नीलमनी खिलखिला उठी थी। भुन गया था महेश। लजाए बच्चे सा जिरह करने लगा था।

"सोनारा के होते तुमने क्यों?"

"पता नहीं आपको। एक्सीडेंट में दाया की दाईं बाँह कंधे से उखड़ गयी है। स्लिंग पर हाथ टांगे घूम रहे हैं। ब्याज में यह कि बाएँ हाथ की कनकी उंगली पर प्लास्टर है...हेयर क्रेक! इसीलिए मान्यवर, दाया के होते हुए भी मैं आपकी आया...!"

"नीली।"

"यस।"

"आई रिपीट यू आर सिल्ली।"

"राइट! आपके प्यार में पागल! वैसे मैं एकदम बेवकूफ नहीं हूँ।...आपके कपड़े बदलते हुए मैंने अपनी आँखें बन्द कर रखी थी। मैंने देखा नहीं...कुछ... आनेस्ट!"

गले की घंटी पर तर्जनी टिकाए नीलमनी के होठों के कोरों पर कुटिल मुस्कान थी। महेश उब उठा था।

"तौबा! तेरी कतरनी कितनी चलती है। मैं तो चार दिन में भर पाया।"

"दिन गिनना बेकार होगा सर जी! फिलहाल तो बीस दिनों तक आप बेड-रेस्ट में हैं।"

"रेस्ट...? यह तो अरेस्ट है।" महेश ने ठंडी हो चुकी चाय पूरी की पूरी हलक में उड़ेल ली थी।

"इस कैद में मैं ही आपकी नर्स रहूँगी। हर सेवा के लिए तत्पर। अलबत्ता शेव अब आप खुद करेंगे। मुझसे कट्स लग जाते हैं।"

"हूँ...! गोलियाँ कितनी थीं?"

"पता नहीं कितनी चली थीं पर कंधे से एक ही निकली थी। वह भी हड्डी में ऐसी फंसी थी कि तौबा। वह तो फादर डिमेलो थे जो बरवाडीह से डाक्टर ले आए वर्ना..." नीलमनी ने बताया था।

"डिमेलो ही नहीं। यह चर्च का आशीर्वाद भी था।"

"फादर खुद बरवाडीह गये थे। ऑपरेशन के दौरान डाक्टर अग्रवाल के क्लिनिक में बैठे रहे। रेलवे हास्पिटल का एनस्थिसिस्ट अनाड़ी निकला। आपकी बेहोशी लम्बी होने लगी तो हम सब घबरा उठे थे पर...ईश्वर को धन्यवाद कि सबकुछ सही निपट गया।"

"यहाँ हॉस्पिटल है ही नहीं?" चकित था महेश।

"फैक्टरी का अपना हेल्थ सेंटर है। मामूली दवा-पट्टी हो जाती है। गाँव-देहात में झोला-छाप डाक्टर हैं जिनके सहारे जी लेते हैं...लोग। एक डाक्टर अग्रवाल यहाँ हैं भी तो सर्जन बस नाम को, साधनहीन फिजिशियन हैं। सर्जरी का मामला हो तो यहाँ तो आदमी मरे ही मरे।"

"याने मेरी हालत काफी गंभीर थी?" महेश बड़बड़ा उठा था।

"थी तो सही"—नीलमनी ने बताया था—"बहुत खून जो बह गया था।"

"...और यहाँ तो ब्लड-बैंक भी नहीं होगा?"

"ब्लड-बैंक! यहाँ? अच्छा मजाक करते हैं।"

"फिर कैसे बीती?"

"मैं थी न! आपका स्पेशल और रिजर्व ब्लड-बैंक। ओ पॉजिटिव।" इतराई थी नीलमनी।

"और कोई?"

"दाया का, फादर डिमेलो का, पुटुस का....किसी का खून आपसे मैच नहीं करता।"

"थैंक्स गॉड!"

"थैंक्स टू गॉड ओनली?"

"यू टू माई फ्रेंड" महेश ने राग से नीलमनी को निहारा था।

"धन्यवाद की कोई जरूरत नहीं। फिर कभी गोली-वोली खा जाय तो यू आर आलवेज वेलकम।"

हठात् महेश की हँसी झरने लगी थी। नीलमनी भी हँसने लगी थी। महेश ने पहली बार गौर किया था, हँसती नीलमनी के गालों में गड्ढे पड़ जाते थे।

हँसी थमी तो नीलमनी ने पूछा था। "रात के खाने में क्या बना लूँ?"

"कुछ भी! लेटे-लेटे बढ़िया भूख भी कहाँ लगती है।"

"फिर रसोई का झंझट रहने देते हैं। रात को भूख लगी तो लेटे-लेटे, हम एक दूसरे को खा..."

"...फिर शुरू हो गयी तुम?" महेश चिढ़ उठा था।

"मैंने कहा कि भूख लगने पर हम एक दूसरे को खाने की कहानियाँ सुना-

सुना कर पेट भरने का भरम पालेंगे।...आपकी सोच कितनी भयानक है?"—नीलमनी ने पलकें फड़फड़ा कर भोली सूरत बनायी थी—"मैं क्या कहने वाली थी और आपने क्या सोच डाला।"

"हाँ, मैं तो हूँ ही..."

"हिप्पोक्रेट!"—नीलमनी ने टुकड़ा जोड़ा था—"कितने डरपोक हैं आप? सुबह मैं आपको अपना बर्थ-सर्टिफिकेट दिखा दूँगी। मैं बालिग हो चुकी हूँ सर जी।"

नीलमनी के रोएं-रोएं से शरारत टपकने लगी थी। झल्लाए महेश ने नीलमनी की ओर तकिया फेंक मारा था। दक्ष गोलची की भाँति तकिया लपकती नीलमनी उठ खड़ी हुई थी।

"जोर-आजमाइश नहीं...! दर्द उभर जायेगा।"

"मुझे छेड़ती क्यों रहती है तू?"

"क्योंकि मैं जंगली हूँ। जंगलीपना करती हूँ। इधर के पुरुष थोड़े संकोची होते हैं, जल्दी नहीं खुलते पर हम स्त्रियाँ थोड़ी अक्रामक होती हैं। प्रिय चीजों पर अधिकार के लिए तो और भी अक्रामक।"

"अब जंगल की रानी, मुझे बख्शो...प्लीज़!" महेश ने स्वयं को बिस्तर पर निढाल छोड़ दिया था।

जंगल में बरसात की साँझ या जाड़े की रात सूरज डूबने की प्रतीक्षा नहीं करती। भूखे बाघ की भाँति दिन पर चढ़ बैठती हैं। आँखें बन्द कर लेटे महेश को मौन ताकने लगी थी नीलमनी!

बाहर के वातावरण में पारदर्शी चादर की पतली तह की भांति तिरता हल्का कुहासा शनैः शनैः थिर होने लगा था। हल्की बारिश के बाद की धूप से वाष्पीकृत होती वनस्पतियों की महक सूर्यास्त की हवा में घुल रही थी। सूखा आसमान तारों से झिलमिल हो उठा था।

"एक बात कहूं माही, हँसेगे तो नहीं?"

नीलमनी की आवाज अस्वाभाविक रूप से स्थिर-गंभीर थी।

"बोल डाल भाई"—महेश ने थकी आवाज में कहा था—"मैं लाचार, तुझे बोलने से नहीं रोक सकता! जो कहना है, कह डाल।"

"कोई ऐसी-वैसी बात नहीं बोलूँगी। वैसे मेरी बात हास्यास्पद लगे ही लगे तो जरूर हँस लीजिएगा।"

"अब कह भी चुक।" महेश ने आँखें खोली थी।

"कई बार ऐसा होता है माही कि सुख के क्षण हमें सहला कर यूँ हीं गुजर

जाते हैं। हम उन क्षणों को महसूस भी करते हैं पर उन्हें पकड़ कर रख नहीं सकते...है न?''

बड़ी सयानी बात कह रही थी नीलमनी...! आवेग या भावुकता? हँस पड़ा था महेश! फिक्क...

''अब कौन कर रहा है किताबी बातें? समय को पकड़ना। बुद्धू लड़की!''

''ऐसे क्षण जीवन में ऐसे चोर-रास्ते से दाखिल होते हैं माही कि''—कहती गयी थी नीलमनी—कि जिसका पता आदमी को कतई नहीं चल पाता कि वह चोर-फाँक कहाँ खुली रह गयी थी।''

''पहेलियाँ बुझा रही है?''

''नहीं। सीधी बात। माही, मैं आपके जीवन में आया वही क्षण हूँ। मुझे अपने भीतर दाखिल होने दीजिए। मत ढूँढिए वह चोर-रास्ता। वह चोर-फाँक खुली रहने दीजिए वर्ना मैं आधी भीतर, आधी बाहर,...मैं तो पिस मरूँगी।''

महेश के केश में उँगलियों की कंघी फिराने लगी थी नीलमनी। नीलमनी की नीली आँखों में झाँकने लगा था महेश। वहाँ एक दोस्त भी थी, एक माँ भी। एक बहन भी थी और एक...वह भी जो महेश के जीवन में बनना चाहती थी नीलमनी।

महेश नीलमनी की आँखों में उलझने से कतराने लगा था। वह खिड़की के पार बाहर ताकने लगा था। नीले मलमल के पर्दे के पीछे उग रहा था सम्पूर्ण चन्द्रमा। दिशाएँ आलोकित हो उठी थीं। बाहर हरसिंगार वृक्ष पर बसेरा किये बैठा मोर बोल उठा था।

महेश की पलकें झिप गयी थीं। लगा था, बहुत लम्बी रेतीली दौड़ भागने के बाद थोड़ी देर के लिए बित्ते भर की छाँह में बैठकर सुस्ताने के क्षण मिल गये हों।

रात भर की बारिश के बाद घुले-पुँछे आकाश में नहाया-धोया ताजा सूरज निकला ही था कि बनासकांठा चर्च का भंडारपाल अलबर्ट संजीवनगर आ पहुँचा था।

फादर डिमेलो ने अलबर्ट के हाथों एक बन्द लिफाफा भेजा था। महेश के नाम पत्र...! लिफाफा थमाकर अलबर्ट के विदा होते ही महेश ने चिट्ठी पढ़ी थी। मात्र तीन वाक्यों का संक्षिप्त खत था...'' स्वस्थ अनुभव कर रहे होवो तो मिलो। आने योग्य न हो तो मैं वहीं आकर तुमसे मिल सकता हूँ। तुमसे कुछ जरूरी बातें साझा कर लेना आवश्यक हो उठा है...।''

सोनारा अपने कागज-पत्तर में व्यस्त था। आज नीलमनी को आने में देरी हो

गयी थी तो सोनारा ने स्वयं चावल साफ किये थे। दाल के कंकड़ चुने थे। खिचड़ी बनाने की तैयारी कर ली थी।

"सोना, मुझे चर्च जाना होगा।" महेश ने पत्र तकिये के नीचे सरका दिया था।

"अचानक...! क्यों?"

"फादर डिमेलो को मुझसे पता नहीं क्या, जरूरी बातें करनी हैं। बुलावा भेजा है।"

"ठीक है। चलेंगे चर्च।"

"तुम क्यों जाओगे?"

"तुझे साईकिल से छोड़ दूँगा न।"

"तुम्हारी बाहें अभी कमजोर हैं। मुझे भी शायद झटकों से दिक्कत हो। ट्रैफिक का रिस्क क्यों लेना। मैं ऑटो से निकल जाऊँगा।"

"सुबह के समय ऑटो में लोग भेड़-बकरियों की तरह ठुँसते हैं। बिजी आवर होता है। तेरे कंधे में चोट लग गयी तो?"

"मैं ऑटो रिजर्व कर लूँगा...बस?"

"ठीक है। लौटेगा कब तक?" सोनारा ने कागज समेटे थे।

"अभी कैसे कहूँ? फादर ने फौरन तलब किया है। पता नहीं क्या-कुछ बतियाने वाले हैं। कितना समय लगेगा...पता नहीं। तू बेफिक्र रह यार, मैं अब ठीक-ठाक हूँ। अब तो कमजोरी भी नहीं लगती। मैं कर लूँगा आना-जाना।"

"ठीक है फिर! आज मैं भी थोड़ा व्यस्त हूँ। स्कूल के बाद दफ्तर निकलूँगा। कुछ लोगों को बुलाया है जे.बी. में।"

"कुछ खास...?"

"अरे नहीं। वही यूनियन वाला मामला। संगठन के लिए सचिव और अध्यक्ष चाहिए न...? तो नामों पर चर्चा और निर्णय...और क्या!"

"ओह...!"

"तेरा खाना ढँककर रख दूँगा। नीली न भी आए तो खाना गर्म कर खा लेना।"

"ठीक है।"

"...चाबी का इन्तजाम वही रहेगा। चिड़ियों के पानी में।"

"ठीक है।"

"और अपना ख्याल रखना। सावधानी से ऑटो...सीढ़ियाँ..."

"...ठीक है यार। मैं कोई बच्चा हूँ जो..."

"है। तू अभी बच्चे जैसा ही है। जल्दी ठीक हो और बड़ा बन जा।"

महेश बनासकांठा चर्च पहुँचा था।

ठंड नहीं थी पर महेश ने सूती चादर ओढ़ रखी थी। कंधे पर टेढ़ी लिपटी चादर देख डिमेलो ने कहा था, "लगता है अभी कुछ कसर बाकी है। शायद मुझे ही संजीवनगर आना चाहिए था।"

"मैं अब काफी बेहतर हूँ फादर! यह चादर तो हल्के-फुल्के धक्कों से बचने के लिए..."

"आओ।"

वे चर्च के पुस्तकालय में आ बैठे थे। फादर डिमेलो ने सामने बैठे महेश से कहा था, "मुझे सचमुच कुछ जरूरी बातें करनी हैं...तुम्हारे ही बारे में...।"

"मैं सुन रहा हूँ फादर।"

"यहाँ जो इन्डस्ट्री है, टारमो-स्टील, इसके सी०ई०ओ० मिस्टर महालिंगम चर्च के शुभचिन्तक हैं। चर्च की प्रबन्ध समिति के सम्मानित सदस्य भी हैं। तुम्हें लेकर उनकी कुछ शंकाएँ हैं। एस०एस० मोमोरियल स्कूल की प्रिंसिपल मैडम नोरिस के पति मिस्टर विलियम को भी शक है..."

"कैसा शक?"

"कि तुम महेश, सोनारा मुंडा के साथ जुड़कर कारखाने के श्रमिकों को व्यवस्था के विरुद्ध भड़का रहे हो। भड़काने वाले भाषण देते हो। फैक्टरी एरिया में अशान्ति फैला सकते हो।"

"मुझपर यह गलत आरोप है फादर।"

"हो सकता है पर फैक्टरी मैनेजमेन्ट का खयाल है कि तुम स्थानीय समस्याओं में अकारण रूचि लेते हो शायद इसी कारण किसी ने तुम पर हमला किया।"

"यह सही नहीं है। मैंने कोई भड़काऊ भाषण नहीं दिया। मेरी किसी से कोई अदावत नहीं।"

"तो मैं निश्चिन्त रहूँ?"

"जी!"

"तुम्हारी ओर से तुम्हारा यही स्पष्टीकरण प्रस्तुत करूँ?"

"फिलहाल।"

"मतलब?"

"मतलब कि मुझ पर गोलियाँ चलानेवाले का रिश्ता यदि कारखाना प्रबन्धन से जुड़ता दिखा तो..."

"मुझे खेद है महेश कि मैं चूक गया। तुम्हें चर्च छोड़कर जाने की सहमति दे कर शायद मैंने भूल की।'

"नहीं फादर! इसमें आपका कोई दोष नहीं बल्कि आपके कारण ही आज मैं

जीवित हूँ।''

''मेरी नेक राय है महेश कि जो हुआ उसे भूल जाओ। राँची लौट जाओ। यहाँ की समस्याओं से अलग राँची में सुरक्षित रहो।''

चादर को तह कर गोद में रखते महेश ने मुस्कुराते हुए कहा था,

''चैन तो वह अनुभव है फादर जो आदमी तब महसूस करता है, जब उसके पास बेचैन होने तक का समय नहीं होता।''

''मैं समझा नहीं। महेश को भेद-भरी दृष्टि से ताकने लगे थे डिमेलो। महेश उन्हें आज कोई और महेश लगने लगा था।'' कोई दूसरा आदमी।

''मैं अभी राँची नहीं जा रहा फादर।'' महेश ने दो-टूक कहा था।

पुस्तकालय का दरवाजा नि:शब्द खुला था। टोनी हाथ में ट्रे उठाए भीतर आया था। ट्रे में मात्र एक प्याली चाय थी। महेश के सामने चाय परोसकर चुपचाप वापस निकल गया था टोनी।

''आप मेरे लिए चिन्तित है''—महेश ने कहा था—''यह मेरा सौभाग्य है परन्तु एक उलझन है फादर, इसे सुलझाए बिना मैं यहाँ से नहीं जानेवाला।''

''उलझन कैसी?''

''मैं यहाँ नया हूँ। मुझे ज्यादा लोग नहीं जानते फिर मुझपर गोलियाँ क्यों चलायेगा कोई? मेरा विश्वास है फादर कि उस शाम गोलियाँ मुझ पर नहीं, सोनारा पर चलाई गयी थीं। यह संयोग था कि मोटर साइकिल मैं चला रहा था।''

''मुझे सोनारा की नहीं, तुम्हारी चिन्ता है...चाय ठंडी हो रही है।''

महेश ने प्याली उठा ली थी। चाय लगभग ठंडी हो चुकी थी। खूब बड़े-बड़े चार-छः घूँट...! खाली प्याली मेज पर रखते महेश ने अपना निर्णय सुनाया था।

''आपको न हो पर मुझे सोनारा की फिक्र है। मैं उसे किसी परेशानी में छोड़कर यहाँ से भाग नहीं सकता फादर।''

''भागना कैसा...? कभी न कभी तो तुम यहाँ से वापस जाओगे ही''—फादर ने कहा था—''तब सोनारा अकेला ही तो रहेगा? पहले भी वह अकेला ही तो था।''

''तब और बात थी।'' महेश दृढ़प्रतिज्ञ था।

''महेश, तुम पढ़े-लिखे युवक हो। तुम्हारे पास बेहतर भविष्य की संभावना है, क्यों यहाँ समय नष्ट करते हो?''

''और सोनारा?''—महेश ने तर्क किया—'' सोनारा भविष्यहीन है? नहीं फादर, बेहतर भविष्य पर उसका भी उतना ही हक है, जितना मेरा। मैं पता लगाना चाहता हूँ कि सोनारा पर गोलियाँ किसने चलाईं।''

''यह पुलिस का काम है।''

''पुलिस के पास ऐसे और भी हजारों काम हैं। रोज पुलिसियों को ठेले-रेहड़ी वालों से अठन्नी वसूलते देखता हूँ। जरायमपेशा लोगों से हफ्ता वसूलने वालों पर कारखाने के अफसरों की सुरक्षा का जिम्मा है। ऐसी पुलिस के भरोसे मैं बैठा नहीं रह सकता।''

''मान लो, गोली चलानेवाले की पहचान भी कर लोगे...फिर? क्या करोगे? कुछ साबित भी कर सकोगे?''

मुझे कुछ साबित नहीं करना। पुख्ता पहचान हो जाए बस! फिर मैं जानूं और वह जाने।''

कुर्सी मानो तपने लगी थी। कसमसाने लगे थे चिन्तामग्न फादर डिमेलो। बोले थे, ''क्षमा करना सीखो महेश। बदले की भावना पहले स्वयं को ही जलाती है। यह पापपूर्ण भावना है।''

''सॉरी फादर! मैं इतना महान नहीं कि कोई मुझे तमाचा मारे तो मैं अपना दूसरा गाल भी तमाचे के लिए पेश कर दूँ।''

महेश का हर उत्तर फादर डिमेलो को पहले चौंका रहा था, फिर परेशान किये जा रहा था। वे प्रयास किये जा रहे थे पर अपने तर्कों से महेश को प्रभावित नहीं कर पा रहे थे।

''संभव है यह शूटिंग किसी स्थानीय लाग-डाँट के कारण हुई हो। तुम लोकल प्राब्लम्स में क्यों इन्वाल्व होते हो?''

''जब गोली मुझे लगी, तो मैं तो स्वाभाविक रूप से इन्वाल्व हो गया फादर! अब तो प्रबल जिज्ञासा है कि किसने मुझे गोली मारी बल्कि''—मुसकाया था महेश—''बल्कि एक अन्दाजा तो मुझे है भी।''

''किसने?''

''टारमो इस्पात जैसी ताकतवर कम्पनियाँ यहाँ तमाम नियम-कानून की धज्जियाँ उड़ा रही हैं। कोई आवाज कम्पनी के विरुद्ध उठते ही कार्रवाई...मुझे विश्वास है फादर कि गोली चाहे जिसने चलाई हो, शूटिंग-स्क्रिप्ट लिखने वाली कलम टारमो-इस्पात के दफ्तर में रखी है।''

''यह सिर्फ तुम्हारा वहम है।'' फादर डिमेलो की आवाज ऊँची हो उठी थी।

''आपको कैसे पता कि यह वहम ही है?''

''तुम मुझसे बहस करना चाहते हो?'' उद्विग्न फादर डिमेलो उठ खड़े हुए थे।

''कतई नहीं फादर। मैं सिर्फ यह सच बताना चाहता हूँ कि कोई है जो सोनारा को पसन्द नहीं करता, जो सोनारा और मेरे ताल-मेल को बर्दाश्त नहीं कर सका।

कौन हो सकता है...? कोई नहीं सिवाय टारमो-इस्पात के। बल्कि उस व्यक्ति के सिवा कोई दूसरा हो ही नहीं सकता जिसने आपसे मेरी शिकायत की है।''

''पता नहीं तुम क्या कहे जा रहे हो।'' झुँझला उठे थे डिमेलो।

''मुझे बस यह पता है फादर कि मैं सोनारा के साथ हूँ। सच्चा यीशू भक्त पीड़ा शोषण और अन्याय देख विचलित होता है। मेरा धर्म मुझे यह नहीं सिखाता कि मैं मूक दर्शक बना रहूँ या आँखें बन्द कर भाग जाऊँ।''

''महेश तुम यहाँ अपने पिता को ढूँढ़ने आए थे न कि...मुझे अफसोस है कि तुम्हारी यात्रा सार्थक न हो सकी लेकिन अब...''

चहलकदमी करने लगे थे, फादर डिमेलो। उनकी आवाज में अब परामर्श या आग्रह से अधिक आदेश की महक आने लगी थी।

''अब क्या...?'' महेश एकदम सामान्य था।

''अब तुम रांची लौट जाओ। यहाँ के आदिवासी-गैर आदिवासी की राजनीति में मत उलझो। यह खतरनाक हो सकता है।''

''सॉरी फादर, फिलहाल तो मैं नहीं...''

''एनफ...! एनफ!!''—फादर डिमेलो की आवाज रूखी हो उठी थी—''तुम्हें यहाँ से राँची के लिए सुरक्षित विदा करना मेरी जिम्मेदारी है। सुना...? मेरी जिम्मेदारी है यह। तुम एक क्रिश्चियन हो, तुम्हें मेरा आदेश मामना चाहिए। यही फॉदर कॉटन भी पसन्द करेंगे।''

''क्षमा करें फादर! आपके आदेश का पालन अवश्य करूँगा पर अविलम्ब नहीं। रही बात फादर कॉटन की, तो एक पुत्र अपने पिता को बेहतर समझ सकता है।''

फादर डिमेलो के चेहरे पर झुंझलाहट थी। आवेश था। अवज्ञा के कारण किंचित रोष भी।

''मुझे जो कहना था, कह चुका। यदि तुम अपने जीवन और भविष्य के साथ हाइड एंड सीक (लुका-छिपी का खेल) ही खेलना चाहते हो तो बालिग हो तुम। तुम्हें पूरी आजादी है। तुम्हें खतरे से सावधान करना मेरा कर्तव्य था। ईश्वर तुम्हें सदबुद्धि दे—''फादर डिमेलो पुस्तकालय के निकास द्वार की ओर बढ़ गये थे—''अब चर्च तुम्हारी सुरक्षा की जिम्मेदारी उठाने में असमर्थ है। प्रभु तुम्हारी रक्षा करें।''

अवसन्न महेश! महेश को अपने पीछे अकेला छोड़कर फादर डिमेलो बिना किसी औपचारिकता के, बिना अभिवादन का अवसर दिये तेज-तेज कदमों से बाहर निकलते चले गये थे। उद्विग्न! खिन्न!! उत्तेजित!!!

महेश फादर डिमेलो के दुराग्रह और उत्तेजना से चकित था। मात्र महेश की

सुरक्षा हेतु ही चिंतित थे डिमेलो? या उन पर कोई दबाव था कि वे महेश को मॉरिस टाउन से हटा दें? महेश निर्णय नहीं कर पा रहा था कि कारण दोनों में से कोई एक था या एक साथ दोनों ही थे!

संजीवनगर वापस लौटते-पहुँचते दोपहरी ढलने लगी थी।

घर का मुख्यद्वार खुला हुआ था। नीलमनी स्कूल से कुछ पहले ही लौट आई थी। घर के बाहर, हॉल की खिड़की से सटे, हरसिंगार तले मूढ़ा डाले बैठी नीलमनी अखबार में लीन थी।

महेश ऑटो से पहुँचा था। ऑटो से निकलते महेश के तनावग्रस्त चेहरे को पढ़ने में नीलमनी ने चूक नहीं की थी। कुछ गड़बड़ की आशंका होते हुए भी क्या घटित हुआ, पूछने का साहस नहीं जुटा पाई थी नीलमनी महेश घर के भीतर दाखिल हुआ था। मूढ़ा उठाये नीलमनी भी चुपचाप हॉल में प्रविष्ट हो गयी थी।

महेश बिस्तर पर जा लेटा था। अपने स्वयं में खोया-खोया सा!

मूढ़ा कोने में रख, पानी भरे ग्लास के साथ महेश के सामने आ खड़ी हुई थी नीलमनी! महेश ने पानी पी लिया था।

"खाना तो नहीं खाया आज?" नीलमनी ने ही शुरू किया था।

"सुबह का गया अभी लौटा हूँ।"

"चर्च में खाया कुछ?"

"नहीं।"

"खाना गर्म करूँ?"

"नहीं। अब भूख नहीं है।"

नीलमनी ने महेश के कंधे से चादर हटाई थी। महेश की देह पर सोनारा का कुर्ता था। नीलमनी ने कुर्ता उतारा था और महेश के कंधे के घाव का निरीक्षण किया था। घाव सूख चुका था।

"मुझे कागज-कलम दो"—महेश ने कहा था—"एक लिफाफा भी।"

संजीवनगर आने के बाद पहली बार महेश को कुछ लिखने की जरूरत पड़ी थी। नीलमनी ने नहीं पूछा था...क्या? चुपचाप राइटिंग पैड और कलम महेश के सामने रख दिया था और चाय बनाने किचन में चली गयी थी।

महेश यथोचित अभिवादन के बाद फादर डिमेलो के लिए विस्तारपूर्वक लिखने लगा था...खूब लम्बा पत्र।

"....मैंने आपकी बातों पर गम्भीरतापूर्वक मनन किया है और जिस निर्णय

पर पहुँचा हूँ, यह पत्र आपको उसी निर्णय की सूचना हेतु है।''

''मेरी शिक्षा और फादर कॉटन से प्राप्त संस्कार मुझे अनुमति नहीं देते कि मैं आपसे कोई अप्रिय बहस करूँ क्योंकि वाद-विवाद में उत्तेजना होती है और कभी-कभी शब्द और स्थितियाँ भी हमारे नियन्त्रण से बाहर हो जाते हैं। आप मेरे लिए चिंतित है। किंचित उद्विग्न और खिन्न भी...! कोई अप्रिय या कटु सत्य कह कर मैं आपको पीड़ा नहीं पहुँचाना चाहता था पर मेरे पास अभी भी कुछ जिज्ञासाएँ है फादर! तब भी थीं। इसीलिए यह पत्र...!''

''आपने कहा, मैं पढ़ा-लिखा हूँ और मेरा एक अच्छा भविष्य है। आपकी शुभेच्छओं हेतु धन्यवाद पर फादर मैं जन्मना आदिवासी हूँ, एक असुर! यदि पढ़ा-लिखा होने के कारण मुझे अपने आदिवासी समाज के दुःख-पीड़ा से निरपेक्ष हो जाना चाहिए तो मुझे ऐसी शिक्षा से इन्कार है। मैं असामाजिकता की अपेक्षा रखने वाले शिक्षण-संस्थानों की डिग्रियों और संवेदनाहीन बनाने वाले कानून की अपनी सनद को डिसओन (अमान्य) करता हूँ।''

''यदि बपतिस्मा लेने के बाद मैं अपने मूल समाज से दो अंगुल ऊँचा उठ जाता हूँ तो यह मेरे अभिभावक रेवरेंड डाक्टर जोसेफ कॉटन के दिए संस्कारों, मेरे प्राचार्य श्रद्धेय फादर कामिल बुल्के की शिक्षा और उनके महान आदर्शों का अपमान होगा। ईसाइयत मुझे मेरे समाज से काटकर मेरे गुरु और पिता के आदर्शों को भ्रष्ट करने को प्रेरित करती हो, मुझे ऐसी महान ईसाइयत से भी इन्कार है।''

''मैं हृदय से कृतज्ञ हूँ कि आपने मेरे प्रति अपने स्नेह और चिन्ता के वशीभूत मुझे यह मूल्यवान सुझाव दिया कि मैं स्थानीय राजनीति से अलग रहूँ। मैं स्पष्ट करना चाहूँगा फादर कि सोनारा के साथ मेरी मित्रता कोई राजनीति नहीं है। उसकी सुरक्षा हेतु मेरी चिन्ता में भी कोई राजनीति नहीं है किन्तु क्या आप कृपापूर्वक मुझे यह समझा सकेंगे फादर कि जब यह क्षेत्र दुर्गम जंगल था तब इस अरण्य में चर्च की स्थापना के पीछे मात्र सेवा भाव ही था या कोई राजनीति भी थी? क्यों बनासकांठा में सरना धर्म मर गया? क्या गैर-ईसाई असुरों के प्रति भी चर्च के हृदय में उतनी ही करुणा और दया है जितनी बनासकांठा के धर्मांतरित मुंडा या गजलीठोरी के लोगों के प्रति है? यदि है तो मैं भी सोनारा या सोनारा जैसे लोगों की पीड़ा और संघर्ष का सहभागी हूँ। मैं निरपेक्ष नहीं रह सकता।''

''मैं आपसे झूठ नहीं बोलूँगा। मैं आपसे छल नहीं करूँगा। मेरी मान्यता है कि दुष्टों के लिए धर्मोपदेश व्यर्थ है। मैं अपना यह सच स्वीकार कर रहा हूँ कि जो धर्म हाथ में धर्मग्रन्थ लिए आततायियों के आगे कटने को प्रस्तुत अपना सिर झुकाए खड़े रहने की सीख देता हो, वह धर्म मुझे अमान्य है। अत्याचारियों से उनके ही

मैदान में, उन्हीं के हथियारों से युद्ध करना ही क्रूसेड (धर्मयुद्ध) है।''

''मेरी मान्यताओं और मेरे व्यवहार के कारण भविष्य में आपको ताने-उलाहने न सुनने पड़ें अत: मैं भविष्य में आपसे न मिलने का वायदा करता हूँ। सोनारा के साथ जीने और संघर्ष करने के मेरे निर्णय के कारण यदि मैं भविष्य में किसी समस्या का सामना करता हूँ तो मैं यह कतई नहीं चाहूँगा कि मेरे सिर पर मंडराते किसी खतरे की परछाईं भी चर्च पर पड़े या आपके सम्मान पर आँच पहुँचे।''

जन्म से अभी तक नियति मेरे साथ ''हाइड एंड सीक'' ही खेलती रही है। अब वही खेल स्वेच्छा से मैं नियति के साथ खेलना चाहता हूँ। आशीष दें।

यदि मेरे किसी शब्द से आपकी कोई कोमल भावना आहत हुई हो तो फादर यह अपराध मेरी अनिवार्य विवशतावश हुआ है। आप दयालु और उदार हैं। इस पत्र को मेरा कनफेशन-स्टेटमेंट अपराध-स्वीकारोक्ति मानकर अपने निर्मल हृदय से कृपापूर्वक मुझे क्षमा प्रदान करें।''

महेश धाराप्रवाह लिखता गया था। कोई द्वन्द्व नहीं। कोई दुविधा नहीं। सब कुछ जैसे निर्णीत था। निश्चित था।

पत्र पूरा करने के बाद महेश ने नीलमनी को आवाज लगाई थी। नेपकिन से चेहरा पोंछती नीलमनी किचन से निकली थी।

''चाय ले आऊँ क्या?''

''वो तो ले ही आ और यह चिट्ठी लिफाफे में बन्द कर चिपका लेना। कल स्कूल जाते हुए चर्च में छोड़ देना।''

''हो जायेगा।''

महेश बिस्तर पर लेट गया था। लगा था, कोई दौड़ पूरी की हो। मन का बोझ उतर चुका था। तनाव तिरोहित...!

अब महेश का ध्यान इस ओर गया था कि नीलमनी हमेशा की भाँति चुहल-छेड़खानी नहीं कर रही थी। चुप्पा-गंभीर नीलमनी एक अस्वाभाविक स्थिति थी। तनाव ढीला हो, स्थिति सहज हो सके...महेश नीलमनी की ओर देखता मुस्कराया था।

''आज कोयल चहक नहीं रही!...क्या बात है?''

''आप इतने तनाव में दिखे कि मुझे लगा कुछ है।...कोई परेशानी?'' नीलमनी ने पूछा था।

''परेशानी नहीं नीली, मानसिक उलझन! थोड़ी पीड़ा भी...मन की। चिट्ठी पढ़ लेना, मुझे दुहराना नहीं पड़ेगा वही सब!''

महेश के गहरे नि:श्वास ने चुगली कर दी थी कि मानसिक ही नहीं, महेश

का शरीर भी थका-थका सा था। महेश के निकट आ बैठी थी नीलमनी। मुँह बिचकाकर कहा था, "मैं किसी की चिट्ठी-डायरी नहीं पढ़ती। जो बताना हो, खुद बताइए।"

"बात यह है नीली कि मैं शायद उस दो-राहे पर आ पहुँचा हूँ जहाँ से मुझे अपना रास्ता चुनना ही होगा। मुझे अपनी प्राथमिकता तय करनी थी और वह मैंने कर ली।"

"अनुमान लगा सकती हूँ कि चर्च में क्या बातें हुई होंगी। चर्च या हम...कोई एक चुनने का आग्रह होगा। मैं यह अनुमान भी लगा सकती हूँ कि आपने पत्र में अपने चुनाव के बारे में क्या निर्णय लिया होगा।"

"अच्छा!" महेश हँसा था।

"यह बात कई तरीके से कई बार कही जा चुकी है। आगे भी कही जायेगी माही...मैं भी मात्र इतना ही कह सकती हूँ कि समस्त पीड़ा-निराशाओं को जीवन का हिस्सा मानकर स्वीकार करो।"

"यस आई डू।" थकान में भीगी हँसी में था महेश—"मैं यहाँ क्या लेकर आया था? कुछ नहीं। पिता का सिर्फ नाम पाने की इच्छा थी, सो भी नहीं मिला,...मिल गयीं तुम! मेरे लिए तो नीलू बिना निवेश का मुनाफा हो तुम।"

"मैं... ? मुनाफा? रहे नीरस अर्थशास्त्र के अर्थशास्त्री ही!"

हँसी थी नीलमनी। नीलमनी के चेहरे पर हजारों सूर्यमुखियों की आभा दमक उठी थी। आवाज लरज उठी थी।

"अब जैसा भी हूँ...स्वीकार करो।" महेश ने राग से नीलमनी को निहारा था। "बोलो.... !"

नीलमनी ने स्वीकृति में सिर हिलाया था। आवाज में अनुराग छलछला उठा था।

"अब भूख जगी मेरे बच्चे?"

"यस मॉम!"

महेश ने नीलमनी की नाक की फुंगी पकड़कर नीलमनी का सिर "हाँ" में हिला दिया था। विहंस उठी थी नीलमनी।

समय की चाल अजब...बेढब!

न गति एक समान होती है, न दिशा एकरेखीय! सीधा-सरल नहीं, बांका-तिरछा चलता है काल का पहिया।

कभी दिन थे कि पहाड़ थे। काटे नहीं कटते थे और अब पता ही नहीं चलता था कि कब सरपट दौड़ गया दिन...और सूरज ढल जाता था। कैसे बीते हफ्ते...पता

नहीं चला। मानो हठात् खत्म होते गये थे महीने।

फादर डिमेलो को पत्र भिजवा कर महेश मानो एक अदृश्य बंधन से मुक्त हो गया था। अब मन में फाँस थी फादर कॉटन की! महेश के निर्णय की जानकारी यदि फादर कॉटन को फादर डिमेलो से मिली तो उनकी प्रतिक्रिया क्या होगी? यदि फादर कॉटन महेश के निर्णय से सहमत न हुए तो... ?

एक शाम महेश ने नीलमनी के सेलफोन से फादर काटन को फोन कर ही लिया था।

"कैसे हो अब?" फादर ने पूछा था।

"एकदम ठीक! घाव तो कब का सूख चुका।" महेश ने बताया था।

"घाव भर जाते हैं बच्चे पर निशान छोड़ जाते हैं। स्मरण दिलाने को कि मनुष्य भविष्य में इतना सावधान अवश्य रहे कि निशान अपना जोड़ीदार न बना सके।"

"मैं याद रखूँगा फादर।" हँसा था महेश।

फादर कॉटन महेश के स्वास्थ्य को लेकर फिक्रमन्द हों तो हों, महेश की सुरक्षा को लेकर भयभीत तनिक भी नहीं लगे थे। महेश के घायल होने की खबर सुनकर एकदम सहज तो नहीं रह पाये होंगे फादर कॉटन, महेश ने सोचा था परन्तु फोन पर फादर की आवाज एकदम सहज और ठोस थी।

"मुझे अफसोस है कि तुम्हारा अभियान सफल नहीं हो सका लेकिन माही, याद रखो कि मनुष्य के जीवन में जो कुछ घटता है, आवश्यक नहीं कि वह सबकुछ उसकी पसन्द का ही हो...विश्वास रखो, हर काली रात की एक चमकदार सुबह होती है। दुःख या सुख, कुछ भी अन्तहीन नहीं होता।"

"जी फादर।"

"फादर डिमेलो ने तुमसे जो कहा वह तुम्हारे प्रति स्नेह के कारण कहा। वे तुम्हारे लिये चिन्तित हैं पर मैं नहीं। मैं बलात् तुम्हें मॉरिस-टाउन छोड़ने को विवश नहीं करूँगा।"

"थैंक्स फादर... !"

महेश का अनुमान ठीक निकला था। फादर डिमेलो ने फादर कॉटन को सबकुछ बता डाला था। महेश फादर डिमेलो की स्थिति समझ सकता था। अवश्य फादर डिमेलो पर "टारमो इस्पात" की ओर से दबाव पड़ रहा था।

"तुम गलत नहीं हो बेटे पर याद रहे"—फादर कॉटन ने कहा था—"पवित्र लक्ष्यों के लिए साधन भी पवित्र होने चाहिए।"

"मैंने हमेशा इसका ध्यान रखा है फादर।"

"गुड! मैं समझ सकता हूँ कि तुम किसी लक्ष्य के प्रति समर्पित हो चुके हो।

पता नहीं कब वापस लौटो पर जब भी यहाँ लौटोगे, चर्च के दरवाजे अपने लिए खुले पाओगे। मैं रहूँ या न रहूँ।...मैं तुम्हें प्रीस्ट के परिधान में देखना चाहता हूँ, सो तो अब सम्भव नहीं लगता। अगले सप्ताह मैं रांची छोड़ रहा हूँ। तुम यहाँ लौटो तो थियोलॉजी (आध्यात्मिक शिक्षा) का अध्ययन अवश्य करना।''

''जरूर पढ़ूँगा फादर पर...आपके बिना?''

''राँची छोड़ रहा हूँ बच्चे...तुम्हें नहीं। तुम्हें कभी नहीं। मैं हमेशा तुम्हारे पास हूँ माही...अभी भी। कहीं भी।''—फादर को आवाज भींग उठी थी।

बनासकांठा चर्च महेश की ओर से निरपेक्ष हो चुका था। चर्च का समर्थन हटते ही कैथोलिक मिशन द्वारा संरक्षित विद्यालय की दृष्टि भी सोनारा-नीलमनी के प्रति बदल चुकी थी। अब फादर कॉटन भी स्वदेश लौट रहे थे।

''क्या सोचने लगे माही? कुछ बोलो। फोन के पैसे लगते हैं भई।'' फादर ने टोका था।

''कुछ विशेष नहीं सोच रहा फादर...आपका जाना...''

''...टल नहीं सकेगा। मुझे तो जाना ही था न माही। कभी न कभी जाना तो होगा ही।''

''मैं सोच रहा हूँ फादर कि यहाँ के चर्च के लिए मैं शायद अवांछित व्यक्ति हो चुका हूँ। यहाँ मेरी पहचान एक असुर की अवश्य है पर आश्चर्य हुआ मुझे कि धर्मांतरित आदिवासी के प्रति मेरा समाज भी बहुत उदार नहीं है।...तो आपके जाने के बाद मेरे सिर पर कोई हाथ नहीं होगा न फादर?''

''सत्यकाम भी आदिवासी था। सत्यकाम की ही भाँति तुम्हें भी अपने प्रश्नों से जूझना होगा माही। अपने समाज को समझो...जानो। किताबें जो शिक्षा देती हैं, वह किताबी ही होती है। जीवन में काम वह शिक्षा आती है जो जिन्दगी सिखाती है।...तो बेटे, सीखो। हर व्यक्ति को ठोकरें खा-खाकर अपने जीवन-सत्य की खोज करनी होती है।''

''मैं खोज सकूँगा फादर?'' महेश के भीतर का बच्चा अपनी सीमा के प्रति शंकालु था।

''निश्चय ही। अपने पिता को भले नहीं ढूँढ सके पर मुझे विश्वास है, एक दिन तुम स्वयं को अवश्य पा लोगे। मैं ईश्वर से प्रार्थना करूँगा कि इस खोज में मिलने वाली बाधाएँ-ठोकरें तुम्हें हताश न करें बल्कि तुम्हें कुछ और हठी और मजबूत बनाएँ।''

फादर कॉटन की आवाज में दृढ़ विश्वास था। स्नेह और अपनत्व था। पितृत्व की महक और सफलता का भरोसा था। यह वह आवाज थी जिसे छुटपन से सुनता

आया था महेश। अब यह आवाज इतने समीप नहीं पा सकेगा महेश।

अकेले पड़ जाने का अहसास मानो पर उमड़ते बादलों-सा महेश के क्षितिज मन पर घुमड़ने लगा था। टेलीफोन लाईन की सायं-सायं के साथ कुछ क्षणों का अबोला बना रहा था। फादर कॉटन ने ही टोका था,

"लाईन पर हो माही?"

"हाँ। यस फादर।"

"उदास मत हो बच्चे! मैं तुम्हें उपदेशित नहीं करना चाहता। जानता हूँ, तुम कम बुद्धिमान नहीं हो फिर भी अभिभावक के नाते मुझे कहना चाहिए...हर परिस्थिति का सामना साहस और विश्वास के साथ करो।"

"यस फाद...." महेश की आँखें भर आई थीं।

वार्तालाप समाप्त हुआ था तो महेश हर द्वन्द्व-दुविधा से मुक्त हो चुका था। देह...मन...मस्तिष्क, सबकुछ हल्का-सुलझा लग रहा था। फादर डिमेलो को पत्र भेजने के बाद की रात महेश को नींद नहीं आई थी। उसने सही किया था, या भूल की थी? आज कोई द्वन्द्व नहीं रहा था। आज अपने भीतर एक नया उत्साह अनुभव कर रहा था। महेश। एक नई ऊर्जा...!

अपने भावी के प्रति लिए गये निर्णय के प्रति महेश का विश्वास और दृढ़ हो गया था। आज की रात वह चैन से सो सकता था।

सोनारा का परिश्रम सार्थक हुआ था।

"टारमो इस्पात" के श्रमिकों के कल्याण और अधिकारों की सुरक्षा हेतु फिक्रमन्द सोनारा ने आखिरकार कर दिखाया था। सोनारा की संस्था "झारखंड बंधु" उर्फ जे.बी. के संरक्षण में "टारमो-इस्पात" के श्रमिकों-कर्मचारियों का संगठन पंजीकृत करा लिया गया था और एक तदर्थ समिति का गठन कर लिया गया था।

श्रमिकों की चिरलंबित माँगों और कुछ तात्कालिक समस्याओं को लेकर नवनिर्मित संगठन—"टारमो इस्पात कर्मचारी संघ"—की दो-तीन बैठकें और एक शान्तिपूर्ण एकदिवसीय धरना कार्यक्रम भी सम्पन्न किया जा चुका था। माँगें भी अन्यथा नहीं थी....शुद्ध पेयजल, शिक्षा, बोनस, चिकित्सा, महँगाई भत्ता और वार्षिक वेतन वृद्धि!

"टारमो इस्पात" के "बिरसा फाटक" के भीतर था कार्मिक विभाग जहाँ उच्चाधिकारियों के कार्यालय भी थे। उच्चाधिकारियों के कक्ष की तमाम खिड़कियाँ सड़क की दिशा में खुलती थीं जहाँ से सड़क के पार बैठे धरनार्थी दिखते रहते थे।

दिखता था ऊँचे बाँसों पर लहराता संगठन का बैनर। माँगों की तख्तियाँ भी स्पष्ट पढ़ी जा सकती थीं। अनिश्चितकालीन धरना ज़ारी था।

स्कूल से छुट्टियाँ लेने की एक सीमा होती है और कर्मचारी संघ का धरना चौदहवाँ दिन गुजार रहा था। सोनारा और नीलमनी सुबह कुछ घंटे और शाम को देर तक धरना पर बैठते थे। महेश के पास समय ही समय था। वह पूरे दिन धरने पर ही रह रहा था।

''टारमो-इस्पात'' के मजदूर-कर्मचारी पहली बार किसी आंदोलन से जुड़े थे। नया अनुभव था। उबन भरे दिन काटने के बाद धरने की सफलता-विफलता के प्रति सशंकित रातें कट रही थीं।

अफवाह थी कि कारखाना प्रबंधन धरने में सक्रिय नियमित श्रमिकों की सूची बना रहा था। सूचीबद्ध लोगों की सामूहिक छंटनी-बर्खास्तगी की अफवाहें जोरों पर थीं।

श्रमिकों में भय व्याप्त होने लगा था। मन के किसी कोने में आशंका कुलबुलाने लगी थी कि कारखाने के फाटक पर चुपचाप बैठे रहने से कारखाना मालिक कुछ देंगे भी? कहीं आधी-अधूरी रोटी भी न छिन जाय!

अर्धशक्षित-अशिक्षित श्रमिकों को एकजुट बनाए रखना, मजदूरों के साथ निरन्तर संवाद स्थापित रखना और आंदोलनकारियों के विश्वास को बनाए रखना एक चुनौती थी। महेश ने यह जिम्मेदारी उठा रखी थी।

संगठन के सदस्यों और कार्यकर्ताओं का मनोबल बनाए रखने हेतु महेश उन्हें अनशन, उपवास, आंदोलन आदि से जुड़ी राष्ट्रीय-अन्तर्राष्ट्रीय विभूतियों और उनकी सफल कार्रवाइयों की कहानियाँ सुनाया करता था। नेल्सन मंडेला, महात्मा गाँधी, बाबा आमटे, आंग सू की, इरोम चानू शर्मिला...महेश तो मिथकों तक पहुँच रहा था।

''तो बंधु समुन्दर मंथन होने लगा। जैसे दही मथकर मक्खन निकालते हैं, समुद्र के पेट से निकालने लगे अनमोल रत्न! कामधेनु गाय, ऐरावत हाथी, उच्चे श्रवा घोड़ा, लक्ष्मी-रंभा देवियाँ, चन्द्रमा, पांचजन्य शंख, मदिरा। हलाहल विष भी और अमृत का घड़ा भी। सब चीजें देवताओं ने हथिया लिए। असुर लोगों के लिए छोड़ा तो सिर्फ हलाहल जहर!''

''जब मेहनत दोनों पारटी किया तो बांट-बखरा बरोबर काहे नहीं किया?'' बाबूलाल ने पूछा था।

''ऐसी गैर-बराबरी आदिवासी-असुर लोगों के साथ शुरू से होती रही है। याचक ब्राह्मण का बहुरूप धरे देवता विष्णु ने राजा बलि को भी ठगा ही था। बनिये के वेश में आये गोरे अंग्रेजों ने तिलका बाबा, सिर्फ-कान्हू या भगवान बिरसा के

साथ अन्याय ही किया था।''

''सो तो सही बोले भईया।'' बूटन तत्काल बोला था।

''ऐसी ही है यह ''टारमो-इस्पात'' कम्पनी। आज के समय के देवता यही लोग हैं। ये देवता तीन डेग में पूरा देश नाप लेते हैं।

''पूरा देश...! सो कैसे?'' मंजूर का सवाल था।

''वह ऐसे कि पहला डेग पड़ता है देश की राजधानी दिल्ली में। दूसरा डेग राज्य की राजधानी राँची में और तीसरा डेग यहाँ बनासकांठा में।''

''हाँ...ई तो सही बात है।'' बूढ़े जनेसर की बुद्धि में भी समा रही थी सहज बात।

''...जनेसर दादा, सारा अमृत, माने फायदा कंपनी के देवता अकेले पी जाना चाहते हैं और जिनके खेत-जंगल पर यह कारखाना खड़ा है उसके हिस्से में रहेगा गंदा पानी, गंदी हवा और रोग-बीमारी का जहर।''

''माने वही...पित्त-बाई-बलगम से जन्मा महारोग का मामिला...? जीतू ने ज्ञान बघारा था।''

''हाँ जीतू भाई''—महेश ने स्पष्ट किया था—''जो अमृत पीना चाहोगे तो कम्पनी वैसे ही गला काट देगी जैसे देवताओं ने असुरों का काटा था। गर्दन बचाना हो तो एका बनाये रखो। अड़े रहो धरने पर। पुराने समय की तरह चोरी-चुपके अमृत पीने का लालच छोड़कर आन्दोलन करना होगा। कम्पनी के महंतों को बताना होगा कि कारखाने के लाभ पर हमारा भी कुछ हक बनता है। सबकुछ उन्हीं का नहीं है।''

''अड़े रहेंगे हम।'' मंसूर ने हुंकारा भरा था।

''कम्पनी तो अब आ ही गयी है महेश बाबू। अब महारोग भी आया तो कैसे बचेंगे हम?'' जनेसर ने पूछा था।

''कम्पनी में क्या दम था जो जंगल में कोई रोग रोप सकती? यह तो देश चलाने वाले ही कुछ लोग कम्पनी के साथ मिल गये और जंगल का नाश कर दिया।''

''देश के मुखिया लोग...?'' दुलाल सोरेन को विश्वास नहीं हुआ था।

''मुखिया, मुंशी, पटवारी, राज चलाने वाले ही नहीं उनके विरोधी भी...यह सब लोगों की मिलीभगत से हुआ दुलाल काका!''

''माने करैला जो नीम पर फला! कौन जगह से भोट जीतते हैं हमारे मुखिया जी?'' मसूर ने पूछा था।

''कहीं से जीतते तब, जब चुनाव लड़ते। मुखिया ने चुनाव लड़ा ही नहीं। एक दफा खड़े भी हुए तो हार गये।'' महेश हँसने लगा था।

''बिना भोट जीते कोई आदमीन मुखिया कैसे हो जायेगा? वह भी देश का? ऐसा तो हमारी पंचायत में भी नहीं होता।'' कारिया सुरमई निरक्षर था...अनपढ़!

''देश के कानून-संविधान में ऐसी व्यवस्था है कारिया बाबू! बाबा अम्बेदकर ने कुछ सोच-समझकर ही तो ऐसा इन्तजाम किया होगा।'' महेश ने समझाया था।

''अब इन्तजाम है तो है'',—कारिया का तर्क था—''बाकी तनिक सोचो भईयन, जिसका भोट लड़ने का कोई क्षेत्र ही नहीं होगा, जिसको मोटर से कौनो मतलब्बे नहीं होगा सो कैसे बूझेगा परजा जन का दरद?''

''ऐ कारिया, ऐसा मत बोलो भाई नहीं तो पुलिस पकड़ लेगी। अब सरकार पर टीका-टिप्पणी का मतलब देशद्रोह होता है।'' महेश ने धमकाया था।

''हम कहें तो देशद्रोह और तुम बोलो तो?''

''मुझे भी पकड़ सकती है सरकारी पुलिस। यहाँ तुम लोगों के सामने बोल दिया तो बात यहीं रह गयी। यही बात राँची में बोलूँगा तो सौ मुँह से बात फैल जायेगी। अगले रोज थाने में हाजिरी लग जायेगी।'' खुलकर हँसा था महेश।''

''तुम तो कानून पढ़े हो न?'' गुलाब सिंह चकित हुआ था।

''कानून पढ़ लेने से कानून से ऊपर थोड़े हो जाता है कोई? सिनेमा में कलाकार कह डालता है कि बागी बीहड़ में रहते हैं, डकैत तो पार्लियामेंट में रहते हैं। तब सिनेमा देखने वाले ताली बजाते हैं। सरकार-मंत्री भी चुप रह जाते हैं।....हम लोग सिनेमा वाले थोड़े हैं? हम पर तुरन्त चढ़ बैठेगी सरकार....पुलिस!''

''फिर जेल?''

''हाँ। जेल, जमानत, मुकदमा! जेल की सजा भी हो सकती है।''

''भक्क माही, तुम तो हमें डरवा रहे हो।''

''कानून जानो फिर डर नहीं लगेगा।''

''बताओगे तब तो जानेंगे।'' गुलाबसिंह ने कहा था।

''तो यह जानो कि देश के कानून में एक नियम है...एक सौ चौबीस 'क' बोलते हैं इसे। अँग्रेजी राज था, तब का कानून है यह। इसी कानून के सहारे तब की सरकार ने महात्मा गाँधी को जेल में डाल दिया था। अँग्रेज तो भाग गये पर कानून यहीं रह गया। अब तो भईया, ''यह सरकार निकम्मी है'' कहना भी देशद्रोह हो सकता है।''

''अड़ी बाप! कुछ बोले ही नहीं आदमी?''

''बड़े आंदोलनकारियों को इसी कानून की लाठी से हाँककर जेल में डाल चुकी है सरकार। अरुँधती राय, विनायक सेन, सीमा आजाद...नाम और भी हैं। उन्हें छुड़वाने के लिए हल्ला-गुल्ला मचाने वाले बहुत लोग थे....हम आदिवासियों

का कौन है? जेल में ही रह जाएँगे हम तो।''

सभा में भुतहा सन्नाटा व्याप गया था। सिनेमा-नौटंकी वाले गाली-बात भी बोलें तो कोई सजा नहीं। वही बात आम आदमी बोल दे तो जेल...? गजब रे सरकार। गजब सरकार की गजब रीत।

बर्फ सत्रहवें दिन पिघली थी।

कारखाना प्रबंधन की ओर से ''टारमो स्टील वर्कस यूनियन'' के तदर्थ सचिव बाबूलाल तिर्की को प्रबंधन के साथ वार्ता हेतु निमन्त्रण-पत्र मिला था।

अंग्रेजी भाषा में टंकित पत्र था। बाबूलाल के नाम...! डर गया था बाबूलाल। कहीं यह उसकी बर्खास्तगी का परवाना न हो। वह सोनारा के आते ही पत्र का मजमून जानने को व्यग्र हो उठा था। पत्र पढ़ते सोनारा को साँस रोके ताकता रहा था बाबूलाल।

पत्र पढ़ते-पढ़ते सोनारा के चेहरे पर भादो दोपहरी की धूप खिलने लगी थी।

''बधाई हो बाबूलाल! हम जीत गये। हमारी यूनियन को मान्यता देते हुए कंपनी ने बातचीत का न्यौता भेजा है ताकि आन्दोलन समाप्त किया जा सके।''

बौरा उठा था बाबूलाल तिर्की! हवा में मुट्ठी उछाल कर चीखा था, 'इन्कलाब...जिन्नाबाद!'

दफ्तर के सामने व्यस्त सड़क थी। राहगीर चौंककर दफ्तर की ओर ताकने लगे थे। चौंका डुमू मुंडा पूछने लगा था,

''सनक गये का बाबूलाल?''

''हाँ डुमू। सनकिए गये हैं...! तुम भी बोलो, सोना दाया जिंदाबाद! भईया महेश भी जिन्दाबाद!''

बात की बात में बात फैली थी। महेश भी तब तक जे.बी. के दफ्तर पहुँच चुका था। बाबूलाल को उत्तेजित देख चकित था। सोनारा समझा रहा था।

''माही ने क्या कहा था? अड़े रहो। तुमने माही पर विश्वास किया। विश्वास का फल अच्छा मिला। अब कम्पनी के साहब लोगों से बतिया कर लेन-देन तय करना है।''

''तो चलो, देरी काहे को!'' संघ का अध्यक्ष गुलाबसिंह उल्लसित था।

''नहीं। आज नहीं! हमें इतना उतावलापन नहीं दिखाना''—महेश का परामर्श था—''यह न लगे कि दबाव में हम थे। अभी तो लोहा बस गरम हुआ है गुलाब भाई। रात भर लहकने दो लोहा, तभी लोहे को मनचाहे आकार में मोड़ सकते हो।''

"माने बात कल...?" दशरथ सोय भी आ ही पहुँचा था।

"हाँ। आज बस बैनर-तख्तियाँ समेटो। शान्ति का सफेद झंडा टाँग दो। धरना कार्यक्रम आज से खत्म। मैं कम्पनी का न्यौता मंजूर करने की चिट्ठी तैयार करता हूँ। चिट्ठी पर गुलाब भाई के दस्तख्त और बाबूलाल अँगूठा लगाकर दफ्तर में दे आवें। चिट्ठी में हम वार्ता के लिए कल का समय तय करेंगे।"

"ठीक है।" गुलाब ने सहमति दी थी।

"मन काबू में रखो गुलाब भाई। कल हमारे आन्दोलन की पूर्णाहुति होगी।"—महेश ने कहा था—"अठारहवें रोज। समझो कि हम एक महाभारत लड़ रहे थे। अठारहवें दिन युद्ध खत्म!"

"ठीक्के बोलते हैं माही भइया"—बाबू लाल ने कहा था—"कानूनची आदमी की बुद्धि है न भईयन! गुलाब तो छटपट में लटपट बतियाने लगता है।"

बाबूलाल की बात...! हँस पड़े थे उपस्थित जन। तनिक लजाया-लजाया सा गुलाब सिंह...।

"टारमो-इस्पात" कारखाने में नियमित वेतनभोगी कारीगर और बाबू-कर्मचारी समूह में अधिकांश लोग झारखंड से बाहर के लोग थे। बिहार, पश्चिम बंगाल, ओड़िसा, छत्तीसगढ़ और उत्तरप्रदेश जैसे पड़ोसी राज्यों के गैर-आदिवासी लोग। ऐसे गैर-झारखंडी लोग झारखंड में रह-रहकर सिर उठाने वाले "आदिवासी बनाम बाहरी" जैसे विवादास्पद "डोमिसाइल मुद्दे" के कारण सशंकित रहते थे। किसी रैली-धरना-प्रदर्शन में यह वर्ग स्थानीय श्रमिकों के दबाव-भय से उपस्थित अवश्य हो लेता था परन्तु उनके भीतर यह धारणा जड़ जमाए थी कि यदि आन्दोलन का कोई लाभ मिला भी तो मात्र झारखंडियों को ही मिलेगा जबकि कारखाने में अधिकांश स्थानीय झारखंडी श्रमिक ठेका मजदूर थे, वह भी दलित और आदिवासी।

वार्ता में शामिल होने हेतु श्रमिक साथियों के कंधों पर सवार सोनारा और महेश "टारमो इस्पात" के बिरसा-फाटक पर पहुँचे तो वहाँ उल्लास छलक रहा था। भरपूर उत्साह था। गगनभेदी नारे थे।

साथियों को बाहर छोड़कर वार्ताकार सोनारा और महेश दफ्तर के परिसर में प्रविष्ट हुए थे। "टारमो-इस्पात" का सहायक सुरक्षा अधिकारी छोटेलाल बरई आगवानी करता उन्हें वार्ता कक्ष तक पहुँचा गया था।

वातानुकूलित कक्ष में महोगनी की विशाल मेज के पीछे गम्भीर मुद्रा बनाये बैठे थे प्रबन्धन के प्रतिनिधि वार्ताकार! मुख्य कार्यकारी अधिकारी विजयमोहन कुँवर,

चार्टड एकाउंटेंट तिलकराज नागरवाला, मुख्य अभियन्ता हरिश्चन्द्र कोड़ा और स्वयं महाप्रबंधक कंदुकूरि महालिंगम!

महालिंगम की पीठ की ओर विशाल शीशे की दीवार जैसी खिड़की थी। खिड़की से सटा, विनय की प्रतिमूर्ति बना खड़ा था ''टारमो-इस्पात'' का चीफ सिक्योरिटी आफिसर शान्तिस्वरूप पटवर्धन।

सोनारा ने वार्ता हेतु गुलाब सिंह द्वारा हस्ताक्षरित और बाबूलाल तिर्की का अँगूठा निशान लगा अधिकार पत्र प्रस्तुत किया था। ''टारमो-स्टील वर्कस यूनियन'' के सचिव और अध्यक्ष ने वार्ता हेतु अपने संरक्षक सोनारा मुंडा और विधि सलाहकार महेश मुकरुआर को अपना प्रतिनिधि अधिकृत किया था।

''सिग्नेचर एक ही है।'' अधिकार पत्र पर झुके कुँवर ने कहा था।

''दूसरा अँगूठा निशान है न?'' सोनारा ने कहा था।

''हाँ, सो तो है।'' व्यंग्य से मुस्कुराते विजयमोहन कुँवर ने अनाड़ी प्रतिद्वन्द्वियों को तिर्यक दृष्टि से देखा था।

''कल को कोई अशिक्षित निरक्षर व्यक्ति राज्य का मुख्यमंत्री बन गया तो समझौता पत्र पर उनके हस्ताक्षर इसी अधिकार के साथ माँग सकेंगे न आप?'' महेश ने औचक आक्रमण कर दिया था।

''ओह...हाँ-हाँ...यू आर राईट।'' कुँवर की हँसी लुप्त हो गयी थी। सिर सहमति में हिलने लगा था।

''हस्ताक्षर फर्जी हो सकते हैं साहबान, उँगलियों के निशान झूठे नहीं बनाये जा सकते।''

छोड़िए भी यह बेकार की बहस''—हरिश्चन्द्र कोड़ा ने बात टाली थी—''आप लोग बैठिए न, प्लीज!''

अब तक ''टारमो-इस्पात'' के उच्चाधिकारी संघ के वार्ताकारों को आँखों-आँखों में तौल रहे थे। अब अधिकारियों के चेहरे पर एक साथ चाबी भरे गुड्डों जैसी मुस्कान चिपक गयी थी।

महेश सहज था पर सोनारा थोड़ा घबराया हुआ था। जो प्रत्यक्ष पा रहा था सोनारा, वह आशातीत जो था। अभूतपूर्व जो था।...बैठने को गद्देदार कुर्सियाँ थीं। सामने बारह रुपये बोतल वाला पानी था। ढक्कन से ढँके झक्क ग्लास थे।

''हमने आपके माँग-पत्र पर विचार किया है। आपकी माँगें,—कुँवर ने मोहरा बढ़ाया था—''पहली ही वार्ता में इतनी ज्यादा...बड़ी-बड़ी माँगें हैं।''

''कृपया स्पष्ट करें,—महेश ने पूछा था—''कौन सी माँग बड़ी-बड़ी है?''

''लगभग सारी।''

"लगभग! याने कोई माँग तो ऐसी है न मान्यवर, जो बड़ी नहीं है। पहले क्यों न उसी का जिक्र हो जाय।" महेश ने मुस्कुराते हुए आग्रह किया था।

"जैसे कि...जैसे यही! स्कूल की माँग।"

"यह तो नाजायज माँग नहीं है। आप खुद ही विचार कीजिए जनाब। टारमो इस्पात के कर्मचारी आपकी प्रजा हैं तो इनके बच्चों के लिए कॉलोनी एरिया में कम से कम एक प्राइमरी स्कूल तो होना ही चाहिए न?" आखिर ये बच्चे आपका भविष्य भी तो हैं।"

"हमारा भविष्य...ये बच्चे?"

"हाँ सर! मानवीय गरिमा का अवमूल्यन कर नई आर्थिक नीति ने मनुष्य को कोयला, लकड़ी या डीजल-पेट्रोल की भाँति सिर्फ संसाधन में बदल दिया है। मानव संसाधन की यह नई खेप भविष्य में आपके कारखाने के काम ही तो आनेवाली है। फिर शिक्षा तो बच्चों का बुनियादी अधिकार है...आपको भी मानना चाहिए।"

"चाहिए...! जरूर मानता हूँ पर स्कूल के लिए बिल्डिंग, टीचर्स...एक इन्फ्रास्ट्रक्चर चाहिए मिस्टर महेश। पूरी व्यवस्था तुरन्त कैसे सम्भव है?"

"आपका तर्क जायज है। मैं आपसे सहमत हूँ पर तत्काल किसी ब्लाक के क्वार्टर्स में स्कूल की नींव तो डाली जा सकती है न? अस्थायी शिक्षकों के साथ एक शुरूआत तो की जा सकती है। इसमें क्या समस्या है?"

"चलिए ठीक है। इस सम्बन्ध में हम तुरन्त कार्रवाई शुरू करते हैं।" कुँवर ने माँगपत्र पर निशान लगाते हुए कहा था।

"दूसरी माँग हास्पिटल की है।"—नागरवाला ने विवश मुद्रा बना ली थी—"वह भी दस बिस्तरों वाला सुविधासम्पन्न हस्पताल! तुरन्त! इम्पासिबल!"

"असम्भव कुछ नहीं है महोदय। जब इस जंगल में फैक्ट्री स्थापित हो सकती है तो हस्पताल क्यों नहीं। शुरूआत में आप अपने ही प्राथमिक स्वास्थ्य केन्द्र की सुविधाएँ बढ़ाइए। फिर आगे देखेंगे।" महेश ने मानो उदारता बरती थी। ढील का पेंच खेला था।

"यह तो खैर मुश्किल नहीं है पर आगे अनुभवी डाक्टर्स, सर्जन, नर्सेज़...इक्विपमेंट्स..."

"विज्ञापन दीजिए"—सोनारा बोल पड़ा था—"यदि इस सप्ताह के अखबारों में हमें इस सम्बन्ध में रिक्तियों का आपका विज्ञापन दिख गया तो हम निःसंकोच आप पर भरोसा कर सकते हैं कि आपके प्रयासों में ईमानदारी है।"

"तुरन्त विज्ञापन...! यह तो ज्यादती है।"

"नहीं है। हमारी पहली-दूसरी माँग पर ही "टारमो इस्पात" जैसी बड़ी

कम्पनी अपने असमर्थता और संसाधनों की दुहाई देने लगे तो फिर इस बैठक का तो कोई मतलब ही नहीं रह जाता।''

''...चलो ठीक है, हमने माना! हैप्पी?'' महालिंगम ने हस्तक्षेप किया था।

''धन्यवाद मिस्टर महालिंगम...सर''—महेश ने तनिक सिर झुकाकर धन्यवाद दिया था—''आप उदार हैं। समझ सकते हैं कि आपकी फैक्ट्री के कचरे के कारण इधर की नदियाँ जहरीली हो चुकी हैं। भू-जलस्त्रोत में भी फास्फेट और आर्सेनिक की मात्रा...''

''यस, आई नो दैट।'' महालिंगम ने महेश को टोकते हुए स्वीकारा था।

''तो सर, यदि हम कारखाने के मात्र पाँच किलोमीटर के दायरे में आनेवाली बस्तियों के लिए शुद्ध पानी, दुहराता हूँ...सिर्फ पीने का शुद्ध पानी आपसे चाहें तो इसे हमारी ज्यादती कहेंगे आप?''

''बिल्कुल नहीं''—इस बार कुँवर ने उदारता दिखाई थी—''सच पूछिए तो इस मामले में हम बिना आपके कहे भी काम करने वाले थे। हाँ, इलाका थोड़ा सीमित था...दो किलोमीटर। आप सहमत होइए तो हमारे पास इस समस्या को दूर करने की योजना तैयार है।''

''हमारे माँगपत्र प्रस्तुत करने से पहले ही?'' चकित था सोनारा।

''जी हाँ। हमें भी पर्यावरण की फिक्र है मिस्टर सोनारा। हमें भी प्रदूषण की चिन्ता है।''

''हमारे पानी के टैंकर गाँवों में रोज एक फेरा लगाकर शुद्ध पेयजल उपलब्ध कराएँगे। आप हमारी इतनी सहायता करें कि ''—हरिश्चन्द्र कोड़ा की बत्तीसी खिल उठी थी—''कि दो किलोमीटर क्षेत्र में बसे गाँवों की सूची और रूट-मैप उपलब्ध करा दें। यह माँग तो हम कल ही पूरी कर सकते हैं।''

''बेहतर।'' सोनारा भी मुस्कुरा उठा था। कितना सहज घट रहा था सबकुछ!

''कम्पनी गाँवों में जलमीनार क्यों नहीं बनवा देती। इससे समय की बचत होगी, कीमती ईंधन भी बचेगा और आदमी भी कम लगाने पड़ेंगे।'' महेश ने प्रस्ताव रखा था।

''जलमीनार खड़ी करने में समय तो लगेगा ही। फिर आप ही हम पर आरोप लगाने लगेंगे कि इस समझौते को लागू  करने में विलम्ब कर रहे हैं।'' नागरवाला ने महेश के प्रस्ताव को टरकाया था।

''हालाँकि मिस्टर महेश की योजना वुरी नहीं है। मैं इसकी सराहना करता हूँ। देखा जाय तो लम्बे समय में यह हमारे फायदे की योजना है..क्यों साहबान?'' विजयमोहन कुँवर की घूमती आँखों ने समर्थन की माँग की थी।

"धन्यवाद कुँवर साहब कि आपने हमारे प्रस्ताव को सम्मान दिया। और बात है कि आपकी टीम को आम सहमति बनाने में शायद कुछ समय लगे।" महेश मुस्कराया था।

सोनारा अब संयत हो चुका था। आत्मविश्वास संजो चुका था। वार्ता सही दिशा में बढ़ रही थी। अतः उत्साहित सोनारा रुचिपूर्वक अपनी बातें रखने लगा था।

"अब कुछ आर्थिक मामले भी...।"

"मँहगाई भत्ते की पहली किस्त"—नागरवाला ने पिटारा खोला था—"अगले महीने से। मूल वेतन का पाँच प्रतिशत।"

"पाँच...! सिर्फ?"

पहली किस्त कहा मैंने! दुहराता हूँ। पहली! वर्ष में दो बार पाँच-पाँच प्रतिशत। आपकी माँग कुल दस प्रतिशत ही तो है...नहीं?" नागरवाला नाटकीय ढंग से माँगपत्र में झाँकने लगा था।

"आप सही हैं मिस्टर नागरवाला। हम भी अपने प्रबन्धन पर एक ही बार ज्यादा बोझ नहीं देना चाहते। आपका निर्णय हमें स्वीकार है। फिलहाल पाँच...।" महेश ने बात को समेटा था।

"...पक्के!" मुदित था नागरवाला। उसने अपनी कम्पनी के पाँच प्रतिशत बचा लिये थे...फौरी तौर पर ही सही।

"आप काफी समझदार है महेश और सहयोगी भी....लीजिए चाय आ गयी।"

हरिश्चन्द्र कोड़ा के संकेत करते ही वर्दीधारी सेवक सबके सामने चाय के प्याले परोसने लगे थे। छोटी प्यालियों में उम्दा बिस्किट और नमकीन भी! बिस्कुट चखते सोनारा ने बात बढ़ाई थी।

"बोनस पर भी कुछ कहेंगे नागरवाला साहब?"

"क्षमा चाहूँगा मिस्टर मुंडा! दिहाड़ी मजदूरों के लिए बोनस की व्यवस्था नहीं होती। एक भी कम्पनी का उदाहरण दें तो सोचूँगा। हाँ, नियमित श्रमिकों और कर्मचारियों को सरहुल, करमा, होली या दशहरे पर कुछ बोनस देने पर विचार किया जा सकता है।"

"सिर्फ विचार? सहमति नहीं?"

"मैं आश्वासन देता हूँ मुंडा जी कि बोनस इतना बड़ा मुद्दा नहीं होगा कि...क्यों चाय का जायका खराब किया जाय"—हँसा था नागरवाला—"कितना प्रतिशत, कुल खर्च कितना, कितने दिनों का बोनस...आकलन तो करना पड़ेगा न?"

"आपके उदार दृष्टिकोण के लिए धन्यवाद मिस्टर नागरवाला"—महेश ने कहा था—"नियमित श्रमिकों के लिए बोनस की स्वीकृति हेतु मेरा आभार स्वीकार

करें परन्तु दैनिक श्रमिक हमेशा दिहाड़ी मजदूर ही बने रहेंगे तो उनका जीवन स्तर कैसे सुधरेगा?''

''मजदूरों का जीवन-स्तर सुधारने की जिम्मेदारी हम नहीं उठा सकेंगे महेश जी...क्षमा करें''—विजयमोहन कुँवर की आवाज ऊँची थी—''हाँ, हम कोशिश कर सकते हैं कि हर वर्ष कुछ कुशल श्रमिकों को उनके सेवाकाल के आधार पर नियमित कर दें।''

''फिलहाल तो हम इतना ही कर सकते हैं''—नागरवाला ने स्पष्ट किया था—''दरअसल अभी कम्पनी को ज्यादा श्रमिकों की जरूरत भी नहीं है ऊपर से विश्वव्यापी मंदी भी उद्योग-धंधों पर भारी पड़ रही है।''

''विवशता है भई।'' कुँवर ने कहा था।

''बावजूद इसके, हमें आपके आश्वासन पर भरोसा है कुँवर साहब''—महेश ने चाय खत्म की थी—बिना आपसी भरोसे के न हम जी सकते हैं, न कम्पनी चल सकती है।''

''करेक्ट!''

''आपका संगठन नया-नया है फिर भी हमने आपकी लगभग सारी माँगें मान ली हैं। हमारी कम्पनी उदार है। आपने जो माँगा, हमने दिया''—नागरवाला ने खींसें निपोर कर कहा था—''जाहिर है आगे भी आप माँगते रहेंगे। क्षमता के अनुसार हम माँगें पूरी भी करेंगे। किसी को कुछ देना तो पुण्य का काम है...क्यों?''

''अभी और बोलेंगे या कह चुके?'' महेश की आवाज खुरदुरी हो उठी थी।

''कह चुका...क्यों?''

''तो अब मेरी सुनिये। दान या भीख देने का पुण्य कार्य मत कीजिए आप। हमारी माँगें जायज और विधिसम्मत है। शिष्ट भाषा में माँगे वर्ना हैं हमारा अधिकार। जंगल हमारी जन्मभूमि ही नहीं, कर्मभूमि भी है। हमारी रोजी-रोटी...''

''...हमें इससे कभी इन्कार नहीं है।''

''तो यह भी स्वीकार कीजिए कि यह जल, जंगल और जमीन हमारी संस्कृति का हिस्सा भी है। हमारी मर्यादा, जो बिकाऊ नहीं होती। इस क्षेत्र के पर्यावरण को तबाह करने का खामियाजा न आपके मॉरिस डिगोरी चुका सकते हैं, न ही तारकेश्वर सिंह शाहदेव चुका सकेंगे फिर यह ''टारमो-इस्पात'' क्या चीज है? आप साहबान मेरा विश्वास कीजिए, दोनों महानुभावों की तमाम परिसंपत्तियाँ नीलाम भी कर दी जायें तो भी वे जंगल की तबाही की भरपाई नहीं कर सकते।''

महेश की आवाज में आवेश रंचमात्र नहीं था। भंगिमा भी शान्त। अलबत्ता आँखें सर्द थीं। फक्क था नागरवाला। मुस्कान तिरोहित!

"मेरे कहने का मतलब यह नहीं था जोकि आप समझ बैठे..." बात सँभालने की हड़बड़ी हुई थी। "मिस्टर महेश कृपया इसे गंभीरतापूर्वक न लें। डोंट टेक अदरवाइज।"

"आपका मन्तव्य जो भी हो, आपने शब्द गलत चुने। आपका लहजा दम्भ भरा है। आपने कुछ का कुछ कह डाला तो कुछ सुनने की ताव भी रखिए।"

"जी हाँ...जी हाँ.... ।"

"आपने हमारी रोजी, खेत, जमीन, नदी, कुएँ, घर,...यहाँ तक कि हमारे शमशान तक छीन लिये हैं। बदले में हम "टारमो-स्टील' में हिस्सेदारी तो नहीं माँग रहे न? अपने लिए थोड़ी सुविधा ही तो चाहते हैं और आपको लगता है कि अपने कम्पनी की सारी कमाई ही हम पर लुटा दी?'

नागरवाला भौंचक्का था। विचलित हरिश्चन्द्र कोड़ा भी पहलू बदलने लगा था। महालिंगम की ललाट पर मोटी धारियाँ उग आई थीं। महेश से अक्रामक व्यवहार की उम्मीद किसी को नहीं थी।

"मिस्टर महेश, कृपया गुस्सा थूक दें। "फॉरगिव हमि फॉर हिज वर्ड्स"। नागरवाला, खेद प्रकट करो।"

"एक्स्ट्रीमली सॉरी फार दैट।"—"आमम एक्स्ट्रीमली सॉरी फार दैट"—छूटते ही बोला था नागरवाला।

शान्त बैठा। शान्त-सौम्य महेश ही था या कोई दूसरा व्यक्ति जो गैर-आदिवासी समाज के प्रति प्रतिशोध की हद तक आक्रामक हो उठा था? सोनारा की पुतलियाँ चौड़ी हो गईं थीं।...कहाँ छुपी हुई भी मक्खी भी न मार सकने योग्य दिखने वाले महेश के भीतर इतनी आग। शहर से आया महेश थोड़े ही दिनों में आदिवासी दु:ख-दैन्य की धारा में कितने गहरे तक उतर चुका था... ?

नागरवाला को अप्रिय स्थिति से उबारते विजयमोदन कुँवर ने आदेश दिया था, —"समझौते पर दस्तखत भी होने है" मिस्टर नागरवाला। मैटर टाइप करा लीजिए।

नागरवाला के नितम्बों के नीचे मानो कुर्सी तप रही थी। वह अविलम्ब उठा था और समझौता-पत्र के ड्राफ्ट के साथ कक्ष से बाहर निकल गया था।

"...और अब मिस्टर महेश, प्लीज कूल डाउन।" कम्पनी यूनियन या स्थानीय लोगों से टकराव नहीं चाहती। हम बिजनेसमैन हैं...संगठन और प्रबंधन के बीच बेहतर संबंधों के हामी हैं। आशा है आपकी यूनियन भी हमारे साथ सहयोग करेगी।" विजयमोहन कुँवर ने वार्ता के समापन का संकेत किया था।

"मैं आपके विचारों की कद्र करता हूँ कुँवर साहब"—महेश उठ खड़ा हुआ

था—"मैं यूनियन के सेक्रेटरी और प्रेसिडेंट को आपके पास भेज रहा हूँ। समझौते पर उनके ही दस्तखत हों तो बेहतर।"

"जैसा आप चाहें, हो जायेगा।" कुँवर ने चैन की साँस ली थी।

"मिस्टर सोनारा "टारमो स्टील वर्क्स यूनियन" के मेंटोर हैं। बाबूलाल जी के हस्ताक्षर को सोनारा ही सत्यापित करेंगे। यहाँ कुछ अप्रिय वार्तालाप भी हुआ, मुझे इसके लिए अफसोस है। एंड नाओ, थैंक्स टू ऑल ऑफ जेन्टलमेन।"

महेश वार्ताकक्ष से बाहर निकल गया था। महालिंगम ने कोट की जेब से रुमाल निकाला था। ललाट पर रुमाल फिराते महलिंगम ने भ्रू-संकेत से शान्तिस्वरूप पटवर्धन को अपने निकट बुलाया था।

पटवर्धन निकट आया था। महालिंगम इतने धीमे बोल रहा था कि मात्र होंठ हिलते दिख रहे थे। पटवर्धन ने महालिंगम के कंधे पर अपनी ठुड्डी टिका दी थी। महालिंगम फुँफकार रहा था।

"यह शख्स मुझे नापसन्द है, आई जस्ट डोंट लाईक दिस महेश मुरक...मुरक....मुरकु...।"

"असुर सर!"

"हू एवर ही इज, असुर या महिषासुर। पटवर्धन, यह आदमी खतरनाक है, बहुत ज्यादा खतरनाक। इस पर कड़ी नजर रखो। ही शूड बी इलिमिनेटेड।"

"सर...!" पटवर्धन ने सरगोशी की थी।

सोनारा ने समझौता वार्ता की सफलता का सारा श्रेय महेश को दे डाला था। बाबूलाल तिर्की और गुलाब सिंह ने तो महेश को नायक प्रचारित करने में कोई कसर नहीं छोड़ी थी।

आसपास के गाँव में जहाँ-जहाँ शुद्ध पेयजल के टैंकर पहुँचे थे, महेश असुर का नाम भी पहुँचा था। लोग महेश को जानने लगे थे। मॉरिस टाउन और आस-पास के क्षेत्र में अचानक महेश महत्त्वपूर्ण व्यक्ति हो गया था। अब आदिवासी समाज का अपना आदमी हो चुका था महेश! घर-गाँव का असुर लड़का!

आदिवासी समाज सगर्व कह सकता था कि उनके बीच का आदमी उच्चशिक्षित भी था और विधिवेत्ता भी। रणनीतिज्ञ और संगठनकर्ता भी। उनका "महेसवा" कम्पनी के साहेब लोग के मुँह पर "फर्र-फर्र" शहराती भासा में रंगरेजी बोली बोल सकता था।

गैर-झारखंडी समाज के लोग, "टारमो-इस्पात" के नियमित श्रमिक और बाबू वर्ग जो महेश असुर के आदिवासी होने या झारखंडी-गैर झारखंडी मतभेदों से

सशंकित रहते थे...उनका संशय भी तिरोहित हो चुका था। बोनस और वेतनवृद्धि का आर्थिक लाभ तत्काल उन्हें ही मिलता दिख रहा था। अब महेश ऐसे लाभान्वित संभावितों का भी नायक था। अब उन्हें भी ''झारखंड बंधु'' अपना हितैषी संगठन लगने लगा था।

''झारखंड बंधु'' की सदस्यता अचानक बढ़ने लगी थी। ''टारमो इस्पात कर्मचारी संघ'' की विश्वसनीयता स्थापित हो चुकी थी। जे.बी. का दफ्तर हमेशा भरा-भरा रहने लगा था।

सोनारा नहीं होता तो महेश को ही लोगों के दु:ख-सुख साझा करने होते थे। महेश भी सांगठनिक कार्यों, लोगों की समस्याओं और उलझनों में उलझने लगा था। जुड़ता गया था आदिवासी जन से। उस असुर बिरादरी से भी महेश को मान मिलने लगा था जो उसे ''जाट असुर'' समझते थे।

एक साँझ जब सोनारा के घर पर आने वालों का तांता लग गया तो अभ्यागतों का स्वागत करती नीलमनी थककर झुँझला उठी थी,

''मुझे घर पहुँचने में देरी हो जाती है आजकल। रात का खाना आज खुद पकाईए आप लोग। अब मुझसे दाया की गृहस्थी नहीं सँभलने वाली। माही,...दया को बोलिए, अब शादी कर ले।''

''शादी के लिए एक लड़की भी तो चाहिए।'' महेश ने कहा था।

''पुटुस तो कब से तैयार बैठी है पर दाया है कि कंधे पर हाथ नहीं रखने देता।''

''मैं बात करूँगा सोना से।''

''अभी कीजिए।''

नीलमनी और महेश के बीच चलती बतरस के निरपेक्ष सोनारा मेज पर बैठा कुछ लिखने में व्यस्त था।

एक गाँव था बैरियाटांड़! बैरियाटांड़ड़ की जमीन पर ''टारमो-इस्पात'' के अवैध अतिक्रमण के विरुद्ध अखबार के लिए कोई लेख तैयार कर रहा था सोनारा। महेश ने सोनारा का ध्यान आकर्षित किया था।

''सुनते हो सोना? ठीक तो कह रही है नीली। तेरे पास नौकरी है। एक संगठन है। घर है। जीवन में एक ठहराव है...अब घरनी क्यों नहीं लाता भाई?''

''तूने जो कहा है, मैंने सुना। सब है मेरे पास बंधु, नहीं है तो मेरे पास समय नही है और जो गिटपिट तुम दोनों में चल रही है न, इसका मतलब मैं खूब समझ रहा हूँ।''

सोनारा भेदी नजरों से नीलमनी को ताकने लगा था। बिस्तर ठीक करती

नीलमनी के हाथ ठिठक गये थे। चोर की दाढ़ी में तिनका...। कह रहा था सोनारा,

''मैं इतना स्वार्थी नहीं माही कि बहन कुंवारी बैठी रहे और मैं ब्याह रचा लूँ। इतना बेशर्म भी नहीं हूँ कि बहन की राह में रोड़ा बनूँ। जैसे ही कोई योग्य बिलौटा मिला, पहले इस बिल्ली के गले में घंटी बाँधूँगा, फिर अपने ब्याह की सोचूँगा।'' बात पूरी हुई थी।

''मैं तो अभी कित्ती छोटी हूँ दाया, बड़े तुम हो। पहले तुम तो मौर (सेहरा) पहनो।'' बिसूर कर बोली थी नीलमनी।

''माही बताए तू सचमुच छोटी है या बड़ी।''

''माही क्यों बताएँ?''

''मुँह न खुलवा बिल्ली। अब मैंने खाका खींच दिया। रंग भी भरकर बताऊँ कि माही क्यों?'' हँसने लगा था सोनारा।''

''भक्क् दाया, तुम भी न...'' झुँझलाती नीलमनी किचन में भाग छुपी थी।

''और तू रे माही, हँसता क्या है रे? इस बिल्ली के सामने चूहा क्यों बन जाता है? बिल्ला बन कर दिखा तो तेरे बारे में भी सोचा जा सकता है।''

''बेपर की मत उड़ा सोना।'' महेश सकपका गया था।

''उड़ तो तू रहा है बंधु! सयानी होती बहन का भाई हूँ। तेरे परों पर हल्दी लगा दी है मैंने। किचन में जा के अपने पर देख।''

मानो चोरी पकड़ी गयी थी। महेश लजाई-खिसियाई हँसी हँसने लगा था। सोनारा पुन: लिखने में प्रवृत्त हुआ तो मानो महेश को राहत मिली थी। बात आई-गई हो गयी थी।

रम गया था महेश संजीव नगर में। रम गया था महेश असुर सोनारा के घर में जहाँ जीने के बहाने भी थे और जीने के सहारे भी। संजीवनगर का वह घर मानो उसका अपना घर हो चुका था जहाँ सोनारा जैसा मित्र-भाई था। जहाँ नीलमनी थी जो अभी कच्ची निबौली होती थी और कभी पका शहतूत! कभी कीकर का काँटा होती थी तो अभी हरसिंगार का फूल...!

वहीं बस ही तो गया था महेश असुर का मन जहाँ घर के बाहर खड़े हरसिंगार पर जाड़े की आहट सुनते ही खूब-खूब फूल आने लगे थे। भोर में पतली चादर की भाँति जमीन पर बिछ जाने वाले श्वेतपुष्प।...जहाँ घर की छत से शारदीय आकाश में मटमैले हरेपन के साथ उँघते दिखते थे आकाशचुम्बी सागौन के वृक्ष। सोनारा के घर की छत पर मादक गंध से मदमत्त हवा भी क्या खूब बहती थी।

खरहापाट, हिरनापाट और महुआपाट की पहाड़ियों से आगे...खैरापाट के जंगल से ठीक पहले ही बसा हुआ था गाँव बैरियाटांड़! खैरापाट के सीमांत पर।

यह दुर्गम जंगल शुरू होने से पहले की अन्तिम बस्ती थी। पच्चीस-तीस घरो वाला, मुंडा लोगों का गाँव था बैरियाटांड़!

''टारमो-इस्पात'' को लौह-अयस्क के खनन हेतु पाट की पहाड़ियों का पट्टा मिला हुआ था। पहाड़ियों से नीचे, तराई की जमीन पट्टे की सीमा में नहीं आती थी लिहाजा बैरियाटांड़ बस्ती खनन की सीमा से बाहर थी परन्तु जब ''टारमो-इस्पात'' के माइनिंग इंजीनियर कंपनी द्वारा अधिग्रहीत भूमि की हदबंदी करने गये तो तराई में उतर गये थे।

पहाड़, जंगल, जमीन और जल पर पहला अधिकार उस क्षेत्र में बसे आदि निवासियों का होना चाहिए। जनहित के लिए सरकार द्वारा पहाड़ अधिग्रहीत कर ''टारमो-इस्पात'' को सौंप दिये गये थे परन्तु जिला प्रशासन और खनन माफिया का गठजोड़ अधिग्रहण की सीमा का अतिक्रमण करता रहा है...बेल्लारी हो या बैरियाटांड़! रही बात कानून-व्यवस्था की, तो पुलिस स्थानीय लोगों के हितों की रक्षा करने की बजाय जबर लोगों के पक्ष में मूकदर्शक बनी रहती है। बैरियाटांड़ में भी यही हो रहा था।

पाट की पहाड़ियों से नीचे तराई में उतरकर दो किलोमीटर आगे तक बढ़कर ''टारमो-इस्पात'' के खूँटे गाड़ दिये गये थे। स्थानीय आदिवासियों के विरोध करने पर खनन अभियन्ताओं ने तर्क दिया था कि जब पाट की पहाड़ियों पर विस्फोट किये जायेंगे तो धमाकों के साथ उड़ती चट्टानें-पत्थर दूर-दूर तक जा गिरेंगे अत: गाँव के खेतों को भी बाड़ से घेर दिया गया था। आश्चर्य था...! दो किलोमीटर तक कैसे उड़ सकते थे पत्थर...?

अन्दर की बात यह थी कि ''टारमो-इस्पात'' के माइनिंग इंजीनियर ने पाया था और केमिकल इंजीनियर ने पुष्टि की थी कि बैरियाटांड़ के नीचे अभ्रक और बाक्साइट का भंडार था जिसका उपयोग इस्पात निर्माण में भी किया जा सकता था।

गाँव तक खूँटा गड़ने की खबर लेकर फगुनी मुंडा ''झारखंड बंधु'' के दफ्तर तक पहुँचा था। सोनारा ने ''सूचना के अधिकार'' के द्वारा प्राप्त भूमि-अधिग्रहण के दस्तावेजों का अध्ययन किया था तो बात स्पष्ट हो गयी थी कि ''टारमो इस्पात'' की हदबन्दी अवैध थी। यह बैरियाटांड़ गाँव का अवैध अतिक्रमण था। ''टारमो-इस्पात'' बलात् जमीन पर कब्जा करना चाहता था। पहाड़ियों में होनेवाले धमाके वैसे ही बैरियाटांड़ के निवासियों का जीना दूभर करनेवाले थे। गाँव के सिवान पर अवैध खनन का अर्थ यह था कि मिट्टी की दीवारों वाले घर ढहने-भहराने वाले

थे। छप्परों के खपरैल टूट-टूटकर झड़ने-बिखरने वाले थे। जल-स्तर पाताल तक गिरने वाला था और कुएँ सूखने वाले थे।

''टारमो इस्पात'' के दलाल-बिचौलिए बैरियाटांड़ के मुंडा लोगों के शुभचिन्तक बन गये थे। बाजार में, सड़क पर या बैरियाटांड़ तक पहुँचकर मुंडा लोगों को सद्‌बुद्धि दे रहे थे ''रियल स्टेट'' के सौदागर।

''अब रोज धड़ाम-गड़ाम होगा इधर। घर ढह गया तो दब मरोगे। घर-जमीन बेचकर हट जाओ यहाँ से। बढ़िया रुपया मिलेगा, कहीं और जमीन खरीदकर पक्का मकान ठोंक लो। जब कहो, नगद रुपये गिनवा देंगे हम।''

''इधर जमीन कहाँ है जो खरीद लेंगे हम?'' उत्तर मिलते थे, ''आगे जंगल है। पीछे की जमीन के भाव में आग लगी है। कैसे बेच दें हम अपनी जमीन?''

''कारखाने में नेताजी का भी रुपया लगा है। पाट तो समझो नेताजी ने ही खरीदा है। राजी-खुशी गाँव नहीं छोड़ोगे तो नेताजी का गोस्सा जानते ही हो। गाँव पर बुलडोजर चढ़वा देंगे नेताजी।'' डरा रहे थे दलाल।

''कैसे डोजर चढ़ा देगा कोई''—गाँव के नये लड़के अड़े हुए थे—''पुलिस नहीं है? हाकिम नहीं है? हमारे पास जमीन का खाता-खतियान नहीं है क्या?''

''पुलिस हाकिम सब नेताजी के पाकिट में है बाबू। अपना समझ के समझा रहे हैं तो तीता लग रहा है? भले-भले जमीन बेचकर जीत जाओ। ढेर थाना-पुलिस बतिआओगे तो जमीन भी हाथ से निकल जाएगी और एक छेदहवा किर्री (छेद वाला पुराना ताम्बे का सिक्का) नहीं हाथ लगेगा।''

आदिवासियों में सर्वाधिक जागरूक है मुंडा समाज। बैरियाटांड़ के सजग मुंडा लोगों ने डुमरसोता, बनासकांठा, सांगाबार, सीमरसोत और गजलीठोरी गाँवों की जमीनों की लूट देखी थी। जिन भू-खंडों को कभी कौड़ियों के मोल कोई नहीं पूछता था, जब कारखाने की हवा चली तो अंधाधुंध मुहरों के मोल जमीनें बेचने लगे थे लोग। झनाझन बरसने लगा था रुपया।

दलालों ने सैकड़ों की जमीनें लाखों में बेची थी। साहू गगनबिहारी जैसे लोगों ने अपनी लंगोट-टोपी तक बेचकर जमीनें खरीदी थी और फिर कंपनी को बेच डाली थी। इस खरीद-बिक्री के नफे से गगनबिहारी साहू राजा बन गये थे। मूर्ख बने थे आदिवासी।

बैरियाटांड़ के मुंडा न रुपये के लालच में आ रहे थे, न किसी डर से भयभीत हो रहे थे। एक रात पंचायत भी बैठी थी और गाँव के नये लड़कों ने साहस कर गाँव के सीमान्त पर गड़े ''टारमो-इस्पात'' के सारे खूँटे उखाड़ फेंके थे।

''जंगलियों का इतना साहस? कम्पनी के खूंटे उखाड़ डाले? कम्पनी का

खूँटा फिर गाड़ा जायेगा। लाठी के जोर पर।'' बैरियाटांड़ तक यह घोषणा पहुँचा दी गयी थी।

धमकी की नंगी तलवार गर्दन पर लटकने लगी थी। बैरियाटांड़ के मुंडा तब सोनारा की सहायता माँगने पहुँचे थे। सोनारा ने धीरज बँधाया था,

''मैं चलूँगा बैरियाटांड़। ऐसे कैसे गाँव में जबरन खूँटा गाड़ देगा कोई? अंधेर राज है क्या? तुम सब अड़े रहो तो मैं भी तुम्हारे साथ खड़ा हूँ।''

''झारखंड बंधु'' ने बैरियाटांड़ गाँव में ''टारमो-इस्पात'' के त्रुटिपूर्ण अतिक्रमण को जमीनों के दस्तावेजी सबूतों के साथ अवैध साबित करते हुए कारखाना प्रबंधन को ज्ञापन दिया था। गाँव में किसी संभावित अव्यवस्था की सूचना लिखित रूप में थाने में भी दे दी थी। प्रान्तीय अखबारों के स्थानीय संवाददाताओं तक इस अन्यायपूर्ण, शोषणकारी और गैरकानूनी भूमि हड़प की बात पहुँचाई गयी थी।

किसी के कान पर जूँ नहीं रेंगी थी। कोई पत्रकार मौके का जायजा लेने बैरियाटांड़ नहीं गया था। ''टारमो-इस्पात'' की ओर से ''झारखंड बंधु'' को कोई स्पष्टीकरण नहीं दिखाया गया था। ''मॉरिस टाउन'' थाने की पुलिस जीप कभी-कभार गश्त करती उधर निकलती भी थी तो गाँव के बाहर वाली कच्ची सड़क पर एक दिशा से आती और बिना धीमी हुए दूसरी दिशा की ओर निकल जाती थी।

बैरियाटांड़ के वातावरण में तनाव था...आशंका थी! सशंकित लोगों के संबल की भाँति सोनारा बैरियाटांड़ पहुँचा था। गाँव में टिककर, गाँववालों को उनके अधिकारों के प्रति सजग कर रहा था। मुंडा लोगों को जागरूक कर रहा था कि अपने घर में घुस आए चोर या वन्य पशु के विरुद्ध संगठित होना अपराध नहीं बल्कि गाँव वालों का अधिकार है।

कच्ची सड़क और गाँव के बीच गैरमजरुआ जमीन पर पीपल का एक महावृक्ष था। पीपल की कोटर से जन्मा था बरगद का लगभग वैसा ही बड़ा-घना वृक्ष।

वर्षों पुराने उस महावृक्ष की जड़ को घेरे हुए निर्मित था मिट्टी का अनगढ़ चबूतरा। गाँव के मुंडा ही नहीं, अन्य जातियों का भी देवथान था यह। बरगद-पीपल की शाख-पात पर गौरैया बाबा, गम्हेल बाबा, बैमत दाई, और भी कई देवी-देवताओं का वास था।

पीपल की जड़ पर चढ़ावे चढ़ते थे। छोटे-छोटे मृदभांड़, मिट्टी के हाथी-घोड़े, ढक्कन-ढकनी। पूरे-टूटे-अधटूटे चढ़ावे पीपल तले पड़े रहते थे। पीपल के तनों से लिपटे रहते थे ढेरों धागे। फड़फड़ाते रहते थे कपड़ों के रंग-बिरंगे चिथड़े।

सोनारा ने उसी चबूतरे पर डेरा जमा लिया था। वहीं रोटी-पानी भी करता था। वहीं एकत्रित होता था मुंडा समाज। वहीं मुंडा लोगों से परामर्श-विमर्श करता

था सोनारा।

"गजलीठोरी के मुंडा लोगों को बहका-फुसला कर सस्ते में जमीन ठग लिये दलालों ने। तुमने लालच को जीत लिया तो अब वे तुम्हें डर दिखा रहे हैं। खरहापाट-हिरनापाट के असुरों की तरह तुम्हें धमका कर बेघर-बेजमीन करना चाहते हैं ये दलाल।"

"टारमो इस्पात" के विरुद्ध "बिरसा फाटक" पर चले अठारह दिवसीय धरने में बैरियाटांड़ के कुछ श्रमिक भी शामिल थे। मजदूर संगठन के समक्ष कम्पनी को झुकता देख चुके थे वे श्रमिक! अब सोनारा उनके साथ बैठा था अतः मुंडाओं को विश्वास था कि उनका प्रतिरोध भी सफल होगा।

महावृक्ष के तनों से धागे-चिथड़े बाँधकर मुंडा समाज ने अपने दुःख-ताप और हारी-बीमारी के साथ-साथ आज मानो अपने भय-शंकाओं को भी प्रकृति में कील दिया था। जीवनदात्री प्रकृति और सहचर की उपस्थिति में वे अपने घर-खेत-भूमि की लूट के प्रति सजग हो चुके थे।

"हम नहीं देंगे जमीन। हम नहीं छोड़ेंगे घर। असुर लोगों की तरह डरकर भागेंगे भी नहीं...बीरसाइत हैं हम।" जीतू अकड़कर बोला था।

"तो बाँध लो कमर में गमछा। लपेट लो कपार पर फेंटा। रुपया झमका कर हारे हुए लोग अब लाठी चमकाते आएँगे। पुलिस भी आए तो जमीन पकड़ कर बैठ जाना। तुम भी हाथ-पैर मत चलाने लगना। सोनारा ने समझाया था।"

"पुलिस भी आएगी? का करेगी पुलिस यहाँ?" बूटन का सवाल था।

"जबरन उठाकर थाना ले जाएगी पर डरना मत। चार दिन जेल में तुम्हें नहीं रोक सकेगी पुलिस। हमने कोई अपराध नहीं किया। माही है न? डालटनगंज इजलास में नालिश करेगा माही। दो दिन में छूट कर घर आ जाएँगे हम।" सोनारा ने आश्वस्त किया था।

"फिर काहे को डरें हम? कोई यहाँ से पात भर नहीं हिलेगा सोना।" बूढ़े जनेसर की बात मानो पूरे गाँव का निर्णय था।

"यहाँ से हट गये तो समझो मर गये। टाटा में कारखाना गाड़ा गया था तो पैंतीस हजार लोग बेघर हुए थे। नेतरहाट में चाँदमारी का मैदान बना तो ढाई सौ गाँव उजड़ गये थे। कोयल-कारो डैम में दो सौ गाँव डुबा दिये सरकार ने।"

"घर-खेत बेहाल हुए तो आदमी तो जीते जी मर जायेगा न बेटा?"

"इसीलिए तो कहता हूँ काकू कि पहाड़ का पट्टा खरीदा है तो कम्पनी पहाड़ कोड़े...गाँव में नहीं घुसने देंगे। खेती की जमीन को कागज पर बंजर दिखाकर बकरी के भाव में जमीन खरीदना चाहेंगे दलाल। बाद में बैल के भाव पर बेच देंगे,

उसी कम्पनी को। नफा दलाल का, नुकसान सब तुम्हारा होगा।''

''हमें किसी भाव पर जमीन नहीं बेचना! गजली के खेतिहर मुंडा जैसा पत्तल-दतवन बेचकर नहीं जीना हमें।'' जीतू ने कहा था।

''कम्पनी नौकरी भी देती है।'' जोबा ने दबी आवाज में कहा था।

''कितने लोगों को नौकरी दी कम्पनी ने? नौकरी भी कैसी? बाबू की थोड़े! दरबानी, बोझाड़ी, सफाई कर्मचारी! ऐसी नौकरी में न घर होगा, न खेत। जीने-खाने भर रुपया मिलेगा...बस।''

''नौकरी का लालच ठीक नहीं रे जोबा! असुर, बिरहोर या नागोशिया खेत के बिना जी सकते हैं। बाकी मुंडा-संताल बिना खेती-किसानी नहीं जी सकता बाबू।'' फागुन ने कहा था।

''इसीलिए कहता हूँ बंधु, अड़े रहना—'' सोनारा ने बताया था—''अकेले तुम्हीं नहीं हो जो अपनी धरती के लिए अड़ोगे, दूसरे भी हैं।''

''कौन गाँव के?''

''आसनबनी में ''भूषण स्टील'' के सामने अड़ गये हैं लोग। टेटोपसी में टाटा कम्पनी के सामने अड़े हैं लोग। माहुलडीह-सरायकेला में आदिवासी जन खदान को घेर कर बैठ गये हैं कि खदान लूट बन्द करो। बहुत लोग हैं बंधु जो तुम्हारी तरह जमीन लुटेरों से जूझ रहे हैं। लड़ाई बन्द नहीं है।''

बूढ़े, जवान, बच्चे और...औरतें भी। पीपल वृक्ष के नीचे लगभग दिन भर पंचायत बैठने जैसा दृश्य उपस्थित रहने लगा था। यह नियमित दिनचर्या थी। अघोषित धरना था।

सभ्यता और व्यापार के पहियों वाले रथ पर सवार अंग्रेज जब पूँजी के घोड़े से खिंचते रथ के साथ पहली बार झारखंड के जंगलों में उतरे थे तो उनके रथ का मार्ग आदिवासियों ही रोका था। तिलका माँझी ने। अब विकास और बाजार के पहिए थे, पूँजीवाद के घोड़े। रथ पर सवार थी अपनी ही चुनी गयी सरकार। पुनः इस रथ को रोकने को अड़े-खड़े थे वही आदिवासी...बैरियाटांड़ के। जनम-जनम के शोषित-वंचित विस्थापन को अभिशप्त आदिवासी..झारखंड के।

सोनारा के बैरियाटांड़ पहुँचने के पाँचवें दिन दिनचर्या की नियमितता में व्यतिक्रम हुआ था। कच्ची सड़क पर ''मारिस टाउन'' थाने की पुलिस जीप रुक गयी थी। जीप से बाहर निकला था सब-इन्सपेक्टर बजरंग सिंह यादव।

जीप के पीछे से चार रायफलधारी सिपाही भी बाहर निकले थे। न कोई पुकार, न कोई टोका-टाकी। जीप की बोनट पर कुहनी टिकाए बजरंग सिंह चुप खड़ा पीपल की ओर टुकुर-टुकुर ताके जा रहा था।

पुलिस और मरखना साँड़...। शान्त नहीं रहते कभी! कुछ नहीं तो सांड मेंड़ खूँदता चलता है और गालियाँ बकती रहती है पुलिस। फिर आज पुलिस की चुप्पी का रहस्य...?

मानो सिर पर नंगी तलवार लटक रही थी। बूटन, छुट्टन, मंगरा, फगुनी, जीतू, जगेसर...सब चिमिगोंईया करने लगे थे। क्यों आज बगुले की भाँति टकध्यान लगाये था बजरंगी? खाकी रंग से सशंकित रहते हैं वनवासी।

खाकी रंग का होता है बाघ। खाकी रंग का होता है शेर! खाकी रंग के ही होते हैं सियार—लकड़बघ्घे। गेंहूमन साँप भी खाकी रंग...!

"डरो मत। चुपचाप बैठे रहो। शान्त!" सोनारा ने ढाढ़स बँधाया था।—"हम कोई गैरकानूनी काम नहीं कर रहे जो डरें। हमारा संविधान कहता है कि जल, जंगल, जमीन के मूल मालिक हम हैं। आदिवासी! हम पर राँची सरकार या दिल्ली सरकार का कानून नहीं थोप सकती पुलिस!"

दस मिनट बीते थे। पंद्रह मिनट....। जनबल और पुलिस बल मानो एक दूसरे के मनोबल को तौल रहे थे। मानो अदृश्य प्रत्यंचाएँ तनी हुई थीं।

अचानक धूल उड़ाती दो लारियाँ पुलिस जीप के निकट पहुँचकर रुक गयी थी। छोटी बसें...। बसों से बाहर उबल पड़े थे हथियारबंद लोग।

हाथों में लाठियाँ, हाकी स्टिक, मोटरसाइकिल की चेन, धारदार हथियार, देसी कट्टे...! हिंसक देहमुद्रा वाले आगन्तुक बिना वर्दी वाले पुलिसिए थे या पुलिस के संरक्षण में "टारमो-इस्पात" के लठैत?

बिखर पड़े थे वे पीपल वृक्ष तले बैठे लोगों को वृताकार घेरते हुए वे आगे बढ़ने लगे थे। उनके चेहरे पथराए हुए थे। आँखों में भूखे भेड़ियों जैसी हिंस्र चमक थी।

शंकित हो उठा था सोनारा। राहत की बात थी कि सामने कानून-व्यवस्था के पहरुए उपस्थित थे। कम्पनी के लठैत उन्हें डरा-धमका सकते थे पर हिंसक कार्रवाई नहीं कर सकते थे।

अचानक कबीलाई आक्रमणकारियों की भाँति भयावह ढंग से चीखते वे हथियारबन्द लोग सामने की दिशा में दौड़ पड़े थे। बिना कुछ बोले-कहे, निकट पहुँचते ही वे चबूतरे पर चुपचाप बैठे लोगों पर टूट पड़े थे। निर्मम और क्रूर प्रहार...!

सिर फटने लगे थे। कनपट्टियाँ फूटने लगी थी। हड्डियाँ चिटख रही थीं। खालें उघड़ रही थीं। चीख उठा था सोनारा।

"रुको....ऐ! क्यों। जानवरों की तरह मार...सुनो, पुलिस...! पुलिस...!" दरोगा जी..."

"असल बिछखोपंड़ा यही है। कानून छाँटता है। कूट दो साले को..."

कई लोग सोनारा पर चढ़ बैठे थे। प्रहार रोकने को सोनारा की हथेलियाँ हवा में उठ-फैल गयी थीं पर हमलावर तो देह के हर अंग पर लाठियाँ पीटने लगे थे।

सोनारा को पशुवत् पिटता देख धनपत बर्दाश्त नहीं कर सका था। उसने झपट कर एक लठैत का गला दबोच लिया था। लठैत को जमीन पर पटक कर क्रुद्ध धनपत लठैत की छाती पर सवार हो, गला दबाने लगा था।

धनपत के शरीर की समस्त ऊर्जा मानो उसके अँगूठों में सिमट आई थी। आततायी लठैत के मुँह से "गों-गों-गर्ल...गर्ल..." की घुटी-घुटी आवाजें आने लगी थी। आँखों की कटोरियों में नाचते गोलों का रंग लालछौंह होने लगा था।

...तभी एक धमाका हुआ था। धनपत की गर्दन से रक्त की फुहर फूट पड़ी थी। ढह गिरा था धनपत।

तमाशा देखते पुलिसिए गोली की आवाज सुन सक्रिय हुए थे। बौखलाया बजरंग सिंह जीप में जा बैठा था। रायफलधारी प्यादे भी आनन-फानन जीप में समा गये थे। धूल उड़ाती जीप हिरनापाट की दिशा में भाग छूटी थी।

हवा में गोलियाँ दागते आततायी धमकियाँ दे रहे थे, "...इस बार तो नेतवा को जिंदा छोड़ दे रहे हैं। गाँव खाली नहीं किया तो अगली बार कोई नहीं बचेगा। घरों में आग लगाकर जिन्दा झोल दिये जाओगे सालों जंगलियों...।"

चबूतरे के निकट टूटे-बिखरे बिजूके की भाँति असंभव स्थिति में छितराया पड़ा था सोनारा का शरीर। अस्थिविहिन माँस के लोथड़ों की भाँति बेजान ढलके पड़े थे अंग-प्रत्यंग...रक्त से लथपथ!

गिरे पड़े मुंडा लोगों को अब भय तनिक भी नहीं रहा था क्योंकि भयभीत होने का संज्ञान ही नहीं रहा था। जो होश में थे, आतंक से जड़ थे। कल्पनातीत घट चुका था। धनपत मर चुका था। सोनारा मर रहा था। बैरियाटांड़ का बूढ़ा पीपल गवाही दे रहा था कि सदियों से राज्य शोषण का प्रतीक रहे हैं और कानून-व्यवस्था के पहरुए उस शोषक व्यवस्था को शक्ति प्रदान करने के साधन...।

"हम आ गये हो सोना भईयाऽऽऽ, डरना नहीं।"

अचानक खैरापाट की दिशा से हाँक उठी थी। कुछ लोग दौड़े आ रहे थे। हाथों में अग्नेयाश्र उछालते लोग...।

मुंडा लोगों पर हमला करने वाले लठैत हाँक सुनते ही बौखला उठे थे। वे हबड़-तबड़ अपने वाहन की ओर लपके थे। अगले क्षण भयानक हिचकोले खाती लारियाँ हड़काए नीलगायों की भाँति उछलती हिरनापाट की ओर मानो उड़ी जा रही थीं।

खैरापाट की ओर से भागे आ रहे लोग भागते आताईयों की मोटरों की पीठ पर गोलियाँ दागने लगे थे।

दुर्घटनाग्रस्त होने के भय से बेफिक्र भागती मोटरों में भरे लोग जान की बाजी लगाए मोटरें भगाने लगे थे। पीछे मौत जो थी।

हठात् मूसलाधार बारिश शुरू हो गयी थी। देखते-देखते धरती से आकाश तक धुएँ की दीवार-सी तन उठी थी। बादल, जो अब तकत शान्त थे, गरजने लगे थे। आसमान, जो अब तक गुमसुम था, दामिनी से दमदमा उठा था।

# चार

गंजा सिर, आधा कटा बाँया कान, ललाट पर धारदार हथियार के वार का निशान, हमेशा के लिए टेढ़ी हो चुकी दाएँ हाथ की अनामिका, मध्यमा और तर्जनी उँगलियाँ, दाहिने पैर से कुछ छोटी हो चुकी बाईं टाँग...! कभी की गठीली सुदर्शन काया जिसकी अब पसलियाँ सहजतापूर्वक गिनी जा सकती थीं।...यह सोनारा मुंडा था।

सोनारा को देखकर पहचान करना कठिन था कि यह वही सोनारा मुंडा था या कब्र से निकला सोनारा का वर्षों पुराना प्रेत...!

तीन बड़े आपरेशन और बारह छोटी शल्यक्रियाओं से गुजर कर, इकतालीस दिन राँची के निजी अस्पताल "आशीर्वाद" की सघन चिकित्सा ईकाई में गुजार कर और बीस दिन महेश के अभिन्न मित्र दिनेश के घर विश्राम कर अन्तत: जीवित सोनारा वापस संजीवनगर लौट आया था।

खड़े होने में पाँव थरथराने लगते थे। अपने कृषककाय ढाँचे का भार सँभालने में थक जाती थी सोनारा की टाँगें। टूटकर जुड़ी पसलियों में रह-रहकर टीसें उभरने लगती थीं। शौचादि से निवृत्त होकर बिस्तर तक पहुँचने में हाँफने लगता था सोनारा। पाँव भी जमीन पर अटपटे ढंग से पड़ते थे मानो पैर चलने का ढब ही भूल चुके हों।

हर काम के लिए महेश या नीलमनी पर निर्भरता सोनारा को कितना सालती थी यह सोनारा के चेहरे पर लिखा स्पष्ट पढ़ा जा सकता था।

नीलमनी का पिता परभू एक्का "टारमो-इस्पात" के जलापूर्ति विभाग में मिस्त्री था। मॉरिस टाउन में जलापूर्ति हेतु स्थापित व्यवस्था की भूमिगत बिछी पाइपों का काम करता था। नीलमनी की माँ रूदिया ढाँचाबार गाँव में आँगनबाड़ी सेविका का काम करती थी।

परभू और रूदिया सारा दिन घर से बाहर अपने-अपने काम पर रहते थे। नीलमनी अपने विद्यालय की नौकरी बजा चुकने के बाद देर शाम तक सोनारा की घर-गृहस्थी की देखभाल कर अँधेरा होने तक अपने घर वापस पहुँचती थी। नीलमनी की इस दिनचर्या से नीलमनी के माता-पिता को कभी कोई आपत्ति नहीं थी। अब तो और

भी नहीं...।

महेश की व्यस्तताएँ बढ़ती जा रही थीं। ''टारमो-इस्पात'' के साथ हुए समझौते लगभग कागजी बनकर रह गये थे। सोनारा के संगठन ''झारखंड बंधु'' के दायित्व और ''टारमो इस्पात कर्मचारी संघ'' के उत्तरदायित्व का वहन करते महेश के लिए दिन मानो गिलहरियाँ हो गये थे जो फुदकते हुए देखते-देखते ही आँखों से ओझल हो जाते थे।

दोनों नीलमनी और महेश—जब अनुपस्थित हो जाते तो सोनारा के लिए दिन बीताना पहाड़ कटना हो जाता था। वह अपने जे.बी. के दफ्तर में उपस्थित होने को उतावला था। कर्मचारी संघ के साथ कारखाना प्रबन्धन के समझौतों के लागू होने में आए गतिरोध को तोड़ने हेतु व्यग्र सोनारा बस कसमसा कर रह जाता था।

नीलमनी ने सोनारा की गृहस्थी का सारा बोझ अपने कंधों पर उठा रखा था। महेश को तो यह भी पता नहीं था कि घर के खर्चे कैसे चल रहे थे। कृतज्ञ सोनारा को नीलमनी के प्रति सहानुभूति थी। छोटी उम्र में ही पक्की गृहस्थिन में बदलती जा रही थी नीलमनी। दायित्वों के बोझ तले कुचलती जा रही थी नीलमनी की अठखेलियाँ और शोखियाँ। धीर-गंभीर होती जाती नीलमनी के लिए चिंतित हो उठता था सोनारा।

संजीवनगर से राँची तक नीलमनी ने सोनारा की चिकित्सा और देखभाल में जिस धर्य और परिक्वता का परिचय दिया था, महेश भी चकित था। खिलंदड़ी, मुँहफट और हमेशा बेफिक्र दिखने वाली नीली के अन्तस के किस कोने में छुपी बैठी थी यह जिम्मेदार, दुनियादार और गंभीर नीलमनी एक्का...?

कितने भयानक थे वे दिन जो पिछले महीनों में गुजरे थे? कितनी डरावनी थी वह रात जिस तूफानी रात में मरणासन्न सोनारा को लिए राँची की ओर भागे जा रहे थे महेश और नीलमनी? उस सशंक्ति आतंक और हताशा से थर्राती रात की स्मृति आज भी रोंगटे खड़े कर देती थी। वह रात...!

...फौजी को जानकारी थी कि बैरियाटांड़ की जमीन पर ''टारमो इस्पात'' की गिद्ध दृष्टि टिकी हुई थी। फौजी को पता था कि सोनारा बैरियाटांड़ में डेरा डाले बैठा कम्पनी की खूँटगड़ी का विरोध कर रहा था। फौजी यह भी खूब समझता था कि कम्पनी इतनी साधन सम्पन्न थी कि कम्पनी के इशारे पर विधानसभा में बोलते थे विधायक!

पुलिस की जीप बैरियाटांड़ की ओर जाती दिखी थी तो यह एक स्थापित

दिनचर्या थी। कानून-व्यवस्था के पहरेदारे दौर पर निकलते ही थे। यह नया कुछ नहीं था।

जब दो छोटी बसें बैरियाटांड़ की ओर जाती दिखीं तो यह नया था। बसों में पुलिस ही थी या कुछ और मामला..? चौकन्ना हो उठा था फौजी।

''टारमो इस्पात'' के इशारे पर मारिस टाउन पुलिस सोनारा को गिरफ्तार कर बैरियाटांड़ से हटा सकती थी। कानून-व्यवस्था का हवाला देकर आदिवासियों को हिरासत में लेना कोई कठिन नहीं था। बैरियाटांड़ गाँव पर बलात् बुलडोजर भी दौड़ा दिया जाय तो कोई आश्चर्य नहीं होता। हिरनापाट और खरहापाट के असुरों के साथ यह हो चुका था और किसी के कान पर जूँ नहीं रेंगी थी।

पाट की पहाड़ियों पर लटके बादल अब चोटियों से लिपटने लगे थे। काले-भूरे बादलों का धुआँ-धुआँ-सा छाने लगा था। बारिश के पूरे आसार थे।

बरसात में सुरक्षित छप्पर का ठिकाना बैरियाटांड़ ही था...निकटतम गाँव! फौजी के साथ रंगी, देबू, गोविन्द, मन्नू, जगदीश, नरेन्दर...सारे लोग पहाड़ी से नीचे उतर पड़े थे।

बारिश लटकती आ रही थी। यह देख लेना भी जरूरी था कि बैरियाटांड़ में सोनारा के साथ सब ठीक-ठाक तो था।

अचानक गोली दगी थी। चौंक गया था फौजी। बैरियाटांड़ में बलवा...? दौड़ पड़ा था फौजी। दौड़ पड़े थे फौजी के संगी। पाट की चोटियों से आकाश तक धुएँ की दीवार तन चुकी थी। बारिश भी दौड़ती पीछा करने लगी थी।

दूर से ही दिखने लगा था, निहत्थे लोगों पर कुछ लोग वहशियों की भाँति आक्रमण कर रहे थे और पुलिस के वर्दीधारी खड़े तमाशा देख रहे थे। फौजी का खून खौल उठा था। आक्रमणकारी पुलिस वाले ही थे या ''टारमो-इस्पात'' के खरीदे हुए लठैत? फौजी ने कारबाईन की नाल आकाश की ओर उठायी थी। रेट्-रेट्-रेट्-रेट्...! गोलियाँ दागता, दाँत पीसता फौजी घटनास्थल की भागने लगा था।

वे अभी दूर ही थे कि सड़क पर खड़ी पुलिस जीप घटनास्थल से भाग छूटी थी। फिर दोनों मोटरों पर लदकर वे आततायी भी, जो वहाँ आतंक मचा रहे थे।

बादलों की गरज के साथ मोटी-मोटी बूँदें गिरने लगी थीं। चिल्लाया था फौजी, ''हम आ गये हो सोना भइयाऽऽऽ! डरना नहीं।''

फौजी घटनास्थल पर पहुँचा था। भयावह दृश्य था। रक्तपात फौजी के लिए विचलित करनेवाली स्थिति नहीं थी। आये दिन खून बहता देखा था। विचलित करनेवाला दृश्य था तो बुरी तरह घायल सोनारा मुंडा।

''रंगी, खटिया का इंतजाम कर...जल्दी और मन्नू, गोविन्द, जगदीश...तुम

यहीं रुको। घायल लोगों को टाउनशिप पहुँचाने का इंतजाम करो...जैसे भी हो। लाशें मत हटाना...पुलिस फिर आएगी खानापूरी करने।''

पठार के शिखरों पर झुके बादलों में बिजलियाँ कौंध रही थी। बारिश टूट कर होने लगी थी। हथिया नक्षत्र का सोना बरस रहा था।

अभी सूर्यास्त का समय नहीं था पर बादलों से अटे आकाश तले अंधेरा-सा हो गया था। मूसलाधार वर्षा, घनगर्जन और तेज हवा...! अचेत सोनारा को खटोली पर लादे रंगी, देबू और फौजी मारिस टाउन की ओर भागने लगे थे। राह-सड़क छोड़कर पहाड़ियों के दुर्गम रास्तों से होते संजीवनगर की ओर..।

कंधों पर कब तक ढोया जाता भींगता सोनारा। चारपहिया वाहन की व्यवस्था हेतु रंगी गजली मोड़ की ओर दौड़ पड़ा था। कंधे पर सोनारा की खटिया उठाए फौजी और देबू सोनारा के घर तक पहुँचे थे।

घर का दरवाजा बन्द था। खिड़की बन्द! घर के बाहर खड़े हरसिंगार से भयंकर झोंटा-झोंटी कर रही थी पगली हवा। देबू घर का दरवाजा पीटने लगा था। माही'दा...ओ माही'दा... घर में हो? दरवाजा खोलो....ओ नीली'दी...दरवाजा खो...लो।''

हवा के तेज झक्कड़ थे। वृक्षों पर हहराती बूँदों और शाखाओं-पत्तों के आपस में उलझने-टकराने का शोर था। पता नहीं देबू की आवाज घर के भीतर पहुँच भी रही थी या नहीं। चिल्ला रहा था देबू।

''ओ माही' दा...ओ नीली'दी....''

आखिरकार दरवाजा खुला था। पहले नीलमनी ने बाहर झाँका था। सामने था बदहवह भीगा तर-ब-तर देबू! कंधे पर खाट।

नीलमनी को लगभग धकियाते देबू ने दरवाजे चौपट खोल दिये थे। कंधे से खाट उतारकर हाल में रखी गयी तो महेश की देह का रक्तप्रवाह मानो थम गया था।

नीलमनी की देह का कतरा-कतरा लहू जम गया था। इन्द्रियों पर से नियन्त्रण खत्म हो गया था। जाँघों के बीच गर्म धार फूट पड़ी थी। पागल हाथी द्वारा झिंझोड़ी जाती शाख की भाँति झूमती नीलमनी खाट पर ढहने लगी थी...''दाऽऽऽया ा ा ा ाऽऽऽ''

ढहती नीलमनी को फौजी ने अपनी बलिष्ठ भुजाओं में थाम लिया था। नीलमनी चीख रही थी।

''कुछ करो माही...मेरा दाया तो गया माही...''

सोनारा की आँखें मरते बछड़े की भाँति निर्निमेष खुली थीं। भावहीन...! महेश

ने सोनारा के गीले माथे पर हथेली रख दी थी। सोनारा की देह पर कंबल डाला गया था।

सोनारा की आँखों से ललछौंह धाराएँ बह निकली थी। महेश को मानो होश आया था।

''सोना...हौसला रख....हौसला बंधु। देबू, माथा पोंछ इसका...घबरा मत....हौसला।''

सोनारा की देह में कराहने की शक्ति भी नहीं थी। दर्द घोंटता सोनारा...गले से घुटी-घुटी घर्राहट...डूबती सी आवाज, जैसे कोई हूक।

घर के बाहर कोई वाहन आ कर रुका था। फौजी ने लपककर देखा था। स्कार्पियो जीप कार के साथ रंगी...ड्राइवर साथ था।

सोनारा को गोद में उठाए महेश गाड़ी में जा बैठा था। महेश के मना करते-करते भी रोती-हिलकती नीलमनी गाड़ी में घुस ही गयी थी। घर को फौजी, रंगी और देबू के भरोसे खुला छोड़कर महेश डाक्टर अग्रवाल के क्लिनिक तक पहुँचा था।

क्लिनिक बस बन्द ही होने वाला था। डाक्टर अग्रवाल से जितना बन पड़ा था, उन्होंने किया था। चीथड़े हुए कपड़े काट-हटाकर सोनारा को गाउन पहना दिया था। घाव यथासम्भव साफ कर पट्टियाँ भी की थीं।....और फिर हाथ खड़े कर दिये थे।

''चोट बाहर भी है....भीतर भी। पट्टी कर तो दी है पर इंटनरल हैमरेज मेरे बस का नहीं हैं। इंजेक्शन दिये हैं....खून बहना भी बन्द हो जाये तो गनीमत समझो।...तुरन्त रांची भागो महेश। ''आशीर्वाद'' पहुँचो। भगवान न करे...कहीं देर न हो जाये।'

चेतनाहीन सोनारा के सिर पर भी इतनी अधिक मोटी-मोटी पट्टियाँ थीं कि लगता था कनटोप पहना दिया गया हो। सफेद कनटोप जगह-जगह लाल हो चुका था।

डाक्टर अग्रवाल के यहाँ से निकले थे तो राँची पहुँचने की बेकली थी। सुध नहीं थी कि जेब में रुपये कितने थे। थे भी या नहीं। देह पर भीगे कपड़े थे सो भी ध्यान कहाँ था?

स्कार्पियो का चालक सुलेमान सोनारा को जानता था। महेश को भी। स्थिति की गम्भीरता को भी समझ रहा था सुलेमान। न तो उसने राँची चलने में तनिक भी आना-कानी की थी न ही किराया-भाड़ा की बात की थी। बस निकल पड़ा था।

बारिश से गीली सड़क पर यथासम्भव सावधानी बरतता सुलेमान पूरी दक्षता से गाड़ी भगाता जब राँची पहुँचने-पहुँचने को हुआ था तब तक महेश अपने होश-हवास पर कुछ नियन्त्रण पा चुका था। महेश अनभिज्ञ नहीं था कि नगर-महानगरों में रोगी का इलाज डाक्टर लोग नहीं करते, इलाज करता है रुपया। बड़ा खर्च सामने मुँह बाए खड़ा था। महेश ने सुलेमान से पूछा था।

''सेलफोन रखते हो?''

''हाँ।''

''मुझे एक फोन करना है।''

महेश ने सुलेमान के मोबाइल फोन पर दिनेश का नंबर पंच किया था। एक बार, दो बार, तीसरी दफा...कई प्रयासों तक मात्र घंटी बजती रही थी। फोन उठाया नहीं जा रहा था।

महेश को खूब पता था कि दिनेश देर रात तक जगे रहने का लती था। गर्मियों में भी दिनेश को सूर्योदय देखे हफ्तों हो जाते थे। दिनेश की सुबह आठ-नौ बजे शुरू होती थी और अभी तो भोर भी नहीं हुई थी। तिस पर बूँदा-बाँदी का मौसम था।

''कौन...?'' अचानक कॉल लग गयी थी।

''दीनू...आशीर्वाद पहुँच...जल्दी।''

''कौन है,....सुबह बात करना।''

''दीनू....मैं हूँ मैं। हास्पिटल पहुँच तुरन्त!''

''माही...?'' इस बार आवाज अपेक्षाकृत सजग थी।

''हाँ। आशीर्वाद...''

''सुन लिया! क्या हुआ बे?''

''मैं मर रहा हूँ दीनू। मेरे पास फूटी कौड़ी नहीं है। जल्दी...''

''ठीक....ठीक...मैं आया—'' उधर से आवाज आई थी—''संजू... उठो भई।''

''क्या हुआ जो इत्ती रात में?'' संजना भाभी की अलसाई आवाज थी।

'एमरजेंसी है...मैं आशीर्वाद निकल...। फोन कट गया था।

कुछ बताने की जरुरत नहीं थी। सुलेमान वर्षों से टैक्सी चला रहा था। उसने स्कार्पियो को 'आशीर्वाद' की आपात सेवा के दरवाजे पर ला खड़ा किया था। ''एमरजेंसी'' लिखे शीशे के दरवाजे के बाहर खड़ा था दिनेश।

दम घुटते महेश के फेफड़े में मानो ताजा हवा की खुराक दाखिल हुई थी।

वह स्कार्पियो से बाहर निकला ही था कि दिनेश उससे आ लिपटा था।

"एकदम ठीक तो है बे फिर आधी रात मेरी जान क्यों खा रहा था?"

"गाड़ी में दीनू...गाड़ी में...."

"अब तक दिनेश चौंककर महेश के रक्त सने कपड़े देख रहा था। अनुभवी आर्डरली भी गाड़ी में झाँक चुके थे। त्वरित गति से पहियों वाला स्ट्रेचर भी आ चुका था।

मरणासन्न सोनारा को पलक झपकते स्ट्रेचर-ट्रॉली पर लिये अर्दली भीतर गलियारे में भागने लगे थे।

नीलमनी को गाड़ी से उतरती देख दिनेश ने पूछ ही लिया था।"

"यह... ?"

"उस घायल....नीली...सोनारा की बहन... !"

"बाकी बाद में। तू नीली-पीली के साथ लॉबी में ही रुक! बाकी मैं हूँ।" दिनेश दरवाजे के भीतर लपका था।

"रुपये-पैसे... ?"

"सिर्फ रुपया नहीं कमाया बेटा! कुछ आदमी भी कमाए हैं मैंने। थोड़ा नाम-वाम भी। मुझ पर भरोसा रख। सब ठीक होगा। जा, बैठ।"

नीलमनी और महेश को वहीं खड़ा छोड़ दिनेश लगभग भागता हुआ वहाँ से निकला था और रात पाली के नाइट-इंचार्ज डाक्टर सगीर रहमानी के कक्ष में बिना इजाजत ही प्रविष्ट हो गया था।

"फौजदारी का मामला लगता है सर"—डाक्टर सम्भवत: आशीर्वाद के डायरेक्टर से सम्बोधित थे—"होपलेस केस। बहुत ज्यादा जख्मी। मैंने एक नजर देखा है सर...जीरो चांस! जिन्दा है, यही करिश्मा है जनाब!"

दिनेश आगे बढ़ा था। अनाधिकार ही टेलीफोन का स्पीकर ऑन करता बोला था, "इन्सानी जान अनमोल होती है डाक्टर साहब। अपने बॉस से बात कर रहे हों तो प्लीज उन्हें बताइए कि मरीज दिनेश्वर दयाल सिंह का रिश्तेदार है।"

डॉ. रहमानी को कुछ बताना नहीं पड़ा था। "आशीर्वाद" के निदेशक का आदेश मिला था।

"मरीज की देखभाल आप स्वयं करें।" पुलिस-थाना बाद में होता रहेगा। वह जो भी है, फौरन हस्पताल में दाखिला लीजिए इटस् प्रापोरिटी।...मैं भी पहुँचता हूँ।"

अस्पताल में सोनारा को फौरन दाखिला मिल गया था। मरीज का पता-परिचय, आवश्यक अग्रिम सुरक्षा राशि आदि की औपचारिकताएँ पूरी कर दिनेश आगंतुकों हेतु नियत प्रतीक्षालय में महेश और नीलम के साथ जा बैठा था।

तीनों मौन! तीनों सशंकित!! आधा घंटा तक तनी ब्लेड की धार सी चुप्पी को अधेड़ नर्स ने ही तोड़ा था।

"सोनारा मुंडा...?"

"यस!" दिनेश खड़ा हो गया था।

"मेजर सर्जरी का केस है। कार्डियलॉजिस्ट, अर्थोपेडिक्स, न्योरोलाजिस्ट..."

"मुझे क्यों बता रही है यह सब?"

"मुझे ऊपर से हुक्म है कि मैं आपको अपडेट कर दूँ।"

"आपके भारी-भरकम मेडिकल टर्म्स...मुझे तो मरीज की हालत बता दीजिए।"

"अभी स्थिति गम्भीर है मिस्टर! लम्बे ऑपरेशन्स होंगे। समय लगेगा। मरीज को शायद बहत्तर घंटे लगेंगे होश में आने में तभी डाक्टर निश्चित रूप से कुछ बताने की स्थिति में होंगे।"

नर्स ने सीने पर क्रॉस बनाया था। पेशानी पर पसीने की बूँदें झिलमिला रही थी जबकि कक्ष वातानुकूलित था।

"मैं दाया के साथ रहूँगी...हस्पताल में।" नीलमनी पुनः सुबक उठी थी।

वे दिनेश के घर पर थे। नीलमनी सोनारा से अलग रहने को तैयार नहीं थी। महेश समझा रहा था।

"पगली हो? हम जो कर सकते थे, हमने किया। अब आगे डाक्टरों का काम है या फिर ईश्वर का। वहाँ बैठी क्या करोगी तुम?"

"माही, ये तेरी कौन है?" दिनेश ने पूछा था,

"यह नीली? सोनारा की बहन है।"

"सुना मैंने। तूने पहले भी बताया था। फिर पूछता हूँ यह नीली-पीली तेऽऽरी कौन है?"

"क्यों पूछता है?"

"जान लें हम ताकि इसकी मुनासिब खातिर तवज्जो की जा सके।"

"ये मेरी...मेरी मित्र है।" महेश परे ताकता बोला था।

"तो साफ बोल न...गर्लफ्रेंड!"

"आप भी गजब है—" संजना भाभी ड्राइंग रूम में दाखिल हुई थीं—"कैसे-कैसे सवाल पूछने लगते है बच्चों से। इनकी हालत नहीं देखी, इनके कपड़े देखिए...।"

महेश ने संजना के पाँव छुए थे। नीलमनी ने भी चाबी वाले खिलौने की भाँति महेश का अनुसरण करते संजना को प्रणाम किया तो संजना ने नीलमनी को बीच में

ही थाम लिया था, "रहने दे। तू तो मेरी छोटी बहन है।"

सस्वर रुलाई फूट पड़ी थी। संजना ने नीलमनी को अंक में बाँध लिया था। बोली थी, "रो मत! चल, नहा धोकर कपड़े पहन ढंग के। कुछ खा-पी! तेरे दादा से जो बन पड़ेगा, कोई कसर नहीं छोड़ेंगे। मन को बाँध।"

"शुक्र है इस नीली-पीली ने मेरे पैर नहीं छुए वर्ना इस ठंड में नहाना...नो वे! ऊपर से एक साड़ी का खर्च...जेठ होना भी एक आफत...।"

दिनेश के चुटकुले पर कोई नहीं हँस पाया था। संजना कह रही थी।

"रोना बन्द कर नीली। भाई को होश आएगा तो ऐसी ही भूतनी बनी उसके सामने जाएगी? हमारी शिकायत कराएगी सोना के सामने?"

नीलमनी को लगभग खींचती संजना ड्राइंगरूम से निकल पड़ी तो दिनेश ने महेश के कंधे पर हाथ रखा था। कहा था, "फिक्र मत कर यार! चाहे मेरा होटल बिक जाए। मेरा शो-रूम बिक जाए। पैसों की कमी से कोई काम नहीं बिगड़ेगा।

ऊपर की मंजिल पर दिनेश की तीनों बेटियों के कमरे थे। नीलमनी को लिए संजना ऊपर पहुँची तो बेटियों के प्रश्न। उछलने लगे थे,

की "यह कौन हैं माँ?"

"माही को फ्रेंड!" संक्षिप्त उत्तर।

"माही चाचा और गर्लफ्रेंड...! इट्स इम्पासिबल।" रूही ने आँखें नचाते हुए आश्चर्य प्रकट किया।

जूही भी संक्षिप्त उत्तर से असन्तुष्ट थी। उसने टिप्पणी जड़ी थी।

"तब तो रेगिस्तान में कमल खिल गया।"

"फ्रेड-व्रेंड कुछ नहीं"—सबसे छोटी रूमी ने घोषणा की थी—"यह हमारी चाची है। चाची का नाम बताओ।"

"ए लड़कियों छेड़खानी नहीं"—संजना भाभी ने नाटकीय ढंग से आँखें तरेरी थी—"इसे बाथरूम दिखाओ, नहाएगी। रूही, तुम्हारे कपड़े इसे ठीक आएँगे। जिन्स, कुर्ता, या जो भी यह पसन्द करे इसे दो...!"

बहत्तर घंटे बीते थे।

चिकित्सकों द्वारा नियत समय बीत चुका था। सोनारा की बेहोशी नहीं टूटी थी। सोनारा चौथे दिन चेतन हुआ तो एक और ऑपरेशन। अगले दस घंटों तक सोनारा फिर अचेत!

डाक्टर सशंकित थे, इस बार होश में आने पर मरीज स्वस्थ छिपाएगा? भय

पक्षपात का था। चिकित्सा के कई चरणों से गुजारा जा रहा था सोनारा। बेहद धीमी गति से सरक रहा था समय। तेजी से बह रहा था रुपया।

स्थापित दिनचर्या की भाँति के अपने सारे कार-व्यापार कर्मचारियों के भरोसे छोड़ कर दिनेश भी महेश-नीलमनी के साथ "आशीर्वाद" पहुँचता था। सघन चिकित्सा ईकाई में शीशे की दीवार के पार निःस्पंद पड़ी सोनारा की देह को वे चुपचाप खड़े निहारते और फिर वापस घर...!

इंटेसिव केयर यूनिट की उस काँच-कोठरी के बाहर, गलियारे में सूचनापट्ट जड़ा हुआ था। सूचनापट्ट पर उन लोगों के नाम लिखे थे तो उस काँच-कक्ष में भर्ती थे। हरेक के नाम के सामने वाले खाने में मरीज की हेल्थ-रिपोर्ट दर्ज होती थी जो नित्य आद्यतन की जाती थी।

पैंतीस दिनों तक उस सूचनापट्ट पर सोनारा के नाम के आगे "नाजुक" पढ़-पढ़ कर अधमरे होते महेश और नीलमनी की आँखों में अंततः छत्तीसवें दिन दिए जल उठे थे। सोनारा के नाम के सामने लिखा दिखा था..."बेहतर!"

आखिरकार तीन गम्भीर और दर्जन भर छोटी शल्यक्रियाओं से गुजरकर, इकतालीस दिन "आशीर्वा" हास्पिटल की सघन चिकित्सा इकाई में गुजारकर और बीस रोज दिनेश के घर में विश्राम कर सोनारा इस योग्य हो पाया था कि संजीवनगर की यात्रा कर सकता था। अब सोनारा के लिए अनेक परहेज थे, कई दवाइयाँ थीं और फिलहाल हल्की और सैर की अनुमति थी।

राँची में दशहरे का पर्व लगभघ उसी आवेग और उल्लास के साथ आता है, जैसा कोलकाता में। दिव्य दुर्गा-प्रतिमाएँ, भव्य पंडाल, गीत और संगीत चौबीसों घंटे...दसो दिन! राँची दस दिनों तक लगभग नहीं सोता! रात भर जागी रहती हैं सड़कें। दर्शकों का रैला इस पंडाल से उस पूजा-स्थल तक घुमता-फिरता रहता है। कीर्तन और आरती से गूँजती रहती है दिशाएँ।

प्रातः आठ बजे से ही शहर की सड़कें भारी वाहनों के लिए प्रतिबंधित हो जाती हैं। स्कंधघर्षी भीड़,....जनसैलाब में धक्का-मुक्की, जेबकतरों की पौ-बारह, महिलां के कानों के बूँदें या गले की चेन उड़ाते उचक्के...!

इस वर्ष भी दशहरा राँची की नस-नाड़ियों में घुल चुका था। अष्टमी तिथि की शाम को यह तय किया गया था कि अगली सुबह आठ बजे तक महेश और

नीलमनीत सोनारा के साथ मारिस टाउन के लिए निकल पड़ेंगे।

विदा की पूर्वसंध्या पर, खाने की मेज पर जो चुहल हुई थी, और जो वार्तालाप हुआ था; उसे कभी नहीं भूल सकता था सोनारा मुंडा।

''बहुत खर्च हुआ होगा न दीनू?'' महेश का प्रश्न था।

कौर चबाते दिनेश का मुँह कड़वा-सा हो गया था मानो मुँह में भोजन का कौर नहीं, फिटकरी की ठुली थी। बोला था दिनेश।

''हाँ। खर्च तो बहुत हुआ ही है। शायद तू मेरे रुपये वापस करना चाहता है,....तो ठीक है, लौटा देना...जब तेरे पास हो जाएँ।''

''रे माही, अब तू''—मुसकाई भी संजना—''तू भाई-भौजाई से आना-पाई का हिसाब करेगा? बड़ा सयाना हो गया अपना माही...क्यों जी?''

वह पूछ दिनेश से रही थी पर ताक रही थी महेश को। मंद-मंद मुस्कुराती संजना को अपराधी भाव से ताकने लगा था महेश वह मुस्कान जो माही के खत में अमृत-धारा की भाँति घुलने लगती थी।

महेश के गले में कुछ अटकने लगा था। आँखें रोटी पर जा झुकी थीं। आँखों से बूँदें टपकी थी और रोटियों में जज्ब हो गयी थी।

''स्साले, बोलते हुए जीभ नहीं अटकी, अब रोटी अटक रही है? पानी पी...पानी।'' दिनेश ने महेश की पीठ पर थपकी दी थी।

''आपने मेरे लिए जो किया है दिनेश'दा वह तो आजकल सहोदर भाई भी नहीं...'—सोनारा बोला था—''मैं आपका कर्जाई हूँ पर ऐसा कर्ज चुकाने की ताकत नहीं है।''

''लो संजू...अभी और सुनो''—दिनेश ने टोका था—''सूप बोले तो बले, अब जर्जर छलनी भी...साफ बात है दोस्त कि मैंने कुछ नहीं किया। सच कहूँ तो तुम्हारी जो हालत थी, मैं खुद एकदम निराश था। जो किया माही ने किया या फिर इस नीली-पीली लड़की ने किया। तुम्हारी अधमरी देह को समय रहते डाक्टरों के हवाले किया...मैंने क्या किया?''

विचित्र था यह दोस्ताना। दिनेश और महेश की मैत्री में ताने-तिरनों का खारापन भी था और स्नेह का शहद भी। खट्टे-मीठे का अनुपात भी इतना जादुई कि इस अपनेपन में अनिवर्चनीय स्वाद था। यह निकदार निश्चित रखती थी संजना।

सोनारा के साथ बैठी नीलमनी टुकुर-टुकुर ताकने लगी थी। क्या आदमी था दिनेश 'दा? गलत है यह बात कि पैसे वाले सारे लोग हृदयहीन होते हैं।

''इसे तो तुम्हीं भुगतो संजू...मैं तो पीट बैठूँगा। बात-बाता पर लड़कियों की तरह टसुए बहना मुझे इरिटेट करता है।'' दिनेश कौर चबाने लगा था।

"आप तो हमेशा मार-धाड़ नाली भाषा...चुपचाप खाइए आप तो..." संजना ने नाटकीय क्रोध प्रकट किया था।

"और जरा इसे देखो। मैंने माही को छुआ भी है जो यह नीली-पीली मुझे घूर रही है!"—दिनेश ने नीलमनी को छेड़ा था—"अब मैं अपने दोस्त से कुछ कहा-सुनी भी नहीं कर सकता? कुछ कहूँ तो यह नीली-पीली लाल-पीली होने लगेगी? यह तो ब्लैकमेलिंग है....इमोशनल अत्याचार है।"

नीलमणी के पेट में तितलियाँ फड़फड़ाने लगी थी। गुदगुदी...! सिर झुकाकर खिलखिलाने पर विवश हो गयी थी नीलमनी।

"मैंने आप जैसा आदमी आज तक नहीं देखा था दादा।"

"कैसे देखती? कब डोंड़ जन्मा, कब बूँदें टपकीं और बाप रे बाप, भयंकर बारिश...!"

गजब आदमी था दिनेश 'दा। अजब व्यवहार और शील! हँसती रही थी नीलमनी धीमे-धीमे।'

"चलो, आदमी तो तुमने माना मुझे लेकिन बात है भई। तुम लोग आदमी नहीं, खरबूजे हो। देखादेखी रंग बदलते हो। एक हँसा, सब हँसे। एक रोया, सब रोते हो। खाहमखाह मुझे भी भावुक कर देते हो। अब चुपचाप नाश्ता निपटाओ। खबरदार जो कोई बीच में बोला।"

"नहीं...माही खर्च का हिसाब करना चाहता है तो मुझे कहने दीजिए।" संजना टपक ही पड़ी थी।

"तुम्हें कौन रोकेगा मल्लिका-ए-आलिया। फरमाओ कहो।"

"हमें पैसे वापस नहीं चाहिए।"

"मतलब?" दिनेश ने पूछा था।

"हमारी सेवाओं के बदले माही से मैं अपनी देवरानी वसूल करूँगी...बिना रियायत।"

"जी...।" चौंका था महेश।

"बनो मत। अगली बार आना तो अपनी इस या किसी फ्रेंड के साथ मत आना। मेरी देवरानी के साथ आना।"

"इस नीली-पीली को कोई एतराज हुआ तो?" यह दिनेश की चुटकी थी।

"कोई ऐतराज नहीं सुनना मुझे।"

"मम्मा जिन्दाबाद...!" किचन में रोटियाँ सेंकती रूही ने नारा-सा लगाया था।

हठात् मन डबडबा उठा था। अभी तक हँसती नीलमनी सिसकी नहीं रोक

सकी थी। आँखों से ढरक पड़ी थी बूँदें।

दलिया पीते सोनारा का मन भी भींग गया था। कैसे-कैसे तो लोग हैं इस दुनिया में। कभी मिलते भी थे तो किताबों में। दिखते भी थे तो टेलीविजन धारावाहिकों में। यहाँ तो सचमुच...जिन्दा...हाड़-मांस के लोग! तभी तो पृथ्वी के कुछ छुपे कोने सुन्दर बचे हुए हैं।

रक्तसम्बन्धों से परे ऐसे रिश्तों को कभी परिभाषित कर सकता था सोनारा? इन रिश्तों को क्या नाम देंगे समाज विज्ञानी...?

सुधार की गति धीमी थी परन्तु निरन्तर स्वस्थ हो रहा था सोनारा।

सूर्योदय के पहले, जब घर के सामने की सडड़क पर बहुत आवाजाही नहीं होती थी; सोनारा छड़ी के सहारे टहलने निकलने लगा था। अतिरिक्त सावधानीततत के लिए सोनारा के साथ, कभी महेश या कभी नीलमनी साथ हो लेते थे।

महेश के लिए राहत की बात थी कि नीलमनी ने सोनारा की देखभाल का जिम्मा उठा रखा था परन्तु सोनारा की जिम्मेदारियाँ अब महेश के सिर आ पड़ी थीं। वे चुनौतियों जो घर के बाहर थीं।

सोनारा के घर का बड़ा हॉल अब छोटा लगने लगा था। हॉल के एक कोने में "झारखंड बंधु" की शाखा चलने लगी थी। इसी कोने में "टारमो इस्पात कर्मचारी संघ" की विस्तार शाखा भी चलानी पड़ रही थी।

"टारमो इस्पात" प्रबन्धन ने कर्मचारी संघ के साथ जो समझौते किये थे उनमें से मात्र एक समझौते का अधूरा अनुपालन किया जा रहा था। शुद्ध पेयजल के टैंकर गाँवों में जा रहे थे परन्तु नित्य नहीं। सप्ताह में मात्र तीन-चार दिन। समझौते के शेष बिन्दू अनछुए ही रह गये थे।

पंजीकृत और मान्यताप्राप्त संगठन के साथ हुए लिखित समझौतों के एकतरफा उल्लंघन से तिलमिलाया हुआ था संगठन का संरक्षक सोनार। महेश का परामर्श था कि कर्मचारी संघ की एक आपात बैठक आवश्यक थी। "टारमो-इस्पात" प्रबंधन को अविलंब स्मरणार्थ पत्र देना अनिवार्य था।

सोनारा बैठक हेतु सहमत था परन्तु बैठक में आने से कतराते गुलाब सिंह के बहानों से खिन्न था सोनारा। कर्मचारियों में "टारमो-इस्पात" की दहशत थी। बैठक संभव नहीं हो पा रही थी।

"टारमो इस्पात" की वायदाखिलाफी और सोनारा की विवश बेचैनी से महेश भी उद्विग्न था। एक सुबह बिना पूर्वानुमति लिए महेश "टारमो इस्पात" के कार्मिक

विभाग में जा धमका था। दरवाजे पर खड़े सुरक्षा प्रहरी की उपेक्षा करता महेश जबरन और अनाधिकार कारखाने के महाप्रबंधक कंटूकुरी महालिंगम के कक्ष में प्रविष्ट हो गया था।

वहाँ कोई महत्त्वपूर्ण बैठक चल रही थी। महालिंगम और विजयमोहन कुँवर सिर जोड़े कुछ मंत्रणा कर रहे थे। तिलकराज नागरवाला चिरपरिचित ढंग से फाइल में सिर गाड़े हुए थे। महालिंगम की एश्वर्यशाली कुर्सी के पीछे शीशे की दीवार के पास खड़ा शांतिस्वरूप पटवर्धन शीशे के पार पता नहीं क्या देख रहा था।

महेश की औचक उपस्थिति से चौंका या पटवर्धन। शीशे में खुलते दरवाजे की परछाई दिखी थी। साधिकार पूछा था।

''आप? बिना इजाजत भीतर?''

''हाँ मैं! बिना इजाजत यहाँ हूँ। यह याद दिलाने आ गया कि सोनारा जिन्दा है। यह बताने कि हमारे बीच हुए समझौते भी मरे नहीं हैं। अभी तक वे समझौते सिर्फ कागज पर हैं...क्यों?''

''मिस्टर महेश, आपको आने से पहले सूचित करना चाहिए था।'' पटवर्धन का स्वर धीमा हो गया था।

''आपका कहना सही है पर अब क्या किया जाए? अब तो मैं आ ही गया हूँ।''

''फिलहाल हम व्यस्त हैं महेश। आप बाद में कभी आएँ तो बेहतर।'' कुँकर की आवाज में उपेक्षा की गन्ध थी।

''जरूर! विस्तार से बात तभी होगी कुँवर साहब जब पूरा समय होगा। फिलहाल तो मैं बस यह कहने आया हूँ कि किसी रजिस्टर्ड लेबर यूनियन के साथ किये गये समझौतों से मुकरना अनैतिक है। ऐसा करना इतनी बड़ी म्पनी को, उसके वार्ताकारों को अविश्वसनीय और हल्का बना देता है।''

''मुकरने का प्रश्न ही नहीं। बिजनेस की दुनिया में हमारी अच्छी साख है। ''टारमो-इस्पात'' के शेयर ऊँचे भाव पर है। अनुपालन में देरी हुई, मानता हूँ पर सारे समझौते लागू होंगे। कुँवर ने आश्वस्त किया था।

''रुको! ठहरो कुँवर! मुझे स्पष्ट करने दो। महेश जी आप कृपया बैठें।'' महालिंगम ने हस्तक्षेप किया था।

महेश अपने सामने खाली पड़ी कुर्सी के गद्दे में धँस पड़ा था। महालिंगम ने कुछ संकेत किया तो कुँवर मानो सावधान शब्द चुनने लगा था।

हम अपनी जरूरी मीटिंग स्थगित करके आपसे बात कर सकते हैं महेश जी परन्तु इस वार्ता में संगठन के संरक्षक, सेक्रेटरी या प्रेसीडेंट की उपस्थिति तो जरूरी...पूर्व

औपचारिकता मात्र! कृपया अन्यथा न लें।

''आई हैव नो माईंड।'' महेश ने व्यंग्य से कहा था।

''व्हाट!'' चौंका था महालिंगम।

''मैं गलत अंग्रेजी बोल गया शायद। दरअसल मुझे अंग्रेजी नहीं आती और जिन्हें यहाँ उपस्थित होना आपने आवश्यक बताया, वे फिलहाल उपस्थित होने में असमर्थ है।''

फिर तो हम विवश हैं। आप कर्मचारी संघ के कानूनी सलाहकार है, निर्णय सक्षम पदाधिकारी तो हैं नहीं। अध्यक्ष या सचिव का हस्ताक्षरित अधिकार पत्र है आपके पास?

''नहीं।''

''फिर तो मजबूरी है न।'' कुँवर की तुरुप चाल कामयाब हो रही थी।

''याने आप लोग मुझे टालना चाहते हैं।''

''फिलहाल।''

''क्या फिलहाल?''

''हम आपको टाल रहे हैं फिलहाल। आप कृपया बाकायद तशरीफ लाइए।'' कुँवर ने दो-टूक कह ही तो डाला था।

महेश की कनपटियाँ तप उठी थीं। नथुने फड़कने लगे थे। अनुभवी महालिंगम ने महेश की देहमुद्रा भाँपकर वार्तालाप की दिशा बदलने लगा था।

''मिस्टर महेश, आप शिक्षित व्यक्ति हैं और हमारे राँची कार्यालय में विधि-अधिकारी का एक पद खाली पड़ा है। हम आपको छः लाख रुपयों के वेतन-पैकेज का प्रस्ताव दे रहे हैं। इसे स्वीकार कीजिए।''

''यह कृपा किसलिए कुँवर साहब?'' महेश ने महालिंगम के प्रस्ताव की उपेक्षा करने का स्पष्ट दिखावा किया था।

''क्यंकि इधर न आपकी जमीन है, न घर-बार! आपके खेतों का भी अधिग्रहण नहीं हुआ, फिर महेशजी, आप यूनियनबाजी के झमेलों में क्यों पड़ते हैं?'' कुँवर का स्वर खुशामदी था।

''मशवरे का शुक्रिया।'' भुन गया था महेश।

''मेरी मानिए! आपका भविष्य उज्ज्वल है। इन जंगलियों के बीच आपकी प्रतिमा नष्ट हो रही है।''

''यह आपकी समस्या नहीं है।'' मुझे आपलोगों का कोई प्रस्ताव या मशवरा स्वीकार नहीं हैं। मुझे आपलोगों का कोई प्रस्ताव या मशविरा स्वीकार नहीं।''

महेश का उत्तर कुँवर को संबोधित था पर तमाचा मानो महालिंगम के चेहरे

पर पड़ा था। एक क्षण को तिलमिला के चेहरे पर पड़ा था। एक क्षण को तिलमिला गया था महालिंगम पर आपा नहीं खोया था। अपनी भावनाओं पर उसका गजब का नियंत्रण था। यं ही वह ''टारमो-इस्पात'' का महाप्रबंधक नहीं था। उसने पुनः प्रयास किया था।

''इससे बेहतर प्रस्ताव आपको पूरे भारत में नहीं मिलेगा। फिर तीन वर्षों बाद आप पदोन्नति की आशा कर सकते हैं। नौ लाख रुपयं के बढ़े वेतन पैकेज के साथ मुफ्त आवास और आवागमन हेतु वाहन भी।'' महालिंगम के जबड़े बसे हुए थे। पिसती आवाज थी पर वाणी से मिठास रिस रही थी।

''प्रश्न एक महेश असुर का नहीं है। उनका क्या जिनके खेत सस्ते में हड़प कर पुर्नवास के नाम पर उन्हें ऐसी बंजर जमीनें दी गयी हैं जिन पर घास तक नहीं उगती... ?'' महालिंगम ने मनुहार के स्वर में कहा था।

''छोड़िए भी इसे।''

''नहीं, कतई नहीं। बताइए मुझे कि उनका क्या होगा जिनके घर-परिवार को तबाह कर आपने मुआवजे में थोड़े रुपये दिये हैं जिन्हें निवेश या बचत करना नहीं आता और वे इस रकम को शराब में उड़ा देनेवाले हैं? भरे-पूरे गाँव के देवी-देवता, कुएँ, ताल और रोजगार देनेवाले जंगल...इनका क्या मुआवजा तय किया है आपने? महेश का ताम्बई चेहरा तमतमा उठा था। साँसें गाढ़ी हो उठी थीं। आवाज में भूखे चीते जैसी खरखराहट थी जिसका निवाला छीना जा रहा हो।''

''व्यावहारिक बात कीजिए महेश जी। आप कुछ ज्यादा ही भावुक हो रहे हैं।'' यह नागरवाला था।

''...और आप हृदयहीन लोगों के पास भावना तो है ही नहीं। आप तो रुपये बनाने की वह जिन्दा मशीनें हैं जिनके खराब होने पर मरम्मत की बजाय आपकी व्यवस्था आपको कूड़ेदान में फेंक देनेवाली है। बड़े-बड़े संस्थानों से अर्जित आपकी महँगी डिग्रियाँ समेत....सीधा कूड़ेदान में।''

''तमीज से बात करो।'' तिलमिला उठा था महालिंगम।

''...और आप मान्यवर महालिंगम? अंग्रेजी ज्यादा जानते हैं आप इसलिए आपका सिर आसमान पर है और पैर हमारी जमीन पर...तो यहाँ के कर्मचारी संगठन पर आपकी किसी अंग्रेजियत का रौब अब नहीं चलने वाला। दुभाषिदा बहाल कर लीजिए क्योंकि मैं हमेशा यहाँ नहीं आनेवाला। आगे आपको खड़िया कुरमाली या नागपुरिया भाषा में भी बात करनी पड़ेगी।''

''आप जा सकते हैं''—उफन पड़ा था कुँवर—''हमें आपसे कोई बात नहीं करनी।''

''बात तो हो चुकी मिस्टर कुँवर। मैं कह चुका समझौतों का पालन करें आप लोग। हफ्ते भर का समय दिया मैंने हमें आपकी कोशिशें जरूर दिखनी चाहिए।'' महेश भी आवेश में था।

''वर्ना...? वर्ना क्या कर लेंगे आप? हड़ताल?'' अब पटवर्धन भी चुप नहीं रह सका था।

''आपके पास कोयले का स्टॉक तीन दिनों का ही होता है न, क्योंकि कौलियरियाँ आपके पिछवाड़े ही हैं? कोयला नहीं मिला तो आपका बिजली-घर ठप्प हो सकता है। कारखाने में कच्चा माल नहीं पहुँचा तो? तैयार इस्पात कारखाने में पड़ा जंग खाने लगे तो? कई ''तो'' है मिस्टर पटवर्धन। सारे ''तो'' देखना चाहते हैं तो..

''एनफ...!'' आग बबूला महालिंगम तमतमा कर उठ खड़ा हुआ था—''बहुत हो चुका।''

''न टेलीफोन होगा न मोबाइल टावर्स रहेंगे। न रेल की पटरी बचेगी, न सड़क! मारिसटाउन को अँधेरे टापू में बदल दिया जायेगा पटवर्धन...सुना?'' महेश के नथुने फड़क रहे थे।

''गार्डस...!'' पटवर्धन चीख उठा था।

''आफ देखते रह जाएँगे महालिंगम और आपकी हथेली पर बसी आपकी यह रियासत तबाह हो जायेगी।'' महेश कहता गया था।

दो वर्दीधारी सुरक्षाप्रहरी बगुलें की भाँति कक्ष में प्रविष्ट हुए थे। महालिंगम की नाक की फुंगी क्रुद्ध मरखने साँड के नथुनों की भाँति काँप रही थी। अंग्रेजीपरस्त शालीन व्यक्तित्व ढह चुका था।

''बहुत फिल्मी डायलाग मारता है। गार्डस, इस बदमाश को सड़क पर फेंक दो।''

महालिंगम की तर्जनी खंजर की भाँति महेश की ओर तनी हुई थी। सुरक्षा प्रहरी महेश की बाहें दबोचे उसे कमरे से बाहर खींचने लगे थे।

शोर-हंगामे से आकृष्ट कर्मचारी दफ्तर के गलियारे में निकल आए थे। ''टारमो-इस्पात'' के इतिहास में इतनी ऊँची आवाज में धमकियाँ सुनने का यह पहला वाकया था। आपे से बाहर हुए महेश को भय से तक रहे थे लोग।

''ट्रेड यूनियन की ताकत देखना चाहते हैं आप लोग तो बस सात दिन! या तो सारे समझौते लागू होंगे या फिर कंपनी खत्म! ठगे गये मजदूर सड़कों पर तुम्हारी तिक्का-बोटी...''

चीखती महेश असुर की गार्ड्स की गिरफ्त से बाहें झटकर दफ्तर से बाहर

निकल पड़ा था।

क्रोध और उत्तेजना से काँपते महालिंगम की देह का सारा रक्त मानो उसकी आँखों में उतर आया था। जिसके सामने खड़े होने में मजदूर की हृदयगति अनियंत्रित हो उठती थी, जिससे कोई कर्मचारी आँख मिलाकर बात करने का साहस नहीं करता था...आज उस महालिंगम को धमकियाँ सुननी पड़ी थीं। अपमान का गरल गले में धारे महालिंगम का रौद्र रूप ''टारमो-इस्पात'' की ऐतिहासिक दृश्य था।

विजयमोहन कुँवर इस आकस्मिक जलजले से स्तब्ध था। ज्वालामुखी के दहाने-महालिंगम-के समक्ष खड़ा कुँवर दहशत में था। कान की लवें तप रही थी।

''पटवर्धन... !'' फुँफकारा था महालिंगम!

''सर।''

''इस आतंक को खत्म करो। इस महिषासुर को रास्ते से हटाओ या फिर तुम्हारी नौकरी खत्म... !''

''सर।''

नितम्ब में मानो तपता सुआ चुभो दिया गया था। साँवले पटवर्धन का तमतमाता चेहरा जामुनी रंग हो उठा था।

''टारमो इस्पात'' की पहली ईंट रखे जाने का प्रत्यद्रष्टा था शान्तिस्वरूप पटवर्धन। कम्पनी के इस संकटमोचन ने कम्पनी की राह में आने वाले कितने ही काँटे उखाड़े थे, कितने ही रोड़े हटाए थे। उस पटवर्धन की सेवाओं का क्या सिला दे रहा था महालिंगम? दो-टूक चेतावनी? परन्तु यही तो उदारीकृत आर्थिक विकासवाद का सच था। निजी कम्पनियाँ थके-विफल घोड़े नहीं पालतीं।

''इस बार चूके तो,''—कुँवर के भिंचे जबड़ों से टूटे-पिसे शब्द कराह की भाँति निकले थे—'' तो पटवर्धन...डिसमिस हुए तो कैरियर तबाह...इस दफा फेल हुए तो बस अपना त्यागपत्र...फैक्स...फैक्स कर देना...''

पटवर्धन की आँखं में उस भूखे चीते जैसे चमक उभरी थी जिसके पिंजरे में जीवित बछड़ा डाल दिया गया था। मनोवांछित ढंग से झँझोड़ने की छूट के साथ!

कम्प्यूटर तकनालॉजी, सूचना प्रोद्योगिकी या खुदरा बाजार के पवन वेग वाले अनेक घोड़े जो कभी अपने मालिकों के लिए नयी-नयी मंजिलें फतह करते रहे थे और काबुली चने की खुराक पर पलते थे, थकते ही अस्तबल के बाहर धकेल दिये जाने का चलन है। जिन घोड़ों में थोड़ी जान बाकी रह जाती है वे पुराने तांगे या खटरा इक्के में जुटे हुए, पुराने दिनों की मुरझाई घास की जुगाली करते जिये चले जा रहे हैं।

कोई चार्टड एकाउंटेंट किसी मॉल-मल्टीप्लेक्स में दिन भर की बिक्री का

मिजान मिला रहा होता है। सूचना प्रोद्योगिकी का दक्ष अभियन्ता अब गले में स्पांडिलाइटिस बेल्ट पहने, दुखती रीढ़ और टेढ़ी उँगलियों के साथ उसी देसी-विदेशी परचूनिएँ की उसी बहुमंजिली दुकान में रसीदें काटता होता है। कोई बाजार विशेषज्ञ प्रबंधक दयनीय ढंग से खीसें निपोरता हिंग्रेजी ग्रादकों के समक्ष रिरियाता चड्ढी-दन्तमंजन-इत्र खरीदने की सिफारिश करता होता है।

अपमान से उबलता पटवर्धन खौलते मस्तिष्क और भारी कदमं के साथ वहाँ की गाज उसकी मातहत रूपनारायण बेंदिया पर पदोन्नति और वेतन बढ़ोतरी। अब विफलता का मतलब था इस उम्र में नई नौकरी की तलाश....! उसे हर हाल में सफल होकर दिखाना ही था।

शाम ढलने के बाद...!

जब मेघ फिर घ्रिने लगे थे और वातावरण घुटी-घुटी उमस से भरा भारी होने लगा था, महेश संजीव नगर वापस लौटा था। खिन्न...उद्विग्न!

''टारमो-इस्पात'' के दफ्तर से निकला या निकाला गया महेश ''झारखंड बंधु'' के दफ्तर में जा बैठा था। देर तक वहीं बैठा महेश स्वयं को नियन्त्रित और सामान्य करने का प्रयास करता रहा था।

जितने देरी तक महेश ''जे.बी.'' के दफ्तर में रहा, ''टारमो-इस्पात'' में घटित हाहाकरी प्रसंग ''मारिस टाउन'' की हवाओं में तिरता-फैलता बिखरता गया था।

महेश संजीव नगर पहुँचा था तो ''टारमो-इस्पात'' से खोटे सिक्के की भाँति फेर दिये जाने की हताशा उसकी भाव-भंगिमा से भी टपक रही थी। महेश के चेहरे पर पुती निराशा को पढ़ सकती थी नीलमनी।

सोनारा बाथरूम में था। सोनारा का बिस्तर ठीक करती नीलमनी ने महेश से पूछा था।

''सब ठीक तो है? कहाँ थे अभी तक?''

''कुछ ठीक नहीं है।''टारमो-इस्पात'' के दफ्तर तक गया था। वहाँ आज...''

महेश ने कुछ छुपाया नहीं था। अपने भीतर का सारा गर्द-गुबार नीलमनी के समक्ष उँड़ेल दिया था। अपना अपमान भी। अपनी हताशा भी। अपना क्रोध भी। समय की नजाकत को समझने लगी थी नीलमनी। जानती थी नीलमनी कि अभी अंगारों को फूँक देना महेश को और असहज और उद्विग्न कर देगा। रोष का अफसोस का कोई इकलौता शब्द महेश के आवेश को कमजोर कर सकता था।

नि:शब्द मुस्कान के साथ नीलमनी ने मीठा उलाहना दिया था।

''तो बाज नहीं आए न? अपना नाना पाटेकर रूप दिखा ही आए उधर?''

''पता नहीं कैसे बात से बत निकलती गयी। फिर वे बातें ही ऐसी करने लगे कि मैं आपा खो बैठा।''

''अब?''

''अब ठीक हूँ। सोना को मत बताना यह सब। गांधी बाबा को बुरा लगेगा।''

महेश कुर्सी पर पसर गया था। चादर की सलवटें निकालती नीलमनी धनुष पर चढ़ी प्रायंचा उतारने का उपक्रम करती चुहल करने लगी थी,

''तभी मैं कहूँ कि आज...अच्छा, आपको यह पता है कि गुस्से में आप कितने...सैक्सी लगते हैं? आदर्श पुरुष की भाँति?''

''बिल्ली.... ?''

''उम्म्।''

''यू आर सिल्ली।''

''मैं सहमत हूँ।''

''मैं तुम्हें मार डालूँगा।'' महेश ने आँखें तरेरी थी।

''एग्रीड अगेन। प्लीज माही।''नीलमनी मनुहार के स्वर में बोली थी—''जो प्रेम नहीं कर सकते वे क्रान्ति भी नही कर सकते आपको मुझे मार डालने की सनद है।''

''अच्छा?''

''हाँ जी! क्योंकि दोनों ही में जोश और जुनून की जरूरत होती है। मारक प्रकृति या प्रकृति।''

महेश के एकदम निकट आ सटी थी नीलमनी। एकदम समीप...! महेश की आँखों में झाँक रही थी नीलमनी। नीलमनी की उत्तप्त साँसों को अपने होठों पर अनुभव करने लगा था महेश।

''मैं कल होने को प्रस्तूत हूँ...मुझे मार डालो ना!''

''शटअप! मैं कितना परेशान हूँ और तुझे ठिठोली सूझ रही है।...गंदी लड़की!'' महेश ने नीलमनी को परे धकेला था।

''लो, इसमें गंदी बात क्या है?''—नाटकीय भंगिमा! हाथ नचाती नीलमनी—''आजकल तो बेटे अपनी माँ को सेक्सी कह प्रशंसा करते हैं और इस तारीफ पर माताएँ निहाल हो जाती है।''

''मैं माताजी हूँ? सोना तेरी ऐसी फूहड़ बातें सुन ले तो? कहेगा, तुझे शहरी हवा लग रही है। मैं तुझे बिगाड़ रहा हूँ।''

''मैं तो सर्रजी बचपन की बिगड़ी पड़ी हूँ। भाई के सिरहाने हूँ इसलिए सिर्फ

मुँह से काम लेना पड़ रहा है वर्ना अगला एपिसोड भी देखना चाहे तो ऊपर वाले कमरे में चलें?''

महेश झटके से उठा था। नीलमनी की पीठ पर चपत जमाते हुए बाथरूम की ओर तर्जनी उठाई थी। दाँत पीसते हुए डाँटा था।

''अब चुप भी कर बेवकूफ।''

''ओ.के. ...ओ.के. डैडी।'' नीलमनी फुसफसाई थी। रहस्यमय ढंग से।

''अब मैं तेरा डैडी हो गया?'' महेश गुर्राया था।

''मेरे डैडी कैसे होंगे आप? मेरे मुँह से माही...माही सुन-सुन कर बच्चे भी आपको माही न पुकारने लगे...बच्चों की आदत खराब होगी न...इसलिए। डैडी कदर्ने की आदत डालना पड़ती है न बच्चे में...?''

''बहुत ज्यादा तेज भाग रही है तू।''

महेश वापस कुर्सी में जा धँसा था। पराजित मुद्रा में गहरी साँसें लेते महेश को ताकती नीलमनी की आँखें सपनीली हो उठी थीं।

''हमारे बूढ़े होने तक हमारे बच्चे पढ़-सिखकर अपने पाँव पर खड़े हो जाने चाहिए...नहीं?''

''पहले शादी तो कर ले।'' महेश ने व्यंग्य से कहा था।

''वह तो मैं कल कर लूँ। आप राजी हैं? संजू भाभी को फोन करूँ?''

''यह नहीं कि एक प्याली चाय पिला देती। आते ही शाम नरक करने लगी।''

''जो हुक्म सर्र...!'' रसोई की ओर बढ़ती नीलमनी ने आवाज लगाई थी—''दाया, बाथरूम में ही सो गये क्या? माही आ गये। चाय बनाती हूँ। अब निपट भी चुको।''

धनुष की प्रत्यंचा उतार चुकी थी नीलमनी! अनर्गल वार्तालाप और चुहल-ठिठोली करती नीलमनी महेश की सोच की दिशा भटकाने में सफल हो चुकी थी। यह अनायास नहीं सायास कर रही थी नीलमनी।

अगली सुबह...!

जब प्रान्तीय राजधानी राँची से प्रकाशित समाचार पत्र आठ-नौ बजे तक तारानगर, मारिस टाउन और संजीव नगर पहुँचे, महेश असुर का नाम अखबारों की सुर्खियों में था।

एक प्रमुख अखबार ने हेडलाइन लगाई थी...'' टारमो इस्पात के महाप्रबंधक की हत्या की धमकी! मारिस टाउन में उपद्रव की आशंका।''

एक अन्य समाचार पत्र की शीर्ष खबर थी "...टारमो इस्पात कर्मचारी संघ के विधि-सलाहकार महेश असुर के विरुद्ध एफ.आई.आर.दर्ज। मारस-टाउन में स्थिति तनावपूर्ण किन्तु नियन्त्रण में।"

"टारमो इस्पात" के सूचना एवं जनसम्पर्क अधिकारी ने उम्दा काम किया था। स्थिति कितनी बुरी नहीं थी, उससे ज्यादा बढ़ा-चढ़ाकर भयंकर बताई जा रही थी। मात्र एक अखबार "विद्वान समाचार" ने कर्मचारियों का पक्ष भी रखा था...." कर्मचारी संगठन के साथ प्रबंधन की धोखाधड़ी। श्रमिक संगठन के साथ किये समझौतों का अनुपालन नहीं होने के कारण टारमो इस्पात के प्रति श्रमिकों में आक्रोश।"

"आपके हिंसक व्यवहार से दाया को बहुत दुःख होगा।"—चिंतित थी नीलमनी—"आप तो अखबारों में हीरो बन गये पर दाया बापू का भक्त है। आपकी कारस्तानी और एफ.आई.आर. दाया को परेशान करेंगे।"

"यह बापू कौन?" महेश ने पूछा था।

"राष्ट्रपिता महात्मा गाँधी और कौन?"—परेशान थी नीलमनी—"हमने दाया से बात छुपाकर रखी। अब अखबार पढ़कर सबकुछ जानेगा दाया तो कितना दुःखी होगा।"

"तुम भ्रम में हो नीलू!—महेश ने सोनारा से बात छुपाने की अपनी गलती को निरर्थक बहस की ओर मोड़ा था—" महात्मा गाँधी राष्ट्रपिता कब से हो गये?"

"हमेशा से। जनता मानती है। सरकार मानती है।"

"सरकार नहीं मानती। प्रधानमंत्री कार्यालय ने स्वीकार किया है कि महात्मा जी को सरकार ने कभी राष्ट्रपिता माना ही नहीं। हाँ, जनता बोली बात जरूर सही है।"

"बकवास...!"

"लखनऊ की एक छठवीं दर्जे की लड़की एश्वर्या पारशर ने भारत सरकार से बाकायदा जानकारी प्राप्त की है नीलमनी जी और सरकार ने वही कहा है जो मैंने बताया।"

"कि सरकारी गजट में गाँधी जी राष्ट्रपिता नहीं है?"

"उसी तरह नहीं हैं जिस तरह हॉकी भारत का राष्ट्रीय खेल नहीं है...न कभी था।"

"क्या बात करते...मुझे विश्वास नहीं होता।" दंग थी नीलमनी।

"क्योंकि तुम्हारे दिमाग में आदर्श और अन्धविश्वास का भूसा भरा है। तर्क टिकें भी तो कहाँ?" महेश हँसने लगा था।

"आप मूल बात को भटका रहे हैं।" नीलमनी ने छूटे सूत्र का सिरा थाम

लिया था।

"कौन सी बात?"

"आपके झगड़ा करने की बात। महालिंगम को धमकाने की बात! दाया बोलेगा यह सब हिंसा बात है। हमें फिर धरने पर ही बैठना चाहिए था।"

"यह साठ-सत्तर का दशक नहीं है जब"—महेश गम्भीर था—"जब राजनीति में शर्म नाम की चीज होती थी। "टारमो-इस्पात" जैसी कंपनियों के पास न दया है, न हया है।...एक बार हमारा तुक्का लग गया सो लग गया वर्ना धरने-अनशन के हथियार अब भोथरे हो चुके हैं।"

सोनारा की मेज पर बैठी नीलमनी सब्जियाँ तराशने लगी थी। पूछा था, "तो अभ क्या करें हम लोग?"

"सीधी कार्रवाई और क्या?"

"मतलब?"

"मतलब समझाने में थोड़ा वक्त लगेगा"—महेश भी एक प्याज उठाकर छीलने लगा था—"तब तक तो श्रीमान, आदर्शवादी स्नानागार से बाहर निकल आएँगे। फिर सुनते रहो अहिंसा, सत्याग्रह, अनशन, हड़ताल के लाभ-परिणाम।" महेश हँसने लगा था।

"ये हँसने की चीजें हैं?" नीलमनी के सब्जी तराशते हाथ ठिठक गये थे। महेश को घूरने लगी थी आँखें।

"सॉरी।"

"सॉरी कहना बड़ा आसान है। दाया को आदर्श हँसने की चीज है तो आपका रास्ता क्या है...हंगामा? तोड़फोड़? यमन? आतंक?...ओऽऽ गॉड!" बुदबुदाती नीलमनी पुनः सब्जियों पर पिल पड़ी थी।

"गॉड को तकलीफ देना बेकार है क्योंकि धर्मयुद्ध में पवित्र क्रॉस के लिए भी कम रक्तपात नहीं हुए फिर भी मैंने क्रास पहन रखा है। और तुम भी पहनती हो। यहूदियों का सबसे ज्यादा उत्पीड़न कट्टरपंथी ईसाइयो ने ही किया था...गॉड के नाम पर," गॉड के भक्तों ने।"

"इतिहास मत तो पढ़ाइए आप।" भुनभुनाई थी नीलमनी।

"तो महात्मा गाँधी की बात करूँ? कहो फिर कि जिस महात्मा ने अंग्रेजों का हृदय परिवर्तन कर दिया था वह अपने देशवासियों का हृदय परिवर्तन क्यों नहीं कर सका? सरहद के दोनों ओर जितना खून बहा उतना तो किसी हिंसक क्रान्ति में भी नहीं बहा, बल्कि बापू, जिसकी अहिंसा से सोनारा प्रभावित है उस बापू ने यहाँ तक कहा है कि राजद्रोह धर्म है।"

''संदर्भ से काटकर या तोड़-मरोड़कर वक्तव्यों को अपने हक में इस्तेमाल करना बदमाशी है।'' नीलमनी ने तंज कसा था।

''लो! मैंने तो भई वही कहा, जो पढ़ा है।''

''सुन ली मैंने आपकी स्पीच। आपके जो जी में आये कीजिए। मैं होती कौन हूँ आपको रोकने-टोकने वाली? खूब लाल-क्रान्ति कीजिए।'' अपनी झुंझलाहट उतारती नीलमनी खटाखट आलू काटने लगी थी।

आहत दृष्टि से नीलमनी को कुछ देर तक ताकता रहा था महेश...मौन। फिर मानो कराह के स्वर में कहा था।

''मैं उन्हें क्षमा नहीं कर सकता नीलू जिन्होंने सोनारा को इस हालत में पहुँचाया है। मैं उन्हें खत्म कर दूँगा जो सोनारा को मार कर यहाँ के श्रमिक आंदोलन को खत्म करा देना चाहते हैं।''

''कौन लोग? कौन बोला ऐसा?''

''कोई बोला नहीं। मुझे पता है ऐसा ही है। नीलू, मैं सोना को असफल होता नहीं देख सकता। अपने जीते जी मैं सोना को पराजित नहीं देख सकता।''

''पर सोचिए कि कंपनी कितनी बड़ी है। बहुत बड़ीतत ताकत है। और हम माही, छोटे लोग हैं। कैसे लड़ेंगे उनसे? किस-किस से लड़ सकते हैं हम?''

''सबसे।''

''यह हारी हुई लड़ाई होगी।''

''होगी तो हो पर मैं कोशिश करने से नहीं चूकना चाहता...यह मेरा अन्तिम निर्णय है।''

''यह आत्मघाती निर्णय है।''

''...तो यही सही।'' महेश दृढ़ था।

बाथरूम का दरवाजा खुला था। धीरे-धीरे चलता सोनारा, दीवार का सहारा लेता बाहर निकला था। महेश उसे थामने को बढ़ा था।

''नहीं। मैं खुद चल सकता हूँ।''

सोनारा बिस्तर पर आ बैठा था। महेश के हाथ से तौलिया लेकर हाथ-मुँह पोंछने लगा था।

''थोड़ा कुछ मैंने भी सुना। आत्मदाह या आत्मघात जैसा कुछ...!'' मैं किसी हिंसक कार्रवाई से सहमत नहीं हूँ।''

''जबकि तुम्हारे आदर्श पुरुष ने भी कभी हिंसा का समर्थन करने की बात कही थी।'' महेश बोला था।

''बकवास...!''

"मान भी लो। मैं बताता हूँ कब! पत्रकार लुई फिंशर ने प्रश्न किया था कि आजादी के बाद यदि भूमि वितरण का कार्य अहिंसा से नहीं पूरा होगा और बड़ी अड़चनें पैदा होगी...और इस प्रक्रिया में हिंसा होगी तो गाँधी जी का क्या रुख होगा?"

"कहाँ पूछा था इस पत्रकार ने...कब?"

"एक सात्कार में जो उन्नीस सौ छियालीस में लिया गया था।"

"और तभी तूने पढ़ा था।" हँस पड़ा था सोनारा नीलमनी भी।

"नहीं। पढ़ा तो मैंने पन्द्रह अगस्त विशेषांक के "प्रभात खबर" अखबार में था। अर्नलिस्ट फैसल अनुराग का लेख था...।"

"खैर,...तो महात्मा जी का उत्तर क्या था?"

"पूरी स्पष्टता से और जोर देकर गाँधी जी ने कहा था...हिंसा का समर्थन!"

अवाक् सोनारा। द्वन्द्वग्रस्त सोनारा! विश्वास और संशय के बीच झूलने लग था सोनारा।

"तू कहता है तब तो..."

"यह सन् छियालीस की बात है और आज...? सोचो सोना, जब संसद चोर-लुटेरों की शरणस्थली बन रही हो और विधानसभाएँ डकैतों-हत्यारों की पनाहगाह तो धरने-सत्याग्रह से कुछ होनेवाला है अब?"

"तू मुझे भ्रमित कर रहा है।" सोनार की आवाज में विश्वास कम था, उम्मीद ज्यादा।

"काश कि तुम सहमत होते सोना कि इस हृदयदीन और बेशर्म होती जाती व्यवस्था के विरुद्ध तुम्हारे पुराने हथियार पर्याप्त नहीं रहे।...आदिवासियों को उनके जल, जंगल और जमीन खनिज सम्पदा का अधिकार चाहिए। सवाल यह है कि उन्हें यह अधिकार दिलाएगा कौन?"

"तू दिला देगा?" सोनारा ने व्यंग्य से पूछा था।

"मैं नहीं, सरकार को दिलाना चहिए पर सरकारें तो छीनने वाली हैं जो जंगल की तमाम सम्पदा पूंजीपति उद्योगपतियों को सौंप देना चाहती हैं।"

"माना! तू भी मान कि संसद या विधान सभाओं में सारे लोग वैसे ही नहीं जैसेकि तू सोचता है। वहाँ भी कुछ बुद्धिजीवी और ईमानदार लोग हैं माही। ऐसे कई लोग, जो देश-समाज की चिंता करते हैं।"

"तुम और तुम्हारा आशावाद!"—गहरी साँस लेते महेश ने समर्पण कर दिया था—"तुम तो गाँधी बाबा हो। बाबा आमटे हो। बिनोबा हो...मैं नहीं। मैं सदैव खोता रहा हूँ। मैं हमेशा खोते जाने वाले दाँव नहीं लगा सकता।"

''तो तू करेगा क्या रे बाबू?'' सोनारा लेट गया था। थक जल्दी जो जाता था।

''लड़ूँगा। उन्हीं के द्वारा नियत नियमों के मुताबिक, उन्हीं के मैदान में...उनके ही हथियारों से।''

''पगला है तू। हठी है एकदम''—हँस पड़ा था सोनारा—''आँख के बदले आँख के सिद्धान्त से तो एक दिन यह पूरी दुनिया ही अंधी हो जायेगी रे। कभी कहीं यह बात नहीं पढ़ी?''

''यह पुरानी सोच है। जो हथेली पर गाल पर तमाचा मारेगी उसके लिए मैं अपना दूसरा गाल आगे नहीं कर सकती...मैं क्या इतना बेवकूफ हूँ?'' हँसा था महेश।

''तो क्या करेगा हमारा सयाना?''

''मैं उस हथेली को उसकी बाँह समेत कंधे से उखाड़ डालने की जुगत करूँगा।''

''धत् पगला!'' सोनारा ने महेश की गुद्दी पर स्नेहिल चपत लगाई थी—''बदलते समय के साथ हमें अपनी लड़ाई के हथियार भी बदलने ही होंगे वर्ना हम तो हारेंगे ही हारेंगे।''

भाप उठते कटोरे में दूध और मक्के की दलिया का घोल लिये किचन से बाहर आती नीलमनी ने हस्तक्षेप किया था, ''बस, बहुत हो चुकी बहस। अब चुपचाप नाश्ता करो दाय और अपनी दवा-दारू लो।''

''दारू भी...! कब से?'' महेश ने ठहाका लगाया था।

''हट्ट...! आफको तो हमेशा मसखरी...''

खिलखिला उठा था सोनारा भी। बहस रुकी थी। नाटकीय ढंग से झुंझलाती नीलमनी सोनाराााा के सामने दलिया का कटोरा परोस कर वापस पुनः रसोई में...!

सोनारा को छुटपन से जानती थी नीलमनी! अब महेश को भी समझने लगी थी कुछ कुछ! स्वीकार कर चुकी थी नीलमनी सोनारा और महेश उसके जीवन के दो पूर्णवृत्त थे। स्वयं सम्पूर्ण जो एक-दूसरे को कहीं काटते नहीं थे परन्तु काटने का भय संजोने लगी थी नीलमनी।

''नाराज हो गयी शायद''—सोनारा ने अर्थपूर्ण दृष्टि से महेश को देखा था—''देख जाकर।''

रसोईघर में जा पहुँचा था महेश। गम्भीर स्वर में बोला था।

''सोनारा का निर्णय सुन लिया?''

''सुना।'' नीलमनी ने उत्तर दिया था।

''अब निर्णय तुम्हें भी लेना है नीलू।''

"मुझे क्या निर्णय करना है?"

"सोना के आदर्शों के साथ चलने में कठिनाईयाँ कम होंगी,...बहुत कम! शादी, पति, बच्चे, घर...एक शान्त जीवन तो जरूर होगा। मेरे आदर्शों के साथ चलने में मुश्किलें हो सकती हैं।"

"तो?"

"तो यह कि मुझे तुम्हारा हर फैसला स्वीकार है। अब चुनाव तुम्हें करना है।"

"कह चुके?" आटा गूँधने लगी थी नीलमनी।

"हं:...हाँ।"

"कितनी आसानी से आपने अपनी बात कह ली माही।"

"इसलिए कि मैं...मैंने...तुम्हारे लिए विकल्प खुले रहें इसलिए।" महेश नीलमनी से आँखें नहीं मिला पाया था।

"खुले विकल्प या बन्द...?" नीलमनी की आवाज़ में खीजमिश्रित उलाहना था।

"अब...अब मैं क्या कहूँ नीलू। मेरे जीवन में जो थोड़े अच्छे दिन...तुम मेरी सहयात्री रही, इसलिए सोचा...क्यों तुम पर मेरा कोई दबाव रहे?" शब्द भटकने लगे थे। सही वाक्य पकड़ में नहीं आ रहा था।

"और मेरी इच्छा-अनिच्छा का क्या?"

"बेशक मैं सम्मान करूँगा।"

"बिना जाने? मेरा निर्णय भी जान लेते न माही।" तरल आँखों वाली नीलमनी ने महेश की कठिनाई सरल कर दी थी।

"शायद मैं...नीलू...मैं अब जान चुका तुम्हारा निर्णय।" भीग उठी थी महेश की आवाज!

"फिर मुझे रुलाते क्यों हो...तुम परपीड़ा प्रेमी।" नीलमनी का गला रुंध गया था।

महेश को गले में कुछ अटकता-सा लगने लगा था। आटा गूँधती नीलमनी के हाथ ठिठके हुए थे। ठहर गये थे पल-छिन। उन तिलहमी पलों में वे एक दूसरे को बस निहारते रह गये थे। अवरुद्ध कंठ...! डबडबाई आँखें...!

"नीलू, मुझे माफ कर दो।"

फिक्क-से हँस पड़ी थी नीलमनी। निर्णय-अनिर्णय के पार उतरते ही महेश भी सहज हुआ था, मानो बिजली का बटन दबा हो।

"किया...!" नीलमनी बोली थी।

"क्या किया?"

"माफ...। आपको!"

महेश ने नीलमनी का सांवला चेहरा अपनी हथेलियों के प्याले में भर लिया था। थाम लिया था अंजुरी भर विश्वास।

"माही थोड़ा पानी लाना रे।" नाश्ता खत्म कर सोनारा ने आवाज लगाई थी।

महेश के चेहरे पर कृत्रिम झुंझलाहट उभरी थी। नाटकीय गुस्सा.... जबड़े भींचकर फुसफुसाया था महेश, साँसें भारी थीं।

"रे के बच्चे। कबाब की हड्डी। परोसी खीर में टपकी मक्खी...स्साले।"

अनायास ही अब तक अव्यक्त रिश्ते को परिभाषित कर चुके महेश ने ऊँची आवाज में उत्तर दिया था।

"लाया पानी।"

"तो चिल्ला क्यों रहा है। धीरे बोल न। मेरे कान खराब नहीं हुए।"

महेश ने नीलमनी की ललाट पर चुम्बन टाँक ही दिया था। फिर दूसरा चुम्बन..एक तीसरा भी...!

"अब जाइए भीऽऽऽ।" नीलमनी की साँसें गर्म थीं।

पानी भरा गिलास थामे महेश रसोईघर से निकलकर हॉल में पहुँचा था।

नाश्ता खत्म कर सोनारा पानी की प्रतीक्षा में अखबार फैलाए हुए था। सूचनाओं के मरभुखखे की भाँति समाचार निगलता सोनारा सुर्खियाँ पढ़ चुका था। जूठा चम्मच अभी तक हाथ में टंगा था। सामने था खाली कटोरा। धक्क था महेश! आखिर सोनारा को यह पढ़ तो लेना ही था। जान ही लेना था सबकुछ।

पानी लिए प्रस्तुत महेश को विस्मय से ताकता रह गया था सोनारा। आँखें फाड़े यूँ ताके जा रहा था मानो महेश के सिर पर सींग उग आए थे। आखिरकार बोल फूटे थे।

"तूने यह क्या कर दिया माही?"—कराह उठा था सोनारा—"क्यों किय ऐसा?"

उधर रसोई में कुर्ते की बाँह में आँखें पोंछती नीलमनी रोटियों के लिए मुलायम लोईया गढ़ रही थी। आटे की लोइयाँ या आगत के सपने...?

जाड़े का कुहरीला चंद्रोदय हो चुका था।

मानो बर्फ के बुरादों से गुजरती बहती, शरद की तीखी पछवा हवा थी जो खैरापाट की पहाड़ियों से गुजरती घाटियों में सीटियाँ बजाती फिर रही थी।

ऊँचे पाट पर, दो चट्टानों पर बाँस टिकाकर प्लास्टिक की चादर डली हुई थी। अस्थायी चंदोवा तना था। उस फटे चंदोने से झाँकने चंद्रमा के प्राकृतिक प्रकाश में फौजी की मंडली बैठक थी। रंगी, देबू, उदय, लखन, विष्णु...सभी। साथ ही बैठा था महेश।

''पक्की बात है माही 'दा! बैरियाटांड़ कांड के लिए पटवर्धनवाँ ने लातेहार-चंदवा से लठैत बुलवाए थे।'

पलाशपत्तों के पत्तल पर बैंगन का भुर्ता और गोबर के कंडे पर सिंकी लिट्टियाँ परोस रहा था देबू। रात का भोजन...!

''मैंने तो पहले ही कहा था कि बिना कम्पनी की मर्जी के इस इलाके के गाँव पर गुंडे नहीं चढ़ सकते।''

मैं उन्हें कभी माफ नहीं कर सकता फौजी।''

''क्या कर सकोगे तुम माही भइया? कहाँ ढूँढ़ोगे उन्हें। वे लोग तो डालियाँ हैं, पत्ते हैं। जड़ है साला पटवर्धनवाँ।''

फौजी ने तजर्नी से बैंगन का भुर्ता उठाकर जीभ पर रखा था। चटरनारा लगाया था।

''तुम सोना भइया के भाई हो। तुम भी तो गाँधी बाना जैसा अहिंसा बात करोगे। हमें तो जिस दिन पटवर्धनवाँ अकेला भेंटा गया, गोली मार देंगे।'' यह विष्णु था।

''शान्त रे बिसनु...शान्त रह। पित्त में आदमी अपना भी अहित कर लेता है सुनें तो, माही भईया क्या चाहते हैं। हाँ भईया, बोलो।'' फौजी ने कहा था।

''मैं सोनारा की जीत चाहता हूँ। कारखाने के कर्मचारी संघ की जीत चाहा हूँ। मेरी मदद करो फौजी।'' महेश ने कहा था।

''क्या करें हम, कहो।''

''मैं इस क्षेत्र में बन्द का आयोजन करना चाहता हूँ। सम्भव हो तो ''टारमो इस्पात'' में ऐसी हड़ताल चाहता हूँ कि कारखाना ठप्प हो जाये।

''तो करो हड़ताल, किसने रोका है? तुम्हारे पास यूनियन है।'' फौजी लिट्टी चबाने लगा था।

''मैं इस भ्रम में नहीं हूँ फौजी कि कर्मचारी संघ के बूते ऐसा बन्द सम्भव है। मजदूर बेचारे डरे हुए हैं। उनके भीतर समाया भय तभी निकलेगा जब वे एकता और संगठन की शक्ति को देखेंगे...समझेंगे। तुम साथ दो तो यह संभव हो सकता है।''

''क्या?''

''इलाके में पूर्ण बंदी। फैक्ट्री ठप्प!''

"बड़ा काम है दादा। हफ्ते भर में यह एकदम असम्भव है।" देबू ने कहा था।

"तुम लोग कोशिश तो करो।"

"कोशिश करने में हम कोई कसर नहीं छोड़ेंगे पर पक्का कुछ नहीं कह सकते अभी।" फौजी ने विवशता प्रकट की थी।

जो संभव हो वही करो पर कुछ करो फौजी। यूनियन वे भी कुछ लोग हैं जो अभी भी साथ देंगे। मैं अभी धरना-प्रदर्शन आयोजित कर सकता हूँ। कल रात प्रबंधन के धोखे के विरुद्ध मारिस टाउन में मशाल जुलूस निकालने को मेरे आदमी तैयार भी हैं।"

"लेकिन तुम पर तो एफ.आई.आर. दर्ज है।" रंगी ने हस्तक्षेप किया था।

"वारंट तो नहीं है न? हमारा जुलूस शान्तिपूर्ण होगा। नारा-हंगामा कुछ नहीं। हाल में माँगों की तख्तियाँ और मशालें। मौन जुलूस।" महेश ने बताया था।

"ठीक है माही भईया। जब तुम इतनी हिम्मत कर रहे हो तो"—फौजी ने आश्वस्त किया था—"तो हम भी कोशिश करते हैं। जंगल में कई भूमिगत संगठन है, बात करते हैं उनसे। आधे लोग भी हमारी बात से सहमत हो गये तो तुम्हारा काम बन भी सकता है।"

"नाकाबंदी...?"

"संभव है।"

"ऐसा हो सका फौजी तो यह मुझ पर तुम्हारा कर्ज होगा।" महेश ने कहा था।

"सोना दाया हमारा भी कुछ लगता है महेश भईया। हम भी चाहते हैं कि वह शान से सिर ऊँचा करके जिए।" फौजी ने चटखारा लगाया था। मिर्च ग गयी थी।

"सोना पहले तुम्हारा ही है फौजी। बाद में मेरा कुछ है। मैं तो बाहर से आया आदमी हूँ। भूमिगत संगठनों तक नहीं पहुँच रखता। तुम्हारे बिना मैं सोना के लिए कुछ नहीं कर सकता।"

"अब उसकी फिकर छोड़ो तुम! मैं जिम्मेदारी लेता हूँ न!"

"हम भी सोनाटदा की सफलता चाहते हैं माही'दा। आंदोलन सफल होगा तो हमारी भी एक माँग वार्ता में रखोगे?' देबू ने आग्रह किया था।

"क्या देबू'दा तुम भी...!' फौजी ने टेढ़ी नजर देबू पर डाली तो सिकुड़ गया था देबू।

"इसे कोई शर्त न समझो माही'दा"—देबू ने अपराधी भाव से कहा था—

"अनुरोध है।"

"देबू, हम समझौता नहीं करेंगे। विदेशी कंपनियाँ जानती हैं कि"—महेश देबू का मंतव्य समझ रहा था—"कि भारतीयों को कैसे भ्रष्ट किया जाता है। कैसे अपने पक्ष में तोड़ा जा सकता है। सिकन्दर ने पुरु के साथ, अंग्रेजों ने मिरजाघर के साथ या डंकल ने नरसिंहा राव जी के साथ..."

"नहीं माही'दा, कंप्रोमाइज नहीं। शर्त रखना। हम बस यह चाहते हैं कि जो लोग बन्दूक छोड़कर समाज के समाज की मुख्यधारा में शामिल होना चाहते हैं, कम्पनी "टारमो-इस्पात" उन्हें छोटी-मोटी ही सही, नौकरी दे दे।"

"मैं भी यही चाहता हूँ देबू।"

"फिर हम सब जान लड़ा देंगे आंदोलन के लिए। कौन चाहता है ऐसी कुत्ते जैसी दुर-दुर करती जिंदगी?"

"हम भी आदमी की तरह जीना चाहते हैं माही भईया।" रंगी भी उत्साहित हो उठा था।

"जानता हूँ रंगी। समय और समाज ने तुम्हें जैसा बनाया, मजबूरी में बैसे बन गये तुम सब। बन्दूक उठा जरूर लिया पर आतंकवादी नहीं हो तुम! यदि सोनारा के आंदोलन से कोई रास्ता खुल सके तो फिर बात ही क्या है।" महेश ने वायदा किया था।

"वह सब बाद में। अभी तो लिट्टियाँ खत्म करो महेश भाई, ठंडी हो रही है। देबू बंगाली चोखा खूब चटख बनाता है। लिट्टियाँ भी क्या कटारी सिंकी..." फौजी ने चटखारा लगाया था।

महेश देर रात गये संजीव नगर लौटा था।

चोर की भाँति नीलमनी को उपालंभ भरी आँखों से आँखें चुराता महेश सोनारा के साथ जा बैठा था। नीलमनी ने चुपचाप भोजन की थाली सामने परोस दी थी।

"इतनी-इतनी रात तक बाहर...?"—सोनारा ने ही टोका था—"जल्दी लौटाकर माही, फिक्र होने लगती है बंधु।...तू मोबाइल भी तो नहीं रखता।"

"अब ऐसा नहीं होगा...वादा।" नीलमनी की ओर ताकते महेश ने उत्तर सोनारा को दिया था और वायदा नीलमनी से किया था।

दिन भर की भाग-दौड़ ने निचोड़ डाला था।

आज का काम लगभग खत्म कर होटल के गद्देदार बिस्तर पर लेटा दीपांकर कमर सीधी कर रहा था और आँख लग गयी थी।

पाँच मिनट तक ही झपकी ले पाया था कि दीपांकर का मोबाइल फोन बज उठा था। उसने फोन उठाया था। स्क्रीन पर यूनिवर्सल इन्वेस्टिगेशंस के डायरेक्टर कम एडिटर-इन-चीफ का चेहरा था।

''यस बॉस।'' दीपांकर संबोधित हुआ था।

''और भी कम हैं मेरे पास। आज की तारीख में मेरी यह तीसरी काल है।''

''सॉरी बॉस।''

''वह चार हजार करोड़ का घोटाला वाली रिपोर्ट का क्या हुआ?''

''उसे ही मेल कर रहा हूँ सर।''

''मेल कर नहीं चुके अभी तक?''

''कर चुका बॉस..पहुँचती होगी।''

दीपांकर की उँगलियाँ लैपटाप के की-बोर्ड पर नाच रही ती। मात्र एक रिपोर्ट के लिए बॉस के तीन फोन, अच्छी बात नहीं थी। पर तीन फोन? मात्र एक रिपोर्ट के लिए? नहीं...! कोई और बात थी।

''आगे...?'' पूछा गया था।

''काम खत्म। अब वापसी, और क्या?''

''अभी वहीं रुको।'' आदेश मिला था।

''कोई खास बात?''

''है।''

''सुन रहा हूँ।''

''कुछ दिन पहले उधर किसी ''मारिस टाउन'' एरिया के किसी गाँव में भूमि अतिक्रमण को लेकर कुछ हंगामा हुआ था। प्रदर्शनकारियों को मारा-पीटा गया था।

''वह तो पुरानी बात हुई सर! एक आदमी मारा भी गया था। आगे का कुछ पता नहीं मुझे।''

''तुम्हें न हो, हमें पता रखना पड़ता है। झारखंड का लोकल लीडर है...टी.एस. शाहदेव। तारा बाबू के नाम से ज्यादा जाना जाता है।'' तब उसका बयान आया था कि आदिवासियों पर जुल्म करने वाले के विरुद्ध कड़ी कार्रवाई की जायेगी।''

''कहा होगा। मुझे क्या करना है?'' दीपांकर ने पूछा था।

''पता करो क्या कड़ी कार्रवाई की गयी थी। कुछ किया भी गया था या राजनीतिक बयानबाजी के बाद मामला ठंडे बस्ते में डाल दिया गया।''

"मैं देखता हूँ।"

"और सुनो। हमारे पास उस समय की कुछ फुटेज है जिसमें विधायक ने स्वीकार किया था कि "टारमो-स्टील" के इंजीनियर्स से जमीन की पैमाइश में चूक हुई थी।

"वह मामला भी पुराना..."

"...मामला खत्म नहीं हुआ चक्रवर्ती"—निदेशक ने बोलने से रोका था—" तूल पकड़ रही है। "टारमो-स्टील वर्कस यूनियन" का कोई लीगल एडवाइजर है...कोई असुर। वह वहाँ मशाल-जुलूस निकाल रहा है। उसने कम्पनी के सी.ई.ओ. की हत्या की धमकी भी दी है।"

"है तो ऐसा कुछ पर मामली खबर है। अखबार के पिछले पन्ने पर है।"

"यह कल को गैरमामूली खबर भी बन सकती है। लोकल पालिटिशियन इस पुराने हंगामें से बिगड़ती नई स्थिति को भुनाने की फिराक में हैं। यह मामूली खबर काल फ्रंट-पेज न्यूज भी बन सकती है। चक्रवर्ती, मॉरिस टाउन में जरूर कुछ न्यूजवर्दी मैटेरियल पक रहा है।"

दीपांकर अपने निदेशक के मंतव्य को भाँप चुका था। कोई उबड़-खाबड़ असाइनमेंट मत्थे भेदने से पहले डायरेक्टर द्वारा लम्बी-चौड़ी भूमिका बाँधना दीपांकर के लिए नई बात नहीं थी। समझ गया था दीपांकर और निदेशक का मनोवांछित उत्तर दे डाला था।

"मैं मारिसटाउन पहुँचकर चखता हूँ न बॉस, जो वहाँ पक रहा है।"

"गुड ब्वाय! खबरें बनने से पहले खबरों को सूँघना सीख रहे हो तुम। खबर के जन्म लेने से पहले ही खबर की जन्मकुंडली तैयार कर डालना ही इन्वेस्टिगेटिव जर्नलिज्म है।"

"जी। मैं पूरी कोशिश करूँगा।" अन्ततः दीपांकर ने अपनी रिपोर्ट मेल कर डाली थी।

"खाक कोशिश करूँगा। तुम आदर्शवादीक लोगों के साथ यही तो समस्या है...खबरों का इन्तजार करते हो। न्यूज क्रियेट की जाती है चक्रवर्ती।"

"कोशिश करूँगा खबर पैदा करने की।"

"मारिस टाउन के सूत्रों के हवाले से खबर है कि वहाँ तनाव का वातावरण है। वह असुर...वह जो भी है। कुछ हंगामा खड़ा कर सकता है। तुम उस लीगल असुर का इंटरव्यू इसलिए करो।"

"कोशिश में कसर नहीं छोड़ूँगा सर पर यह समय खाने वाला काम भी हो सकता है।"

''तो खाओ समय।'' निदेशक झल्ला उठा था।

''फिर तो ठीक है। समझिए काम हो गया।''

''झारखंड के भूमिगत संगठन भी इस हंगामे की आग में अपनी रोटियाँ जरूर सेंकना चाहेंगे। अपने इलाकों में अपने संगठन की धमक दर्ज करने के लिए इस असुर...लीगल एडवाइजर को इस्तेमाल करने का मौका नहीं चूकेंगे। मामला दिलचस्प होगा चक्रवर्ती, मारिस टाउन के लिए निकल पड़ो।''

''ठीक है सर!'' भिन्ना गया था दीपांकर।

''जानता हूँ, यह तुम्हारे लायक काम नहीं है''—निदेशक ने दीपांकर की आवाज की उब को ताड़ लिया था—''पर यह अच्छा है कि तुम उधर हो। इसीलिए तुम्हें कहा। सनसनीखेज कहानी निकाल सके तो तुम्हारा अवकाश यात्रा पक्का।'' निदेशक ने प्रलोभन दिया था। वायदा किया था।

''फिर तो सर, मैं अपनी पूरी कोशिश करूँगा।''

''शुभकामनाएँ लो।''

''थैंक्स बास।'' दीपांकर ने ही फोन काट दिया था।

अगली ही सुबह यूनिवर्सल इन्वेस्टिगेशन्स की बेगार टालने जैसी मानसिकता के साथ खोजी पत्रकार दीपांकर चक्रवर्ती मारिस टाउन के लिए निकल पड़ा था।

इतवार की दुधिया भोर थी।

अश्विन महीने का हल्का कुहासा जमीन से दस बित्ते ऊपर टंगा तैर रहा था...हर ओर।

लाठी के सहारे चलने का अभ्यास करता सोनारा घर के सामने सड़क पर टहल रहा था। नीलमनी मात्र सावधानी वश साथ थी।

डाक्टर प्रदीप अग्रवाल ने सोनारा को रोज एक-दो किलोमीटर टहलने की सलाह दी थी। स्वास्थयवर्धक बोतलबन्द दवाइयाँ बन्द कर ताजा मौसमी फल और बकरे की टाँगों का सन्त पीने की राय दी थी।

फल दुर्लभ और महँगे थे। फल के नाम पर केले, अमरुद, बेर और शहतूत मिल सकते थे। सेब, आड़ू, नाशपाती, सन्तरे या अंगूर राँची से लाकर महँगे भाव पर बिकते थे। अलबत्ता, बकरे की टाँगें सुलभ थी। लगभग मुफ्त। आए दिन कोई न कोई उपलब्ध करा ही देता था।

बकरे की टांगों की हड्डियाँ मिट्टी की हांडी में पानी के साथ उबाली जाती थी। अस्थियों से निकली मज्जा का गाढ़ा घोल पीना अरुचिकर था पर स्वास्थ्यवर्धक

था।

सोनारा के घर के हॉल की खिड़की के निकट जमाई गई मेज-कुर्सी पर बैठा महेश बिखरे-छितरे कागजात को फाइलों में सहेज रहा था। कभी नीलमनी की खिलखिलाहट सुनाई देती, कभी सोनारा का ठहाका महेश की नजरें खिड़की के बाहर भटक जाती थी।

तब...जब जाड़े की सुबह का हल्का कुहासा और पतली धूप वृक्षों-झाड़ियों और दूब की नोंक पर तैर रही थी, जब कोहरे के संघनित जलबिन्दु चमकते पारदर्शी मोतियों जैसे मणिभ दिखने लगे थे और जब भोर का दूधिया कवच तोड़कर नवजात चूने-सा गोल-गुलाबी-गुलगुल सूरज निकल रहा था तभी...पीठ पर मंझोले आकार का पिट्ठू टाँगें एक युवक सोनारा के निकट पहुँच कर रुक गया था।

उस युवक से बातें करती नीलमनी उस युवक को घर की खुली खिड़की की ओर तर्जनी से निर्देशित कर रही थी।

सूर्य की पहली कोमल किरण जब तक महेश के सामने मेज पर आकर बैठी, पीछे-पीछे वह युवक भी लम्बे-लम्बे डग भरता खिड़की के निकट आ पहुँचा था।

''ये आपको ही ढूँढ़ते आये हैं माही! आपसे मिलने।'' नीलमनी ने ऊँची आवाज में बताया था।

''आप कौन?'' महेश ने बिना सलाखों वाली खिड़की के बाहर देखा था।

''नमस्कार! मैं दीपांकर...दीपांकर चक्रवर्ती। राची से आ रहगा हूँ।'' खिड़की की चौखट थामे युवक ने परिचय दिया था।

''कहिए।''

''मैं यूनिवर्सल इन्वेस्टिगेशंस से हूँ।''

''जासूस?'' महेश ने विस्मय से देखा था।

''नहीं, जर्नलिस्ट।''

''मुझे किसी पत्रकार से नहीं मिलना, यदि आप हालिया आंदोलन को लेकर आये हैं तो जो मर्जी आपकी लिखिए। छापिए।'' महेश ने रुखाई से कहा था।

''मुझे आपके आंदोलन पर रपट तैयार करनी है। यह आपके सहयोग के बिना यह संभव नहीं।''

''मैं बहुत अमीर आदमी नहीं हूँ।''

''इसमें अमीरी का क्या रोल है?'' वह मुस्कुराया था।

''यहाँ के पत्रकार एक बोतल शराब पर बिक रहे हैं। लाखों के विज्ञापनों की ऐवज में कुछ अखबारों ने खुद को सरकारों के यहाँ गिरवीं रख छोड़ा है। बिना रुपये मेरी बात कौन छापेगा? तुम भी अपने ड्राइंगरूम में बैठकर करो अपनी रिपोर्टिंग।''

महेश को युवक की मुस्कान में व्यंग्य दिखा था सो बरस पड़ा था।

"मैं वैसे पत्रकारों में से नहीं हूँ।" पत्रकार भी ढीठ थे।

"तो किन में से हो?"

"मैं न स्थानीय संवाददाता हूँ, न प्रांतीय। मुझे कोई प्रलोभन भी नहीं है। दूर से आया हूँ। मुझे सिर्फ पाँच मिनट दीजिए। शायद आपके विचार बदल जाएँ। मुझे निराश मत कीजिए प्लीज। सिर्फ पाँच मिनट...।"

महेश ने अनुनय करते उस पत्रकार, दीपांकर चक्रवर्ती को गौर से देखा था। लगभग समवय उस युवक के चेहरे पर मुस्कान ऐसी चिपकी हुई थी मानो उसे नींद में भी मुस्कुराने की व्याधि हो।

"कोई फायदा नहीं।" मुक्त बाजार में अखबार भी एक प्रॉडक्ट बन गया है...तेल-साबुन जैसा। तुम भी मुझे बाजार के एजेंट लग रहे हो बंधु। नो वे।" महेश ने स्पष्ट मना किया था।

"महेश भाई, मैं अमरीकन संविधान निर्माताओं में से एक, थामस जेफरसन; जो बाद में वहाँ के राष्ट्रपति भी हुए, उनका एक जुमला दुहराना चाहता हूँ।"

"बोलो।"

"जेफरसन ने कहा था कि यदि मुझे निर्णय करना पड़े कि हमें सत्ता चाहिए या अखबार, तो मुझे अखबार चुनने में क्षण भर भी हिचक नहीं होगी। फिर महेश भाई, आपको हिचक क्यों है?"

"बातें बढ़िया कर लेते हो बंधु।" महेश अब दीपांकर से प्रभावित होने पर विवश हुआ था।

"धन्यवाद! स्वीकार करता हूँ कि मैं बात फरोश हूँ। बातें-खबरें बेचकर ही मेरी रोजी-रोटी चलती है। क्यों मेरे पेट पर लात मारते हैं महेश भाई?"

मुस्कुराये पर विवश महेश ने दीपांकर को गौर से देखा था। पत्रकार घुटा हुआ भी था और अपने पेशे के लटके-झटके भी जानता था। महेश के झिटकते रहने के बावजूद वह खिड़की छोड़कर हटता नहीं दिख रहा था। काम से चिपकने की लसूड़े जैसी प्रतिबद्धता...! कुछ बात थी।

घर आए अतिथि को यूँ खिड़की पर लटकाए कटूक्तियाँ सुनाना महेश को अशिष्ट लगने लगा था। उसने हथियार डाल दिये थे।

महेश ने टहलने का कार्यक्रम खत्म कर घर के दरवाजे की ओर बढ़ते सोनारा-नीलमनी को आवाज दे दी।

"नीलू, इन्हें भी साथ भीतर ले आओ।"

"मैं यहाँ की स्थिति जनजातियों के पुलिसिया दमन, टारमो-स्टील की वायदा

फरामोशी...सब कुछ''—घर के भीतर दाखिल होती दीपांकर कहने लगा था—''सबकुछ ''ब्लास्ट'', ''क्रानिकल'', ''इकानामिक'' ''ग्लोब'' और ''बेलिंगटन पोस्ट'' तक पहुँचा सकता हूँ।''

''इतने बड़े-बड़े अखबारों तक?'' मुस्कुराते महेश ने व्यंग्य किया था।

''यकीनन! हमारी न्यूज एजेंसी ''यूनिवर्सल इन्वेस्टिशंस'' अन्तर्राष्ट्रीय समाचार सेवा है। हम कई अन्य समाचार सेवाओं से जुड़े हैं और खोजी पत्रकारिता के लिए ही जाने जाते हैं।''

''अब विराजिए भी।''

महेश ने गहरी साँस ली थी मानो दीपांकर की बे-पर की पर विश्वास कतई न हो। मानो दीपांकर के हठ के आगे शिष्टाचारवश झुकने की शालीन विवशता हो।

''कभी था समय दीपांकर बाबू कि किसी पत्रकार का सिखा एक जुमला देश की तकदीर बदल सकता था। अब यह कहने-सुनने की बातें रह गयी हैं। तोप के मुकाबिल अखबार निकालने वाला वह आदर्शवाद अब कहीं बचा भी है?''

''शुक्र है महेश भाई कि सबकुछ एकदम खत्म नहीं हुआ...फिलहाल! सूचना के अधिकार की रक्षा किसी ने की है तो वह अखबार ही हैं।''

''वो तो ठीक है।'' महेश की बलात् मुस्कान मानो अभ्यागत के समर्थन मात्र हेतु थी।

''सारे आदर्श खत्म हो गये होते तो आप इस आंदोलन से नहीं जुड़े होते। आपके लिए शहर में कहीं अधिक अवसर हैं। मैं भी यहाँ नहीं बैठा होता''—दीपांकर कुर्सी पर बैठ ही गया था—'' नगर-महानगरों में मेरे लिए भी खबरों का टोटा नहीं है।''

असहज हो उठा था महेश। दीपांकर मानो उसे शह पर शह दिये जा रहा था। महेश सामने बैठे पत्रकार में दिलचस्पी लेने पर विवश हुआ था। सहज दिखते दीपांकर को भेदी नजरों से देखने लगा था महेश।

दीपांकर ने अनौपचारिक अपनत्व के साथ अपना पिट्ठू सोनारा के बिस्तर पर फेंक दिया था।ख महेश ने बाकायदा परिचय कराया था।

''यह सोना...सोनरा मुंडा। ''झारखंड बंधु'' नामक समाजसेवी संस्था के सबकुछ।''

''वही, जिन पर जानलेवा हमला हुआ था। बरीयाटांड गाँव में?''

''बैरियाटांड़। वैसे सोनारा ''टारमो इस्पात कर्मचारी संघ'' के संरक्षक भी हैं। मेरे बड़े भाई और वह जो किचन में बर्तन बजा रही है वह नीलमनी एक्का है। सोनारा की बहन।''

आफकी बातें समुंदर पार पहुँचाने का हवाई द्वारा मैं नहीं करूँगा सोनारा'दा पर इतना विश्वास कीजिए कि आपके संघर्ष की कथा पूरे भारत में तो पढ़ी ही जायेगी।'' दीपाकर ने गम्भीरतापूर्वक कहा था।

हमने अभी सुबह की चाय नहीं पी—''सोनारा ने विषयान्तर किया था—''आप चाय तो लेंगे न?''

''जरूर। बंगाली मानुष चाय और रसगुल्ले को कभी ना नहीं कहता।'' हँस पड़ा था दीपांकर—''लेकिन पहले भरपेट पानी पियूँगा। आपकी स्ट्राइक कहने भर को सांकेतिक हड़ताल है जबकि यह भीषण चक्का जाम है। बहुत पैदल चलना पड़ा है।''

''कहाँ से चले आ रहे हैं आप?'' महेश फाइलें ताख पर तरतीबकर रख रह था।

''तारानगर से। वहीं होटल गगन में टिका हूँ। इधर-उधर खबरें सूँघने पर पता चला कि आपने मात्र संकेत किया था जिसे जनता ने अह्वान की भाँति लिया और चक्का-जाम। न कोई रैली, न नारा, न कोई जबर्दस्ती...।''

''हमने न कोई सभा की है इस बाबत। न कोई बयान ही दिया है।'' सोनारा ने कहा था।

''वही तो, जनता में आपकी साख है। लॉ एंड आर्डर का कोई संकट नहीं पर जनजीवन ठप्प। बधाई देता हूँ।'' दीपांकर बोला था।

''लोगों को ''झारखंड बंधु'' पर आस्था है। भरोसा और क्या...नीली, चाय के पहले पानी भी लाना। पूरा जग भर कर।'' मुस्कुराते सोनारा ने ऊँची आवाज लगाई थी।

''लाई दाया...! चाय भी, पानी भी...पूर्रा जग्ग भर्र कर्र...!''

हँस पड़ा था दीपांकर। महेश भी नीली के अंदाज-ए-बयान से औपचारिकताओं के पर्दे कुछ और झीने हो गये थे। सोनारा ने आवाज दी थी।

''...और सुन रे तूफान मेल। नाश्ता दीपांकर के लिए भी...''

''यह दीपांकर कौन?'' रसोई से बाहर आती नीलमनी ने पूछा था।

''यही। पत्रकार बंधु।''

''बढ़िया नाम है...दीपांकर। शार्ट में दीप'दा।'

चाय की ट्रे उठाए नीलमनी हॉल में प्रविष्ट हुई थी। ट्रे में सचमुच गिलास के साथ पानी से लबालब जग भी था।

चाय बाँटी गयी थी। सभी मौन चाय का आनन्द लेने लगे थे। हल्के घूँट भरते दीपांकर की खोजी निगाहें सोनारा के घर का भूगोल मापने लगी थी।

एक दीवार में किचन का दरवाजा खुल रहा था। दूसरी दीवार में घर का मुख्य द्वार था। तीसरी दीवार में बाथरूम, जिसके ऊपर से गुजरती सीढ़ियाँ छत पर जा रही थीं। सीढ़ियों के बगल में आलमारी जैसे रैक्स पर किताबें थीं, फाइलें थी और लाल कपड़े में बंधे...संभवत: अदालती दस्तावेज रखे थे, चौकी दीवार के एक कोने में सोनारा का बिस्तर लगा था। बिस्तर के निकट, बिन सलाखों वाली खिड़की के निकट एक मेज और दो कुर्सियाँ...।

सोनारा के बिस्तर के निकट दीवार पर थमोकोल के आयताकार, खुले अखबार जितने बड़े टुकड़े पर अखबारों की समाचार-कतरनें लगी थीं। आलमारी के बाजू में काठ की दीवार में ठुकी ताख पर फूलों की माला चढ़ी एक तस्वीर ने दीपांकर को चौंकाया था क्योंकि तस्वीर के नीचे विवेकानन्द की कुछ पंक्तियाँ लिखी हुई थी..." तुम्हारा जन्म नहीं, मत्यु नहीं, नाश नहीं, विनाश नहीं। तुम तो आटन की सन्तान हो। तुम्हें किसका भय...?"

चाय समाप्त कर दीपांकर ने अपने पिट्ठू झोले से पाकेट बुक आकार का बैटरी चलित टेपरिकार्डर निकाला था। अनुमति चाही थी।

"शुरू करें?" टेपरिकार्डर ऑन किया गया था।

"पूछो भी।" महेश प्रस्तुत था।

"पहले तो यह कि टारमो-इस्पात के विरुद्ध उठी आपकी आवाज मात्र अपनी माँगों के लिए कंपनी के विरुद्ध एक आंदोलन मात्र है या कुछ और?"

"यह आंदोलन "टारमो-इस्पात" के विरुद्ध ही है परन्तु "झारखंड बंधु" वृहत्तर लक्ष्यों के प्रति समर्पित संस्था है जो विकास की आड़ में प्राकृतिक संसाधनों की लूट के प्रति जनता को सजग रखना चाहता है।"

"कौन लूटेगा जनता को?"

"लूटेगा? लूट तो जारी है। देशी-विदेशी कंपनियाँ लूट रही हैं और इसमें सहयोगी है हमारी राज्य सरकारें और किसी हद तक केन्द्र की सरकार भी।"

"हमारे देश में प्रजातन्त्र है महेश जी। जनता ही सरकार चुनती है। जनता द्वारा चुनी गयी सरकार अपनी जनता को ही लुटवाएगी?"

मुझे जनता का इकलौता वोट हासिल किये बिना सत्ता के सर्वोच्च पद पर बिठा दोगे तो मुझे जनहित की चिन्ता क्यों होगी? मैं किस जन का प्रतिनिधि? मैं तो नौ फीसदी विकास के लिए तमाम आदिवासी बहुल क्षेत्रों के संसाधनों पर कब्जा चाहूँगा। जनता जिए या मरे। देश रहे या डूबे। वायदे-कानून ताक पर...।"

"आप ऐसा नहीं कर सकेंगे महेश'दा।"

"किया तो जा रहा है बंधु।"

"कहाँ....कैसे?"

"पता है, एक कानून है कि जनहित के लिए सरकार बाजार भाव पर जनता से जमीनें ले सकती है,....लेती रही है। अब इस "जनहित" को तक पर रख का कानून बदल डाला गया कि सार्वजनिक और विदेशी कंपनियों को भी जमीनें दी जाएँगी।"

"तो इसमें गलत क्या है?"

सोनारा हँस पड़ा था। दीपांकर महेश को घेर रहा था। एक पत्रकार दूसरा कानूनची। चोंचें लड़ रही थीं। सोनारा मजे ले रहा था।

"गलत यह है कि दीपांर मोशाय कि"—महेश ने कहा था—"कि जनहित की परिभाषा कौन तय कर रहा है। हमारी बड़ी कमीशनखोर व्यवस्था जो भूमिखोर कंपनियों के हितों को जनहित का चोला पहनाती है। हमारी वह व्यवस्था जो हर हिन्दुस्तानी को रोटी-पानी-शिक्षा की बजाय गोल्फकोर्स, मॉल-मल्टीप्लेक्स, जुआघर या फार्मूला-वन मोटर दौड़ की पट्टियों को विकास का पर्याय बता रही है।"

"जब आर्थिक सुधार होंगे तो यह सब तो..."

"सुधाऽऽऽर? सुधार या तबाही?" महेश काटी थी—"ऐसे सुधार कोई आर्थिक नीति नहीं दीपाकर बाबू अन्तर्राष्ट्रीय राजनीति है जो किसी राष्ट्र की इच्छाशक्ति का गला घोंटकर उस राष्ट्र को परनिर्भरता और अन्ततः गुलामी में धकेल देगी।"

दीपांकर ने अपनी नोटबुक में इंटरव्यू का शीर्षक दर्ज किया था...आर्थिक नीति या राजनीति, आर्थिक सुधार या तबाही।

"इधर का आदिवासी समाज ऐसे पेंचों को समझने योग्य है महेश'दा?"

"उन्हें समझाने को हमारे पास खालिस देसी मुहावरे भी हैं।"

"एकाध बताएँगे?" दीपांकर उत्सुक था!

"जैसे यह कि"—महेश ने बताया था—"कि बीते पाँच सालों में पचास हजार एकड़ जमीन पर बसे पंद्रह लाख आदिवासियों को बेघर-बेजमीन कर "मिट्-जी" या "तारा-ग्रुप" जैसे पूंजीवादी गिद्धों के सामने फेंक चुकी है हमारी सरकारें। जब बैरियाटांड़ में आदिवासियों का दमन होता है तो हमें अपनी बात समझाने या साबित करने की जरूरत कहाँ रह जाती है?"

"यह तो है।"—दीपांकर सहमत हुआ था—"दोबारा ऐसा न हो। इसके लिए आप लोगों के पास कोई कार्यनीति है?"

"है। जनमत का निर्माण। झारखंड की पदयात्रा कर लोगों को बताना कि जागो, वर्ना हर वह गाँव जिसके नीचे कोई खनिज दबा है, बैरियाटांड़ बना दिया जायेगा।" सोनारा ने हस्तक्षेप किया था।

"कंपनियों के पीछे खड़ी सत्ता का सच बताएँगे हम कि इस राज्य की सरकार को राज्य के क्षेत्रफल का भी ज्ञान नहीं है।" महेश की आवाज में कटुता घुलने लगी थी।

कभी फर्श बुहारती नीलमनी। कभी रसोई के भीतर-बाहर होती। कभी ठिठक कर वार्तालाप सुनने लगती थी।

बिना जमीन के बुनियादी ढाँचा कैसे निर्मित होगा महेश'दा? आप जमीन पकड़करक बैठे रहेंगे पर आपके क्षेत्र में विकास के लिए सड़कें तो चाहिए? उद्योग धंधे होंगे तभी तो रोजगार के अवसर पैदा होंगे?" दीपांकर का प्रश्न था।

विकास के विरोधी हम भी नहीं हैं। हम भी चाहते हैं कि भारत के तपास उन्नत तकनीक हो। चमचमाती सड़कें हों। बिजलीघर हों। यह देश चाँद तक पहुँच रखे लेकिन..."

"...लेकिन इसकी कीमत सिर्फ जंगल चुकाएं, यह गलत है"—अब नीलमनी भी कूद पड़ी थी—"यह विकास की वेदी पर आदिवासियों की बलि है। यह अमानवीय हैं।"

"...और इसका विरोध बिना समाज को अशान्त किये, बिना प्रबंधन को धमकियाँ दिये संभव नहीं...यही न?"

दीपांकर ने मानो पिन चुभो दी थी। तिलमिला उठा था महेश टेबल पर मुक्का मार कर कहा था।

"बेकार बात कर रहे हैं आप।"

"तो कोई विकल्प है भी?" दीपांकर ने पूछा था।

"विकल्प हमेशा होते हैं दीपांकर महाशय। नहीं होती विकल्प ढूँढ़ने की ईमानदारी।"

"आपके पास है विकल्प?"

"यकीनन! सरकारें जमीन की दलाली बन्द करें। खरीददार जमीन मालिक से सीधी बात करें। पुनर्वास की शर्तें जमीन मालिक तय करें। धनपतियों के दबाव में होने वाले भूमि अधिग्रहण कानून रद्द हों ताकि हमारी जमीनों पर बलात् कब्जे बन्द हों।"

"अशान्ति हमें भी अशान्त करती है दीपांकर—सोनारा ने कहा था—"हम भी टकराव नहीं चाहते पर क्या करें? विकास का जो मॉडल अभी दिख रहा है उसमें हमारे लिए उम्मीद कम दिखती है।"

"यूगांडा को देखो। नामीबिया ने न्यूनतम विस्थापन और बेहतर पुर्नवास की मिसाल सामने रख तो दी है पर हमारी व्यवस्था को रतौंधी है...चीजें दिखती ही

नहीं।''—महेश ने गुस्से से कहा था—''बिना धमाकों के सरकार के कान की मैल नहीं पिघलती।''

''तो क्या आप भी धमाके करेंगे?''

महेश ने मुहावरे के तौर पर एक बात कही भी पर चौकन्ना हो उठा पत्रकार तो बाल की खाल ही खींचने लगा था। महेश भी अनायास कह गया था।

''अभी दो दिन बाकी हैं। हप्ता पूरा हो जाय फिर आगे की सोचेंगे। आदिवासी समाज की कीमत पर मुट्ठी भर लोगों का विकास...इस असंतुलित और अन्यायपूर्ण विकास के विरुद्ध लड़ाई तो शुरू होगी ही होगी।''

''क्यों सोनारा'दा, महेश' दा से आप सहमत है?'' दीपांकर ने सोनारा को उकसाया था।

''ठीक तो कहता है माही। हम क्यों चाहें ऐसा विकास?''

''ठीक तो कहता है माही। हम क्यों चाहें ऐसा विकास?'' ''मिट–जी'' और ''तारा–ग्रुप'' जैसे पूंजीवादी गठजोड़ को क्यों पसन्द करें हम, जो हथियारों के जोर पर हमारी जमीन कब्जा करते हैं? क्यों करें आदिवासी ऐसे विकास पर विश्वास जो हमारे जंगल और संसाधनों की लूट पर टिका है?

पुरुषों की बहस से बाहर स्वयं को उपेक्षित अनुभव करती नीलमनी ने हस्तक्षेप किया था, ''अब प्रश्नोत्तरी कार्यक्रम बन्द करें वर्ना नाश्ता ठंडा हो जायेगा।''

''फिर गर्म कर लेना।'' महेश ने कहा था।

''दीपाकर'दा...प्लीज।'' नीलमनी ने हाथ जोड़े थे।

''भूख तो मुझे भी लगी है। फिलहाल के लिए इतना काफी है महेश'दा।'

हँसते दीपाकर ने टेपरिकार्डर ऑफ कर थैले में डाला था। पहली बार नीलमनी को गौर से देखते हुए पूछा था।

''अब खुश?''

''बहुत। थैंक यू दीप'दा।''

''इन्टरव्यू की लिखित कॉपियाँ कल दिखाकर आपके दस्तखत करा लूँगा और आपकी कॉपी भी दे जाऊँगा। बयान को तोड़–मरोड़ कर प्रस्तुत करने के आरोप से हम बहुत डरते हैं महेश'दा।''

महेश हँस पड़ा था। नीलमनी ने सोनारा के बिस्तर पर अखबार बिछाया था। दस्तरखान सजने लगा था।

दीपांकर का दोपहर का भोजन शानदार दावत की भाँति हुआ था।

संजीव नगर से निकला दीपांकर सीधा ''टारमो–इस्पात'' के दफ्तर पहुँच

कर कम्पनी के सूचना एवं जनसम्पर्क अधिकारी से मिला था। अपना परिचय दिया तो दीपांकर की अविलम्ब मुलाकात ''टारमो-इस्पात'' के महाप्रबंधक कंदुकूरी महालिंगम से कराई गयी थी।

फ्रॉम हार्सेस माउथ...! घोड़े के मुँह से सुनना जरूरी था। मारिस टाउन में जो कुछ घट रहा था उशके बारे में दूसरे पक्ष से भी पूछताछ जरूरी थी।

कंदुकूरी महालिंगम और विजयमोहन कुँवर ने दीपांकर का दामाद जैसा स्वागत किया था। ''यूनिवर्सल इन्वेस्टिगेशन्स'' का फॉरेन करास्पाडेंट उनका अतिथि था जिसका हस्तेमाल वे अपने पक्ष में कर सकते थे।

दीपांकर के लिए ''टारमो-इस्पात'' की अतिथिशाला का वातानुकूलित कमरा खोल दिया गया था। कुहरीली ठंडी शाम को दीपांकर के लिए उम्दा कोनियाक ब्रांडी उपलब्ध कराई गयी थी। रात को ऑफिसर्स क्लब में महालिंगम ने दीपांकर को अपनी मेज पर साथ बिठाया था। टीचर्स और हेड्रेड पाइपर्स में घोल-घोलकर कम्पनी का पक्ष और कर्मचारी संघ की ज्यादतियों का ब्योरा दीपांकर के भीतर उतारा गया था।

महालिंगम प्रसन्न था कि अगली सुबह कर्मचारी संघ द्वारा आयोजित बन्द का समापन हो जाने वाला था। अगली सुबह का अपना कर्यक्रम निर्धारित करता दीपांकर तब नहीं जानता था कि आने वाली सुबह मौजूदा आंदोलन के अगले चरण की शुरुआत की सुबह होने वाली थी।

वह किसी दु:स्वप्न जैसी सुबह थी।

तारानगर से मारिस टाउन तक घटनाचक्र प्रलयंकारी गति से घुमने लगा था। मॉरिस-टाउन में उस दिन बहुत कुछ ऐसा घटित हुआ था जो उस टाउनशिप मं पहले कभी नहीं घटा था।

पहली बार मॉरिस टाउन में बमों के धमाके सुने गये थे। पहली बार कारखाने को तुपकाडीह स्टेशन से जोड़ने वाले रेलमार्ग पर कोई गुड्स-ट्रेन पुल से नीचे जा गिरी थी। पहली दफा ''टारमो-इस्पात'' के किसी फाटक पर बम फटा था और चारपहिया वाहनों की होलिका जल उठी थी। पहली बार ''टारमो-इस्पात'' के उच्चाधिकारी घर से दफ्तर तक की दूसरी तय करने में अंगरक्षकों की आवश्यकता अनुभव कर रहे थे। पहली बार ''टारमो-इस्पात'' के श्रमिक-कर्मचारी बांहें पर काला फीता बाँधे विरोध प्रकट करते अपने कार्य पर उपस्थित हुए थे और प्रबंधन में इस विरोद प्रदर्शन पर प्रतिबंध लगाने का साहस नहीं था।

कई चीजें थीं जो एक ही दिन और लगभग एक के बाद एक मारिस टाउन दो

घंटे में में घटित होती गयी थीं।

घंटे भर के भीतर चार धमाके हुए थे। मारिस टाउन से तारानगर तक का इलाका दहल उठा था।

पहला विस्फोट तारानगर-मारिस टाउन सड़क पर सियरभोंकी नदी के पुल पर हुआ था। तब दो लदे ट्रक पुल पर से गुजर रहे थे। पुल भहराया था तो एक ट्रक मुँह के बल नदी में जा गिरा था। दूसरे ट्रक के परखचे उड़ गये थे। छः जानें चली गयी थीं।

दूसरा बम तुपकाडीह-टारमो इस्पात रेलमार्ग पर फटा था। पटरियों पर शंट करती कोयले से लदी मालगाड़ी के डिब्बे ढलान से नीचे लुढ़कने लगे थे। रल पटरी की ढलान पर कोयले के टीले बन गये थे।

''टारमो-इस्पात'' के बिरसाफाटक पर, ऐन कंपनी की नाक के नीचे तीसरा बम विस्फोट हुआ था। गेट के निकट खड़े चारपहिया वाहन धू-धू कर जलने लगे थे। टारमो-इस्पात के प्रशासनिक भवन की खिड़कियों के शीशे बुरादा बनकर झड़ गये थे। जलती गाड़ियाँ कारखाने की लचर अग्निशमन व्यवस्था की पोल खोल रही थीं।

चौथा धमाका आफिसर्स क्लब के परिसर में हुआ था जहाँ न्यूनतम क्षति हुई थी। मात्र एक इमारत बिस्मार हुई थी।

शृंखलाबद्ध विस्फोटों से टाउनशिप में अफरा-तफरी मच गयी थी। शांतिस्वरूप पटवर्धन के हाथों के तोते उड़ गये थे।

ग्यारह जानें चली गयी थीं। सड़कों पर ''मारिस-टाउन'' पुलिस की दौड़ती जीप और कारखाने के सुरक्षाकर्मियो की मोटर साईकिलों के सिवा कोई और वाहन नहीं दिख रहा था। तुपकाडीह-तारानगर से कट चुका था ''टारमो-इस्पात'' टाउनशिप।

''टारमो इस्पात'' प्रबंधन की ओर से ''मारिस टाउन'' थाने में रपट दर्ज कर दी गयी थी। महाप्रबंध कंटुकूरी महालिंगम ने जो संदेह प्रकट किया था वह परोक्ष में ''झारखंड बंधु'' की ओर इशारा कर रहा था पर यह एक शरारती इशारा मात्र था।

प्रत्यक्ष में इस विस्फोट-कांड के सूत्रधार के नाम पर शक की सूई महेश असुरे के नाम पर अटक गयी थी। वही तो था जिसने कई गवाहों की उपस्थिति में ''टारमो-इस्पात'' के दफ्तर में घुसकर प्रबंधन की धमकी और चुनौती दी थी।

पुलिस और शांतिस्वरूप पटवर्धन के भेदिए महेश असुर को ढूँढ़ रहे थे पर कोई सुराग नहीं मिल पा रहा था। भूसे के ढ़ेर की सूई हो गया था महेश असुर!

कहाँ था महेश असुर... ?

"टारमो-इस्पात" कारखाने के बाहर पुलिस की जीपें गश्त कर रही ी। कारखाने की चहारदीवारी के भीतर की सुरक्षा-व्यवस्था भी कड़ी कर दी गयी थी। अपनी टाउनशिप में मचे हाहाकार से प्रबंधन भयभीत और स्तब्ध था।

"टारमो-इस्पात" के गेस्ट हाउस में बैठा दीपांकर कम हतप्रभ नहीं था। कितना दूरदर्शी था उसका बॉस? और कितने किया। यह था हंगामा? इस कांड की जिम्मेदारी कोई भूमिगत संगठन नहीं ले रहा था फिर किसने किया यह सब? महेश के भीतर इतना भयंकर उपद्रवी छुपा बैठा थात, दीपांकरतत के लिए यह कल्पनातीत था।

दीपांकर की सहज बुद्धि कह रही थी कि इतना भयंकर विप्लव किसी एक अकेले के वश की बात नहीं थी। यह तो एक संगठित और योजनाबद्ध कार्रवाई दिख रही थी। यदि इसका सूत्रधार महेश असुर ही था तो इस मास्टरमाइंड की सांगठनिक दक्षता, और समयबद्धता इतनी सटीक थी कि प्रबंधन के विद्यार्थी भी ईर्ष्या करें।

इतना हंगामा अकेले महेश असुर से संभव था, दीपांकर यह मानने को कतई तैयार नहीं था। कौन लोग थे महेश के साथ या महेश के पीछे? झारखंड में कई तो भूमिगत संगठन थे...इनमें से कौन? और कहाँ से महेश को उपलब्ध हो सकता था इतना बारूद? कब इतनी जगहों पर एक अकेला स्थापित कर सकता था रिमोट-कंट्रोल से फटने वाले बम...अकेले? असंभव!

...परन्तु यदि कोई भूमिगत संगठन इस कांड के पीछे होता तो इतने बड़े कारनामं का श्रेय लेने को आगे आ चुका होता। विस्फोटों की जिम्मेदारी स्वीकार भी कर चुका होता। जब किसी संगठन ने कोई वक्तव्य जारी नहीं किया था तो फिर कौन? घुम-फिर कर दीपांकार की सोच एक ही नाम पर आ अटकती थी। उलझ गया था दीपांकर चक्रवर्ती। यह कहर बरपा अकेले महेश ने? असंभव! पर था कहाँ यह महेश?

भूमिगत हो चुका था महेश असुर...।

भूमिगत था महेश।

चिंतित थी नीलमनी।

हलकान था सोनारा।

संजीव नगर में सन्नाटा था। सोनारा के घर के कोने-कोने में मनहूस तनाव था। अपने-अपने सन्नाटे और सवालों में डूब-उतरा रहे थे सोनारा ओर नीलमनी।

आंदोलन ऐसा हिंसक रूप भी लेगा, सोनारा ने सपने में भी नहीं सोचा था। धमाके, हत्याएँ...सोनारा के भीतर ''चोरी-चौरा'' का हाहाकर भरता जा रहा था।

कभी ''झारखंड बंधु'' का कोई सदस्य आता तो शहर का ताजा हाल जानकर सोनार का तनाव कुछ और गाढ़ा हो जाता था। रात गिरने तक महेश का कुछ अता-पता नहीं चला था। कम्बख्त, मोबाइल फोन भी तो नहीं रखता था महेश।

आधी रात के बाद...! जब मानसिक रूप से क्लांत सोनारा की देह भी थक चुकी थी और वह लेटा-लेटा झपकियाँ लेने लगा था। कुर्सी पर निढाल पड़ी नीलमनी की पलकें भी भारी हो रही थी तभी...!

घर के मुख्यद्वार पर जोर-जोर से ठोकरें पड़ी थीं।

''माही...! उत्कंठित नीलमनी।

यह महेश नहीं था। नीलमनी ने तत्परता से दरवाजा खोला तो सामने था ''मारिस-टाउन'' थाने का हवलदार तिरबेनी सिंह। साथ तीन सिपाही भी थे।

''कौन है रे महेश असुर?'' मरखने सांड की भाँति फुफकारता तिरबेनी सिंह बिना इजाजत दरवाजे को ठेल कर पूरा खोलता हॉल ये घुस आया था।

''यहाँ नहीं हैं।'' नीलमनी बोली थी।

''यहीं तो रहता है, हमें पक्का पता है।''

''अभी घर में नहीं हैं।''

''माने भागा हुआ है? ठीक्के हैं।''—तिरबेनी ने हुक्म दिया था—''जनक, राजो और तू भी रे मिठुआ...घर की तलाशी लो।''

''तलाशी किसलिए?'' सोनारा ने पूछा था।

''उग्रवादी है महेसवा, कौन ठिकाना ऊपर छिपा हो। साला, महालिंग साहेब की छाती पर चढ़कर मारने की धमकी देता है।''—दाँत पीसते तिरबेनी ने कहा था—''आज टाउनशिप में बम फोड़ा है। कल राँची में आग मूतेगा। परसों दिल्ली...''

''महेश ने बम नहीं फोड़ा।'' सोनारा ने विरोध किया था।

''तुझे कैसे पता? तू तो लूल्हा-लंगड़ा घर में पड़ा रहता है। तेरे घर में कितने दिन से रह रहा था महेसवा! उग्रवादी को शरण देता है और जबान लड़ाता है?''

''वह उग्रवादी नहीं है। मजदूर जनता के लिए कहना-बोलना उग्रवाद है तो आधा देश ही उग्रवादी है।''

''चोप्प...!'' गरजा था तिरबेनी—''एकदम चोप! नेतागिरी मत झाड़।''

राजो ने आलमारी की फाइलें बिखेर दी थीं। जनक मेज-कुर्सी घसीट चुका था। रसोई के बर्तन-भांड़ें पटकने-लुढ़काने के बाद ऊपर के कमरे को तहस-नहस करने जा चढ़े थे सिपाही। नीलमनी थोड़ी भयभीत अवश्य थी पर विरोध किया था।

"आधी रात को शरीफ लोगों के घर में जबर्दस्ती घुसकर रसोई के बर्तन में क्या खोज रहे हैं आप लोग?"

"उग्रवादी को घर में पोसते हो और कानून घोटते हो? चुपचाप बैठो, नहीं तो खींचकर अभी थाना ले जाएँगे।"

"यह गुंडागर्दी है।" चीखी थी नीलमनी।

"नहीं है गुंडागिरी। अभी गुंडागिरी देखा कहां है तुम लोग? थाना में निर्वस्त्र चूतर पर बेंत बजेगा तब दिखेगा गुंडागिरी।"

तीनों सिपाही सीढ़ियों से नीचे उतर पड़े थे...खाली हाथ। ऊपर के कमरे में कुछ संदेहास्पद न मिलने वाला था, न मिला था।

एक सिपाही मीठू स्थानीय आदिवासी समाज से आता था। सोनाार से जान-पहचान भी थी। सोनारा ने उसे संबोधित किया था,

"तुझे लाज तो नहीं आएगी न मीठू?"

"लाज...!"

"हवलदार तो दीकू है, तू तो घर का आदमी है न?" यह लड़की किसी नाते तेरी बहन-बेटी लगती है। थाने में नंगी नाचेगी तो तू भी मीठू, आँखें फाड़-फाड़कर देखेगा नाच कि संखिया चबाकर मर जायेगा?

"हर्रामी साऽऽऽले..." अंगारा बना मीठू बांकी सीढ़ियाँ एक छलांग में फलांग कर सोनारा की ओर दौड़ा था।

"रुक! रुक साले जंगली...!" यह यादव था।

बजरंग सिंह यादव, इंस्पेक्टर; थाना मारिस टाउन का हुक्म लहराते कोड़े की भाँति मीठू की चेतना पर बजा था...सड़ाक्! चल रहे नाटक के मुख्य खलपात्र की भाँति हॉल में बरामद हो गया था बजरंग सिंह यादव।

मीठू के संभावित आक्रमण से बचाव की मुद्रा में दोनों बांहें सामने फैलाए नीलमनी सोनारा की ढाल बनी खड़ी थी। मुस्कुरा रहा था यादव।

"एक तो यह मास्टर पहले ही अधमरा है। तेरा एक हाथ पड़ा मीठू कि मस्टरवा मरा। महेसवा का वारंट मिल गया है। उसे पकड़ना ही एक सिरदर्द है।"

आँखों से भाले-बर्छियाँ बरसाता मीठू हवलदार तिरबेनी सिंह के पीछ जा खड़े हुआ था। यादव ने आदेश दिया था।

"सुन मास्टर। महेसवा इधर आने तो फौरन थाने में खबर करना।"

"महेश को कह दूँगा, पुलिस उसे खोज रही है।"

"वा ब़ेट्टा! हमीं से मास्टरी?"—यादव हसा था, तुरन्त गम्भीर—"उसे कुछ नहीं बताएगा तू। कुछ जादा नहीं बोलेगा। चुपचाप थाने में फोन लगाएगा। नंबर

लिख ले मेरा। अगर हमें लगा कि तुम लोगों ने उसे सावधान कर दिया है या कहीं भगाया-छुपाया है तो मास्टर—"वह क्रूर शब्दों में बोला था—"तेरी पिछाड़ी में लाठी पेल कर मुँह से निकाल देंगे।"

"चोप्प। बदमाश"—नीलमनी चीखी थी—"तुम आदमी हो कि जानवर?"

नीलमनी की आवाज कांपने लगी थी। विवश क्रोध! आतंकित मन! यादव के जबड़े भिंच गये थे।

"जानवर! जानवर ही समझ। महिषासुर वध के लिए छोड़े गये शेर बूझ। जो हमने कहीं तुझे वही करना है।"

"हर्गिज नहीं।"

"तो फिर उसे रायफलधारी सिपाही तेरे घर छोड़े जाते हैं महेसवा आया तो थाना-कचहरी का झंझट खतम, सीधे एनकाउंटर कर देंगे। सवेरे तक महेसवा नहीं धराया तो तुम दोनों थाना हाजिर...! वहीं इस झांसी की रानी का नट-पेंच खोलेंगे हम।"

"यह दादागिरी है।" सोनारा ने प्रतिवाद किया था।

"है तो है। हमें ऊपर से हुक्म मिला है बेट्टा। महेस असुर चाहिए। किसी कीमत पर। जिंदा या मुर्दा। अब क्या करें हम? क्या करेगा तू? सुना....? किस्सी किम्मत पर...।" नीलमनी को आपादमस्तक बिखरते यादव के जीभ फिरत होंठों पर जुगुप्सा भरी निर्लज्ज मुस्कान थी।

अगली भोर और भयावह थी।

सनसनी फैल गयी थी। एक सिरटकी लाश बरामद हुई थी। "मारिस-टाउन" के इतिहास में पहली बार।

खरहापाट की एक बन्द घोषित खदान की पचास-साठ फीट गहरी तली में पड़ा मिला था यह शीशाविहीन शव। सनसनी फैल गयी थी।

"टारमो-इस्पात" कारखान की पिछवाड़े की चहारदीवारी से लगी कुछ झोंपड़ियाँ थी। इस झोपड़पट्टी के निर्धन निवासी विस्थापित दलित आदिवासी थे जो कारखाने के बिजलीघर से निकले स्थानीय बोली में "छाई" के ढेर से कोयले के टुकड़े बीन-चुनकर तारानगर-तुपकाडीह के ढाबों-होटलों के लिए ईंधन बेचते थे।

तीन सेक्टर्स में फैले "मारिस-टाउन" के क्वार्टरों का कूड़ेदान खंगाल कर कांच, कागज, गत्ते, प्लास्टिक, लोहे-तांबे-पीतल के टुकड़े आदि-इत्यादि की रद्दी

जमाकर तारानगर के कबाड़ियों तक पहुँचाते थे।

झोंपड़पट्टी के पुरुष मुँहअंधेरे में शौच-निपटाने के लिए दूर...पाटक्षेत्रों तक निकल जाते थे।

खनन के बाद खुली छोड़ दी गयी परिपक्त खानों के दैत्याकार गढ़ी में एकत्रित बरसाती पानी में मछलियाँ खूब मिलती थीं। जमीन में जल के रिसाव और वाष्पीकरण के बाद जाड़ों में जब पानी कमर-टखने भर रह जाता था तो झोपड़पट्टी के बच्चे-किशोर मछलियों की फिराक बन्द में इन घोषित खदानों में उतरने लगते थे। खाना और पखाना...दोनों समस्याएँ साथ-साथ हल हो जाती थीं।

खान में उतरे बच्चों ने ही सबसे पहले देखा था।

पिछले पानी में कोई जीव-जिनावर मरा पड़ा था जिस पर बैठा गिद्ध अपना भोजन नोंच रहा था। कौतूहलवश ढेला मारते बच्चे-निःस्पंद पड़े प्राणी के निकट गये थे तो...तो...नहीं, जानवर कपड़े नहीं पहने...यह तो आदमी मरा पड़ा था।

औंधे मुँह, पानी में अधडूबी मृत मानव देह के फूले नितेब पर बैठा गिद्ध चीखता उड़ा था। बच्चों ने कुहराम मचा दिया था।

पुलिस की जीपें गश्त पर थीं ही। आधे घंटे के भीतर एक पुलिस दल उस खड्ड पर पहुँच गया था। लााश बरामद कर ली गयी थी। आधी लाश! अंग-भंग शव...!

मृतक की देह पर काले रंग की जिस पतलून थी। सफेद रंग की टी-शर्ट...! लाश के कंधे पर ऊपर का हिस्सा गायब था। पैर और हथेलियाँ भी गायब! मात्र धड़ वहाँ पड़ा था।

आठ बजते-बजते तक सिरकटा शव ''मारिस टाउन'' थाने पहुँचाया जा चुका था। राँची से बारूदी सुरंगें सूँघने वाले खोजी कुत्ते भी विशेष पुलिस बल के साथ आये थे। खोजी कुत्तों ने खैरापाट को खंगाल डाला थ। लाश का सिर या हथेली या उँगलियों की सूँघ नहीं पा सके थे कुत्ते।

दीपांकर निकला तो संजीवनगर के लिए था पर अब थाने पहुँचना प्राथमिकता थी। ताजा खबर प्रतीक्षा नहीं करती सो पत्रकार की जिम्मेदारी उसे थाने पर ले आई थी। आफिसर्स क्लब में महालिंगम के साथ जाम टकराने वाले पत्रकार को थाने में प्रविष्ट होने में कोई समस्या नहीं हुई थी।

दीपांकर के थाने पहुँचने तक लाश के साथ बरामद तलुओं को साफ कर, सुखाकर हर नग को पृथक पॉलिथिन की पारदर्शक थैलियों में सीलबन्द किया जा रहा था। लाश का पंचनामा फाइल करना शेष था। तारीख, लाश बरामदगी की जगह, समय, गवाहियाँ, लाश का हुलिया, शिनाख्त आदि-आदि की खानापूरी हेतु फाइल

खुल चुकी थी।

लाश की लम्बाई पाँच फीट नौ इंच तक होने का अनुमान लगाय गया था। मात्र कयास क्योंकि लाश के सिर और पैर के पंजे उपलब्ध नहीं थे। बालों और आँखों का रंग अज्ञात, सिर बरामद नहीं हो सका था। नाखूनों की बनावट भी अज्ञात क्योंकि कलाइयों के आगे का हिस्सा गायब था। हथेलियाँ और टखनों के नीचे का हिस्सा लाश से जुड़ा होता तो प्रथमद्रष्टया यह हिस्सा किसी नरबलि का मामला माना जाता पर अब... ?

लाश की सिक्केबन्द पहचान सचमुच टेढ़ी खीर साबित हो सकती थी पर हुई नहीं थी, सुराग मृतक के बटुए में ही मौजूद थे। लाश की जेब से जो बटुआ बरामद हुआ था उसमें पाँच सौ साठ रुपये पचास पैसे निकले थे। सौ के पाँच, पचास का एक और दस रुपये के एक नोट के साथ खरीज में पचास पैसे का इकलौता सिक्का... ।

सुराग बटुए के अंदरखाने से बरामद हुआ था। पासपोर्ट आकार की दो तस्वीरें एक तस्वीर किसी बूढ़ी आदिवासी महिला की थी और दूसरी... !

दूसरी तस्वीर पर नजर पड़ते ही रोमांच से थरथरा उठा था बजरंग सिंह यादव। बाछें खिल उठी थीं। यह तस्वीर निर्विवाद रूप से बीती रात दिखी लड़की, उस मुंडा मास्टर की बहन की थी।

सिरकटी लाश का रहस्य उद्घाटित हो चुका था....महेश असुर! पात्र अब लाश की शिनाख्त की खानापूरी, संपुष्टि और गवाहियों की औपचारिकता बाकी थी, जो महज समय की बात थी।

''मारिस टाउन'' थाने की जीप संजीव नगर की ओर भाग छूटी थी। तिरबेनी सिंह यादव गवाहियाँ जुटाने निकल पड़ा था। रास्ते से ही उसने अपने मोबाइल पर नंबर पंच किया था। सम्पर्क होते ही बोला था।

''बधाई हो सरजी।''

''किस बात की?'' दूसरी ओर विजयमोहन कुँवर था।

''महिषासुर खतम सर जी।''

''व्हाट! कैसे?''

''अब फोन पर का बताएँ सर जी।''

''मत बताओ। खबर पक्की हो तो आफिस में मिल लेना। हमारा वायदा पूरा करेंगे।''

''शक की तो कोई गुंजाईश ही नहीं है न सर जी।''

''महालिंगम साहब बहुत खुश होंगे इस खबर से।''

''जरूर सर जी। उन्हीं का दिया तो खाते हैं हम वर्ना इस नौकरी में क्या

पहनेंगे, क्या निचोड़ेंगे।''

''तुम्हारा ईनाम पक्का।''

''आप लोगों की कृपा रहे बस। वैसे सर जी ईनाम वाला काम हमने किया नहीं है। हम तो बस खबर दिये हैं।''

''फिर किसने?''

''यह तो पटवर्धन साहेब जाने या जाने वाला जाने।''

''ठीक है, रख्खो! बाद में बात होगी।''

विजयमोहन कुँवर ने अविलम्ब ''टारमो-इस्पात'' के सिक्योरिटी अफसर शांतिस्वरूप पटवर्धन से फोन पर संक्षिप्त बात की थी और फिर महाप्रबंधक कंदुकूरि महालिंगम से सम्पर्क किया था।

''गुड न्यूज है सर! मारिस टाउन थाने में'' एक लाश आई है। अभी शिनाख्त नहीं हुई पर है उसी की...पक्की बात!''

''किसी को थाने भेजना था।'' महालिंगम ने कहा था।

''पटवर्धन मलेरिया में पड़ा है सर और बेदिया रिजाईन कर गया।''

''रिजाईन? बेदिया? क्यों??''

''जो चेतावनी हमने पटवर्धन को दी थी, शायद पटवर्धन ने वही तलवार बेदिया की गर्दन पर लटका दी हो। बेवकूफ जंगली टेंशन बर्दाश्त नहीं कर सका। दी गयी समय सीमा खत्म होने से पहले ही। रिजाईन...''

''उससे बात करनी थी न?''

''उसका मोबाइल स्विच ऑफ बता रहा है सर।''

''मुझे कुछ खटक रहा है कुँवर। पता नहीं क्या, पर कुछ है जरूर। यादव ने बिना पक्की शिनाख्त के ऐसी खबर...पर हमसे मसखरी करने की औकात कहाँ उसकी?''—कुछ ठहर कर बोला था महालिंगम—''एनी वे! आफिस में मिलते हैं।''

कारखाने के कर्मचारी, श्रमिक, स्थानीय लोग और पत्रकार भी....थाने के बाहर हजूम जुट चुका था।

पत्रकारों से प्राय: छत्तीस का आंकड़ा रखने वाला थाना आज उदारता पर अमादा था। अखबार के फोटोग्राफरों को पुलिसियों, थाने,...यहाँ तक कि लाश के चित्र उतारने की भी अनुमति थी। पत्रकार पुलिसियों से घुट-घुटकर बातें कर रहे थे। खभ्रखोरों

के लिए उत्सव का समय था।

दीपांकर भी पूरे घटनाक्रम को कभी अपनी नोटबुक में और कभी अपने फोटो कैमरे में कैद कर रहा था। लाश की शिनाख्त के लिए सोनारा मुंडा और नीलमनी एवका थाने तक ले आये गये थे। सशंक्ति,....उत्तेजित...!

थाने के बाहर हवा में सनसनी थी। वातावरण में उत्तेजना थी।

सफेद चादर से ढँके शव के ऊपर पड़ी चादर हटाते ही चीख उठी थी नीलमनी।

''मा ा ाऽऽ ही ी ीऽऽ....''

चेतनाहीन होकर ढहती नीलमनी को महिला कांस्टेबल ने सँभालने का प्रयास किया था। विफल प्रयत्न! छिन्न-छिन्न हुए टूटे खिलौने की भाँति फर्श पर बिखर गयी थी। नीलमनी।

सोनारा को लाश की ओर धकेलता बजरंग सिंह यादव पूछ नहीं, मानो बता रहा था।

''यह महेसवा है।''

''पता नहीं।'' सोनारा निर्विकार सा था!

''है।''

''चेहरा कहाँ जो हाँ कहें?''

''कद-काठी? कपड़े?''

''सो तो है।'' सोनारा की मरी आवाज निकली थी।

लाश की गर्दन, हाथ और पैरों के ठूँठ पर सफेद कपड़ा लपेट-बाँधकर शव के विद्रूप को ढँक दिया गया था। बजरंग सिंह यादव लाश के साथ बरामद चीजें मेज से उठा-उठा कर सोनारा की आँखों के सामने लहराता पूछने लगा था। पत्रकारों के फोटो-कैमरे सोनारा के चेहरे के भाव दर्ज करने लगे थे।

''घड़ी देखो मुंडा,...घड़ी किसकी है, पहचानों।''

''महेश की।''

''पर्स? यह पर्स भी उसी का है?''

''हाँ।''

''कपड़े?''

''हाँ।''

''पहचान रहे हो, पक्की बात?''

''हाँ।''

''महेश असुर नक्सली था।''

''पता नहीं।''

''वह झारखंड बंधु था। तुम्हारा साथी था। था कि नहीं?'' यादव ने घुड़की दी थी।

''था।''

''वह उग्रवादी था।''

''मेरा संगठन अहिंसक है। कई नक्सली मेरे परिचित जरूर है....साथी कोई नहीं है।''

''सो तुम जानो। यह लाश महेश असुर की है। सो तो पहचान रहे हो?''

''पता नहीं।'' सोनारा ने भावहीन स्वर में कहा था।

''टरकाओ मत। साफ बोलो हाँ या ना?''

सोनारा जो अब तक बेहिस्र बर्फ की सिल बना था। पिघलने लगा था। सब्र का बाँध टूट चला था। आवाज भरभरा उठी थी,

''यह लाश किसी नक्सली की है तो...तो...महेश नहीं। यह लाश महेश...महेश की है...है तो नक्सली नहीं...वह तो...वह तो...

बिलख उठा था सोनारा मुंडा फर्श पर पसरा सोनारा मुंडा हिलक-हिलक कर रोने लगा था। बजरंग सिंह यादव ने विजेता की भाँति पत्रकारों की ओर ताका था।''

''उग्रवादियों की आपसी लड़ाई! किसी गिरोह ने सिर कलम कर दिया और क्या।''

पत्रकारों को पुलिसक की यह थ्योरी हजम हो गयी थी। होनी ही थी। क्यों न होती?

लगभग सत्रह भूमिगत संगठन है राज्य झारखंड के जंगलों में जिनमें वर्चस्व के लिए आए दिन रक्तपात होते रहते हैं। माओवादियों से मुकाबला करने हेतु दो प्रतिबंधित संगठनों—''तृतीय प्रस्तुति कमिटी'' और ''झारखंड प्रस्तुति कमिटी''—को रियायतें देने और बदले में माओवादियों के विरुद्ध खुलेआम सहायता लेने का पुलिसिया इतिहास है। पुलिस के मित्र संगठन पुलिस के लिए पेट्रोलिंग करते हैं। मुखबिरी करते हैं और सजा-पुलिस के लिए परेशानी बनने वाले विरोधियों को छः ईंच छोटा भी करते हैं।

महेश असुर के शव पर सिर न होने का कारण स्पष्ट था। महेश असुर को छः ईंच छोटी कर दिया गया था।

''बस्स! हो गया कंफरम''—यादव ने घोषणा की थी—''उग्रवादियों महेसवा मारा गय।''

थाने की फाईल का पेट भरा जाने लगा था। लाश की शिनाख्त दो व्यक्तियों से कराई जा चुकी थी। पहला पहचानकर्ता सोनारा मुंडा या जिसके घर में उग्रवादी

महेश असुर पता नहीं कब से डेरा डाले था। सोनारा मुंड ने कई पत्रकारों की उपस्थिति में बिना किसी दबाव के लाश की पहचान की थी।

दूसरे पहचानकर्ता की खानापूरी नीलमनी एक्का के नाम दर्ज की गयी थी। पुलिस ने संभावना व्यक्त की थी कि महेश का नीलमनी के साथ कुछ ऐसा-वैसा संबंध भी संभव था। महेश के साथ कोई प्रत्यक्ष रिश्ता न होते हुए भी लाश देखते ही नीलमनी का अचेत हो जाना पुलिसिया संभावना को मजबूत कर रहा था। नीलमनी की प्रतिक्रिया लाश की महेश असुर के रूप में शिनाख्त की सिक्केबंदी थी।

भोंकार पार कर रोता गुलाब सिंह थाने के फाटक पर भीड़ रोकने को तत्पर सिपाहियों को धकियाता-ठेलता थाने के भीतर घुस पड़ा था। पीछे-पीछे शोकाकुल बाबूलाल तिर्की...। रोते-बिलखते गुलाबसिंह और बाबूलाल तिर्की को सिपाही थाने के बाहर धकेलने लगे थे।

अचेत नीलमनी ने चेतन होते ही चीखने को बड़ा-सा मुँह फाड़ा था पर बे-आवाज! कंठ में मानो फालिज मार गया था। आतंकित कबूतर की भाँति नीलमनी की आँखें नाचने लगी थीं। विवश आँखों से धाराएँ फूट पड़ी थीं।

आंदोलित नीलमनी चौपाये की भाँति उछलती शव के निकट पहुँचने को व्यग्र हुई तो महिला कांस्टेबल झफटी थी। कांस्टेबल के दाएँ हाथ में नीलमनी के कोश थे। बाएँ हाथ में शलवार का नाड़ा।

कांस्टेबल नीलमनी को पीछे खींच रही थी। और नीलमनी...मानो मरे बच्चे को चाटने हेतु खूँटा तुड़ाती गाय।

संघर्ष करती नीलमनी पूरी ताकत से तड़पी थी। शलवार का नाड़ा टूट गया था। अधनंगी नीलमनी औंधे मुँह फर्श पर फिंक पड़ी थी। फर्श से चेहरे टकराया था। होंठों से छलछला उठा था रक्त...!

हवलदार तिरबेनी सिंह ने बदहवास नीलमनी की कलाई जकड़ी थी। बलात् नीलमने के अंगूठे को स्याही-पैड पर दबाया था और दूसरे पहचानकर्ता के नाम के आगे नीलमनी का अँगूठा दबा दिया था।

पंचनामा तैयार था। शिनाख्त की कार्रवाई पूरी हो चुकी थी। "मारिस टाउन" पुलिस ने तत्परतापूर्वक अपने कर्तव्य का सफल निर्वाह कर लिया था। लाश को प्लास्टिक के थैले में बन्द कर बाँधा जाने लगा था ताकि सीलबन्द लाश को पोस्टमार्टम हेतु राँची भिजवाया जा सके।

हिलक-हिलक कर रोते सोनारा के सिर पर खड़े यादव ने कहा था।

"पोसमाटम के बाद डेड-बोडी तुम्हारे घर पहुँचा देंगे।"

"नहीं चाहिए।" सोनारा ने गुस्से से कहा था।

"क्यों नहीं?"

"यह लाश किसी उग्रवादी की है तो...तो मेरा किसी उग्रवादी से कोई नाता नहीं।"

"तो भोंकार काहे को पार रहा है? खाली-पीली नौटंकी?...लाश दाह संस्कार कर देगा तो जवाब देते हैं, पुलिस तुमको तंग नहीं करेगी।"

"नाई...!" अपने रुदन को नियन्त्रित करने लगा था सोनारा।

हठात् एक चीख उठी थी। नीलमनी की चीख...! "माऽऽहीऽऽ..."

दीपांकर के कानों में पिघले रांगे की भाँति गिरी थी नीलमनी एक्का की वह कातर चीख! सिहर उठा था दीपांकर चक्रवर्ती।

नीलमनी पुनः अचेत हो गयी थी पर उसकी वह चीख देर तक हवा में ठहरी रही थी। अन्तरिक्ष में निराधार टंगे किसी बर्फ के टुकड़े की भाँति देर तक हवा में झूलती रही थी नीलमनी की वह खून जमा देनेवाली चीख!

चाहकर भी भूल सकता था। दीपांकर चक्रवर्ती नीलमनी एक्का का वह हृदयविदारक क्रंदन? उस लड़की की खून जमा देनेवाली वे चीखें जिस लड़की के कलेजे से मानो रक्त की अन्तिम बूँत तक निचुड़ी जा रही थी?

# वह कौन था?

सबा ने फिर दरे जिंदा पे आ के दस्तक दी
सहर करीब है, दिल से कहो न घबराए

—फैज़ अहमद फैज़

दीपांकर की नींद उचट गयी।

बाहर बरामदे पर कदमों की आहट...! कोई दबे पाँव टहलता-सा लगा। कौन...? तारक?

बिस्तर छोड़कर बरामदे पर निकल आया दीपांकर। तारक ही तो! तारक की हल्की पदचाप के बाद किसी अन्य मानवीय गतिविधि की कोई महक नहीं थी।

दूर....उफनती दुर्गावती नदी की फुँफकार अपने चट्टानी कछारों पर फन फटक रही थी। एकलय नदी की आवाज...प्रकृति के संगीत से रात जागी-जागी लग रही थी।

अँधेरे तबरामदे पर चहलकदमी करते तारकनाथ मेहता गहरी उधेड़-बुन में थे। सिगार के हर कश के साथ उनके होंठों को प्रभासित करता सिगार का सिरा दहक उठता था। तारक की परेशानी पर पड़ते बल उजागर हो उठते थे।

''सोए नहीं सर?'' दीपांकर ने पूछा।

''तुम भी तो...'' बरामदे पर पड़ी इकलौती कुर्सी पर बैठते तारक ने उबासी ली।

''रात ठंडी है। मैं प्रकृति की पुकार की नोटिस पर जागा हूँ...नेचर्स कॉल...!''

बरामदे के एक सिरे के कोने पर पहुँचकर दीपांकर ने पैंट की जिप सरकाई। पानी में धार गिरने की आवाज उठने लगी।

''मैं तुम्हारी दलील से सहमत हूँ दीपांकर।'' तारक ने कहा।

''किस दलील से?''

''वही। यह गलत पहचान का मामला था। मानता हूँ, गलत पहचान हुई महेश की। लेकिन बरखुरदार, एक सवाल फिर भी उठता है। वह यह कि यह पहचान की भूल थी या पहचान ही गलत की गयी थी।''

''जान-बूझकर गलत पहचान?''

''शायद हाँ।''

गहरे काले आकाश में रह-रहकर नि:शब्द दमकती बिजली की टेढ़ी-मेढ़ी रेखाएँ कौंधती। लगता, कहीं फ्लैश फोटो-कैमरे का बटन दबा हो। क्षण भर को प्रकाश का झमाका और फिर घुप्प अँधेरा। सबकुछ किसी भूतिया फिल्म के सेट की

भाँति लग रहा था।

पैंट की जिप वापस बन्द करता दीपांकर मुड़ा। उनींदी आवाज में बोला, "अब छोड़िए भी सर। आधी रात को डिस्कस करने को यही बचा है? पुरानी बातें हुईं। मिट्टी डालिए और थोड़ा लेट लीजिए वर्ना तबियत बिगड़ जायेगी।'

"इतना भी बूढ़ा नहीं हुआ मैं।" तारक गुर्राए।

"क्षमा करें। इतने बूढ़े न सही पर शरीर भी तो आखिर एक मशीन ही है न? मशीनें पुरानी भी होती हैं न? नम मौसम में मशीनें खुली रह जाय तो जंग खाने का अंदेशा होता है या नहीं?"

"अच्छा चुटकला है पर सॉरी, मैं हँस नहीं सका। बरखुरदार, इसी पलामू में मैं कभी डी.एस.पी. हुआ करता था। उग्रवाद निरोधक विशेष कार्यबल, एंटीटेररिस्ट स्पेशल टास्क फोर्स का इंचार्ज था मैं।" "ऑपरेशन महिषासुर" के फुल चार्ज में रहा था..."

"थे। माना। परन्तु थे न? अब क्यों परेशान हो रहे हैं आप?"

"बको मत! अब...क्यों परेशान"—तारक मानो वर्षों बाद भी अपने ठगे जाने की पीड़ा को पचा नहीं पा रहे थे—"आज भी यह कबूल करते मेरा कलेजा फटता है कि मुझसे गलत शिनाख्त कैसे हुई। महेश असुर के रूप में उस लाश की सिक्केबन्द शिनाख्त हुई थी और वह महेश असुर नहीं था तो फिर वह था कौन?"

"महेश असुर जरूर आपके ऑपरेशन में मारा गया होगा। मैं "मॉरिस टाउन" में हुई शिनाख्त की गारंटी का अपना दावा वापस लेता हूँ। आखिर "मारिस-टाउन" वाली लाश एक सिर कटा मुर्दा तो था ही।"

दीपांकर ने बात खत्म करने के इरादे से जो कहा, तारक के लिए मो बच्चे बहलाने का झुनझना था। झल्लाए तारक, "शटअप! सवाल यह नहीं है कि महेश असुर "मॉरिस टाउन" में मरा था या "ऑपरेशन महिषासुर" में मारा गया था। सवाल यह है कि कल हुई मुठभेड़ में जो आदमी मार दिया गया है और जिसके महेश असुर होने का दावा किया जा रहा है यह दावा भी सही है या फिर एक और मिसटेकन आइडेंटिटी...?"

हतप्रभ दीपांकर...! महेश असुर या महिषासुर..., जो भी था, तारकनाथ मेहता की चेतना पर सवार ही हो गया था। तरक की नींद उड़ाए हुए था। अब दीपांकर की नींद भी हवा हो गयी।

मौन तना रहा। डालबंगले के बाहर झिंगुरों-झिल्लियों की रीं रीं-झीं-झीं की एकरस तान की पृष्ठभूमि में छप्पर से टपकती बूँदें...! बरामदे के नीचे के जमा पानी में टपकती बूँदों की टप्प...टप्प रहस्यमय लगने लगीं। कभी-कभार कामातुर दादुर

पुकार उठता था। पड़-पड़-पड़-पड़....गोंगों...गों...गों!

तारक के उखड़े मिजाज को भाँपते दीपांकर ने ही तनाव को हल्का करने हेतु मौन भंग किया।

''आप तो सर जासूसी फिल्म जैसी स्थिति सोच रहे हैं। ऐसा कहीं होता है कि तीन-तीन बार किसी शख्श की शिनाख्त में गलती हो जाय? हमारी पुलिस इतनी भी नाकारा नहीं है सर जी।''

''तुम्हें क्या पता पुलिस कितनी नाकारा है या कितनी लाचार,''—तारक ने कहा—''चकित मत होना यदि अगले चुनाव के नतीजे आए और पता चले कि महेश असुर जेल से चुनाव लड़ा और रिकार्ड मतों से जीतकर माननीय विदायक जी या सम्मानीय सांसद महोदय बन बैठा और उसके पीछे भूखे कुत्तों की तरह उसे फाड़ खाने को भागने वाली पुलिस उसी के आगे खड़ी सैल्यूट...शिट्...।''

''आप मामूली बात को बढ़ा-चढ़ाकर नहीं सोच रहे?'' गोकि तर्क लचर था पर दीपांकर ने किया।

''बरखुरदार, मैंने जो कहा वह कई बार हो चुका है। यहीं पलामू में हो चुका हैं। तारक ने कहा—'जेल में रहते हुए कई आरोपियों ने चुनाव लड़े और जीते हैं।''

''वो तो सही है।'' दीपांकर ने हथियार डाल दिये।

कुछ क्षण चुप रहने के बाद अचानक तारक ने मानो अपना निर्णय सुनाया।

''मैं सुबह वापस लौटने वाला हूँ।''

''वापस? राँची?'' चौंका दीपांकर।

''नहीं। डालटनगंज।''

''क्यों आखिर?''

''अभी कल के मुठभेड़ में मारे गये लोगों के पोस्टमार्टम वगैरह का चक्कर होगा। डेडबॉडी देखने को मिल सकती है। दीपांकर, मैं महिषासुर नाम के इस छलावे को देखना चाहता हूँ।''

''क्या करेंगे डेड बॉडी देखकर?''

''यदि वह इस दफा सचमुच ही मारा जा चुका है तो उसकी पक्की शिनाख्त होनी ही चाहिए और इस बार वह शिनाख्त मैं करूँगा।''

''हासिल?''

''अपनी संतुष्टि! उस असुर ने मेरी सोच पर कब्जा कर रखा है दीपांकर। मुझे चैन से लेटने नहीं दिया है। मैंने उसे सचमुच का मरा नहीं देख लिया तो आगे भी कुछ रातें चैन से नहीं सो सकूँगा।''

''आप तो सर सचमुच...आप तो एकदम...खैर!''

दीपांकर ने अपनी कलाई घड़ी के डायल पर चमकते रेडियम अंकों को घूर-घूरकर देखा। तीन बजने वाले थे।

''थोड़ी देर लेट लीजिए सर।'' दीपांकर ने आग्रह किया।

''अब नींद क्या आएगी? यही बैठूँगा। तुम थोड़ी देर और सो लो। भोर होते ही हमें निकलना होगा...मैं जगा लूँगा तुम्हें।''

तारक ने अदतन सिगार का एक कश लिया। सिगार बुझ चुका था। अविश्वास से सिगार के सिरे को ताकने लगे तारक! तारक की ओर से निराश दीपांकर वापस कमरे में जा लेटा।

तारकनाथ मेहता का दिमाग पुराने दिनों की स्मृतियों के वर्के...विस्मृतियों के चिथड़े टटोलने लगा। कितनी बातें तो दिमाग से उतर भी चुकी थीं पर अधिकांश चीजें इतनी स्पष्ट याद थीं कि मानो कल की बीती बात हो।

...वह भी राँची की ऐसी ही बरसती रात थी जब उन्हें आधी रात की नींद तोड़कर पुलिस मुख्यालय में हाजिरी लगानी पड़ी थी। पलामू के उग्रवाद दमन हेतु गठित ताजा अभियान ''ऑपरेशन महिषासुर'' का प्रभारी नियुक्त कर रातोंरात उनके स्थानान्तरण का आदेशपत्र जारी कर दिया गया था।

तब, ट्रांसफर आर्डर जेब के हवाले कर चुकने के बावजूद यकीन करना मुश्किल हो रहा था कि वे राँची से डालटनगंज स्थानान्तरित किये जा चुके थे, वे तो विभाग की आँख की माने जाते रहे थे और उन्हें हेडक्वार्टर से दूर-दराज के क्षेत्रों में पदस्थापित किया जाता रहा था फिर इस ''स्पेशल टास्क फोर्स'' की कमान उन्हें क्यों सौंपी गयी थी। इस प्रकार के प्रभार प्रायः आरक्षी अधीक्षक श्रेणी के उच्चाधिकारियों को सौंपे जाते थे फिर उन्हें क्यों?''

कैसे भूल सकते थे तारकनाथ मेहता अपने पुलिस जीवन का वह रोमांचक अभियान? शह और मात के वे दिन? सबसे चुनौतीपूर्ण कार्य और शातिर प्रतिद्वन्द्वी? एक छलावा ही तो था यह महेश असुर!

तारक मेहता की आँखों के सामने जागने लगे वे दिन। वे दृश्य। महेश असुर की लाश के सिर पर कलाइयाँ पटकती, विलाप करती महेश असुर की बेवा की अस्पष्ट-धुँधली आकृति! काली माता का रूप धारे, चूँड़ियाँ तोड़ती वह नीलमनी एक्का!

जिंदा नीलमनी एक्का और महेश असुर के मृत चेहरे स्मृतियों में धुँधले-भद्दे हो चुके थे पर वह दृश्य तो अभी भी ताजा था अभी भी स्पष्ट। अभी भी...

# आपरेशन महिषासुर

कुछ न कहने से भी छिन जाता है एजान-ए-सुखन
जुल्म सहने से भी जालिम की मदद होती है।

—अज्ञात

# एक

बारेसांड़ का जंगल...!

हरे सोने के लुटेरों से अक्रांत और सरकारी उपेक्षाओं के बावजूद अभी भी हठपूर्वक हरा-भरा है झारखंड का ख्यात यह अरण्यक्षेत्र बारेसांड़!

वृक्षों-महावृक्षों की जड़ों में उगकर फुनगियों तक लिपटती-चढ़ती अमरलता की बेलें, घनी झाड़ियाँ-झारबेरियाँ, अनेकानेक किस्म की वनस्पतियों और किसिम-किसिम के विषैले साँपों से भरा है यह अरण्यप्रदेश।

हथेली के आकार के महाबिच्छू, कनकी उँगली जितने मोटे-मोटे गोजर, खपड़बिच्छों, नेवलों और महामच्छरों जैसे जहरीले कीड़े-मकोड़ों की यह खान बारेसांड...गेहूंमन, करैत और काले नाग जैसे भुजंगों के लिए विख्यात है।

रेंगती-उड़ती मौतों काले इसी गहन वन में नक्सली दमन के लिए केन्द्रीय सुरक्षा बल की पूरी एक बटालियन दमन के लिए केन्द्रीय सुरक्षा पी०एफ० की इस बटालियन का साथ दे रहा था। जिला पुलिस बल। बाहर से आई बटालियन के लिए बारेसाड़ एक अनजानी जमीन जो थी।

यह माओवादियों के विरुद्ध विशिष्ट पुलिस अधिकारियों के नेतृत्व में एक संयुक्त अभियान था...'' ऑपरेशन डार्क पिजन!''

पुलिस के मुखबिरों ने पुष्ट सूचना दी थी कि बारेसांड़ बनक्षेत्र में, उत्तर-पूर्व दिशा में सातवें किलोमीटर पर स्थित पहाड़ी पर कुछ संदिग्ध गतिविधियाँ चल रही थीं। सेना के हैलिकाप्टर से जो तस्वीरें उतारी गयी थीं उनमें पहाड़ी पर तनी गोलधारी स्पष्ट देखी जा सकती थी। पहाड़ी से उठता धुएँ का गुबार भी दिख रहा था। यह जगह नक्सलवादियों का संभावित पड़ाव हो सकती थी।

पिछले तीन दिनों से अरण्य को भेदने में लगे हुए थे केन्द्रीय सुरक्षाबल के सहायक कमांडेंट भरत प्रसाद मीणा और उप-कमाडेंट दिवाकर सिंह राठौर। जानते

थे वे, यह राजस्थान की रेतीली, सपाट और दूर तक दृश्यमान भूमि नहीं थी। यह झारखंड का घना अंधा जंगल था।

आखिरी पुलिस पिकेट "मोकरघाट" बारह किलोमीटर पीछे छूट चुका था। आगे था चुनौतियों से भरा जंगल जहाँ पहाड़ी पर डेरा डाले बैठे थे। काले कबूतर। "ऑपरेशन डार्क पिजन" के शिकार।

जंगल के सीमांत पर आधार शिविर स्थापित करने में ही पूरा एक दिन आधार शिविर स्थापित करने में ही पूरा एक दिन खर्च हो गया था। अगले दिन लगातार काम करने के बाद बटालियन के जवान मात्र तीन किलोमीटर तक की वन्य पगडंडियों को इतना साफ-इकवार कर सके थे कि चारपहिया भारी वाहन जंगल के भीतर बसे पहले गाँव निभियाटांड तक पहुँच सके थे।

बड़ी संख्या में पुलिस बल की उपस्थिति से नीमियाटांड के उरांव आदिवासी बेचैन थे। किंचित भयभीत भी। कोई ग्रामीण ठहरकर किसी वर्दीधरी से बात करने को राजी नहीं था।

"तुम लोगन से बतियाएँगे तो उ लोग हमको मारेंगे। तुमसे नहीं बोले तो तुम मारोगे?"—सीधा सच्चा उत्तर था—"तुम लोग तो दस रोज हमें मार-पीटकर जंगल से चले जाओगे बाकी हमें तो यहीं रहना है। उ लोग के साथ ही निबाह करना है।"

वे लोग अर्थात् माओवादी...! कमांडेंट मीणा ने अपने जवानों को स्थानीय लोगों के साथ जोर-जबर्दस्ती करने की कोई छूट नहीं दी थी। गाँव वालों के असहयोगी व्यवहार पर मीणा को कोई आश्चर्य नहीं था। छत्तीसगढ़ के आदिवासियों को हथियारबंद कर माओवादियों के विरुद्ध लड़ाने की योजना थी "सलवा जुडूम" जिसमें आदिवासियों को जनधन की भारी क्षति उठानी पड़ी थी। अन्ततः इस विफल योजना को रद्द करना पड़ा था। के बाद आदिवासियों का पुलिस पर से भरोसा उठ गया था। पुलिस की भद्द पिटी थी सो अलग।

दिन में जंगल वनवासियों के कलरव से गुंजार रहता था। बंदरों-लंगूरों की खोंसियाहट और छीना-झपटी होती रहती थी। रात को सियारों-लकड़बग्घों के झगड़ने या भालूओं की गुर्राहट...कहीं दूर चिंघाड़ते हाथियों की आवाजें धीमी-धीमी सुनाई देती थी। दिन हो या रात...जंगल कभी सोता नहीं था।

अगले दिन दोपहर तक केन्द्रीय सुरक्षा बल के जवानों ने जंगल को भेद डाला था। पचास सशस्त्र जवान पैदल आगे बढ़े थे। उनके पीछे, जंगल की गहराई में उतर पड़ा था बारूदी सुरंगरोधी वाहन...एंटी लैंडमाइन्स वेहिकल।

शाम ढलने से पहले बटालियन को सूचना मिली थी कि लक्षित पहाड़ी पर

मानवीय उपस्थिति के संकेत मिलने बन्द हो गये थे। अँधेरे में आगे बढ़ना खतरे से खाली नहीं था लिहाजा अभियान एक बार फिर रात भर के लिए ठहर गया था।

अगली भोर से ही काम शुरू कर दिया गया था। पहाड़ी की जड़ तक का जंगल साफ कर मार्ग बना डाला गया था। जंगल साफ करने वाली टुकड़ी जब आधार शिविर की ओर लौट रही थी तब सूर्योदय होने-होने को था। ताजादम जवानों की नई टुकड़ी आगे बढ़ रही थी...हथियारबन्द!

ताजा टुकड़ी के सशस्त्र जवान एक बड़ी लॉरी में सवार थे। लॉरी के आगे हिचकोले खाता बढ़ रहा था बारूदी सुरंगरोधी वाहन जिसमें मात्र एक चालक उपस्थित था।

अचानक भीषण धमाका हुआ था। सुरंगरोधी वाहन के परखच्चे उड़ गये थे।

तत्काल दूसरा विस्फोट...। जवानों वाली लॉरी के टुकड़े हवा में सैकड़ों फीट ऊँचे उछल गये थे। लॉरी के चिथड़े-चिथड़े हुए एक टायर के साथ मानवीय अंग-प्रत्यंग आस-पास के वृक्षों की शाखों तक जा टंगे थे।

धमाकों के साथ ही सड़क के किनारे की झाड़ियों-चट्टानों की ओट से फायरिंग होने लगी थी। गोलियों की बरसात से बचकर मोर्चा सँभालते-सँभालते केन्द्रीय सुरक्षा बल के कई जवानों की लाशें बिछ गयी थीं। तबे पाँव सिर पर सवार हुए थे काले कबूतर!

सहायक कमांडेंट मीणा की क्षत-विक्षत देह कच्ची सड़क पर बिखरी हुई थी। पता नहीं कितनी संख्या में थे उग्रवादी पर जवानों ने भी मोर्चा नहीं छोड़ा था। जवानी कार्रवाई शुरू की तो जंगल का पता-पत्ता छिदने लगा था। उपकमांडेंट राठौर मोकरघाट और पंचरुखिया पुलिस पोस्ट से सम्पर्क करने लगे थे। ताकि कुछ अतिरिक्त बल की सहायता माँग सकें।

लगातार तीन घंटों तक मारो या मरो का खूनी संघर्ष चलता रहा था। झाड़ियों-झुरमुटों में लाशें गिरती रही थीं। अन्ततः जब नक्सलियों की ओर से फायरिंग बन्द हुई थीं तो अपने जवानों का हौंसला बढ़ाते राठौर ने आगे बढ़कर मोर्चा सँभाला था।

नक्सली पहाड़ी छोड़कर भागने पर विवश हुए थे। पहाड़ी के ऊपर और इर्द-गिर्द की सघन तलाशी ली गयी थी। किसी उग्रवादी के हताहत होने का कोई सूत्र नहीं मिला था। नक्सलियों को या तो जमीन खा गयी थी या आसमान निगल गया था। कोई मानवीय आहट नहीं थी। कोई सुराग नहीं पा सके थे दिवाकर कि कौन सा संगठन उनके मुकाबिल था पहाड़ी पर खाली तंबू में कुछ बर्तन-भांडे लुढ़के मिले थे। हथियार बरामदगी की खानापूर्ति के लिए मात्र एक ''कोल्ट एम-16'' रायफल मिली थी। अमरीकन सैनिकों द्वारा इस्तेमाल की जाने वाली इस स्वचालित

हल्की रायफल के कारतूस दुर्लभ होते हैं। राठौर समझ सकते थे कि इस रायफल में पुलिस द्वारा लूटी गयी "इन्सास" रायफल के कारतूस इस्तेमाल कर लिये जाते होंगे।

सर्वाधिक विस्मित करनेवाली चीज बरामद हुई भी एक वायरलेस सेट जिसका एंटेना पेड़ की शाख से बँधा हुआ था। पुलिस वायरलेस से कहीं ज्यादा, 560-580 मेगाहर्ट्ज की उच्च तरंग क्षमता पर स्थापित होकर पचास किलोमीटर तक का क्षेत्र कवर कर सकता था।

राठौर के समक्ष अब यह स्पष्ट हो चुका था कि उनकी बटालियन की हर गतिविधि पर नक्सलियों की नजर थी। नक्सलियों ने मौत का जाल बिछाया था जिसमें "डार्क पिजव" के शिकारी स्वयं खिंचे आये थे और शिकार हो गये थे।

पुलिस और केन्द्रीय सुरक्षा बल दोनों को मिलाकर कुल बहत्तर जवान शहीद हो गये थे। नक्सलियों के इस गुरिल्ला आक्रमण में जान-माल की एकतरफा क्षति हुई थी। कई रायफलें-मशीनगनें ले भी भागे थे नक्सली।

जबकि तीन दिनों से पहाड़ी की रेकी और नाकाबंदी जारी थी। तीन ओर से नजर रखी जा रही थी फिर भी आपरेशन विफल रहा था। किधर निकल गये थे काले कबूतर?

आस-पास मात्र एक गाँव था, निमियाटांड़! यह असम्भव था कि निमियाटांड़ के आदिवासियों को पहाड़ी पर मोर्चा बाँधने वाले उग्रवादियों के बारे में पता ही न हो। जंगल के भीतर उतरने वाले लोग, जंगल के भेद से अनजान रहें? असम्भव!

राठौर की आँखों में खून उतर आया था। संभव था कि निमियाटांड़ से भी नक्सलियों को पुलिस की गतिविधियों की सूचना मिलती हो और रसद भी....

पुलिस के साथ असहयोग का मोटा अर्थ यही था? नक्सलियों के साथ सहयोग?....निरपराध उरांव लोगों पर शामत आने वाली थी पर काश यह जान पाते जंगल के बाहर के व्यक्ति राठौर कि वे कितने गलत थे। काश वे समझ पाते कि यह जंगल था जिसका एक अरण्य-तंत्र था।

जानते तो यह भी जान लेते राठौर कि उग्रवादी दस्तों तक हथियार और रसद आदिवासी नहीं पहुँचाते। पहुँचाती है भारतीय रेल...। सरकारी परिवहन व्यवस्था।

गोमो-मुगलसराय रेलमार्ग तेरह सौ किलोमीटर तक झारखंड के नक्सल प्रभावित क्षेत्रों से होकर गुजरता है। इस रेलमार्ग के कुल दो सौ बयानवे स्टेशनों में से एक सौ सत्तर रेलवे स्टेशन नक्सल प्रभावित क्षेत्र में हैं। नक्सली जहाँ चाहते हैं, ट्रेन रोककर रसत चढ़ा ले हैं और जंगल में निर्धारित स्थान पर ट्रेन रोककर रसद उतार ली जाती है।

जंगल में सड़क, पुल या पुलिया के निर्माण कार्यों के लिए ले जाई जानेवाली

निर्माण सामग्री और मजदूरों की रसद के बहाने सरकारी ठेकेदार भी उग्रवादियों तक भोजन सामग्री पहुँचाते हैं। न पहुँचाएँ तो रेल कर्मचारी या ठेकेदार चार दिन जंगल में नहीं टिक सकते।

दिवाकर राठौर द्वारा भेजी गयी रक्तपात की सूचना पलामू के जिला मुख्यालय डालटनगंज पहुँची थी तो उच्चाधिकारियों के चेहरों पर मातमी हताशा पुत गयी थी। करारी हार...! जानलेवा भार...!!

ऊपर पुलिस महाधीक्षक संजय श्रीवास्तव पुलिस बल के साथ अविलम्ब घटनास्थल की ओर कूच कर गये थे। घायलों को चिकित्सा उपलब्ध कराने हेतु बारेसांड़ के जंगल पर हेलिकाप्टर मंडराने लगे थे।

बारेसांड़ की हार ने राजधानी मुख्यालय रांची में बैठे उच्चाधिकारियों को भी हिला डाला था।

इतनी उच्च संचार तकनीक, इतने अग्नेयाश्त्र और इतनी योजनाबद्ध कार्रवाई कि केन्द्रीय सुरक्षा बल की एक लगभग पूरी टुकड़ी का कत्लेआम कर बिना अपना इकलौता साथी गंवाए, अपनी पीछे बिना कोई सूत्र छोड़े इतनी संख्या में उपस्थित नक्सली जंगल में कहाँ? कैसे? गायब हो गये थे?

उच्चाधिकारी इस निष्कर्ष पर पहुँचे थे कि यह किसी अनपढ़-अशिक्षित का काम नहीं हो सकता था। किसी भूमिगत संगठन ने पहले कभी इतना भीषण रक्तपात नहीं किया था। इसके पीछे निश्चय ही कोई उच्च संगठनिक क्षमता वाला दिमाग था।

कौन था इतने शक्तिशाली और साधन सम्पन्न संगठन का नेता? जल्द ही वह नाम भी सामने आ गया था।

हे हे गड़ा...!

झारखंड के गोमो-मुगलसराय रेलमार्ग पर एक छोटा सा रेलवे स्टेशन है हेहेगड़ा। मात्र पैसेंजर ट्रेनों का उपेक्षित सा ठहराव जहाँ जंगल स्टेशन परिसर के बाहर भी है और स्टेशन के भीतर भी।

स्टेशन झारखंड का यह उदास वीरान और उपेक्षित स्टेशन हेहेगड़ा हठात राष्ट्रीय चर्चा में आ गया जहाँ छः घंटों तक हावड़ा-दिल्ली मेल को अपहृत कर रोके रखा गया।

सदियों पुरानी दिखती, भारत की आजादी से पूर्व निर्मित लाल रंग की एक कोठरी में रेलवे-स्टेशन का दफ्तर है। ऊँचा प्लेटफार्म यहाँ नहीं है। मात्र पैसेंजर ट्रेनें

दो मिनट को रुकती हैं। ट्रेन की बोगी के दरवाजे यात्रियों की गर्दन तक आते हैं। बीसवीं सदी के मध्य तक सवारी गाड़ियाँ भी इस रेलमार्ग पर मात्र दो थीं। अब राजधानी एक्सप्रेस और गरीब रथ जैसी ट्रेनें सप्ताह में एक-दो बार गुजरने लगी हैं।

हेहेगड़ा स्टेशन के कार्यालय के सामने बजरी बिछी दस फीट की चौड़ी पट्टी यहाँ का इकलौता प्लेटफार्म है जिस पर नीम, ताड़ और सागौन के वृक्ष भी खड़े हैं। इस प्लेटफार्म के दोनों सिरों के अन्त होते ही अगले कदम नागफनी, पुडस, बेहया और झारबेरियों के मिले-जुड़े झुरपुट शुरू हो जाते हैं जो फर्लांग भर आगे जंगल में घुल-मिल जाते हैं।

अनधिकृत रूप से हेहेगड़ा स्टेशन पर रोकी गयी हावड़ा-दिल्ली मेल के आजू-बाजू सैनिकों जैसी वर्दियों पहने हथियारबन्द लोग गश्त लगाने लगे तो यात्रियों ने इशे रेल-सुरक्षा की नियमित कवायद समझा था परन्तु जब यात्रियों को कंपार्टमेंट से उतरने यहाँ तक कि बाहर झांकने से भी रोका जाने लगा था और ट्रेन को घेरे खड़े हथियारबन्द वर्दीधारियों ने वस्तुस्थिति बताई थी तो रेलयात्री सिहर उठे थे।

विश्वास करना कठिन जो था। एक भरी-पूरी रेलगाड़ी का अपहरण...! आतंकित होने लगे थे मुसाफिर।

भूमिगत संगठन "झारखंड बंधु रेसिसटेंस आमी" ने बीहड़ वन के लगभग वीरान स्टेशन पर एक पूरी रेलगाड़ी को बंधक बना लिया था।

उधर, स्टेशन के भीतर सरकारी टेलीफोन का चोंगा स्टेशन मास्टर के कान से चिपका हुआ था और इधर यात्रियों की मुट्ठी में दुनिया थी। पास में खाने को चने न हों, न पीने को पानी पर हाथ में सेलफोन है तो दुनिया मुट्ठी में...!

हेहेगड़ा तक पहुँचने को सड़क मार्ग नहीं था। हर ओर घना जंगल, नदी, घाटियाँ और पहाड़...! दुनिया की मुट्ठी से बाहर हो गया था हेहेगड़ा।

उन्नीसवीं सदी के उत्तरार्द्ध में "इस्ट इंडिया रेलवे कंपनी" ने प्रशासनिक जरूरतों, सेना के आवागमन और कोयले के दोहन हेतु कोयलांचल धनबाद में पहली रेल-पटरी बिछाई थी।

ई. सन् 1500 के भीषण दुर्भिक्ष के बाद भानी भुखमरियों और अकालपीड़ितों को ध्यान में रख वर्ष 1902 में "बंगाल-नागपुर रेलवे कम्पनी" ने अंग्रेजी सरकार के लिए वर्तमान बिहार का रेलवे स्टेशन "सोन नगर जंक्शन" से झारखंड के रजहरा तक पलामू की पहली रेल-लाईन बिछाई थी।

अकालपीड़ितों के सहायतार्थ बिछी रेल-पटरियाँ रजहरा तक ही क्यों बिछीं? पलामू का अकालग्रस्त इलाका तो आगे डालटनगंज बरवाडीह, लातेहार और टोरी तक था?...कारण दो थे।

पहला, डालटनगंज अरण्य का सीमांत था। आगे जंगल में मनुष्यों का वास नहीं था। जंगल में जंगली, असभ्य और अमानुष आदिवासी बसते थे। अंग्रेजी राज हेतु पशुवत वे दोपाए जिन्हें अन्न की आवश्यकता नहीं थी। जंगल में कंद-मूल तो थे ही। साँप, चूहे, तीतर, खरगोश नेवले, साही, हिरण, बटेर...भोज्य पशु-पक्षी-सरीसृप...फिर वहाँ अन्न क्यों पहुँचाना?

दूसरा कारण यह कि भले सन् 1500 जैसा दुर्भिक्ष पुनः न आए न आए, रजहरा मं कोयले का विशाल भंडार ढूँढ़ा जा चुका था जिसका दोहन अगले कई सौ वर्षों तक किया जाना था अतः रेलमार्ग रजहरा तक...! जब आगे राय, खेलारी, भुरकुंडा आदि-आदि क्षेत्रों तक कोयले के विशाल भंडार मिलते गये, रेलमार्ग विस्तारित होता गोमो तक जोड़ दिया गया था।

घंटों तक हेहेगड़ा में रुकी रही थी ट्रेन। कोलकाता से दिल्ली तक अफरा-तफरी मच गयी थी। अखबारी पत्रकारिता और दृश्य माध्यमों की दुनिया में यह परिघटना गर्म जलेबियों की भाँति चाशनी में डुबो-डुबोकर परोसी जाने लगी थी।'' रेलगाड़ी का अपहरण...!'' ''यात्रियों से भरी मेल ट्रेन नक्सलियों के कब्जे में...!''

रेलगाड़ी बंधक थी। रेलयात्री हलकान थे। रेल कर्मचारी परेशान थे। नगरों-महानगरों में टेलीविजन के सामने बैठे लोगों के लिए यह समाचार किसी रोमांचक हालीवुड फिल्म जैसा था। अफसोस था कि फिलहाल विजुअल्स नहीं आ रहे थे। मात्र एनिमेशन से काम चलाया जा रहा था।

छः घंटों के बाद आखिरकार ट्रेन खुली थी। रेलगाड़ी मुक्त कर दी गयी तो यात्रियों ने छुटकारे की सांस ली थी।

नक्सलियों ने किसी इकलौते यात्री का एक नाखून तक नहीं छुआ था। किसी नक्सली ने किसी कंपार्टमेंट के भीतर झांका तक नहीं था। राज्य सरकार या केन्द्र सरकार से कोई माँग भी नहीं की थी। कोई फिरौती या शर्त भी नहीं। फिर क्यों किया गया था यह दुःसाहसी कृत्य?

अपहर्ताओं द्वारा मुक्त रेलगाड़ी जब बरवाडीह जंक्शन पहुँची थी तो प्लेटफार्म पर एकत्रित रेल कर्मचारियों और यात्रियों ने तमाशाईयों की भाँति ट्रेन को देखा था। पढ़ा था...ट्रेन की हर बोगी के बाहर चमकदार अक्षरों में लिखा हुआ था, ''महेश असुर उग्रवादी नहीं, आदिवासियों का मित्र है—झाबरा! ''झाबरा'' अर्थात् ''झारखंड बंधु रेसिसटेस आर्मी...।''

सनाका खा गया था बरवाडीह जंक्शन का स्टेशन प्रबंधक! प्रशासन विरोधी संगठन का विद्रोही विज्ञापन मिटाना स्टेशन मास्टर को कर्तव्य की भांति लेना ही था।

अल्यूमीनियम पेंट से उकेरी गयी पक्की इबारतों को न पानी की बौछारों से धोया जा सका था, न ही हर कंपार्टमेंट पर रेलविभाग का सरकारी रंगरोगन करने की व्यवस्था थी। ट्रेन भी कितनी देर तक बरवाडीह स्टेशन पर रोकी जा सकती थी? सशंक्ति रेलयात्री शीघ्रातिशीघ्र अरण्यक्षेत्र से बाहर निकल जाने को व्यग्र थे। ट्रेन अविलम्ब खोलने की हाल-दुहाई मचाई जाने लगी थी। अन्ततः यात्रियों के हंगामे से घबराये स्टेशन-प्रबंधक ने हरी झंडी दे दी थी।

ट्रेन खुल गयी थी। पलामू के जंगल से जारी ''झाबरा'' का विज्ञापन इकलौते नारे की शक्ल में आगे चार राज्यों-छत्तीसगढ़ मध्यप्रदेश, उत्तर प्रदेश, दिल्ली की यात्रा करता गन्तव्य तक पहुँच गया था।

खबरखोर अखबारों और सनसनी के सौदागर दृश्य माध्यमों के लिए यह रक्तहीन अपहरण और उदार रिहाई एक निराश कर देने वाला घटनाक्रम था। उनके लिए राहत की तबात थी कि ट्रेन के डिब्बों पर लिखी इबारत को किसी नये-न्यून ब्रेक होने तक टेलीविजन के पर्दों पर विभिन्न कोणों से खींचा-चमकाया जा सकता था।

भारत की संसदीय राजनीति जब नक्सली दमन हेतु आपरेशन ग्रीन इंट, आपरेशन पैंथर, आपरेशन रेड...कांबिंग...हांका आदि-आदि खूँखार नामों वाले अभियान चला रही थी,...जब सेना और हवाई आक्रमणों के द्वारा उग्रवाद के मूलोच्छेद की योजनाएँ संवारी जा रही थीं,....जब विश्व बैंक, अन्तर्राष्ट्रीय मुद्राकोष और राष्ट्रीय अन्तराष्ट्रीय कम्पनियों के दबाव के आगे झुकती जाती राजनीति भूमिगत आंदोलनों को ही देश के लिए सबसे बड़ा खतरा घोषित कर रही थी, ऐसे समय में ''झाबरा'' के नेता, महिषासुर के नाम से प्रचारित महेश असुर जैसे उग्रवादी ने रेल-अपहरण का दृश्य क्यों रचा था?

क्या आतंकवाद, उग्रवाद और आदिवासी आंदोलनों का घालमेल कर आंदोलनकारियों को उग्रवादी या आतंकवादी घोषित करने वाले राजनीतिक बयानों द्वारा भारतीय जन के बीच फैलाए जा रहे इस भ्रम को तोड़ने हेतु था यह अपहरण कांड ताकि जनता राजनैतिक बयानों पर विश्वास न करे? यह अपहरण मात्र एक विज्ञापनक था कि राजनीति जिन्हें देश के लिए खतरनाक घोषित करती है वस्तुतः वे लोग शोषित, वंचित, दलित और आदिवासी समाज में नायक की भाति प्रतिष्ठित हैं?

रेल के डिब्बों पर लिखे जुमले या नारा या विज्ञापन या खतरनाक तहरीर देखने-पढ़ने वाले चकित थे। है कौन यह महेश असुर? राजनीति के दिग्गज स्तंभित थे। कानून-व्यवस्था के पहरुए हतप्रभ थे। आम आदमी भ्रमित था।

दूर–संचार व्यस्त हो उठा था। सूचनाएँ बहने लगी थीं। राज्यों और केन्द्र सरकार के बीच लगातार सम्पर्क जारी थे।

झारखंड पुलिस की सूचना के अनुसार बहने लगी थीं। राज्यों और केन्द्र सरकार के बीच लगातार सम्पर्क जारी थे।

झारखंड पुलिस की सूचना के अनुसार कभी था एक महेश असुर जो ''मारिस–टाउन'' में ''टारमो इस्पात'' कारखाने के विरुद्ध षडयंत्रकारी गतिविधियाँ संचालित करते हुए अज्ञातु संभवतः भूमिगत संगठनों के आपसी गैंग–वार में—''ढंग से मृत पाया गया था।

महेश असुर की लावारिस लाश को राँची पुलिस ने रांची शहर के बीच होकर बहने वाली हरमू नदी में जलवा भी डाला था।

अब सामने आनेवाला महेश असुर उसी मृत महेश असुर का कोई हमनाम था? या कोई नया उग्रवादी जिसने ''झाबरा'' नाम से अपना संगठन खड़ा किया था? या फिर महेश असुर की नकाब में कोई पुराना उग्रवादी जो झारखंड के बीहड़ में ''झाबरा'' नामक नये नाम से या संगठन खड़ा कर चुका था?

भूमिगत संगठनों के आपसी मतभेद और टूट–फूट के बाद नये–नये संगठनों का उभार कोई नई या आश्चर्यजनक स्थिति नहीं थी। अब झारखंड पुलिस के लिए नया सिरदर्द यह था कि कौन है यह नया महिषासुर उर्फ महेश असुर...?

# दो

कितना तो समय बीत चुका था।

और गंदली हुई थी सियरभोंकी नदी। और जहरीला हुआ था भू-जल। बीते समय में ढेर सारी धूप बीती थी, ढेर सारी हवा...! दुखों के ढेर भी कुछ हल्के हुए थे।

स्थायी आंशिक शारीरिक विहतियों के साथ सोनारा अब पूर्ण स्वस्थ हो चुका था।

विद्यालय ने सोनारा का चिकित्सा अवकाश, जो लम्बा था, स्वीकृत कर लिया था। सोनारा और नीलमनी विद्यालय की नियमित दिनचर्या से जुड़ चुके थे।

बहुत दिनों तक बंद रहे ''झारखंड बंधु'' के दफ्तर का ताला भी खुल चुका था। पर ''टारमो इस्पात कर्मचारी संघ'' के आंदोलन, आंदोलन के भटकाव और अन्ततः विफलता के बाद संगठन के सदस्य निराश-हताश थे। सांगठनिक मोर्चे पर सोनारा भी स्वयं को लुटा-पिटा अनुभव करता था।

महेश ने ''झारखंड बंधु'' और ''टारमो इस्पात कर्मचारी संघ'' का जैसा दुरुपयोग कर डाला था उसके बाद इन मंचों से कोई प्रयास फिलहाल संभव नहीं दिख रहा था। सोनारा की बीमारी के दौरान महेश दोनों संगठनों को लांछित और अविश्वसनीय बना गया था। निराश था सोनारा मुंडा।

नीलमनी की माँ रूदिया जहाँ की आँगनबाड़ी में सेविका थी नियुक्त थी, उसी गाँव के प्राथमिक विद्यालय में नवनियुक्त अनुबंध पर नियुक्त शिक्षक युवक रूदिया को पसंद आ गया था। विचार-विमर्श के बाद निश्चय किया गया था कि अगले सप्ताह किसी सुदिन सोनारा और नीलमनी का पिता परभू एक्का भी लड़के को देख-परख लेंगे। लड़का रुच गया तो नीलमनी का रिश्ता पक्का कर दिया जायेगा।

सोनारा और नीलमनी के लिए ''मारिस-टाउन'' में जगह संकरी हो चुकी थी। महेश असुर ने बम धमाके कर या करवाकर कई जानें ले ली थीं। भले महेश ईसाई था पर था तो मूलतः आदिवासी ही। क्षमा, दया, करुणा, परोपकार, परदुखकातरता आदि-आदि में आस्था रखनेवाला ईसाई समाज धर्मांतरित आदिवासी महेश की निंदा

कर रहा था। सोनारा या नीलमनी महेश की भाँति अवांछित भले घोषित नहीं किये गये थे परन्तु और आदिवासी समाज के पुराने परिचित इन दोनों से सुरक्षित दूरी बनाकर अवश्य रखने लगे थे।

''टारमो-इस्पात''बुलन्द होते भारत की एक बुलन्द तस्वीर था। विकासशील भारत का मंदिर था। टारमो इस्पात के विरुद्ध षडयंत्र एक राष्ट्रीय अपराध बन गया था।

''मारिस टाउन'' का थानेदार बजरंग सिंह यादव घाव की मटारनी की भाँति समय-बेसमय कहीं दिखने-मिलने पर सोनारा को चिकोटी काटने से नहीं चूकता था,

''अब जिन्दाबाद-मुर्दाबाद मत करना मास्टर! तुम पर उग्रवादी का साथ देने का संदेह हमें अभी भी है। अब नारा-आंदोलन किया कि ''एक सौ चौबीस'' ठोंक कर जेल में भर देंगे। जमानत भी नहीं होगा।''

अंग्रेजी राज में अपनी सत्ता को सुरक्षित रखने हेतु निर्मित ''भारतीय दंडसंहिता की धारा'' एक सौ चौबीस-अ'' आजाद भारत में अभी तक कायम है। जिस कानून से पंडित जवाहरलाल नेहरू तक असहमत थे, अब इसी धारा के डंडे आजाद भारत में भी साहित्यकार, पत्रकार, कलाकार और बुद्धिजीवी हांके जाते हैं।

''टारमो-इस्पात'' के विरुद्ध कुछ करने या कहने पर इसी डंडे की धमकी सोनारा को देता था बजरंग सिंह यादव।

शरीर अवश्य शिथिल हो गया था पर सोनारा का मानसिक-बौद्धिक प्रतिरोध ठंडा नहीं हुआ था जबकि नीलमनी का शारीरिक प्रतिरोध तो लुप्त ही हो चुका था अलबत्ता शाब्दिक प्रतिरोध झंखर था।

नीलमनी के लिए सोनारा आदरणीय था। श्रद्धेय था। रक्तसंबंध भले नहीं था परन्तु अग्रज के स्थान पर जिसे प्रतिष्ठित किया था, नीलमनी उस सोनारा की अंधभक्त थी। बावजूद इसके जब अखबार के किसी कोने में महेश की लाश ''लावारिस सेवा केन्द्र'' के द्वारा जलाई जाने की खबर पढ़ी थी तो नीलमनी ने ताना किया था।

''अपराध के दौरान मौन-तपस्थ रहने वाले भी अपराध के जिम्मेदार होते हैं।''

मामला ठंडा होने पर अन्ततः वही हुआ जिसकी आशंका थी। विद्यालय की प्रधानाध्यापिका मिसेज सिल्विया नोरिस ने नीलमनी को अपने कक्ष में बुलाया था। विद्यालय का कार्यदिवस समाप्त होने के बाद। अकेले में...!

''मुझे तुमसे कुछ बात करनी है नीलमनी।''

''जी, कीजिए।''

''बैठो।''

मिसेज नोरिस की भंगिमा और वार्तालाप की भूमिका से निहितार्थ के संकेत समझ सकती थी नीलमनी।

''हमारा स्कूल एक अल्पसंख्यक संस्थान है जो थोड़े से सरकारी अनुदान, कुछ चर्चा के नियमित चंदे और टारमो-स्टील की आर्थिक सहायता से चलता है।'' मिसेज नोरिस ने बताया था।

''मैं समझ सकती हूँ मैम कि हमारी बातचीत का अन्त कहाँ होनेवाला है पर वह मैं आपके मुँह से ही सुनना चाहती हूँ। जो भी कहना हो कृपया स्पष्ट कह डालें।'' नीलमनी ने मानसिक तैयारी कर रखी थी।

''तुम ठीक समझ रही हो लेकिन कृपया इसे मेरा व्यक्तिगत मामला मत समझे। टारमो-इस्पात के बड़े लोगों को यह पसन्द नहीं कि किसी संदिग्ध चरित्र वाले व्यक्ति के निकट संबंधियों के हाथों...मतलब, बच्चों के भविष्य को लेकर गार्जियन्स की चिन्ता....तुम समझ रही हो ना?''

''आपका मतलब है मेरा चरित्र भी संदिग्ध हैं? मैं कोई उग्रवादी हूँ?'' नीलमनी ने दो-टूक पूछा था।

''मैंने ऐसा कुछ नहीं कहा। कहा क्या? प्लीज मेरे मुँह में शब्द मत डालो।'' औचक आक्रमण से हड़बड़ा गयी थी मिसेज नोरिस।

''मुझे नहीं कहा? फिर किसे, सोनारा जी को?''

''बात समझो नीलमनी। तुम लोगों ने महेश असुर की पाश पहचानी थी। पहचानी भी न?''

''यह पुलिस की जबर्दस्ती थी मैम।''

''रिकार्ड में जो है, वही सरकारी सच हैं नीलमनी। तुम दोनों पर उग्रवादी महेश का सहयोगी होने का आरोप है, यह मेरा नहीं, पुलिस का आरोप है।''

''फिर पुलिस ने हमें गिरफ्तार क्यों नहीं किया?''

''यह तो पुलिस जाने।''

''आप भी जानें कि हम बेगुनाह हैं''—नीलमनी ने कहा था—''यह पुलिस भी जानती हैं पर मानती नहीं।''

''वैसे मैं सोनारा जी को व्यक्तिगत रूप सले एक चरित्रवान और आदर्शवादी व्यक्ति मानती हूँ पर नीलमनी, मैं विवश हूँ।''

''आय और विवश?'' व्यंग्य से हँसी थी नीलमनी। नीलमनी, मैं जो समझती हूँ वह न मैं मिस्टर नोरिस को समझा सकी, न ही मिस्टर महालिंगम को समझाने का साहस कर सकती हूँ। कोशिश भी की तो नौकरी से हटा दी जाऊँगी। मिस्टर

नोरिस भी किसी बहाने बर्खास्त कर दिये जाएँगे। हमारी स्थिति समझो नीलमनी।''

''मैं इसमें क्या कर सकती हूँ मैम?'' नीलमनी ने कुछ ठहरकर पूछा था।

''हम पर दबाव है नीलमनी। ऊपर से सख्त आदेश है। तुम दोनों से त्यागपत्र हासिल करने का प्रचार है।''

''हम रिजाईन न करें तो?'' नीलमनी भी एक उठी।

''तो हमें मारिस टाउन थाने से तुम्हारे चरित्र प्रमाणपत्र हासिल करने होंगे। फिर तुम दोनों को डिसमिस कर दिया जायेगा।'' मिसेज नोरिस ने याचक की भावमुद्रा के साथ धमकी प्रस्तुत की थी।

''तो फिर वही करें आप।'' नीलमनी मुस्कराई थी।

''मुझे हार्दिक खेद है। अभी तुमलोग जवान हो।थ खुद को सँभाल 'लोगे। नया काम ढूँढ़...अपना स्कूल ही खोल सकते हो। सोचो...इस उम्र में हम कहाँ जाएँगे? प्लीज नीलमनी, कृपया मुझसे सहयोग करो।'' गिड़गिड़ा रही थी मिसेज नोरिस।

''सहयोग का मतलब यही न कि हम त्यागपत्र दे ही डालें? अपना गला खुद काट लें ताकि आपका गला सुरक्षित रहे। कितनी स्वार्थी है आप मिसेज नोरिस?'

नीलमनी ने स्वयं को कुर्सी की पुश्त पर निढाल छोड़ दिया था...'' ओह माही! खुद तो तुम मुक्त हो गये हर जाल-जंजाल से। हमें कितने झमेलों में छोड़ गये तुम माही। मुझे तो तुमसे कोई शिकायत नहीं पर सोना दाया को तुम्हारे किये की सजा भुगतते कैसा लगेगा?''

''कोई जल्दी नहीं नीलमनी! मैं प्रतीक्षा कर सकती हूँ...एक सप्ताह! सोनारा जी से अब तुम्हीं बात कर लेना।''

सोनारा से बात क्या करनी थी? मिसेज नोरिस के साम, दाम, दंड, भेद...हर हथियार का लक्ष्य मात्र एक था....''संजीव सान्याल स्मृति माध्यमिक कैथलिक विद्यालय, गजलीठोरी'' से सोनारा और नीलमनी का निष्कासन! त्यागपत्र या बर्खास्तगी!त

अहिंसावादी सोनारा का आदर्शवाद अपने कारण किसी को पीड़ा नहीं पहुँचाना चाहता था। क्षमाशील सोनारा अपने कारण किसी को परेशानी में नहीं डाल सकता था। अगले ही दिन सोनारा ने अपना त्यागपत्र दे दिया था। सोरा के लिए यह अत्यन्त त्यागपत्र दे दिया था। सोनारा के लिए यह अत्यन्त पीड़ादायक था। संजीव की एक याद से स्वयं को कटा अनुभव करने लगा था सोनारा।

सोनारा ने नीलमनी को अपना निर्णय लेने को स्वतन्त्र छोड़ दिया था। न कोई आदेश, न कोई परामर्श आहत हुई थी नीलमनी।

नीलमनी को लगा था, सोनारा ने उसे त्यागपत्र देने या न देने पर उससे कोई बात क्यों नहीं की? महेश को लेकर मतभेद तो थे, अब क्या मतभेद भी... ?

हफ्ते भर के भीतर मिसेज नोरिस की मेज पर तीन त्यागपत्र पहुँच गये थे। तीसरा त्यागपत्र संस्कृत और धर्मशिक्षा की शिक्षिका का पुटुस का था।

मिसेज नोरिस उलझन में थी। पुटुस ने त्यागपत्र क्यों दिया? क्यों आखिर?

स्कूल छूटने के बाद सोनारा का अधिक समय ''झारखंड बंधु के दफ्तर में ही बीतने लगा था। दफ्तर से उबता सोनारा तो दूर-दूर के गाँवों की ओर दिशाहारा-सा भटकता निकले पड़ता था अन्यमनस्क सोनारा।

नियमित आय का अब कोई साधन नहीं रहा था। दो जून की रोटियाँ पक सकें प्राय: इतना राशन भी घर में नहीं होता था। स्कूल छोड़ते समय जो रुपये मिले थे, उन्हीं के सहारे फिलहाल गृहस्थी रेंग रही थी।

एक मुद्दे पर सोच तो अलग थी ही, अब रास्ते भी अलग हो चुके थे? नीलमनी का सोनारा के घर आने-जाने का कोई तय समय कार्यक्रम भी संभव नहीं रहा था क्योंकि सोनारा का क्या ठिकाना, कब कहाँ दिन-रात काटे।

नीलमनी का समय अब ज्यादातर उसके अपने क्वार्टर पर ही कटता था। कभी पुटुस आकर बताती या स्वयं सोनारा ने ही बुलाया, तभी संजीवनगर जाती थी नीलमनी।

संजीव नगर पहुँचती तो सारा दिन व्यस्त रहती नीलमनी। घर की झाड़-पोंछ, सोनारा के कपड़े धोना, बिखरी चीजों की साज-संभाल... ! खाना बनता। सोनारा और नीलमनी साथ भोजन करते। दु:ख-सुख बतियाते। साँझ ढलने से पहले अपने घर लौट आती नीलमनी।

दिन भर के वार्तालाप में कभी महेश का नाम तक नहीं लेता था सोनारा: ठीक ही तो था। कई लोग महेश को भूल रहे थे। कई लोग भूल भी चुके थे। वे भी जिनके लिए लड़ मरा था महेश।

सीमांत गाधी या ठक्कर बाप। जैसे नामों से अनभिज्ञ युवा वाला है यह भारत देश। नीलाम्बर-पीताम्बर या भोज-भरत को विस्मृत करने लगा है यह पलामू प्रदेश...सोचती थी नीलमनी। भगतसिंह शचीन्द्रनाथ सान्याल उधम सिंह या राजेन्द्रनाथ लाहिड़ी जैसों की शहादत को बिसराने वाले वर्तमान में महेश असुर जैसे उग्रवादी की मौत को कोई कितने दिन और क्यों याद रखे?

नीलमनी को उसकी सहेली पुटुस समझाती थी।

''जानेवाले कभी वापस नहीं आते, हर प्रिय जन को अन्तत: इसे स्वीकार

करना ही होता है। संजीव'दा भी गया था। मास्टरजी ने इसे स्वीकार किया ही था न? मैं यह नहीं कहती नीलू कि माही'दा को भूल ही जाओ पर विचार नहीं मिलने से भाई-बहन का रिश्ता खत्म नहीं हो जाता। मास्टरजी अभी भी तुमसे प्यार करते हैं।''

''जानती हूँ पुटुस। मैं भी दाया को कम नहीं चाहती पर भूलने में समय तो लगता है न पुटुस?''—कराह उठती थी नीलमनी—''मैं तो दाया और माही के लिए चिर कर दो हो गयी!''

कभी-कभार ''मॉरिस-टाउन'' का थानेदार बजरंग सिंह यादव क्वार्टरों की ओ निकल आता तो शरारती ढंग से परभू एक्का के दरवाजे पर जरूर ठहर कर धमकियाँ ताजा कर जाता था।

''सोनारा बहुत गाँव-जंगल घूमता है। हमें तो वह भी नक्सली लगता है और तू नक्सलियों की साथिन।....तू एक बार लिख कर दे दे कि महेसवा उग्रवादी था और मस्तरवा के घर में छुपा बैठा था तो पुलिस तेरा पीछा छोड़ देगी...एकदम से छोड़ देगी।''

''मुझे कुछ लिखकर नहीं देना।'' भिन्ना उठती थी नीलमनी।

''ऐंठ मत। गरमी मत दिखा। जिस रोज तेरे खिलाफ कोई सबूत मिल गया, ''यादव ने एक बार धमकी ऐसी भी दी थी—''मुझे थाने में खींच लेंगे। डंडा डालकर इतना मथेंगे तुझे कि सुन रे गाँजा के कली, तेरी बच्चादानी बाहर निकल जायेगी।''

सिहर उठती थी नीलमनी! क्या चाहता था यह थानेदार। मात्र नीलमनी की लिखित स्वीकारोक्ति या कुछ और...?

एक दोपहर जब रुदिया और परभू अपने-अपने काम पर निकल चुके थे और दोपहर की तेज धूप में सड़कें सूनी थीं, एक मोटर साइकिल परभू एक्का के क्वार्टर के गेट पर रुकी थी।

मुँह पर गमछा बाँधे मोटर साइकिल का सवार चौकस नजरों से चारों ओर ताकता नीलमनी के घर का दरवाजा खड़काने लगा था।

नीलमनी ने दरवाजा खोला था। मुँह पर लिपटा गमछा हटाता आगंतुक नीलमनी के घर के भीतर प्रविष्ट हो गया था। चौंका थी नीलमनी,

''देबू'दा?''

''नीलू, यह कागज पढ़कर जरूर जला देना। भूलना नहीं...जला देना।''

रेल-टिकट के आकार का एक्का नीलमनी की मुट्ठी में ठूँसकर मुँह पर गमछा लपेटता देबू वापस...! धूल में नहाई मोटर साइकिल पर सवार देबू वहाँ से कूच कर गया था।

नीलमनी ने रुक्का पढ़ा था। मात्र तीन वाक्य लिखे थे पर नीलमनी के लिए हठात् मानों समय ठहर गया था।

"...मैं मरने से पहले मरना नहीं चाहता। कल शाम का सूरज खैरापाट में डूबेगा। फिर पता नहीं कब और कहाँ...!"

उन अक्षरों को पहचान सकती थी नीलमनी। उन अक्षरों को टाँकने वाली उगसियों को पहचान चुकी थी नीलमनी जिन उँगलियों के स्पर्श उसकी देह पर अभी भी ताजा थे।

नीलमनी को लगा था मानो उसके क्वार्टर की छत अचानक अपनी जगह से हट गई हो और वह खुले आकाश के नीचे खड़ी हो। आसमान में ठंडे बादलों के रेले उमड़ने लगे हों और....और बारिश! भीग उठी थी नीलमनी।

कुछ रिश्ते अनजाने ही जीवन के ऐसे अभावों की पूर्ति कर जाते हैं कि जब वे रिश्ते जीवन से अनुपस्थित होते हैं तो स्मृतियों में कभी-कभार घटाओं की भाँति उमड़ आते हैं।

नीलमनी की स्मृतियों में भी टँके हुए थे ऐसे कुछ पल-क्षण। महेश ने कहा था।

"डूब मरा।"

"कौन?" नीलमनी ने पूछा था।

"महेश मुकुरुआर।"

"धत्त...! वह तो जिन्दा है। मेरे साथ है।"

"जो दिख रहा है नीलू, वह सिर्फ एक देह है। आत्मा तो डूब चुकी हैं।"

"कविता कहने लगे?—हँसी थी नीलमनी—"डूबी कहाँ?"

"अच्छा तुम्हें पता है अपने डिंपल्स का? हँसती हो तो तुम्हारे गालों में गढ़े बनते हैं।"

"ओऽऽ वोऽऽ पता है"—नीलमनी हँस ही तो पड़ी थी—'और गहरे डूबिए। गालों को भेदकर मेरे मुँह के भीतर तक ताकि मैं आपको साबुत निगल लूँ।"

वे ठहाके लगाने लगे थे। नीलमनी के कानों में मानो ध्वनित-प्रतिध्वनित होने लगी थी। महेश की वह हँसी। वे ठहाके।

जो मरने से पहले न मरने की ठाने था उसके अक्षरों को जलाकर कैसे मार सकती थी नीलमनी? उस रुक्के को आग नहीं दिखा सकती थी नीलमनी!

नीलमनी ने कागज के उस टुकड़े को मुँह में रख लिया था। कैसा तो मीठा-मीठा स्वाद...। उस रुक्के को लिखने वाली उँगलियों की छुअन को अपने होंठों पर अनुभव करने लगी थी नीलमनी! लिखने वाले के होंठों का प्रथम स्पर्श...सिहर

उठी थी नीलमनी...

सिर से पाँव तक भीगती नीलमनी की देह का हर रोवां रोमांचित था। ठंड से सिहरने लगी थी काया!

कल...! बस, कल ही तो! खैरापाट पर! जहाँ पहाड़ियों पर दहक रहे थे पलाश के वृक्ष झारखंड का राज्य-पुष्प पलाश...। नीलमनी का मन पलाश-पलाश हो उठा था।

नित्य की भाँति सुबह सोनारा ने जगते ही घर का मुख्य द्वार खोला था। दरवाजे के बाहर वाली कुंडी में फँसाया अखबार निकाला था। जब वह घर में होता था तभी हॉकर को अखबार छोड़ने का निर्देश था। दरवाजे पर ताला-कुंडी हो तो अखबार बन्द।

सोनारा वापस मुड़ा था। अखबार के भीतर से सरककर एक लिफाफा उसके कदमों में जा गिरा था। सोनारा ने मुड़ा अखबार बिस्तर पर फेंक कर पहले लिफाफा ही खोंस लिया था। भीतर से एक तह किया कागज बरामद हुआ था।...यह चिट्ठी थी। नीलमनी का पत्र, सोनारा के नाम।

"...दाया, मैं जा रही हूँ। तुम जल्द ही जान लोगे कि कहाँ। मैं पूर्ण समपर्ण किया है दाया, किसी के लिए कुछ भी बचाकर नहीं रख सकी, इसलिए मुझे ढूँढ़ना मत। मेरा विश्वास करना, मैं कुछ ऐसा नहीं कर रही हूँ जो मुझे नहीं करना चाहिए था। माँ, बाबा या कोई अन्य मेरे बारे में सवाल कर तुम्हें परेशान करे तो कह देना मैं किसी लड़के के साथ भाग गई।"

"...पुटुस बहुत अच्छी लड़की है। पुटुस का खयाल रखना। पुटुस के साथ ब्याह कर लो तो वह तुम्हें भी संभाल लेगी और तुम्हारा घर भी संवार देगी...तुम्हारी बिल्ली!"

चिंतित हो उठा था सोनारा। पगली लड़की...! क्यों किया यह पागलपन? कहाँ गई होगी? यह पत्र आखिर मुझे ही क्यों? माँ, बाप उसके हुए और उन्हें कुछ बताने-समझाने की जिम्मेवारी दाया के सिर...?

नीलमनी का पत्र पुनः पुनः पढ़ता रहा था सोनारा। शायद चिट्ठी में कोई संकेत हो। कोई छुपा सूत्र कि कहाँ थी नीलमनी। कई बार पत्र पढ़ते सोनारा की दृष्टि मात्र एक शक "भी" पर ठहर जाती थी। "कुछ भी बचाकर नहीं रख सकी?" यह "कुछ भी" क्या था! क्या सचमुच ही नीलमनी किसी के साथ...पर किसके साथ?

सोनारा के खाली पेट में पानी के बुलबुले जैसा कोई गोला उबलने लगा था। बड़ा होता गोला। गोंद का आकार लेता वह गुनगुना बुलबुला ऊपर उठता कंठ के पास आकर फूट पड़ा था। सोनारा की आँखों से छलकने लगा था गुनगुना पानी।

थकान का अनुभव करने लगा था सोनारा जबकि अभी-अभी सोकर उठा था। भारी कदमों से चलता सोनारा संजीव की तस्वीर के सामने जा खड़ा हुआ था, ''...नीली भी गयी। मैं स्वयं को सही करने की हर कोशिश के बाद भी खुद को हारा हुआ क्यों अनुभव कर रहा हूँ। संजी'दा? कहीं मैं ही तो गलत नहीं हूँ संजी'दा?''

खुले दरवाजे से हॉल में प्रविष्ट हुई भी पुटुस। नीलमनी की जिम्मेदारियाँ उठा लेने वाली पुटुस कल भी आई थी सो उसे पता था कि आज सोनारा घर में टिकने वाला था। और उसे पुटुस की जरूरत हो सकती थी। विशेष कर सफाई-रसोई के लिए।

अपने पीछे उपस्थिति का अनुभव कर मुड़ा था सोनारा। बीमार दीखती चेहरा, गीली गीली आँखें...!

''क्या हुआ?'' पुटुस ने पूछा था।

मौन सोनारा ने चुपचाप नीलमनी का चिट्ठी आगे बढ़ा दी थी। पुटुस ने पत्र पढ़ा था। गहरी साँस ली थी। बिस्तर पर निढाल पड़े सोनारा के पास जा बैठी थी।

''सयानी होती लड़की अपने जीवन के जिस प्रथम पुरुष को अपने भीतर प्रवेश करने देती है उसे वह जीवन भर नहीं भूल पाती मास्टरजी। फिर उस लड़की के जीवन भर में आनेवाला दूसरा आदमी चाहे उसके लिए चाँद-सितारे तोड़ लाए...उसका पति ही क्यों न हो, लड़की दूसरे आदमी में भी आजीवन अपने प्रथम पुरुष को ही देखती-ढूँढ़ती रहती है''

''पता नहीं, तुम लड़कियों का मन भी...'' सोनारा को शब्द नहीं मिले थे।

''तसाफ तो लिख गयी है नीली। ''पूर्ण समर्पण'', मतलब माही और उसके बीच की हर दूरी तय की जा चुकी थी मास्टर जी। बोल्ड लड़की है नीली। हर काम में रफ्तार...तो उसके पास दो ही तो विकल्प थे। महेश या आत्महत्या।''

''बोल्ड लड़कियाँ आत्महत्या करती हैं?''

''तो और क्या करती? पता नहीं आपको सुनकर कैसे लगे। पता नहीं, बताना ठीक है या नहीं।''

''पहेलियाँ मत बुझाओ पुटुस!''

''वह माँ बनने वाली थी।'' कह ही वो गयी थी पुटुस!

अब सब्र कहाँ? फूट-फूटकर रो पड़ा था सोनारा। पुटुस ने सोनारा का सिर अपनी गोद में ले लिया था। दूधमुँहे शिशु की भाँति रोते सोनारा का माथा सहलाने

लगी थी पुटुस।

"धीरज मास्टर जी...धीरज।"

"धीरज के कूल-किनारे ढह चुके थे। धुँधली-पनियल आँखों से संजीव की तस्वीर ताकता सोनारा फफक-फफक कर रोता रहा था। संजीव को मुस्कराता मौन चेहरो...मानो सोनारा की रुलाई पर हँस रहे थे संजीव।"

"शायद हम जान चुके कि कहाँ गई है नीली।" दूसरे हाथ से अधखुले अखबार को पूरा खोलकर सीधा कर चुकी थी पुटुस।

"कहाँ?" सोनारा रुलाई को नियन्त्रित कर रहा था।

"अखबार में पूरा पता छपा है मास्टर जी।"

सोनारा ने अखबार झपट लिया था। कमरे के बाहर की दुनिया में दृश्य-माध्यम भी "न्यूज-ब्रेक" कर रहे थे..." मुर्दा जी उठा!"

"कौन है यह महेश असुर?."..."महेश'दा मिरेकल'!

बिस्तर पर निढाल पड़े सोनारा के होंठ बुदलुदा उठे थे..."माही...ओ माही!"

# तीन

मंगरा टोला का ग्राम-प्रधान असाढ़िया पूजा सम्पन्न करा चुका था। गाँव के चौपाल में बकरी की बलि दी जा चुकी थी। चावल से बनी मदिरा का अर्घ्य दिया जा चुका था।

अब अगली साँझ गाँव के सिवान पर अधेड़ों-बूढ़ों की पंचायत बैठी थी। कल खेतों में हल उतारने का मुहूर्त था। वेला नियत करने हेतु गाँव का पुजारी सभा में उपस्थित हो चुका था।

मंत्रणा करते बूढ़ों के गोल से कुछ हटकर गाँव के युवाजन भी बैठे थे। युवकों की टोली के इर्द-गिर्द खेलते-कूदते बच्चे अब थक कर बतहरस करते पिता या पितामह की गोदी में समाने लगे थे।

मुँह अँधेरी साँझ का झुटपुटा अब गाढ़ा होने लगा था। आकृतियाँ भुतैली...!

गत रात्रि के चंद्रमा और सितारों की स्थिति पढञने के बाद पुजारी ने घोषणा की थी कि कल सूर्य की पहली किरण फूटने से पूर्व बैलों के खुरों में खेत की मिट्‌टी लग जानी चाहिए।

गहराते अँधेरे से निरपेक्ष गाँव के संतालों की सभा को घेर रही थी कुछ हथि?अ्रभँध परछाईयाँ। नक्सली दमन हेतु जंगल की खाक छानती केन्द्रीय सुरक्षा बल की उस टुकड़ी को धीमे-धीमे मंत्रणा करते लोग अपना असावधान शिकार दिख रहे थे। शिकार के भूखे सुरक्षाबल ने दबे पाँव संतालों को घेर लिया था।

शत्रु-दल को घेर चुकने के बाद आक्रमण...! बिना चेतावनी दिये, बिना समर्पण का अवसर दिये औचक हमला...!

रेट...रेट....रेट...रेट...धांय...ठांय....! राइफलें तप उठी थीं। मशीनगनों की नालें बारूद उगलने लगी थीं। हठात् दहल उठा था शान्त वातावरण! चीखते पखेरु अँदेरे आकाश में उधियाने लगे थे।

भगदड़ और चीखें! उछलते कारतूस और कराहें घर की ओर भागते कुछ युवक मारे गये थे। कई बूढ़े भी मार डाले गये थे। हाहाकार मच गया था। गाँव की स्त्रियाँ छाती पीटती घटनास्थल की ओर भाग छूटी तीं।

सुरक्षा बल के जवानों को मारक हथियार ताने देख औरतें भयभीत थीं। बचे लोग किंकर्तव्यविमूढ़ खड़े अँधेरे में आँखें गड़ाए ताकने लगे थे।

ऊपर जैसी एक बड़ी चारपहिया लॉरी घटनास्थल पर पहुँची थी। सुरक्षा बल के जवान मृतकों के शव टाँगों-बाँहों में पकड़कर झुला-झुलाकर डंफर में उछालने -फेंकने लगे थे। कुछ दूर भागकर गिरे, बुरी तरह घायल घिसटते लोगों को भी मरे सूअरों की भाँति खींचकर डंफर में लाद दिया गया था। घायल संताल लाशों के बोझ तले अन्तिम साँसें खर्च करने लगे थे।

आनन-फानन लदान पूरा कर डंफर लाशों के साथ वहाँ से भाग निकला था। पीछे रह गया था मनहूस हाहाकार।

गोलियों की आवाज दूर-दूर तक फैली थी। माओवादियों के भेदिए मंगरा टोला पहुँच गये थे। मंगराटोला के ग्रामीण जिस हत्याकांड को नक्सली कार्रवाई समझकर हताश और हतप्रभ थे, वस्तुतः वह रक्तपात सरकारी था, यह भेद रात के तीसरे पहर तक खुल चुका था।

मंगराटोला का निकटतम थाना था पाथरडीह! भोर होते-होते सैकड़ों आदिवासियों ने पाथरडीह थाने को घेर लिया था। युवकों के साथ बूढ़े भी थे। दूधपीते बच्चों को पीठ पर बाँधे स्त्रियाँ भी थीं। औरतें चीख रही थी।

''मार दिया। हमारे आदमियों की देह तो लौटा दो या फिर हम परप भी गोलियाँ चला दो। हम भी नक्सलाइट है। ठोंक गोली रे सिपहिया...हमीन सब नेसलाइट मेहरारू हंय रे...''

पीड़ितों को अन्तिम संस्कार हेतु अपने परिजनों के शव चाहिए थे अन्यथा घेराव जारी....! सरकारी अमला अंधे रक्तपात की लीपापोती में जुट गया था।

अन्ततः सोलह मृतकों की देह गाँव वालों को सौंपी गयी थी। इन सोलह लाशों में दो लाशें बाल-उग्रवादियों की थी। एक बच्चा जो अभी किशोर नहीं हुआ था। एक आठ माह की दुधपीती नक्सलाईट शिशु भी मारी गयी थी।

भीषण हत्याकांड था। बात छुपाई नहीं जा सकी थी। फोड़ा फूटा था और भलभला कर वह निकला मवाद जिला मुख्यालय डालटनगंज के थाने से होता हुआ राज की राजधानी तक पहुँच गया था।

डालटनगंज के छुटभैये नेताओं ने आसमान सिर पर उठा रखा था। राज्य की बर्बरता के विरुद्ध डालटनगंज की सड़कों पर प्रदर्शन हो रहे थे। रैली निकाली गयी थी। इस रैली में मंगराटोला का कोई उपस्थित नहीं था। मंगराटोला एक गर्म तवा हो चुका था जिस पर रोटियाँ सेंकने लगी थी राजनीति।

राज्य की स्वयंसेवी संस्थाएँ मंगराटोला की ओर निकल पड़ी थी। मानवाधिकार

संगठन ''अन्तर्राष्ट्रीय मानवाधिकार संस्था'' की ओर से प्रतिनिधि राजधानी पहुँच चुके थे।

ऑपरेशन अंधपराक्रम की क्षतिपूर्ति हेतु सरकारी राहत-सामग्री लेकर एक ट्रक मंगराटोला पहुँचा था। जले पर सरकारी नमक...! मंगराटोला की औरतों ने विरोध किया था। राहत वाहन को गाँव के सिवान पर ही घेरकर स्त्रियाँ ट्रक पर ढेले-पत्थर मारने लगी थीं।

''नहीं चाहिए भीख...भीख नाईं लेबऊ।''

''भाग इहां से! लौट जाओ।''

''देवेला हऊ त हमार सोरह लोगनी के जान लौटा दे। नईं त उ खूनपीवा सिपहिया के हमको दे जौन गोली चलाया। ई भी नईं कर सकते तो हमरीन पर भी ठोंक दे गोली। हम सब मेहरारू नेसलाइट हंय।''

जब तक सहानुभूति से भर लोग मंगराटोला पहुँचते, मृतकों का अन्तिम संस्कार किया जा चुका था। गाँव सूतक से भी उबर चुका था। सैर करने की भाँति मंगराटोला पहुँचे लोगों को कुछ पत्थरों-ढेलों पर रक्त के सूखे धब्बे या मृतकों के सूखे रक्त से दागदार कुछ चीथड़े ही मिल सके थे।

प्रशासन हतप्रभ था। सीमा सुरक्षा बल के जवानों के द्वारा जाने-अनजाने हुए अभूतपूर्व रक्तपात से राज्य को मशीनरीत चिंतित और हताश थखी। माओवादी, मलेरिया और ''होम-सिकनेस'' की त्रिव्याधियों से ग्रस्त और अवकाश रहित सेवाएं देते-देते चिड़चिड़े और जुनूनी हो रहे, जवानों के भरोसे गृहमंत्रालय बैठा नहीं रह सकता था। राज्य पुलिसत भी नहीं। मुख्यमंत्री तो कतई नहीं!

राज्य स्तर पर नक्सलविरोधी अभियानों-कार्यक्रमों की समीक्षा-बैठकें पुनः बुलाई जाने लगी थीं। पूर्व में नक्सलियों के विरुद्ध सफल अभियाने निपटाने वाले अनुभवी पुलिस अधिकारियों को चिन्हित किया जाने लगा था। ऐसे में तारकनाथ मेहता का नाम उछलना स्वाभाविक था। ई वर्ष तक पलामू के बीहड़ जंगल-पठार का अनुभव रखने वाले अधिकारी थे तारकनाथ मेहता।

तारकनाथ मेहता का रिकार्ड भी बेदाग था। एक ''पब्लिक फ्रेंडली'' पुलिस अफसर और ''स्टाफ फ्रेडली बॉस'' के रूप में जाने जाते थे। तारक!

कभी तारक ने झारखंड के कोडरमा के अभ्रक माफिया सत्येन्द्र नारायण राय उर्फ सतुआ राय के अवैध शराब के वर्षों पुराने अपराध तंत्र को ध्वस्त कर नाम कमाया था।

रामगढ़ के निकट पोचरा गाँव में जहरीली शराब पीकर मरे अड़तीस आदिवासियों के मामले में तारक ने सतुआ राय को गिरफ्तार कर हलचल मचा दी थी। तब

अविभाजित बिहार की राजधानी–पटना के दबाव, जिसमें तारक के एक उच्चाधिकारी और कथित रूप से एक झारखंडी विधायक भी थेष को खातिर में न लाते हुए हठी तारकनाथ मेहता ने सतुआ राय के विरुद्ध ऐसा सिक्केबन्द मामला अदालत तक पहुँचाया था कि सत्तू बाबू की जमानत तक नहीं हो पायी थी।

उच्च न्यायालय ने सतुआ राय को आजीवन कारावास की सजा सुनाई थी। सतुआ राय उच्चतम न्यायालय तक गये थे। वहाँ भी उम्मीद कम थी। सतुआ राय को हत्याओं के आरोप में सजा होना मात्र समय की बात थी।

हठधर्मी और झक्की तारकनाथ मेहता अनुशासनहीनता का दंड भोगने हेतु कालेपानी भेज दिये गये थे। स्थानान्तरण था यानि वे सर्वाधिक उपेक्षित पलामू जिले के पठार पर धकेल दिये गये थे।

बिहार विभाजित हुआ तो तारक ने अपना अधूरा काम छोड़ना उचित नहीं समझा था। वे झारखंड में ही बने रहे थे। उसी पलामू में...!

तारक ने नक्सल उन्मूलन हेतु पलामू में अपने खबरी–भेदियों–मुखबिरों का भूमिगत तंत्रजाल विकसित कर लिया था। उग्रवाद की अंधी सुरंग में उतरकर तारक ने मशाल जलाई थी। ''हथियार छोड़, घर वापसी'' योजना...! सहायता और पुर्नवास की पक्की व्यवस्था सुनिश्चित करने के दम पर अनेक माओवादियों को हथियार त्यागकर समाज की मुख्यधारा में शामिल कराने में सफल हुए थे। तारकनाथ मेहता।

तारक ने जो करिश्मा कर दिखाया था उसके सदके झारखंड की नई सरकार ने पुरस्कार स्वरूप तारक को पलामू के जंगल से निकालकर राज्य के मुख्यालय में स्थापित कर दिया था। संप्रति तारक रांची सदर में आरक्षी उपाधीक्षक का कार्यभार सँभाल रहे थे।

मंगराटोला में हुए अंधपराक्रम जैसे काले कारनामे का ''डैमेज कंट्रोल'' करना ही था। पलामू को एक संजीदा और अनुभवी हाथों में सौंपना तो था ही...''झाबरा'' से भी निपटना था। पुलिस के सूत्रों ने कई नक्सलवादी कार्रवाइयों में नये भूमिगत संगठन ''झाबरा'' की संलिप्तता की पुष्टि भी की थी।

''झाबरा'' याने महेश असुर! महेश असुर जैस सुशिक्षित, साधन संपन्न और सांगठनिक दक्षता वाले उग्रवादी से मानसिक और सामरिक मुठभेड़ हेतु डी.एस.पी. तारकनाथ मेहता से बेहतर नाम अविलम्ब ढूँढ़ना समय नष्ट करना था। यह किसी भी अधिकारी के लिए निकट चुनौतियों से भरा काम था। पलामू के जंगल–देहात से संचालित होते नक्सल उन्मूलन अभियानों के दौरान हुई भूलों और रक्तपात के कारण धूमिल हुई पुलिस की छवि को धो–पोंछकर चमकाने की चुनौती! नई योजनाएँ बनाकर मारक आक्रमण करने की चुनौती...।

तारकनाथ मेहता को पुलिस मुख्यालय में तलब किया गया था। जहाँ एक महत्त्वपूर्ण बैठक चल रही थी। शीशे के दरवाजे को भीतर धकेलते ही तारक के कानों में आरक्षी उपमहानिरीक्षक भगवान सिंह देव की गुरु गंभीर आवाज़ पड़ी थी।

"बहत्तर जवान साहबान...! बहत्तर जानें गईं हैं। इतना खून बहा कर तो दुश्मन देश की दो चौकियाँ जीती जा सकती थीं। "ऑपरेशन डार्क पिजन" के नाम पर कालिख पुत गयी औ ा ा र– "देव की दृष्टि दरवाजे से प्रविष्ट होते तारक पर जा टिकी थी—"दस मिनट की देरी?"

"बाहर तूफान है सर! बला की बारिश...मेरी जीप खराब..."

"नहीं। सफाई स्वीकार नहीं।"

"सॉरी सर!"

बारिश से तर बरसाती उतारकर दरवाजे के निकट खड़े कांस्टेबल को थमाते तारक ने क्षमायोजना की थी।

"टेक योर सीट....हाँ तो यह"—दीवार पर टंगे भारत के नक्शे घर के लाल रंग से रंगे क्षेत्रों पर देव की छड़ी घूमने लगी थी—"यह कर्नाटक, आगे ओड़िसा...छत्तीसगढ़ होते हुए यह लाल गलियारा झारखंड और बिहार से गुजरता नेपाल तक...हमारी चुनौती यहाँ है...यहाँ।"

प्वाइंटर की नोंक छत्तीसगढ़-झारखंड की सीमा पर ठोंक कर भगवानसिंह देवे अपनी कुर्सी पर जा बैठे थे। पानी पिया था। बोले थे, "हम अपने काम को बेहतरीन अंजाम नहीं दे पा रहे हैं। कभी "आपरेशन डार्क पिजन" की फेल्योर तो कभी मंगराटोला जैसी कालिख..."

"कई मौकों पर हमने अच्छे नतीजे भी दिये हैं सर। हमारा स्कोर एकदम बुरा भी नहीं है।" आरक्षी अधीक्षक जमील अख्तर ने पुलिस पक्ष का बचाव किया था।

"उन अच्छे नतीजों के लिए हम बी.एस.एफ. या सी.आर.पी.एफ. के मुंहताज रहे हैं अख्तर साहब! अकेले स्टेट पोलिस ने बीते साल कोई बड़ा आपरेशन कामयाब किया है तो बताइए।"

कमजोर पड़ते मोहरे देख जमील अख्तर ने मौन ही बेहतर समझा था।

"हम जिन लोगों की मदद लेते हैं, वे बाहरी लोग हैं, यहाँ तक कि "कमांडो बटालियन फॉर रिसोल्यूट एक्शन बटालियनें भी।....इधर की भौगोलिक संरचना का मानचित्र से अनजान, जंगल के सामाजिक ताने-बाने से अनजान...नतीजा मंगराटोला! हमें उपर सफाई देनी पड़ती है इजरात! एमनेस्टी इंटरनेशनल मसूद साहब?" देव चिढ़ गये थे।

"नो! नेवर सर!" हड़बड़ाए मसूद अब भी मुस्कुराते दिख रहे थे।

एक ऑपरेशन में घायल होने के बाद गाल में लगे टांकों के कारण मसूद अहमद की मुखाकृति में ऐसी लाइलाज विकृति आ गयी थी कि चुप ी स्थिति में उनके होंठ यूँ टेढ़े हो जाते थे, मानो मुस्कुरा रहे हो।

मसूद अहमद के चेहरे से मुस्कराने का भाव अलामत की भाँति चिपक ही गया था। सहकर्मियों ने चुटकुला ही गढ़ डाला था...''मसूद मियाँ सोते हुए भी मुस्कुराते हैं।''

''मेरा मतलब यह है कि ''ऑपरेशन महिषासुर'' को बाहर से आए सुरक्षा बलों के भरोसे नहीं छोड़ा जाना चाहिए—''देव ने पूछा था, ''क्यों जमील साहब?''

''बजा फरमाते हैं सर।''

''बिना बाहरी सहायता के ऑपरेशन कामयाब भी नहीं हो सकता...यह बात भी अपनी जगह ठीक है। क्यों?''

''दुरुस्त है।''

''फिर क्या करें?''

देव का प्रश्न सभी उपस्थितों के लिए था। परन्तु उत्तर वरीय आरक्षी अधीक्षक तपेश्वर प्रसाद की ओर से आया था।

''बीच का रास्ता।''

''खुलकर बताएँ'' देव ने दिलचस्पी ली थी।

''ऑपरेशन की नियंत्रण राज्य पुलिस के हाथ में हो प्लानिंग, आर्डस...योजना बनाना, आदेश देना आदि-आदि! बाहर से आई बटालियन हमारी योजना में सहायता करे, न कि हमें निर्देशित करे।''

''एकदम ठीक...वही तो मेरा मंतव्य था! शुक्रिया प्रसाद साहब कि आपकी और मेरी सोच मिलती है।'' देव उत्साहित हो उठे थे।

''शुक्रिया जनाब! वैसे आखिरी फैसला तो सर्वसम्मत फैसला होना चाहिए।''

''बिल्कुल! हमें आज सर्वसम्मत लोकतांत्रिक निर्णय लेने हैं ताकि किसी एक पर जबावदेही थोप कर बाकी लोग हाथ न झाड़ सकें। पलामू जमील साहब का इलाका है और जमील। साहब ने ही इस ऑपरेशन के नायक का नाम भी प्रस्तावित किया है लेकिन साहबान, नतीजे के जिम्मेदार हम सब होंगे। फतह या शिकस्त हम सबकी होगी। मंजूर?''

सभी के लिए सहमति में हिले थे। भगवानसिंह देव से असहमत होने का प्रश्न भी कहाँ था?

तारकनाथ मेहता, जो अब तक मौन बैठे सबकी सुनते रहे थे, अभी तक इस मीटिंग में अपनी उपयोगिता को समझ नहीं पाये थे। पूछ बैठे थे।

''किसका नाम प्रस्तावित किया गया है सर?''

''तुम्हारा।'' जमील अख्तर ने छूटते ही कहा था।

''मैं... ?'' चौंक उठे थे तारक।

''हाँ मेहताजी, आप इसी क्षण से इस विशेष कार्यबल के प्रभारी हैं।'' भगवान सिंह देव ने घोषणा की थी।

''लेकिन...इतनी जल्दी में? इधर भी मेरा कुछ काम फैला हुआ है सर! कुछ फार्मेलिटिज बाकी...''

''कोई किन्तु-परन्तु नहीं।''—जमील अख्तर ने आगे बोलने भी कहाँ दिया था?—''मसूद साहब इसीलिए मेरे साथ आए हैं ताकि डी.एस.पी. डालटनगंज का कार्यभार तुम्हें सौंपने की औपचारिकता तत्काल निभाई जा सके।''

''अपने सर... !'' तारक विस्मित थे।

''सबकुछ पहले से तय था मेहता। अपना चार्ज मसूद साहब को सौंपो। कल शाम तक तुम्हें डाल्टनगंज सदर में रिपोर्ट करनी है। कोई और सवाल?'' हँसे थे जमील अख्तर।

''नो सर!'' तारक ने शिष्टतापूर्वक नई जिम्मेदारी को स्वीकार कर लिया था।

''सोचो मेहता, सवारियों से भरी एक पूरी ट्रेन जिसमें''—देव ने भारी मन से कहा था—''जिसमें रेल सुरक्षा पुलिस बल की टुकड़ी भी मौजूद थी..उस भरी ट्रेन को दिन-दहाड़े पूरे छः घंटों तक बंधक रखा गया। यही नहीं इसके बाद हमारी पुलिस व्यवस्था का जनाजा दिल्ली तक निकाला गया। झारखंड पुलिस की नाक कट गयी मेहता।''

सन्नाटा छा गया था। अधिकारियों देव से आँखें नहीं मिला पा रहे थे।

तारक खूब समझते थे कि नाक कानून-व्यवस्था की नहीं कटी थी। कानून-व्यवस्था की नाक से पहले नाक कट चुकी थी। उस दबंग सांसद की जिसने ''कोलगेट कांड'' में पकड़ी खैराडीह कोल-ब्लाक का पट्टा अपने रिश्तेदारों को रेवड़ी की भाँति आबंटित तो करा लिया था परा खनन शुरू नहीं हो सका था। कारण था ''झाबरा''! यह कोयला क्षेत्र ''झाबरा'' के कार्यक्षेत्र के भीतर था।

अपहरण, लूट या लेती वसूलना झाबरा की कार्यनीति नहीं थी। किसी भी राजनैतिक छत्रछाया को अस्वीकार करनेवाला यह संगठन बेहद खतरनाक और ''समझौतों के प्रति असहयोगी'' माना जा रहा था।

''आप इस आपरेशन के इंचार्ज की हैसियत से कुछ कहना या जानना चाहेंगे मेहता?'' प्रश्न देव ने किया था।

''यदि इस आपरेशन की फाइल मिल जाती...''

''...यह रही''—देव ने चमड़ा मंडी फाइल तारक की ओर धकेली थी—''पलामू पुलिस के अनुसंधान के मुताबिक ''झाबरा'' ने ही हमारे बहत्तर जवान हमसे छीने हैं। अब आप पर झारखंड पुलिस के रसूख को बहाल करने की जिम्मेदारी है।

''मैं अपनी पूरी कोशिश करूँगा लेकिन...सर, झाबरा जैसे नये संगठन की फाइल इतनी मोटी?''

''क्या मतलब है आपका?''

''यहीं, राँची से सटे कूड़ू-कटहरा में इंस्पेक्टर फ्रांसिस को माओवादी हीरा पहान ने दिन-दहाड़े सड़क पर दौड़ाकर मार डाला। समानान्तर सरकार चलती है हीरा की, उसके लिए तो कोई गंभीर कार्रवाई...''

''नहीं हुई फिर झाबरा के लिए क्यों?''

''जी।''

''बचकाना सवाल है ऑफिसर। यहाँ किसी एक इंस्पेक्टर फ्रांसिस को नहीं बल्कि पूरे सिस्टम को ही खत्म करना चाहता है झाबरा! चूँकि यह नया संगठन है, अभी इसकी जड़ें बहुत गहरी नहीं हैं पर इरादे बेहद खतरनाक हैं इसलिए इसे निपटाना ही है। उम्मीद है आपके लिए बहुत मुश्किल नहीं होगा।''

''सॉरी सर। मैं आपके तर्कों से सहमत नहीं हो पा रहा हूँ।'' तारक ने दो-टूक कह डाला था।

''मेरे पास यही जवाब है...फिलहाल!'' देव की सर्द आँखें तारक को भेदने लगी थीं। आवाज भी सर्द पर तारक ने ऐसी चीजों कभी रौब नहीं का खाया था। बेलौस कहा था।

''शायद हमारे विभाग पर झाबरा के लिए कुछ ज्यादा ही दबाव है।''

''क्या कहना चाहते हो तुम?'' जमील अख्तर ने अप्रिय होते प्रसंग को टालने हेतु हस्तक्षेप किया था।

''कहने दीजिए जमील साहब''—देव ने कहा था—क्या मेहता को पता नहीं कि हमें मंत्रालय के आदेशों पर बहस करने की इजाजत नहीं होती? अपने ऊपर के लोगों से ऐसे काबिल-ए-एतराज सवाल हम नहीं पूछ सकते, जैसे सवाल मेहता हमसे पूछ रहे हैं।''

''सॉरी सर! मैं विभाग की विवशताएँ समझ सकता हूँ।'' तारक ने ससंकोच कहा था।

''फिर?''

''मुझे अब कुछ नहीं कहना।''

''दूसरे संगठन आगेनाइज्ड माफिया की तरह काम कर रहे हैं मेहता''—तपेश्वर प्रसाद भी चुप न रह सके थे—''बड़े धमाके नहीं, रक्तपात नहीं, इनके निशाने हैं कोयले या तेंदू पत्ता के ठेकेदार! ट्रांसपोर्टर। बिजनसमैन। ऐसे लोगों से सुरक्षा कर वसूल कर उग्रवादी शान्त रहते हैं पर यह महेश असुर कुछ अलग है। नो लेवी, जो अपहरण, फिरौती...फिर भी आराम से सड़क पर बारूदी सुरंगे लगाता है और किसी को खबर नहीं होती। अत्याधुनिक हथियारों की आपूर्ति...झाबरा कहाँ से पाता है इतनी सहायता और रुपये..?''

''हाई फ्रिक्वेंसी ट्रांसमीटर्स, नाइट विजन स्पिनर रायफल्स-एक्स नाइन्टी सिक्स, अंडर बैरल ग्रेनेड लांचर्स, राकेट लांचर्स, आटोमेटिक एम.पी. फाइव ए. राइफल्स...सीधा सत्ता और सरकार को चुनौती..'' देव ने बात पूरी की थी।

''मैं समझ सकता हूँ सर।'' तारक सिकुड़ से गये थे।

''झाबरा पूरे सिस्टम के लिए खतरा हैं मेहता न कि सिर्फ एक फ्रांसिस के लिए''—देव भी नर्म पड़े थे—यह ऑपरेशन इसलिए प्राथमिक हो गयी है। मुझे लगता है मेरी बात स्पष्ट हो चुकी और इसके लिए प्रसाद और जमील महोदय, आप दोनों का भी धन्यवाद!

तारक को भी लगने लगा था कि बातों में दम था। कहीं वे ''झाबरा'' को कम तो नहीं आँक रहे थे?

''अब कहिए मिस्टर मेहता, इस मामले को कहाँ से शुरू करें?'' देव ने पूछा था।

''अपनी कामियों और चूकों को दुरुस्त करना मेरी पहली प्राथमिकता होगी।'' तारक ने कहा था।

''मसलन?''

''झारखंड के बाइस-चौबीस जिले नक्सल प्रभावित हैं सर और...हमारे यहाँ सिर्फ दस प्रतिशत जवानों के पास बुलेटप्रूफ जैकेट हैं।...आपरेशन ''डार्क पिजन'' में एंबुलेंस भी होनी चाहिए थी।

''हाँ, तब हम मृतकों की संख्या बहुत कम भी कर सकते थे।''

''फौजियों को नैतिकता या मानवता के सबक नहीं दिये जाते। उन्हें तो समझा दिया गया है कि जंगल में नक्सली रहते हैं। खीजे हताश फौजियों ने करोड़ों आदिवासियों को भी नक्सली ही समझ लिया और उन पर दुश्मनों की तरह टूट पड़े। ऐसी कार्रवाइयाँ माओवादियों को मजबूत आधार देती हैं।''

''कुछ संशोधन के साथ आपकी बात ठीक है। पर ऑपरेशन तो...''

''मैं सर, मैं तो ब्लू या ग्रीन या रेड....किसी रंग के 'अरनेट' का हामी कभी

नहीं हूँ। निशाने चूके कि नक्सलियों की जगह स्थानीय लोग शिकार हो जाते हैं।'' तारक ने बात पूरी की थी।

''आप क्या तजलीज करते हैं?''

''जरूरी ऑपरेशन तो चले पर हंट कतई नहीं।''

''देखते हैं, आप क्या नये प्रयोग करते हैं।'' देव की मुस्कान में व्यंग्य और किंचित असहमति भी थी।

''एक बार मैंने पलामू के भीतरी इलाकों के थाना प्रभारियों की मीटिंग बुलाई थी तो''—जमील अख्तर ने देव का मंतव्य भाँप विषयाक्त कर दिया था—''तो कई थानेदार-इंस्पेक्टर बिना वर्दी के मीटिंग में पहुँचे थे। पुलिस जीप भी नहीं...मोटर साइकिलों पर आये थे।''

''शायद आप सही हैं,''—मुस्कुराए थे तपेश्वर—''मसूद साहब भी डाल्टनगंज से टैक्सी पर ही आये हैं। इनके साथ आया सब इंस्पेक्टर मणिशंकर भी सिविल ड्रेस में हैं।''

''ऐसी स्थिति में आम आदमी पुलिस के साथ कैसे खड़ा हो सकता है?'' देव गम्भीर थे।

''ऐसे भयभीत मनोबल के साथ हम उग्रवादियों पर कभी हावी नहीं हो सकते। सिर्फ मर सकते हैं।'' तारक ने कहा था।

''स्थानीय लोगों के साथ बेहतर सम्बन्ध बनाये बिना जंगल मे ऑपरेशन नहीं हो सकता मात्र लुक-छिप कर ड्यूटी भुगताई जा सकती है...क्यों मेहता?''

''यस सर! बिना पब्लिक फ्रेंडली बने हम गाँवों में अपना तंत्रजाल नहीं बना सकते।''

''तो आपने नेटवर्क बनाने के बारे में कुछ सोचा है?'' देव ने पूछा था।

''कुछ योजनाएँ हैं सर।''

''शूट?''

''आदिवासियो को शिक्षा चाहिए पर हम हैं कि स्कूलों में छावनी बनाये रहते हैं...यह बदलना होगा। देहात में रोटी नहीं बांटी जा सकती पर यदि थोड़ा बजट हो तो पलामू में महामारी की की भांति व्याप्त मलेरिया के लिए कैंप लगाकर आदिवासियों का थोड़ा भरोसा जीता जा सकता है।''

''नागरिक सक्रियता कार्यक्रम जैसा कुछ? ठीक है, सोचेंगे। शायद मैं कुछ कर सकता हूँ।''

''धन्यवाद सर।'' तारक उत्साहित हो उठे थे।

''खैर, आप कल डालटनगंज के लिए निकलिए। आप उधर के गाँव-जंगल

को बेहतर जानते समझते हैं, जितना शायद वहाँ के विधायक भी अपने क्षेत्र को नहीं जानते। मैं आपकी योजनाओं की अनुशंसा कर फाइल तुरन्त कार्रवाई के लिए अग्रसारित कर देता हूँ। आगे....देखते हैं।''

''थैंक्स अगेन सर।''

''आपको फ्री-हैंड दिया जा रह है। आप स्वयं अपनी टीम बनाएँगे। अपने योग्य लोगों को आप स्वयं चुन सकते हैं। पुलिस के अधिकार के दायरे में आप जो सुविधा चाहें, मिलेगी। नियुक्तियाँ, तबादले, आर्म्स, प्लानिंग, आउट ऑफ टर्म प्रोमोशन की अवधि पूर्व प्रोन्नति की अनुशंसा...जब जरूरत हो, आप सीधा हमें रिपोर्ट करे, तुरन्त कार्रवाई होगी।''

''यस सर।''

''नक्सलियों पर लगातार दबाव बनाना होगा। उनके इलाकों में घुसकर गाँवों की पड़ताल और छापे जारी रहें। नक्सलियों को या तो पलायन पर विवश कीजिए या फिर मुठभेड़...हमें महेश असुर चाहिए। जिन्दा या मुर्दा।''

''मैं पूरी कोशिश करूँगा सर कि जल्द से जल्द कुछ अच्छी खबर दे सकूं। बेहतर नतीजे दे सकूँ।''

''सज्जनों, इन्हें शुभकामनाएँ दीजिए और बेहतरीन की उम्मीद रखिए।

मीटिंग बर्खास्त हो गयी थी।

मसूद अहमद सुरक्षा कारणों से डालटनगंज से राँची टैक्सी से आये थे। तारक ने भी अपने सफर के लिए टैक्सी का ही चुनाव किया था। हालांकि चार कारबाइनधारकों वाली बन्द जीप साथ चल रही थी। तारक के साथ सब इंस्पेक्टर मणिशंकर भी डाल्टनगंज लौट रहा था।

अचानक के तबादले के कारण तारक अपने मित्रों-परिचितों से विदाई-समारोह की औपचारिकता भी नहीं निभा पाये थे। बस फोन की सूचना दे दी थी।

दोपहर ढाई बजे तक तारक लातेहार पहुँच गये थे। राँची-डाल्टनगंज राजमार्ग के किनारे स्थापित लातेहार थाना के सामने से निकलते हुए थाने के बाहर सैकड़ों लोगों की भीड़ दिख गयी थी।

थाने की आधी ढही चहारदीवारी और टूटे-झूलते फाटक पर खड़े सिपाही थाना परिसर में प्रवेश हेतु उत्सुक-उत्तेजित लोगों को चेतावनी-धमकियों से नियन्त्रित करने का प्रयास कर रहे थे।''

''रोको! गाड़ी थाने में मोड़ लो।'' तारक को भी उत्सुकता हुई थी....क्या

माजरा था?

फाटक पर खड़े सिपाहियों ने टैक्सी के साथ पुलिस की जिप्सी देख ली थी अत: टैक्सी निर्विरोध थाना परिसर के भीतर प्रविष्ट हो गयी थी। जिप्सी बाहर, सड़क पर ही रुक गयी थी।

थाने के ऊँचे बरामदे पर खड़े पुलिसियों में से एक, सब-इंसपेक्टर रैंक के युवक ने टैक्सी की खिड़की से बाहर ताकते तारक को पहचान लिया था। वह बरामदे से नीचे कूदा था। लपकता हुआ तारक की टैक्सी की खिड़की से लगभग आ सटा था। फड़कता सैल्यूट...

"जै हिन्द सर!" सब-इंस्पेक्टर प्रभाकर सर!"

"हुम्म!" तारक ने अभिवादन स्वीकार किया था।

खबर नहीं थी सर वर्ना हम आपको चंदवा से स्कार्ट कर लेते सर।"

"चलो ठीक है, कोई बात नहीं।"

भीड़ थाना परिसर में प्रविष्ट होने में सफल हो गयी थी। टैक्सी के चारों ओर तमाशाई घिर आये थे। थाने के बरामदे तक सिर ही सिर...! बरामदे पर बैठे व्यक्ति के लिए टैक्सी का दिखना संभव नहीं रह गया था।

मणिशंकर ने टैक्सी से उतरकर तारक की ओर का दरवाजा खाला थ। प्रभाकर अभी भी सावधान की मुद्रा में था।

"रिलेक्स आफिसर"—तारक ने प्रभाकर के कंधे पर थपकी दी थी—"रिलेक्स! क्या चल रहा है यहाँ?"

"यह तो इधर रोज का तमाशा है सर। हमने कुछ औरतों को हिरासत में लिया है...भीड़ तमाशा देखने जुट गयी है।"

"आरोप क्या हैं?" थाने का भूगोल निरखते तारक ने पूछा था।

"हमारे इंसपेक्टर साहब उग्रवादियों को रसद पहुँचाने, अपराधिक साजिश, आर्म्स एक्ट, देश के विरुद्ध षडयंत्र जैसे अभियोग तय कर रहे हैं।" प्रभाकर के टेढ़े होंठ उसकी अरुचि की चुगली कर रहे थे।

"इतने गंभीर आरोप? औरतों पर?"—तारक चकित—"हथियार भी बरामद हुए हैं?"

"दो हंसिए, और तीन छोटी-छोटी झाड़ियाँ काटने वाली छोटी कुल्हाड़ी।"

"ये हथियार हैं?" मुस्कुराये थे तारक।

"मैं क्या कह सकता हूँ सर? ट्रेनी सब-इंसपेक्टर ही तो हूँ।" प्रभाकर की विवश स्वीकारोक्ति थी।

"ट्रेनी" शब्द भूल जाओ। स्पष्ट और बेखौफ कहो।"

प्रभाकर की सशंक्ति दृष्टि थाने के बरामदे की ओर उठी थी। दो सिपाही बरामदे के निकट पहुँचने का प्रयास करते लोगों को परे धकेल रहे थे। हवलदार महिपत तिर्की एक कुर्सी पर पसरा हुआ था। टैक्सी या टैक्सी के निकट चलते व्यापार से निर्लिप्त...!

"मैंने कुछ कहा और बात दीक्षित साहब तक पहुँच गयी तो मेरी शामत आ जायेगी सर।" प्रभाकर ने ससंकोच कहा था।

"दीक्षित कौन?"

"थाना इंचार्ज।"

"ओह! नहीं पहुँचेगी बात"—तारक ने आश्वस्त किया था—डरो मत। चलो बताओ भी!

"मुझे तो सर....नहीं लगता कि ये औरतें किसी उग्रवादी दल की कूरियर हो सकती हैं।" प्रभाकर ने हिचकते हुए कहा था।

"क्यों नहीं लगता...तुम्हें?"

"औरतों की देह-मुद्रा...बोलचाल। भूमिगत गिरोहों से जुड़े आदिवासियों की आवाज तक में जो बदलाव और आत्मविश्वास आ जाता है सर, वह इन औरतों में मुझे नहीं दिखा।"

"फिर भी ये हिरासत में हैं।"

"खानापूरी जरूरी है न सर! यह साबित करते रहना है कि पुलिस सक्रिय है...बैठे रोटियाँ नहीं तोड़ रहे हैं हम!"

"एऽऽट! गाड़ी कौन भीतर ले आया रे?"—तिर्की ने अब टैक्सी का संज्ञान ले ही लिया था—"ए प्रभाकर, गाड़ी बाहर कर।"

कुर्सी पर बैठे-बैठे प्रभाकर को आदेश देता महिपत तिर्की....! तारक बरामदे की ओर बढ़े थे, "आओ मणि, थोड़ी नाप-तोल जरूरी है।"

बरामदे पर चढ़ते ही तारक की साधिकार गर्जना...! सामने था महिपत तिर्की!

"स्टैंड अप...खड़े हो जाओ।"

चौंका था महिपत तिर्की। आँखों में विस्मय भरा क्रोध! प्रभाकर ने तत्काल परिचय दिया था।

"डी.एस.पी. साहब! तारक नाथ मेहता सर!"

"सर्र! पहचान नहीं...गलती माफी सर।" एड़ियाँ जोड़ते तिर्की ने थरथराता सैल्यूट किया था।

"शटअप!"—दहाड़े थे तारक—"थाने में कोई अनजान गाड़ी घुस आती है और कोई पूछताछ नहीं? आराम से बैठे रहते हैं आप?"

थाना परिसर में हठात् शांति हुई तो भीतर के कमरे से थाना-प्रभारी हरिओम दीक्षितर बाहर लपके थे। तारक पर नजर पड़ते ही निमिष भर को मति जड़...फिर करारा सैल्यूट! ऐड़ियाँ बजी थीं....खड़ाक्!

अब तक बरामदे पर उपस्थित सिपाहियों ने भी अपनी रायफल कंधे पर रख ली थी। सैल्यूट किया था और तारक...? अभिवादनों से निरपेक्ष तारकनाथ मेहता तिर्की से ही संबोधित थे।

"आप अपने सीनियर अफसर के साथ बदतमीजी से पेश आते हैं। हवलदार तिर्की सब इंसपेक्टर के साथ तू-तड़ाक करते हैं? न....न....मैंने खुद सुना है, देखा है अभी।"

"वह तो...वह भी सर अपने बच्चे की तरह..."

"नो एक्सप्लानेशन!"—गरजे थे तारक—"आप कल डालटनगंज पुलिस लाईन में लाईन हाजिर होंगे! लिखित माफीनामा देंगे फिर देखेंगे कि आपके लिए माफी हो या अनुशासनात्मक कार्रवाई...।"

"आप बैठिए न सर—हड़बड़ाए दीक्षित कुर्सी सीधी करने लगे थे—"बैठिए सर...ए, टेबुल यहाँ,...यहाँ रखो।"

पुरानी, चरमराती कुर्सी थी। तारक बैठ ही गये थे। थाने के बाहर-भीतर एकत्रित जनसमूह में चिमिगोईयाँ होने लगी थी।

तारक के पीछे खड़े दीक्षित ने जेब से कुछ तुड़े-मुड़े नोट निकालकर एक सिपाही की मुट्ठी में ठूँस दिये थे। सिपाही थाने के बाहर सड़क के पार चलते ढाबे की ओर दौड़ गया था।

"पता चला, आपने कुछ गिरफ्तारियाँ की हैं?" तारक ने पूछा था।

"जी श्रीमान्।"

"कहाँ से? कैसे?"

"सब कोल्हिन-धांगड़िन हैं सर। बरवाडीह बाजार से लौट रही थी। महेश असुर वहाँ बाजार में जन-सभा करता है।" दीक्षित ने बताया था।

"जिन्हें आपने हिरासत में लिया, वे महेश असुर की जनसभा से लौट रही थी?"

"पक्की खबर थी सर।"

"महेश असुर वांटेड क्रिमिनल है। खुलेआम सभाएँ करता है फिर बरवाडीह पुलिस ने उसे मार्केट में घेरा क्यों नहीं?"

"अब हम का बता सकते हैं सर? बरवाडीह को एकदम ऐक्शन लेना चाहिए था न?"

"आपको भी जनसभा का पता था। आप ही पहल करते।"

"ज्वाइंट एक्सन का कोई हुक्म नहीं था सर।"

"पेशाब करने की भी इजाजत चाहेंगे दीक्षित जी तो हेडक्वार्टर का आदेश मिलते-मिलाते हाजत से पेशाब की थैली फट जायेगी।" घूरने लगे थे तारक।

हरिओम दीक्षित का गौर-गुलाबी चेहरा फक्क! शर्म से या अपमान से? सिपाही मुस्कान छुपाने हेतु परे ताकने लगे थे।

"हर काम ऊपर के आदेश से नहीं होते। थाने के पास भी कुछ शक्तियाँ होती हैं पर उसका सदुपयोग करने की बजाय आप अपनी सफाई देते हुए आदिवासी स्त्रियों के पीछे पड़ जाते हैं। खैर, औरतों की पक्की शिनाख्त कर ली है?"

"सभा वाले देहाती लोग वर्दी में थोड़े रहते हैं सर? संदेह के आधार पर धर-पकड़ होती है।" दीक्षित ने अपनी समझ से अकाट्य कारण प्रस्तुत किया था।

"सर तो ठीक कहते हैं आप,"—तारक गंभीर थे—"पर चार्ज? चार्ज तो गढ़ने पड़ते होंगे न?"

"ढील का पेंच और फिर खींच कर झक्काटाऽऽ! गढ़े हुए आरोप! दीक्षित का मुँह सूखने लगा था। होंठ सूखकर छुहारा हुए जा रहे थे। चाय-पानी होती तो कुछ विषयान्तर होता पर मनसुखा पता नहीं ढाबे पर क्या करने लगा था! दीक्षित की आँखें थाने के फाटक पर लगी थी।

थाने पर जमा तमाशाई शान्त हुए तमाशा देख रहे थे, "...बहुत लंठई करता है दीक्षितना। बड़ा साहब बढ़िया क्लास ले रहा है दीक्षितवा का!"

"मैं आपरेशन महिषासुर के प्रभार में हूँ और मैं जब तक पलामू में हूँ, संदेह के आधार पर आप बेशक लोगों को हिरासत में ले लेकिन दीक्षित जी, चार्ज फ्रेम किये जाएँ, यह मुझे पसन्द नहीं।"

"जी सर, ध्यान रहेगा।"

"खड़े क्यों हैं आप? बैठिए न! मणि...प्रभाकर, तुम भी बैठो बरखुरदार।"

मनसुखा पत्तों के दोनों में समोसे और काली पड़ी केतली में चाय लिये आ गया था। पीछे-पीछे एक छोकरा...हाथ में शीतल पेय की छः बोतलें गर्दन से पकड़े-लटकाए!

"कितनी अजीब लड़ाई लड़ रहे हैं हम दीक्षित जी, जिसमें राज्य जिन लोगों से लड़ता दिख रहा है कि वे राज्य के सबसे कमजोर नागरिक हैं! हमारे विभाग का रवैया सुधरना चाहिए...नहीं?"

"जी-जी...जी सर!" दीक्षित की समझ में खाक कुछ नहीं आया।

"प्रथम सूचना रपट लिख चुके?"

"अभी कहाँ? अभी तो हम आरोप तय कर रहे थे सर।" प्रभाकर ने छूटते ही बता दिया था।

"उन्हें रिहा करो।"

"जी...!" दीक्षित चौंके थे।

"आप अनुभवी आदमी हैं दीक्षित जी। खूब जानते हैं कि उन औरतों पर कोई संगीन मामला नहीं बन सकता। दो मिनट में जमानत हो जायेगी, तो बेकार कागज काले भी करें और कोर्ट में अपनी भद्द भी पिटवाएँ? क्यों?"

तारक ने कहा दीक्षित से था पर आँखों से संकेत प्रभाकर को किया था। प्रभाकर ने हवलदार तिर्की की ओर देखा था। तिर्की इशारा समझ थने के हवालाती कक्ष में घुसी था। अगले क्षण परेड करती-सी दस स्त्रियाँ बाहर आई थीं। आतंकित बकरियों की भाँति दीदे नचाती औरतें।

तारक ने उड़ती नजर स्त्रियों पर डाली थी फिर अपेक्षाकृत अधेड़ दिखती महिला से संबोधित हुए थे।

"क्या नाम है आपका?"

"बासमतीना।"

"ठीक! तो बासमती जी। आप लोग अपने घर जाइए!"

"घरे? हम सब साहेब?"

"हाँ। आप सब आजाद हैं।"

"थाना बाबू छोड़ेगा तब तो?" दूसरी युवा स्त्री ने सहमी आवाज में कहा था।

"ए...! बोकरादी मत छाँट"—तिर्की ने पुलिसिया जुबान में कहा था—"जब बड़ा साहब बोल दिये तो जा! भाग सब!

स्त्रियाँ अविश्वास से दीक्षित की ओर देखती बरामदे से नीचे उतरने लगी थी। भय था।...अभी थाना बाबू कड़क बोलेगा और वे वापस कोठरी में...!

थाने पर जमा जनसमूह बतरस करता बिखरने लगा था। तमाशा खत्म हो चुका था। दीक्षित का चेहरा ऐसा लग रहा था मानो उसी चौराहे पर जूतों से पिट गये हों जिस चौक पर उनकी हुकूमत चलती थी।

स्त्रियाँ थाने से बाहर जा चुकी थी। मेज पर सज गये थे। भुंजिया समोसे और रसगुल्ले के दोने। झाग उगलती शीतल पेय की बोतलें...!

"इधर पहाड़ी गाय के दूध की चाय बेहद लजीजे मिलती है। मिलेगी प्रभाकर?" तारक ने आग्रह किया था।

"अभी सर!" प्रभाकर को भृकुटी-संकेत...! तुर्की केतली में गर्म चाय लिये

तारक की कुहनी के निकट आ सटा था। मिट्टी के सकोरों में ढलती गर्म चाय से भाप के साथ भीगी मिट्टी की सोंधी महक उठने लगी थी।

"हम पुलिस वाले खुद ऐसी स्थितियाँ पैदा कर लेते हैं कि"—तारक ने घूँट भरा था। चाय सचमुच उम्दा थी—"कि स्थानीय लोगों और आदिवासियों को भी, नक्सली ही हमदर्द लगने लगते हैं और पुलिस दुशमन..."

अभी उनकी बात अधूरी थी। कुर्सी की पुश्त से पीठ टिकाए तारक आँखें मूँदे चाय का आनन्द ले रहे थे। बात पूरी की थी।

"...आज ये औरतें बुक हो जाती तो थाने के बाहर जमा भीड़ में यह विश्वास और गहरे तक जड़ जमाता कि पुलिस मरखने सांड की तरह मेड़ें खूँदती है और दरअसल नक्सली ही अपने हैं...बेवजह तंग तो नहीं करते।"

कोई कुछ नहीं बोला था। चाय खत्म कर सकोरा मेज के नीचे रखते तारक ने प्रभाकर से पूछा था।

"हमारे साथ काम करोगे?"

"तवह तो कर ही रहा हूँ सर।"

"यहाँ नहीं। डाल्टनगंज रहकर। ऑपरेशन महिषासुर के लिए मुझे घिसे हुए पुर्जे नहीं चाहिए। कुछ नौजवान साथी चाहिए। साथ दोगे?"

"सर! आपके साथ काम?" प्रभाकर का चेहरा हजार वाट के बल्व सा दमक उठा था—"यह तो मेरा सौभाग्य होगा सर।"

तारक ने ऊपर की जेब से ताजा सिगार निकाला थ। सिगार का कोना दाँतों से कुतरा था। सिगार सुलगाया था। तृप्ति भरा कश लगाने के बाद फिर कुर्सी की पुश्त तपतरत उठंग गये थे। आँखें फिर बन्द!

"तुम्हारे पैने निरीक्षण है। विश्लेषणात्मक सोच और....साफगोई! मैं प्रशंसा करता हूँ! तरक्की करोगे बरखुरदार!"

भुन गये थे थाना प्रभारी हरिओम दीक्षित। कुढ़कर रह गया था हवलदार महिपत तिर्की।...कल तक जिस नौसिखिए लौंडे के साथ तू-तड़ाक भी कर लेते थे, आज डी.एस.पी. की शाबासी पा रहा था। अंधेर है...!

"पर मेरी पोस्टिंग तो यहाँ..." प्रभाकर ने दीक्षित की ओर ससंकोच ताका था।

"परसों तक तुम्हारे स्थानान्तरण आदेश आ जाएँगे"—तारक की पलकें उठी थी—"मणि...?"

"लिख लिया सर!" मणि ने नोटबुक में दर्ज कर लिया था।

"तुम्हारे और मणि के बाद मुझे कम से कम दो और साथी चाहिए। मेरी पसन्द तुम जान चुके हो। कोई और नाम है जो..."

''है सर!''—प्रभाकर ने बात का सिरा थामा था—''प्रताप है गढजवा में पोस्टेड है और एक खान है पर अभी उसे लाईन हाजिर कर रखा गया है।''

''वो किसलिए?'' तारक सीधे हुए थे।

''दहेज प्रताड़ना की गिरफ्तारी का वारंट था। खान वारंट तामील कराने गया तो चचेरे भाई साहब को सैल्यूट करना भूल गया। हथकड़ी पहना दी। बस, अनुशासनहीनता के आरोप में लाइन हाजिर।''

''उल्लू का पट्ठा!''

''जी।''

''तुम नहीं यार! वह जिसने खान पर यह चार्ज लगाया।...अब पुलिस दहेज प्रताड़ना के आरोपियों को सैल्यूट देगी? शिट्।'' तारक ने सिगार की राख झाड़ी थी।

''चार्ज तो सर...''—प्रभाकर सकुचा गया था—''खुद डी.एस.पी. साहब ने...''

''ओ! मियाँ मसूद? छिः वह चाहे कोई हो! उन्हें भी देखेंगे। तुम अपना और उन दोनों दोस्तों के पूरे नाम पते मणि को नोट करा दो।''

''प्रभाकर भट्ट, प्रताप चौधरी, अब्दुल मलान खान...प्रभाकर लिखवाने लगा था।''

''अब चलना होगा।'' उठ खड़े हुए थे तारक।

हजारी बाग में ट्रेनिंग के दौरान एक दो बार प्रभाकर ने तारकनाथ मेहता के भाषण सुन रखे थे। अब कार्यप्रणाली देख रहा था। अपने अभियान में जुट चुके थे तारक। शुरू कर चुके थे स्थानीय लोगों के बीच अपने प्रति विश्वास की बहाली का काम! स्थानीय थाना भले आदिवासियों को परेशान करता हो पर बड़ा साहब तो अच्छा आदमी है। बड़ा साहब ठीक तो सब ठीक! कई प्रत्यक्षदर्शी गवाह तैयार कर चुके थे तारक!

मणि भी सोच रहा था, तारकना मेहता की रफ्तार तेज थी। तारक के साथ काम करना यदि चुनौती भरा होगा तो दिलचस्प भी कम नहीं होगा।

टैक्सी कार में बैठते तारक को हरिओम दीक्षित ने विदा-सैल्यूट दिया था, मानो किसी बला को टलती देख राहत की साँस ली थी।

चेहरे पर उत्तेजना भरी चमक के साथ सैल्यूट प्रभाकर ने भी किया था, मानो किसी स्नेहिल अभिभावक को विदा कर रहा हो।

''दीक्षित जी...!'' तारक ने अत्यन्त अपनत्व के साथ संबोधित किया था।

''जी सर।''

''थाने पर जो हुआ उसे सिर्फ एक नाटक समझिए। यह ढोल का पेंच जरूरी

था ताकि वे औरतें या उन जैसी औरतें कुछ निडर होकर अपनी गतिविधियाँ जारी रखें...समझ रहे हैं न?''

''जी सर।''

''इन पर पैनी नजर रहे। खरे सबूतों के साथ रंगे हाथ थाम सकें तो सीधा मुझे फोन...''

''जरूर सर।''

दुविधा में दीक्षित! कैसे अफसर से पाला पड़ा था? कभी तोला, कभी माशा?

''पकड़ो और मार डालो की नीति गलत है दीक्षित जी। पिछले दस सालों में नक्सल दमन के नाम पर पुलिस सात सौ के करीब लोगों गिरा चुकी है। तकरीबन छः हजार लोगों को हमने जेल तक पहुँचाया है पर नतीजा? जीरो...अण्डा!''

''आगे ऐसी गलती नहीं होगी सर! एकदम चौकस काम होगा।''

''गुड! तो फिर निकलें?''

''अब हम यह कैसे कहें सर?'' दीक्षित की बत्तीसी निकल आई थी। चेहरे का खोया रंग लौटने लगा था।

''ठीक है फिर! मणि...''

संकेत मिलते ही मणि ने गाड़ी के इग्नीशन में चाबी घुमा दी थी। थाने के बाहर निकलते ही टैक्सी ने गति पकड़ ली थी। टैक्सी के पीछे लगी कमांडो जिप्सी ने भी अनुसरण किया था। गाड़ियाँ डालटनगंज की दिशा में उड़ी जा रही थी।

# चार

कितने तूफानी थे वे दिन...!

...और कितने भारी?

मारिस टाउन की वह आखरी सांझ महेश को भुलाए नहीं भूलती थी जब उसके सामने रूपनारायण बेदिया को खोपड़ी खुली लाश पड़ी थी और फौजी महेश की देह से कपड़े नोंच-नोंच कर उतार रहा था जब देह ने केंचुल उतारी थी और आत्मा ने वल्कल...!

टारमो इस्पात प्रबंधन महेश की गिरफ्तारी के लिए रांची से राजनीतिक और प्रशासनिक दबाव तो बनाए हुए था ही; महेश इस बात से अनभिज्ञ था कि मारिस टाउन में हुए उपद्रव का सूत्रधार महेश ही है को साबित करने का जी तोड़ प्रयास करती पुलिस के पास अब महेश की गिरफ्तारी का वारंट भी था।

मारिस टाउन थाने के थानेदार बजरंग सिंह यादव को जितदनी शिद्दत से महेश की तलाश थी उससे कहीं अधिक...खोजी कुत्तों की भाँति महेश असुर को सूँघते फिर रहे थे शांतिस्वरूप पटवर्धन और रूपनारायण बेदिया!

इस घटनाचक्र से अनभिज्ञ महेश खैरापाट से लौट रहा था। मोटरसाइकिल फौजी चला रहा था। दूसरी मोटरसाइकिल पर आगे-आगे चल रहा था देबू!

टारमो इस्पात की ऊँची चहारदीवारी के पीछे, दलितों के झोंपड़ों से पहले स्थित देसी शराब के ठेके के सामने मोटरसाइकिलें रोकी गयी थीं। महेश ने कहा था।

"बस! तुम दोनों अब वापस लौटो। मैं यहाँ से अकेला निकलता हूँ।"

"थोड़ा और आगे, पक्की सड़क तक छोड़ देते हैं न।" फौजी ने आग्रह किया था।

"नहीं। पता नहीं शहर की क्या स्थिति है। चारों ओर पुलिस होगी और तुम लोग ठहरे घोषित।"

हँस पड़े था फौजी। तब महेश को पता नहीं था कि उस समय में वह फजी था देबू से कहीं खतरनाक, उग्रवादी और अवांछित घोषित किया जा चुका था। दिन

भर के घटनाचक्र में स्थितियाँ बुरी तरह बदल चुकी थीं।

बाहर में भले कर्फ्यू का माहौल था पर मधुशाला मेल-मुहब्बत, हँसी और मौज से गुलजार थी। ठेके के बाहर स्टूल पर रखी पेट्रोमैक्स जल रही थी।

पेट्रोमैक्स की प्रकाश सीमा के बाद अँधेरा था। अँधेरे की सीमा पर टारमो इस्पात की चहारदीवारी का पुराना कोना था। अँधेरे कोने के दो फर्लांग आगे नये कोने पर लगे नेपर लैंप की पीली रोशनी थी।

महेश देबू और फौजी से बिदा लेकर अँधेरे इलाके की ओर बढ़ गया था। पीछ दोनों जने महेश को अँधेरे का हिस्सा बनते देखते रहे थे।

महेश के दृष्टि ओझल होते ही उन्होंने अपने चेहरे पर अंगोछा लपेटा था। वापसी के लिए मोटरसाइकिलें मोड़ ही रहे थे कि ठेके से बाहर निकला था रूपनारायण बेदिया। बेदिया के चेहरे पर तमतमाई उत्तेजना थी।

''रुक देबू''—फौजी ने पहचान लिया था—''थोड़ा पीछे हटकर ठहरते हैं। कुछ गड़बड़ लगती है।''

शांतिस्वरूप पटवर्धन ने महेश का शिकार करने की जो समय सीमा नियत की थी, वह समय गुजर चुका था और बेदिया महेश की हवा भी न पा सका था। अब जब मॉरिस टाउन में कोहराम मच गया था तो बेदिया ने पटवर्धन जमा कुँवर, जमा महालिंगम का सामना करने की बजाय....बर्खास्तगी से बेहतर, त्यागपत्र दे देना ही मुनासिब समझा था।

अपना त्यागपत्र दाखिल दफ्तर कर चुकने के बाद ठेके पर बैठा बेदिया गम गलत करता रहा था। अपनी विफलता और तबाही का जश्न मनाता रहा था कि अचान ईश्वरीय वरदान की भाँति उसे अपना शिकार दिख गया था। रात के गहन अंधकार में मानो उम्मीद की किरण चमकी थी। बेदिया की मरत नौकरी को नया जीवन मिल सकता था।

बेदिया ठेके से बाहर निकला था। अपनी मोटरसाइकिल पर सवार बेदिया महेश के पीछे, अँधेरे में दाखिल हो गया था।

देबू और फौजी अपनी बन्द मोटरसाइकिलें घसीटते उसी दिशा में दौड़ पड़े थे। इंजन बन्द! बे-आवाज।

वे अंधेरे इलाके में दाखिल हुए ही थे कि बेदिया की कड़कती ललकार...

''रुक स्साले। भागा तो खोंपड़ा फोड़ देंगे। हाथ में लोडेड रिभालभर है बेट्टा! वारंट है...''

बेदिया की मोटरसाइकिल की डेडलाइट हाई-बीम पर जल रही थी। आँखों पर हथेली की छाया किये महेश रौशनी के पार देखने का विफल प्रयास कर रहा था।

गोली चली थी पर महेश अपनी जगह से हिला भी नहीं था। बेदिया महेश पर गोली नहीं दाग सका था। मात्र एक फायर हुआ था। बुलेट बेदिया की गुद्दी में जा धँसी थी। बेदिया का भेजा सैकड़ों केंचुओं के उलझे गुच्छे की भाँति सड़क पर बिखर गया था।

''माही'दा...हम हैं।'' यह देबू था।

''यह गोली चलाने ही वाला था माही'दा। मैं न मारता तो यह तुम्हें मार डालता।''

फौजी निकट आ गया था। हाथ में पिस्तौल थामे देबू भी। महेश ने कहा था।

''यह मुझे गिरफ्तार करता।''

''मैं चाँस नहीं लो माही'दा। गिरफ्तार भी करता तो आज रात की रात तुम्हारा एनकाउंटर कर देता बजरंगी! यहाँ वही होता है दादा जो महालिंगम चाहता है।'

ठेके के आसपास ठांय-धांय नई बात नहीं थी सो कोई गोली की आवाज को तुरन्त खातिर में लानेवाला नहीं था फिर भी फौजी उत्तेजित हो उठा था।

''कपड़े उतारो महेश भाई।''

''कपड़े...क्यों?''

''लाश अकड़ जाने पर दिक्कत होगी।''

''सुना नहीं क्या बोला बेदिया?''—देबू ने कहा था—''वारंट है तुम्हारे नाम! तुम जिंदा रहे तो वारंट भी जिंदा रहेगा। मैं तुम्हें मार डालूँ तो न तुम रहोगे, न वारंट लिये कोई तुम्हें हंकाता फिरेगा।''

''देबू, बेदिया को नंगा कर। जल्दी...!'' फौजी ने कहा था।

''मैं...!'' लाश छूते कतराया था देबू।

''बहरा है साले''—फौजी ने देबू को तमाचा मारा था—''लाश के कपड़े उतार! तुम भी अपने कपड़े दो महेश भाई...जल्दी करो! खुली सड़क है। बहस का टाइम नहीं है।''

उत्तेजित फौजी आगे बढ़कर महेश की टी-शर्ट उतारने लगा था। घबरा गया था महेश।

''उतारता हूँ....मैं खुद।''

''अपनी घड़ी भी दो...बटुआ...लॉकेट भी...फटाफट मिलेगी महेश भाई।''

आतंकित महेश...! अवसन्न महेश...! उलझन में था देबू पर फौजी के होश-हवास बिल्कुल दुरुस्त थे। वह खड़े पैर अपनी योजना बना चुका था। आपात् स्थितियों को भी अपने लिए इस्तेमाल कर सकता था फौजी! फौजी जो चाहता था, देबू और महेश यंत्रवत् करते गये थे।

''जूते माही'दा!' देबू बोला था।

''जूते रहने दो''—फौजी ने कहा था—''देबू, तू महेश भईया को लेकर निकल। सीधा खैरापाट पहुँच।''

''और तुम?'' महेश ने पूछा था।

''मैं बाद में आता हूँ न! लेकिन आप लोग रुकना कहीं मत एकदम। सीधा खैरापाट!''

वह रात महेश मुकरुआर के जीवन के परिवर्तन की रात थी। वह महेश मुकरुआर के व्यक्तित्व ही नहीं जीवन-दर्शन के बदलाव की रात थी। वहरात महेश मुकरुआर के लिए महेश असुर हो जाने...अलग जीवन की शुरुआत की रात थी और वही रात महेश के दुर्भाग्य की रात थी।

विशाल चट्टान की छाया में दरी पर लेटा महेश अपने अतीत के छूटे पड़ावों से गुजरता रहा था....देर तक!

''मैं चाय बना रही हूँ माही, आप भी पिएँगे?'' चट्टान के पीछे से नीलमनी ने पूछा था।

''थोड़ा रुककर चाय बना लो तो? एक अतिथि आ रहा है।''

''वही...? पत्रकार?''

''हाँ।''

बाएँ बाजू एक प्राकृतिक अनगढ़ गुफा थी छिछली गुफा। जिसके भीतर क्लोज सर्किट टेलीविजन स्थापित था। सी.सी.टी.वी. की खुफिया आँखें पहाड़ी से नीचे एक वृक्ष के कोटर में स्थापित थीं। कैमरे की चोर-आँखों से पहाड़ी के ऊपर बैठे-बैठे नीचे की सड़क और आसपास की गतिविधियों पर नजर रखी जा सकती थी।

सनद प्राप्त इंजीनियर धनराज जो नौकरी नहीं पा सका था, अब ''झाबरा'' का सक्रिय सदस्य था। धनराज चौधरी ने ही सुरक्षा हेतु जंगल में यह चोर आँख स्थापित किया था। जहाँ भी ''झाबरा'' पड़ाव डालता था, धनराज पड़ाव तक पहुँचने वाली हर पगडंडी पर ऐसी खुफिया आँखें टांग देता था।

अचानक गुफा के भीतर से देबू की आवाज आई थी।

''वह आ गया माही'दा?'

कहाँ तक पहुँचा है? महेश ने पूछा था।

गाड़ी रुक गयी है। जीप है।

कितने लोग हैं?

हरिहर है और एक ड्राइवर...कुल तीन लोग हैं।

''आने दो।''

हरिहर मुंडा वह बिचौलिया था जिसके माध्यम से पत्रकार अरुण वाजपेयी उर्फ पंडित जी महेश से मिलने आया था।

महेश ने हाल-पैर झटके थे। उठ बैठा था। पता नहीं वाजपेयी महेश से क्या पूछना चाहता था, क्या देखने आया था।

प्रायः हर शाम प्रभाकर, मणि, प्रताप और मन्नान तारकनाथ मेहता के आवास पर जुट लेते थे। तारक के बंगले के पीछे वाले विस्तृत लॉन में टेनिस की एक-दो गेम खेली जाती थी या फिर निशानेबाजी का अभ्यास-स्थल में रेत की बोरियों की दीवार पर चाँदमारी का अभ्यास कराते थे तारक!

चारों लड़कों को स्नेह से "विशिष्ट चार" कहने वाले तारक ने रविवार की हाजिरी को अनिवार्य बना रखा थात। कोई मौज-मस्ती नहीं...! शाम को हर लड़के के लिए दस कारतूस दिये जाते थे। सूरज ढलने के बाद के झुटपुटे में चारों यारों को लक्ष्य भेदन अभ्यास करनी पड़ती थी। दो मिनट में दस फायर करने होते थे।

केन्द्र बिन्दु पर सटीक निशाना लगा तो हर सच्चे निशाने के लिए पचास रुपये का एक पत्ता! कुल मिलाकर मणि, प्रताप, प्रभाकर और अब्दुल मन्नान खान को अभिभावक की भाँति घरेलू माहौल देने में कामयाब रहे थे तारक।

एक ऐसी ही शाम जब वे टारगेट-प्रैक्टिस के बाद पकौड़े निपटा रहे थे, तारक ने कहा था।

"तुम चारों झारखंड के देहातों में काम कर चुके हो। यहाँ के समाज, गाँव की कठिनाइयों और जंगल के खतरों के बारे में कुछ बताने की जरूरत मुझे नहीं लगती...क्यों?"

"जी सर!"

"और खान मियाँ, तुम्हारी यह दो-तीन दिन पुरानी शेव अच्छी नहीं लगती। दाढ़ी बढ़ा ही लो या फिर रोज सेव करो। कड़क वर्दी, चमकते जूते...मुझे ताजा चमकते चेहरे और आत्मविश्वास से तने लड़के पसन्द आते हैं! एकदम किंग कोबरा की तरह तने-खड़े...!

"मैं खयाल रखूँगा सर!"

सिकुड़ गया था अब्दुल मन्नान खान!

"फुँफकारने में कभी कोताही मत करनाक, अलबत्ता हँसना तभी जब कोई और विकल्प न रहे...कारतूस महंगे हो गये हैं।"

हँसने लगे थे तारक। खान के अलावा बाकी तीन ने उनकी हंसी में योग दिया

था। तारक समझा रहे थे।

"दौरों पर मुझे अच्छे इन्सान चाहिएँ और एक्शन के वक्त अच्छे आफिसर।"

"मौका आने पर हम फेल नहीं होना चाहेंगे सर। मणि ने कहा था।"

"ऑपरेशन में जितनी जरूरत बहादुरी की होती है बरखुरदार, उतना ही जरूरी होता है ठंडा दिमाग। हीरो बनने के चक्कर में अपने साथियों को टलनीय खतरा में झोंक देना बहादुरीक नहीं, बेवकूफी होती है।"

"कोई खतरा टालने लायक है या नहीं, इसका फैसला कैसे होगा? कौन करेगा?" प्रभाकर ने पूछा था।

"कहा तो,...ठंडा दिमाग!"

चाय परोसी जा चुकी थी। सभी ने चाय के प्याले उठाये थे। तारक ने बात बढ़ाई थी।

"ऑपरेशन महिषासुर में जाहिर है हमें बाहरी एजेंसियों की सहायता लेनी ही होगी। मैंने तुम्हारे काम सोच रखे हैं।...तुम में से एक कोबरा बटालियन के साथ रहेगा, दूसरा बी.एस.एफ. की टुकड़ी से जुड़ जायेगा, तीसरा सी.आर.पी.एफ. के साथ..."

तारक ने चाय का घूंट भरा था। उतावले खान ने पूछ ही लिया था।

"और चौथा सर?"

"चौथा मेरे साथ....जिला पुलिस के साथ रहेगा।"

"कौन किसके साथ होगा?" प्रताप ने पूछा था।

"यह एक्शन से पहले, परिस्थिति के मुताबिक तय कर लेंगे...क्यों सर? यह प्रभाकर था।"

"करेक्ट! साथ रहोगे तो एक्शन के वक्त होगा वही जो हम पहले से तय कर चुके होंगे। लेकिन—तारक ने कूटनीति सिखाई थी—लेकिन खयाल रहें कि बाहरी एजेंसियों के नाम को या कमाडेंट को इलहाम तक न होने दो कि उन्हें तुम निर्देशित कर रहे हो या कोई आदेश दे रहे हो। उनके प्रति तपूरा सम्मान दिखाते हुए उन्हें अपनी योजना पर राजी करना होगा। अपने इरादे उनके सामने सुझाव की तरह रखो...तर्क के साथ...मतलब, समझ रहे हो मेरी बात?"

"यस सर!" मणि ने कहा था।

"गुड! तुम्हारी टीमें अलग होंगी पर तुम चारों में कोई प्रतियोगिता है, यह समझने की मूर्खता नहीं होनी चाहिए। सभी अपना बेहतर देने की कोशिश करें...बस!"

"हम वही करेंगे सर पर एक्शन के समय न? हम फिलहाल क्या कर रहे हैं। यूँ ही बैठे हैं!"

"कल से बैठे नहीं रहोगे! मैंने तुम्हारे इलाके तय किये हैं। मणि पूरब में लातेहार-चंदवा तक कवर करेगा। पश्चिम में खान, कोयल, नदी के पार चैनपुर तक का इलाका...उत्तर में हुसैनाबाद से आगे बिहार की सीमा तक प्रभाकरत और प्रताप की जिम्मेदारी दक्षिण में...महुआटांड तक! इन इलाकों की सूचनाएँ, नेटवर्क, गतिविधियाँ...वगैरह-वगैरह..."

"मंजूर!"खान उत्साहित था। अब कुछ कर दिखाने के सच्चे मौके हासिल थे।

"इसके पहले किसी ने हमारे इस्तेमाल की ऐसी योजना नहीं बनाई थी। क्यों प्रभाकर?" मणि ने कहा था।

"और क्या?"—प्रभाकर सहमत था—"दिन भर थाने में मक्खियाँ मारना। हमें आपके साथ जुड़ने पर गर्व है सर!"

"मैं भी कभी नया था दोस्तो! इकबाल सिंह, राजबहादुर बखिया और अब्दुल मजीद जैसे अफसरों के साथ काम किया है। वे जितने कड़क आफिसर्स थे उतने ही सहयोगी अभिभावक! खासकर नये आफिसरों के प्रति! मैं तुम लोगों की भावनाएँ समझ सकता हूँ।"

"शुक्रिया जनाब।" भावुक हो उठा था खान।

"अब मेरी इल्तिजा है तुम लोगों से—"तारक ने कहा था—"इस ऑपरेशन को कामयाब बनाने में मेरी मदद करो। खुद करो साबित करो! यदि इस आपरेशन में मेरी नाक बच गयी और हम सलामत निकल सके तो तुम्हें अपने हासिल पर पछताना नहीं पड़ेगा। यह वायदा रहा कि तुम चारों को आउट ऑफ टर्म प्रोमोशन दिलाने में कोई कसर नहीं छोड़ूँगा।"

"जबकि इसकी कोई जरूरत नहीं। आपके साथ काम करना, आपसे सीखना...यह कोई छोटा इनाम होगा।" प्रभाकर बोला था।

"ऐसी बात नहीं है यार! मुझसे भी बेहतर लोग हैं इस डिपार्टमेंट में...अलबत्ता सफेद बाघ की तरह कम जरूर हैं!"

"...कल से हम अपने-अपने इलाके संभाल सकते हैं न सर?" मणि ने पूछा था।

"बिल्कुल! गारद के साथ और हाँ, अब हर शाम डिनर मेरी टेबल पर होगा।"

"ताकि इस दिन भर के नोट्स एक्सचेंज कर सकें।"

"शाबाश!"—तारक ने प्रताप की ओर देखा—मुझे बेहतर समझने लगे हो तुम लोग! खूब जमेगी हम लोगों में।

"हम यकीनन कामयाब होंगे सर!" खान खिल उठा था।

"आमीन! आज की महफिल बर्खास्त होती है।

9

बाजयेपी टाले नहीं टला था। हरिहर मुंडा से लसूड़े की भाँति चिपक गया था वाजपेयी आखिरकार हरिहर मुंडा ने पत्रकार अरुण कुमार वाजपेयी के आगे हथियार डाल ही दिये थे।

वाजपेयी स्वतन्त्र पत्रकार-छायाकार था। दफ्तर-नौकरी का कोई बंधन नहीं था अत: हरिहर के पीछे भूखे बच्चे की भाँति डोलतात रहता था खबरखोर वाजपेयी।

वाजपेयी को जनजातियों में रुचि थी। पहाड़ियाँ जनजाति पर एक पुस्तक प्रकाशिथ कराई थी पर रोजी-रोटी तो पत्रकारिता से ही चलती थी। पत्रकारिता के प्रतिबद्धता भी थी। झारखंड में खोजी पत्रकारिता की दागबेल डालने वाले दैनिक समाचार पत्र "विहान समाचार" के राँची संस्करण में वाजपेयी की खबरें-रपटें नियमित प्रकाशित होती थी।

"एक बार मिलवा दो न हरी भाई"—वाजपेयी हरिहर की चिरौरी करता था—बस एक इंटरव्यू दिला दो। महेश भाई का मेरे कारण कुछ नहीं बिगड़ेगा...मेरा नाम जरूर हो जायेगा! रोटी का सवाल है।"

"महेश भाई को क्या मिलेगा इंटरव्यू-फिन्टरव्यू से?"

"उनके विचार जंगल के बाहर के लोग पढ़ेंगे तो उनका भी तो प्रचार होगा।"

"बेकार मेरे पीछे पड़े हो पंडिज्जी! पुरानी जान-पहचान का मतलब यह थोड़े है कि आये दिन महेश भाई से मेरी भेंटे होती रहती हैं।"

"जब भेंट हो, उनसे कहो न भाई।"

"महेश भाई कब कहाँ रहते हैं, पता थोड़े चलता है पंडिज्जी।"

हरिहर फिर-फिर टालता रहा था पर वाजपेयी से आजिज आए हरिहर ने एक मुलाकात में महेश से हरिहर का जिक्र कर ही दिया था। सबकुछ सुनने के बाद महेश ने पूछा था।

"तुम उस पत्रकार की गारंटी लेते हो?"

"हाँ। आदमी तो भरोसे का है।"

महेश के लिए गाहे-बगाहे सूचनाएँ और आवश्यक चीजें जुटाने वालों में से एक था हरिहर मुंडा। "झाबरा" का विश्वस्त कूरियर था हरिहर! हरिहर की जमानत पर कूरियर था हरिहर! हरिहर की जमानत पर महेश भी वाजपेयी से मिलने को राजी हो गया था।

हरिहर ने वाजपेयी को खुशखबरी देते हुए महेश से मिलने से पहले कुछ

निर्देश और सावधानियाँ बताई थीं।

''बन्द गाड़ी नहीं। काले शीशों वाली गाड़ी भी नहीं। खुली जीप में चलना होगा। गाड़ी में तेज आवाज में गाने बजने चाहिए। जंगल में थोड़ी-थोड़ी देर बाद गाड़ी का हार्न भी बजना चाहिए।''

''बाजा-गाजा काहे को?'' वाजपेयी उत्सुक था।

''जरूरी है। हर सौ-पचास गज पर चौकसी करते लकड़हारे, किसान, घसकट्टे, बहेलिए...नक्सली कार्यकर्ता किसी वेश में हो सकते हैं। उन्हें हर्गिज नहीं लगना चाहिए कि जंगल में आई गाड़ी पुलिस का मुखबिर की हो सकती है।''

''ठीक है। इंतजाम कर लेंगे ऐसी गाड़ी का! इंतजाम नहीं हुआ तो दूसरा उपाय सोचेंगे।''

''दूसरा कोई उपाय नहीं पंडिज्जी। इंतजाम न किया तो भेंट नहीं। बाजा-हार्न न बजा तो क्या पता किस मोड़ पर केन-बम फट जाय। क्या पता कहाँ लैंड-माइन...''

अवसन्न वाजपेयी। ऐसा नहीं था कि नक्सल समस्याओं पर रिपोर्टिंग करने वाला पत्रकार यह सब नहीं जानता था। वाजपेयी तो स्वयं को भोला और अनभिज्ञ जताने को यह शातिरपना कर रहा था।

...और एक सुबह हरिहर और वाजपेयी खुली जीप में जंगल में उतर पड़े थे।

बल खाती देहाती सड़क हर डेढ़ेक किलोमीटर पर कटी-टूटी थी। पानी के बहाव-कटाव, कहीं-कहीं पटवन के लिए सायास काटी-तोड़ी गयी सड़क और कहीं किसी विस्फोट से ध्वस्त था मार्ग। हिचकोले खाता जीप जंगल में धँसने लगी थी।

आबादी क्षीण होती गयी थी और जंगल घना! सड़क के बाजू में कहीं-कहीं बिजली के जंग लगे खंभे खड़े थे जिन पर तार नहीं थे।

''इधर तो लगता है पहले बिजली थी।'' वाजपेयी ने कहा था।

''बिजली कभी नहीं आई इधर। खंभे ही गड़े रह गये। अभी किसी खोह-खाई में कोई छोटी-मोटी कंपनी डेरा डाल दे तो देखना, दुर्गम जगह में भी कैसे बिजली पहुँचाती है सरकार।''

''कैसे माँगें? इधर आदिवासी गाँव हैं जिन्हें ब्लाक, थाना, सरकारी आदमी...सब दुश्मन दिखते हैं। पुलिस आदिवासियों को माओवादियों का भेदिया कहकर हड़काती रहती है। बड़े-बड़े व्यापारी, ठेकेदार, करखानेदार या बस मालिक हर साल माओवादियों को लाखों-करोड़ों की लेबी देते हैं, कोई उन्हें नक्सलियों का मददगार नहीं ठहराता पर नक्सली धमकी से डरा आदिवासी किसी माओवादी को लोटा भर पानी या एक पंसेरी सत्तू दे दे तो पुलिस जीना मुहाल कर देती है। बेचारे आदिवासी

का।''

हरिहर झूठ नहीं कह रहा था। वाजपेयी भी जानता-मानता था कि यह पलामू के जंगल-देहात का एक कड़वा सच था।

वे हुटाप के घने जंगल से गुजर रहे थे। लाल-पीली बजरी वाली कच्ची सड़क शुरू हो गयी थी। लौह-अयस्कों की प्रचुर उपस्थिति की चुगली करती मिट्टी जिसमें अभ्रक के छोटे-मोटे चकत्ते चमक रहे थे।

पलामू व्याघ्र परियोजना के सामने से निकलती सड़क से गुजरते हुए प्रतिबंधित क्षेत्र के भीतर स्थित डाकबंगला दिखा था। कभी समय था कि वृक्षों की घनी दीवार के पार देखना असंभव था। व्याघ्र-दर्शन के एकाध मचान दिखें तो दिख जाएँ।

वाजपेयी ने सड़क के किनारे एक ऐसा वृक्ष भी देखा जिसके तने पर ठुंका-लग एक नक्सली पोस्टर हवा में फड़फड़ा रहा था। प्रचार के इस अवैध पोस्टर को हटाने वाली पुलिस संभवत: यहाँ तक पहुँचती ही नहीं थी।

''टाइगर प्रोजेक्ट का जंगल कितना घना था पहले। अब एकदम झीना हो गया है।'' वाजपेयी ने कहा था।

पेड़ों को कौन रोए? यहाँ तो महीने छ: महीने में पूरा का पूरा बाघ ही गायब कर दिया जाता है। हाथी दाँत के शिकारी जंगल में खुलेआम घुस लेते हैं। रेलवे ठेकेदार, खनिज चोर, लकड़ी चोर..यहाँ रक्षक ही भक्षक है पंडिज्जी''—हरिहर ने कहा था—''कभी सारंडा जंगल गये हैं?''

''बहुत पहले।''

''अब जाकर देखिए। कच्चे लोहे से लदे पचासों ट्रक जंगल से निकलते दिखेंगे...सब नाजायज! लेबी वसूलने वाले संगठन, पुलिस और अफसरशाही के तिगड्डे ने इस लूट पर चादर डाल रखी है। यहाँ भी वही हाल है।''

कभी यह वनक्षेत्र लादोगढ़, पथरा स्टेट और रियासत बभंडी के जमींदारों की प्रिय शिकारगाह होती थी। अब बड़ी कंपनियों, बिचौलियों, तस्करों और माओवादियों की शतरंज की बिसात थी जहाँ सबने अपने-अपने मोहरा सजा रखे थे। जिसका जहाँ दाँव लगा....लूटा।

वे एक गाँव के निकट से गुजरने लगे थे। सड़क से सटे पाँच-छ: कच्ची मिट्टी वाले घरों वाला गांव। छत की जगह खपरैल के छप्पर...!

ग्रामीणों ने सड़क को खलिहान बना लिया था। सड़क पर धान के पोले पीट-पटक कर दाने अलग किये जा रहे थे। जीप आती दिखी तो विस्मय से जीप को ताकते ग्रामीण पुआल की टाल एक ओर धकेलकर जीप को रास्ता देने लगे थे।

डामर की सड़क छोड़ने के बाद लगभग दो घंटों की मंथर यात्रा हो चुकी

थी। रास्ते में घना जंगल, गहरी खाइयों में उतरती रपटीली ढलानें, पगडंडियों और सीढ़ीनुमा खेतों के छोटे-से रकबे के बाद यह इकलौता गाँव...! गाँव भी नहीं, मात्र टोला!

टोले को पार कर आधा घंटा और...! फिर जंगल में जो पहला दोपाया दिखा था उसे देखते ही हरिहर बोल उठा था, "पहुँच गये।"

जीप रोकी गयी थी। वह दोपाया, मिलट्री की वर्दी धारे युवक था। पथराया चेहरा, भावहीन आँखें पर बोली रौबीली! वह ड्राइवर से संबोधित हुआ था।

"तुम यहीं रुकोगे। जंगल में इधर-उधर घुमने मत लगना वर्ना जान से जाओगे।"

"जो हुकुम।"

"अपना मोबाइल दो।"

ड्राइवर ने दिया था। युवक ने दक्षतापूर्वक मोबाइल फोन ऑफ कर खोल डाला था। मोबाइल का सिमकार्ड निकालकर एक पन्नी में लपेटकर मोबाइल के साथ अपनी जेब में रखा था। अब उसकी हथेली वाजपेयी के सामने थी।

वाजपेयी के मोबाइल के साथ भी वहीं करने के बाद युवक ने अपनी जेब से वाकी-टाकी निकाली थी। बात की थी, "मेहमान आ गये हैं।"

दूसरी ओर से संतोषजनक उत्तर मिला था। युवक ने वाकी-टाकी जेब में डाली थी। पीछे मुड़ा था।

"आइए।"

युवक झाड़ियों में राह बनाता आगे बढ़ा था। हरिहर और वाजपेयी ने अनुसरण किया था।

कुछ कदम आगे गूलर के वृक्ष की शाख से टंगी एक "ए.के. सैंतालीस असाहट रायफल" झूल रही थी। युवक ने रायफल उतारी थी, कंधे से लटकाया था और पुनः आगे बढ़ चला था।

वृक्षों, लताओं, झाड़ियों के बीच पाँच मिनट पैदल! कोई पगडंडी तक नहीं। आदमकद झाड़ियो के बीच भुलभुलैया जैसा लग रहा था। मानो एक ही जगह गोल-गोल घूम रहे हों।

वे पहाड़ी की जड़ तक पहुँचे थे। युवक के पीछे चलते हरिहर और वाजपेयी चढ़ाई चढ़ने लगे थे। जब ऊपर पहुँचे तो एक बड़ी चट्टान की छाया में खड़ा दिखाया महेश! महेश असुर...! तथाकथित महिषासुर!

कई दिनों की बढ़ी रूखी दाढ़ी, मैली-कुचैली मिलट्री वाली वर्दी की एक जेब फटकर लटक रही थी। पैरों में पुलिसिया जूते...!

''नमस्कार!'' वाजपेयी ने त्परता से हाथ जोड़े थे।

''स्वागतम!'' महेश ने हाथ बढ़ाया था—''पता चला, मुझसे मिलने को बहुत बेचैन हैं आप?''

''सो तो जरूर था।'' वाजपेयी ने महेश की मसकट्टों जैसी गाँठदार हथेली गर्मजोशी से दबाई थी।

''बेचैनी क्यों बंधु?''

''स्वार्थ! आपका साक्षात्कार बेच कर चार पैसे कमाने का लालच...और क्या?'' हँसा था वाजपेयी।

ऊपर ऊँची-नीची अनगढ़ भूमि थी जिसे सान्यास अपेक्षाकृत समतल गढ़ लिया था।

''मैं कौन सा महत्त्वपूर्ण व्यक्ति हूँ?''

''अब मैं क्या कहूँ? अलबत्ता जंगल के बाहर आपके बारे में हजार बातें होती है, सच क्यूस का प्रतिशत कैसे तय हो?...तो मुझे इंटरव्यू का लालच हो गया और हरिहर भाई को परेशान करता रहा।''

''जंगल में आते डर नहीं लगा?''

''पत्रकारों को आपसे डरने की जरूरत है क्या?''

फिक्क-से हँसा था महेश। वाजपेयी भी मुस्कुराने लगा था। महेश जमीन पर बिंदी दरी की ओर बढ़ा था जिसके सिर पर प्लास्टिक का चंदोवा-सा ताना गया था।

''आइए, बैठते हैं। पर मेरा इंटरव्यू कोई अखबार छापेगा भी?''

''छापेगा क्यों नहीं? वाजपेयी ने पूछा था।''

''हमारे पास पक्के सबूत हैं कि झारखंड के लगभग सभी अखबारों के मालिकों के पास खादानों के पट्टे हैं। जिनके पस्त माईन्स नहीं उनके लिए सरकारी विज्ञापनों की नकेल तो है ही है। मेरा कहा सरकारी पसन्द के विरुद्ध हुआ तो कौन छापेगा यह साक्षात्कार?''

''किसी न किसी अखबार को तो आपकी बात अपील करेगा ही...अभी भी हैं ऐसे अखबार।

आशावादी वाजपेयी को नख-शिख तौलते महेश ने निकट राखी मिट्टी की गटकी से पानी ढालकर पिया था। काँच का गिलास अभी हाथ में ही था। उसने वाजपेयी से पूछ लिया था।''

''पानी...? या कुछ गर्म? ज्यादा गर्म का भी इन्तजाम हो सकता है यदि शौक फरमाते हों।''

''पानी ही ठीक है। बहुत ज्यादा गर्म मुझे रास नहीं आता।''

वाजपेयी को पानी देने के बाद महेश ने अपनी कमर में उड़सी पिस्तौल निकालकर दरी पर रख दिया था। वाजपेयी ने गौर किया था...महंगी पिस्तौल थी, विदेशी...''ग्लोक पिस्टल, और महेश के नाखून कितने बड़े बढ़े थे! कितने गंदे नाखून!''

महेश की पीठ से लगी चट्टान पर बैठे गोविन्द और देबू दो दिशाओं में ताकते बैठे थे। कंधे पर रायफल, हाथों में दूरबीन। महेश ने परोक्षत: उन्हें वहाँ से हटने का इशारा किया था, प्रत्यक्ष में यह कहते हुए।

''गोविन्द, अब चाय बनवा ही लो भाई और हाँ नीचे ड्रायवर साहब को भी चाय-नाश्ता भिजवाना।''

गोविन्द चट्टान से उतरा और चट्टान के पीछे स्थापित रसोईघर की ओर बढ़ा था। देबू अपनी छिछली गुफा में स्थापित खुफिया आँख के सामने जा बैठा था। अब वे अकेले थे। महेश ने कहा था।

''हाँ पंडित जी, अब पूछिए, जो पूछना हो।''

''पहले तो मेरी बधाई लें।'' वाजपेयी भी अब सहज था।

''किस बात के लिए?''

''आपके पुर्नजन्म के लिए।''

''ओह...!''—निमिषमात्र को चौंका महेश फिर हँस पड़ा था—''धन्यवाद! यह बताइए कि यह बधाई आप दिल से दे रहे हैं या हमारे बीच हैं इसलिए पत्रकारिता वाली तेज-तर्रार व्यावसायिक जुलमेबाजी... ?''

''यह हिन्दुस्तान है महेश जी। नवजात कुरूप हो, विरुप हो, विकलाँग हो,....शिशु के जन्म पर उसे डिठौना लगाया जाता है। आशीष और शुभकामनाएँ दी जाती हैं।''

''बुरा मान गए।'' गंभीर वाजपेयी को देखा महेश की तिरोहित!

''आप क्या कर सकेत हैं मेरा? मुझे बंधक बनाएँगे? हद से हद मुझे मार डालेंगे। मैं तैयार हूँ।''

''मुझे जानकारी है पंडित जी कि आपकी नसों में खून नहीं रोशनाई बहती है...मैं अपने हाथ काले नहीं कर सकता।''

महेश ने वाजपेयी का हाथ थाम लिया था। खिसियानी हँसी हँसा था वाजपेयी महेश ने लज्जित स्वर में कहा था।

...सॉरी पंडित जी। मैं दिल्लगी कर रहा था, शायद आपने दिल पर ले लिया। नाराजगी त्यागिए आपकी बधाई मेरे लिए आशीर्वाद है। गुस्सा थूकिए।

''एक शर्त पर...।''

"बोलिए।"

"पुनर्जन्म कैसे? आपका पुर्नजन्म"...वाजपेयी आखिर पत्रकार ही तो था। अपना मोहरा बढ़ा था..."कैसे संभव हुआ?"

"क्योंकि मैं जीना चाहता था। अस्तित्व के लिए संघर्ष के आदिम सिद्धान्त के अनुसार मैं श्रेष्ठ साबित हुआ इसलिए जिंदा रहा...डार्विन की थ्योरी है।"

"उलझाइए मत! ऐसी भाषा बोलिए जो मेरे जैसे मिडियाकर पत्रकार की समझ में आ सके।"

"यह रहस्य गोपनीय ही रहने दीजिए।"

"आप शर्त से मुकर रहे हैं।"

"पूरी तरह नहीं।"—महेश हँसा था—"एक सूत्र देता हूँ बाकी गुणा भाग आप स्वयं कर लें तो आभारी रहूँगा।"

"चलिए, सूत्र ही दीजिए।" वाजपेयी ने रियासत दी थी।

"मॉरिस टाउन का एक फेरा लगा लीजिए। पता कीजिए कि उन दिनों टारमो-इस्पात का कोई महत्त्वपूर्ण आदमी अचानक गायब तो नहीं हुआ था...! बस और मत पूछिए।"

"इतना पर्याप्त है...धन्यवाद।"

वाजपेयी अपनी नोट-बुक में कुछ-कुछ लिखता रहा था। चट्टान के पीछे से बाहर आई थी नीलमनी। देह पर सैनिकों वाली वर्दी। केश समेटकर तौलिए में बँधे...

"देबू'दा! ओ देबू'दा।" गुफा के भीतर से देबू को आवाज आई थी।

"स्टोव खराब है। स्टोव-पिन खत्म है। तुम लकड़ी चीरते हो या मैं खुद चीर लूँ?"

"आता हूँ 'दी!"

देबू गुफा से बाहर निकल आया था। नीलमनी पर टिकी वाजपेयी की आँखें छिटककर देबू पर ठहर गयी थी।

"वह मेरी पत्नी है"—महेश ने बताया था—"देखते है न? एक मामूली स्टोव-पिन चाहिए..., बरवाडीह जाना पड़ेगा,...तीस मील! यही तो है हमारा जीवन पंडित जी। खैर, अगला सवाल?"

"हाँ! राज्य के नेताओं और पुलिस का भी...आरोप है कि"—वाजपेयी ने पूछा था—"कि आप राष्ट्र के भीतर अपनी सेना गठित कर रहे हैं। झाबरा एक राष्ट्रद्रोही संगठन है।"

"बकवास! विरोध या प्रतिरोध की हर आवाज को उग्रवाद या राष्ट्र के लिए खतरा घोषित करने का मनोरोग भी वहीं से आयात किया जा रहा है पंडितजी,

जहाँ से बड़ी कंपनियाँ और कारपोरेट्स भारत आ रहे हैं।''

''बात स्पष्ट नहीं हुई। आपत्ति तो आपके ''झारखंड बंधु रेसिस्टेंस आर्मी'' के ''आर्मी'' शब्द पर है...इस पर क्या कहेंगे?''

''मैं अनपढ़ राजनेताओं और कुपढ़ पुलिसियों को शब्दकोष पढ़ने की सलाह दूँगा'' महेश ने गंभीरतापूर्वक कहा था—''अंग्रेजी सिर्फ नौकरशाहों ने नहीं पढ़ी। पंडितजी, सेना सिर्फ उसी को नहीं कहा जाता जो शत्रु देश के विरुद्ध युद्ध लड़ती है। शोषण, दमन, और अन्याय के विरुद्ध निहत्थे लोगों का संगठन भी ''आर्मी'' कहा जा सकता है।''

''मतलब आप पर देशद्रोह का आरोप गलत है।''

''बिल्कुल फर्जी और वाहियात! संसद में विपक्ष भी तो सत्तापक्ष की नीतियों का खुलेआम विरोध करता है, वह देशद्रोही तो नहीं हो जाता? हम अपने जंगल-जमीन के लिए गलत नीतियों का विरोध करें तो देशद्रोह? यह तो देशहित है। हम अपने देश को सारे जहाँ से अच्छा मानते हैं, सिर्फ झंडा फहराते समय नहीं कहते। इसलिए हम भारत को पश्चिमी देशों का उपनिवेश बनाने के विरुद्ध संगठित हुए हैं।''

''यदि मैं सहमत हो लूँ, राजनीतिज्ञ तो...''

''...संविधान की शपथ लेकर करोड़ों-अरबों का घोटाला कर देश को छलनेवाले देशभकर्तो की हमें परवाह...नहीं! हम देशद्रोही अपनी धरती के हक के लिए बलिदान होने को तैयार हैं।''

''झबरा' के विरुद्ध स्पेशल टास्क फोर्स गठित हो तो गई है।'

''सरकार ने हमें स्पेशल ट्रीटमेंट दिया, यह हमारे लिए गर्व की बात है''—महेश हँसा था—''हमारा रुतबा बुलन्द हुआ।''

''आपका रुतबा तो आपरेशन ''डार्कपिजन'' से ही बुलन्द है...

''झूठ! सफेद झूठ!''—महेश के होंठ थरथरा उठे थे।

वह बिफर उठा था—''बारूदी सुरंग...निहत्थों को घेर कर रक्तपात...हम उग्रवादी नहीं। यह हमारा नहीं।...हम आत्मरक्षा के लिए ही किसी की जान लेते हैं। सिनेमा और अखबार वालों की बौद्धिक दरिद्रता है यह जो नक्सलवाद को आदिवासी आंदोलनों का पर्याय मानती या मनवा रही है।''

''लेकिन पुलिस के अनुसंधान...?'' अवसन्न वाजपेयी! कहना चाहा था, बीच में ही थाम लिया गया था।

''खाक अनुसंधान! एस.पी. मीणा की हत्या या डार्कपिजन...और भी कई कांड है जिनमें हमारा कोई हाथ नहीं पर पुलिस ने इन्हें हमारे मत्थे मढ़कर अपनी

ड्यूटी पूरी करह ली। अनसुलझे मामले किसी बदनाम के मत्थे मंढ देना पुलिस की पुरानी रवायत है...।''

''माना कि आपने ये कांड नहीं किये पर हथियार तो आपने उठाये ही हैं। वाजपेयी ने कहा था।''

''हाँ। उस व्यवस्था के विरुद्ध जो जंगल के संसाधनों पर कारपोरेट को अनैतिक कब्जे देती है और विरोध करने पर हमें देश की आन्तरिक सुरक्षा के लिए सबसे बड़ा खतरा घोषित करती है तो खनिज कंपनियों के शेयर-भाव आकाश छूने लगते हैं। पंडित जी, हम किसी मित्तल, जिंदल, टाटा या एस्सार का अंधा विरोध नहीं करते।''

उलझ गया था वाजपेयी। महेश कहकर चुप...! वाजपेयी कुछ देर तक दरी पर सोये पड़े उन दो युवकों को ताकता रहा था जो रात के पहरे से लौटकर घोड़े बेचकर सो रहे थे। ऊँची आवाजों से निरपेक्ष!

महेश के पीछे बैठा युवक अपना किट-बैग खाली कर कुछ ढूँढ़ रहा था। पिट्टू के बाहर बिखरे थे टार्च, मानिस, चाकू, मग, चादर, स्टील की एक प्लेट...!

''पंडिज्जी, कुछ कहिए भी।'' महेश ने टोका था।

''क्या कहूँ मैं? मुझे आपकी बातें अन्तर्विरोधी लग रही हैं।''

''जबकि लगनी नहीं चाहिए। हमें विकास विरोधी घोषित कर कोबरा, स्कार्पियन, ग्रे-हाउंड आदि-आदि वहशी नामों वाले ऑपरेशन चलाये जाते हैं जबकि हम विकास विरोधी नहीं बल्कि अमानवीय विस्थापन के विरोधी हैं। पर्यावरण और जैब विविधता की कीमत पर अंधाधुंध वन-दोहन के विरुद्ध हैं हम।''

पलाश-पत्ते के दोनों में गर्म पकौड़ियाँ आ गयी थीं। मिट्टी के सकोरों में चाय साथ थी। महेश ने बताया था।

आपके लिए गोभी की पकौड़ियाँ हैं, मेरे दोनों में हिरण के मांस के पकौड़े हैं...जो पसन्द करें।''

''किसी ने कहा कि मैं शुद्ध शाकाहारी ब्राह्मण हूँ? जीवस्य जीवों भोजनाम...?'' वाजपेयी ने मांस का पकौड़ा मुँह में ले लिया था।

''आदमी दिलचस्प हो बंधु।'' महेश ने ठहाका लगाया था।

''पुरोहिताई करने लगूँ तो हो चुकी पत्रकारिता...वैसे पकौड़ियाँ स्वादिष्ट हैं। मैंने कभी खाई नहीं थी, खैर, महेश भाई, जब आप इस पूर्वाग्रह के साथ उद्योग स्थापित ही नहीं होने देंगे कि इसका सारा लाभ उद्योगपति ही ले उड़ेंगे तो आखिर इधर का विकास होगा कैसे? ऐसे में आपकी छवि विकास विरोधी कैसे न बनें?''

''हमें विकास विरोधी प्रचारित करने वाले पहले उन क्षेत्रों में विकास का

मॉडल पेश कर दिखाएँ जहाँ हम जैसे प्रतिरोध नहीं है। दिल्ली में पीने का साफ पानी तो दे नहीं सकते, चले हैं झारखंड, उड़ीसा और छत्तीसगढ़ को विकसित बनाने...झूठे...धोखेबाज...!'' महेश ने चाय की बची तलछट के साथ सकोरा घाटी में उछाल दिया था।

''बस...! गुस्सा कम...!''—नीलमनी पकौड़ियों के नये दोने के साथ दरी पर आ बैठी थी।—''रास्ते में लौटते हुए पता कीजिएगा पंडिज्जी...आदिवासी लोग तेंदू पत्ते की उचित कीमत तभी पा सके जब हमने जंगल माफिया को जंगल से बाहर खदेड़ दिया! पर्यावरण विज्ञानियों से पूछिए तो पता चलेगा कि आदिवासियों ने ही वर्षों तक जंगल की प्रकृति और प्राणियों की रक्षा की है। जहाँ हम जैसे आंदोलनकारी नहीं है वहाँ का हाल जाकर देखिए...।''

''क्या देखूँ?''

''देखिए कि पूरा गोवा कच्चे लोहे से खाली हो गया। बेल्लारी खोखला हो गया। उड़ीसा के खदानों से खुलेआम लुट रहा है कोयला-लोहा। छत्तीसगढ़ में तो मीडिया घराने ही खान-खनिज लूट रहे हैं।''

वाजपेयी ने चाय खत्म कर ली थी पर सकोरा हाथ में ही थामे नीलमनी को ताक रहा था। स्पष्टत: पकौड़े तलने वाली से उसे ऐसे वक्तव्य की उम्मीद नहीं थी। बोला था।

''याने यदि लूट न हो और सबकुछ विधिसम्मत हो तो आपको विकास से इन्कार नहीं है?''

''कतई नहीं है भाई जी। हमें बस वह चाहिए जो न्यायालय कहते हैं। खेत के बदले खेत। आदिवासियों की जमीनें निवेश की भाँति ली जाए, क्या यह माँग गैरकानूनी है।''

''नहीं।'' अनायास बोला था वाजपेयी।

''संसद से पारित हुआ था ऐसा अधिनियम 1991। आदिवासी क्षेत्रों के लिए इस विशेष पंचायत कानून को लागू करना तो दूर, पूंजीवादी घरानों का समर्थन करने वाली सरकार इस कानून को भूल चुकी है।'' नीलमनी ने बताया था।

''यह कानून ग्राम पंचायत को अपने क्षेत्र की जमीन की रक्षा और प्रबंधन का अधिकार देता था''—महेश ने बात बढ़ाई थी—''...फिर परम्परागत आदिवासी अधिनियम 2006 भी संसद से पारित कराकर ठंडे बस्ते में डाल दिया गया क्योंकि यह कानून भी बड़े घरानों के हितों के विपरीत है। बताइए यह आदिवासियों के साथ धोखा नहीं है?''

''सो तो जरूर है।'' वाजपेयी को मानना पड़ा था।

‘‘सुधारों के नाम पर जमीनों की लूट जायज और हम कहें कि रोजगार विहीन विकास गलत है, सरकार दलाली करना बन्द करे, कम्पनियाँ सीधे जमीन मालिक से सम्पर्क कर ग्राम पंचायत में सहमति पत्तों पर दस्तखत करे तो यह गैरकानूनी माँगें हैं?''

‘‘माँगे तो आपकी जायज है पर इससे प्रक्रिया काफी जटिल हो जायेगी।''—वाजपेयी ने कहा था—‘‘फिर आदिवासी पंचायतें उद्योगपतियों के दाँव-पेंच को समझेगी भी?''

‘‘यहाँ सरकार मध्यस्थता करे परन्तु जनहित सरकार की प्राथमिकता रही कहाँ? बड़ी कम्पनियाँ और पूंजीपतियों को सीमा-शुल्क और टैक्स में पाँच लाख करोड़ की छूट देनेवाली सरकार क्या अपनी जनता को उचित मोल-मुआवजा नहीं दिला सकती? दिला सकती है पर दिलाना चाहती नहीं।''

‘‘इतने जमीनी स्तर तक आपके गूटोपिया को स्थापित करना...उसे सुचारू रूप से चलाना, व्यावहारिक लगता है आपको?'' वाजपेयी ने पूछा था।

‘‘इच्छाशक्ति चाहिए पंडिज्जी''—नीलमनी बोल पड़ी थी—‘‘पर नहीं! सरकारें पहले समस्या पैदा करती है फिर उसे इस हद तक बिगड़ने देती हैं कि आम आदमी के सामने कोई विकल्प ही न रहे, सिवाय सरकार से सहमत होने के।''

‘‘हाई-वे, सेज या रीयल स्टेट के लिए भारत में अस्सी लाख हेक्टेयर जमीन जबरन कब्जाई गई हैं, उस पर सरकार की अपने योजना आयोग की रपट तो पढ़ी होगी आपने?'' महेश ने व्यंग्य से पूछा था।

हाँ। इतना होमवर्क तो करके आया ही हूँ मैं। कोलम्बस के बाद दुनिया की सबसे बड़ी जमीन लूट...यही न?''

यही। और जो इस लूट का विरोध करे वह उग्रवादी!! देशद्रोही! उसके लिए स्पेशल टास्क फोर्स...! ऑपरेशन महिषासुर? बिफर पड़ी थी नीलमनी।

‘‘क्योंकि हमें किसी राजनैतिक पार्टी का संरक्षण स्वीकार नहीं इसलिए हम अवांछित है। तत्काल मार डालने योग्य हैं हम।'' महेश ने हँसते हुए कहा था।

‘‘किसी पार्टी से न्योता नहीं मिला?'' वाजपेयी भी हँस पड़ा था।

‘‘मिला। न्योते मिले पर हमें निमंत्रण स्वीकार नहीं। पंडिज्जी, जो नेता जी उग्रवाद के विरुद्ध जितना ऊँचा बोलते हैं, दरअसल वे भी इस दलदल में उतने ही गहरे तक धँसे पड़े हैं। चुनाव आने दीजिए...खुद देख लेंगे आप भी।''

‘‘सबको न्यौते अस्वीकार इसलिए सर्वसम्मति से आपरेशन महिषासुर...''

‘‘वैसे ही पंडिज्जी, जैसे अपने वेतन-भत्ते के लिए भेजे थपथपा कर जन्म-जन्म के वैरी एकमत...''

ठहाका लगा उठी थी नीलमनी। हँस-हँस कर दोहरी होती नीलमनी उनके मसखरेपन पर हँस रही थी जो उन्हें अवांछित घोषित कर रहे थे। संक्रामक रोग की भाँति हँसी ने वाजपेयी को भी ग्रस लिया था।

"सच तो यह है पंडित जी कि"—महेश ने कहा था—"कि जनसहोयग से कटे भूमिगत आंदोलन सरकार को चिंतित नहीं करते। जब जनता किसी आंदोलन का समर्थन करने लगती है तभी परेशान होती है सरकार।"

"...और तभी सरकारें रिरियाने लगती हैं कि...कि..."—नीलमनी ने हँसी नियंत्रित करते हुए कहा था—"कि नक्सलवाद देश की सबसे बड़ी समस्या है न कि भूख, गरीबी, अशिक्षा, बेरोजगारी या महामारी...।"

"आप लोग राजनीतिक दलों पर आरोप लगा रहे हैं....हँसी उड़ा रहे हैं?" वाजपेयी की हँसी थम चुकी थी।

"तो...? तो और क्या करें?—महेश ने कहा था—"बिहार में लालू जी, आंध्रप्रदेश में चंद्रबाबू नायडू फिर वाई.एस. राजशेखर रेड्डी, पश्चिम बंगाल में ममता दीदी...इन्होंने चुनावों के दौरान माओवादियों का इस्तेमाल किया और बाद में माओवादियों के विरुद्ध सैन्य ऑपरेशन में भी हिचक नहीं दिखाई। पंडितजी, राजनेता न जनता के हैं, न माओवादियों के..."

भात पकने की गंध से महमहा उठा था वातावरण। चट्टान के ऊपर बैठा रंगी आँखों पर दूरबीन लगाए दूर-पास की टोह लेता रहा था। नीलमनी ने चेतावनी दी थी।

"रंगी भईया, लगातार ऊपर मत बैठे रहो। कहीं टेलीस्कोप गन तनी होगी तो टपक जाओगे।"

"यही भारतीय लोकतंत्र की ताकत है महेश भाई कि राजनेताओं पर आप तंज कस लेते हैं क्योंकि वे सह लेते हैं पर संसदीय राजनीति के प्रति इतनी कटुता...?"

"राजनीति नहीं, गलत नेाओं के प्रति। हम तमाम नेताओं को विश्वसनीय नहीं मान सकते"—नीलमनी बोली थी—"सत्ताधारी या विपक्षी, कोई उदारीकरण के विरुद्ध बोलता हो इसका प्रमाण नहीं मिलेगा! आपसी सांठ-गांठ कर ये राजनीतिज्ञ निजी कंपनियों के हाथों हमारा जंगल लुटवाना चाहते हैं।"

"वाम पार्टियाँ...?"

"यही तो नितम्ब का फोड़ा है कि ईस्ट इंडिया कम्पनी जैसा समय लाने वाली व्यवस्था की बैसाखी यही वाम दल रहे हैं।" महेश ने कहा था।

"इतना भी खराब स्थिति नहीं है महेश भाई।"

"नहीं है? बुद्धदेव बाबू निवेश न्योतने विदेश नहीं गये थे क्या? यह प्रभुत्व सम्पन्न लोकतंत्रात्मक गणराज्य उपनिवेश में बदलता जा रहा है पंडितजी। निवेश...,

और निवेश..., अंततः उपनिवेश''—जहरीली हँसी हँसा था महेश—''देश के कमजोर लोगों को सुरक्षा देना एक संवैधानिक दायित्व है। कायदे से यह राज्य की जिम्मेदारी है लेकिन हो रहा है बिल्कुल उलटा। विकास के नाम पर राज्य पूरी ताकत से आदिवासियों का दमन करने में लग पड़ा है। हम इसी दमन का प्रतिरोध करते हैं। रही बात लोकतंत्र की तो लोक में इस तंत्र के लिए आस्था बच भी रही है या नहीं, या लोक में इस तंत्र के प्रति इतनी प्रतिक्रिया क्यों है...सत्ता को यह विचारने की फुर्सत कहाँ है?''

''साफ बात है,''—नीलमनी ने जोड़ा था—''मध्यवर्ग यह जान चुका है कि विश्व बैंक और अन्तर्राष्ट्रीय मुद्रा कोष के सेवानिवृत्त प्रतिबद्धों को भारत की चिन्ता कम है, बस अपने पूर्व बॉस लोगों के हितों की फिक्र करते हुए देश की नीतियाँ बनाने में लगे हैं।''

वाजपेयी चुप था! सवाल चुकने लगे थे। भूमिगत संगठन के नेतृत्व को अनपढ़ अशिक्षित और ''सिर्फ बन्दूक चलाने वाले समझने का भ्रम टूट चुका था।

देबू वहीं बैठा दातुन काट रहा था। गंड़ासे की खटाक्-धमाक से चिढ़ा एक बिच्छू पत्थर के नीचे से निकल पड़ा था। हथेली जितना बड़ा-चौड़ा काला पहाड़ी बिच्छू! देबू ने गंड़ासे का हत्था बिच्छू की दुम पर ठोंका था। डंक समेत दुम कट गिरी थी।''

''छोड़िए अभ देश और राजनीति''—वाजपेयी ने विषयांतर किया था—''कुछ अपनी कहिए।''

''क्या जानना चाहते हैं आप?'' महेश दरी से उठकर चहलकदमी करने लगा था।

''यही...कि जो जीवन जी रहे हैं आप, इससे कभी ऊब नहीं होती?''

''होती है पर क्या करें पंडित जी कि अभ यह जंगल ही हमारा यहूदी बस्ती है। अपनी प्रतिरोधी प्रतिबद्धता के सदके हम अपने इस यातना-शिविर से बाहर नहीं निकल सकते....समझ रहे हैं न...?''

''समझ रहा हूँ महेश भाई! आपको जीना यहाँ, मरना यहाँ वाली स्थिति समझ सकता हूँ।'' वाजपेयी ने उदास स्वर में कहा था।

''एक महेश मर भी गया तो यह आंदोलन नहीं मरने वाला। अनेक महेश असुर मनुष्य विरोधी आर्थिकी के गर्भ में हैं। सेज, विस्थापन, भूमि-हड़प...ये खत्म नहीं हुए तो हम भी अमरबेल हैं...यह एक रस्साकसी (संघर्ष) है।''

चट्टान के पीछे से पसीना-पसीना होती फूलमनी बाहर निकली थी। नाक सिनकती, धुएँ से कसकसाती लोर-झोर होती आँखें फूलमनी की...! बोली थी।

"अरे, कोई दो बाल्टी पानी देगा रसोई में? भोजन-भात भी चाहिए कि खाली बतरस से पेट भरेगा?"

देबू बाल्टी उठाए पानी के लिए पहाड़ी से नीचे उतर पड़ा था। वाजपेयी ने विस्मय से कहा था, "आपके संगठन में स्त्रियों की सक्रियता मानसिक और दैहिक दोनों स्तरों पर है...अच्छा है।"

"वह फूलमनी है। जितना स्वादिष्ट भोजन पकाती हैं, क्लाशनिकोव से निशाना भी उतना ही उम्दा लगाती है। अगले पंचायत चुनाव में मुखिया पद की उम्मीदवार होगी। जीतेंगी भी।"

"आपके आशावाद को मेरा सलाम और शुभ कामनाएँ।"

"धन्यवाद पंडिज्जी! जब तक एलेक्स पॉल मेनन, राहुल भगत, रंजत कुार, दीपक चौहान जैसे ईमानदार कलक्टर जंगल-देहात में आते रहेंगे आदिवासियों की उम्मीदें भी जिन्दा रहेगी।"

नीलमनी उठ खड़ी हुई थी। रसोई में पक चुका भोजन परोसे जाने की प्रतीक्षा कर रहा था।

"यहूदी अपनी पीड़ा को भी याद रखते हैं और पीड़ा से उपजी भावना को हथियार बना लेते हैं"—महेश ने कहा था—"ये हथियार भविष्य के संघर्ष हेतु प्रेरणा बन जाते हैं।"

"आपकी भयहीनता भी..."

"भय कैसा पंडित जी?"—महेश ने बात काटी थी—"हम जंगल में हैं, मतलब अपनें घर में हैं। हमारा आदिवासी परिवार यह खूब जानता है कि "झाबरा" को खत्म करने के बहाने सरकार दरअसल आदिवासी प्रतिरोध को खत्म करना चाहती है ताकि गाँवों को उजाड़कर साफ-सुथरी भूमि नीलाम की जा सके।"

"वनक्षेत्रों में निवेश योग्य उत्पादक वातावरण बन सकता तो कुछ बात बन सकती थी...क्यों?"

"शायद!...लेकिन यह सरकारी दर्प और नौकरशाही अहंकार के साथ जंगलप में आने वाले अक्खड़ अफसरों से संभव नहीं। अर्धसैनिक बलों की बटालियन या कोबरा अभियानों से भी नहीं"—महेश चहलकदमी करता कह रहा था—"पैंसठ सालों से वंचित रहे लोगों के प्रतिरोध को कोई सेना नहीं कुचल सकती।"

"जब सरफरोशी ही मकसद हो तो आपको कौन समझाए या...रोके?" वाजपेयी ने दबी आवाज में कहा था।

"नाइजिरिया के बुद्धिजीवी कवि केन सारो बीवा को फाँसी पर लटका दिया गया था क्योंकि उसने बहुराष्ट्रीय तेल कम्पनी "शेल" के विरुद्ध जनता को संगठित

करने का अपराध किया था।''

''भारत में अभी ऐसी स्थिति नहीं है।''

''यहाँ भी वह स्थिति जल्द ही होने वाली है बंधु! प्रतिरोध की हर आवाज राष्ट्रद्रोह कहलाने लगी है। जनहित को ताक पर रखकर सत्ता पूँजीवाद की वकालत करने लगी है। जनप्रतिनिधि बहुराष्ट्रीय कम्पनियों के सी.ई.ओ. की भाँति दलीलें गढ़ने लगे हैं। जनआंदोलन की परिभाषा तो बदली ही जा चुकी है।

हाथों में घुले पलाश-पत्तों का पत्तल लिये प्रकट हुई थी नीलमनी। वाजपेयी के समक्ष पत्तल परोसा था।''

''अब बस भी कीजिए, भोजन कीजिए। ए रंगी भईया...देबू, तुम लोग भी बैठ जाओ।''

''आपने सुना... ?''—वाजपेयी ने कहा था—''महेश जी की बातें? अराजक वक्तव्य?''

''हम अराजक नहीं हो सकते।'' रंगी आ बैठा था।

''क्योंकि अराजकता हताशा का बाई-प्रोडक्ट है...ऐसा लेनिन बोला।'' देबू भी पांत में आ बैठा था।

''हम अराजक नहीं हो सकते पंडितजी,''—महेश भी पाँत में आ बैठा था—''क्योंकि हम उग्रवादी नहीं है। हमारा संघर्ष तो एक जनयुद्ध है जिसमें झाबरा निमित्त मात्र है।''

''समझे वाजपेयी दादा?—देबू ने कहा था—''हार-जीत तो आदिवासी मानुष की होगी, न कि ''झाबरा'' की। बहुत जल्दी हमारा जैसा हजारों लोग गांव-जंगल से निकलकर राजधानी के सड़क पर दिखेगा...संसद के दरवाजे तक दिखेगा।''

''...और यहाँ भात पहुँचा तुम्हारे दरवाजे। चुपचाप खाना होगा। अब कोई बात नहीं...।'' नीलमनी ने पटाक्षेप किया था।

अचानक गाना बज उठा था। सिनेमा का गाना...''किसी की मुस्कराहटों पे हो निसार, किसी का दर्द मिल सके तो ले उधार...किसी के वास्ते...'' यह मोबाइल की रिंग-टोन थी।

महेश की जेब से सेल-फोन निकाल कर नीलमनी ने बटन दबाया था। दूसरी ओर से मिली सूचना सुनकर नीलमनी ने गाढ़ी साँस लेते हुए सेल-फोन का संबंध-विच्छेद किया था।

''जल्दी-जल्दी खाना निगल लो! शायद स्पेशल टास्क फोर्स...।''

''जल्दी जीम लें पंडित जी! यहाँ से भी उठ गया हमारा दाना पानी।'' मुस्कराया था महेश। विक्षण्ण मुस्कान।

# पाँच

तारकनाथ मेहता की व्यस्तताएँ बढ़ती गयी थी। लगभग रोज ही देहात के दौरे होते थे। अपने पुराने सम्पर्क सूत्रों को टटोलना, गाँव की पंचायतों तक पहुँचना मुखबिर-भेदियों का नया तंत्र जाल स्थापित करना! तार के काम करने के अपने तरीके थे।

गैर-आदिवासी गाँवों में तो ठीक-ठाक था पर आदिवासी टोले-पुरवों में उनका बहुत ठंडा स्वागत हुआ था। मुखबिर खड़े करना लगभग असम्भव...! तारक चकित थे, आदिवासियों के बीच कितना विश्वसनीय था ''झाबरा''...! तारक चिंतित थे, आखिर कितनी गहराई तक पैठ गयी थी ''झाबरा'' की जड़ें?

लक्ष्य प्राप्ति के लि तारक को साम, दाम, दंड, भेद...किसी नीति से परहेज नहीं था। सावधानी मात्र इतनी रखी जाती थी कि आमजन में पुलिस की विशेषकर तारक की अपनी छवि नकारात्मक कतई न बने।

ऑपरेशन महिषासुर को निर्णायक परिणति तक पहुँचाने की जैसी धुन तारक को थी, उतनी ही ललक और जुनून तारक के ''फेबुल्स फोर'' को भी थी क्योंकि जैसा तारक ने वायदा किया था, चार यारों का कैरियर ऑपरेशन महिषासुर की सफलता पर टिका था।

कोबरा वटालियन के साथ जुड़ा था मणिशंकर। इस बटालियन ने विश्वस्त सूचना के आधार पर मलय डैम के पहाड़ी इलाके में छापामारी की थी। चट्टानों के बीच छुपा कर रखे गये सात जिलेठिन, पंद्रह डेटोनेटर और लगभग पाँच सौ मीटर तार बरामद किये गये थे। यह सूचना मणिशंकर के सूत्रों ने ही जुटाई थी।

इस कार्रवाई के दौरान कोबरा जवानों के साथ मणि ने जो तालमेल कायम कर लिया था उशकी गवाही देते थे कोबरा बटालियन के डिप्टी कमांडेंट गुरनाम सिंह डडवाल...

''मौत चंगा बंदा है जी मन्नी! मौत प्यारा। कुत्ते जैसी नाक है इस शेर पुत्तर की। मेरे अग्गे-अग्गे चला जी। मेरे नाल-नाल कम्म किया आपका ये मन्नी!...मैं ड्रैम पर स्लिप कर गया, टांग में मोच आ गयी, तो मेरे को कंधे पर उठाने लगा था ये शरवन पुत्तर। मैं दस्सयाँ, रैने दे तो बोला, तुस्सी मेरे ताय जी जैसे हो कैसे रैने दूँ...!'' डडवाल ने धमाधम मणि की पीठ ठोंकी थी— '' ज्यूंदा रह पुत्तरा! वहिड्डयां उम्रां।''

अपने चयन के प्रशंसित होने पर तारक को अभिमान हो आया था। उनके लड़के अच्छा काम कर रहे थे। नतीजे देने लगे थे।

सीमा सुरक्षा बल की गश्ती टुकड़ी ने कोसीआरा रेलवे-स्टेशन के निकट पत्थलकुटुदा गाँव से सटे नक्सलियों के एक ट्रेनिंग कैंप पर छापा मारा था तो इस अभियान में शामिल था अब्दुल मन्नान खान!

बी.एस.एफ. टुकड़ी ने नक्सलियों के तीन बंकर ध्वस्त कर दिये थे। लगभग बीस किलो के लैंड-माइन्स और पाँच किलो का एक केन-बम बरामद किया गया था। एक संभावित नक्सली उपद्रव टाल दिया गया था। खान इस नये अनुभव से रोमांचित था।

इस्माइल डालटनगंज हेडक्वार्टर में पहुँचने वाली हर छोटी-बड़ी सूचना को छान-फटककर तारक तक पहुँचाता रहा था। तारक सूचना का विश्लेषण करते फिर यह खबर प्लानिंग और एक्शन के लिए संबंधित एक्शन-ग्रुप के पास भेज दी जाती। एक सिलसिला स्थापि कर चुके थे तारक नाथ मेहता।

दबिश, छापामारी, तलाशी...अचानक पलामू पुलिस सक्रिय हो उठी थी। तारक ने पलामू पुलिस की कार्य-संस्कृति को बदल डाला था। मणि, प्रताप, प्रभाकर और मन्नान अपने-अपने एक्शन-ग्रुप से जुड़कर तेजी से सीख रहे थे। बेहतर नतीजे देने का प्रयास कर रहे थे।

तारक ने सूचना-सम्पर्क का जाल बिछा रखा था, राजमार्गों के किनारे स्थित ढाबे, शहर के सीमान्त पर झोपड़ियों में चलते चायखाने, देहाती स्कूलों के शिक्षक साप्ताहिक हाट के नियमित व्यापारी, गाँव में मनिहारी की वस्तुएँ बेचने वाले फेरीवाले, बहेलिये...

''ऑपरेशन महिषासुर'' से हटकर कोई अपराधिक गतिविधि की सूचना मिलती भी तो तारक ऐसे मामलों में कतई नहीं उलझते थे। वे ऐसी सूचनाएँ एस.पी. जमील अख्तर तक पहुँचा देते थे। कार्रवाई जिला पुलिस के जिम्मे! तारक का लक्ष्य मात्र महेश असुर!

तारक की टीम ने छोटी-मोटी मुठभेड़ों में बिना नुकसान उठाये कुछ गिरफ्तारियाँ की भी पर यदि ऐसी मूँगफलियों में ''ऑपरेशन, महिषासुर'' का दाना नहीं मिलता तो ऐसी कार्रवाइयों का सेहरा जिला पुलिस के माथे बाँध देते तारक! तारक सिर्फ और सिर्फ ''ऑपरेशन महिषासुर के प्रति समर्पित थे।

प्रभाकर के एक्शन ग्रुप से एक बार चूक भी हो गयी थी! अतिआत्मविश्वास का शिकार गश्ती दल भूमिगत सुरंग का शिकार हो गया था। बिना किसी मुठभेड़ प्रभाकर की सर्च पार्टी के तीन कमांडो जवान धमाके से उड़ गये थे। छपरा का

कुंजबिहारी, देवघर का पारस और भोजपुर का जनेसर! तीनों बिहार के अतिउत्साही युवक!

उस सांझ की बैठक में तारक ने प्रभाकर की बढ़िया खबर ली थी।

"तुम साथ थे। मेरे स्टूडेंट...और ऐसी भयानक भूल? दोबारा न हो वर्ना तुम आउट!"

इस भूल से सबक लेते हुए प्रभाकर ने फिर फूंक-फूककर कदम रखा था। हो चुकी भूल को सही करते हुए उसने तारक तक ऐसी सूचना पहुँचाई थी कि लगा सफलता बस कुछ कदम दूर है। छुटाप के जंगल में कांबिग करते हुए लगा था वे महेश असुर को घेर चुके थे पर ऐसा हो न सका था।

त्वरित कार्रवाई के बावजूद सर्च पाटी को जूठी पत्तलें मिली थीं। अखखाए पकौड़े! ठंडा चूल्हा। दास कैपिटल, भागो नहीं दुनिया को बदलो और इरफान हबीब की पुस्तक "इकोनामिक हिस्ट्री आफ इंडिया"।

"उग्रवादी के पास ऐसी किताबें?" सोच में थे तारक!

"उग्रवादी लोग ऐसी किताबें समझते भी हैं?" मणि भी विस्मित था।

तारक गम्भीर थे। अशिक्षित-अनपढ़ उग्रवादियों को थामना बहुत मुश्किल नहीं होता, समय की बात होती है परन्तु जब कोई बुद्धिजीवी कानून तोड़ने लगता है तो वह कानून बनाने या कानून के रक्षकों से कहीं ज्यादा जटिल और खतरनाक होता है।

बरामद किताबें तारक के समक्ष चुगली कर रही थी...चुनौती भी दे रही थी कि महेश असुर एक शातिर और खतरनाक प्रतिद्वंद्वी साबित होने वाला था।

विश्रामपुर की साप्ताहिक हाट...!

पलामू का एक चर्चित प्रखंड है विश्रामपुर! भूमिगत कार्रवाइयों से तपता क्षेत्र है विश्रामपुर। स्कूल, अस्पताल, डाकघर, प्रखंड विकास पदाधिकारी का कार्यालय।...सन संतावन के स्वतन्त्रता संग्राम के अन्तिम दिनों में पलामू में अंग्रेजों के विरुद्ध जो मोर्चा खड़ा हुआ था उसके महत्त्वपूर्ण लड़ाका भवानीबख्श राय के पुराने किले के भग्नावशेष हैं यहाँ!

हाट की चहल-पहल शाम के तीन बजे पाँच बजे के बीच चरम पर होती है। जमीन पर टाट-बोरे बिछाए पंसारी, आढ़तिये, लुहार, बढ़ई, ठठेरे, हज्जाम...! बांस के सूप-टोकरे के ढेर! मुर्गियाँ, बकरियाँ और सूअर के छौने...! वन्य समाज की जरूरत की हर चीजें इस हाट में बेची-खरीदी जाती हैं। नमक से लेकर पेप्सी-

कोला तक...!

हाट की चिल्ल-पों से परे सार्वजनिक प्याऊ के निकट खड़ी थी पुलिस की मारुति जिप्सी! जीप के पीछे हिस्से में छः कमांडो जवान बैठे थे। आगे की सीट पर थे तारकनाथ मेहता। चालक की जिम्मेदारी निभा रहा था अब्दुल्ला मन्नान खान!

तारक का आधा दिन डालटनगंज मुख्यालय में बीतता था। सदर थाने में तारक ने "ऑपरेशन महिषासुर" के लिए विशेष कार्यबल की स्पेशल सेल स्थापित कर ली थी। प्रभार में था इस्माईल!

बाकी का आधा दिन तारक डालटनगंज के निकटवर्ती देहात के दौरों पर निकल पड़ते थे। प्रभाकर, प्रताप, मणि या खान...जो भी खाली होता था, तारक के साथ हो लेता था। यह एक स्थापित दिनचर्या थी।

हाट की भीड़ से बाहर जीप में बैठे तारक मानों किसी की प्रतीक्षा कर रहे थे। दृष्टि हाट की भीड़ से भटककर बार-बार कलई घड़ी पर जा टिकती थी।

बाजार के एक कोने में बिना हाथ वाली कुर्सी पर खड़ा कोई स्थानीय छुटभैया नेता मदारियों जैसा मजमा जुटाए भाषण दे रहा था।

"गाँधी बाबा रटते-रटते मर गये कि भारथ का विकास गाँव से होगा। राजीव भईया तो सफा बात बोलते थे कि दिल्ली से चला रुपइया बिसरामपुर आते-आते पंद्रह पईसा रह जाता है। बाकी बीच रास्ते में खत्म...!"

"कैसे खत्म हो भईया?" किसी ने चिल्लाकर पूछा था।

"बनडमरू हो तुम! एकदम घोंघाबसंत! घर में घोड़ा रहते हुए जो पैदल यात्रा करता है, जो दूसरों को बोलने नहीं देता; मुँह से बात छीन लेता है, और जो अपनी कमाई दामाद के पास रखकर उसे सुरक्षित समझता है...ऐसे तीनों लोग जग में मूर्ख सिद्ध होते हैं।" मुँह से बात मत छीनो। तुम नहीं पूछते तो भी हम बताते जरूर!...मलाई बरफ देखे हो, न? यहाँ से वहाँ चार हाथ आते-जाते मलाई बरफ गल जाता है। तो भईया दिल्ली का रुपया वही मल्लाई बरफ बूझो....एसक्रीम समझो।"

"सुनते हो खान? आजकल गाँव के लोग कितने जागरूक...खान?"

"जी....!" अन्यमनस्क खान चौंका था।

"ध्यान कहाँ है मियाँ?"

"जी, कहीं नहीं।"

"तो अभी मैंने जो कहा, दुहराओ।"

"जी-जी मैं...सर...!" गड़बड़ा गया खान!

"तबियत तो ठीक है?"

"हाँ सर।"

“फिर अपने काम से ध्यान क्यों भटकता है तुम्हारा? तुम फील्ड में हो खान, अपने घर में नहीं।”

“सॉरी सर।”

“तुम्हें होना ही चाहिए।”

“लेभी-फिरौती वसूलने वालों से सावधान—भाषण जारी था—“सादान भाइयों सावधान! आदिवासी लोग को मारने-उजाड़ने के बाद आप लोगन का लंबर भी आएगा इसलिए अबकी पंचायत भोट में हमारा हाथ मजगूत कीजिए।”

सूरज पश्चिम पहाड़ों पर टिका दहकते तवे-सा लहलहा रहा था। शाम ढलने को भी। भुटपुरा होने के बाद पलामू के देहाती रास्तों पर ही नहीं, राजमार्गों पर विचरना भी सुरक्षित नहीं था। तारक ने कहा था।

“अब निकलो खान, यहाँ कुछ नहीं रखा।”

हाट से हर दिशा में कच्चे रास्ते निकलते थे। रास्तों से पगडंडियाँ फूट रही थी। सम्पर्क पथ से निकलकर तारक की जीप मुख्य सड़क पर पहुँची थी। गढ़वा-डालटनगंज मार्ग पर पहाड़ी के निकट विश्रामपुर मोड़ से सातवें-आठवें किलोमीटर के पत्थरों के बीच तारक ने तर्जनी उठाई थी।—वहाँ, उस चाय-दुकान पर रुकना।”

वह चाय-पान-बिस्किट की दुकान थी। झोंपड़ी वाली वह दुकान हाट-बाजार के दिन खूब चलती थी और देर सांझ तक गुलजार रहती थी। खान में दुकान के सामने सड़क के किनारे जीप रोक दी थी।

दुकान के बाहर, परात में गुड़-पगी ठंडी जिलेबियों पर ततैयों का झुंड भिनभिना रहा था। ततैयों को भगाने हेतु गोबर के उपलों की धूनी परात के नीचे धुआँ-धुआँ हो रही थी। शीशे के गंदे मर्तबान में सस्ते बिस्कुट रखे थे। चूल्हे पर चढ़े बड़े भगौने मं दूध औंटा रहा था।

बिना आदेश किये दुकान की गद्दी पर बैठा अधेड़ सक्रिय हुआ था। भगौने से सटी रखी केतली में चाय गर्म हो रही थी। अधेड़ ने मिट्टी के सकोरों में चाय डाली थी और दोनों हाथों में सकोरे थामे वह तारक की जीप तक बढ़ आया था। आते-आते पीछे आदेश उछाल आया था।

“रे बिजईया, गाड़ी में चाय पहुँचाही रे।”

तारक ने अधेड़ के हाथ से एक सकोरा ले लिया था। दूसरी चाय खान को थमाते हुए अधेड़ से पूछा था।

“कैसे हो बाबूलाल?”

“ठीक्के हैं साहेब जी। आज इधर कइसे?”

“बाजार तक गया था।” तारक ने बताया था।

''अकेले साहेब?'' बाबूलाल की धीमी आवाज...! आवाज में रहस्य का पुट!

''क्यों? इधर कोई गड़बड़ है?''

''आज हवा थोड़ा गरम है साहेब जी। बाजार में महेस असुर का मिटिन था आज।''

''बाजार...? विश्रामपुर बाजार में?''

''जी साहेब! बीच बाजार भासन देता है महेस असुर।'' रह-रहकर आगे-पीछे ताक रहा था बाबूलाल।

''उधर कोई लोकल नेता टाइप आदमी दे तो रहा था भाषण।''

''महेसवे होगा साहेब जी।''

''वह महेश था?''

''अपने आदमी बाजार में है साहब जी। हमारी खबर कभी गलत निकली है का?...गजब बरहरुपिया है महेस! चीन्हना मोसकिल है। कभी मदाड़ी, कभी नटुआ, कभी नचनियाँ लौंडा...किसिम-किसिम का रूप धर लेता है महेस असुर।''

''खान...!'' आदेश कोड़े सा लहराया था।

चाय की प्यली फेंकते तारक। खान ने ताकाल गाड़ी को गियर में डाला था। तीखा यू-टर्न लेती जिप्सी वापस विश्रामपुर हाट की और भाग छूटी थी।

तारक के संकेत, देह-भाषा, भृकुटी संकेत...यहाँ तक कि तारक के मौन के मायने भी समझने लगे थे ारक के चारों लड़के।

मात्र चार मिनट और जिप्सी वापस हाट में थी पर भाषण समाप्त हो चुका था। भाषण देता नेता जा चुका था। बाजार क व्यापार अपनी गति से चल रहा था। मधुमक्खियों के छत्ते से उत्पन्न होनेवाली भिनभिनाहट हाट के सिर पर तैर रही थी।

चोट हो चुकी थी भरे बाजार तारक की आँखों में धूल झोंक दी गयी थी और उन्हें भान तक नहीं हुआ था। तारक के भीतर कुछ कसक गया था।

काश तारक के पास महेश असुर का ताजा चित्र होता...बल्कि महेश असुर का फोटोग्राफ तो हर थाने में होना चाहिए था...बल्कि आपरेशन महिषासुर से जुड़े हर ऑफिसर की जेब में होना चाहिए था। थारक ने गहरी साँस ली थी।

''चलो खान।''

''कुछ मिनट से चूक गये सर।''

''निराशा तो आदमी के साथ-साथ चलती है बरखुरदार। हताशा को खुद पर हावी होने देना हार की ओर पहला कदम होता है। चलो, आज नहीं तो फिर कभी सही।''

वे पुनः मुख्य मार्ग पर वापस पहुँचे थे। लगभग पाँच किलोमीटर तक रास्ता खामोशी के साथ तय हुआ था। ताजा धोखे की परछाईं जो साथ-साथ चल रही थी। आँखों के सामने से निकल गया था शिकार।

तारक को ''ऑपरेशन महिषासुर'' की जो फाइल सौंपी गयी थी उसमें महेश असुर का मात्र एक चित्र था वह भी पासपोर्ट आकार का...पुराना। जो दूसरा फोटोग्राफ था भी वह ''मारिस टाउन'' पुलिस से प्राप्त था। मृत महेश की कथित लाश का सिर विहिन फोटो जो किसी काम का नहीं था।

तारक की जिप्सी की गति धीमी हुई तो तारक का ध्यान सड़क पर लौटा था। सामने केन्द्रीय सुरक्षा बल की एक टुकड़ी दिखी थी। कुछ हथियारबन्द जवान सड़क के किनारे खड़े चौकन्नी आँखों से चारों ओर घूर रहे थे। पाँच-छः जवान सड़क से नीचे उतरकर, कटी फसल वाले खाली खेत में कुछ ढूँढ़ रहे थे।

टुकड़ी का नायक आँखों पर दूरबीन लगाए खेतों के सिलसिले के पर घनी बंसवारियों में कुछ देखने का प्रयास कर रहा था।

तारक ने नायक के निकट पहुँच कर जीप रुकवाई थी। नायक ने एड़िया खड़का कर सैल्यूट किया थ। तारक ने जानना चाह था।

''कुछ खास...?''

''यस सर! उधर कुछ गोलियाँ चलने की आवाज थी। बंसवारियों के पार। हमने भी जवाबी फायरिंग की है।''

''कुछ मिला?''

''आधे घंटे से वाच कर रहे हैं सर! उधर कोई हलचल नहीं है।''

''आप यूँ खुले में खड़े फायरिंग कर रहे थे...वह भी जवाबी?''—तारक ने व्यंग्य से कहा था—''अगर उधर कोई पार्टी होती तो आपकी लाशें गिननी पड़ती हमें।''

''स...स्सॉरी सर।'' सकपका गया था नायक।

''खैर, किस पर गोलियाँ दाग रहे थे आप?''

खेतों में उतरे जवान निराश वापस सड़क पर आ गये थे। एड़ियाँ जोड़ते, बूट खड़काते, सैल्यूट करते जवानों की ओर से निरपेक्ष तारक का प्रश्न। इस बार अपेक्षाकृत ऊँची आवाज में...

''किस पर गोलियाँ खर्च की आपने?''

सहम गया था नायक! सैल्यूट से निरपेक्ष अधिकारी अर्थात् क्रुद्ध अधिकारी! धीमी आवाज में उत्तर दिया था।

''निराशा दिख नहीं रहा था...सर।''

"शाबाश! टारगेट दिख नहीं रहा। शिकार कौन है पता नहीं और हमारी सी.आर.पी.एफ. कारतूस खर्च किये जा रही है...वेलडन!"

"सावधानी के लिए सर।"

"खुले में खड़े होकर फायरिंग सावधानी होती है?"

नायक के पास कोई सजता जवाब नहीं था। आँखें झुक गयी थीं। कंधे ढीले पड़ गये थे।

"अब यहाँ कुछ नहीं रखा दोस्तो"—तारक ने जवानों को संबोधित किया था—"जो थे या जो होंगे, निकल चुके होंगे। अब निकलिए।"

खान की पीठ पर तारक की तर्जनी का टहोका...! खान ने इग्नीशन में चाबी घुमाई थी। एक्सीलेटर पर दबाव दिया था। बूटों की धमक जप के पीछे छूटती गयी थी।

अगले चार दिन महेश असुर का चित्र उपलब्ध करने की कवायद में गुजरे थे।

अब्दुल मन्नान खान को राँची भेजा गया था। दो दिनों तक महेश के स्कूल, कालेज और चर्च की खाक छानने के बाद खान डालटनगंज वापस लौटा था। महेश के कॉलेज के परीक्षा विभाग में; प्रवेश पत्र की दूसरी प्रति पर चिपका महेश का चित्र मिल गया था। वह भी पुराना और पासपोर्ट आकर का...।

कम से कम एक दशक पुराने चित्र विश्रामपुर हाट वाले "नेताजी" के चेहरे से नितान्त भिन्न थे। अब भी तारक या तारक के सैनिक अपने शिकार के सामने पड़ने पर भी उसे निश्चित रूप से पहचान लेने की स्थिति में नहीं थे।

विश्रामपुर हाट वाले "नेताजी" का चेहरा-मोहरा और कद-काठी तारक या खान की स्मृतियों में जितनी बच रही थी उसके आधार पर पुलिस विभाग के चित्रकारों ने महेश असुर के स्केच बनाये थे।

महेश असुर के चित्र की तलाश में मॉरिस टाउन गया प्रभाकर भी खाली हाथ लौटा था। चित्र नहीं मिला था परन्तु प्रभाकर ने अपने दो दिन एकदम जाया नहीं कर दिये थे। वह महेश असुर के गिरोह के संभावित सदस्यों की जन्मकुंडली उखाड़ लाया था। कुछ लोगों के ताजा चित्र समेत उसके पास एक सूची थी जिसमें नाम थे...यशवंत पांडेय उर्फ फौजी, रंगनाथ सिंह उर्फ रंगी, देवेन्द्रो मजूमदार उर्फ देबू, मंसूर अंसारी, जोबा मांझी, फगुनी मुंडा, बूटन उरांव, छोटन उरांव, मंगरा उरांव, जनेसर उरांव, जितेन्द्र मुंडा उर्फ जीतू और दल की एक स्त्री सदस्या नीलमनी एक्का उर्फ नीलू...!

राँची–टालटनगंज राजमार्ग पर पुलिस की जिप्सी रांची की दिशा में भागी जा रही थी। लक्ष्य था पंचरुखिया का मिशन हस्पताल...!

भोर होने से पहले, जब तारक अपने बंगले के पिछवाड़े लॉन में वर्जिश कर रहे थे, सुरमई अंधेरे वाले भोर काल में एक बहेलिया तारक के बंगले पर पहुँचा था।

बहेलिए के कंधे से लटक रही थी बटेरों से भरी पिटारी। हाथ में बटेर फँसाने वाला लम्बा बांस था जिसके पतले सिर पर बबूल की गोंद का बड़ा सा लोंदा चिपकाया हुआ था।

"का है रे?" फाटक पर खड़े प्रहरी ने पूछा था।

"बटेर के बहुत शौकीन हैं। भीतर खबर भिजवाना दो मालिक कि बैजू आया है।"

"अभी नहीं। दिन चढ़ने पर आना।"

"का मालिक! फिर काहे को आना–जना! खबर पेठाओ न कि बैजूआ आया हैआ। देखन साहेब खुश हो जाएँगे। अपने से छाँट–छाँट बगेरी लेते हैं बढ़का साहेब।"

फाटक पर स्थित केबिन से फोन था। प्रहरी ने बंगले में फोन किया था। बैजू के लिए बुलावा आ ही गया तो चकित हुआ था प्रहरी।

"जा बे! साहब भीतर बुला रहे हैं।"

वर्जिश खत्म कर तारक लॉन में बैठे अखबार देख रहे थे। मेज पर चाय आ चुकी थी। बैजू तारक के निकट जमीन पर जा बैठा था।

"कहो बैजू...कोई खबर?" तारक की आँखें अखबार पर थी।

"पक्का खबर है साहेब जी। अस्पताल में महेश की मेहरारू भर्ती हुई है।"

"डालटनगंज में?" चौंके थे तारक।

"नहीं साहेब जी। पंचरुखिया के क्रिस्तान अस्पताल में है।"

"खबर किसने दी?"

एक–एक बटेर को गर्म पानी में डुबो–डुबोकर कर मारने के बाद बटेरों के चोंच–पंचे, पंख, आँते साफ करते बैजू ने धीमी आवाज में बताया था।

"आपन आँख से देखे हैं साहेब जी। धोखा का सवाल एकदम नहीं है।"

"ठीक है। अब तुम निकलो।"

"जो हुकुम! जोहार साहेब जी।"

तारक अतिसक्रिय हो उठे थे। उठे थे। बंगले के भीतर पहुँच अधजगे इस्माइल को फोन खड़काया था।

"जागो मियाँ और जगाओ। प्रताप, प्रभाकर, मणि, खान...जो भी मिले, लेलो

तैयार होकर हेडक्वार्टर पहुँचे...तुरन्त!''

''एक्शन?'' सजग हो उठा था इस्माईल।

''फौरन! फौरन से पेश्तर! सी.आर.पी.एफ. की एक टुकड़ी। कमांडोज...रेड करनी है। तुरन्त तैयार करो। मैं बस पहुँच रहा हूँ।''

''ओ.के. सर।''

दस मिनट...सिर्फ दस मिनट बेटे! हमारे पास वक्त नहीं है।

''राइट सर।''

अगले आधे घंटे के भीतर तारकनाथ मेहता के नेतृत्व में धावा-दल पंचरुखिया की ओर उड़ा जा रहा था। तारक की जिप्सी को प्रभाकर ने तूफानी गति दे रखी थी। पीछे दो जीपों में कमांडो दस्ते के जवान थे और आखिर में एक पुलिस वैन में केन्द्रीय सुरक्षा बल के जवान...!

धूल उड़ाती गाड़ियाँ पंचरुखिया अस्पताल के मुख्य फाटक से भीतर प्रविष्ट हुई थी, वैन के गतिशून्य होने से पूर्व ही कमांडो जवान हस्पताल परिसर में फैल गये थे।

हस्पताल के मुख्य फाटक से बाहर सड़क के किनारे चाय-नाश्ते की दुकानें अभी खुली ही थी। दुकानदार चौंक उठे थे। कमांडो जवान हस्पताल की चहारदीवारी पर अग्नेयाश्त्रों की नालें टिकाए मुस्तैद हो चुके थे।

परिसर के भीतर कर्मचारियों के क्वार्टर और दूसरी इमारतों को केन्द्रीय सुरक्षा बल के जवान अपने घेरे में ले चुके थे। जिला पुलिस अस्पताल की मुख्य इमारत में दाखिल हो चुकी थी।

बाहर की जिम्मेदारी प्रताप और मणि पर छोड़कर तारक और प्रभाकर हस्पताल की मुख्य इमारत में प्रविष्ट हुए थे।

गले में स्टेसथेस्कोप झुलाता सफेद एप्रनधारी एक युवा डाक्टर बदहवास-सा हस्पताल की मुख्य इमारत से बाहर निकलने लगा था कि सामने दिख गये थे तारक। तारक के साथ एक वर्दीधारी पुलिसिया...प्रभाकर!

''यहाँ का बड़ा डाक्टर...चीफ मेडिकल आफिसर कौन है?'' तारक का साधिकार प्रश्न।

''डाक्टर पूर्वे!'' सामने खड़े डाक्टर ने उत्तर दिया था।

''हमें डाक्टर पूर्वे से मिलना है। रास्ता बताइए।''

युवा डाक्टर उन्हें डाक्टर पूर्वे के कक्ष तक ले आया था। तारक ने पहुँचते ही दबंग आवाज में हुक्म दिया था।

''गुड मार्निंग डाक्टर! हमें अपना एडमिशन या रजिस्ट्रेशन, जो भी आप कहते

हों, रजिस्टर दिखाईए। यह पुलसिया अनुसंधान का मामला है।''

''यहाँ पुलिस क्यों?''

''प्रभाकर... !''

प्रभाकर को आदेश मिल चुका था। त्वरित कार्रवाई! इसके पूर्व कि रजिस्टर की प्रविष्टियों के साथ कोई छेड़-छाड़ हो, प्रभाकर को रजिस्टर कब्जे में कर लेना था।

कनीम चिकित्सक की वीह थामे, उसे लगभग खींचता प्रभाकर कक्ष से बाहर निकला था और अगले ही मिनट दाखिला-पंजी उठाए काउंटर क्लर्क के साथ वापस लौटा था।

''कुछ मिला?'' तारक ने पूछा था।

''शायद।'' प्रभाकर का संक्षिप्त उत्तर...।

''विवरण दो।'' तारक सिगार सुलगाने लगे थे—''प्रभाकर प्रविष्टयाँ पढ़ने लगा था—''मलेरिया की मरीज!...टेंगरा भुरमू। उम्र नौ साल। छत से गिरकर पैर में फैक्चर!...प्रशान्त श्रीवास्तव। उम्र इक्कीस वर्ष! बाइक एक्सीडेंट में घायल। पुतली बड़ाईक। महिला। उम्र इक्कीस वर्ष...मर्ज का कालम खाली...''

''क्यों खाली?'' तारक ने धुआँ उगला था...क्लर्क की ओर!

''मिस्टेक! गलती से छूट गया होगा।'' क्लर्क आँखें चुराने लगा था।त

तारक सहमत नहीं थे। ना-ना में हिलता तारक का सिर, आँखें डाक्टर पूर्वे की आँखों में धँसी जा रही थी।

''यह...यह गर्भपात का केस है।'' डाक्टर पूर्वे हकलाने लगे थे।

''यह रजिस्टर में दर्ज क्यों नहीं है?'' तारक की पलकें सिकुड़ गयी थीं।

''कहा तो....मिस्टेक! मानवीय भूल।''

''चलिए माना। मरीजा कहाँ हैं?''

''हॉल नम्बर दो। बेड नम्बर सत्रह।''

''बहुत खूब! याददाश्त अच्छी है आपकी! जरा हमें भी मिलवाइए इस मरीजा से। इस थोड़ी दुआ-सलाम करना चाहते हैं।''

वे हॉल संख्या दो में पहुँचे थे। सत्रह नम्बर का बिस्तर खाली था। बिस्तर पर सलवट रहित चादर बिछी थी। तारक की भृकुटी टेढ़ी हुई थी।

चटाख...! मन्तव्य भाँप प्रभाकर पीछे छुपा था। क्लर्क की कनपटी पर करारा तमाचात पड़ा था। क्लर्क झोंके के साथ बिस्तर पर जा गिरा था। प्रभाकर ने क्लर्क का गिरहवान थाम लिया था।

''साले, पुलिस से मसखरी करता है? इतना मारूँगा बेटा कि पिछाड़ी से गू

के साथ अन्तड़ियाँ निकलने लगेंगी।''

दूसरे बिस्तरों पर लेटे मरीज आतंक से उठ बैठे थे। कनीय चिकित्सक भय से काँप उठा था। डाक्टर पूर्वे का चेहरा भी विवर्ण हो गया था। क्लर्क की आँखों की कटोरियों में दीदे नाचने लगे थे।

''कहाँ है पुतली बड़ाईक...जल्दी बोल साले?''

''ऑफिसर, अपनी जुबान को लगाम दो।'' डाक्टर पूर्वे चिल्ला उठा था—यह पुलिस चौकी नहीं, हॉस्पिटल है। यहाँ के कुछ अनुशासन हैं।

''कृपया हस्तक्षेप न करें डाक्टर! अनुशासन अपने स्टॉफ को सिखाया था। आपका क्लर्क सरकारी काम में रुकावट डालता है। झूठ बोलकर पुलिस को बरगलाता है।''

''आप इल्जाम लगा रहे हैं।''

''अभी साबित भी कर देते हैं, फिर जरूरी हुआ तो हिरासत में भी लेंगे।''—तारक ने खुरदुरी आवाज में हुक्म दिया था—''इसे बाहर ले जाओ और पीटो। बस मरना नहीं चाहिए। टूट-फूट की कोई फिक्र नहीं!''

तृप्तिपूर्ण ढंग से सिगार का कश लेते तारक अक्खड़ पुलिसिए की भाँति हाल से बाहर निकल पड़े थे। प्रभाकर ने क्लर्क को हॉल से बाहर खींचा था और उसी झोंक में उसे गलियारे की दीवार पर धकेल दिया था। दोनों हाथ आगे फैलाए क्लर्क दीवार से टकराया था। चीखा था।

''मत मारिए सर...बताता हूँ सर...मारिए मत सर...!''

''प्लीज आफिसर, हमारी विवशताएँ समझिए आप''—डाक्टर पूर्वे के कस-बल भी ढीले पड़ गये थे—''हमारा हास्पिटल जंगल में है। हम उनकी बात न मानें तो यहाँ चार दिन नहीं चल सकता यह हॉस्टिल''

''बस, बहुत हुआ। तारक ने धुएँ का छल्ला उगला था।''

''चल...बता।'' प्रभाकर ने क्लर्क की गर्दन थाम रखी थी।

क्लर्क उन्हें हॉल से बाहर, गलियारे से निकालकर पिछले निकास द्वार तक लाया था।

पीछे बरामदा था। खूब चौड़ा। बरामदे पर चार-छ: प्राइवेट केबिन थे जिनके दरवाजे बरामदे पर खुल रहे थे। बरामदे के नीचे फूलों की क्यारी थी जिसके आगे हस्तपाल की चहारदीवारी थी। चहारदीवारी पर काला नकाब पहने कमांडो तैनात थे।

गलियारे में एक सफाई कर्मचारी दिखा था। प्रभाकर ने उसे पुकारा था।

''ए, इधर किस कमरे में मरीज है?''

सफाई कर्मचारी ने एक बंद दरवाजे की ओर इंगित कर दिया था। प्रभाकर ने फिर पूछा था।

''बस एक ही कमरे में?'' बाकी कमरे?

''खाली हैं साहेब!''

प्रभाकर बन्द केबिन के दरवाजे पर जा खड़ा हुआ था। क्लर्क से पूछा था, ''भीतर कितने लोग?''

''एक औरत!''

''पुतली बड़ाईक?''

''जी...जी साहब!''

''और कोई?''

क्लर्क ने असहमति में जोर-जोर से सिर हिलाया था। प्रभाकर ने क्लर्क को अपनी पकड़ से मुक्त किया था, हौलस्टर से नौ मिलीमीटर वाली सरकारी पिस्तौल निकाली थी, पिस्तौल का सेफ्टीकेंच हटा कर पिस्तौल की नाल क्लर्क की आँखों के बीच ललाट पर टिकाते हुए गुर्राया था।

कोई हीरोगिरी नहीं। आवाज एकदम नहीं कोई होशियारी की...कोई ईशारेबाजी तो एक गोली और सीत्ताराम...!''

क्लर्क गूँगा हो चुका था। जोर-जोर से असहमति में सिर हिला रहा था। सफाई कर्मचारी डाक्टर पूर्वे के पीछे जा टुबका था और डाक्टर पूर्वे काठ बने खड़े थे। कभी डाक्टर बीच में, पता नहीं कब, खिसक चुका था।

''मैं दरवाजा खटखटा रहा हूँ डाक्टर साहब! खुलना चाहिए वर्ना''—प्रभाकर हिंसक स्वर में बोला था—''वर्ना मैं दरवाजा तोड़ दूँगा।''

''रुको...ठहरो बच्चे!''

तारक आगे बढ़े थे। दरवाजे पर लगी घुंडी की मूठ पकड़कर उमेठते हुए दरवाजेक को हल्के से धकेला था। दरवाजा खुल गया था।

कमरे में, इकलौते बिस्तर पर घाघरा-चोली पहने एक आदिवासी युवती उपस्थित थी। पुलिस की वर्दी देखते ही युवती चौंककर खड़ी हो गयी थी।

''हैलो मिसेज बड़ाईक''—तारक के चेहरे पर दोस्ताना मुस्कान थी—''पुतली बड़ाईक?''

''का बात है साहेब जी?''

''खेद सहित कहना है श्रीमती एक्का...!''

''इहाँ पुलुस काहे को? हम का किये हैं साहेब जी?''

''कृपया शान्त हों। मैं हूँ तारकनाथ मेहता, विशेष कार्यबल का प्रभारी और

मेरे पास आपसे पूछने हेतु कुछ प्रश्न हैं।''

''का पूछना है हमसे?''

प्रभाकर की अर्थपूर्ण दृष्टि तारक की ओर उठी थी। कूहड़ हिन्दी बोलती पुतली बड़ाईक कैसे समझ सकी थी कि अंग्रेजी में बोलते तारक ने यह कहा था कि उन्हें कुछ प्रश्न पूछना था?

तारक ने पलकें झुकाते हुए प्रभाकर को आश्वस्त किया था कि उनके सामने किये जा रहे अभिनय का पर्दा भिद चुका था। वे भी भाँप चुके थे कि अंग्रेजीक समझने वाली पुतली बड़ाईक नीलमनी एक्का भी हो सकती थी। वे सही वक्त पर सही जगह पहुँच चुके थे। पूछा था, ''वह कहाँ है मिसेज एक्का?''

''कोन?'' युवती ने पलकें फड़फड़ाई थी।

''महेश! महेश असुर?''

''हमको का पता कोन महेस? कौन असुर कहाँ है। इहाँ नहीं है।''

''सो तो हमें भी दिख रहा है मैडम...यहाँ कोई नहीं है''—प्रभाकर ने कठोर स्वर में कहा था—''कहाँ है, सो पूछा जा रहा है। आपको तो पता होगा ही कि आपका पति कहाँ है?''

''है नहीं प्रभाकर, हैं।....कहाँ हैं''—तारक ने मानो बच्चा बढ़ाया था—'' किसी महिला के सामने उसके पति का सम्मान करना चाहिए ऑफिसर! पुलिस वाले हो बरखुरदार पर इन्सान भी तो हो।

''सॉरी सर!''

तारक की वाग्मिता भी एक चाल थी, जानता था प्रभाकर।

''इसे माफ कर दीजिए मिसेज एक्का,''—तारक के होंठों पर भेद भरी मुस्कान उभरी थी—''यह नादान है। जातजुर्वेकार है। खाली-पीली हनक दिखा रहा है। मुझे बताईए आप, महेश जी से कहाँ मुलाकात हो सकती है?''

''हमको नहीं पता।''

''सचमुच...?''

तारक की पैनी दृष्टि युवती के चेहरे को पढ़ने लगी थीं। नरम-नरम की विचित्र जुगलबन्दी सामने थी। चेहर भावहीन रखने में विफल होने लगी थी युवती।

तर्जनी-मध्यमा-अंगूठे के बीच सिगार नचाते-वशिष्ठ पुलिसिये की आवाज में चाशनी थी पर आँखों में जहरीली मुस्कान! वर्दीधारी पुलिसिए की बोली में उज्जड़पन था और आँखों में भूखे भेड़िये जैसी हिंसक चमक...!

''सेलफोन तो रखती होंगी आप...मिसेज एक्का?' तारक ने हठात् पूछा था।

''रखते हैं।''

''लाइए...हमें दीजिए।'' तारक ने हाथ बढ़ाया था।

''काहे को?'' युवती सकपकाई थी।

''प्लीज मिसेज एक्का! हम आपके साथ कोई अशोभनीय व्यवहार कतई नहीं करना चाहते सो प्लीज''—तारक ने आग्रह किया था—''कृपया हमारे साथ सहयोग करें! आप स्वयं अपना मोबाइल फोन हमें सौंप दें तो...''

अर्थपूर्ण ''तो...''! हिचकिचाती युवती! प्रभाकर को सुनारवाली ठुक-ठुक रास नहीं आ रही थी। तारक को ढील का पेंच लड़ाए जा रहे थे। प्रभाकर उतावला हो उठा था।

''मैं लेडी पुलिस बुलाता हूँ।'' जबकि वहाँ कोई लेडी पुलिस नहीं थी।

''नो! नो..., धैर्य रखो बेटे!'' तारक ने बुझे सिगार का व्यर्थ कश लेकर बचा सिगार जेब में रखा था—''हाँ तो मिसेज एक्का...सेलफोन।''

युवती ने बिस्तर के नीचे से अपना मोबाइल-फोन निकालकर चुपचाप आगे बढ़ा दिया था। प्रभाकर ने फोन का स्विच ऑफ कर अपनी जेब में डाल लिया था।

''थैंक्स मिसेज एक्का।''

''आप लोगन एक्का-फेक्का का बोल रहे हैं? हमारा नाव पुतली है।'' युवती ने खीजे स्वर में कहा था।

''सुना! सुन लिया हमने''—तारक ने आदेश दिया था—''...और अब आपके पास पाँच मिनट हैं तैयारी के लिए। आप हास्पिटल से रीलिव हो रही है। आज..अभी।''

''काहे?''

''आप हमारे साथ डालटनगंज चल रही हैं। हम बाहर आपका इन्तजार कर रहे हैं। तैयार होकर बाहर आइए।''

''हमको जेहल भरिएगा का?''

''बेकार बात! क्यों गलत बात सोचती हैं आप? यकीन कीजिए'',—तारक ने कहा था—''आप हर्गिज गिरफ्तार नहीं हैं। आपसे कुछ पूछताछ करनी है बस, जो यहाँ संभव नहीं है।''

''इम्पासिबल!''—डाक्टर पूर्वे कमरे में घुस ही पड़े थे—''मैं इजाजत नहीं दूँगा। आप मेरी मरीज को हॉस्पिटल से बाहर नहीं ले जा सकते।''

''इजाजत दे डालिए डाक्टर।'' प्रभाकर चिढ़ उठा था।

''हर्गिज नहीं। यह मिसकैरेज का केस है और मरीज रक्ताल्पता है। निरीक्षण में रखा रोगी को मूव करने पर समस्याएँ हो सकती हैं जो स्त्री रोग विशेषज्ञ चिकित्सक के समझनेवाली बातें हैं...आप नहीं समझ सकते।''

''समझना तो आपको चाहिए डाक्टर पूर्वे कि डाल्टनगंज के ''सेवा सदन'' में यहाँ से बेहतर सुविधाएँ मिल सकती हैं। वहाँ मैडम को बेहतर ईलाज उपलब्ध हो सकता है या यहाँ?' तारक ने कहा था।

''वहाँ खर्च ज्यादा आएगा।''

''खर्च की फिक्र आप क्यों करते हैं? सरकार सारा खर्च उठाएगी।''

''क्यों?...किसलिए??''

''क्योंकि हमें आपके मरीज से पूछताछ करनी है। क्योंकि आपका मरीज सस्पेक्ट है...मटेरियल बिटनेस है और यह पुलिस के समझनेवाली बातें हैं...आप नहीं समझ सकते।''

''मैं इन्हें रोडजर्नी की इजाजत नहीं दूँगा। आप इन्हें यहाँ से हिला भी नहीं सकते।'' डाक्टर पूर्वे ने चुनौती-सी दी थी।

''ठीक है फिर,''—नाटकीय विवशता जताते तारक ने कंधे उचकाये थे—''आलराइट! ये आपके हुक्म के बिना बाहर नहीं ले जाई जाएँगे।''

तारक ने बुझा सिगार जेब से निकाल लिया था। कमरे से बाहर निकलते हुए उन्होंने सिगार का सिरा दाँदों से कुतर कर सिगार मुँह से लगाया था और जेबें थपथपाने लगे थे। प्रभाकर ने लाइटर जलाकर लौ सिगार के सिरे से छुआई थी।

मुस्कुराए थे तारक। सिर हिलाकर प्रभाकर को धन्यवाद करते हुए तारक की आँखें शैतान बच्चे की भाँति चमक उठी थी...आज पकड़े गये बच्चू! जेब में लाइटर...मतलब? वे प्रत्यक्षत:बोले थे।

''हॉस्पिटल को हर तरफ से सील कर दो, कोई आदमी...स्टाफ, मरीज या खुद डाक्टर पूर्वे, हमारी इजाजत के बगैर कोई हास्पिटल से बाहर नहीं जायेगा।''

''आप...आप यह क्या कर रहे हैं? आप मुझे भी माओवादी समझ रहे हैं?''

''स्टॉप! स्टाप डाक्टर पूर्वे! हमने कब कहा कि हम यहाँ माओवादियों के मामले में मौजूद हैं? किसी फरार हत्यारे-डकैत की तहकीकात नहीं हो सकती? नहीं न? फिर आप अपनी तुलना माओवादियों के साथ कैसे कर सकते हैं डाक्टर पूर्वे?''

''आपने महेश असुर के बारे में पूछताछ की है...तो...'' डाक्टर पूर्वे ने बात संवारी थी।

''सात लाख का ईनाम है उस पर...मालूम?''

डाक्टर पूर्वे का आत्मविश्वास दरका तो था ही, अब ढह पड़ा था। आँखें बुझ गयी थीं। चेहरा थका-थका दिखने लगा था।

''इसलिए डाक्टर साहब, बिना हमारी इजाजत कोई फोन नहीं। कोई मोबाइल

कॉल नहीं। न प्रवेश, न निकास...कुछ भी नहीं समझे आप?''

''यह तानाशाही है।'' डाक्टर टूट गया था।

''बस शाम तक! आप चूँकि यही चाहते हैं तो हमें मिसेज एक्का की गिरफ्तारी का वारंट भी लाना ही होगा। तुम निकलो प्रभाकर और वारंट के साथ ही लौटना।''

''आप सर?''

''मैं यही हूँ। निकलो अब।''

तारक वार्ड से बाहर निकल आये थे। तारक हस्पताल की मुख्य ईमारत से भी बाहर निकल पड़े थे। हस्पताल की नाकावेदी का मुआयना करते तारक सिगार फूँकते रहे थे।

हस्पताल की चहारदीवारी पर अग्नेयाश्चों से लैस कमांडो अडोल पुतलों की भांति स्थिर थे। तमाम आवास और इमारतें केन्द्रीय सुरक्षा बल के घेरे में थी। प्रताप और मणि हस्पताल परिसर का चक्कर लगाते रहे थे।

हस्पताल में शमशानी सन्नाटा व्याप चुका था। हस्पताल के बाहर का हट कार-व्यापार थम-सा गया था। बाहर भीड़ जमा हो चुकी थी।

तारक के साथ लगभग अधमरे से घिसटते डाक्टर पूर्वे लगातार अपना विरोध दर्ज करते रहे थे। लगातार हाल-दुहाई मचाते रहे थे। आने वाले संभावित रोगियों का हवाला देते रहे थे पर तारक के कानों पर जूँ नहीं रेंगी थी।

''अपने तो हमारे हास्पिटल को लड़ाई का मोर्चा बना दिया। हमारी बदनामी...मैं आपके उच्चाधिकारियों तक शिकायत पहुँचाऊँगा।'' बेदम विरोध अब विद्रोह पर उतर आया था।

''हक है आपको! शिकायत जरूर करें हमारी। आखिर भारत एक प्रजातांत्रिक देश जो है।'' जहाँ तक बदनामी का सवाल है, तो इसके जिम्मेदार आप खुद हैं।''

''मैं...मैं...''

''हस्पताल से छूटते ही पहला काम यही कीजिएगा। हमारे खिलाफ कंप्लेन! हमें कोई अप्ति नहीं होगी।'

''मैं...मैं...''

''प्लीज डाक्टर! मिमियाना बन्द कीजिए और हमें अपना काम करने दीजिए...प्लीज।''

''सुनिए तो ऑफिसर।''

''सुन तो रहा हूँ सुबह से। आप चाहें तो मानवाधिकार संगठन तक हमारी शिकायत दर्ज कराएँ पर फिलहाल आपका हास्पिटल हमारी निगरानी में है और यह तय है।''

डाक्टर पूर्वे फिर कुछ नहीं बोले थे। तारक के साथ-साथ मंत्रविद्ध मेमने की भाँति घिसटते फिरे थे। खीजे तारक ने कहा था।

"मेरे साथ वक्त जाया करने की बजाय आप अपने मरीजों का ख्याल रखिए डाक्टर और मिसेज नीलमनी एक्का या पुतली बड़ाईका या जिस नाम से चाहें, उनके रीलीज के पेपर्स तैयार कर ही लें आप। मैं भी चालान बना डालता हूँ। पुलिस यहाँ से खाली हाथ कतई नहीं जाएगी...यह मेरा वायदा है।"

...और तारक अन्ततः अपने वायदे पर खरे उतरे थे।

गरु का बीहड़ जंगल...!

जंगल से निकलने के तमाम रास्ते और जंगल में जाती हर पगडंडी चिहिन्त की जा चुकी थी। तमाम पुलिस पिकेट्स को सतर्क कर दिया गया था और पाँच मिनट के आदेश पर कार्रवाई हेतु तैयार रहने के कड़े निर्देश दिये गये थे। गरु जंगल की चौहद्दी पर बसे गाँवों और कच्चे रास्तों पर लगातार गश्त जारी था। छापामार दस्ते और एंटीलैन्डमाइन्स वाहन फेरा लगा रहे थे।

यह उतरती गर्मियाँ थीं। आसन्न वर्षा-ऋतु का संधिकाल...! तपिश से तपते दिन थे, उमस से उबी शामें थीं। उदासियों से बोझिल सुबहों की सांझ प्रायः धूल भरी तेज आंधियों के साथ खत्म होती थी।

पंचरुखिया हास्पिटल से हिरासत में ली गयी पुतली बड़ाईक..कथित नीलमनी एक्का के मोबाइल फोन का पोस्टमार्टम किया गया था। वार्तालाप का इतिहास छाना-फटका गया था। काल-डिटेल्स से प्राप्त सूचनाएँत तारक मेहता तक पहुँचा दी गयी थीं। मुखबिरों का दावा था कि तारक ने रानी मधुमक्खी को फाँस लिया था।

गारु-पांकी पुलिस के भेदियों से लागातार जंगल में सक्रियता की सूचनाएँ मिल रही थी। कई कोनों से प्राप्त सूचनाओं, सूत्रों और तथ्यों को धोने-खंगालने के बाद इस्माइल और अब्दुल मन्नान खान ने पलामू के मानचित्र के एक हिस्से पर पूरे विश्वास के साथ उंगली टिका दी थी। त्रुटि की संभावना एक से दो प्रतिशत...!

जहाँ उंगलियाँ टिकी थीं। वहाँ नक्शे पर एक पहाड़ी दिखाई गयी थी। कौआडोल पहाड़ी।

कौआडोल पहाड़ी से दो किलोमीटर आगे था बूढ़ा पहाड़! आदिवासियों का "बुढ़वा बुरु"! दुर्गम चढ़ाई वाले बूढ़ा पहाड़ पर बकरियाँ नहीं चढ़ती थी। संकट के समय बूढ़ा पहाड़ से पलायन जानलेवा हो सकता था। "झाबरा" का ऐसे पहाड़ों पर ही डेरा डालना विगत का इतिहास रहा था।

लक्ष्य-क्षेत्र के पूरब में केन्द्रीय सुरक्षा बल के पचपन जवानों के साथ मणि मोर्चे पर था। उत्तर दिशा में झारखंड सशस्त्र पुलिस के जवानों के साथ प्रताप की मोर्चाबंदी थी। दक्षिण णें जंगल के सीमांत पर बत्तीस कोबरा जवानों की टुकड़ी के साथ था अब्दुल मन्नान खान और पश्चिम में प्रभाकर...!

सरकारी वाहन टारगेट एरिया से चार-पाँच किलोमीटर पहले ही छोड़ दिये गये थे। निकटतम पुलिस पेकेट्स से छोटे-छोटे समूह में जवान जंगल में दाखिल हुए थे। दो-दो, चार-चार की संख्या में..., ग्रामीण वेश-भूषा में! घास के गट्ठर, कंबल के भीतर या लकड़ियों के बोझे में हथियार छुपाये।

बिना शोर-शराबे के, दबे पाँव घेरा डाला गया था।

सूचना थी कि अस्पताल में भर्ती स्त्री महेश असुर की पत्नी थी। पत्नी को छोड़ कर महेश बहुत दूर नहीं जा सकता था। गर्भपात के मामले में मरीजा चौबीस से छत्तीस घंटे विश्राम के बाद हस्पताल से छुट्टी पा सकती थी। लिहाजा तारक के अनुसंधान व विश्लेषण दल को पूरा विश्वास था कि महेश असुर को पाँच-दस वर्गकिलोमीटर के क्षेत्र में उपस्थित होना ही चाहिए था।

घेरा डाला जा चुका था। घेरे से बाहर तारक ने अपना आधार शिविर स्थापित किया था। ऑपरेशन महिषासुर का नियन्त्रण केन्द्र इस बार जिला मुख्यालय में नहीं, एकदम मौके पर ही था।

तारक के साथ कई उच्चाधिकारी भी उपस्थित थे। सी.आर.पी.एफ. के आई.जी. श्रीनिवास पांडेय और डी.आई.जी नमन टोपनो के साथ आई.जी. पुलिस सुषमा डुंगडुंग ने भी अपनी उपस्थिति दर्ज की थी। एम.पी. जमील अख्तर को तो अनिवार्य रूप से उपस्थित होना ही था। कोबरा बटालियन के उच्चाधिकारी भी अभियान का हिस्सा थे। आनन-फानन इतने उच्चाधिकारियों का जमावड़ा होना साबित कर रहा था कि राज्य और केन्द्र भी, ऑपरेशन महिषास को लेकर बहुत गंभीर था।

पलामू के महाअरण्य में सक्रिय अनेक भूमिगत संगठन अपने सिद्धान्तों, कार्यप्रणाली और मतभेदों के कारण आपस में उलझते रहते थे। ऐसी ही मतभिन्नता का तारक ने लाभ उठा लिया था।

भूमिगत संगठन ''झारखंड मुक्ति चीता(पलामू)'' की ''झाबरा'' से पुरानी लाग-डांट थी। गारु के जंगल में ''झाबरा'' की मौजूदगी की पक्की सूचना तारक तक ''जे.एस.पी.पी.'' के द्वारा ही पुहुँचाई गयी थी। बदले में तारक को भी कुछ देना पड़ा था।

''झारखंड लिबरेशन पैंथर्स (पलामू)'' के साथ तारक ने एक सौदा किया था। यदि प्राप्त सूचना सच निकलती है और जे.एल.पी.पी.'' ऑपरेशन महिषासुर''

में सक्रिय सहयोग करती है तो डालटनगंज जेल में बन्द पाँच मुक्ति चीतों की जमानतत में पुलिस कोई अड़ंगा नहीं लगाएगी।

मुक्ति-चीतों ने अपना वायदा निभाते हुए "झाबरा" की सुरक्षा व्यवस्था की पोल भी खोली थी।

"परिचित रास्तों से जंगल में कतई न उतरे।"

"झाबरा की खुफिया आँखें पेड़-चट्टानों पर जड़ी होती हैं। वर्दी की झलक या खतरे की महक पाते ही पंछी उड़ जाएँगे। फिर ढूँढ़े नहीं मिलेंगे।"

विश्वास के प्रति प्रतिबद्ध केन्द्र सरकार के लिए आदिवासी आंदोलन कितनी बड़ी चुनौती बन चुके थे और महेश असुर राज्य के लिए कितना बड़ा सिरदर्द इसकी चुगली कर रही थी इस आपरेशन में कानून-व्यवस्था के अनेक उच्चाधिकारियों की संलिप्तता!

जबकि यह स्थापित तत्य था कि जंगल-देहात में "झाबरा" के पास सक्रिय भूमिगत दस्ता मात्र एक था जिसका कमांडर था महेश असुर। अनुमान थखा कि इस इकलौते दस्ते ने हथियारबन्द सदस्यों की अधिकतम संख्या सौ से डेढ़ सौ हो सकती थी! ज्यादा संख्या होने पर जंगल में एक साथ छुपे रहना संभव नहीं था। ऐसा होता तो "झाबरा" के कई दस्ते होते जोकि नहीं थे।

झाबरा का वह इकलौता दस्ता घेरा जा चुका था। तारक को अब आसमान की और रौशनी का एक शरारा उछालना था और कार्रवाई शुरु...

निकट ही कहीं चट्टानों या हरियाली में छुपा बैठा घुघ्घु मनहूस आवाजें निकाल रहा था।

केन्द्रीय सुरक्षा बल के उप-कमांडेंट दिवाकर सिंह राठौर की दृष्टि बार-बार अपनी कलाई घड़ी की ओर जा रही थी। रेडियम अंकों पर रेंगती घ़ी की सुइयों की गति आज हद से ज्यादा धीमी थी।

दिवाकर राठौर के पास "ऑपरेशन डार्क पिजन" की हताशा को उतार फेंकने का अवसर सौभाग्य से मिला था। स्वयं को साबित करने को प्रतिबद्ध राठौर अक्रिय सदस्यकी प्रतीक्षा कर रहे थे।

राठौर के साथ था मणिशंकर! उत्तेजित! एसाल्ट रायफल से लैस घुटनों के बल बैठे, हर पल कार्रवाई की प्रतीक्षा करते मणि के दिमाग में उथल-पुथल चल रही थी।

सोच रहा था मणि, यह अभियान लातेहार-पलामू क्षेत्र में सक्रिय किसी एक

भूमिगत संगठन मात्र के विरुद्ध है या किसी बुद्धिजीवी आंदोलनकारी के विरुद्ध जो हाथों में हथियार उठाये सत्ता और व्यवस्था हेतु अप्रिय प्रश्न उठाता है?

पिछले दिनों ''विद्वान समाचार'' में प्रकाशित साक्षात्कार में महेश असुर ने व्यवस्था के लिए कई तीखे सवाल उठाये थे, मणि को लगता था महेश असुर की कई बातों से सहमत हुआ जा सकता था। शायद और भी युवा हों जिन्हें महेश के प्रश्नों का उत्तर चाहिए होगा।

हर टुकड़ी के नायक ने अपनी घड़ी की सूइयाँ तारकनाथ मेहता की घड़ी से मिला रखी थीं। आकाश की ओर किसी क्षण उठने वाली प्रकाश-रेखा की प्रत्याशा में घुप्प काले आसमान में टकटकी लगाये बैठे थे कोबरा बटालियन के डिप्टी-कमांडेंट गुरनाम सिंह उडवाल।

उमस बढ़ती जा रही थी। वनस्पतियों से वाष्पीकृत होती गंध गाढ़ी हो रही थी। आकाश में इकलौता तारा नहीं दिख रहा था। काला आसमान और उमस की जुगलबन्दी चुगली कर रही थी कि बारिश होने होने को थी।

प्रभाकर भट्ट के हाथों में जकड़न होने लगी थी। उसने अपनी लाइट मशीनगन को कंधों पर स्थानान्तरित करना चाहा था। जबड़े भिंचे गुर्राए थे उडवाल।

''गन हाथ में ही रख खोत्ते! कबी बी जुर्रत पड़ सकी ए।''

''हम लॉ एंड आर्डर के खतरे के खिलाफ लड़ रहे हैं सर या किसी आदिवासी आंदोलन को कुचलने आए हैं?''

''ये क्या सवाल ए? ये कोई टाइम ए सवाल पूछने का?'' आपने तारक से क्यों नईं पूच्छा?

''झाबरा का तो पलामू के बाहर कोई नेटवर्क ही नहीं है। छोटा तो संगठन है फिर इतना बड़ा ऑपरेशन क्यों?''

''ओए चुप कर! आपरेशन शुरू भी हो गया और तुझे सवाल अभी पूछना ए? हमें आर्डर फालो करने हैं पुत्तर, दिमाग नईं लगाना। पैली गोली चलेगी तो दिमाग में कोई स्वाल नहीं आएगा। दिमाग में बस ये रहेगा कि मारो वर्ना मारे जाओगे।''

अब्दुल मन्नान खान, प्रभाकर भट्ट, प्रताप चौधरी और मणिशंकर... ! नई पीढ़ी के चार युवा पुलिसिए। जिस पीढ़ी के बारे में कहा जाता है कि यह जुनूनी पीढ़ी है जो साध्य की पवित्रता से कोई सरोकार नहीं रखती। नया खून, नया जोश और अपने

गढ़े नये सिद्धान्त...! अपना साध्य सधना चाहिए, चाहे रास्ते गलत-गंदे क्यों हों। उस पीढ़ी के प्रभाकर के मस्तिष्क में ऐन आपरेशन से पहले "आपरेशन महिषासुर" को लेकर प्रश्न ही प्रश्न थे।

सीमा सुरक्षा बल की टुकड़ी के साथ जुड़ा अब्दुल मन्नान खान भी जिन्दा महेश असुर को देखना चाहता था। जानना चाहता था कि कार्ल मार्क्स और स्वेट मार्डन की किताबें पढ़ने वाला आदमी रक्तपात कैसे कर सकता है!

यदि महेश असुर सिर्फ एक टार्बर उग्रवादी है तो उसका अन्त होना ही चाहिए था। यदि महेश असुर मात्र कितबों पढ़ता ही नहीं, गुनता भी है तो यह आपरेशन एक चेतन संपन्न संगठन के विरुद्ध राज्य की दमनात्मक कार्रवाई भी हो सकता है। किसी एक छोटे संगठन के विरुद्ध पलामू में कभी इतना बड़ा आपरेशन हुआ भी है ?

आपरेशन था कि मानो दुश्मन देश की चौंकियाँ कब्जाने की मोर्चाबंदी थी! कहीं किसी दिशा में कोई फांक नहीं...! इतनी सघन घेरेबंदी कि घेरे से बाहर जाने सियार-लकड़बग्घे तक अलक्षित नहीं थे।

आखिर कितना साधन और शक्ति सम्पन्न था यह नवजात संगठन "झाबरा?"हह हहक्यहा डथा यह महेश असुर, कोई व्यक्ति या कि छलावा? इतना घना और मजबूत जाल एक उग्रवादी के लिए...?

जंगल निस्तब्ध था!

स्तब्ध ये निशाचर! जंगल में अप्रत्याशित घट रहा था। खओई भयभीत उल्लू कभी-कभार चीख उठता था....किर्र र र र...! और फिर सन्नाटा...!

जंगल में किसी अप्राकृतिक स्थिति के उत्पन्न होने को सर्वप्रथम वन्य प्राणी ही अनुभव करते हैं। वन्य पशु-पखेरू खतरे को भाँप निःशब्द थे। न कोई शब्द, न कोई स्वर...!

गाढ़ी होती वनस्पतियों की गंध के बाद सबकुछ मानो जम गया था। जैसे जम गये थे आकाश में मेघ! वृक्षों की डालियों पर बसेरा किये लंगूरों ने अपनी दुम तक समेट ली थी।

अचानक मोटी-मोटी बूंदें झरने लगी थीं। पेड़ों के पत्तों पर गिरनी पहली

बारिश की बूँदें। टप्प-टिप्प की आवाजें रहस्यमय धुन की भाँति बजने लगी थीं। तपे पत्थरों और तपी मिट्टी से सोंधी-मटियाली भाप की महक उठने लगी थी।

बूँदों की झड़ी लगी तो बारिश से भीगी बिल्ली बने वृक्षों की शाखों-पत्तों से रह-रहकर बूँदें देह पर टपकने लगी थीं।

बारिश हर पक्ष के लिए सुविधाजनक स्थिति थी। हर पक्ष के लिए असुविधाजनक भी! जंगल की डरावनी शांति भूमिगत दस्तों को भी अप्राकृतिक लगती होगी जो अब नहीं लगती होगी। बारिश की आवाज में जहाँ अपनी आहट छुपाना आसान था वहीं शत्रु पक्ष की गतिविधियों की आहट पाना कठिन भी था।

हठात प्रकाश की एक स्तर रेखा पीछे छोड़ता आसमानी तीर आकाश की ओर उठा था...!

आसमान को चूमने उठा अग्निपुंज अपनी उच्चतम सीमा पर पहुँचकर "फटाक" की आकृति जगाता बिखर गया था। सितारों की झाड़ी...! बूँदों के साथ बरसती आग की बूंदें और फिर जमीन पर गोलियों की बरसात....!

तड़तड़ाती बारूदों के साथ हठात आंदोलित हो उठा था वातावरण। चने के दानों की भाँति गोलियाँ उगलने लगी थी मशीनगनें..रेट-रेट-रेट-रेट...!

चिंचियाते उड़ने लगे थे। वनपाखी। अंधेरे में अवरोधों से टकराने लगे थे परिंदे। पत्ता-पत्ता छिदने लगा था। हमलावर टुकड़ियाँ विशाल घने जाल की भाँति कौआडील पहाड़ी की दिशा में सिमटने लगी थी।

पहाड़ी के शिखर पर फिंका कोई हथगोला फटा था। जवाबी कार्रवाई भी शुरू हो गयी थी।

अंधेरे में दाप-दाप दमक रहे थे अग्निपुंज! धुआँ-धुआँ हो रहा था अरण्य-प्रदेश। बारूद की गंध से नथुने भर उठे थे।

गोलियों की बाढ़ देख आतंकित हो उठा था मणि! प्रशिक्षण की चाँदमारी और फील्ड आपरेशन की गोलीबारी मीं बहुत फर्क था। अभी कोई मित्र दस्ता इतने निकट नहीं हो सकता था फिर उनके आगे-आगे कौन धुआँधार फायरिंग करता बढ़ता जा रहा था? कौन लोग थे उनके आगे जो उनकी ओर से गोलियाँ चलाते आगे बढञते , उनकी सहायता कर रहे थे?

वे जिस दिशा में बढ़ रहे थे उस दिशा में सीमा सुरक्षा बल की टुकड़ी के साथ अब्दुल मन्नान खान भी था। मणि ने राठौर से कहा था।

"हमारी तरफ से गोलियाँ चलाने वाले अपने लोग नहीं है सर। आगे बढ़ने में खतरा है, लगता है क्रॉस-फायरिंग हो रही है।"

"शायद तुम ठीक कहते हो।

राठौर बूढ़ा पहाड़ पर स्थित कमांड ऑफिस से सम्पर्क साधने लगे थे। सम्पर्क होते ही उत्तर मिला था।"

"उधर बी.एस.एफ. है पर इतने भी निकट नहीं कि उनकी नालें दिखने लगे। प्रतीक्षा करो और सावधान रहो। कहीं अपनी कोई टुकड़ी या खुद आप लोग क्रॉस फायरिंग में न फँस जाओ।

किसी प्रत्यक्ष लक्ष्य पर निशाना लगे, ऐसे अवसर बहुत कम थे। लगातार अंधे फायर झोंके जा रहे थे....डर ओर! अदृष्ट लक्ष्य पर गोलियाँ चलाती हर टुकड़ी पहाड़ी की ओर बढ़ी जा रही थी।

राठौर समझ सकते थे कि इस संघर्ष में कोई बाहरी एंजेंसी भी जबरन दाखिल हो चुकी है जो उनकी ओर से गोलियाँ चला रही है! कौन... ?

जब अन्तिम गोली चली थी तब भोर की गोराई लिए आकाश प्रकट हो रहा था और फि पूरब में बूढ़ा पहाड़ के पीछे से रक्तस्नात सूर्य झाँकने लगा था।

बंदूकें शान्त हो चुकी थीं।

सूर्योदय के बाद तीन-चार घंटों तक मरघट-सा सन्नाटा छाया रह था। जो जहाँ था, ओट में सांसे थामे बैठा अगले किसी धमाके की प्रतीक्षा करता रहा था। कानों के पर्दे किसी अन्य आवाज के प्रति सुन्न पड़ चुके थे। थी तो धमाकों की गूँज..अनुगूंज! अनेकानेक प्रतिध्वनियाँ कानों में जिन्दा थी। नथुनों में जी रही थी बारूद की गंध!

प्रतीक्षा और समयान्तराल के बाद सर्वप्रथम प्रकृतिस्थ हुई थी प्रकृति! प्रकृतिस्थ हुआ था जंगल। पक्षियों के कलरव से सामान्य होने लगा था वातावरण। जो असामान्य था धरती पर बिखरा पड़ा था।

धैर्यपूर्ण प्रतीक्षा के बाद शुरू हुआ था "आपरेशन काम्बिंग"। केश में कंघी कर जुएँ ढूँढ़ निकालने का उपक्रम! श्वान दस्ते के साथ तारक का खोजी दल सक्रिय हुआ था।

लाशें मिलने लगी थीं। पहाड़ी की ढलान पर, चट्टानों के पीछे, खाई में, खंदक में, झाड़ियों-झुरमुटों में पड़ी थी लाशें। शत्री दल की लाशें भी। अपने जवानों के शव भी।

क्रॉस फायरिंग में बुरी तरह घायल सीमा सुरक्षा बल के एक जवान, कई गोलियों से बिंधे मरनासन्न कोबरा बटालियन के उपकमांडेंट गुरनाम सिंह डडवाल और मौत से जूझते चार अन्य पुलिसकर्मियों को चिकित्सा हेतु अविलम्ब घटनास्थल से निकाला गया था। आगे उन्हें हैलिकाप्टर से राँची रवाना किया जा रहा था।

टारगेट एरिया के चप्पे-चप्पे को छान डाला गया था। शाम तक कुल तैंतीस लाशें बरामद हुई थीं जिनमें सत्ताइस शव कथित रूप से ''झाबरा'' के लोगों की थी।

''आपरेशन महिषासुर'' ने सीमा सुरक्षा बल के दो जवान, कमांडो दस्ते के दो जवान और केन्द्रीय सुरक्षा बल के एक जवानक की बलि ली थी। इस अभियान में तारकनाथ मेहता के विशेष कार्य बल का भी एक युवा अधिकारी शहीद हो गया था। युवा असिस्टेंट सब इंसपेक्टर प्रताप चौधरी...!

पूरी रात और अगला आधा दिन लाशों के पोस्टमार्टम। शवों की शिनाख्त और कागजी खानापूरी में खर्च हो गया था।

पोस्टमार्टम के बाद शहीदों के शव उनके गाँव-घर पहुँचाने की व्यवस्था की गयी थी। अब्दुल मन्नान खान पहले भी प्रताप के साथ उसके गाँव जा चुका था अत: प्रताप के ताबूत को उसके परिजनों तक पहुँचाने का अप्रिय कर्तव्य खान का ही निभाना था।

झाबरे के चार सदस्यों के नाम उनकी कलाइयों पर गोदने से लिखे हुए थे। ये नाम मॉरिस टाउन से प्राप्त महेश असुर के संभावित साथियों की सूची में दर्ज थे...शिनाख्त हो गयी थी। छ: अन्य लाशों की पहचान में मोबाइल फोन में महत्त्वपूर्ण भूमिका निभाई थी।

वे छ: लाशें वे भी जिनके कपड़ों से मोबाइल फोन बरामद हुए थे। नीलमनी एक्का या कथित पुतली बड़ाईक की मोबाइल में दर्ज तमाम नामों पर रिंग कर बारी-बारी से परखा गया था।

लाश संख्या एक मंसूर अंसारी की थी। संख्या नौ जीतू उर्फ जितेन्द्र का शव निकला था। सत्रहवी लाश महेश असुर की थी। अठारहवीं देवेन्द्र मजूमदार उर्भ देबू की पच्चीसवीं यशवंत पांडेय उर्फ फौजी और छब्बीसवें मृतक की शिनाख्त रंगनाथ सिंह उर्फ रंगी के रूप में की गयी थी।

महेश असुर का शव क्षत-विक्षत था। बहुत निकट संभवत: कोई हथगोला फट गया था। जिसके छर्रों ने मृतक के चेहरे और सामने के पूरे हिस्से पर बुरी तरह मार की थी। विकृत चेहरे के नीचे गर्दन और पेट का हिस्सा उड़ गया था। छाती का पिंजर उजागर हो गया था।

पक्की शिनाख्त करने की औपचारिकता मात्र हेतु नीलमनी एक्का उर्फ कथित

पुतली बड़ाईक को महेश की ढंकी लाश के सामने लाया गया था।

वह अवसन्न थी। सफेद चादरों से ढंकी पंक्तिबद्ध लिटाई आकृतियाँ देख थरथर काँपने लगी थी। उसकी आँखें रुदन से सूजी हुई थी। चीकट गंदे केबा जटाओं की भाँति खुले-बिखरे थे।

लाश के चेहरे से चादर हटाई गयी थी। उससे पूछा नहीं, उसे बताया गय था...महेश असुर!

भयाक्रान्त विवशता से उसकी मुखमुद्रा विकृत हो उठी थी। शेष देह मानो काठ! कुछ क्षणों के लिए प्रतिक्रियाहीन...। उसे बेहिस शिला को बताया गया था।

''यह आदमी तुम्हारा पति था। मारा गया। महेस असुर को पहचानती ो न नीलमनी एक्का?''

उसके चेहरे पर न दुख था, न पीड़ा थी, सूखी आँखें थीं, पथराया चेहरा था।

तारक ने नीलमनी के पास से बरामद सेलफोन पर शव संख्या सत्रह से बरामद मोबाइल फोन का नंबर डायल कर दिया था। दर्द भरा गीत...'' किसी की मुस्कुराहट पे हो निसार...''

''अगे माई रेऽऽऽऽ माऽऽ हीऽऽऽ!''

पछाड़ खाकर गिरी थी नीलमीनी एक्का। महेश की लाश पर ढह पड़ी थी नीलमनी एक्का। लाश के माथे पर कलाइयाँ पटकीं तो हाथों की दो चार मात्र चूड़ियाँ टूट कर बिखर गयी थी। तारकनाथ मेहता ने चैन की मीलों लम्बी साँस ली थी...ऑपरेशन अकम्पलिश्ड...!

दहाड़ें मारती विलाप कर रही थी नीलमनी। नीलमनी की चित्रकार थाने के बाहर एकत्रित जनसमूह को सिहराने लगी थी। हृदयहीन का कलेजा पानी कर देनेवाला था वह भयानक क्रंदन!

तारक विशेष कार्य बल के नियंत्रण कक्ष में पहुँचे थे। इस्माईल को निर्देश दिया था। राँची मुख्यालय में प्रतीक्षारत आई.जी. ऑपरेशन को तत्काल संदेश भेज दिया गया था...'' आपरेशन महिषासुर सफलतापूर्वक अंजाम दे दिया गया।''

एक .पूर्ण अभियान सफलतापूर्वक सम्पन्न किया जा चुका था। तारकनाथ मेहता की जिम्मेदारी पूरी हो चुकी थी। अफसोस था तो प्रताप का पर ऐसे अभियानों में शहादत भी देनी पड़ती है। लाशें सिर्फ एक पक्ष की नहीं गिरतीं।

हफ्ते भर तक तारक की आँखों में नाचता रहा था नीलमनी एक्का का वह भूतिया चेहरा। महेश के शव का वह विद्रूप। महिषासुर के माथे पर विक्षिप्तों की भाँति कलाइयाँ पटकती महेश असुर की बेवा का वह करुण विलाप...! काली माता का रूप धारे चूड़ियाँ तोड़ती वह नीलमनी एक्का...!

# समर शेष है

जो न कह पाएँगे हम वो बात ये कह जाएँगे
खून के धब्बे कमीजों पे छपे रह जाएँगे
आने वाली पीढ़ियाँ पहनेंगी क्या सोचो जरा
इस सदी के पास तो बस चीथड़े रह जाएँगे

*—कृष्ण कल्पित*

डाकबंगले के अतिथि अल्लसुबह जग पड़े थे। जागना भी क्या था? पूरी रात सो भी कहाँ सके थे?

लगभग आधी रात तक दीपांकर की आँखों में नींद की छाया तक नहीं उतरी थी। थोड़ी देर के लिए झपकी लगी थी तो बरामदे पर बेचैन चहलकदमी करते तारक के पदचाप से नींद उड़ गयी थी।

लम्बे वार्तालाप के बाद शेष रात्रि दोनों जने अधनींदे ही रहे थे। एख बरामदे की कुर्सी पर, दूसरा कमरे में बिस्तर पर!

कंबल मुँह तक ओढ़े पिस्तौल केरकेट्टा गधे बेचकर सोताक्क रहा था। जागा तभी जब चिराग अली ने उसे चाय पीने को जगाया था। पिस्तौल का रात का भोजन सिरहाने की खिढञखई पर ढंका अनछुआ रह गया था।

अवरत होती झींसी-झड़ी-फुहारों के कारण डाकबंगले की वर्षों पुरानी छत रिसने लगी थी। कमरों की सिलिंग से रिसती बूँदें सिर पर लटकी दिखने लगी थी।

डाकबंगले की छत पर सूखी-मरी पत्तियों का अंबार जमा हो गया था। पानी की निकास नालियाँ अवरुद्ध हो गयी थीं। छथ पर भरा पानी रिस-रिस कर कमरे की भीतरी दीवारों पर सरकता फर्श तक ढरकने लगा था।

चाय परिवार पिस्तौल ने अपनी टैक्सी कार का मुआयना किया था और मुँह लटकाए तारक के समक्ष कर हाथ खड़े कर दिये।

"लगता है कोई गिट्टी-पत्थर छिटककर गाड़ी की टंगी से टकरा गया है साहेब। पेट्रोल तो बह गया।"

"शिट्....!" दीपांकर उठ आया।

"याने पेट्रोल एकदम खत्म?" तारक ने पूछा।

"दो-चार किलोमीटर....हद से हद छः। आस-पास कोई गेराज...पेट्रोल टंकी होती तो..." पिस्तौल अपराधी भाव से जमीन ताकने लगा।

''इधर कहाँ दिखा कोई फ्यूअल-स्टेशन।'' दीपांकर ने निराश स्वर में कहा।

''अब इसमें पिस्तौल की क्या गलती है यार''—तारक ने सहानुभूति दिखाई—''हम थो फिर भी ट्रेन से निकल जाएँगे। यह बेचारा तो फँस गया न?''

''हम लोग के साथ यह सब तो लगा ही रहता है साहेब! कोई गाड़ी मिली तो ठीक नहीं तो डिब्बा लेकर पेट्रोल टंकी तक पैदल जाना होगा और क्या...!''

''चलो फिर! यहीं तक साथ था हमारा''—तारक ने बटुए से नोट निकाले थे—''ये तीन हजार तुम्हारे! पाँच सौ और रखो, पेट्रोल की बर्बादी में हम भी तो हिस्सेदार हैं।''

''ठीक है या और?'' दीपांकर ने पूछा।

''बहुत है साहेब! ठीक से भी ज्यादा है।''

डाकबंगले की छत पर जा चढ़ा चिराग अली छत पर जमा पत्तियों की लुगदी के थक्के लद्-लद कर नीचे पानी में फेंक रहा था। छत पर भरे पानी को भगौने से उलीचकर फेंक रहा था।

दीपांकर और तारक अभी फ्रेस-फारिग हुए ही थे कि छत से चिराग अली ने चिल्ल कर घोषणा की।

''एक पसिंजर गाड़ी आ रही है हुजूर! डालटनगंज जाना हो तो तुरंत निकल पड़िए।''

पाँच-पाँच सौ के दो नोट बिस्तर पर डालते तारक ने ऊँची आवाज में कहा।

''बिस्तर पर कुछ रुपये छोड़ रहा हूँ अली मियाँ।''

''ठीक है लेकिन आप लोग निकलिए भी।'' चिराग अली की उतावली आवाज...!

''क्यों भई पिस्तौल, स्टेशन तक जा सकेगी?''

तारक के प्रश्न के उत्तर में माथे पर गमछे की पगड़ी बाँधता पिस्तौल हाजिर...

''देखते हैं! पहुँचना तो चाहिए साहेब!

पिस्तौल फौरन ड्राइविंग सीट पर जा बैठा। इग्नीशन में चाबी घुमाते ही टैक्सी स्टार्ट हो गयी। वे अविलम्ब डाकबंगले से निकल पड़े थे। छत पर खड़ा चिराग अली विदा का सलाम बजा रहा था।

बाढ़ के कारण दुर्गावती नदी पर सावधानी का ''कॉशन-बोर्ड'' लग चुका था। रेल पुल से गुजरने से पहले ट्रेन थोड़ी देर के लिए रोककर ट्रेन ड्राइवर स्वयं पुल पर चल कर पटरियों की स्थिति परख रहे थे फिर मंथर गति से रेलगाड़ी को पुल पर से गुजारा जा रहा था।

बरसाती सुबह के एकदम नीले आकाश में फटे बादलों के चिथड़े तेज हवा से

उँघियाते दिख रहे थे। कभी-कभी नहाई-धोई नर्म धूप कुछ चपल के लिए खिल-खिल जा रही थी। धूप होते ही मंद अलाव तापने का सुख...! छाया होते ही गुलाबी सिहरन...!

जब तक टैक्सी डाकबंगले से मुख्य सड़क तक का कच्चा रास्ता तय करती पैसेंजर ट्रेन धीमे-धीमे सरकती रेल पुल पर पहुँचने लगी थी।

''पिस्तौल...!'' दीपांकर उतावला हो उठा।

''अभी लीजिए साहेब!'' पिस्तौल के जबड़े भिंच उठे।

मुख्य सड़क पर पहुँचते ही पिस्तौल ने गियर बदला था। एक झटका लगा! टैक्सी क्षण भर को लहराई और फिर तोप से निकले गोले की भाँति सड़क पर सीधी भागने लगी।

ट्रेन पुल को पार कर गति पकड़ने लगी। फिर ट्रेन और टैक्सी समानान्तर...और फिर पिस्तौल ने ट्रेन को पीछे छोड़ दिया। फासला बढ़ता गया।

सड़क और रेल-पटरियों के बीच मात्र चार-छः क्यारियों की दूरी थी। खेतों में भरा बारिश का पानी डब-डब कर रहा था। क्यारियों की मेड़ों पर चकवड़-चिड़चिड़ी और गाजर घास जैसी वन्य वनस्पतियों की भरमार थी। जहाँ मेंड़ नंगी थी वहाँ ताजा कीचड़ था।

ट्रेन स्टेशन के आउटर सिग्नल तक भी नहीं पहुँची थी और आगे, दाएँ मुड़कर कच्चा रास्ता स्टेशन तक पहुंचता था उस मोड़ से पहले ही अचानक चिंचियाहट के साथ ब्रेक लगती टैक्सी कुछ दूर तक तिरछी घिसटने लगी। पहिये रपटने लगे। शायद तेल चुक ही गया था।

पिस्तौल ने दक्षतापूर्वक टैक्सी को काबू में किया था। विवश नजरों से पीछे देखा। बोला,

''बस साहेब!''

''निकलो दीपांकर।'' तारक टैक्सी से बाहर निकल पड़े।

''माफी साहेब।''

तारक ने अपना ब्रीफकेस काबू में करते हुए पिस्तौल का कंधा थपथपाया ट्रेन आउटर सिग्नल पर पहुँच रही थी।

चार-पाँच क्यारियों के पार था स्टेशन कजरी! सफेद-चपटी सलाखों की बाड़ से घिरा, बिना प्लेटफार्म वाला छोटा-सा रेल ठहराव जहाँ एक्सप्रेस गाड़ियाँ नहीं रुकती थीं और पैसेंजर गाड़ी भी मात्र दो मिनट!

वे कीचड़ वाली भेड़ों पर पाँव जमाते वनस्पतियों से उलझते-निकलते स्टेशन की ओर बढ़े।

स्टेशन को घेरने वाली लोहे की सफेद बाड़ेबंदी की एक सलाख को नीचे से तोड़कर, आकाश की ओर उर्ध्वाकार मोड़ कर अनधिकृत प्रवेश–निकास की सुविधा बना डाली गयी थी।

जब वे अन्तिम खेत की मेंड़ पर पहुँचे तब ट्रेन स्टेशन पर पहुँचने लगी थी। धीमी होती...गतिशून्य होती ट्रेन से एक यात्री इंजन की दिशा में दौड़ता, संतुलन बनाता उतर पड़ा था। संतुलन सधते ही वह यात्री पीछे मुड़ा, सलाखों के बीच बने अस्थायी प्रवेश द्वार की ओर झपटा, तिरछा होकर दरवाजे से बाहर निकला और फिर वह हड़बड़ाया यात्री उनकी ओर भागता आने लगा...नहीं, आने लगी! वह एक युवती थी!

घुटनों तक आता धारियों वाला पीला कुर्ता, नीली जिन्स पैंट और पैरों में स्पोर्टस–जूते! खाली हाथ सामने से भागती आती उस युवती के सिर के पीछे उसके केश की पोनीटेल लहरा रही थी।

एकदम निकट पहुँचती उस युवती को देख दीपांकर हठात चिल्लाया, ''नीली... !''

युवती की गर्दन टेढ़ी हुई। लगा, निमिष मात्र को ठिठक गयी हो फिर वह खेत में उतर कर छप–छप पानी उछालती उनके बगल से गुजर गयी। मानो कोई तूफान गुजरा हो, वह पुनः मेड़ पर चौकड़ियाँ भरती भाग छूटी।

''तुमने उसे पुकारा?'' हैरान तारक.... ! ठिठके तारक।

''मैंने?''

''हाँ, तुमने उसे आवाज दी...नीली!''

''मुझे लगा, मैं उसे पहचानता हूँ।'' दीपांकर ने असमंजस से कहा।

''तुम्हें लगा? उसे? उस लड़की को देख? तारक भागती युवती को देखते रहे।

हाँ। मुझे लगा वह नीलमती है। नीलमती एक्का!

मैंने इसे मॉरिस टाउन में देखा...सोनारा मुंडा की बहन है...शायद।''

''यह गलत पहचान का मामला हो सकता है...नहीं? तारक मुस्कराए।''

''मतलब?'' सोच में दीपांकर।

''पुलिसिया हूँ। चेहरे पहचानने का लम्बा तजुर्बा है। मैं दावा तो नहीं करता लेकिन...मुझे तो वह कुछ–कुछ महिषासुर की बेवा जैसी...सम सिक्का या...या...यस एक्का!''

''प्लीज सर, बुरा मत मानिएगा''—दीपांकर हठात् सहज हो आया—''आपके सिर पर महिषासुर का प्रेत सकर हो गया है।''

वे कुलांचे भरती, हर बाधा को फलांग कर सड़क तकक पहुँचती उस युवती

को ताकने लगे। सड़क पर, टैक्सी-कार की बोनट से कमर टिकाए खड़ा था पिस्तौल! झोंके की भाँति वह युवती पिस्तौल की फैली बाहों में जा समाई।

चकित तारकनाथ मेहता...! विस्मित दीपांकर चक्रवर्ती...! क्या मामला है?

युवती पिस्तौल से लिपट गयी। पिस्तौल की बाहें उस युवती के गिर्द लिपट गयी। डरी बंदरिया सी पिस्तौल से चिपटी वह युवती पिस्तौल का सिर, ललाट, गाल...चूमने लगी।

तारक की आँखें फैल गयीं। खुली सड़क पर एक मामूली टैक्सी ड्राइवर को चूमती वह आधुनिका...! कौन हो सकती है यह? पिस्तौल की बहन? पिस्तौल की प्रेमिका? पिस्तौल की मित्र?...कौन आखिर?

"कुछ गड़बड़ है। हमारा पिस्तौल सिर्फ ड्राइवर नहीं हो सकता। कुछ तो है।"

"कुछ भी हो, हमें क्या?" दीपांकर उतावला हो उठा।

स्टेशन की ओर देखा तो ट्रेन के आगे खड़े सिग्नल की बत्ती पीली हो चुकी थी।

स्टेशन पर हड़बड़ी मच उठी। अभी भी रुकी ट्रेन से यात्री उतर ही रहे थे। ट्रेन में चढ़नेवाले व्यग्रता में चिल्लाने लगे थे। ट्रेन ने तीखा-लम्बा हार्न बजाया तो चौंके मंत्रविद्ध तारक! ट्रेन का ध्यान आया।

ट्रेन की ओर देखा तो ट्रेन के उस पार के आकाश में भूरे-काले बादलों का भयानक रेला उमड़ता दिखा चपटी सलाखों के पार निकलते तारक ने कहा, "लगता है फिर तूफान आएगा।"

सलाखों के पार निकलते ही दीपांकर को हिल चुकी ट्रेन की जो बोगी सामने दिखी, दरवाजे के बाजू में लगी पीली रॉड थामे ट्रेन में सवार हो गया। तारक भी! ट्रेन धीमे-धीमे रेंगने लगी। उधर पिस्तौल की टैक्सी डालटनगंज की दिशा में भाग छूटी थी। ट्रेन के दरवाजे पर ठगे-से खड़े तारक..! ठगा-सा दीपांकर भागती टैक्सी को चकित निहारने लगा।

"टैक्सी में पेट्रोल..."

"था।" तारक ने बेसाख्ता कहा।

"वह लड़की कौन है?"

"और वह ड्राइवर पिस्तौल?"

बल खाती सड़क के किनारे खड़े घने वृक्षों-झाड़ियों की हरियाली में ओझल हो गई भागती टैक्सी। प्रश्न कई थे पर उत्तर न तारक के पास थे, न दीपांकर के पास? पता नहीं क्या रहस्य था। बीती रात का विलस्म या...

ट्रेन ने गति पकड़ ली थी।

प्रस्तुत कथानक में वर्णित नाम, पात्र एवं घटनाएँ काल्पनिक हैं जिनका किसी भी जीवित या मृत व्यक्ति से कोई संबंध नहीं है। किसी भी प्रकार की समानता संयोग मात्र है। कुछ वास्तविक स्थानों, तिथियों तथा तथ्यों का समावेश मात्र कथ्य की स्वाभाविकता प्रदान करने हेतु किया गया है।

❑❑❑